DRACULA

by

Bram Stoker

New York
Doubleday & McClure Co.
1899

드라큘라

D r a c u l a

브램 스토커 지음 | 원은주 옮김

더스토리

차
례

제1장   7

제2장   31

제3장   53

제4장   76

제5장   100

제6장   116

제7장   140

제8장   164

제9장   191

제10장   218

제11장   245

제12장   268

제13장   299

제14장   328

제15장   358

제16장   383

제17장   403

제18장   428

제19장   458

제20장   481

제21장   508

제22장   533

제23장   555

제24장   580

제25장   607

제26장   635

제27장   668

후기   699

작품 해설   702

작가 연보   707

제1장

조너선 하커의 일기
(속기로 적었음.)

5월 3일, 비스트리츠 – 5월 1일 저녁 여덟 시 삼십오 분에 뮌헨을 출발해 다음 날 아침 일찍 비엔나에 도착했다. 원래는 여섯 시 사십육 분에 도착할 예정이었으나 기차가 한 시간 연착했다. 기차 안에서 스쳐 지나간 풍경을 보거나 기차에서 내려 거리를 조금 걸어본 바로 부다페스트는 아름다운 동네인 것 같다. 기차가 늦게 도착한 데다 가능하면 정시에 다시 출발할 예정이라 차마 멀리까지는 나가보지 못했다. 부다페스트는 서양을 떠나 마침내 동양에 들어선 느낌이 드는 곳이었다. 상당히 깊고 넓은 다뉴브 강 위에 걸린 근사한 다리 중 가장 서쪽에 있는 다리를 건너면 바로 투르크인의 전통이 물씬 풍긴다.

기차는 거의 정시에 출발해 해가 떨어진 후 클라우젠부르크에 도착했다. 이곳의 로얄 호텔에서 하룻밤을 묵었다. 간단하게 저녁식사를 했는데 빨간 후추로 양념한 닭 요리였고 꽤 맛있지만 먹고 나니 목이 탔다. (메모 - 요리법을 알아내 미나에게 알려줘야겠다.) 웨이터에게 물어보자 이 요리는 '파프리카 헨들'이라는 이곳의 전통 요리로 카르파티아 지역에서는 어디에서나 맛볼 수 있을 거라고 했다. 내 어설픈 독일어가 이곳에서는 꽤나 유용하게 쓰인다. 그마저도 몰랐더라면 여행길에 곤란한 일이 많았을 것이다.

나는 런던을 떠나기 전 잠시 짬을 내어 대영박물관에서 트란실바니아 지역에 관한 책과 지도를 찾아보았다. 그 나라의 귀족을 상대하려면 그 나라에 대해 어느 정도 사전 지식을 갖추는 것이 좋다는 생각이 들었기 때문이다. 백작의 성이 있는 곳은 이 나라의 극동 지역으로 트란실바니아와 몰다비아, 부코비나 이 세 나라의 국경이 인접한 카르파티아산맥 한가운데였다. 카르파티아산맥은 유럽에서 가장 외지고 낯선 지역이다. 이 나라에는 영국과 같은 국립지도원이 없기에 드라큘라 성의 정확한 위치를 알려줄 그 어떤 지도나 자료도 발견하지 못했다. 그래도 드라큘라 백작이 언급한 역참 비스트리츠는 꽤 유명한 곳이었다. 이 일기장에 내가 조사한 내용을 기록해두면, 나중에 미나에게 이번 여행 이야기를 해줄 때 참고할 수 있을 것이다.

트란실바니아에는 네 개의 전혀 다른 민족이 살고 있다. 남쪽에는 색슨족이 주를 이루고 있으며 다치아인의 후예인 왈라키아인도 섞여 있다. 서쪽에는 마자르족이, 동쪽과 북쪽에는 세케이족이 살고 있다. 내가 가는 곳은 자칭 훈족의 족장 아틸라의 후예라 주장하는 세케이족이 사는 곳이다. 이들의 주장은 사실일지도 모른다. 11세기에 마자르족이 이 나라를 정복했을 때 이곳에는 훈족이 이미 자리 잡고 있었으니까. 언젠가 전 세계의 온갖 미신들이 말발굽 모양의 이 카르파티아 지역으로 모여든다는 글을 읽은 적이 있다. 마치 이 지역이 소용돌이치는 상상력의 중심부라도 되는 양. 만약 그렇다면 이번 여행은 아주 흥미진진할지도 모르겠다. (메모 – 백작에게 전부 물어볼 것.)

침대는 푹신했지만 온갖 이상한 꿈에 시달리느라 잠을 설쳤다. 내 방 창밖에서 밤새 개 한 마리가 울부짖었는데 어쩌면 그 때문인지도 모르겠다. 아니면 파프리카 때문인지도 모르겠다. 유리 물병에 담긴 물을 죄다 마셨는데도 갈증이 가시질 않았으니까. 동틀녘이 되어서야 스르르 잠이 들었고, 그때는 잠이 푹 들었었는지 방문을 끊임없이 두드리는 소리에 겨우 잠에서 깼다. 또다시 파프리카와 '마말리가'라는 옥수수 가루로 쑨 죽, '임플레타타'라는 다진 고기와 채소로 속을 채운 아주 근사한 가지 요리(메모 – 이 요리의 조리법도 알아내자.)로 아침식사를 했다. 기차가 여덟 시 조금 전에 출발하기에 식사를 서둘러 마치고 허겁지겁 달려가 일곱 시 삼십 분에 역에 도착했지만, 또 다시 기차가 연착되는 바람에 한 시간이 넘도록 기차 안에 앉아 기다렸다. 동쪽으로 가면 갈수록 기차가 시간을 더 안 지키는 것 같다. 도대체 중국에서는 어느 정도일까?

하루 종일 기차는 온갖 아름다움이 가득한 지역을 느긋하게 달렸다. 이따금씩 오래된 기도서에나 나올 법한 그림 같은 작은 마을들이며 가파른 언덕 꼭대기의 성이 나왔고, 홍수가 범람하는 탓인지 양쪽에 넓은 돌담을 쌓아 놓은 강이며 개울들도 간간이 스쳐 지나갔다. 수량이 많고 유속이 빠른지 강물의 가장자리가 맑고 깨끗하다. 역마다 사람들이 북적거렸고 다들 가지각색의 차림새를 하고 있었다. 일부는 고향 영국이나 프랑스와 독일을 지나오면서 본 농부들과 마찬가지로 짧은 재킷에 둥근 모자를 쓰고 집에서 만든 소박한 바지를 입고 있었지만, 그 외의 옷차림들은 대단한 장관이었다. 여자들은 멀리서 보기엔 예쁘지만, 가까이서 보면 허리 부분의 옷매무새가 꼴사나웠다. 모양은 조금씩 다르지만 다들 풍성한 흰색 드레스 차림이었는데, 대부분은 발레 원피스처럼 펄럭거리는 긴 끈이 주렁주렁 달린 커다란 벨트를 매고 있었다. 물론 속에는 페티코트도 입었다. 내가 본 중 가장 특이한 사람들은 슬로바키아족으로, 다른 사람들보다 더 야만적인 외양에 커다란 카우보이모자를 쓰고, 꼬질꼬질하게 때가 탄 하얗고 헐렁한 바지에 하얀 리넨 셔츠, 폭이 30센티미터는 될 법하고 온통 놋쇠 징을 박아 넣은 거대하고 묵직한 가죽 벨트를 맨 차림이었다. 바지 자락은 높은 장화 안에 쑤셔 넣고, 길고 검은 머리카락에 검은 수염을 무성하게 길렀다. 그 모습이 장관이긴 하나 매력적이진 않다. 당장 고대 동양의 도적단으로 무대 위에 올려도 손색이 없을 정도지만, 외양과 달리 아주 순진하고 수줍음이 많은 사람들이라고 한다.

땅거미가 져 어둑어둑할 때쯤 비스트리츠에 도착했는데, 이곳은 아주 흥미롭고 유서 깊은 곳이다. 사실상 국경에 위치한 이곳은 – 이곳에서 보르고 고개를 따라가면 부코비나로 이어진다 – 파란만장한 격랑이 몰아치는 곳이었고 도처에 그 흔적이 남아 있다. 50년 전에는 대형 화재가 잇따라 발생해 그중 다섯 번은 도시가 완전히 파괴되었다. 17세기 초에는 3주간 적군에 포위되어 만 삼천 명의 주민이 사망했고, 기아와 질병으로 인한 사상자도 속출했다.

드라큘라 백작은 내게 골든 크론 호텔로 가라고 지시했고, 그곳에 도착한 나는 과거의 모습을 고스란히 간직한 고풍스러운 호텔의 모습을 보고 크게 기뻤다. 이 나라의 전통을 그대로 느껴보고 싶었기 때문이다. 호텔에서는 내가 온다는 연락을 미리 받았는지 유쾌한 인상의 노부인이 문 앞으로 마중 나왔는데, 평범한 시골 아낙이 입는 하얀 원피스에 색이 들어가고 몸에 딱 붙어 정숙해 보이지 않는 긴 앞치마를 두르고 있었다. 내가 다가서자 노부인은 고개를 숙여 인사했다. "영국 손님, 맞죠?" 나는 대답했다. "네, 조너선 하커입니다." 노부인은 미소를 지으며 함께 문 앞에 나와 있던 하얀 셔츠를 입은 노인에게 무어라 말을 건넸다. 노인은 잠시 자리를 비우더니 이내 편지를 가지고 돌아왔다.

나의 친구여.

카르파티아에 오신 걸 환영하오. 당신을 간절히 기다리고 있소. 오늘 밤엔 푹 주무시오. 내일 세 시에 부코비나행 승합마차가 출발할 거요. 그 마차에 당신을 위한 자리를 마련해놓았소. 보르고 고개에 도착하면 당신을 내 성까지 모셔올 마차가 대기하고 있을 거요. 런던에서 이곳까지의 여정이 즐거웠을 것이라 믿으며, 내 아름다운 성에 머무는 동안에도 즐거우셨으면 좋겠소.

당신의 친구,
"드라큘라."

5월 4일 – 호텔 주인이 드라큘라 백작의 편지를 받고 마차에서 제일 좋은 자리를 마련해놓았다. 그런데 내가 꼬치꼬치 자세한 내용을 캐묻자 주인은 어물거리며, 내 독일어를 이해하지 못한 척 딴청을 피웠다. 그전까지는 내가 한 말을 완벽하게 이해했으므로, 아니, 적어도 내 질문에 정확하게 대답했으므로 내 의심이 맞을 것이다. 주인장과 날 맞이한 그의 아내인 노부인은 다소 겁먹은 듯한 표정으로 서로 눈빛을 교환했다. 주인은 편지 안에 돈이 동봉되어 있었으며 자신이 아는 것은 그게 전부라고 중얼거렸다. 드라큘라 백작을 아는지, 그의 성에 대해 아는 게 있는지 묻자, 주인장과 아내 모두 성호를 그으며 아무 것도 모른다고 입을 다물었다. 출발할 시간이 다 되어 다른 사람에게 물어볼 여유조차 없었다. 모든 것이 너무나도 불가사의하고 불안했다.

내가 출발하기 직전, 노부인이 내 방으로 올라와 잔뜩 흥분해서 말했다.

"꼭 가야 해요? 아! 젊은 양반, 꼭 가야 하나요?" 어찌나 흥분했는지 원래 쓰던 독일어도 잊고 내가 전혀 알지 못하는 다른 언어들을 마구잡이로 섞어 퍼부어댔다. 나는 이런저런 질문을 던져 겨우 그녀의 말을 이해할 수 있었다. 내가 당장 출발해야 한다고, 중요한 일이 있다고 말하자 그녀는 다시 물었다.

"오늘이 무슨 날인지 알아요?" 나는 5월 4일이라고 대답했다.

그녀는 고개를 저으며 다시 물었다.

"아이구, 그렇죠! 그건 나도 알아요! 오늘이 무슨 날인지 아냐구요?" 내가 무슨 소린지 모르겠다고 대답하자 그녀는 말을 이었다.

"성 조지의 날 이브잖아요. 오늘 밤, 시계가 자정을 알리면 세상의 모든 악한 것들이 죄다 나오는 거 몰라요? 총각이 어디가는지, 뭐가 되는지 알아요?" 얼마나 속상해하며 안달을 하는지 아무리 달래도 소용이 없었다. 종국에는 무릎까지 꿇고 내게 가지 말라고, 적어도 하루 이틀 후에 출발하라고 애걸했다. 터무니없는 소리였지만 마음이 불편했다. 그래도 내겐 해야 할 일이 있었고, 무슨 일이 있어도 그 일을 해야 했다. 따라서 나는 부인을 자리에서 일으키려 하며, 최대한 진지하게 걱정하는 마음은 고맙지만 중요한 일이라 꼭 가야 한다고 말했다. 부인은 마지못해 자리에서 일어나 눈물을 닦더니 목에 걸려 있던 십자가 목걸이를 벗어 내게 건넸다. 나는 어찌할 바를 몰랐다. 영국 국교도인 나는 그런 것들을 우상이라 배웠지만, 불안에 떠는 노부인이 베풀어준 선의를 거절하는 것도 무례한 행동인 것 같았다. 그녀는 내 얼굴에 어린 망설임을 보았는지, 직접 내 목에 십자가 목걸이를 걸어주며 "총각 어머니를 생각해서 주는 거예요." 하고는 방을 나섰다. 이 일기는 역시나 또 늦는 마차를 기다리는 동안 쓰는 것이며, 그 십자가 목걸이는 여전히 내 목에 걸려 있다. 노부인의 두려움 때문인지, 이 지역에 떠도는 수많은 미신 때문인지, 아니면 십자가 때문인지, 왠지 모르게 마음이 편하지 않다. 나보다 이 일기장이 먼저 미나에게 도착한다면, 이 일기장이 내 작별 인사를 전해주기를. 마차가 온다!

5월 5일, 드라큘라 성 - 새벽의 어스름한 회색빛이 가시고 태양은 멀리 내가 알지 못하는 나무들과 언덕들이 울퉁불퉁한 지평선 높이 떠 있다. 졸리지도 않고, 내가 깰 때까지 깨울 이도 없으니 잠이 올 때까지 이 글을 쓴다. 여기에 적고 싶은 특이한 일들이 많다. 이 글을 읽는 사람들이 비스트리츠를 떠나기 전에 호화찬란한 진수성찬을 했다고 여길지도 모르니, 내 저녁식사를 상세히 적어보겠다. 저녁식사로 먹은 것은 이곳 사람들이 '도둑 스테이크'라 부르는 요리인데, 베이컨 조각과 양파, 소고기를 빨간 후추로 양념해 꼬치에 끼워 불에 구운 것으로 런던의 고양이 밥처럼 간단하기 이를 데 없다! 와인은 골든 메디아슈가 나왔는데 묘하게 톡 쏘는 맛이 났지만 나쁘지는 않았다. 이 와인을 두 잔 마신 게 전부다.

내가 마차에 올랐을 때 마부는 자리에 없었고, 마부가 호텔 주인아주머니와 이야기를 나누는 모습을 보았다. 둘은 내 이야기를 하는 게 분명했다. 이따금씩 나를 쳐다보았고, 문 앞 벤치 - '소문 전달자'라 불리는 벤치 - 에 앉은 사람들이 다가가 이야기를 듣고는 역시 나를 쳐다보았으니까. 대부분이 안쓰럽다는 표정이었다. 그들이 나누는 이야기 속에서 수없이 반복되는 단어들이 들렸다. 낯선 단어들이었다. 그 군중 속에는 워낙 다양한 국적의 사람들이 섞여 있었으니 말이다. 나는 조용히 가방에서 다국어 사전을 꺼내 찾아보았다. 날 격려하는 말들은 분명 아니었다. 그들이 반복해 내뱉은 말 중에는 악마라는 뜻의 '오르도크', 지옥이라는 뜻의 '포콜', 마녀라는 뜻의 '스트레고이차', '브롤로크'와 '블코슬라크'란 단어들이 있었다. 마지막 두 단어 중 하나는 슬로바키아어, 다른 하나는 세르비아어로 둘 다 늑대인간 또는 흡혈귀란 뜻이다. (메모 – 드라큘라 백작에게 이러한 미신들에 대해 꼭 물어볼 것.)

마차가 출발하는 순간, 이때쯤 상당히 불어난 인파가 호텔 정문 앞에 모여 일제히 가슴에 성호를 긋고 두 손가락으로 나를 가리켰다. 나는 동료 승객에게 물어 그 손짓이 무슨 의미인지 겨우 알아내었다. 처음에는 대답하지 않으려 하다가 내가 영국인이라는 것을 알고는 그 손짓이 악마의 눈으로부터 지켜주고 보호해주는 주술이라고 설명해주었다. 미지의 남자를 만나기 위해 미지의 장소로 막 출발하는 나에게 썩 유쾌한 상황은 아니었다. 하지만 다정한 마음 씀씀이로 나 같은 외지인의 처지를 안타까워하고 걱정하는 그들의 모습에 절로 감동을 받을 수밖에 없었다. 호텔 마당 중앙에 모아 놓은 녹색 화분 안에

심은 오렌지나무와 서양 협죽도의 푸르른 이파리를 배경으로, 넓은 아치길에 모여 서서 일제히 성호를 긋던 그들의 마지막 모습을 절대 잊지 못할 것이다. 그다음 순간, 통이 넓은 리넨 바지 – 이곳에서는 그 바지를 '고차'라 부른다 – 로 마부석을 완전히 덮어버린 우리의 마부가 작은 말 네 마리를 커다란 채찍으로 후려쳤다. 마차는 앞으로 달려 나갔고 그렇게 여정이 시작되었다.

마차를 타고 길을 달리면서 눈앞에 펼쳐진 아름다운 풍경에 으스스한 기억은 잊고 말았다. 하지만 내 동료 승객들이 말하는 언어, 혹은 언어들을 알아들었더라면 그리 쉽게 잊어버리지는 않았을지도 모른다. 우리 앞에는 숲과 나무가 무성한 푸르른 들판이 펼쳐져 있었으며, 이따금씩 꼭대기에 나무 수풀이 있거나 도로 쪽으로 박공벽을 대고 선 농가들이 있는 가파른 언덕이 나오기도 했다. 지천으로 사과나무, 자두나무, 배나무, 벚나무 꽃이 흐드러지게 피어 있었으며, 나무 아래의 푸른 잔디 위로 떨어진 꽃잎들이 점점이 박혀 있었다. 이곳 사람들이 '저지대'라 부르는 이 푸르른 언덕 사이로 도로가 뻗어 있다. 도로는 풀이 무성한 모퉁이를 돌아 사라지기도 하고, 드문드문 난 소나무에 가려 사라지기도 하면서 날름거리는 불길처럼 언덕의 사면 이곳저곳으로 뻗어나갔다. 도로가 울퉁불퉁한데도 우리가 탄 마차는 얼마나 서두르던지 날아갈 듯이 내달렸다.

당시에는 그렇게 서두르는 이유를 이해하지 못했지만, 마부가 한시라도 빨리 보르고 고개에 도착하려 안달하는 것은 분명했다. 이 길은 여름에는 훌륭하지만, 겨울에 눈이 온 이후로 미처 정비를 하지 못했다고 한다. 이 점에서 이 도로는 카르파티아의 일반적인 도로와는 다르다고 할 수 있다. 카르파티아에서는 도로를 지나치게 깔끔히 정비하지 않는 것이 오래된 전통이기 때문이다. 고대로부터 투르크족의 군주들은 도로를 정비하는 법이 없었다. 도로를 정비하면 투르크족이 외국인 군대를 맞이할 준비를 하는 거라 생각해, 항상 일촉즉발이던 전쟁이 터질 것을 우려한 탓이다.

'저지대'의 둥그렇게 부푼 푸른 언덕들 너머로 거대한 숲의 사면들이 우뚝 솟은 카르파티아의 산꼭대기까지 이어져 있었다. 산맥이 우리의 좌우를 둘러쌌고, 오후의 햇살이 숲 위로 쏟아져 내리자 형형색색으로 빛났다. 산봉우리 그늘은 짙은 파란색과 보라색, 풀과 바위로 뒤섞인 곳은 녹색과 갈색으로 빛나고, 바위산들이 끝없이 늘어서 있던 삐죽삐죽한 바위와 뾰족한 바위산들은 어느새 멀리로 사라지고 눈 덮인 봉우리들이 위풍당당하게 솟아올랐다. 산 속에는 거대한 균열들이 이곳저곳에 있는 모양인지, 태양이 지기 시작하자 이따금씩 폭포수의 하얀 포말이 보였다. 마차가 언덕 기슭을 도는 순간, 길이 구불구불한 탓에 우리 바로 앞에 놓여 있는 것 같은 깎아지른 듯한 높은 설봉이 위풍당당한 모습을 드러냈다. 일행 중 한 명이 내 팔을 툭 쳤다.

"저것 좀 봐요! 이슈텐 세크예요! 신의 의자예요!" 그는 경건하게 성호를 그었다.

끝없는 길을 구불구불 돌아가는 동안, 태양은 우리 뒤로 점점 낮아지면서 저녁의 어스름이 우리 주위로 슬금슬금 기어왔다. 눈 덮인 산봉우리는 여전히 지는 해를 받아 곱고 차가운 분홍색으로 빛났고, 그 덕에 아래의 어둠은 더욱 깊어 보였다. 마차를 타고 가는 동안 여기저기서 체코인과 슬로바키아인을 지나쳤는데, 모두들 인상적인 복장을 하고 있었지만 갑상샘종이 유행중인지 목 밑이 부어올라 있는 사람들이 많았다. 길가에는 수많은 십자가들이 늘어서 있었고, 그 십자가들을 지나쳐 가며 내 일행들은 다들 성호를 그었다. 여기저기에 성지 앞에서 무릎을 꿇은 시골 농부나 시골 아낙이 있었는데, 우리가 지나가도 고개 한 번 돌리지 않았다. 기도에 몰두한 나머지 바깥세상은 들리지도 보이지도 않는 모양이었다. 내겐 모든 것이 신기했다. 이를테면 나무 옆에 쌓아 놓은 건초 더미, 가지가 늘어진 자작나무들이 아름답게 늘어선 모습, 연한 녹색 이파리 사이에서 은색으로 빛나는 자작나무의 하얀 줄기마저 신기했다. 이따금씩 평범한 농부들이 끄는 수레와 마주쳤는데, 울퉁불퉁한 도로를 달리며 균형을 잡기 위해 뱀같이 긴 막대기가 달려 있었다. 이 수레 위에는 어김없이 집으로 돌아가는 농부들이 한 무리 타고 있었는데, 체코인은 흰색 옷을 입은 반면 슬로바키아인은 알록달록한 양가죽 옷을 입고 있었고 끝에 도끼가 달린 긴 창을 들고 있었다. 저녁이 저물면서 날이 아주 쌀쌀해졌고, 황혼은 점점 깊어져 검은 안개처럼 떡갈나무와 너도밤나무, 소나무를 뒤덮는 것 같았지만, 고개를 따라 올라가다 보니 언덕 돌출부 사이로 깊게 흐르는 계곡에는 검게 물든 전나무들이 아직 남은 눈을 배경으로 이곳저곳에 서 있었다. 때때로 우리를 삼켜버릴 것 같은 어둠과도 같은 소나무 숲을 지났는데, 거대한 회색 덩어리처럼 이곳저곳에 산재한 나무들은 기이하고 음산한 분위기를 자아내, 초저녁 지는 햇살에 카르파티아 계곡에서 끝없이 몰아치는 듯한 유령 같은 구름의 윤곽을 선명히 드러냈다.

그 순간 불길한 생각들과 환상들이 되살아났다. 때로는 언덕이 너무 가팔라 마부가 서두르는데도 불구하고 말들은 한 발짝씩밖에 내디딜 수가 없었다. 나는 고향에서 하는 것처럼 마차에서 내려 걸어 올라가고 싶었지만 마부는 내 말을 듣지 않았다. "안 돼요, 안 돼요. 여기선 걸어갈 수 없어요. 개들이 얼마나 사나운데요." 그러고는 한마디 덧붙였는데, 내게 겁을 주려 농담을 하는 건지 마부가 이 말을 하며 승객들을 돌아보자 승객들도 씩 웃으며 마부를 마주보았다. "손님은 앞으로 잠들기 전에 충분히 걷게 될 텐데요." 마부가 마차를 멈춰 세운 것은 단 한 번 램프에 불을 붙였을 때뿐이었다.

날이 점점 어두워지자 승객들이 좀 흥분한 듯, 마치 더 속력을 내라고 재촉하는 것처럼 저마다 마부에게 말을 건넸다. 마부는 긴 채찍으로 무자비하게 말들을 내리치고, 거친 함성으로 더더욱 몰아세웠다. 그러다 어둠 속에서 작은 회색 불빛 하나가 보였는데, 마치 언덕 사이에 틈이 있는 것 같았다. 승객들의 흥분은 더욱 거세졌다. 질주하는 거대한 가죽 마차는 용수철 위에 올라탄 것처럼 날뛰었고, 태풍이 몰아치는 바다 위의 쪽배처럼 흔들렸다. 나는 어떻게든 참고 버티는 수밖에 없었다. 도로는 점점 평탄해졌고 마차는 그 길을 날아갔다. 어느 순간 산이 마차 양쪽을 점점 조여 오는 것 같더니 이내 덮칠 듯 다가왔다. 우리는 보르고 고개에 들어서고 있었다. 승객 서너 명이 돌아가며 내게 선물을 건넸는데, 어찌나 진지하던지 차마 거절할 수가 없었다. 그 선물이란 이상하고 다양한 물건들이었다. 다들 이 선물을 건네며 선의에서 우러나온 다정한 말과 축복의 말을 건네고, 또 비스트리츠 호텔 앞에서 본 기이한 두려움이 섞인 동작, 그러니까 성호를 긋고 악마의 눈에서 보호하는 손짓을 했다. 마차가 계속 내달리면서 마부가 앞으로 몸을 숙였고 승객들은 마차 양쪽에 붙어 목을 길게 빼고 어둠 속을 유심히 내다보았다. 무언가 아주 흥미진진한 것이 일어나거나, 그런 일이 일어나기를 기대하는 게 분명했지만, 내 질문에 양쪽 승객 모두 한마디 대꾸도 하지 않았다. 이러한 흥분 상태는 조금 더 지속되었고, 마침내 우리 앞에 동쪽으로 뻗은 보르고 고개가 나타났다. 머리 위로는 컴컴한 구름들이 꿈틀거렸고, 공기 중에는 곧 천둥이 칠 것 같은 묵직한 기운이 감돌았다. 마치 이 산맥은 두 개의 대기로 나뉘어져 있고, 이제 우리는 천둥이 치는 곳으로 들어서는 것 같았다.

나는 백작이 날 위해 보낸 마차가 왔나 두리번거렸다. 매순간 어둠을 뚫고 불타는 램프가 보이길 기대했지만, 바깥은 짙은 어둠뿐이었다. 깜빡거리는 빛줄기를 내뱉는 건 우리 마차에 달린 램프뿐이었고, 그 빛줄기 속에서 주구장창 달려온 말들이 내뿜는 수증기가 하얀 구름처럼 피어올랐다. 이제 우리에게 보이는 거라곤 앞에 놓인 하얀 모래 도로뿐이었지만, 그 도로에 마차의 흔적은 전혀 보이지 않았다. 승객들은 안도의 한숨을 쉬며 등을 기댔는데, 그것은 내 실망을 조롱하는 것 같았다. 내가 어떻게 해야 하나 고민하는 찰나, 마부가 시계를 보더니 다른 이들에게 무어라 말했다. 아주 낮은 목소리로 속닥거려 내겐 거의 들리지 않았다. 내 생각에는 "예정보다 한 시간 빨리"라고 한 것 같다. 그러더니 나를 돌아보며 나보다 더 형편없는 독일어로 말했다.

"여기 마차 없어요. 손님 기다리는 사람 아무도 없어요. 손님

이제 부코비나로 가고 내일이나 그다음 날 돌아가요. 그다음 날이 더 나아요." 마부가 이야기를 하는 사이 말들이 히히힝 울고 콧김을 뿜으며 요란하게 발길질을 하는 통에 마부가 고삐를 당겼다. 순간 갑자기 농부들이 일제히 비명을 내지르며 성호를 그었다. 그 순간 말 네 마리가 끄는 이륜마차 한 대가 우리 마차 뒤에서 달려와 우리 마차를 따라잡더니 옆에 섰다. 내가 탄 마차에 달린 램프의 불빛에 비친 그 말들은 석탄처럼 까맣고 늠름했다. 키가 큰 남자가 그 마차를 몰았는데, 긴 갈색 턱수염을 기른 데다 얼굴을 감추려는 듯 커다란 검은 모자를 쓰고 있었다. 그가 우리에게 고개를 돌리는 순간 언뜻 아주 밝은 두 눈이 보였는데, 램프 불빛에 빨간색으로 보였다. 그 남자가 마부에게 말했다.

"오늘 밤엔 일찍 도착했군, 친구."

마부가 더듬거리며 대답했다.

"영국 손님이 서두르셔서요."

"자넨 그 손님이 부코비나로 가길 원한 모양이군. 날 속일 순 없네, 친구. 나는 너무 많은 걸 알고, 내 말들은 날래지." 남자는 말하며 미소를 지었고, 램프 불빛이 냉엄한 입매를 비틀었는데, 입술은 아주 빨갛고 상아처럼 하얀 이는 날카로웠다. 내 일행 중 한 명이 다른 이와 독일 시인 뷔르거의 시 〈레노레〉의 한 구절을 속삭였다.

"덴 디 토드텐 라이텐 슈넬(죽음은 발이 빠르니까)."

낯선 마부가 그 말을 들었는지, 고개를 들며 환한 미소를 지었다. 그 승객은 고개를 홱 돌리며, 그와 동시에 두 손가락을 들어 성호를 그었다. "손님의 짐 가방을 내게 주시오." 그 마부가 말했다. 순식간에 내 가방들은 이륜마차에 실렸다. 나는 승합마차에서 내릴 준비를 했다. 이륜마차가 워낙 가까이에 붙어서 있던 터라 마부가 한 손을 뻗어 단단하게 내 팔을 잡아주었다. 힘이 굉장한 사람이었다. 그는 한마디 말도 없이 고삐를 흔들었고, 말들이 방향을 틀었으며, 우리는 보르고 고개의 어둠 속으로 빨려 들어갔다. 뒤를 돌아보자 램프의 불빛에 승합마차의 말들이 내뿜는 수증기가 보였고, 그 뒤로 성호를 긋는 내 일행들의 형체가 어른거렸다. 그 순간 승합마차의 마부가 채찍을 내리쳐 말들을 호령했고, 그들은 부코비나로 길을 재촉했다. 그들이 어둠 속으로 사라지는 순간, 나는 기이한 오한이 들었고 외로움이 밀려왔다. 허나 내 어깨엔 외투가 걸쳐져 있었고 무릎에는 담요가 덮여져 있었다. 마부가 완벽한 독일어로 말했다.

"밤은 쌀쌀하다오, 손님. 그리고 제 주인이신 백작께서 손님을 잘 모시라고 명령하셨소. 좌석 밑에 슬리보비츠(그 지역의 매실주) 병이 있으니 원한다면 드시오." 나는 한 모금도 마시지 않았으나, 그래도 술병이 그곳에 있다는 사실이 위안이 되었다. 기분이 조금 이상했지만 전혀 무섭지는 않았다. 미지의 밤 여행을 떠나는 것 외에 달리 어떤 대안이 있었을까 생각해보았다. 마차는 곧장 앞으로 내달리다가 방향을 완전히 꺾더니 또 다른 직선 도로에 올랐다. 내가 느끼기에는 같은 길을 다시 계속해서 달리는 것 같았고, 그래서 두드러진 지형을 기억해두었다가 확인해 본 결과 내 느낌이 사실이란 것을 알았다. 굳이 왜 같은 길을 빙빙 도는지 마부에게 물어보고 싶었으니 묻기가 두려웠다. 내가 처한 상황에서 항의를 해봐야 시간만 더 지체될 뿐일 테니까. 하지만 시간이 얼마나 지났는지 궁금한 마음에 성냥 한 개비를 켰고, 그 불빛에 시계를 비추어보았다. 자정이 몇 분 남지 않은 시각이었다. 이에 나는 조금 충격을 받았는데, 아무래도 최근 들은 자정에 대한 미신이 떠올랐기 때문인 것 같다. 긴장감에 속이 울렁거렸지만 잠자코 기다렸다.

순간 도로 멀리 아래쪽 농가 어딘가에서 개 한 마리가 울부짖었다. 두려움에 휩싸인 듯 길고 고통스러운 울부짖음이었다. 개가 울부짖는 소리는 또 다른 개, 그리고 또 다른 개로 계속 이어졌고 이제는 고갯길을 따라 부드럽게 한숨을 쉬는 듯한 바람에 실려 왔는데, 그 요란한 울음소리는 밤의 어둠 속에서 상상할 수 있는 한도 내의 모든 땅에서 밀려오는 것 같았다. 첫 번째 울음소리에 말들이 긴장하며 뒷다리로 섰지만, 마부가 살살 달래자 곧 잠잠해졌다. 그래도 갑작스러운 공포의 여운으로 몸을 떨며 식은땀을 흘렸다. 그러다 더 멀리서, 우리 양쪽의 산에서 더 크고 더 날카로운 울음소리가 들려오기 시작했다. 늑대의 울음소리였다. 그 소리에는 말과 내가 똑같이 반응했다. 나는 마음속으로 마차에서 펄쩍 뛰어내려 달려갔고, 말들이 다시 앞다리를 치켜들며 발광하는 터에 마부가 그 말들이 폭주하지 않도록 막기 위해 있는 힘을 다해야 했다.

다행히 몇 분 뒤 내 귀는 그 소리에 적응이 되었다. 말들이 어느 정도 잠잠해지자 마부가 마차에서 내려 말 앞에 섰다. 마부가 말들을 토닥이고 쓰다듬으며 말 조련사처럼 귓속에다 무어라 속삭였는데, 그 효과가 놀라웠다. 여전히 몸을 떨긴 했지만 말들이 다시 얌전해졌기 때문이다. 마부는 다시 자리에 앉아 고삐를 흔들고 어마어마한 속도로 내달렸다. 이번에는 고갯길을 한참 달리다 느닷없이 오른쪽으로 급격하게 꺾인 좁은 샛길로 내려갔다.

곧 우리는 길 위로 가지를 드리운 나무 사이를 헤치고 지나가다가 터널 하나를 지났다. 그러자 다시 거대하고 위압적인 바위들이 마차 양쪽으로 바싹 붙었다. 마차 안에 있는데도 점점 거세지는 바람 소리가 들렸다. 바람은 바위 사이로 지나가며 신음하고 윙윙거렸으며, 우리가 쌩하니 지나갈 때마다 나뭇가지들이 서로 부딪히며 바스락거렸다. 점점 더 추워지더니 마침내는 미세한 가루눈이 내리기 시작해, 머지않아 우리와 우리 주변을 하얀 담요처럼 뒤덮었다. 날카로운 바람에 아직도 개들의 울음소리가 실려 왔지만, 갈수록 그 소리는 점점 더 희미해졌다. 대신 늑대 짖는 소리는 점점 더 가까워져, 마치 온 사방에서 늑대 무리가 우리를 포위하고 점점 좁혀 들어오고 있는 것 같았다. 나는 끔찍한 공포에 사로잡혔고, 말들 역시 마찬가지였다. 하지만 마부는 조금도 동요하지 않은 표정으로, 계속해서 좌우를 살폈다. 칠흑 같은 어둠 속에서 뭘 찾는 것인지 알 수가 없었다.

어느 순간 우리 왼쪽 멀리로 희미하게 깜빡거리는 파란 불꽃이 보였다. 마부도 나와 동시에 그 불꽃을 보았다. 즉시 마부는 말을 멈춰 세우더니 마차에서 뛰어내려 어둠 속으로 사라졌다. 나는 어찌할 바를 몰랐고, 늑대들의 울음소리는 점점 더 가까워졌다. 내가 안절부절못하는 사이 마부가 느닷없이 다시 나타났고 한마디 말도 없이 자리에 앉더니 다시 마차를 몰았다. 내가 깜빡 잠이 들어 꿈을 꾼 것이 분명하다. 그 일은 끝없이 되풀이되는 것 같았기 때문이다. 이제와 되돌아보면 끔찍한 악몽 같다. 불꽃이 도로 아주 가까이에 나타나자, 캄캄한 어둠에도 불구하고 마부의 동작들이 보였다. 마부는 서둘러 그 파란 불꽃이 솟는 곳으로 향했다. 그 불꽃은 주변 전체를 환히 밝히지 못하는 것을 보면 아주 흐릿한 불인 모양이었다. 마부는 돌 몇 개를 모아 그것으로 어떤 장치를 만들었다. 그 즉시 기이한 시각적 효과가 발생했다. 마부가 나와 불꽃 사이에 섰을 때에도 마부가 불꽃을 가리지 않았다. 여전히 내 눈엔 유령처럼 깜빡이는 그 불꽃이 보였던 것이다. 놀라긴 했지만, 그 효과가 한순간이었기 때문에 어둠을 들여다보느라 지친 눈이 헛것을 본 거라 생각했다. 그 후로 한동안 파란 불꽃은 보이지 않았고 우리는 어둠을 뚫고 계속 앞으로 달렸다. 우리 주위로는 마치 움직이는 원형처럼 우리를 따라오는 듯한 늑대의 울음소리가 계속 맴돌았다.

마침내 마부가 여지껏 그랬던 것보다 더 멀리 가버렸다. 그가 자리를 비운 사이 말들은 더 요란하게 부들부들 떨며 콧김을 내뿜고 공포에 질린 울음소리를 내기 시작했다. 나는 영문을 몰랐다. 늑대의 울음소리도 멈추었는데.

하지만 바로 그때 검은 구름 사이를 누비던 달이 소나무로 뒤덮인 울퉁불퉁하고 불쑥 튀어나온 바위 너머로 모습을 드러냈고, 나는 그 빛에 우리 주위를 원형으로 둘러싼 늑대들을 보고 말았다. 하얀 이빨 사이로 빨간 혀를 축 늘어뜨리고, 늘씬하고 탄탄한 다리에 털은 덥수룩했다. 이들은 울부짖을 때보다 침묵하고 있을 때가 백배는 더 무시무시했다. 나는 공포로 숨이 멎을 지경이었다. 그런 끔찍한 공포는 직접 마주해본 자만이 이해할 수 있을 것이다.

갑작스런 달빛이 기이한 영향을 미친 듯 늑대들은 일제히 울부짖기 시작했다. 말들은 펄쩍거리며 앞발을 치켜들었고 차마

이 광경을 보는 것이 고통스럽다는 듯 눈알을 이리저리 굴리며 무력하게 주위를 둘러보았다. 하지만 살아 있는 공포의 원은 온 사방에서 말들을 에워쌌다. 말들은 그 안에서 벗어날 방법이 없었다. 나는 마부를 외쳐 불렀다. 마부가 와야만 그 원을 깰 수 있을 것 같았다. 나는 목청껏 소리를 지르며 마차의 옆쪽을 두드렸다. 혹시나 늑대들이 그 소리에 겁을 먹고 비켜야 마부가 마차로 돌아올 길이 생길 것 같은 마음에서였다. 마부가 어떻게 그곳에 왔는지는 모르지만, 근엄한 지배자의 어조로 말하는 목소리를 듣고 그쪽을 쳐다보니 그가 길 한가운데 서 있었다. 마부가 보이지 않는 장애물을 쓸어버리듯 긴 팔을 휘젓자 늑대들이 뒤로, 뒤로 물러났다. 바로 그 순간, 묵직한 구름이 달의 표면을 덮으며 우리는 다시 암흑 속에 파묻혔다.

다시 앞이 보였을 때 마부는 마차에 올라타고 있었고, 늑대들은 사라지고 없었다. 모든 일이 너무나도 기이하고 불가사의했고, 나는 너무나도 겁에 질린 나머지 말 한마디 꺼내지도, 손가락 하나 꼼짝하지도 못했다. 길을 가는 동안 시간은 한없이 길고 지루하게 느껴졌고, 이제는 꿈틀거리며 흘러가는 구름들이 달을 가려 완전한 어둠뿐이었다. 마차는 계속해서 오르막길을 올랐다. 이따금씩 짧은 내리막길도 나왔지만 거의 대부분은 오르막길이었다. 어느 순간 나는 마부가 폐허가 된 거대한 성의 마당 안으로 말을 이끌고 있다는 사실을 깨달았다. 그 성의

높고 검은 창에서는 빛 한 줄기 새어나오지 않았고, 부서진 흙
벽은 달빛이 비치는 하늘을 배경으로 울퉁불퉁한 선을 그렸다.

제2장

조너선 하커의 일기 - 계속

5월 5일 - 잠이 들었던 게 분명하다. 아니라면 그런 어마어 마한 장소에 다가서는 사실을 분명히 알아차리지 않았을까? 어 둠 속에서도 마당은 크기가 상당해 보였는데, 거대한 둥근 아 치 아래로 어두운 길이 서너 개 뻗어 있어 실제보다 더 커 보였 는지도 모른다. 아직까지 대낮에 그곳을 보지 못했다.

마차가 멈추자 마부가 마차에서 훌쩍 뛰어내리더니 손을 내 밀어 내가 내리는 것을 도와주었다. 다시 한번 나는 마부가 악 력이 상당하다는 사실에 주목하지 않을 수 없었다. 그의 손은 원한다면 내 손을 으깨버릴 수 있는 강철 기계 같았다. 그런 다 음 그는 내 짐 가방들을 꺼내 거대한 문 앞에 선 내 옆에 내려놓았다. 그 문은 오래되고 거대한 쇠못들이 박혀 있었으며, 거대한 석재로 쌓은 돌출형 출입구 안에 달려 있었다. 흐릿한 불빛에도 석재에 빼곡하게 조각이 되어 있는 것이 보였지만, 조각은 세월과 날씨로 상당 부분 마모된 상태였다. 문 앞에 서 있는 나를 두고 마부는 다시 마차에 뛰어올라 고삐를 흔들었다. 말들이 발걸음을 옮겼고 마차는 컴컴한 입구 중 한 곳으로 내려가더니 모습을 감췄다.

나는 어떻게 해야 할지 몰라 멍하니 그곳에 서 있었다. 초인종도 고리쇠도 없었다. 내 목소리는 이 위압적인 벽들과 컴컴한 창문들을 통과하지 못할 것 같았다. 기다리는 시간은 끝없이 길게만 느껴졌고, 마음속에서 의심과 두려움이 스멀스멀 솟아올랐다. 내가 도대체 어떤 곳에 온 것일까? 어떤 사람들을 만나러 온 것일까? 내가 터무니없이 무시무시한 모험을 감행한 것이 아닐까? 런던 저택 구매 건을 설명하러 외국에 출장을 나온 변호사의 서기에게 흔히 일어날 수 있는 일일까? 변호사의 서기라! 미나는 그 점을 마음에 들어 하지 않았다. 아니, 이제는 변호사다. 런던을 출발하기 직전 내가 변호사 시험에 통과했다는 소식을 들었으니, 이제 나는 완전한 변호사다! 내가 꿈을 꾸는 게 아닌지 확인하려 눈을 비비고 내 살을 꼬집어보았다. 이 모든 일이 끔찍한 악몽과도 같았고, 어느 순간 잠에서 깨어 내 집 침대에 누워 있고 창밖에서 동이 트고 있을 것 같았다. 과로

한 다음 날에는 가끔 악몽을 꾸다 잠에서 깨곤 했으니까. 하지만 꼬집은 살은 아팠고, 내 두 눈도 멀쩡했다. 나는 정말로 깨어 있었고 카르파티아에 있었다. 이제 내가 할 수 있는 일이라곤 아침이 올 때까지 참고 기다리는 것뿐이었다.

내가 이러한 결론을 내린 찰나, 거대한 문 뒤편에서 묵직한 발자국 소리가 들리고 문틈으로 점점 다가오는 불빛이 보였다. 이번에는 덜컹거리는 사슬 소리와 거대한 빗장이 철커덕하고 열리는 소리가 났다. 오랫동안 사용하지 않았는지 요란하게 삐걱거리는 소음과 함께 열쇠가 돌아가더니 거대한 문이 활짝 열렸다.

그 안에는 키가 크고 나이가 지긋한 한 남자가 서 있었는데, 길고 하얀 턱수염을 제외하면 깔끔하게 면도를 하고 머리부터 발끝까지 온통 검은색 차림을 한 데다 색이라고는 한 점도 찾아볼 수 없었다. 남자는 한손에 고풍스러운 은색 램프를 들고 있었다. 등피를 씌우지 않은 램프의 불길은 열린 문틈으로 들어온 바람에 깜빡거리며 길고 떨리는 그림자들을 만들어냈다. 노신사는 오른손을 들어 정중하게 안으로 들어오라 손짓하면서 완벽하지만 억양이 특이한 영어로 말했다.

"내 집에 오신 걸 환영하오! 당신의 의지로 마음껏 들어오시오!" 노신사는 앞으로 나와 날 맞이하기는커녕 마치 환영의 손짓을 하다 그대로 돌이 된 동상처럼 뻣뻣하게 그 자리에 서 있었다. 하지만 내가 문지방을 넘어선 순간 그가 홀연히 앞으로 나와 내 손을 붙잡았는데 얼마나 힘이 세던지 눈살이 절로 찌푸려졌다. 거기다 손이 얼음장처럼 차가워 살아 있는 사람이라기보다는 죽은 사람의 손 같았다. 그가 다시 한번 말했다.

"내 집에 오신 걸 환영하오. 마음껏 들어오시오. 마음껏 들어와 당신이 가져온 행복을 두고 가시오!" 이 남자의 악력은 마부의 것과 너무나도 비슷했는데, 나는 마부의 얼굴을 보지 못했기에 일순간 이 남자가 마부와 동일인이 아닌가 하는 의심이 들었다. 확인하기 위해 나는 미심쩍은 말투로 물었다.

"드라큘라 백작님?"

남자가 정중하게 고개를 숙이며 대답했다.

"내가 드라큘라요. 그리고 하커 씨, 내 집에 온 것을 환영하오. 들어오시오. 밤공기는 차갑고, 당신은 식사를 하고 쉬어야 하오." 그는 이렇게 말하며 벽의 선반에 램프를 올려놓고 발걸음을 옮겨 내 짐 가방을 들었다. 내가 어쩌기도 전에 집주인이 가방을 들고 앞장섰다. 내가 만류했지만 백작은 고집을 꺾지 않았다.

"아니오, 선생. 당신은 내 손님이오. 시간이 늦어 하인들은 다들 잠들었소. 내가 직접 선생의 편의를 봐드리겠소." 백작은 끝끝내 내 짐 가방을 들고 복도를 걸어가다가 거대한 나선형 계단을 올라갔고, 또 다른 거대한 복도를 지났다. 석재 바닥에 우리의 발걸음 소리가 묵직하게 울려 퍼졌다. 백작이 복도 끝에 있는 묵직한 문을 활짝 열자 기쁘게도 식탁에 저녁식사가 차려져 있는 환한 방이 나왔는데, 거대한 벽난로에서는 새로 불을 지폈는지 모닥불이 활활 타오르고 있었다.

백작은 멈추어 서서 내 짐 가방을 내려놓고 문을 닫더니 그 방을 가로질러 가 또 다른 문을 열었다. 그 안은 램프 하나가 놓인 작은 팔각형 방이었는데 창문은 하나도 없는 듯했다. 백작은 이 방을 지나 또 다른 문을 열더니 내게 그 안으로 들어가라고 손짓했다. 반가운 풍경이었다. 그곳은 역시 모닥불을 피워 – 역시 장작을 채워 넣은 지 얼마 되지 않았는지 맨 꼭대기의 장작은 새것이었다 – 환하고 따뜻한 거대한 침실이었다. 백작은 내 짐 가방을 침실 안에 내려놓고는 나가서 문을 닫기 전 이렇게 말했다.

"긴 여행을 하셨으니 개운하게 씻고 싶으실 거요. 선생이 원하는 것은 안에 뭐든 다 있을 거요. 준비가 되면 나오시오. 저녁식사가 준비되어 있을 것이오."

환한 빛과 따뜻한 온기, 백작의 정중한 환영 인사에 그동안의 의심과 두려움들이 죄다 눈 녹듯 사라졌다. 그제야 평소의 나로 돌아왔고, 그와 동시에 잊고 있었던 무시무시한 허기가 밀려왔다. 서둘러 씻고 나갔다.

저녁식사는 이미 준비되어 있었다. 백작은 거대한 벽난로 한쪽에 기대어 서서 식탁 쪽으로 우아하게 손을 흔들며 말했다.

"자, 어서 자리에 앉아 마음껏 드시오. 내가 함께하지 못하는 점을 양해해줄 거라 믿소. 나는 이미 식사를 했고 저녁은 먹지 않소."

나는 호킨스 씨가 맡긴 봉인한 편지를 건넸다. 백작은 편지 봉투를 열고 진지하게 편지를 읽었다. 그러더니 매력적인 미소를 지으며 내게 읽어보라고 편지를 돌려주었다. 그 편지의 첫 줄을 읽는 순간 짜릿한 기쁨이 솟아올랐다.

"안타깝게도 저는 지병인 통풍이 발작해 한동안 여행은 꿈도 꿀 수 없는 처지입니다만, 다행스럽게도 제가 전적으로 신뢰하며 자격이 충분한 대리인을 보냅니다. 젊은 친구지만 이 일에 재능이 있으며 열정도 풍부한 데다 아주 성실합니다. 신중하고 입이 무거우며 제 밑에서 변호사 일을 배우며 컸죠. 이 친구라면 백작님 댁에 머무는 동안 백작님의 일을 처리할 수 있을 것이며, 백작님의 지시를 전적으로 따를 것입니다."

백작이 앞으로 나와 접시의 뚜껑을 들어 올렸고, 나는 그 즉시 근사한 구운 닭 요리를 먹는 데 몰두했다. 그 닭 요리와 더불어 치즈와 샐러드, 오래 묵은 토카이 와인 한 병이 내 저녁이었다. 내가 식사를 하는 동안 백작은 내 여행에 대해 여러 가지 질문을 던졌고, 나는 그에게 내가 경험한 모든 일을 세세히 말해 주었다.

이때쯤 나는 저녁식사를 마쳤고, 백작의 청에 따라 벽난로 앞에 앉아 그가 건넨 시가를 피우기 시작했다. 그는 내게 시가를 건네면서 자신은 피우지 않는다고 양해를 구했다. 이제야 백작을 자세히 관찰해보니 아주 특이한 얼굴이었다.

코가 심한 - 아주 심한 - 매부리코로 가느다란 콧대가 높고 콧구멍은 특이하게도 반달 모양이었다. 높게 솟은 이마에 관자놀이 부근은 머리숱이 적었지만 그 외에는 숱이 무성했다. 눈썹이 아주 진하고 두꺼워 코 위에서 서로 닿을 정도였으며, 머리는 숱이 워낙 많아 저절로 말려 올라간 듯한 더벅머리였다. 묵직한 콧수염 밑으로 보이는 입은 다소 잔혹한 느낌이었으며 유난히 날카로운 하얀 이는 입술 위로 삐져나와 있고, 그 나이 남자치고 혈기왕성한지 입술이 유난히 붉었다. 그 외로 두 귀는 창백하고 귀 끝은 아주 뾰족했다. 턱은 넓고 강했으며, 피부는 얇지만 탄탄했다. 전반적인 인상은 극도로 창백하다는 것이었다.

이제까지 벽난로 불빛에 본 그의 무릎 위에 놓인 손등은 좀 하얗긴 하지만 건강해 보였다. 하지만 이제 가까이에서 보니 그 손은 넓고 거친 데다 손가락은 짤막했다. 희한하게도 손바닥 중간에 털이 나 있었다. 손톱은 길고 건강했으며 가운데가 뾰족했다. 백작이 내 쪽으로 몸을 숙이며 손으로 날 건드리는 순간, 나도 모르게 흠칫 몸서리를 쳤다. 백작의 입 냄새가 지독한 탓인지 갑자기 극심한 구토가 밀려와 참을 수가 없었다. 당연히 이를 눈치 챈 백작이 몸을 뒤로 뺐다. 그리고 으스스한 미소 같은 것을 지어 입술 위로 튀어나온 것보다 더 많은 이를 드러내더니, 다시 제자리에 앉았다. 둘 다 한동안 말이 없었다. 나는 창을 쳐다보다가 새벽을 알리는 희미한 빛줄기를 보았다. 모든 것이 기이할 정도로 고요했다. 하지만 가만히 귀를 기울이다 보니 계곡 아래서 수많은 늑대들이 울부짖는 소리가 들렸다. 백작이 눈을 빛내며 말했다.

"저 소리를 들어보시오. 밤의 아이들의 목소리를. 아, 이 얼마나 아름다운 음악인지!" 내 표정이 이상했는지 그가 덧붙였다.

"아, 선생 같은 도시인들은 사냥꾼의 본능을 이해하지 못하겠군." 그러고는 자리에서 일어섰다.

"많이 피곤하실 거요. 침실은 준비되어 있고 얼마든지 푹 주무셔도 좋소. 나도 오후까지는 외출할 테니 말이오. 그러면 좋은 꿈꾸며 편히 주무시오!" 정중하게 고개를 숙여 인사하며, 직접 팔각형 방으로 이어지는 문을 열어주었고, 나는 침실로 들어갔다…….

모든 것이 다 불가사의하다. 의심스럽고, 두렵고, 감히 내 영혼에도 털어놓을 수 없는 이상한 생각들만 떠오른다. 주님, 부디 제가 아끼는 사람들을 위해서라도 저를 보호해주소서.

5월 7일 - 다시 이른 아침이지만, 지난 스물네 시간 동안 편안하게 쉬며 즐겼다. 한낮까지 잠을 잔 후 저절로 눈이 떠질 때 일어났다. 옷을 입고 저녁식사를 했던 방으로 나가보니 차갑게 식은 아침식사가 차려져 있었고, 난로에 걸린 주전자에는 따뜻한 커피가 담겨 있었다. 식탁 위에 놓인 카드에는 이렇게 적혀 있었다.

"한동안 자리를 비워야 하오. 날 기다리지 마시오. D." 나는 자리에 앉아 배부르게 식사를 했다. 식사를 마치고 하인들을 부르려 벨을 찾아보았지만 어디에서도 보이지 않았다. 나를 둘러싼 이 환경으로 보아 상당한 부자인 게 분명한데 벨이 없다니 참 기이한 일이 아닌가. 식기는 금이고 아주 아름답게 세공된 것으로 보아 값이 어마어마하게 나갈 것이다. 커튼이며 의자와 소파의 천, 내 침대의 침구는 보기 드물게 아름답고 화려한 것이며, 만들어질 당시에 상당한 가격이 나갔을 것이다. 상태가 훌륭하긴 하나 수 세기는 된 듯 보이니 말이다. 햄프턴 궁전에서 그 비슷한 것을 본 적이 있지만, 그곳의 것은 낡고 해진데다 좀먹은 상태였다. 그런데 신기하게도 거울은 하나도 없다. 내 방 탁자에 탁상 거울조차 없어 면도를 하거나 머리라도 빗을라치면 내 가방에 넣어 온 작은 면도용 거울을 꺼내 봐야 했다. 아직까지 하인은 단 한 명도 보지 못했으며, 성 근처에서는 늑대의 울음소리 외에는 아무런 소리도 들리지 않았다. 식사를 마치고 한동안 – 그것을 아침식사라고 해야 할지 저녁식사라고 해야 할지 모르겠다. 내가 식사를 한 것이 다섯 시에서 여섯 시 사이였기 때문이다 – 읽을 만한 것이 있나 찾아보았다. 백작의 허락을 받기 전에 성 안을 마음대로 돌아다니고 싶진 않았다. 방 안에는 아무것도 없었다. 책이며, 신문이며, 혹은 글을 쓸 도구조차도. 방 안의 또 다른 문을 열어보니 작은 서재가 나왔다. 맞은편의 문을 열어보았으나 잠겨 있었다.

서재 안에는 기쁘게도 방대한 양의 영어권 책이 선반에 빼곡이 꽂혀 있었으며 잡지와 신문도 있었다. 중앙의 탁자에는 영어 잡지와 신문들이 흩어져 있었지만, 다들 아주 최근 것은 아니었다. 책의 종류는 아주 다양했으며 – 역사, 지리, 정치, 정치경제, 식물학, 지리학, 법학 – 모두 영국과 영국 사회, 관습, 매너에 관한 것이었다. 심지어 런던 인명부와 신사 명사 인명록, 휘태커 연감, 육해군 인명부, 그리고 법조인 인명부 – 어쩐지 이 책을 보고 반가웠다 – 같은 참고 문헌도 있었다.

내가 이 책들을 구경하는 사이에 문이 열리고 백작이 들어왔다. 백작은 내게 다정하게 인사를 건네며 편안한 밤이 되었길 바란다고 했다. 백작은 말을 이었다.

"이 서재를 찾아내셔서 다행이오. 선생이 관심을 가질 만한 책이 많으니 말이오. 이 책들은." 그는 몇몇 책 위에 손을 얹었다. "내게 좋은 친구가 되어주었고, 지난 몇 년간 내가 런던에

갈 생각을 하게 된 이후로는 내게 아주 아주 커다란 즐거움을 주었소. 이 책들을 통해 선생의 나라인 위대한 영국에 대해 알게 되었소. 무언가를 안다는 것은 사랑한다는 것이지. 선생의 위대한 런던의 북적이는 길거리를 걸어보고 싶고, 문명의 소용돌이 한가운데 서서 그 생명력과 변화, 죽음, 런던을 런던답게 만드는 모든 것을 경험해보고 싶소. 하지만 아아! 아직까지는 선생의 언어를 책을 통해 공부한 것이 전부라오. 선생에게 내 영어가 어떻게 들릴지 모르겠소."

"백작님. 백작님의 영어는 완벽하십니다!" 내 말에 그가 정중하게 고개를 숙였다.

"고맙소, 친구. 지나치게 후한 칭찬이군. 아직은 가야 할 길이 먼 것 같소. 문법과 단어들은 아나 아직 말하는 법은 모른다오."

"진심입니다. 정말 영어가 유창하십니다."

"그렇지 않소." 그가 대답했다. "음, 내가 런던에 가 말을 한다면 다들 나를 이방인 정도로만 여길 것이오. 내겐 그것으론 부족하오. 여기서 나는 귀족이오. 특권 계급이라오. 시민들이 나를 알고 나는 주인이라오. 하지만 낯선 땅의 이방인은 아무도 아니지. 사람들이 나를 알지 못하지. 알지 못하면 애정을 가질 수 없소. 나는 다른 영국인들처럼 되기를 바라오. 아무도 나를 보고 멈춰 서지 않고, 혹은 내가 말하는 것을 듣고 '하, 하! 외국인이구만!' 하고 말하지 않도록 말이오. 나는 아주 오랫동안 주인이었고 계속 주인이길 바라오. 아니면 적어도 다른 사람이 내 주인이 되지 않기를 바라오. 선생은 친애하는 친구 엑시터의 피터 호킨스의 대리인으로서 런던에 새로 구입한 내 영지에 대한 이야기를 해주러 온 것만은 아니라오. 선생이 한동안이곳에 머물며 내 말상대가 되어준다면 영국식 억양을 익힐 수 있을 것이라 생각하오. 그리고 내가 말하며 아주 작은 실수라도 한다면 알려주었으면 하오. 오늘 너무 오랫동안 성을 비워 미안하오. 처리해야 할 중요한 일이 너무 많아 그러니 양해해줄 것이라 믿소."

물론 나는 기꺼이 그러마고 대답하고, 아무 때고 이 서재를 드나들어도 되는지 물었다. 백작은 "그럼, 물론이오." 하고는 덧붙였다.

"성 안을 맘대로 둘러보아도 좋소. 문이 잠긴 곳은 예외지만, 물론 선생도 굳이 그런 곳은 들어가고 싶어 하지 않겠지. 모든 일에는 이유가 있는 법이고, 선생이 나와 같은 눈으로 세상을 보고 나와 같은 지식을 갖추고 있다면 더 잘 이해할 수 있을지도 모르겠소." 내가 그렇다고 대답하자 백작이 말을 이었다.

"여긴 트란실바니아요. 그리고 트란실바니아는 영국이 아니지. 우리의 방식은 영국과 다르고, 선생에겐 낯설게 느껴지는 것들이 많을 것이오. 이미 선생이 내게 경험한 일을 이야기한 것으로 보아 어떤 낯선 일들이 있을지 알고 있을 것이오."

이후로 긴 대화가 이어졌다. 백작은 말을 하고 싶어 하는 게 분명했으므로, 나는 이미 내게 일어난 일들이나 내 시야에 들어온 것들에 대해 여러 가지 질문을 던졌다. 백작은 이따금씩 화제를 돌리기도 하고 이해하지 못하는 척 말을 돌리기도 했지만, 대체로 내 질문에 아주 솔직하게 대답해주었다. 시간이 흐르면서 나는 좀 더 대담해져, 전날 있었던 기이한 일들에 대해 물어보았다. 이를 테면 마부가 푸른 불꽃이 이는 곳으로 간 이유 같은 것을 말이다. 백작은 일 년 중 하룻밤 – 즉, 지난밤처럼 모든 악령들이 쏟아져 나오는 때 – 에는 보물이 숨겨져 있는 장소에 파란 불꽃이 인다는 속설이 있다고 설명했다. "선생이 어젯밤 지나온 그 지역에 그 보물이 숨겨져 있다는 점에는 의심의 여지가 없소. 그 땅은 왈라키아족과 색슨족, 투르크족이 수 세기동안 서로 가지려고 다툰 곳이니까. 아, 이 지역의 모든 땅에는 애국자들이나 침략자들의 피가 묻지 않은 땅이 단 한 평도 없소. 과거 세상이 시끄러울 때, 오스트리아인과 헝가리인이 떼를 지어 밀려오고 그들과 맞서기 위해 애국자들이 – 남자와 여자, 노인과 아이들 – 나아가 산사태를 이끌어 적군을 파멸시키기 위해 고갯길 위의 절벽에서 기다렸더랬소. 침략자들이 승리했을 때는 손에 넣은 것이 거의 없었소. 이곳 사람들이 보물은 죄다 땅속에 묻어버렸으니까."

"그런데 어떻게 그렇게 오랫동안 발견되지 않고 남아 있었던 거죠? 그렇게 분명한 표시가 있는데 왜 굳이 찾아보려고도 하지 않는 거죠?" 백작은 미소를 지었다. 그 바람에 입술이 밀려 올라가며 잇몸과 함께 길고 날카로운 송곳니가 기묘하게 드러났다. 백작이 대답했다.

"시골 촌부들은 겁이 많고 어리석기 때문이라오! 그 불꽃들은 오직 일 년 중 하룻밤에만 나타난다오. 그리고 그날 밤 이 땅의 사람들은 단 한 명도 문 밖에 나서지 않는다오. 그리고 선생, 만약 문 밖에 나선다 해도 어찌할 바를 모르지. 선생이 말한 불꽃으로 보물을 숨긴 장소를 표시해둔 장본인조차 대낮에는 그곳을 찾을 수가 없지. 선생이라도 다시 이 장소들을 찾을 수 있겠소? 나는 감히 아니라는 데 걸겠소."

"백작님 말씀이 맞습니다. 저는 어디를 찾아봐야 하는지도 모르는걸요." 그런 후 화제를 바꾸어 이런저런 다양한 이야기를 나누었다.

"자." 마침내 백작이 말했다. "선생이 날 위해 구입한 집과 런던에 대해 말해보시오." 나는 태만함을 사과하고, 가방에 든 서류를 가지러 침실로 갔다. 서류를 정리하는 동안 옆방에서 도자기 그릇과 은 식기가 찰그랑거리는 소리가 들렸고, 나가다 보니 식탁은 이미 깨끗하게 정리되고 램프가 켜져 있었다. 이때는 이미 캄캄한 한밤중이었기 때문이다. 서재의 램프들도 환히 밝혀져 있었고, 백작은 소파에 누워 하고많은 책 중 〈영국

브래드쇼 철도 안내서〉를 읽고 있었다. 내가 안으로 들어서자 백작은 탁자 위의 책과 서류들을 치웠고, 나는 그와 함께 저택 평면도와 권리증서 및 온갖 서류들을 살펴보았다. 백작은 호기심이 많았고, 그 저택과 주변에 대해 무수한 질문을 던졌다. 그근방에 대해 미리 조사를 한 모양인지 나보다 훨씬 더 많은 것을 알고 있었다. 내가 그렇게 말하자 백작은 대답했다.

"아, 선생, 그게 당연한 일 아니겠소? 그곳에 가면 나는 혼자일 테고, 내 친구 하커 조너선 – 아, 실례하오. 우리나라에는 성을 앞에 붙이는 관습이 있어서 – 내 친구 조너선 하커가 계속내 곁에서 날 도와줄 수가 없지 않소. 수 킬로미터 떨어진 엑시터에서 내 또 다른 친구 피터 호킨스와 함께 법률 서류를 작성하고 있을 테니 말이오. 그래서요!"

우리는 퍼플리트의 영지 구매 건을 철저하게 살펴보았다. 내가 백작에게 상세하게 설명을 하고 필요한 서류에 서명을 받고호킨스 씨에게 부칠 편지를 한 통 쓰고 나자, 백작은 내게 어떻게 그렇게 적당한 장소를 찾아내게 되었냐고 물었다. 나는 당시 작성했던 메모를 읽어주었는데, 그 내용은 다음과 같다.

"퍼플리트의 샛길에서 우연히 적절해 보이는 집을 발견했는데, 마침 매물로 내놓았다는 낡은 표지판이 서 있었다. 그 저택주위에는 높은 담이 쳐져 있는데 고풍스럽고 묵직한 돌담은 아주 오랫동안 방치된 상태였다. 닫힌 정문은 묵직하고 오래된 떡갈나무에 철테에는 녹이 잔뜩 슬었다.

이 저택은 카팩스라 불리는데, '카르트 파스'라는 불어에서 변형된 것이 분명하다. 그 이름에 걸맞게 그 집의 사면이 동서남북과 정확히 일치한다. 전체 면적은 대략 2만 4천 평이며, 앞에서 언급한 탄탄한 돌담이 둘러져 있다. 안에는 나무가 무성해 음산한 분위기를 풍기며, 깊고 어두운 작은 호수가 하나 있는데 물이 깨끗하고 상당한 크기의 개울로 이어지는 것으로 보아 수원이 있는 것이 분명하다. 저택은 매우 크며 중세 시대까지 거슬러 올라가는 오래된 건물인 것 같다. 그 이유 중 하나는 석재가 어마어마하게 두꺼운 데다, 창문은 꼭대기의 몇 개뿐이며 그마저도 빽빽한 철제 창살이 대져 있기 때문이다. 이 저택은 성의 일부였던 것으로 보이며, 그 옆에는 오래된 예배당이나 교회가 있다. 열쇠가 없어 안으로 들어가보지는 못했지만 코닥 사진기로 다양한 각도에서 저택의 사진을 찍어두었다. 그 저택은 후에 증축을 했지만 아주 볼썽사납게 되어 있으며, 그 저택의 부지가 얼마나 되는지는 정확히 모르지만 상당한 규모임이 분명하다. 근처에 다른 집은 거의 없으며, 아주 커다란 건물이 하나 있긴 한데 최근에 증축해 사립 정신병원으로 사용되고 있다. 허나 이 저택 부지에서는 그 건물이 보이지 않는다."

내가 마치자 백작이 입을 열었다.

"나는 그 저택이 오래되고 크다는 점이 마음에 드오. 나도 오

래된 가문 출신이라 새 집에 사는 것은 견디기 힘들거든. 지은
지 얼마 안 된 집은 살 수가 없소. 어떻게 고작 며칠 된 집을 한
세기가 된 집과 비교할 수 있겠소. 또한 오래된 예배당이 있다
는 점도 마음에 드는군. 우리 트란실바니아의 귀족들은 우리
뼈가 평범한 시체들 가운데 묻히는 것을 좋아하지 않는다오.
나는 시끌벅적한 환락도, 젊은이들이 좋아하는 화창한 햇살과
반짝이는 호수 같은 요란하고 방탕한 것도 원하지 않소. 난 더
이상 젊은이가 아니라오. 그리고 죽은 자를 애도하며 지친 내
심장은 환락에 어울리지 않소. 게다가 내 성의 담은 무너졌지.
그림자가 많고, 부서진 흉벽과 창틀 사이로 바람이 차가운 숨
을 내뿜는다오. 나는 그늘과 그림자를 사랑하고, 가능하면 혼자
생각에 잠기는 것을 좋아하오." 어쩐지 그의 말과 그의 표정이
조화를 이루지 않는 것 같았다. 아니, 어쩌면 그의 얼굴 생김새
때문에 미소가 악의적이고 음침해 보였는지도 모른다.

　이제 백작은 내게 이만 일어나야겠다고 양해를 구하며, 서류
를 모두 정리해달라고 부탁했다. 백작은 잠시 동안 자리를 비
웠고, 나는 주위의 책들을 둘러보기 시작했다. 지도책을 한 권
발견했는데 백작이 많이 펴보았는지 자연스레 영국 지도가 펴
졌다. 그 지도에는 작은 동그라미로 표시된 지역이 몇 군데 있
었는데, 자세히 살펴보니 그중 한 곳은 런던 동쪽 근처로 백작
이 새로 구매한 저택이 위치한 곳이었다. 표시된 다른 두 곳은

엑시터와 요크셔 해안의 휘트비였다.

한 시간이 족히 지났을 때쯤 백작이 돌아왔다. "아하! 아직도 책을 읽고 계셨소? 좋소! 허나 계속 일만 하면 안 되지. 오시오. 선생의 저녁식사가 준비되었다오." 백작이 내 팔을 잡았고, 우리는 함께 옆방으로 갔다. 식탁에는 훌륭한 만찬이 차려져 있었다. 백작은 다시 한번 양해를 구하며 자신은 바깥에서 식사를 하고 왔다고 했다. 그래도 전날 밤 그랬듯 의자에 앉아 내가 식사를 하는 동안 말상대를 해주었다. 식사를 마친 후에는 전날 저녁 그랬듯 나는 담배를 피웠고, 백작은 나와 함께 앉아 몇 시간이고 온갖 주제에 관해 이야기를 하고 질문을 던졌다. 밤이 깊어간다는 느낌이 들었지만 아무런 내색을 하지 않았다. 집주인의 비위를 가능한 맞추어주는 게 내 의무인 것 같았다. 오후까지 푹 잠을 잔 탓인지 졸리지도 않았다. 하지만 마치 조류가 밀려오듯, 새벽이 다가오면서 쌀쌀한 기운이 물씬 느껴졌다. 죽음을 목전에 둔 사람은 새벽이 오거나 조류가 바뀔 때 죽는다고들 한다. 죽을 때가 된 사람은 이러한 변화를 공기 중에서 느낄 수 있다는 것이다. 그 순간 청명한 새벽 공기를 뚫고 기이하게 날카로운 수탉 울음소리가 들렸다. 드라큘라 백작이 자리에서 벌떡 일어섰다.

"이런, 다시 아침이 왔군! 선생을 이렇게 오래 붙잡고 있었다니. 선생이 내 새로운 나라 영국에 대한 흥미진진한 이야기를 해주어, 시간이 흐르는 것도 잊고 있었소이다." 하고 정중하게 고개를 숙여 인사를 하더니 재빨리 방을 나섰다.

　나도 내 침실로 가 커튼을 열었지만 별다른 것이 보이지 않았다. 침실 창은 마당을 향하고 있었지만 보이는 것이라고는 동트는 하늘의 따뜻한 회색빛뿐이었다. 나는 다시 커튼을 치고 하루의 일기를 적었다.

　5월 8일 – 이 일기의 내용이 너무 두서없는 게 아닌가 걱정스럽다. 하지만 다행스럽게도 이제 처음부터 자세한 내용을 적을 수 있다. 이 성에는 너무나도 기이한 점이 있으며 이 안에 있다는 것이 왠지 모르게 불안하다. 여기서 벗어나고 싶다. 아니 차라리 여기 오지 말 걸 그랬다. 어쩌면 이곳에 와서 올빼미 생활을 한 탓인지도 모르겠다. 그뿐이라면 좋으련만! 이야기를 할 상대라도 있다면 견딜 수 있겠지만, 아무도 없다. 내가 이야기를 나눌 상대는 오직 백작뿐이며 그 사람은! 아무래도 이 성 안에 살아 있는 존재는 나뿐인 것 같다는 의심이 든다. 사실만을 냉철하게 적어보겠다. 그래야만 내가 버틸 수 있을 것이고, 상상이 내 머릿속을 휘젓게 두지 말아야 할 것이다. 그렇게 되면 나는 무너지고 말 것이다. 지금 내 처지를 – 내가 생각하는 내 처지를 털어놓도록 하겠다.

　침실로 들어가 서너 시간밖에 자지 못했지만, 더 이상 잠이 오지 않을 것 같아 일어났다. 창가에 면도 거울을 걸어 두고 면도를 하려는 찰나였다. 순간 내 어깨를 잡는 손길이 느껴졌고, "안녕하시오."라고 말하는 백작의 목소리가 들렸다. 나는 화들짝 놀라고 말았다. 거울이 내 뒤의 방 전부를 비추고 있는데도 그의 모습을 보지 못했기 때문이다. 놀란 나머지 면도기에 턱을 살짝 베었지만 그 사실조차 알아차리지 못했다. 나는 백작의 인사에 대답하며, 어찌된 일인지 확인하려 다시 거울을 바라보았다. 이번에는 반드시 보이리라. 백작은 내 곁에 바짝 붙어서 있고 내 어깨 너머에 있었으니까. 그런데 거울 속에는 백작의 모습이 비치지 않았다! 거울 안에는 내 뒤쪽의 침실 전부가 비치고 있었지만, 사람이라곤 나 혼자뿐이었다. 내가 그동안 겪은 수많은 기이한 일들 중에서도 가장 놀라운 이 일로 인해, 백작이 곁에 있을 때면 언제나 느껴졌던 희미한 불안감이 더욱 심해지기 시작했다. 허나 그 순간 베인 상처에서 피가 조금 흘러나온 것을 발견했고, 핏방울은 턱을 타고 흘러내렸다. 나는 면도기를 내려놓고 반창고를 찾으려 몸을 반쯤 틀었다. 백작이 내 얼굴을 본 순간 그의 두 눈이 일종의 광기로 빛나더니 느닷없이 내 목을 움켜쥐었다. 당황한 내가 몸을 뒤로 빼다가 백작의 손이 십자가 목걸이에 닿았다. 순식간에 백작의 표정이 변하며, 언제 그랬냐는 듯 그의 눈에 어렸던 광기는 사라졌다.

"조심하시오. 베지 않도록 조심하시오. 선생이 생각하는 것보다 이 나라에서는 그것이 꽤 위험한 일이라오." 그러더니 면도 거울을 붙잡고 말을 이었다. "그리고 이건 해악을 미치는 사악한 물건이오. 사람의 허영심에서 비롯된 못된 장난감이오. 내가 치우겠소!" 하고 한 손으로 묵직한 창을 열더니 거울을 바깥으로 집어던졌고, 거울은 까마득한 아래의 마당의 돌에 부딪히며 산산조각 났다. 백작은 한마디도 없이 방을 나갔다. 굉장히 짜증나는 상황이었다. 이제 면도를 하려면 금속으로 된 시계 케이스나 면도 크림 곽의 바닥을 봐야 할 판이었으니 말이다.

식당으로 나가자 아침식사가 준비되어 있었지만, 백작의 모습은 보이지 않았다. 그래서 홀로 아침식사를 했다. 아직까지 백작이 먹거나 마시는 것을 보지 못했다는 것이 이상하다. 참으로 별난 사람임이 분명하다! 아침식사를 마친 후 성 안을 조금 탐험해보았다. 계단을 올라가 남쪽을 향해 있는 방을 발견했다. 창밖의 풍경이 근사했고 그곳에서는 주변 풍경이 다 내려다보였다. 이 성은 무시무시한 절벽의 끄트머리에 서 있다. 창에서 돌멩이 하나를 던지면 300미터는 될 법한 낭떠러지로 뚝 떨어질 것이다! 눈길이 닿는 곳은 전부 푸른 나무 꼭대기 천지고 지반의 균열로 생긴 깊은 협곡이 간간히 보일 뿐이다. 여기저기로 숲 사이로 난 깊은 계곡을 흐르는 강물들이 은실처럼 빛난다.

하지만 이 아름다운 풍경을 줄줄이 늘어놓을 기분이 아니다.

이 풍경을 본 후 성 안을 더 깊숙이 탐험해보았지만 모든 문들은 전부 잠기고 빗장이 쳐져 있었기 때문이다. 성벽의 창문 외에 이곳에 출구는 없다.

이 성은 명백한 감옥이고 나는 그 안에 갇힌 포로 신세인 것이다!

제3장

조너선 하커의 일기 - 계속

포로 신세라는 사실을 깨달은 순간 격한 감정이 나를 엄습했다. 나는 허겁지겁 계단을 오르내리며 보이는 문을 죄다 열어보고 보이는 창밖을 전부 내다보았다. 하지만 이내 무력하다는 확신이 다른 모든 감정들을 압도했다. 몇 시간 지나 생각해보니, 당시 내가 제정신이 아니었던 게 분명하다. 마치 덫에 갇힌 쥐처럼 굴었으니까. 하지만 내가 무력하다는 사실을 확신한 순간 나는 얌전하게 자리에 앉았고 - 내 생애 가장 얌전하게 - 최선의 방법을 궁리하기 시작했다. 나는 아직도 그 방법을 생각 중이며, 아직까지는 확실한 결론을 내리지 못했다. 한 가지는 확실하다. 내 속내를 백작에게 들키면 모든 게 다 수포로 돌아간다는 것. 백작은 내가 갇힌 신세라는 사실을 잘 알고 있다. 백작 본인이 나를 이곳에 가두었고, 그럴만한 나름의 동기가 분명 있을 테니 내가 솔직하게 털어놓는다면 나를 속이려고 들 것이 분명하다. 현재로서 내 유일한 계획은 이러한 사실과 두려움을 속에만 담아둔 채 눈을 크게 뜨고 상황을 주시하는 것뿐이다. 나는 갓난아기처럼 두려움에 혼이 나갔거나, 절망적인 곤경에 빠졌거나 둘 중 하나가 분명하다. 만약 후자라면 이 상황에서 벗어나기 위해 머리를 짜내야 한다. 그래야 한다.

겨우 이러한 결론을 내렸을 때 아래에서 거대한 문이 닫히는 소리가 들렸고, 나는 백작이 돌아온 것을 알았다. 백작이 곧장 서재로 오지 않기에 나는 조심스레 내 침실로 돌아갔다. 백작이 내 침대를 정리하고 있었다. 이상한 일이었지만, 이 일은 그동안 내가 품고 있던 의심을 확인해주었다. 이 저택 안에 하인 따윈 없는 것이다. 그 후에 나는 문틈으로 식당에서 백작이 식탁을 차리는 모습을 보고 확신했다. 백작이 이런 하찮은 일을 직접 다 처리한다는 것은 이 저택에 달리 그런 일을 할 사람이 아무도 없다는 증거가 분명하지 않은가. 나는 무서웠다. 성 안에 아무도 없다면 백작이야말로 나를 이곳에 데려온 마차의 마부가 분명했다. 무시무시한 생각이다. 만약 그게 사실이라면 백작은 아무 말 없이 손을 들어 올리는 것만으로 늑대를 부릴 수 있는 사람이란 뜻이니까. 비스트리츠에서 만난 사람들이며 마차에 같이 탔던 일행이 날 그토록 걱정한 이유는 무엇일까? 십자가와 마늘, 들장미, 마가목을 준 것은 어떤 의미일까? 내 목에 십자가를 걸어준 선량한 부인에게 주님의 축복이 있기를! 이 십자가는 만질 때마다 내게 위안과 힘을 준다. 금기와 우상이라고 배운 것이 외로움과 고난의 시기에 도움이 되어주다니 희한한 일이다. 십자가라는 물건의 본질에 무언가 있는 것일까, 아니면 그것을 건네준 사람의 연민과 위로의 기억을 전해주는 물질적 매개체인 것일까? 가능하면 언젠가 이 문제를 검토해보고 결정을 내려야겠다. 그 사이에 드라큘라 백작에 관해 모든 사실을 알아내야 한다. 그를 이해하는 데 도움이 될지도 모르니. 오늘 밤 내가 대화를 그리로 유도한다면 백작이 자신에 대한 이야기를 할지도 모른다. 하지만 그의 의심을 사지 않도록 아주 조심해야 한다.

자정 - 백작과 오랜 이야기를 나누었다. 나는 그에게 트란실바니아의 역사에 대해 몇 가지 질문을 했고 백작의 훌륭한 설명으로 분위기가 후끈 달아올랐다. 백작은 사물과 사람, 특히 전투 이야기를 할 때만 마치 그 현장에 있었던 사람처럼 이야기했다. 후에 백작은 귀족에게 가문과 조상의 명예는 자신의 명예이며, 가문과 조상의 영광은 자신의 영광이며, 가문과 조상의 운명은 자신의 운명이기 때문이라고 설명했다. 백작은 가문을 말할 때면 왕이 그러듯 항상 "우리"라고 복수로 지칭했다. 백작의 이야기가 얼마나 매혹적인지 그가 한 말을 고스란히 적어두고 싶은 심정이었다. 백작은 이야기를 하는 동안 점점 흥분했다. 방안을 서성이며 하얗고 거대한 콧수염을 잡아당기고, 엄청난 힘으로 으깨버릴 듯 양손으로 손에 잡히는 것을 움켜쥐었다. 백작의 이야기 중 한 가지는 거의 그대로 적어보겠다. 그의 종족에 관한 이야기다.

"우리 세클리인은 자부심을 가질 만하지. 우리 혈관에는 주군을 위해 용맹하게 싸워온 수많은 용감한 조상들의 피가 흐르고 있으니 말이오. 토르와 오딘에게 전사의 영혼을 받은 위그르족이 아이슬란드에서 수많은 인종들이 뒤섞인 유럽으로 내려왔고, 이 용맹한 전사들은 유럽의 해안뿐 아니라 아시아, 아프리카까지 뻗어나가 사람들은 이들을 늑대인간이라 생각하기에 이르렀다오. 그들이 이곳에까지 와서 훈족을 만났소. 훈족은 살아 있는 불길처럼 이 땅을 휩쓸었소. 그들에게 패배해 죽어간 부족들은 훈족의 혈관에 스키타이에서 추방되어 사막의 악마들과 짝을 지은 마녀들의 피가 흐른다고 믿었지. 어리석은 자들, 어리석은 자들! 위대한 아틸라의 혈통을 감히 그 어떤 악마나 그 어떤 마녀와 비교할 수 있겠소?" 백작은 두 팔을 치켜올렸다. "우리는 정복자이며 자부심이 강한 종족이며, 마자르족과 롬바르드족, 아바르족, 불가르족, 또는 투르크족 수천 명이 우리 국경에 몰려와도 그들을 몰아냈다오. 아르파드가 이끄는 부대가 옛 헝가리 땅에 쳐들어왔을 때 이곳 국경에서 우리와 맞닥뜨렸지. 헝가리인의 정복이 그곳에서 멈추었다는 것이 신기하지 않소? 그리고 헝가리인이 홍수처럼 동쪽으로 밀려왔을 때, 승리한 마자르인이 세클리인을 혈족으로 인정했고, 수 세기 동안 우리에게 터키 땅의 국경을 지키는 임무를 맡겼다오. 아, 그 이상이었지. 국경수비의 끝없는 임무라니. 투르크인들이 '강물도 잠을 자는데 적은 잠을 자지 않는다.'고 말할 정도였소. 네 개의 국가 가운데 '피의 칼'을 받고 우리만큼 기뻐할 사람들이, 왕의 부름에 기꺼이 전쟁터로 달려갈 사람이 누가 있겠소? 왈라키아족과 마자르족의 깃발을 우리의 초승달 깃발 아래로 내리는 순간, 내 나라의 커다란 수치를, 카소바의 수치를 회복하는 순간만을 손꼽아 기다렸지. 다뉴브 강을 건너가 투르크인을 그들의 땅에서 물리친 군사령관이 바로 내 혈통이라오! 바로 진정한 드라큘라였지! 그 사람의 쓸모없는 형제가 전투에서 패배하고 부하들을 투르크족에게 팔아넘겨 노예 신세라는 수치를 안겨주었을 때는 어찌나 비통하던지! 이 드라큘라의 패배로 인해, 그의 종족들은 후대에도 계속해서 이 거대한 강을 건너 투르크족의 땅으로 쳐들어갔소. 패배하고 돌아왔다가도 또다시 가고, 또, 다시, 또다시 갔지만 부하 병사들이 살육당한 핏빛 전쟁터에서 홀로 돌아와야 했지. 궁극적인 승리를 이룰 수 있는 것은 그뿐이란 것을 알았으니까! 사람들은 그가 자신만 생각한다고 했소. 하! 지도자가 없는 백성이 무슨 소용이란 말이오? 명석한 두뇌와 뜨거운 심장을 가진 자가 없다면 어떻게 전쟁을 끝낼 수 있단 말이오? 모하치 전투 후에 우리는 다시 헝가리의 속박에서 벗어났고, 그 해방 전투를 이끈 지도자가 바로 우리 드라큘라 혈족이었소. 우리의 영혼은 속박을 견딜 수 없으니까. 아, 젊은 선생, 세클리인 - 그리고 그들의 심장의 피이자 그들의 두뇌이자 그들의 칼인 드라큘라 - 은 합스부르크와 로마노프도 따라오지 못할 정도로 급속한 성장을 했다오. 전쟁의 시기는 끝났지. 요즘 같은 치욕스러운 평화의 시기에 피는 너무나도 값비싼 것이고, 위대한 종족의 영광은 입에서 입으로 전해지는 전설에 불과한 것이 되었다오."

이때쯤 아침이 밝아왔고 우리는 침실로 갔다. (메모 - 이 일기가 마치 '아라비안나이트' 같다. 새벽닭이 울기 전에 모든 것이 끝나니. 아니면 햄릿의 아버지 유령이나.)

5월 12일 - 사실만을 먼저 적어보겠다. 책과 숫자로 확인된 있는 그대로의 사실, 의심의 여지가 없는 사실만을. 그러한 사실을 내 관찰에만 의존해야 하는 경험이나, 내 기억과 혼동하지 말아야 한다. 어제 저녁 백작이 방에서 나오더니 내게 법률적 문제들과 사업과 관련한 질문을 던졌다. 낮 동안은 그저 잠

생각을 하지 않으려고 내내 책을 읽기도 하고, 링컨스인 법학원에서 시험을 보았던 문제들을 훑어보기도 했다. 백작의 질문에는 일정한 법칙이 있어서, 그 질문들을 죽 나열해보도록 하겠다. 정리해두면 언젠가는 내게 도움이 될지도 모른다.

먼저, 백작은 영국에서 두 명 혹은 그 이상의 변호사를 고용할 수 있는지 물었다. 나는 원한다면 열두 명이라도 고용할 수 있지만, 한 가지 거래에 한 명 이상의 변호사를 두는 것은 현명하지 못한 일일 거라고 답했다. 한 명이면 충분한데, 굳이 변호사를 바꾼다면 오히려 손해가 될지도 모른다고 말이다. 백작은 내 말을 완전하게 이해한 듯했고, 계속해서 금융업무 담당 변호사의 사무실에서 멀리 떨어진 곳에서 운송 업무와 관련해 변호사의 도움이 필요할 경우, 그 지역의 변호사를 따로 고용해도 되냐고 물었다. 나는 혹시라도 백작의 질문을 제대로 이해하지 못하고 엉뚱한 대답을 하게 될까 봐 좀 더 자세히 설명해달라고 부탁했다.

"설명해보겠소. 선생의 친구이자 내 친구인 피터 호킨스 씨는 엑시터라는 런던에서 멀리 떨어진 곳에 살면서도, 나를 위해 런던에 저택을 구해주었소. 좋소! 이제 솔직히 말씀드리겠소. 선생이 런던에 사는 변호사가 아닌 런던에서 그토록 멀리떨어진 곳의 변호사에게 일을 맡긴 것을 이상하게 생각할지도모르니까. 나는 지역의 변호사라면 내 바람을 충실히 이행해줄지도 모른다고 생각했소. 런던에 사는 변호사는 이런저런 일로 바빠 충실하게 내 이익을 위해 일해 줄 수 없을 거라 생각했소. 자, 만약 내가 사업상으로 이를테면 뉴캐슬이나 더럼, 혹은 하리치, 혹은 도버로 물건을 운송해야 한다면, 그 항구 도시에 사는 변호사에게 운송 관련 업무를 맡기는 것이 더 간편하지 않겠소?"

나는 물론 그것이 가장 손쉬운 방법이나, 우리 변호사들에겐 나름대로 서로 공조하는 시스템이 있기 때문에 다른 지역의 일이라도 기존의 변호사가 그 지역의 변호사에게 도움을 요청할 수 있으며, 고객은 굳이 다른 변호사를 따로 고용하는 수고를 하지 않아도 된다고 대답했다.

"하지만 내 마음대로 할 수 있는 자유가 있지. 그렇지 않소?"

"물론입니다. 사업 전체를 한 사람에게 맡기는 걸 원치 않는 사업가들은 여러 명의 변호사를 고용하는 경우가 종종 있죠."

"좋소!" 백작은 그런 다음 화물 운송을 맡기는 방법과 작성해야 할 서류들, 그리고 그 과정에서 발생할 수 있으며 사전에 예방할 수 있는 문제점들에 대해 물었다. 나는 아는 한 전부 설명해주었고, 그냥 지나치는 것 하나 없이 꼼꼼하게 따지는 모습을 보니 백작이라면 훌륭한 변호사가 되겠다는 생각이 들었다. 영국에 한 번도 가 본 적 없고, 사업을 해 본 경험이 많지 않은 게 분명한데도 그의 지식과 통찰력은 보통내기가 아니었다. 백작이 궁금해 하던 부분들을 다 설명하고 서재에 있는 책을 뒤져 모든 사실을 확인해주자, 백작은 갑자기 자리에서 일어났다.

"우리 친구 피터 호킨스 씨에게 첫 번째 서신을 보낸 후로 편지를 쓰거나 보낸 적이 있소?" 쓸쓸한 가슴을 달래며 그런 적 없다고 대답했다. 아직 누구에게도 편지를 보낼 기회가 없었다고.

"그렇다면 지금 쓰시오, 선생." 백작이 말하며 내 어깨에 묵직한 손을 얹었다. "우리 친구든 다른 사람에게든 쓰시오. 그리고 괜찮다면 지금부터 한 달 동안 이곳에 나와 머물 거라고 적어주시오."

"그렇게 오래요?" 생각만 해도 심장이 차갑게 식었다.

"반드시 그렇게 해주길 바라오. 아니, 거절은 받지 않을 거요. 선생의 주인이, 고용주가 선생을 대신 이리로 보냈을 때는 나를 도우라고 보낸 것 아니오. 내 접대가 만족스럽지 않았던 거요?"

그의 부탁을 받아들이지 않으면 달리 어쩌겠는가? 이번 일은 호킨스 씨가 맡긴 일이고, 나는 내 자신이 아닌 호킨스 씨를 생각해야 했다. 게다가 드라큘라 백작이 이야기를 하는 동안 그의 두 눈과 태도는 내가 포로이며 선택의 여지 따위 없다는 사실을 상기시켜주었다. 백작은 내가 고개를 숙이는 모습에서 자신의 승리를 보았으며, 내 얼굴에 떠오른 고민을 알아챘다. 백작은 곧장 그것을 이용해 특유의 능란하고 저항할 수 없는 방식으로 말했다.

"젊은 선생, 부디 편지에는 사업상의 일 외에 다른 일은 언급하지 말아 주시오. 선생이 건강하게 잘 지내고 있고 고국에 돌아가는 날을 고대하고 있다는 점만 알리면 선생의 친구들은 분명 기뻐할 거요. 그렇지 않겠소?" 백작은 이렇게 말하며 세 장의 편지지와 세 장의 봉투를 내밀었다. 그 편지지와 봉투는 아주 얇디얇은 재질이었고, 나는 그것을 쳐다보다 백작을 쳐다보았다. 빨간 아랫입술 위로 날카로운 송곳니를 드러내며 조용히 미소를 짓는 그의 얼굴은, 편지 내용을 읽을 수 있으니 내용에 주의를 기울여 쓰라는 뜻인 것 같았다. 그래서 나는 일단은 형식적인 편지를 쓰기로 결심했다. 나중에 호킨스 씨에게 은밀히 편지를 쓰고, 미나에게는 속기로 쓸 작정이었다. 백작이 읽는다고 해도 이해하지 못할 테니까. 나는 편지 두 통을 다 쓰고 조용히 앉아 책을 읽었고, 백작은 탁자 위의 책 몇 권을 참조해가며 서너 통의 편지를 적었다. 그런 다음 백작은 내가 쓴 편지 두 통을 가져가 자신이 적은 것과 함께 필기도구 옆에 내려놓았다. 백작이 나가고 서재문이 닫히자마자 나는 재빨리 몸을 숙여 탁자 위에 엎어 놓은 편지들을 훔쳐보았다. 그런 행동을 한 것을 조금도 후회하지 않는다. 이러한 상황에서는 쓸 수 있는 모든 방법을 다 동원해 나 자신을 보호해야 했으니까.

편지 한 통은 휘트비, 크레센트 가 7번지의 새무얼 F. 빌링 턴 앞으로 되어 있었고, 또 하나는 바르나의 로이트너 씨, 세 번째 편지는 런던의 쿠츠 상사, 네 번째 편지는 부다페스트의 은행가인 클롭슈토크와 빌로이트 앞으로 되어 있었다. 두 번째와 네 번째 편지는 봉인이 되어 있지 않았다. 막 그 편지를 읽어 보려는 찰나 문손잡이가 움직이는 것이 보였다. 나는 얼른 편지를 원래대로 놓고 의자에 앉아 다시 책을 읽는 척했고, 백작은 손에 또 다른 편지를 든 채 서재 안으로 들어왔다. 백작은 탁자 위의 편지들을 집어 들어 신중하게 봉인한 다음 나를 바라보았다.

"오늘 저녁에는 개인적으로 할 일이 많으니 양해해주길 바라오. 선생도 원하는 대로 시간을 보내길 바라오." 백작은 문 앞에서 다시 뒤를 돌아보더니 잠시 침묵하다 입을 열었다.

"친애하는 젊은 선생, 하나만 충고하겠소. 아니, 진지하게 경고하겠소. 이 방 외에는 성 안의 다른 어느 곳에서도 잠을 자서는 안 되오. 이 성은 오래 되었고 수많은 기억을 간직하고 있어 아무데서나 자는 사람은 악몽을 꾸게 된다오. 내 경고를 명심하시오! 잠이 올 것 같으면 서둘러 선생의 침실이나 이 서재로 돌아와 자야 안전할 거요. 하지만 선생이 이 점을 주의하지 않는다면……." 백작은 손을 씻는 것 같은 동작으로 섬뜩하게 말을 끝맺었다. 나는 그 의미를 완전히 이해했다. 내 유일한 의구심은 과연 그 어떤 악몽이 나를 점점 조여 오는 초자연적이고 무시무시한 어둠과 미스터리의 그물보다 더 무시무시할 수 있을까 하는 점뿐이었다.

나중 – 내 의심은 확신이 되었다. 그 어떤 악몽보다도 현실이 더 끔찍한 것이었다. 백작이 없는 곳에서라면 나는 잠자는 것을 두려워하지 않을 것이다. 침대 머리맡에 십자가를 걸어두었다. 악몽을 꾸지 않고 편히 잠을 잘 수 있을 것이다.

백작이 떠난 후 나는 내 침실로 돌아갔다. 잠시 후 아무런 소리도 들리지 않기에 나는 밖으로 나와 남쪽을 향한 창이 있던 방으로 가기 위해 돌계단을 올라갔다. 마당의 좁은 어둠에 비하면, 내겐 닿을 수 없는 곳이긴 하지만 광활한 하늘을 바라보면 자유로운 기분이 들었다. 어두운 마당을 내다보고 있노라면 내가 정말 감옥 안에 갇혀 있다는 사실이 느껴지고, 밤인데도 불구하고 답답한 기분이 들었다. 밤 생활이 내게 영향을 미치기 시작하는 게 느껴진다. 그것이 내 신경줄을 갉아먹고 있다. 내 그림자에도 화들짝 놀라고, 머릿속은 온갖 종류의 무시무시한 상상으로 가득하다. 내가 이 저주받은 곳을 끔찍하게 두려워할 만한 이유가 있다는 것을 주님은 아실 것이다! 나는 부드럽고 노란 달빛에 젖은 하늘이 대낮처럼 환해질 때까지 아름다운 창공을 내다보았다. 부드러운 달빛 속에서 멀리 있는 언덕들이 아련했고, 어둠에 잠긴 계곡과 협곡은 벨벳처럼 부드러운 검은색을 띠고 있었다. 이토록 아름다운 풍경을 보고 있으니 기운이 나는 것 같았다. 내가 내쉬는 숨은 평화롭고 편안했다. 창에 몸을 기대는 순간 바로 내 바로 아래층, 내가 서 있는 곳보다 살짝 왼쪽에서 움직이는 무언가가 눈에 들어왔다. 방의 순서로 볼 때 그곳은 백작의 방 창문이 있는 곳이었다. 내가 서 있는 창은 높고 깊은 데다 석재 창살이 대져 있었는데, 비바람에 낡았지만 여전히 튼튼했다. 그래도 이 창문이 생기고 오랜 세월이 흐른 게 분명했다. 나는 석재 창살 뒤로 바짝 붙어 서서 조심스레 바깥을 내다보았다.

내가 본 것은 창밖으로 내민 백작의 머리였다. 얼굴은 보이지 않았지만, 목이나 등과 팔의 움직임으로 백작임을 알았다. 게다가 수없이 관찰했던 백작의 손을 잘못 볼 리가 없었다. 처음에는 흥미롭기도 하고 다소 재미있기도 했다. 포로 신세인 사람에게는 이렇게 사소한 일도 흥미롭고 재미있다는 것이 신기할 따름이다. 하지만 백작의 몸 전체가 천천히 창밖으로 나오며 망토를 거대한 날개처럼 펼치고 성벽을 타고 무시무시한 심연으로 내려가는 순간, 내 감정은 혐오와 공포로 바뀌었다. 처음엔 내 눈을 의심했다. 달빛의 마술이나 그림자의 기이한 효과인줄 알았다. 하지만 계속 보다 보니 그건 환상이 결코 아니었다. 나는 세월의 흐름으로 모르타르가 벗겨진 돌 가장자리와 울퉁불퉁 튀어나온 돌을 움켜쥐는 손가락과 발가락을, 마치 도마뱀이 벽을 기듯 튀어나온 곳을 잡으며 엄청난 속도로 내려가는 것을 보았다.

이 남자는 도대체 누구인가. 아니, 인간의 형상을 한 이 피조물은 도대체 무엇인가? 이 무시무시한 성에 대한 두려움이 날 엄습했다. 나는 두렵다. 너무나도 두렵다. 나는 여기서 탈출할 수가 없다. 너무나도 큰 공포에 휩싸여 감히 아무런 생각도 할 수가 없다……

5월 15일 – 다시 한번 백작이 도마뱀처럼 성벽을 기어나가는 모습을 보았다. 백작은 비스듬히 아래를 향해 대략 30미터를 기어가더니 왼쪽으로 방향을 틀어 한참을 갔다. 그러더니 구멍인지 창문인지로 사라졌다. 백작의 머리가 시야에서 사라지는 순간, 나는 고개를 내밀며 좀 더 보려고 했지만 헛수고였다. 까마득한 아래라 보이지가 않았다. 이제 백작이 성을 떠났으니 이 기회를 이용해 아직까지 감히 시도해보지 못한 구역을 탐험해보기로 했다. 나는 방으로 돌아가 램프를 들고 모든 문을 열어보았다. 예상대로 전부 잠겨 있었고, 자물쇠는 비교적 새것이었다. 이번에는 내가 들어왔던 현관문이 위치한 홀로 내려갔다. 빗장은 쉽게 열렸고 묵직한 사슬도 쉽게 풀렸다. 하지만 문은 잠겨 있는 데다 열쇠도 없었다! 열쇠는 백작의 방에 있는 것이 분명하다. 백작의 방문이 잠겨 있지 않다면 그 열쇠를 손에 넣어 탈출할 수 있을지도 모른다. 나는 계속해서 여러 계단과 복도들을 철저히 조사했고 보이는 문을 전부 열어보았다. 홀 근처의 작은 방 두어 개의 문은 열렸지만, 그 안에는 먼지가 뽀얗게 쌓이고 좀먹은 낡은 가구가 전부였다. 그러다 마침내 계단 꼭대기에서 문 하나를 발견했는데, 잠긴 것 같았으나 힘을 주자 조금 열렸다. 조금 더 세게 밀어보았더니 그 문은 잠긴 것이 아니라 경첩이 빠져 있어 제대로 열리지 않은 것이었다. 이런 기회가 다시는 오지 않을지도 몰라 나는 있는 힘을 다했고, 내가 들어갈 수 있을 만큼 문이 열렸다. 이제 내가 있는 곳은 내가 머무는 침실 오른쪽에 위치한 성의 한쪽 동이며 한 층 아래였다. 창밖으로 성 남쪽을 따라 놓인 방들이 보였고, 끝방의 창문들은 서쪽과 남쪽을 모두 마주하고 있었다. 서쪽이든 남쪽이든 거대한 절벽이 있었다. 이 성은 거대한 암벽의 구석에 서 있어 삼면이 난공불락이며 투석기나 활이나 컬버린 소총이 닿을 수 없기에, 안보가 중요한 성에는 있을 수 없는 커다란 창문들이 나 있어 환한 빛이 들어오며 안락한 분위기를 풍기고 있는 것이었다. 서쪽은 거대한 계곡이고 멀리로 거대하고 울퉁불퉁한 산봉우리가 빽곡히 솟아올라 있으며, 깎아지른 듯한 암벽에는 바위 틈 사이에 뿌리를 내린 마가목과 가시나무들이 점점이 박혀 있었다. 이 구역은 오래전 숙녀들이 머물던 곳인지, 가구들은 내가 여태껏 본 것보다 더 안락한 분위기가 감돈다. 창문에는 커튼이 없었고, 다이아몬드형 창유리로 쏟아져 들어오는 노란 달빛에 색도 구분할 수 있을 정도로 밝았으며, 달빛은 방안을 온통 뒤덮은 먼지 더께를 부드럽게 감싸고 세월과 좀에 파괴된 부분들을 어느 정도 가려주었다. 눈부신 달빛에 비하면 내가 들고 있는 램프는 아무런 소용이 없는 것 같았지만, 그래도 램프라도 들고 있다는 것이 다행스러웠다. 이 장소에는 심장을 오싹하게 만들고 신경줄을 떨리게 만드는 무시무시한 적막이 감돌았기 때문이다. 그래도 백작의 존재 때문에 혐오하게 된 그 방에 홀로 있는 것보다는 나았다. 잠시 마음을 가라앉히려 노력해 보자 차분한 평온이 찾아왔다. 지금 나는 과거에 어느 아름다운 숙녀가 앉아 펜을 들고 고민하고 얼굴을 붉히며 철자법도 맞지 않는 연애편지를 썼을 법한 작은 떡갈나무 책상에 앉아 마지막으로 일기를 쓴 후로 일어난 모든 일을 일기장에 속기로 적고 있다. 지금은 19세기, 문자 그대로 현대다. 하지만 내 지각력에 문제가 있는 것이 아니라면, 과거에는 '현대'가 없앨 수 없는 자신만의 힘이 있으며 아직도 그 힘을 발휘하고 있는 것 같다.

나중, 5월 16일 아침 – 주님께서 내 이성을 지켜 주시기를. 나는 이 지경까지 쇠약해지고 말았다. 안전이니 안전에 대한 확신이니 하는 건 잊은 지 오래다. 내가 이곳에 머무는 동안 바라는 것은 단 하나, 미치지 않는 것뿐이다. 이미 미친 게 아니라면 말이다. 만약 내가 제정신이라면 이 증오스러운 곳에 도사리고 있는 모든 사악한 것들 중에서 그나마 가장 덜 무서운 존재가 백작이라는 생각을 하겠는가? 내가 그의 목적을 수행하는 동안뿐이겠지만, 적어도 그동안은 백작만이 내 안전을 보장해줄 수 있다는 생각을 하겠는가? 위대한 주님! 자비로운 주님! 제가 마음의 평화를 찾고, 광기로 향하는 길에서 벗어나게 해주십시오. 그동안 내게 수수께끼 같던 몇 가지 점들에 대해 새로운 깨달음을 얻게 되었다. 지금까지 나는 셰익스피어가 쓴 햄릿의 대사를 제대로 이해하지 못했다.

"내 석판! 빨리, 내 석판을 다오!
이것을 적어두어야 해."

지금, 내 머릿속이 뒤죽박죽으로 혼란스럽거나, 혹은 충격을 받아 작동이 멈춘 것 같기 때문이다. 마음의 평화를 찾기 위해 일기를 쓴다. 세세하게 적다 보면 분명 마음이 안정될 것이다.

백작이 불가사의한 경고를 할 당시 나는 겁을 먹었지만, 지금 생각해보면 더 무섭다. 앞으로 그는 그 무시무시한 손아귀로 나를 쥐고 흔들 것이며, 나는 그가 하는 말을 감히 의심하지 못할 테지!

일기를 다 쓰고 다행히 일기장과 펜을 주머니에 다시 넣은
후 졸음이 밀려왔다. 백작의 경고가 떠올랐지만 그의 경고에
불복하는 즐거움을 누리기로 했다. 졸음이 쏟아지더니 순식간
에 잠이 밀려왔다. 부드러운 달빛이 마음을 달래주었고, 바깥의
넓은 하늘을 바라보니 상쾌하고 자유로운 느낌이 들었다. 오늘
밤은 그 음침한 방으로 돌아가지 않고, 과거 숙녀들이 남자들
이 무자비한 전쟁터에 나간 것을 슬퍼하며, 앉아서 노래를 부
르고 달콤한 인생을 살던 이곳에서 잠을 자기로 결심했다. 나
는 커다란 소파를 끌어다 구석에 놓고, 먼지 따윈 상관없이 그
위에 누워 동쪽과 남쪽의 아름다운 풍경을 바라보며 잠을 청
했다. 나는 분명 잠들었던 것 같다. 그런 거라면 좋겠다. 하지만
그 후에 일어난 모든 일들은 놀라울 정도로 생생했다. 너무나
도 생생해 햇살이 환한 아침에 이곳에 앉아 있는 지금도 그 모
든 일이 꿈이었다는 생각은 조금도 들지 않는다.

나는 혼자가 아니었다. 그 방은 내가 들어온 이후로 조금도
변하지 않고 똑같았다. 환한 달빛에 오랫동안 축적된 바닥의
먼지 위에 찍힌 내 발자국이 보였다. 달빛 속에서 내 맞은편에
는 세 명의 아가씨들이 있었다. 드레스를 잘 차려입은 숙녀들
이었다. 당시 나는 꿈을 꾸는 게 분명하다고 생각했다. 달빛을
받고 있는데도 바닥에 그 여자들의 그림자가 없었기 때문이다.

그 여자들은 내게 가까이 다가와 한동안 날 쳐다보더니 저들끼리 속닥거렸다. 두 명은 검은 머리카락에 백작처럼 높은 매부리코였고, 크고 검으며 날카로운 눈은 창백한 노란 달과 대비되어 거의 붉은색으로 보일 정도였다. 나머지 한 명은 놀라울 정도의 미인으로 파도처럼 구불거리는 풍성한 금발에 두 눈은 창백한 사파이어색이었다. 어쩐지 그녀의 얼굴을 본 적이 있는 것 같고 어렴풋한 공포가 느껴졌지만, 당시에는 언제 어떻게 보았는지 기억이 나지 않았다. 셋 모두 입술은 루비처럼 빨갛고 관능적이며, 이는 진주처럼 하얗게 빛나 강렬한 대조를 이루었다. 그 여자들의 모습에 왠지 모르게 마음이 불편해지며, 어떠한 열망과 동시에 무시무시한 공포심이 들었다. 마음속으로는 저 빨간 입술이 내게 키스해주었으면 하는 사악하고 불타는 욕망이 솟았다. 언젠가 미나가 이 글을 읽고 마음 아파할지도 모르니 일기장에 이러한 내용은 적지 않는 게 좋겠지만, 그게 사실이다. 여자들은 저들끼리 속닥거리더니 일제히 웃음을 터트렸다. 은구슬이 굴러가듯 낭랑한 음악 같은 웃음소리였지만, 인간의 부드러운 입술에서 결코 나올 수 없는 새된 소리였다. 마치 교묘한 손길로 유리잔을 연주하는 것처럼 참기 힘들 정도로 달콤해 가슴이 간질거리는 소리였다. 아름다운 아가씨가 교태스럽게 고개를 젓자, 다른 두 명이 그녀를 부추겼다. 한 명이 이렇게 말했다.

"어서! 네가 첫 번째야. 우린 네 다음에 할게. 시작할 권리는 네게 있어." 다른 아가씨가 덧붙였다.

"저 남자는 젊고 강해. 우리 모두에게 키스를 해줄 수 있을 걸." 나는 가만히 누워 달콤하고 고통스러운 기대를 품은 채 눈꺼풀을 내리깔고 바라보았다. 아름다운 아가씨가 다가오더니 그녀의 숨결이 느껴질 정도로 내게 가까이 몸을 숙였다. 그 때 느낀 감각은 달콤하다는 것, 꿀처럼 달콤하다는 것이었고 그녀의 목소리처럼 신경이 흥분되는 간질거림도 느껴졌다. 하지만 그 달콤함 밑에는 피 냄새가 그렇듯 씁쓸하고 불쾌한 냄새가 났다.

나는 눈꺼풀을 들어올리기가 두려웠지만 그래도 희미하게 뜬 눈으로 모든 것을 보았다. 그 아가씨는 무릎을 꿇고 내 위로 몸을 숙이고 그저 흡족한 미소를 짓고 있었다. 그 아가씨의 얼굴에는 흥분되는 동시에 혐오스러운 묘하게 관능적인 면이 있었다. 그 아가씨가 목을 숙이며 동물처럼 입술을 핥자 달빛 속에서 붉은 입술과 하얗고 날카로운 이를 감싸는 빨간 혀가 촉촉하게 빛났다. 그녀가 점점 더 머리를 숙이면서 내 입과 턱 가까이로 다가왔고 내 목에 닿기 일보 직전이었다. 그러다 일순간 움직임을 멈추었다. 내 귀에는 그녀의 혀가 이와 입술을 핥으며 추릅 하는 소리가 들렸고 내 목에 닿는 뜨거운 숨결이 느껴졌다. 누군가 피부를 간질이려 점점 가까이 손이 다가올 때처럼 내 목의 피부가 따끔거리기 시작했다. 극도로 민감해진 목 피부에 부드럽고 떨리는 입술이 닿는 것이 느껴졌고, 두 개의 날카롭고 단단한 이가 목에 닿더니 그 상태로 멈췄다. 나는 나른한 황홀경에 빠져 눈을 감고 기다렸다. 가슴을 두근거리며 기다렸다.

하지만 바로 그 순간 번개처럼 또 다른 감각이 날 휩쓸었다. 백작의 존재, 분노의 폭풍으로 둘러싼 것 같은 그의 존재가 느껴졌다. 무심결에 두 눈을 뜨자 백작이 보였다. 강인한 손으로 아름다운 여자의 가느다란 목을 움켜쥐고 괴물 같은 힘으로 잡아끄는 백작의 파란 눈은 분노로 활활 타올랐고 하얀 이는 부득부득 갈았으며 창백하던 뺨은 벌겋게 달아올라 있었다. 하지만 드라큘라 백작은! 지옥의 악마들도 그렇게 무시무시한 분노를 내뿜지 않을 것이다. 백작의 두 눈은 정말로 불타오르고 있었다. 마치 눈 안에 벌건 지옥 불이 있는 것처럼 빨갛게 타올랐다. 백작의 얼굴은 무시무시하게 창백했고, 주름은 철사를 구부려 놓은 것처럼 깊었다. 코 위에서 만나는 두꺼운 눈썹은 이제 한껏 달궈진 금속 막대기 같았다. 백작이 팔을 사납게 휘둘러 여자를 내던진 다음, 다른 여자들에게도 손찌검을 할 듯 손을 쳐들었다. 마부가 늑대에게 보인 것과 같은 고압적인 자세였다. 백작의 목소리는 낮게 속삭이는 것 같지만 공기를 뚫고 방 안에 울려 퍼졌다.

"감히 그를 건드려? 감히 내 말을 어기고 그에게 추파를 던져? 너희 모두 돌아가! 이 자는 내 거야! 이 자에게 집적대면, 나를 상대해야 할 거다." 아름다운 아가씨가 천박하고 요염하게 웃으며 백작에게 말했다.

"당신은 사랑을 받아본 적도 없고, 사랑을 해본 적도 없잖아요!" 다른 여자들도 이 말에 동조했고, 음산하고 강렬하고 영혼 없는 웃음소리가 방안에 쩌렁쩌렁 울려 퍼져 나는 그 소리에 기절할 지경이었다. 그건 악마의 웃음소리였다. 백작이 고개를 돌려 내 얼굴을 유심히 들여다보더니 부드럽게 속삭이는 투로 대꾸했다.

"아니, 나도 사랑할 수 있어. 너희도 과거 일로 그 사실을 알잖아. 안 그래? 내가 이 자에게 흥미가 없어지면 마음껏 이 자에게 키스해도 좋아. 이제 가! 가! 나는 이 자를 깨워야 해. 해야 할 일이 있으니까."

"오늘 밤 우리 몫은 없나요?" 한 명이 백작이 바닥에 던져 놓은 가방을 가리키며 낮은 웃음을 터트렸다. 그 가방은 안에 살아 있는 것이 들은 듯 꿈틀거렸다. 백작은 대답으로 고개를 끄덕였다. 여자 한 명이 앞으로 뛰어나와 가방을 열었다. 내 귀가 잘못된 게 아니라면 어린아이의 것 같은 헐떡거리는 숨소리와 낮은 울음소리가 들렸다. 여자들은 가방 앞에 옹기종기 모여 있었고, 나는 공포에 질려 있었다. 하지만 내가 다시 쳐다보앗을 때 여자들은 끔찍한 가방과 함께 사라지고 없었다. 그 여자들 근처에 문은 없었고, 나 모르게 내 옆을 지나쳤을 리도 만무했다. 여자들은 달빛으로 녹아들어 창문을 통과한 것 같았다. 그들이 완전히 사라지기 전에 일순간 바깥에서 흐릿한 그림자 같은 형태를 보았기 때문이다.

공포에 압도된 나는 까무룩 정신을 놓았다.

제4장

조너선 하커의 일기 - 계속

눈을 뜨니 내 방 침대 위였다. 내가 꿈을 꾼 게 아니라면, 백작이 날 이리로 옮긴 것이다. 어젯밤의 일을 만족할 만큼 해명해보려 노력했지만, 확실한 결론을 내리지 못했다. 사소한 증거들은 분명 존재했다. 내 옷가지들이 내 평소 습관과 다른 방식으로 접혀 놓여 있다거나 하는 것 같은 증거들이. 손목시계는 아직 감지 않은 상태였는데, 나는 잠자리에 들기 전 마지막으로 항상 시계를 감는 습관이 있다. 그러한 사소한 증거들은 많았다. 하지만 이러한 것들은 결정적인 증거가 아니다. 이러저러한 이유로 내 정신 상태가 평소와 같지 않으며 내가 확실히 상당한 혼란에 빠져 있다는 증거가 될 수는 있을 것이다. 반드시 결정적인 증거를 찾아야 한다. 한 가지 다행스러운 것은, 백작이 날 침실로 옮기고 옷을 갈아입히면서 서둘렀는지 호주머니 안에 든 일기장은 건드리지 않았다는 것이다. 이 일기는 그에게는 견딜 수 없는 미스터리일 것이다. 이 일기장을 발견했다면 가져가거나 태워버렸을 것이다. 침실을 둘러보니 그동안 너무나도 두려웠던 이 방이 이제는 일종의 피난처 같이 느껴졌다. 내 피를 빨려고 기다리던 - 지금도 기다리고 있는 - 그 무시무시한 여자들보다 더 끔찍한 것은 없을 테니까.

5월 18일 - 진실을 알아야 했기에 대낮에 그 방을 확인하러 다시 한번 내려갔다. 계단 꼭대기의 문 앞에 도착했을 때 방문은 닫혀 있었다. 문설주에 세게 부딪혀 나무판자 일부가 깨져 있었다. 문의 빗장은 지르지 않았으나 안쪽에서 잠겨 있었다. 아무래도 그건 꿈이 아니었던 것 같고, 나는 이러한 가정하에 움직여야 한다.

5월 19일 - 나는 확실히 덫에 걸렸다. 어젯밤 백작이 내게 상냥한 목소리로 편지를 세 통 쓰라고 청했다. 한 통에는 이곳에서의 일이 거의 끝나가며 사나흘 이내에 고향으로 출발할 거라는 내용, 다른 한 통에는 편지를 쓴 다음 날 아침 출발한다는 내용, 세 번째 통에는 성을 떠나 비스트리츠에 도착했다는 내용을 쓰라고 했다. 나는 그 청을 거절하고 싶었으나 현재 내가 처한 상황을 볼 때, 내가 완전히 그의 수중에 들어가 있는 상황에서 백작과 공공연한 다툼을 벌이는 것은 미친 짓이 분명했다. 내가 그의 청을 거절한다면 백작의 의심과 분노를 사고 말 것이다. 백작은 내가 너무 많은 것을 알고 있다는 사실을 알고 있으며, 내가 그에게 위협이 된다면 나를 여기서 살려 내보내지 않을 것이다. 여기서 빠져나가려면 어떻게든 살아남아 기회를 엿보아야 한다. 내가 탈출할 기회가 생길지도 모른다. 백작의 눈에는 그 아름다운 여자를 내던지는 순간처럼 이글거리는 분노가 끓어오르고 있었다. 백작이 내게 설명하기를, 이곳은 우편 배달부가 몇 명 되지 않고 자주 오지도 않아 미리 편지를 써두어야 내 친구들의 마음을 달래줄 것이라 했다. 내가 이 성에 체류하는 기간에 길어질 경우 나중의 편지 두 통은 되돌려 줄 것이라고 단호한 어투로 강조했다. 백작의 의견에 반대한다면 괜한 의심을 살 게 뻔했다. 따라서 나는 그의 의견에 동조하는 척하며 편지에 날짜를 며칠로 적느냐고 물었다. 백작은 잠시 계산해보더니 입을 열었다.

"첫 번째 편지는 6월 12일, 두 번째는 6월 19일, 세 번째는 6월 29일로 적으시오."

이제 내 수명이 언제까지인지 알아버렸다. 주님, 저를 구원하소서!

5월 28일 – 탈출할 기회가 왔다. 아니면 적어도 고향에 소식을 보낼 수 있는 기회가. 시가니 무리가 성에 와 성 마당에 천막을 쳤다. 이 시가니는 집시다. 일기장에 이들에 관해 적어둔 메모가 있다. 그들은 전 세계의 평범한 집시들과 같은 종족이지만, 이 지역에서 특이한 존재이다. 시가니는 위대한 귀족이나 군주의 지배에 복종하며, 스스로를 지배자의 주민이라 생각한다. 그들은 두려움을 모르며 종교가 없지만 미신은 믿으며 자신들만의 집시어로 말한다.

고향에 보낼 편지를 몇 통 써서 그들에게 부쳐달라고 부탁해볼 참이다. 안면을 트기 위해 내 방 창을 통해 몇 명과 이미 이야기를 나누어보았다. 그들은 모자를 벗고 인사를 하며 이런저런 몸짓을 했지만, 그들의 언어만큼이나 이해할 수가 없었다……

편지를 썼다. 미나에게 보내는 편지는 속기로 썼고, 호킨스 씨에게는 미나와 이야기를 해보라고 부탁하기만 했다. 미나에게는 내가 처한 상황을 설명했지만, 내 추측일 뿐인 무시무시한 공포에 대한 이야기는 하지 않았다. 내 속내를 있는 그대로 털어 놓았다가는 미나가 커다란 충격을 받고 겁을 먹을 것이다. 이 편지가 설사 백작의 손에 들어간다 해도 백작은 내 비밀이나 내가 어디까지 알고 있는지 알지 못할 것이다……

내 편지를 전달했다. 금붙이 하나와 함께 내 방 창문 창살 사이로 던지며, 그 편지를 부쳐달라고 손짓을 했다. 편지를 받은 남자는 그 편지를 가슴에 대며 고개를 숙여 인사한 다음, 모자 안에 편지를 넣었다. 그 이상은 내가 어찌 해볼 도리가 없었다. 나는 몰래 서재로 돌아가 책을 읽기 시작했다. 백작이 서재로 들어오지 않아 이곳에서 일기를 썼다…….

백작이 서재로 들어왔다. 그는 내 옆자리에 앉아 두 통의 편지를 펼치며 아주 부드러운 목소리로 말했다.

"시가니가 내게 이 편지를 줬는데, 나는 이게 어디서 온 건지 알지 못하겠군. 보시오!" 백작은 그 편지를 읽은 게 분명했다. "한 통은 선생이 내 친구 피터 호킨스에게 쓴 것이고 다른 하나는." 순간 기이한 부호들을 바라보던 백작의 표정이 싸늘해지더니 두 눈은 사악하게 이글거렸다. "다른 한 통은 비열한 것이더군. 내게 보여준 우정과 환대에 대한 모욕이오! 서명이 없군. 좋소! 그렇다면 우리에겐 아무 문제가 되지 않을 것이오." 하며 백작은 편지와 봉투가 타들어갈 때까지 램프의 불꽃에 대고 있었다. 그런 다음 백작은 말을 이었다.

"호킨스에게 쓴 편지는, 그건 물론 선생이 쓴 것이니 내가 보낼 것이오. 선생이 쓴 편지는 내게 신성한 것이라오. 내가 무심코 봉인을 뜯고 편지를 열어본 것을 양해해주시오. 다시 편지를 봉인하겠소?" 백작은 그 편지를 내게 건네고, 정중하게 고개를 숙이며 새 봉투도 건넸다. 나는 그저 아무 말 없이 편지지를 새 봉투에 넣고 봉인해 그에게 내미는 수밖에 없었다. 백작이 서재를 나갈 때 부드럽게 열쇠가 돌아가는 소리가 들렸다. 잠시 후 문 앞으로 다가가 손잡이를 돌려 보았는데 문은 잠겨 있었다.

한두 시간쯤 지났을까, 백작이 조용히 서재로 들어왔다. 소파에서 잠시 졸다가 그가 들어오는 소리에 잠에서 깼다. 백작은 아주 정중하고 아주 유쾌한 모습이었고 내가 자던 것을 알고 이렇게 말했다.

"선생, 피곤하시오? 침실로 가시오. 그래야 편하게 잠을 잘 수 있지. 할 일이 아주 많아 오늘 밤에는 선생과 이야기를 나누는 즐거움을 맛보지 못할 것 같소. 그러니 어서 가서 주무시오."
나는 침실로 갔고, 희한하게도 꿈도 꾸지 않고 푹 잤다. 절망이 깊으면 오히려 침착해지는 법인가 보다.

5월 31일 - 오늘 아침 잠에서 깼을 때 기회가 생기면 편지를 쓸 수 있도록 가방 안의 편지지와 봉투를 호주머니 안에 넣어두어야겠다는 생각이 들었다. 하지만 나는 또 다시 경악하고, 충격을 받고 말았다!

종이란 종이는 죄다 사라지고 없었고, 거기에 내 모든 돈, 철도와 여행과 관련한 내 기록, 여행자 수표까지, 성 밖에 나갔을 때 내게 필요한 모든 것들이 다 사라지고 없었다. 나는 자리에 앉아 한동안 고민하다가 문득 어떤 생각이 떠올라 내 여행 가방과 옷을 넣어둔 옷장을 뒤졌다.

　내가 입고 온 양복이 사라졌고, 또한 내 외투와 무릎덮개도 없었다. 흔적도 없이 사라졌다. 백작이 새로운 음모를 꾸미는 모양이다⋯⋯.

　6월 17일 - 오늘 아침 침대 맡에 앉아 머리를 열심히 굴리고 있을 때, 채찍 소리와 함께 말들이 터벅거리며 마당 너머의 돌길을 올라오는 소리가 들렸다. 반가운 마음에 얼른 창가로 갔더니 마당 안으로 들어서는 두 대의 커다란 마차가 보였는데, 각각의 마차를 여덟 마리의 튼튼한 말이 끌고 있었으며 마부석에는 챙이 넓은 모자에 징이 박힌 벨트, 꼬질꼬질한 양가죽 외투에 높은 부츠 차림의 슬로바키아인이 앉아 있었다. 또한 두 마부는 손에 긴 장대를 들고 있었다. 나는 메인 홀로 나가면 그들을 만날 수 있다는 생각에 얼른 방문 앞으로 달려갔다. 하지만 다시 한번 충격적인 일이 나를 기다리고 있었다. 내 방문이 바깥에서 잠겨 있었다.

　이번에는 창가로 달려가 그들을 외쳐 불렀다. 그들은 나를 유심히 쳐다보며 날 손으로 가리켰지만 그때 시가니 '족장'이 나와 내 방 창을 가리키는 그들에게 무어라 말을 했고, 그 말에 그들은 웃음을 터트렸다. 그 후로는 그들의 주목을 끌려는 노력은 더 이상 하지 않았다. 애처롭게 외치거나 필사적으로 애원하지도 않았다. 마차에는 두꺼운 밧줄 손잡이가 달린 거대한 사각형의 상자들이 실려 있었다. 슬로바키아인 마부들이 상자를 쉽게 내리는 모양새나, 바닥에 턱 내려놓을 때 나는 소리로 미루어 안이 비어 있는 모양이었다. 마부들이 마당 한쪽 구석에 상자들을 다 내려놓자 시가니가 그들에게 몇 푼을 건넸고, 마부들은 행운을 비는 의미로 그 돈에 침을 뱉은 후 각자 마부석으로 느긋하게 다가갔다. 잠시 후, 점점 잦아드는 채찍 소리가 들렸다.

6월 24일, 해뜨기 전 - 어젯밤에는 백작이 일찍 자리를 떠 자신의 방으로 들어가더니 나오지 않았다. 나는 기회를 엿보다 얼른 나선형 계단을 올라가 남쪽으로 향한 창을 내다보았다. 성 안에서 무언가 심상치 않은 일이 벌어지고 있고 백작의 모습을 볼 수 있을 거라고 생각했다. 시가니는 성안 어딘가에 머무르며 어떤 일을 하고 있었다. 이따금씩 멀리서 곡괭이와 삽질하는 소리가 들렸고, 그게 무슨 일이든 잔인한 악행을 저지르는 것이 분명하다.

창가에 삼십분쯤 서 있었을 때 백작의 방 창문에서 무언가 나오는 게 보였다. 나는 몸을 뒤로 숨기며 유심히 지켜보았고, 이내 백작의 몸 전체가 창밖으로 나왔다. 백작이 내가 이곳으로 올 때 입었던 양복 차림을 하고, 여자들이 가져갔던 그 무시무시한 가방을 어깨에 멘 모습을 보고 나는 새로운 충격을 받았다. 백작이 내 옷을 입고 무엇을 하려는지는 의심의 여지가 없었다! 이것이 바로 백작이 꾸미는 또 다른 음모인 것이다. 내 옷차림으로 마을을 돌아다니며 내 편지를 부치면서 그가 저지를 사악한 짓거리를 내 소행을 만들려는 심산인 것이다.

내가 범죄자의 권리도 보호해주는 법률의 보호도 받지 못한 채 꼼짝없는 포로로 이곳에 갇혀 있는 동안 이러한 일이 계속 벌어지다니, 생각만 해도 분노가 치민다.

백작이 돌아오는 모습도 지켜보기로 하고, 한참을 끈질기게 창가에 앉아 기다렸다. 그러다 달빛에 기이한 작은 점들이 떠다니는 것을 눈치 챘다. 아주 미세한 먼지 알갱이 같았는데, 그 것들은 소용돌이치며 성운처럼 한데 뭉쳤다. 그것을 보고 있자니 마음이 가라앉으며 차분해졌다. 나는 좀 더 편안한 자세로 창턱에 기대어 공중에서 움직이는 그 점들을 쳐다보았다.

그러다 내 시야에서는 보이지 않는 멀리 계곡 아래 어딘가에서 개들이 낮고 불쌍하게 울부짖는 소리에 정신이 번쩍 들었다. 개 짖는 소리가 더 커지는 것 같았고, 공중에서 소용돌이치는 먼지 알갱이들이 달빛 속에서 춤추며 새로운 형태를 잡았다. 본능에 따라 깨어나기 위해 몸부림쳤다. 아니, 내 영혼이 몸부림쳤고, 내 반쯤 잠든 감각들이 영혼의 부름에 답하기 위해 고군분투했다. 나는 최면에 빠지고 있었다! 먼지들은 점점 더 빠르게 춤췄다. 달빛은 내 곁을 지나 그 너머의 어둠 속으로 들어가며 가늘게 떠는 것 같았다. 먼지들은 점점 더 모여들더니 흐릿한 유령의 모양으로 변했다. 그 순간 나는 정신이 번쩍 들었고 비명을 지르며 그곳에서 도망쳤다. 달빛을 받으며 점차 형상화되던 그 유령들의 모습은 내가 만났던 바로 세 명의 무시무시한 여자의 모습이었다. 나는 도망쳤고, 달빛이 전혀 들지 않고 램프가 환히 밝혀진 침실 안에 도착하자 조금 안심이 되었다.

두어 시간이 지나자 백작의 방에서 뭔가 시끄러운 소리가 들렸는데, 마치 누군가 날카롭게 울부짖자 재빨리 그 입을 틀어막는 것 같았다. 그러다 깊고 무시무시한 적막이 흘렀는데 오싹한 기분이 들었다. 두근거리는 가슴을 안고 방문을 열어보았지만, 나는 이미 감옥에 갇힌 신세라 아무것도 할 수가 없었다. 나는 자리에 앉아 눈물만 흘렸다.

그렇게 앉아 있는데 바깥의 마당에서 소리가 들렸다. 여자가 비통하게 울부짖는 소리였다. 나는 재빨리 창가로 가 창을 밀어 올려 창살 사이로 바깥을 내다보았다. 그곳에는 정말 여자가 한 명 있었다. 머리는 산발하고 허겁지겁 달려오느라 힘들었는지 양손으로 가슴을 누르고 있었다. 여자는 출입구 구석에 기대어 있었다. 여자는 창가의 내 얼굴을 보고 앞으로 뛰어나오며 위협적으로 고함을 질렀다.

"괴물아, 내 아이를 내놔!"

여자는 털썩 땅바닥에 무릎을 꿇고 양손을 들어 올리며 내 가슴이 미어지도록 절박한 목소리로 똑같은 말을 다시 외쳤다. 그런 다음 여자는 머리를 쥐어뜯고 가슴을 치며, 격렬한 슬픔에 몸부림쳤다. 마침내 여자가 다시 문 앞으로 달려갔고, 그녀의 모습은 보이지 않았지만 맨손으로 문을 계속 두드리는 소리가 들렸다.

위쪽 어딘가, 어쩌면 탑에서 거칠고 냉정하게 속삭이는 백작의 목소리가 들렸다. 그의 목소리에 온 사방의 늑대들이 울부짖음으로 화답했다. 몇 분 지나지 않아 한 무리의 늑대가 무너진 댐에서 물이 쏟아지듯 마당으로 쏟아져 들어왔다.

더 이상 여자의 고함소리는 나지 않았고, 늑대의 울부짖음도 금세 멈췄다. 머지않아 늑대 무리는 하나둘씩 입술을 할짝거리며 마당을 떠났다.

나는 그녀를 동정할 수가 없었다. 이제 그녀의 아이가 어떻게 되었는지 알았으며, 차라리 죽는 편이 나았기 때문이다.

내가 어떻게 해야 할까? 내가 무얼 할 수 있을까? 밤과 암흑, 공포라는 이 무시무시한 것으로부터 어떻게 도망칠 수 있을까?

6월 25일, 아침 - 밤의 공포를 겪어본 자만이 아침이 심장과 눈에 얼마나 달콤하고 사랑스러운 것인지를 알 수 있다. 오늘 아침 태양이 아주 높이 솟아올라 내 방 창문 맞은편의 거대한 출입구 꼭대기를 비추었는데 마치 노아의 방주에서 나온 비둘기가 그곳에 빛을 비춘 것 같았다. 공포는 온기에 증발되어 버린 안개처럼 사라졌다. 낮의 용기가 있는 동안 뭔가 행동을 해야 한다. 어젯밤에 날짜를 늦추어 적은 내 편지 중 한 통이 부쳐졌다. 이 세상에서 나의 존재를 지우기 위한 그 무시무시한 편지들 중 한 통이.

그건 생각하지 말자. 움직이자!

내가 위협을 받거나 위험에 빠지거나 공포에 질렸던 건 항상 밤이었다. 아직 대낮에 백작을 본 적이 없다. 다른 사람들이 깨어 있는 동안 잠을 자고, 다른 사람들이 자는 동안 깨어 있는 것일까? 백작의 방에 들어가 볼 수만 있다면! 하지만 그건 불가능하다. 그 방문은 항상 잠겨 있어 들어갈 방법이 없다.

아니, 위험을 감수한다면 방법이 있다. 백작이 들어갈 수 있다면 다른 사람도 들어갈 수 있지 않을까? 나는 내 두 눈으로 백작이 창밖으로 기어 나오는 것을 보았다. 나도 백작처럼 그의 방 창문으로 들어가면 안 될 이유가 무어란 말인가? 가능성은 희박하지만, 꼭 그래야 한다는 필요성이 더욱 절박하다. 위험을 감수해야 한다. 그래봐야 죽기밖에 더하겠는가. 겁쟁이 양처럼 앞으로 남은 나날 동안 두려움에 떠느니 남자답게 죽는 것이 나을 것이다. 주님, 절 도우소서! 혹시 실패할 경우에 대비해 미나에게 작별 인사를 고해야겠다. 그리고 내 충실한 친구이자 아버지 같은 이에게도 작별 인사를 해두어야겠다. 모두들, 그리고 특히 미나, 안녕히!

같은 날, 나중 – 나는 시도를 해보았고 주님의 도우심으로 무사히 이 방에 돌아왔다. 모든 세부 사항을 순서대로 적어두자. 나는 용기가 사라지기 전에 바로 남쪽으로 난 창으로 갔고, 즉시 성벽을 따라 난 좁은 돌 선반으로 나갔다. 돌들은 커다랗고 거칠게 재단되었으며, 돌 사이의 모르타르는 세월의 흐름으로 벗겨져 있었다. 나는 부츠를 벗고 아슬아슬한 길을 과감히 걸어 나갔다. 나는 무시무시한 높이에 느닷없이 겁을 집어먹는 일이 발생하지 않도록 한 번 아래를 내려다보았을 뿐, 그 후에는 아래를 내려다보지 않도록 주의했다. 백작의 방 창문으로 가는 방향과 거리를 잘 알고 있었기에 가능한 그쪽 방향으로 나아갔다. 어지럼증은 들지 않았고 – 아마 내가 너무 흥분했던 것 같다 – 창턱에 서서 창문을 들어 올리는 데까지 걸린 시간이 말도 안 될 정도로 짧게 느껴졌다. 하지만 허리를 숙여 창 안으로 발을 밀어 넣는 순간에는 잔뜩 긴장한 상태였다. 그런 다음 백작이 있나 둘러보았지만, 놀랍고 다행스럽게도 보이지 않았다. 방은 비어 있었다. 그 방에는 이상한 물건들이 몇 개 놓여 있었으며, 한 번도 사용하지 않은 듯했다. 가구는 남쪽 방에 있는 것과 같은 모양이었으며, 먼지가 보얗게 앉아 있었다. 나는 열쇠를 찾아보았지만 자물통에는 꽂혀 있지 않았고 방안 어디에서도 보이지 않았다. 내가 유일하게 발견한 건 방 한쪽 구석에 놓은 거대한 금화 더미였다. 로마, 영국, 오스트리아, 헝가리, 그리스, 터키 등 온갖 나라의 금화 더미가 오랫동안 방치된 듯 먼지를 덮어쓰고 있었다. 내가 아는 한 삼백 년은 족히 된 것들이었다. 또한 목걸이며 장신구들, 보석들도 있었지만 전부 오래되고 얼룩덜룩했다.

방 한쪽 구석에는 묵직한 문이 하나 있었다. 나는 그 방문을 열어보았다. 내가 이곳에 온 주된 목적인 백작의 방 열쇠나 현관문 열쇠를 찾는 것이었고, 그 열쇠들을 찾지 못한다면 모든 일이 허사로 돌아가고 말 것이었다. 방문은 열려 있었고, 석재 복도 끝에 가파르게 아래로 이어지는 나선형 계단이 나왔다. 빛이라곤 묵직한 돌벽의 총안으로 새어 들어오는 게 전부라 컴컴한 계단을 조심스럽게 내려갔다. 계단을 내려가자 컴컴한 터널 같은 복도가 나왔고, 그 안에서는 무덤 같은 퀴퀴한 냄새, 오래된 땅을 새로 파헤친 듯한 냄새가 났다. 복도를 걸어갈수록 그 냄새는 점점 강해졌다. 마침내 나는 약간 열려 있는 묵직한 문 하나를 밀었다. 그곳은 폐허가 된 예배당으로 무덤으로 사용된 곳이 분명했다. 지붕은 부서졌고 지하 납골당으로 이어지는 계단이 두 곳에 있었지만, 최근에 땅을 파서 그 흙을 슬로바키아인들이 가져온 거대한 나무 상자들에 담아놓은 상태였다. 주위에는 아무도 없었고, 나는 좀 더 안으로 들어가보았지만 아무것도 없었다. 그런 다음 혹시나 하는 마음에 땅바닥을 샅샅이 살펴보았다. 지하 납골당에도 내려가 보았는데, 흐릿한 빛이 들어왔지만 그래도 으스스했다. 두 개의 지하 납골당에 들어가 봤지만, 낡은 관 파편과 먼지 더미뿐 아무것도 보이지 않았다. 하지만 세 번째 납골당에서 무언가를 발견했다.

그곳의 도합 50개는 되는 거대한 상자 중 하나에, 새로 파낸 흙 위에 백작이 누워 있었다! 백작은 죽었거나 잠들어 있었는데, 어느 쪽인지 알 수가 없었다. 두 눈은 뜨고 있었지만 움직이지 않았고, 그렇다고 죽은 자의 것처럼 흐리멍덩하지도 않았다. 뺨은 창백하나 생명의 온기가 어려 있었고, 입술은 평소처럼 빨갰다. 하지만 움직이지도 않았고, 맥박도 없었고, 숨도 쉬지 않았으며, 심장도 뛰지 않았다. 나는 백작의 위로 몸을 숙여 생명의 징후를 찾아보려 했지만 헛수고였다. 서너 시간만 지나도 날아갈 흙냄새가 아직 물씬 풍기는 것으로 보아 그곳에 누운 지 얼마 되지 않은 것 같았다. 그 상자 옆에는 뚜껑이 놓여 있었는데 여기 저기 구멍이 나 있었다. 어쩌면 백작이 열쇠를 가지고 있을지도 모른다고 생각했지만, 백작의 몸을 뒤지는 찰나 그의 죽은 눈을 보았고, 그 눈은 나나 내 존재를 인지하지 못했지만 증오의 표정이 담겨져 있어 나는 재빨리 그곳에서 도망쳐 다시 백작의 방 창문으로 나와 성벽을 기어 올라왔다. 내 방으로 돌아온 나는 침대에 누워 숨을 헐떡이며 생각을 정리해보려 했다……

6월 29일 - 오늘은 내가 마지막 편지에 적은 그날이고, 백작은 그 편지의 내용이 사실임을 증명하기 위한 조치를 취했다. 다시 한번 그가 내 옷을 입고 창밖으로 성을 나가는 모습을 보았다. 백작이 도마뱀처럼 성벽을 타고 내려가는 모습을 보며, 그를 없애버릴 총이나 다른 치명적 무기가 있었으면 얼마나 좋을까 생각했다. 하지만 인간이 쓰는 무기는 그에게는 아무런 효과가 없을지도 모른다. 나는 또 다시 그 무시무시한 여자들을 보게 될 것이 두려워, 그가 돌아오는 모습을 볼 때까지 기다릴 수가 없었다. 나는 서재로 돌아와 책을 읽다 잠이 들었다.

잠든 나를 백작이 깨웠다. 백작은 인간이 지을 수 있는 가장 무시무시한 표정으로 나를 바라보았다.

"선생, 우리는 내일 헤어져야 하오. 선생은 아름다운 영국으로 돌아가고, 나는 마무리해야 할 일이 있어 우리가 다시 만나는 일이 없을지도 모르오. 선생이 고향으로 보낸 편지는 부쳤소. 내일 나는 이곳에 없을 테지만, 선생이 여행을 떠날 준비는 다 되어 있을 거요. 내일 아침에 이곳에서 일을 하는 시가니가 올 테고, 또 슬로바키아인도 몇 명 올 거요. 그들이 떠날 때 내 마차가 선생을 보르고 고개까지 태워다 줄 거요. 그곳에서 부코비나에서 비스트리츠로 가는 승합마차를 타시오. 하지만 나는 드라큘라 성에서 선생을 다시 만나기를 바라오." 나는 그의 말이 의심스러웠고, 그의 진심을 확인해보기로 했다. 진심이라! 그런 괴물에게 쓰기에는 그 단어가 아까운 듯했다. 나는 그에게 단도직입적으로 물었다.

"왜 오늘 밤에 떠나면 안 되죠?"

"선생, 그건 내 마부와 말이 업무상 출타중이기 때문이라오."

"기꺼이 걸어갈 수도 있는데요. 저는 당장 떠나고 싶습니다."

백작이 미소 지었다. 너무나도 부드럽고 사근사근하고 악마 같은 미소라, 나는 그가 무언가를 감추고 있다는 사실을 알았다.

"짐까지 들고 말이오?"

"상관없습니다. 다음에 사람을 보내서 가져와도 되고요."

백작은 자리에서 일어서더니 내 눈이 의심스러울 정도로 다정한 태도로 말했다. 너무나도 진짜 같았다.

"선생네 영국에는 내 마음에 와 닿는 속담이 하나 있소. 그 속담에 담긴 영혼이 우리 귀족의 규칙과 일맥상통하는 부분이 있기 때문이지. '오는 손님 막지 말고 가는 손님 막지 말라.' 이리 오시오, 친애하는 젊은 선생. 선생이 떠나는 게, 선생이 그토록 갑자기 떠나길 원한다는 게 슬프긴 하지만 싫다는 선생을 단 한 시간이라도 내 집에 억지로 잡아 두진 않을 것이오. 갑시다!" 진지하게 말한 백작은 램프를 들고 앞서서 계단을 내려가고 홀을 지났다. 갑자기 백작이 멈춰 섰다.

"들어라!"

가까운 곳에서 수많은 늑대의 울음소리가 들려왔다. 마치 지휘자의 지휘봉에 따라 거대한 오케스트라의 음악소리가 솟아오르는 것처럼, 백작의 손이 올라가는 것과 동시에 늑대 울음소리가 솟아오르는 것 같았다. 잠시 멈춰 있던 백작은 곧장 문 앞으로 다가가 묵직한 빗장을 열고 묵직한 사슬을 푼 후 그 문을 열기 시작했다.

놀랍게도 그 문은 잠겨 있지 않았다. 나는 주변을 둘러보았지만, 그 어떤 종류의 열쇠도 보이지 않았다.

문이 열리면서 바깥의 늑대 울음소리가 점점 더 거세고 커졌다. 열린 문틈으로 당장이라도 뛰어 오를 것 같은 빨간 입과 굳게 다문 이빨, 뭉툭한 발톱이 달린 발이 보였다. 그 순간 나는 백작에게 반항해봐야 헛된 짓이란 사실을 깨달았다. 마음대로 부릴 수 있는 그런 대단한 부하들이 있으니 내가 무얼 할 수 있겠는가. 하지만 아직도 문은 천천히 열리고 있었고, 나와 늑대 사이를 막고 있는 것은 백작뿐이었다. 그 순간 이것이 나를 위해 준비된 죽음의 순간일지도 모른다는 생각이 퍼뜩 들었다. 나는 늑대의 먹이가 될 판이었다. 그것도 내 스스로가 자초해서. 백작이 꾸민 악마 같은 사악한 술수에 넘어가고 만 것이다. 나는 마침내 참지 못하고 부르짖었다.

"문 닫아요. 저는 내일 아침에 떠나겠습니다!" 그리고 비참한 실망감에 흐르는 눈물을 감추려 양손으로 얼굴을 가렸다. 백작이 강인한 팔을 한 번 휘저어 문을 닫았고, 거대한 빗장이 닫히며 철컹 하는 소리가 홀 안에 울려 퍼졌다.

우리는 아무 말 없이 서재로 돌아갔고, 나는 일이 분 후 내 침실로 들어갔다. 내가 마지막으로 본 드라큘라 백작은 내게 손키스를 보내고 있었다. 두 눈은 승리감에 취해 붉게 번쩍거리고, 지옥의 유다가 자랑스러워할 법한 미소를 지으면서.

내가 침실에서 막 누우려는 찰나, 내 방문 앞에서 속삭이는 목소리를 들은 듯했다. 나는 가만히 문 앞으로 다가가 귀를 기울였다. 내 귀가 잘못된 게 아니라면 그건 백작의 목소리였다.

"돌아가, 돌아가, 네 자리로! 아직 네 차례가 아니야. 기다려! 인내심을 가져! 오늘 밤은 내 차례야. 내일 밤은 네 차례고!" 낮고 달콤한 웃음소리가 물결처럼 퍼져나갔고, 나는 분노해 문을 벌컥 열어젖혔다. 그곳에는 입술을 핥짝거리는 무시무시한 여자 세 명이 있었다. 내가 모습을 드러내자 그들 셋은 끔찍한 웃음을 터트리더니 사라졌다.

나는 내 방으로 돌아와 무릎을 털썩 꿇었다. 이제 끝이 다가온 것인가? 내일! 내일! 주님, 저를, 저와 제가 사랑하는 사람들을 구원하소서!

6월 30일, 아침 - 이것이 이 일기장에 적는 마지막 글이 될지도 모른다. 나는 동트기 전에 잠에서 깨어 무릎을 꿇고 앉았다. 죽음이 온다면 내가 준비되었다는 것을 알리기로 결심했기 때문이다.

마침내 공기 중에 미묘한 변화가 느껴졌고, 아침이 온 것을 알았다. 그다음 반가운 수탉 울음소리가 들렸고, 안전하다는 느낌이 들었다. 나는 기쁜 마음으로 방문을 열고 홀로 뛰어내려 갔다. 그 문이 잠겨 있지 않다는 것을 보았고, 이제 탈출할 때가 온 것이다. 나는 급한 마음에 떨리는 두 손으로 사슬을 풀고 묵직한 빗장을 열었다.

하지만 문은 꼼짝도 하지 않았다. 절망이 날 덮쳤다. 나는 문을 잡아당기고 또 잡아당겼지만 덜컹거리기만 할 뿐 열리지 않았다. 빗장이 걸린 게 보였다. 내가 침실로 돌아간 후 문을 잠근 것이다.

그러다 어떤 수를 써서라도 열쇠를 손에 넣어야겠다는 간절한 욕망이 솟아올랐고, 다시 한번 성벽을 타고 내려가 백작의 방에 가기로 결심했다. 백작이 날 죽일지도 모르지만, 이제는 악마들과 마주하는 것보다 죽음이 더 나은 선택인 것 같았다. 나는 망설이지 않고 곧장 동쪽 창문으로 뛰어올라가 전처럼 벽을 타고 내려가 백작의 방으로 들어갔다. 내 예상대로 방은 비어 있었다. 열쇠는 보이지 않았지만, 금화 더미는 그대로였다. 나는 구석의 문을 지나 나선형 계단을 내려가고 또 어두운 복도를 지나 오래된 예배당으로 들어갔다. 이제 나는 그 괴물이 어디에 있는지 잘 알고 있었다.

그 거대한 상자는 벽 근처 같은 곳에 놓여 있었지만, 뚜껑이 상자 위에 놓여 있었다. 꼭 닫힌 것이 아니라 못으로 뚜껑을 박기 위해 준비를 해놓은 상태였다. 열쇠를 찾으려면 백작의 몸을 뒤져야 했기에 뚜껑을 열어 벽에 기대 놓았고, 그 순간 나는 내 영혼을 공포로 가득 차게 한 광경을 보고 말았다. 그 안에 백작이 누워 있었는데, 중년의 모습으로 젊어진 모습이었다. 하얀 머리카락과 턱수염은 어두운 철회색으로 변했고 뺨에 살이 올랐으며 하얀 피부에는 불그스레한 기운이 감돌았다. 입술은 전보다 더 빨갰다. 입술에 신선한 핏방울이 묻어 있기 때문이었다. 그 핏방울은 입가로 흘러내려 턱과 목을 타고 흘러내렸다. 눈꺼풀과 눈 밑의 살이 도톰해져 깊고 타는 듯한 두 눈은 더 깊숙이 들어가 있는 것 같았다. 마치 이 무시무시한 괴물이 피를 잔뜩 마신 것 같았다. 백작은 더러운 거머리처럼 배불리 먹은 후 포만감에 지쳐 누워 있었다. 그의 몸에 손이 닿는 순간 몸이 오싹했고, 내 모든 감각이 몸서리를 쳤다. 하지만 어떻게든 열쇠를 찾아야 했다. 돌아오는 밤이면 내 몸이 그 무시무시한 세 여자의 식탁에 오를지도 모른다.

　백작의 몸을 샅샅이 뒤졌지만 열쇠의 흔적은 없었다. 나는 손을 멈추고 백작을 바라보았다. 살집이 통통하게 오른 그 얼굴에는 비웃는 듯한 미소가 떠올라 있어 나를 미치게 만들었다. 내가 이 괴물이 런던으로 이주하도록 돕고 있었던 것이다. 런던으로 이주하면 앞으로 수 세기 동안 수백만 명의 사람들로 피에 대한 욕구를 충족하고, 무력한 사람들을 이용해 새로운 악마들을 만들어낼 것이다. 그 생각에 나는 미칠 것 같았다. 이 세상에서 이런 괴물을 없애버려야 한다는 간절한 욕구가 솟아올랐다. 내 손에는 치명적인 무기가 하나도 없었다. 하지만 나는 인부가 상자에 흙을 채워 넣는 데 사용했던 삽을 높이 치켜들어 모서리로 그 증오스러운 얼굴을 내리치려 했다. 그 순간 머리가 돌아가며 두 눈이 오롯이 나를 향했다. 도마뱀 같이 무시무시한 그 눈길이. 그 눈길에 몸이 마비되는 것 같아 눈을 돌리는 바람에 이마 위쪽에 깊은 상처를 낸 게 고작이었다. 내가 떨어뜨린 삽이 상자 위로 떨어졌고, 내가 삽을 잡아당기는 순간 삽의 날이 뚜껑을 쳐서 관을 덮으며 그 무시무시한 모습이 시야에서 사라졌다. 내가 마지막으로 본 것은 살이 오르고 피로 얼룩져 있으며 지옥의 밑바닥에서나 볼 법한 사악한 미소를 짓는 얼굴이었다.

　나는 이제 어떻게 해야 하나 생각하고 또 생각했지만 머릿속이 하얗게 타버린 것 같았고 절망만이 점점 커졌다. 내가 그렇게 고민하는 동안 멀리서 집시의 즐거운 노랫소리가 점점 더 가까워지는 게 들렸고, 그들의 노랫소리 사이로 무거운 바퀴가 굴러가는 소리와 채찍 소리가 들렸다. 백작이 말한 대로 시가니와 슬로바키아인이 오고 있었다. 나는 마지막으로 그 사악한 몸이 담긴 상자와 주변을 둘러보고, 그 곳에서 도망쳐 나와 백작의 방으로 가서 문이 열리는 순간 뛰쳐나가기로 결심했다. 나는 두 귀를 쫑긋 세웠고 아래층에서 거대한 자물통에 열쇠가 돌아가는 소리와 묵직한 문이 열리는 소리를 들었다. 안으로 들어오는 다른 수단이 있거나, 누군가 잠긴 문을 여는 열쇠를 갖고 있는 게 분명했다. 이내 수많은 사람들의 발자국 소리가 어느 복도로 들어가며 점점 줄어들었다. 나는 새 출구를 찾을 지도 모른다는 생각에 다시 몸을 돌려 지하 납골당으로 내려갔다. 하지만 그 순간 사나운 돌풍이 부는 것 같더니, 나선형 계단으로 이어지는 문을 때리며 먼지가 휘날렸다. 나는 그 문을 열기 위해 달려갔지만, 그 바람은 너무나도 빨랐다. 나는 다시 포로 신세였고, 죽음의 올가미는 나를 점점 죄여왔다.

내가 이 글을 쓰는 동안 아래의 복도에서 수많은 사람들의 발자국 소리와 묵직한 물건들을 내려놓느라 쿵쿵거리는 소리가 들린다. 분명 흙이 담긴 상자들을 옮기는 것일 게다. 망치질 소리도 들린다. 상자에 못을 박는 것이다. 이제는 홀을 따라 움직이는 묵직한 발자국 소리와, 그 뒤를 따라가는 또 다른 한가로운 발자국 소리가 들린다.

현관문이 닫히고 사슬이 철컹거린다. 자물통에 열쇠가 돌아가는 소리가 들린다. 열쇠를 빼는 소리가 들린다. 그런 다음 또 다른 문이 열리고 닫히는 소리가 들린다. 자물통과 빗장이 삐걱거리는 소리가 들린다.

들어라! 마당을 지나 묵직한 바퀴가 굴러가는 소리, 채찍질 소리, 시가니 무리의 노랫소리가 들린다.

나는 이 성에 홀로 그 무시무시한 여자들과 갇혀 있다. 하! 미나는 여자지만 그들과는 공통점이 하나도 없다. 그들은 지옥의 악마다!

나는 그들과 함께 홀로 이 성에 남아 있지 않을 것이다. 여태까지보다 더 멀리 성벽을 타고 내려가 볼 것이다. 나중을 대비해 금화를 몇 개 챙길 것이다. 이 끔찍한 곳에서 나갈 방도를 찾을 수 있을지도 모른다.

그런 다음 고향으로 돌아가는 거다! 제일 빠른 기차를 타고! 악마와 그의 아이들이 인간의 형상을 하고 걸어 다니는 이 저주 받은 곳에서, 이 저주 받은 땅에서 떠나는 거다!

적어도 신의 자비는 이 악마의 것보다 낫고, 절벽은 가파르고 높다. 그 발치에 한 남자가 인간으로서 잠들게 될지도 모르겠다. 모두들 안녕! 미나, 안녕!

제5장

미나 머리 양이 루시 웨스튼라 양에게 보내는 편지

5월 9일

내 소중한 친구 루시에게

편지를 너무 늦게 보내서 미안해. 그동안 일이 너무 바빴어. 보조 교사 생활이 때로는 힘에 부치네. 나도 너와 함께 바닷가에서 자유롭게 수다도 떨고 상상의 나래를 펼칠 수 있길 간절히 바라고 있어. 조너선을 따라잡고 싶어서 최근에는 아주 열심히 공부를 했고, 속기 연습도 얼마나 열심히 했는지 몰라. 조너선과 결혼하면 조너선에게 도움이 될 지도 모르니까. 속기가 능숙해지면 조너선이 하는 말을 받아 적었다가 타자기로 쳐서 정리해줄 수도 있겠지. 그래서 타자 연습도 아주 열심히 하는 중이야. 조녀선과 나는 가끔씩 속기로 편지를 쓰고, 조녀선은 여행기를 속기로 적고 있어. 너와 함께 지내는 동안 나도 속기로 일기를 적어보려고. 일주일에 두 쪽 정도 일요일에 몰아서 적는 그런 일기 말고, 내킬 때마다 끼적이는 일기 말이야. 다른 사람들의 흥미를 끌 만한 내용은 없겠지만, 그건 그 사람들을 위한 게 아니니까. 공유할 만한 내용이 있다면 조녀선에게 보여줄지도 모르지만, 그건 그냥 연습 일기일 뿐이야. 여류 기자들이 하는 것처럼 해봐야지. 인터뷰를 하고 상황을 묘사하고 대화 내용을 기억해두었다가 적어두는 거야. 조금만 연습하면 하루 종일 일어났던 일, 들은 이야기를 전부 기억할 수 있다더라. 하지만 두고 봐야 알겠지. 만나면 내가 세워둔 작은 계획들을 말해줄게. 방금 트란실바니아에서 조녀선이 보낸 짧막한 편지를 받았어. 건강하게 잘 지내고 있고 일주일 후에 돌아온대. 조녀선의 여행 이야기가 너무나도 궁금해. 낯선 나라들을 여행한다는 것은 너무나도 멋진 일일 거야. 우리도 – 그러니까 조녀선과 나도 – 언젠가 함께 그 나라들을 가는 날이 올까? 열 시 종이 울린다. 안녕.

사랑하는 친구
미나가.

추신 - 답장 쓸 때 새로운 소식 있으면 전부 말해줘야 해. 오랫동안 내게 아무런 이야기도 안 해줬잖아. 나도 소문 듣고 있다구. 특히 키 크고 잘생긴 곱슬머리 남자에 대해서!

루시 웨스튼라가 미나 머리에게 보내는 편지

채팀 가 17번지
수요일.
내 소중한 친구 미나에게

네 편지에 제대로 답장을 하지 않았다는 지적은 아주 부당하다는 점을 지적해야겠다. 우리가 떨어진 후로 나는 두 번 편지를 썼고, 네가 지난번에 보낸 편지가 네 두 번째 편지였지. 게다가 난 네게 털어놓을 만한 이야기가 하나도 없어. 네가 흥미를 가질만한 이야기는 정말 하나도 없어. 딱 이맘때쯤 이곳 마을은 아주 아름다워서 우리는 미술관에도 가고, 동네를 산책하며 공원에서 자전거를 타러 다녀. 키 큰 곱슬머리 남자 말인데, 그건 지난번에 나와 함께 음악회에 간 사람인 것 같아. 누가 이야기를 꾸며낸 모양이네. 그 사람은 홈우드 씨야. 그 사람은 가끔씩 우리를 보러 오시고, 그 사람이랑 우리 엄마는 아주 사이가 좋지. 둘은 대화가 아주 잘 통하거든. 참, 얼마 전에 네가 이미 조녀선과 약혼한 것만 아니라면, 너한테 딱 어울릴 남자를 한 명 만났어. 잘생기고 부유한 데다 훌륭한 가문 출신이니 완벽한 결혼상대지. 의사고 아주 똑똑해. 환상적이지! 아직 스물아홉인데 본인 소유의 어마어마한 정신병원을 운영하고 있다니까. 홈우드 씨가 그 사람을 나한테 소개해줬고, 우리 집에도 방문했었는데 요즘엔 자주 들러. 내가 여태껏 본 중에 가장 의연하면서도 가장 차분한 남자야. 절대 동요하는 법이 없어. 그 사람이 환자들을 꽉 잡고 있을 게 눈에 훤히 보여. 그 사람은 상대방의 생각을 읽으려 하는 것처럼 얼굴을 빤히 들여다보는 흥미로운 습관이 있어. 내 얼굴도 얼마나 빤히 들여다보는지, 그럴 때면 나는 힘든 상대를 골랐군 하며 우쭐해하거든. 나는 이미 거울을 보며 내 표정을 연구해봤거든. 너는 거울에 비친 네 얼굴을 보면서 생각을 읽어보려 한 적 있어? 난 해본 적 있는데, 나쁜 연구는 아니야. 사실 생각하는 것보다 더 어려운 연구지. 그 사람은 내가 흥미진진한 심리학 연구 대상이 되어준다고 말하는데, 나도 그렇게 생각해. 너도 알다시피 내가 새로 유행하는 드레스에는 별 관심이 없잖아. 드레스는 시시하지. 앗, 또 속어를 썼네. 그래도 신경 쓰지 마. 아서는 매일 속어를 쓰는걸. 이런, 다 말해버렸네. 미나, 우린 어릴 적부터 서로에게 비밀을 전부 털어놨고, 함께 자고 함께 먹고, 함께 웃고 함께 울었지. 그리고 더 말하고 싶은 게 있어……. 아, 미나. 짐작이 되니?

나 그 남자를 사랑해. 지금 이 글을 쓰면서 얼굴이 빨갛게 달아올랐어. 그 사람도 날 사랑한다고 생각하긴 하지만 내게 직접 그런 말을 하지는 않았으니까. 하지만 아, 미나. 난 그 사람을 사랑해. 사랑해, 사랑해! 옛날처럼 잠옷 차림으로 모닥불 앞에 너랑 나란히 앉아 있다면, 그래서 내 기분을 다 털어놓을 수만 있다면 얼마나 좋을까. 너한테조차 이 이야기를 어떻게 전해야 할지 모르겠어. 그만 써야 할까, 이 편지를 찢어버려야 할까. 하지만 펜을 멈추고 싶지 않아. 네게 전부 털어놓고 싶으니까. 이 편지 받자마자 답장 보내야 해. 네 생각을 전부 말해줘야 해. 미나, 이만 줄여야겠어. 잘 자. 날 위해 기도해줘. 그리고 미나, 내가 행복하길 기도해줘.

추신 : 이거 비밀인 거 굳이 말하지 않아도 알지? 그럼 잘 자.

L.

루시 웨스튼라가 미나 머리에게 보내는 편지

5월 24일
내 소중한 친구 미나에게

다정한 답장 보내주어 고맙고, 고맙고, 또 고마워. 네게 모든 걸 다 털어놓고 네가 내 심정을 이해해주니 얼마나 좋은지 몰라.

아, 비가 오면 한꺼번에 쏟아 붓는다는 말 있지. 어쩌면 옛 속담은 틀린 말이 하나도 없는지. 9월이면 스무 살이 되는 내가, 오늘까지 프러포즈, 진짜 프러포즈 한 번 받지 못한 내가 오늘은 세 번의 프러포즈를 받았어. 엄청나지? 하루에 세 번의 프러포즈를 받았다구! 터무니없지 않아? 불쌍한 두 명의 신사분에겐 진심으로 미안한 마음뿐이야. 아, 미나. 너무나도 행복해서 주체할 수가 없어. 게다가 세 번의 프러포즈라니! 하지만 다른 여자들한텐 절대 말하지 마. 그랬다간 온갖 말도 안 되는 상상을 하면서 몸이 다친 척하거나 몸이 약한 척 누워 있을지도 모르잖아. 집에서 요양하는 첫날에 적어도 여섯 번의 프러포즈는 받을 것처럼. 그렇게 허영심이 강한 여자들도 있지! 하지만 미나, 너와 나는, 약혼을 하고 곧 진실한 결혼으로 안정된 생활을 할 우리는 그런 허영심 따윈 버릴 수 있지. 음, 그 세 명에 대해 털어놓을게. 이 이야기는 모두에게 비밀로 해야 해. 물론 조너선은 예외야. 너라면 조너선에게 털어놓겠지. 나라면 아서에게 모든 것을 털어놓을 테니까. 여자는 남편에게 모든 것을 다 솔직히 말해야 하니까. 그렇게 생각하지 않아? 남자는 여자들이, 특히 자신의 아내가 그들처럼 모든 것을 솔직하게 털어놓는 것을 좋아하지. 여자는 그래야 마땅함에도 불구하고 항상 속내를 다 털어놓지는 않는 것 같아. 미나, 첫 번째 남자는 점심식사 전에 찾아왔어. 전에도 얘기한 적 있지? 정신병원 원장인 존 수어드 박사. 턱은 강인하고 이마가 잘 생긴 남자. 겉으로는 아주 차분한 척했지만 어찌나 긴장했던지. 그 사람은 온갖 종류의 사소한 것들을 공부하고 외운 게 분명해. 하지만 하마터면 자기 실크 모자를 깔고 앉을 뻔했지. 남자들이 보통 때는 그러지 않잖아. 그런 다음에는 침착한 것처럼 보이고 싶었는지 계속 메스를 만지작거리며 장난을 쳤는데 하마터면 내가 비명을 지를 뻔했다니까. 미나, 그 사람은 내게 아주 솔직하게 이야기했어. 나에 대해 아무것도 모르면서도 내가 너무나도 소중하며, 나와 인생을 함께 한다면 자신에게 큰 힘이 될 거라고 했어. 내가 자신을 좋아하지 않는다면 불행해지고 말 거라고 말하는 찰나, 내가 우는 걸 보고 자신이 이성을 잃었었다며 더 이상 나를 곤란하게 만들지 않겠다고 했어. 그런 다음 잠시 침묵하더니 언젠가 자기를 사랑할 수 있겠느냐고 물었어. 내가 고개를 저으니까 그 사람이 양손을 떨더니 머뭇거리면서 혹시 이미 마음에 둔 사람이 있느냐고 물었어. 아주 점잖게 물었어. 내 비밀을 캐내려는 게 아니라 자신이 내 마음을 가지길 바라도 되는지 알고 싶을 뿐이라면서. 그리고 미나, 나는 그에게 다른 사람에 있다고 말해야 한다는 의무감이 들었어. 내가 그렇게만 말했는데,

그 사람은 자리에서 일어나더니 아주 강하고 아주 진지한 표정으로 내 두 손을 잡고 내가 행복하길 바라며 친구가 필요하다면 언제든 내 편이 되어 주겠다고 했어. 아, 미나. 눈물을 참을 수가 없어. 이 편지가 얼룩덜룩하게 죄다 번진 거 이해해 줘. 프러포즈를 받는다는 건 정말 근사하고 대단한 일이긴 하지만, 나를 진심으로 아끼는 불쌍한 남자가 상심해 돌아서는 모습을 보는 건, 그 남자가 그 순간 무어라 말해도 그 남자를 내 인생에서 내보내는 건 전혀 행복한 일이 아니야. 미나, 일단 여기서 편지를 중단해야겠어. 너무 행복하면서도 너무 슬퍼.

　저녁.

　아서가 막 떠났고, 아까 편지를 중단했을 때보다 기분이 더 나아졌으니 낮에 있었던 일을 계속 얘기해줄게. 음, 두 번째 남자는 점심식사 후에 찾아왔어. 정말 괜찮은 사람이야. 미국 텍사스에서 온 사람인데 너무 젊고 말쑥한 사람이라 그렇게 많은 곳을 여행하고 모험을 한 사람이라는 게 믿기지 않을 정도야. 흑인의 스릴 넘치는 모험 이야기를 들으며 위험한 급류가 귓속으로 들어오는 기분을 느꼈던 가련한 데스데모나의 심정이 이해가 되더라. 내가 생각하기에 우리 여자들은 너무 겁이 많아, 남자가 우리를 두려움에서 구해줄 거라고 생각하고 남자와 결혼을 하지. 이제 난 내가 남자고 여자가 날 사랑하게 만들고 싶다면 어떻게 해야 하는지 알아. 아니, 난 몰라. 모리스 씨는 자신의 이야기를 다 해주었지만 아서는 절대 얘기를 하지 않으니까, 아직까지는……. 이런, 내가 좀 성급했나 봐. 퀸시 P. 모리스 씨는 혼자 있는 날 찾아냈어. 남자는 언제나 혼자 있는 여자를 찾아내는 것 같아. 아니, 그건 아니다. 아서는 두 번이나 기회를 만들려고 노력했고 나는 있는 힘껏 그를 도왔으니까. 이제 그 말을 하는 게 부끄럽지 않아. 먼저 모리스 씨가 언제나 속어를 쓰지는 않는다는 점을 말해 둘게. 그러니까 낯선 사람들에게나 낯선 사람들 앞에서는 절대 그러지 않아. 그 사람은 교육을 잘 받은 바른 사람이고 매너가 아주 좋으니까. 하지만 내가 미국식 영어를 재밌어한다는 걸 알고 내가 앞에 있을 때면, 그 말을 듣고 충격을 받을만한 사람이 없을 때면 아주 재밌는 말들을 해. 미나, 내 생각에는 아무래도 그 사람이 그 속어들을 다 만들어낸 것 같아. 무슨 말을 해도 상황에 딱딱 들어맞는 속어를 사용했으니까. 하지만 속어라는 게 원래 그런 거잖아. 내가 언젠가 속어를 쓰는 날이 올지 나도 모르겠어. 아서가 그걸 좋아할지. 아서가 그런 말을 하는 걸 한 번도 들은 적이 없거든. 음, 모리스 씨는 내 옆자리에 앉아 아주 행복하고 유쾌한 표정을 지었지만, 그래도 내 눈엔 잔뜩 긴장했다는 게 뻔히 보였어. 그 사람은 내 손을 잡고 너무나도 다정하게 말했지.

"루시 양, 제가 당신의 작은 구두의 장식물을 고쳐줄 정도로 자상한 남자는 아니지만, 당신이 진정한 남자를 알아본다면 이곳에서 나갈 때는 등불을 들고 신랑을 맞으러 가는 일곱 명의 처녀들 대열에 합류하게 될 거예요. 나와 함께 나란히 말을 타고 우리 앞에 놓은 기나긴 길을 함께 달리지 않을래요?"

음, 그 사람은 너무나도 기분이 좋고 유쾌해 보여 불쌍한 수어드 박사를 거절하는 것만큼 힘들지 않을 것 같았어. 그래서 나는 최대한 가볍게 말은 탈 줄 모른다고 대꾸했지. 그러자 그 사람은 자신이 경솔했다며, 혹시라도 자신에게 너무나도 중요한 순간에 실수를 저질렀다면 용서해달라고 했어. 얼마나 진지한 표정이던지 나도 모르게 조금 심각해졌지. 미나, 네가 날 끔찍한 바람둥이라고 생각할 거라는 거 알지만, 그래도 그 사람이 그날 두 번째 구혼자라는 사실에 조금 들뜬 마음을 억누를 수가 없었어. 내가 뭐라 말을 꺼내기도 전에, 그 사람은 심장과 영혼을 내 발치에 바치며 완벽한 사랑 고백을 쏟아붓기 시작했어. 얼마나 열렬하던지, 다시는 아무리 남자들이 쾌활한 모습을 보인다고 해서 항상 그런 것만은 아니라는 점을 명심해야겠다는 생각이 들었지. 내 얼굴에서 어떤 낌새를 눈치챘는지 그 사람이 갑자기 말을 멈추더니, 남자답게 열렬한 투로 나한테 다른 사람이 없다면 자기를 사랑했을 수도 있을 거라고 했어.

"루시, 당신은 솔직한 여자란 거 알아요. 당신이 영혼 깊숙한 곳까지 깨끗한 사람이라는 걸 믿기에 이렇게 찾아와 솔직하게 털어놓는 겁니다. 친구 대 친구로 솔직히 말해 줘요. 당신이 마음에 둔 다른 사람이 있나요? 만약 그렇다면 다시는 당신을 귀찮게 하지 않고, 당신이 허락만 해준다면 충실한 친구로 남겠어요."

미나, 남자들은 왜 별 것 아닌 우리 여자들에게 그토록 고결한 태도를 보이는 것일까? 하마터면 나는 이렇게 마음씨 넓은 진정한 신사를 웃음거리로 만들 뻔했잖아. 눈물이 펑펑 쏟아지고 있고 - 미나, 넌 이 편지가 여러 가지 면에서 칠칠치 못한 편지라고 생각하겠지 - 기분이 아주 안 좋아. 왜 여자는 세 명의 남자와, 아니 원하는 모든 남자와 결혼을 할 수 없는 것일까? 그러면 이러한 고통을 피할 수 있을 텐데? 그런 건 점잖지 못한 생각이니 하지 말아야지. 다행스럽게도 나는 눈물을 흘리면서도 모리스 씨의 용감한 두 눈을 바라보며 이렇게 말했어.

"네, 사랑하는 사람이 있어요. 그 사람은 아직 날 사랑한다는 말조차 하지 않았지만요." 솔직하게 털어놓길 잘 했어. 그 순간 모리스 씨의 얼굴이 환해지며 양손으로 내 손을 잡고 - 내가 그의 손 위에 내 손을 올려놓았던 것 같아 - 다정하게 말했으니까.

"역시 우리 용감한 아가씨다워요. 비록 내가 한 발 늦어 당신의 승낙은 받아내지 못했지만, 세상의 그 어느 다른 아가씨에게 결혼 승낙을 받아내는 것보다 당신에게 거절당하는 것이 더 가치 있는 일이에요. 울지 말아요, 루시. 날 위해서 우는 거라면 그러지 말아요. 나는 강한 남자랍니다. 나는 받아들일 수 있어요. 만약 그 친구가 자신이 얼마나 행복한지 모른다면, 빨리 깨닫는 게 좋을 거예요. 아니면 나와 결투를 벌여야 할 테니까. 루시, 당신의 솔직함과 용기가 좋아 당신의 친구가 된 거예요. 그리고 친구는 연인보다 더 귀한 거죠. 우정은 사랑보다 더 이타적이고요. 친애하는 루시, 나는 이 세상과 다가올 하느님의 왕국 사이를 홀로 외롭게 걷게 될 겁니다. 한 번만 키스해주지 않을래요? 이따금씩 괴로울 때마다 당신이 해준 키스를 기억하며 버틸 수 있을 거예요. 그 훌륭한 친구 때문이라면 – 당신이 사랑하는 남자라면 훌륭한 남자, 좋은 남자일 테지요 – 신경 쓸 것 없어요. 그 친구는 아직 당신에게 고백을 하지 않았으니까."
미나, 나는 그 말에 넘어가고 말았어. 너무나도 용감하고 다정하고 고귀하고 – 안 그래? – 너무나도 슬퍼 보였으니까. 그래서 나는 고개를 숙여 모리스 씨에게 키스했어. 모리스 씨는 내 두 손을 잡고 자리에서 일어나 내 얼굴을 내려다보며 – 내 얼굴이 굉장히 빨갛게 달아올라 있었을 거야 – 이렇게 말했어.

"어린 아가씨, 내가 당신 손을 잡고 당신이 내게 키스를 했어요. 만약 이 키스가 우리를 친구로 만들어주지 않는다면 세상 그 무엇도 그렇게 해주지 못할 거예요. 내게 솔직하게 말해줘서 고마워요. 그럼 안녕." 그는 내 손을 놓고 모자를 집어 들고는 뒤도 돌아보지 않고, 눈물 한 방울 흘리거나 몸을 떨거나 멈추지도 않고 곧장 방을 나갔어. 나는 아기처럼 엉엉 울고 말았지. 아, 그가 밟은 땅을 경배할 여자들이 수없이 많을 텐데 왜 그 남자가 불행해야 하는 것일까? 내 마음에 다른 남자가 없었더라면 나라도 그랬을 텐데. 하지만 내 마음엔 다른 남자가 있지. 미나, 내 마음이 너무 심란해서 당장은 내 행복을 이야기할 수가 없어. 모두가 행복해 질 때까지 세 번째 남자 이야기는 하고 싶지 않아.

네 영원한 친구
루시가.

추신 – 아, 세 번째 남자. 세 번째 남자는 내가 굳이 하지 않아도 알지? 게다가 모든 것이 너무나도 혼란스러웠어. 그가 내 방에 들어와 날 품에 껴안고 키스할 때까지가 고작 한 순간에 일어난 일인 것만 같았어. 나는 아주, 아주 행복하고 내가 그럴 자격이 있는 건지 모르겠어. 내게 그런 연인, 남편, 친구를 보내 준 하느님과 하느님의 선량함에 보답하도록 앞으로 노력할 거야.

안녕.

수어드 박사의 일기
(축음기로 녹음했음.)

5월 25일 - 오늘은 식욕이 썰물처럼 빠져나갔다. 먹을 수도, 잠을 잘 수도 없어 대신 일기를 기록한다. 어제 거절을 당한 후로 마음이 공허하다. 세상만사가 다 부질없는 것 같다……. 이런 상실감을 치료할 유일한 방법은 일 뿐이라는 것을 알기에 환자들을 보러 내려갔다. 연구할 만한 흥미가 있는 환자를 한 명 골랐다. 워낙 기묘한 환자라 가능한 그를 이해해보기로 결심했다. 오늘은 그의 미스터리의 중심부에 전보다 한층 더 가까이 다가간 것 같다.

나는 전보다 더 자세한 질문을 던지며 그가 어떤 환각을 보는지 알아내려 했다. 이제와 생각해보면 그러한 내 태도에는 잔인함도 깃들어 있었던 것 같다. 나는 그가 계속 광기에 사로잡혀 있기를 바랐던 것 같으니 말이다. 평소라면 환자가 지옥과도 같은 광기의 상태에서 벗어나도록 했을 내가 말이다.

(메모 - 내가 지옥의 구렁텅이를 피하지 않으려 할 때는 어떤 때일까?) 로마에서는 무엇이든 돈으로 살 수 있다. 지옥도 돈으로 살 수 있다! 현자는 하나를 듣고 열을 깨우친다. 이러한 본능의 근저에 무언가 있다면 정확하게 추적해볼 만한 가치가 있을 것이다. 당장 그렇게 해봐야겠다.

R. M. 렌필드, 59세 - 성격은 다혈질이고, 완력이 대단하며, 병적으로 흥분을 잘 하고, 주기적인 우울증에 빠지며, 내가 알아내지 못한 어떤 고정관념을 가지고 있다. 다혈질적인 성격이 그의 심리를 어지럽히는 어떤 영향을 받아 정신적인 고정관념을 만들어낸 것 같다. 위험한 존재가 될 가능성이 있는 남자다. 자신의 안전을 생각하지 않는 사람이라면 위험할 가능성이 높다. 자신의 안전을 생각하는 자들의 조심성은 자신들뿐 아니라 적들까지 보호해주는 갑옷이다. 나는 이렇게 생각한다. 자신이 고정점일 때 구심력은 원심력과 균형을 이룬다. 의무와 대의 같은 것이 고정점이라면, 원심력이 더 커져, 균형을 이룰 때까지 하나의 사건, 혹은 일련의 사건을 겪을 수밖에 없다.

퀸시 P. 모리스가 아서 홈우드에게 보내는 편지

5월 25일
친애하는 아트에게

우리는 남미 대초원에서 모닥불을 피워놓고 긴 이야기를 나누었고, 남태평양의 마르케사스 제도에 착륙한 후에는 서로의 상처에 붕대를 감아주었고, 티티카카 해안에서는 축배를 들기도 했지. 우린 해야 할 이야기, 치유할 상처, 축배를 들 일이 더 많아. 내일 밤 우리 집에 와 모닥불 앞에서 이렇게 하지 않겠나? 내가 자네에게 망설임 없이 이런 부탁을 하는 것은, 한 숙녀분이 어느 저녁 파티에 참석해 자네가 한가하다는 사실을 알기 때문이라네. 조선 땅에서 만난 우리의 오랜 친구 잭 수어드도 함께 할 거야. 그 친구와 나는 함께 와인을 한잔하며 서로 신세 한탄을 해볼 참이네. 그리고 세상에서 가장 행복한 남자, 신이 만든 가장 고귀한 여인의 마음을 얻어낸 남자를 위해 축배를 들어주고 싶네. 자네를 진심으로 환영하고, 자네의 오른손만큼 진실하게 자네를 위한 축배를 들어주겠네. 혹시라도 어떤 아가씨가 자네가 술을 너무 많이 마실까봐 걱정한다면, 자네를 내버려두겠다고 약속하겠네. 오게!

자네의 영원한 친구
퀸시 P. 모리스가.

아서 홈우드가 퀸시 P. 모리스에게 보낸 전보

5월 26일

나야 초대해준다면 언제든 좋지. 자네 둘의 귀를 쫑긋하게 만들어줄 소식도 있어.

아트.

제6장

미나 머리의 일기

7월 24일, 휘트비 – 루시가 역으로 날 마중 나왔는데, 여느
때보다 더 즐겁고 사랑스러운 얼굴이었다. 우리는 마차를 타고
루시와 어머니가 머무는 크레센트 가의 집으로 갔다. 휘트비는
아름다운 동네다. 에스크라는 작은 강은 깊은 계곡 사이를 흐
르다 항구 근처에 도달하면서 너비가 넓어진다. 높은 교각이
달린 거대한 육교가 강을 가로지르고 있으며 그 사이로 보는
풍경은 어쩐지 실제보다 더 멀어 보인다. 계곡은 푸르른 녹음
으로 뒤덮여 있고 너무나도 가팔라 양쪽의 높은 땅위에 올라서
면 아래의 강은 아예 보이지 않는다. 길 양쪽으로 멀리에 늘어
선 구시가지의 집들은 전부 빨간 지붕에 뉘렘베르크 사진에서

본 것처럼 서로 켜켜이 쌓여 있다. 마을 바로 위에는 휘트비 수도원의 폐허가 있는데, 덴마크인들에게 약탈당한 적이 있으며, "마미온" 대서사시에서는 주인공 아가씨가 갇힌 곳으로 등장하기도 했다. 그 수도원은 어마어마한 규모에 위풍당당한 모습을 하고 있으며, 그와 관련한 아름답고 로맨틱한 이야기들이 많다. 그 수도원의 어느 창에 하얀 옷을 입은 숙녀가 나타난다는 전설도 있다. 수도원과 마을 사이에는 교구 교회가 하나 있는데 그 교회 둘레에는 비석이 가득한 커다란 공동묘지가 있다. 내가 보기엔 이곳이 휘트비에서 가장 근사한 곳이다. 마을 바로 위쪽에 위치해 항구와 만부터 바다로 뻗어나가는 케틀니스라 부르는 곳까지 한눈에 내다보이기 때문이다. 이 묘지는 항구 위로 아주 가파르게 이어져 있어 방파제 일부가 떨어져 나갔고, 무덤 중 일부가 파괴되었다. 무덤의 석재 일부가 한참 아래의 모래길까지 뻗어나가기도 했다. 교회 묘지에는 가장자리에 의자가 놓인 산책로가 곳곳에 있어, 동네 사람들은 하루 종일 그 의자에 앉아 아름다운 경치를 구경하기도 하고 산들바람을 쐬기도 한다. 나도 이곳에 꽤 자주 오게 될 것 같다. 실제로 나는 지금도 무릎에 수첩을 올려놓고 이 글을 쓰며, 내 옆자리에 앉은 세 노인의 이야기를 듣고 있다. 그 노인들은 하루 종일 이곳에 앉아 이야기를 하는 것 외에 달리 할 일이 없는 모양이다.

내가 앉은 곳 아래쪽으로 항구가 있으며, 그 끄트머리에는 바다까지 뻗어나간 기다란 화강암 방파제가 있는데 그 끝은 바깥쪽으로 구부러져 있고 그 한가운데 등대가 있다. 그 바깥쪽으로 또 다른 방파제가 그 바깥쪽을 따라 이어져 있으며 그 끝은 안쪽으로 팔을 굽히고 있는데, 그 끝에는 역시 등대가 하나 있다. 이 두 개의 방파제 사이에는 항구로 이어지는 좁은 공터가 있다.

만조에는 경치가 멋있다. 하지만 썰물이 되어 바닷물이 빠져나가면 여기저기 바위가 드러난 모래톱 사이를 흐르는 에스크 개울밖에 보이지 않는다. 항구 바깥쪽에는 800미터 정도 거대한 암초가 솟아 있는데, 그 날카로운 가장자리가 남쪽 등대 뒤쪽으로 쭉 뻗어 있다. 그 끝에는 종 달린 부표가 있어, 날씨가 궂을 때면 딸랑거리며 바람결에 음산한 소리를 실어 보낸다. 이곳에는 배가 길을 잃으면 바다에서 종소리가 난다는 전설이 있다. 노인에게 이 전설에 대해 물어봐야겠다. 마침 이쪽으로 온다…….

재미있는 노인이다. 얼굴이 울퉁불퉁하고 나무껍질처럼 거친 것으로 보아 나이가 굉장히 많은 게 분명하다. 노인 말에 따르면 나이가 백 살이 다 되었으며, 워털루 전쟁 당시에 그린란드 어선단의 선원이었단다. 아무래도 노인은 매우 회의적인 성격인 것 같다. 내가 바다에서 난다는 종소리와 수도원에 나타난다는 하얀 옷을 입은 숙녀에 대해 묻자 매우 무뚝뚝하게 대꾸했다.

"아가씨, 나라면 그런 얘긴 신경도 안 쓰겠어. 다 옛날 얘기야. 그런 일이 아예 없었다는 게 아니라 내가 사는 동안에는 없었다는 게야. 그런 이야기는 타지 사람들이랑 여행자들이나 좋아할 얘기지, 아가씨 같이 점잖은 숙녀분이 좋아할 이야기가 아니지. 거, 요크나 리즈에서 온 녀석들, 절인 청어나 먹고 차나 마시고 싸구려 흑석이나 사려고 얼쩡대는 녀석들, 그런 녀석들이나 믿을 얘기지. 난 왜 그런 거짓부렁을 해대는지 도통 이해가 안 가 – 신문들도 그렇지. 다 바보 같은 헛소리뿐이니 원."

나는 그 노인에게 흥미로운 것들을 배울 수 있을 거라 생각해, 과거의 고래잡이 이야기를 해줄 수 있냐고 부탁했다. 노인이 막 이야기를 늘어놓으려는 찰나 시계가 여섯 시를 알리자 노인이 힘겹게 자리에서 일어났다.

"난 이만 집으로 가봐야겠네, 아가씨. 우리 손녀딸은 차 끓여놓고 기다리는 걸 싫어하거든. 여기 계단이 하도 많아서 내려가려면 시간이 걸리니까. 그리고 아가씨, 저 종소리가 울리면 밥 때가 됐다는 거야."

노인은 비틀비틀 걸어갔고, 나는 그 노인이 최대한 서둘러 계단을 내려간다는 걸 알 수 있었다. 그 계단은 이 곳의 가장 큰 특징이다. 마을에서 교회까지 죽 이어져 있는데 수백여 단이나 되고 – 정확히 몇 단인지는 모른다 – 섬세한 커브길로 구불구불 이어져 있다. 경사가 워낙 완만해서 말도 쉽게 오르내릴 수 있다. 이 계단은 원래 수도원 때문에 만들어진 것 같다. 나도 집에 가야겠다. 루시는 어머니와 함께 외출을 했는데, 예의상 어느 집을 방문하러 간 것이라 나는 함께 가지 않았다. 지금쯤이면 집에 돌아왔을 것이다.

9월 1일 – 나는 한 시간 전 루시와 함께 이곳에 올라왔고, 내 오랜 친구 및 그와 항상 붙어 다니는 다른 두 노인과 함께 재미있는 이야기를 나누었다. 내 오랜 친구는 그 무리의 대장이 분명하며, 승승장구하던 시절에는 독불장군이었을 것이다. 남의 말은 귓등으로도 안 듣고 모두를 마음대로 휘둘러야 성에 찬다. 만약 말싸움으로 다른 사람을 이길 수 없다면 그 사람이 입을 다물 때까지 괴롭히고, 그것을 자신의 의견에 동조하는 것으로 여기고 의기양양해한다. 하얀 리넨 드레스를 입은 루시는 사랑스럽고 예쁘다. 이곳에 온 이후로 혈색이 좋아졌다. 우리가 자리에 앉자 그 노인이 재빨리 다가와 루시 근처에 앉았다. 루시는 노인들에게 아주 상냥하다. 루시와 이야기를 나눈 노인들은 그 즉시 루시에게 빠지고 만다. 내 친구였던 그 노인마저 루시의 매력에 푹 빠져 루시의 말에 반박하지 못했지만, 그 덕에 내가 두 사람 몫의 잔소리를 들어야 했다. 나는 노인에게 전설에 대해 다시 물었고, 노인은 즉시 강연을 하듯 기나긴 이야기를 줄줄 늘어놓았다. 이 이야기를 기억해두었다가 적어야겠다.

"다 바보 같은 소리야. 이것저것 죄다. 그렇다니까. 종소리네, 유령이네, 큰 개 모습을 한 귀신이네, 도깨비네, 요정이네 하는 것들은 죄다 철딱서니 없는 여편네들이랑 애들이나 믿는 거지. 죄다 헛소리야. 그 음산한 징조니 불길한 경고니 하는 것들은 죄다 관광객을 끌려고 철도 직원들이 꾸며낸 이야기라고. 생각만 해도 욕지기가 난다니깐. 안 그렇겠어. 신문에 거짓부렁을 적고, 교회에서 거짓부렁을 지껄이는 걸로도 모자라서 묘비에까지 거짓부렁을 적어놨으니 말이야. 아가씨가 앉아 있는 이 주변을 둘러봐. 이 모든 돌덩이들이 아주 당당하게 고개를 들고 있는데, 실상은 그 위에 적힌 거짓부렁의 무게에 굴러 떨어져야 마땅하지. '여기에 누구누구가 잠들다' '누구누구의 기억을 기리며' 따위의 글이 적혀 있는데 이 무덤 중 태반은 시신이 아예 없다구. 그리고 기리기는커녕 콧방귀도 뀌지 않을 만한 작자들이지. 죄다 거짓부렁이야. 죄다 새빨간 거짓부렁이야! 아이쿠야, 심판의 날이 오면 죽은 자들이 수의를 입고 일어나 다들 자기가 얼마나 착한 사람인지 증명하려고 묘비를 끌고 올라가느라 한바탕 소동이 벌어지겠구만. 바다에 누워 있던 자들은 손이 미끌거리는 통에 묘비를 잡을 수 없어 안달복달을 할 게야."

노인은 자신의 말에 만족스러워하며 자신이 얼마나 '대단'한지 동료들이 인정해주길 바라는 듯 주위를 둘러보았고, 나는 노인이 계속 이야기를 하도록 슬쩍 부추겼다.

"오, 스웨일스 씨, 설마요. 설마 이 묘비들이 전부 잘못 세워진 거겠어요?"

"아, 그렇다니깐! 몇 개는 진짜일지 모르지. 하지만 그 진짜도 죄다 좋은 말만 적어 놨어. 요강더러 바다라고 할 작자들 같으니. 전부 거짓부렁뿐이야. 아가씨, 봐봐. 아가씨 같은 외지 사람이 와서 이 무덤을 보지." 나는 고개를 끄덕였다. 할아버지의 말을 완전히 이해하지는 못했지만 동의를 하는 것이 좋겠다고 생각했기 때문이다. 교회와 관련이 있다는 건 알았다. 할아버지가 말을 이었다. "그리고 아가씨는 가족이 시신을 이곳에 묻고 이 묘비들을 세웠다고 생각하지, 그래, 안 그래?" 나는 다시 고개를 끄덕였다. "그래서 이런 거짓부렁들을 늘어놔도 사람들이 믿는 거야. 아이쿠야, 여기 있는 수십 개의 무덤은 금요일 밤 영감탱이 담배 상자처럼 텅텅 비었다니깐." 할아버지는 친구 한 명을 쿡 찔렀고 다들 웃음을 터트렸다. "아이쿠야! 안 그럼 이게 다 뭐겠어? 저걸 봐. 저기 저 끝줄에 있는 비석. 읽어봐!" 나는 그리로 다가가 비석에 적힌 글을 읽었다.

"에드워드 스펜슬래프 선장, 안드레스 해안에서 해적들에게 살해당하다. 1854년 4월, 향년 30세." 내가 자리로 되돌아오자 스웨일스 씨가 말을 이었다.

"누가 그 사람을 집으로 데려왔을까, 응? 누가 그 사람을 이곳에 묻었을까? 안드레스 해안에서 살해당한 남자를! 그런데 아가씨는 그 사람 시신이 그 아래 묻혀 있다고 생각하나! 내가 그린란드 바다에 뼈를 묻은 사람을 열두 명은 댈 수 있어." 하며 노인은 북쪽을 가리켰다. "아니면 파도에 떠밀려 갔을 수도 있지. 아가씨 주위에 비석들이 있지. 아가씨는 젊으니 그 좋은 눈으로 그 작은 글씨로 적힌 비석의 거짓부렁을 읽어봐. 이 브레이드웨이트 로리라는 자는 내가 그 아비를 아는데, 그린란드 앞 리벨리 바다에서 실종됐어. 또 앤드루 우드하우스는 1777년에 같은 바다에서 익사했고, 존 팩스턴은 일 년 뒤에 페어웰 곶 앞바다에서 빠져 죽었지. 늙은 존 롤링스는 그 할아비가 나랑 같이 항해를 했었는데, 50년대에 핀란드 만에서 익사했어. 이 남자들이 전부 나팔소리가 울리는 순간 휘트비로 달려오지 않겠어? 당연히 그러겠지! 옛날에 얼음판 위에서 싸우던 것처럼, 날 밝을 때부터 어둠이 질 때까지 오로라 빛 속에서 싸우던 것처럼 이곳에 도착하면 서로 비석을 가져가려 엎치락뒤치락 싸워대겠지." 이 동네에서 통하는 농담인지, 노인이 껄껄거리며 웃자 동료 노인들도 함께 너털웃음을 터트렸다.

"하지만 이 불쌍한 사람들 모두가, 혹은 그들의 영혼이 심판의 날 묘비를 들고 가야 한다는 가정하에서 하신 말씀이니 정

123

확하다고는 할 수 없잖아요. 정말 그날 묘비를 꼭 들고 가야한다고 생각하세요?"

"허, 아니면 묘비를 뭐에다 쓰나? 대답해보시게나, 아가씨!"

"가족들의 마음을 달래기 위해서겠죠."

"가족들의 마음을 달래기 위해서라!" 노인은 한껏 비꼬는 투로 대꾸했다. "묘비에 거짓부렁이 적혀 있는데, 이곳의 모두가 그게 거짓부렁이란 걸 아는데 그게 어떻게 가족들의 마음을 달래준단 말이야?" 노인은 우리 발치에 평판처럼 누워 있는 돌 하나를 가리켰다. 그 돌판 위 가장자리에 의자가 놓여 있었다. "저기 저 돌떼기에 적힌 거짓말을 읽어 봐." 내가 앉은 곳에서는 글자가 거꾸로 보였고 루시는 나보다는 좀 더 글자가 제대로 보이는 곳에 앉아 있었다. 그래서 루시가 허리를 숙여 그 글을 읽었다.

"영광스러운 부활을 꿈꾸며, 1873년 7월 29일에 케틀니스 절벽에서 떨어져 사망한 조지 캐넌을 기린다. 이 무덤은 슬픔에 빠진 어머니가 사랑하는 아들을 위해 세운 거네요. '그는 홀어머니 슬하의 외아들이었다.' 스웨일스 씨, 전혀 웃긴 내용이 아닌데요!" 루시는 아주 진지하고 다소 엄하게 말했다.

"웃기지가 않다고! 허! 허! 그야 아가씨들은 그 슬픔에 빠진 어머니가 아들을 증오한 독한 암코양이 같은 여편네고, 아들내미는 절름발이였는데 지 애미를 미워한 나머지 애미가 들어 놓은 보험을 타먹지 못하게 하려고 자살했다는 사실을 모르니까 그렇지. 그 아들내미가 까마귀 떼를 쫓아버릴 때 쓰던 낡은 머스켓총으로 제 머리를 날려버렸어. 까마귀를 쫓아버리기는커녕 말파리랑 까마귀만 꼬였지. 그렇게 절벽에서 떨어진 게야. 그리고 영광스러운 부활을 바란다는 부분 말인데, 나는 그 아들내미가 지옥에 가고 싶다고 하는 말을 자주 들었지. 지 애미가 신앙심이 대단해 꼭 천국에 갈 테니 지 애미랑 같은 곳에 가고 싶지 않다면서. 자, 어때." 하며 노인은 지팡이로 돌판을 툭툭 두드렸다. "저 돌떼기에 적힌 게 죄다 거짓부렁이 아니고 뭐야? 조디가 묘비를 들고 헐떡거리며 천국으로 올라가 증거를 가져왔으니 천국에 들여보내달라고 하면 가브리엘 대천사가 웃을 일 아니냐고!"

나는 뭐라고 해야 할지 몰랐지만, 루시는 자리에서 일어나며 화제를 돌렸다.

"아, 그런 얘기를 왜 하신 거예요? 제가 제일 좋아하는 자린데. 이제 자살한 사람 무덤 위에 앉는다는 걸 알게 됐잖아요."

"우리 예쁜 아가씨한테 해가 되진 않을 거야. 자기 무릎에 이렇게 어여쁜 아가씨가 앉아 있으니 불상한 조디가 기뻐할지도 모르지. 아가씨한텐 해가 되진 않을 거야. 허, 나도 지난 20년 동안 이 자리에 앉아 있었는데 아무렇도 안 하잖아. 그 밑에 적힌 거짓부렁 때문에 신경 쓸 것 없어! 언젠가 이 묘비들이 전부 사라지고, 이곳이 허허 벌판이 되는 날이 올 테니까. 종이 울리니 난 이만 가봐야겠네. 그럼 잘 있게, 숙녀분들!" 하고 노인은 비틀비틀 걸어갔다.

루시와 나는 한동안 그곳에 앉아 있었고, 앞에 펼쳐진 풍경이 너무나도 아름다워 서로 손을 꼭 잡았다. 루시는 아서와 다가오는 결혼 이야기를 하고 또 했다. 그 이야기를 들으니 조금 마음이 아팠다. 한 달 내내 조너선에게서 아무런 소식도 듣지 못했기 때문이다.

같은 날. 너무 슬픈 마음에 홀로 다시 이곳에 올라왔다. 내게 온 편지는 한 통도 없었다. 제발 조너선에게 아무 일이 없기를. 시계가 방금 아홉 시를 알렸다. 마을 전역에 불빛이 흩어져 있고, 길거리에는 일렬로 나란히 늘어서 있기도 하고, 때로는 홀로 외로이 서 있기도 하다. 그 불빛들은 에스크 강을 따라 올라오다가 계곡의 굽이에서 점차 사라진다. 내 왼쪽은 수도원 옆 오래된 집 지붕의 검은 선이 가로막고 있다. 양과 어린 양들이 내 뒤쪽의 먼 들판에서 매애 울음소리를 내고, 아래쪽의 포장도로에서는 당나귀의 달그락거리는 말발굽 소리가 난다. 방파제에서는 때맞추어 악단이 거친 왈츠를 연주하고, 방파제를 따라 한참 더 가면 뒷골목에서 구세군 모임이 열리고 있다. 그 두 무리에게는 서로의 소리가 들리지 않지만, 이 높은 곳에 앉은 내게는 두 무리의 모습이 보이고 들린다. 조너선은 어디 있는지, 그 사람도 내 생각을 하고 있는지 궁금하다! 조너선이 내 곁에 있으면 얼마나 좋을까.

수어드 박사의 일기

6월 5일 - 렌필드 환자의 증세는 알면 알수록 흥미롭다. 그에게는 아주 크게 발달한 몇 가지 특징이 있는데, 그건 이기심, 비밀주의, 그리고 목적성이다. 렌필드의 목적이 무엇인지 알아내고 싶다. 렌필드는 자신만의 계획이 있는 것 같은데, 그것이 무엇인지 나는 아직 알지 못한다. 렌필드의 장점으로는 동물을 사랑한다는 점을 들 수 있지만, 거기엔 기이한 점이 있어 그저 비정상적으로 잔혹한 인간일 뿐인 게 아닌가 하는 생각이 든다. 그의 애완동물들은 기이한 종류들이다. 현재 그의 취미는 파리를 잡는 것이다. 현재 잡아둔 파리의 수가 어마어마해서 좀 자제하라고 타일렀다. 놀랍게도 그는 내 예상과 달리 벌컥 분노를 표하지 않고 아주 진지하게 내 조언을 받아들였다. 그는 잠시 생각하더니 이렇게 말했다. "사흘 동안 가지고 있어도 될까요? 그다음에 치우겠습니다." 나는 물론 괜찮다고 대답했다. 렌필드를 계속 지켜봐야겠다.

6월 18일 - 이번에는 거미에게 몰두하고 있고, 상자 안에 서너 마리의 매우 큰 거미가 들어 있다. 계속해서 잡아 놓은 파리를 거미 먹이로 주고 있으며, 파리의 수는 상당히 줄었다. 하지만 자신의 식사 중 반을 미끼로 삼아 방 안으로 더 많은 파리를 꾀고 있다.

7월 1일 - 이제는 거미가 파리만큼이나 커다란 골칫거리가 되었고, 오늘 나는 렌필드에게 그것들을 치워버려야 한다고 말했다. 내 말에 아주 슬픈 표정을 지었지만, 어떤 일이 있어도 전부 다 치워야 한다고 단호하게 말했다. 렌필드는 흔쾌히 내 말을 받아들였고, 전처럼 사흘의 시간을 주었다. 함께 있는 동안 렌필드는 보기 역겨운 행동을 수없이 했다. 상한 음식 냄새를 맡았는지 통통한 금파리 한 마리가 방안을 윙윙 돌아다니자, 렌필드가 엄지와 검지로 파리를 잡더니 의기양양하게 한동안 들고 있다가 내가 무슨 일을 하려는지 알아차리기도 전에 덥석 그 파리를 입안에 집어넣고 먹어버린 것이다. 나는 그 행동을 꾸짖었지만, 렌필드는 조용히 파리가 아주 영양가 높은 훌륭한 음식이라고 주장했다. 파리는 생명, 강한 생명이며, 그것을 먹으면 자신이 그 생명을 갖게 되는 것이라고. 그 말에 나는 한 가지 아이디어, 혹은 아이디어의 기초를 얻게 되었다. 렌필드가 어떻게 거미들을 처리하는지 지켜봐야겠다. 언제나 작은 수첩을 가지고 다니며 수시로 무언가를 적는 것으로 보아 그의 정신에는 뿌리 깊은 문제가 있는 것으로 보인다. 수첩 전체가 숫자로 가득 차 있는데 한 자릿수 수를 더하고, 그다음에 그렇게 더한 숫자들을 다시 합해놓은 것들이다. 마치 회계원들이 말하는 '총합'을 하는 것처럼.

7월 8일 – 그의 광기에는 일종의 체계가 있으며, 내 머릿속에는 하나의 아이디어가 싹트고 있다. 곧 하나의 완전한 아이디어로 발전할 것이다. 그렇게 된다면 무의식적인 뇌의 작용이여! 너는 네 형제인 의식의 지배를 받게 될 것이다. 나는 새로운 변화를 알아차릴 수 있도록 일부러 며칠 동안 환자를 만나지 않았다. 하지만 렌필드가 애완동물 일부와 작별하고 새 애완동물을 얻었다는 것 외에 달라진 것은 없다. 렌필드는 용케 참새 한 마리를 구해 벌써 어느 정도 길을 들여 놓았다. 그가 애완동물을 길들이는 방법은 간단하다. 벌써 거미 수가 준 것을 보면 말이다. 남은 거미들에게는 먹이를 잘 먹이고 있다. 여전히 자신의 음식으로 파리들을 꾀어 잡아들이고 있으니까.

7월 19일 – 치료에 진전이 있다. 이제 내 친구는 한 군집의 참새 떼를 기르고 있으며, 파리와 거미는 거의 사라졌다. 내가 안으로 들어가자 그가 내게 달려오며 큰 부탁이 – 아주 아주 큰 부탁이 있다고 했다. 이 말을 하며 렌필드는 개처럼 내게 아양을 떨었다. 나는 무슨 부탁이냐고 묻자 그는 기쁨이 깃든 목소리와 태도로 이렇게 말했다.

"새끼 고양이요. 제가 같이 놀고 가르치고 먹이를 마음껏 줄수 있는 귀엽고 예쁜 새끼 고양이 한 마리요!" 미처 예상하지 못한 부탁이었다. 그의 애완동물들이 어떻게 불어나는지 보아왔던 터였기 때문이다. 하지만 예쁜 참새 일족이 파리나 거미와 같은 방식으로 사라지는 것은 마뜩치가 않아, 생각해보겠다고 대답한 뒤 새끼 고양이보다는 다 큰 고양이가 낫지 않겠냐고 물어보았다. 고양이가 너무나도 간절했는지 그는 이렇게 대답했다.

"아, 그럼요. 고양이도 좋지요! 선생님이 고양이는 안 된다고할까봐 새끼 고양이를 부탁한 거예요. 새끼 고양이는 아무도싫어하지 않을 테니까요, 안 그래요?" 나는 고개를 끄덕이며 당장은 힘들겠지만 알아보겠다고 했다. 렌필드의 얼굴이 시무룩해졌고 나는 위험의 징조를 발견했다. 그의 얼굴에 순간 살의가 가득 차오르며 사납게 눈을 번뜩거렸기 때문이다. 이 환자는 살인광으로 발전할 소지가 다분하다. 렌필드가 현재 열망하는 것으로 시험을 해보고 어떤 결과가 나오는지 확인해보아야겠다. 그러면 더 많은 것을 알게 될 것이다.

밤 10시 - 나는 렌필드를 다시 방문했는데, 그는 방구석에 앉아 생각에 잠겨 있었다. 내가 안으로 들어가자 렌필드는 내 앞에 무릎을 꿇더니 고양이를 가져다달라고 애원했다. 자신의 구원은 그 고양이에게 달려 있다고. 하지만 내가 단호한 태도를 보이며 고양이를 가져다줄 수 없다고 하자, 그는 말 한마디 없이 원래의 구석 자리로 돌아가 앉아 손가락을 물어뜯었다. 아침 일찍 다시 찾아와봐야겠다.

7월 20일 - 간호사가 회진을 돌기 전 아주 일찍 렌필드의 병실을 방문했다. 벌써 일어나 노래를 흥얼거리고 있었다. 창가에 서서 남겨 두었던 설탕을 뿌리고 있는 것을 보니 다시 파리 잡기를 시작한 모양이었다. 유쾌하고 자비로운 모습으로 설탕을 뿌리고 있었다. 나는 참새들이 어디 있나 둘러보았지만 보이지가 않아 그에게 물어보았다. 렌필드는 고개도 돌리지 않고 다들 날아가 버렸다고 대답했다. 방안에는 깃털 몇 개가 떨어져 있고 그의 베개에는 핏방울 하나가 떨어져 있었다. 나는 아무 말 하지 않았지만, 밖으로 나가 간호사에게 낮 동안 환자에게 이상한 점이 보이면 내게 보고하라고 말해두었다.

오전 11시 - 간호사가 막 날 찾아와 렌필드의 상태가 심각하며 엄청난 깃털을 토해냈다고 보고했다. 간호사는 이렇게 덧붙였다. "선생님, 아무래도 그 환자가 새를 먹은 것 같아요. 산채로요!"

밤 11시 - 오늘 밤에는 렌필드에게 강한 진정제를 주었다. 그가 잠이 들면 주머니에 든 수첩을 갖다 볼 생각이다. 최근 내 머릿속에서 맴돌던 그 생각은 최근 완성되었으며, 이론은 증명되었다. 내 살인광은 특이한 인물이다. 나는 그에게 새로운 병명을 지어주어 그를 육식광(생명체를 먹는 사람)이라 부를 참이다. 렌필드가 열망하는 것은 가능한 많은 생명을 흡수하는 것이며, 이미 수많은 생명을 흡수했다. 그는 한 마리의 거미에게 수많은 파리를 먹였고, 한 마리의 새에게 수많은 거미를 먹였으며, 그다음에는 수많은 새를 먹일 고양이를 원했다. 그다음 단계는 무엇일까? 이 실험은 완수할만한 가치가 있는 듯하다. 충분한 이유만 있다면 실험을 완수할 수 있을 것 같다. 사람들은 생체해부를 경멸하지만 그 덕택에 오늘날 의학이 얼마나 발전을 이루었는가! 가장 어렵고도 중요한 과학 - 뇌과학의 발전을 위해 실험을 하는 것인데 안 될 이유가 뭐가 있을까? 이런 특이한 환자의 비밀을 알아낸다면 - 이런 미치광이의 환상을 파헤친다면 - 버든 샌더슨의 생리학이나 페리어의 뇌과학 따위는 하찮은 것으로 만들어 버릴만한 대단한 연구 성과를 이뤄낼 수 있을 것이다. 충분한 이유만 있다면! 이제 이 생각은 그만해야겠다. 아니면 유혹에 빠지고 말지도 모른다. 그럴듯한 이유가 생기면 내 마음을 바뀔 지도 모른다. 내가 타고난 천재는 아니니까!

인간의 사고력이란 얼마나 대단한 것인가. 정신병자들도 자신만의 사고 체계를 지니고 있다. 렌필드가 사람 목숨의 가치를 몇 마리의 동물의 목숨과 같다고 생각하는지, 아니면 동물 한 마리의 목숨과 같다고 생각하는지 궁금하다. 렌필드는 그동안 하던 계산을 정확히 마치고, 오늘은 새로운 기록을 하기 시작했다. 우리 중 매일 새로운 기록을 하는 사람이 몇이나 될까?

나로 말할 것 같으면 실연으로 내 인생이 끝나고, 새로운 인생을 기록하기 시작한 것이 고작 어제 일처럼 느껴진다. 기록 담당 천사가 나의 잘잘못을 따져 합산을 내릴 때까지 이 기록을 계속 작성해 나가야 할 것이다. 아, 루시, 루시, 나는 감히 당신에게 화를 낼 수도 없고, 당신의 사랑이자 행복인 내 친구에게도 화를 낼 수가 없어요. 그저 묵묵히 일이나 하는 수밖에. 일하자! 일!

저기 있는 내 가련한 환자처럼 굳건한 목표가 있다면 - 내가 일에 매진하도록 만들어주는 훌륭하고 이타적인 목표가 있다면 - 그야말로 행복할 것이다.

미나 머리의 일기

7월 26일 - 불안하고 초조하다. 이곳에 심정을 토로하는 것이 위안이 된다. 일기를 쓰는 것은 내 스스로에게 속삭이는 동시에 듣는 것과 같다. 또한 속기 부호로 글을 적는 것은 일반적인 글쓰기와는 다른 무언가가 있다. 루시와 조너선 때문에 심란하다. 한동안 조너선에게서 아무런 소식이 없어 매우 걱정했지만, 어제 언제나 상냥하기 이를 데 없는 친애하는 호킨스 씨가 조너선에게 받은 편지를 내게 보내주었다. 혹시 조너선 소식 들은 것 없냐고 편지를 보냈더니, 동봉한 편지를 막 받았다고 했다. 드라큘라 성에서 적은 한 줄짜리 편지로, 이제 막 고향으로 떠날 참이라는 내용이 전부였다. 이건 조너선답지 않은 편지다. 무슨 일이 생긴 것은 아닌지 불안하다. 루시는 몸은 많이 건강해졌지만 최근 들어 몽유병이 도졌다. 루시 어머니가 내게 그 사실을 털어놓았고, 내가 밤마다 루시와 함께 자는 방문을 잠그기로 했다. 웨스튼라 부인은 몽유병자들은 언제나 집 지붕 위로 올라가거나 절벽 가장자리를 걷다가 문득 잠에서 깨어 온 사방에 울려 퍼지는 절망적인 비명을 지르며 추락하고 만다는 생각을 가지고 계신다. 불쌍한 분, 그 분이 루시를 걱정하는 것은 당연하다. 부인 말씀이 남편인 루시의 아버지도 그런 병을 앓았다고 한다. 밤에 일어나 옷을 입고 밖에 나갔다는 것이다. 루시는 가을에 결혼할 예정이며 웨딩드레스며 집안을 꾸밀 계획으로 들떠 있다. 루시의 마음을 이해한다. 나도 그러니까. 다만 조너선과 나는 아주 소박하게 결혼생활을 시작할 것이며 수입에 맞추어 생활을 일구어 나가야 할 것이다. 홈우드 씨 - 그는 고덜밍 경의 외아들인 아서 홈우드이다 - 가 곧 이곳에 올 것이다. 아버지의 건강이 좋지 않으시지만 가능한 빨리 이곳에 올 것이며, 루시는 그가 오기를 손꼽아 기다리고 있는 것 같다. 루시는 홈우드 씨가 오면 교회 묘지 절벽의 그 의자로 데려가 휘트비의 아름다운 풍경을 보여주고 싶어 한다. 아무래도 기다림이 루시를 불안하게 만드는 것 같다. 그가 도착하면 루시는 괜찮아질 것이다.

7월 27일 - 여전히 조너선에게서는 아무런 소식이 없다. 이유는 모르겠지만 점점 더 조너선이 걱정된다. 단 한 줄이라도 그가 편지를 보내줬으면 좋겠다. 루시는 전보다 몽유병이 더 심해져, 매일 밤 루시가 방안을 걸어 다니는 통에 잠에서 깬다. 다행히 날씨가 무더워 루시가 감기에 걸리는 일은 없지만, 밤마다 루시 때문에 잠에서 깨다 보니 나 역시 예민해져 잠을 설친다. 루시의 건강이 점점 좋아져 정말 다행이다. 홈우드 씨는 갑작스러운 호출을 받고 심각한 병을 앓고 계신 아버지를 뵈러 링에 갔다. 루시는 그가 오는 날이 점점 연기된다는 사실에 안달하고 있지만, 그것은 외모에 아무런 영향을 미치지 않았다. 얼굴에는 살이 살짝 올랐고 뺨은 사랑스러운 장밋빛을 띠고 있다. 빈혈 환자처럼 창백한 얼굴은 온데간데없다. 루시가 계속 건강하기를 간절히 기도한다.

8월 3일 - 또 한 주가 지났지만 여전히 조너선에게서는 아무런 소식이 없으며, 호킨스 씨에게도 아무런 연락이 없었다고 한다. 아, 어디 아픈 게 아니기를. 분명 편지를 보낼 것이다. 나는 조너선이 보낸 마지막 편지를 보고 있는데, 어쩐지 석연치 않은 느낌이 든다. 조너선의 글씨가 분명하지만 그답지 않은 글이다. 지난주에는 루시의 몽유병이 그리 심하지 않았지만, 요즘 들어 내가 이해할 수 없는 묘한 행동을 한다. 루시는 몽유병에 빠진 상태에서도 나를 관찰하는 것 같다. 문을 잡아당겨보고 잠겨 있자 방 안을 돌아다니며 열쇠를 찾는다.

8월 6일 - 또 사흘이 지났고 여전히 소식이 없다. 점점 커지는 조바심에 견디기가 힘들다. 조너선이 어디 있는지 혹은 어디로 가는지만 알고 있다면 마음이 좀 더 편할 텐데. 마지막 편지 이후로 조너선에게서 소식을 들은 사람이 아무도 없다. 하느님께 인내심을 달라 기도하는 수밖에. 루시는 요즘 들어 쉽게 흥분하는 경향이 있긴 하지만, 그 외에는 건강하다. 지난밤은 날씨가 아주 험했고, 어부들 말이 폭풍이 닥쳐올 거라고 한다. 유심히 지켜보며 날씨를 읽는 법을 익혀야겠다. 오늘은 하늘이 회색빛이며, 내가 글을 쓰는 동안 태양은 케틀니스 위쪽 높이 걸린 두꺼운 구름들 사이로 모습을 감췄다. 모든 것이 회색빛이다. 에메랄드 같은 녹색 잔디만이 예외다. 회색 바위, 멀리 가장자리에 햇살의 불그레한 색조를 띤 회색 구름, 그 아래의 회색 바다와 회색 손가락처럼 뻗어 있는 모래톱들까지. 바다는 수심이 얕은 해안과 모래사장에서 굉음을 내며 몸부림치고, 그 소리는 내륙을 떠도는 바다 안개에 막혀 웅웅거린다. 수평선은 회색 안개 속에 묻혀 보이지 않는다. 모든 것이 광활하다. 구름들은 거대한 바위처럼 층층이 쌓여 있고, 바다 위에는 죽음의 전주곡 같은 소리가 감돈다. 해변의 이곳저곳에는 검은 형상들이 있는데, 때로는 안개 속에 반쯤 가려진 그것들은 '걷는 나무' 같다. 어선들은 사나운 파도에 솟구쳤다 가라앉으며 급히 항구를 향해 달려온다. 스웨일스 씨가 온다. 그분은 곧장 내게로 다가오고 있으며 모자를 들어 올리는 것으로 보아 이야기를 하고 싶은 모양이다……

이 노인의 변화에 나는 꽤나 감동을 받았다. 노인은 내 옆자리에 앉으며 아주 다정스럽게 말을 건넸다.

"아가씨한테 할 말이 있어." 노인이 불편해하는 것을 알고, 나는 주름진 노인의 손을 잡으며 편하게 말씀하시라고 당부했다. 그러자 노인은 내 손에 잡힌 손을 그대로 둔 채 입을 열었다……"아무래도 내가 죽은 자들에 대해 끔찍한 이야기들을 해서 아가씨한테 충격을 준 모양이요. 하지만 그런 뜻으로 한 말은 아니고, 내가 가면 그 점을 기억해줬으면 좋겠어. 우리 노인네들은 살날이 얼마 남지 않은 사람들이라 그런 생각을 하는 걸 다들 좋아하지 않아. 그래서 가볍게 이야기하는 거지. 내 마음에 기운을 북돋우라고. 하지만 주님은 아가씨를 사랑해요. 난 죽는 게 무섭지 않아. 조금도. 그냥 아직은 죽고 싶지 않을 뿐이야. 난 이렇게 늙었고 백년이라는 삶은 사람이 기대하기에는 너무 많은 나이니 내가 갈 때도 머지않았어. 난 너무 늙어서 저승사자가 벌써 낫을 갈며 준비하고 있지. 아가씨도 알다시피 오랜 습관을 한 번에 버릴 수는 없는 노릇이고, 예전처럼 농지거리는 계속할 거야. 머지않아 죽음의 천사가 날 위해 나팔을 불 거야. 아가씨, 애달플 것 없어!" 노인은 내가 우는 것을 알아챈 것이다. "만약 그가 바로 오늘 밤에 찾아온다고 해도 나는 응당 그 부름에 답할 거야. 결국 인생이란 우리가 하는 것 외에 다른 무언가를 기다리는 것일 뿐이고, 우리가 온당히 기대할 수 있는 것은 죽음뿐이니까. 하지만 난 만족하네. 죽음이 날 위해 오고 있고, 그것도 빨리 오고 있으니까. 우리가 이 근사한 경치를 보고 있는 동안에도 죽음은 오고 있는지도 모르지. 바다에서 밀려오는 저 바람, 사람을 죽이고 배를 난파시키고 쓰라린 슬픔을 안겨주는 저 바람에 실려 오는 건지도 모르지. 저것 좀 봐! 저것 좀 봐!" 노인이 느닷없이 외쳤다. "바람 안에 무언가가 있어. 소리가 들려. 죽음이 보이고, 죽음의 맛이 나고, 죽음의 냄새가 나. 공기 중에 있어. 오는 게 느껴져. 주님, 내가 갈 때가 오면 기꺼이 응하게 해주소서!" 노인은 경건하게 두 팔을 치켜 올리고 모자를 들었다. 그의 입이 기도하는 것처럼 움직였다. 잠시 침묵이 흐른 뒤 노인은 자리에서 일어나 나와 악수를 나누고 내게 축복의 말을 건넨 다음 작별 인사를 하고 비틀거리며 내려갔다. 노인의 말은 내 마음을 감동시켰고, 동시에 내 마음을 심란하게 만들어 놓았다.

해안경비대원이 겨드랑이에 작은 쌍안경을 끼고 다가왔을 때 나는 반가웠다. 그는 언제나처럼 잠시 걸음을 멈추어 나와 이야기를 나누었지만, 그러는 내내 낯선 배를 주시했다.

"생전 처음 보는 배예요. 겉모습으로 봐선 러시아 배 같은데 이상하게 헤매고 있단 말이에요. 어디로 가야 할지 모르는 것처럼. 폭풍이 오고 있는 걸 알지만, 북쪽으로 더 가야 할지 여기에 정박해야 할지 마음을 정하지 못한 모양이에요. 저길 봐요! 정말 이상하게 움직이네. 꼭 조타수가 없는 것처럼 말이에요. 바람이 한 번 불 때마다 이리저리 휘청거리니 원. 내일 이때쯤이면 저 배에 대해 좀 더 알게 될 겁니다."

제7장

8월 8일자 〈데일리그래프〉 지에서 오려낸 신문 기사
(미나 머리의 일기에 붙여져 있었음.)

특파원 보고
휘트비에서

기록상 가장 규모가 크고 갑작스러운 폭풍이 이곳 휘트비에
상륙하면서 기이하고도 독특한 현상이 발생했다. 최근에 날씨
가 다소 후텁지근했으나, 8월이라는 점을 감안하면 흔한 날씨
였다. 토요일 저녁은 언제나처럼 맑았으며, 어제 수많은 행락
객들이 멀그레이브 숲, 루빈후드 만, 리그 밀, 런스위크, 스테이
스 등의 휘트비 인근으로 여행을 떠났다. 증기선 에마호와 스

카보로호가 해안을 오가며 휘트비를 방문하는 유난히 많은 '행락객'들을 실어 날랐다. 오후까지는 유난히 날씨가 맑더니, 북쪽과 동쪽의 바다가 한 눈에 내다보이는 고지대에 위치한 이스트클리프 교회 묘지에서 북서쪽 하늘 높이 갑자기 '말꼬리구름'이 보인다는 보고가 들어왔다. 당시 북서쪽에서는 기상 용어로 '2등급 : 가벼운 산들바람'이라고 칭하는 부드러운 바람이 불어오고 있었다. 근무를 서던 해안경비대원이 즉시 이를 보고했고, 반세기 넘게 이스트클리프에서 날씨를 관찰했던 늙은 어부 한 명은 갑작스러운 폭풍이 밀려올 거라고 예언했다. 일몰은 아주 아름다웠으며 거대한 구름 덩어리들이 형형색색으로 빛나, 오래된 교회 묘지에 사람들이 몰려들어 이 아름다운 풍경을 감상하며 절벽 위를 거닐었다. 태양은 케틀니스의 검은 덩어리 밑으로 가라앉기 전, 서쪽 하늘을 가로지르며 위풍당당하게 떠 있었고 그 밑으로 빨간색, 보라색, 분홍색, 녹색, 보라색, 금색으로 물든 가지각색의 구름들이 장관을 이루었다. 또한 여기저기에는 크지 않지만 새카맣고 온갖 모양을 한 구름 덩어리들이 거대한 실루엣을 드러냈다. 이 장관은 화가들도 놓치지 않았으며, 내년 5월이면 "거대한 폭풍의 전조"라는 제목이 붙은 그림 몇 장이 왕립 미술원을 비롯한 여러 왕립 시설의 벽을 장식하게 될 것이다. 심상치 않은 조짐을 본 선장들이 '조약돌' 또는 '노새' - 다양한 등급의 배를 이렇게 지칭한다 - 를 폭풍이 지나갈 때까지 항구에 정박해두기로 결정을 내렸다. 저녁 내내 바람이 서서히 줄더니 자정에는 죽은 듯이 고요하고 습한 열기가 가득 찼고, 다가오는 폭풍의 긴장감은 섬세한 사람들에게 영향을 미쳤다. 바다에는 불빛들이 거의 보이지 않았다. 보통 해안을 아주 가까이 운행하는 연안 항로선들조차 바다 깊숙이 들어가 있었으며, 어선도 거의 보이지 않았다. 유일하게 항해를 하는 배는 돛을 모두 올린 외국 범선 한 대뿐이었는데, 서쪽으로 향하는 것 같았다. 그 외국 범선 선장의 무모함이나 무지가 이곳 마을 사람들의 주요 이야깃거리였으며, 그 범선에게 위험하니 항해를 중단하라는 신호를 보내기도 했다. 밤이 내려 앉기 전에 그 배가 일렁이는 파도 위를 느긋하게 항해하는 모습이 보였다.

"그림 속 바다 위에 떠 있는 그림 속 배처럼 느긋하게."

열 시 직전 공기가 점점 무겁게 가라앉더니, 무서운 정적에 내륙의 양 울음소리나 마을의 개 짖는 소리가 뚜렷하게 들렸으며, 방파제에서 악단이 연주하는 활기찬 프랑스 음악은 위대한 자연의 침묵과 불협화음을 이루었다. 자정이 조금 지난 후 바다 쪽에서 묘한 소리가 들려왔고, 공중 높이에 기이하고 희미하게 우르릉거리는 소리가 울리기 시작했다.

그런 다음 아무런 경고도 없이 폭풍이 몰아쳤다. 믿을 수 없을 정도 빠르게 몰아친 폭풍에 온 천지가 요동쳤다. 파도가 연달아 맹렬하게 솟아오르더니, 몇 분 지나지 않아 잠잠하던 바다는 격렬하게 포효하는 괴물로 변모했다. 하얀 포말이 이는 파도들이 모래사장을 매섭게 때리고 완만한 절벽 위를 덮치고, 방파제에 부딪히고, 파도의 거품은 휘트비 항구의 양쪽 부두 끝에 솟아 있는 등대의 등실을 휩쓸었다. 바람은 천둥처럼 포효했고, 얼마나 강력하게 휘몰아치는지 제아무리 힘센 장정이라도 제 발로 서서 버티기는커녕 철기둥에 매달려도 버티기 힘들 정도였다. 부두 전체에서 수많은 구경꾼들을 대피시키지 않으면, 그날 밤의 사망자들이 수십 배는 증가할 판이었다. 게다가 묵직한 바다 안개가 내륙으로 밀려왔는데, 하얗고 눅눅한 안개 덩어리는 마치 유령 같았다. 얼마나 축축하고 눅눅하고 차갑던지, 바다에서 길을 잃은 영혼들이 차가운 죽음의 손으로 살아 있는 동료들을 만지는 것 같았으며, 바다 안개가 스치는 순간 수많은 사람들이 몸서리를 쳤다. 이따금씩 안개가 걷혔고, 번개가 번쩍 칠 때는 바다도 어느 정도 보였다. 굵고 빠른 번개가 치고 뒤이어 갑작스러운 천둥소리가 들려왔다. 머리 위의 하늘 전체가 폭풍의 발자국 소리에 부들부들 떠는 것 같았다.

번개 속에 드러난 광경들은 장엄하고 흥미진진한 것이었다. 파도가 산처럼 높이 치솟으며 하얀 거품 덩어리를 하늘 높이

던지면 폭풍은 그 덩어리를 잡아채어 다시 바다 속으로 집어던 졌다. 다 해진 돛을 단 어선들이 여기저기서 돌풍이 몰아치기 전에 피난처를 찾기 위해 다급하게 달렸고, 여기저기서 폭풍 에 휘말린 바닷새의 하얀 날개들이 보였다. 이스트클리프의 정 상에서는 아직 한 번도 사용해보지 못한 새 탐조등을 실험해볼 준비를 했다. 담당 관리들이 탐조등을 켜고 밀려오는 안개가 잠시 걷힐 때마다 바다의 표면을 훑었다. 한두 번 정도 이 탐조 등의 불빛 덕분에 뱃전이 물에 잠긴 채 항구로 달려오던 어선 한 척이 부두에 충돌하는 위험을 피했다. 배가 안전하게 항구 에 정박하자 해안에 있던 구경꾼 무리에게서 기쁨의 함성이 터 져 나왔고, 일순간 폭풍을 헤치고 나온 그 함성은 다시 폭풍 소 리에 묻혀 사라졌다.

얼마 지나지 않아 탐조등의 불빛에 모든 돛을 세우고 있는 범선 한 척이 발견되었는데, 초저녁에 목격되었던 바로 그 범 선인 듯했다. 이때쯤 바람은 동쪽으로 물러났고, 절벽 위의 구 경꾼들은 이 범선이 처한 끔찍한 위험을 깨닫고 몸서리를 쳤 다. 범선과 항구 사이에는 수많은 훌륭한 배들이 이따금씩 좌 초되었던 거대한 암초가 놓여 있었고, 이대로 바람이 계속 분 다면 그 범선이 항구에 들어오는 것은 거의 불가능한 상황이었 다. 이제 만조 때가 거의 다가왔지만, 파도가 너무 높아 고랑 사 이로 해안이 보일 정도였고, 돛을 모두 세운 그 범선은 워낙 빠른 속도로 돌진하고 있어 나이든 선원 말마따나 '지옥에 좌초'할 판이었다. 그러다 또 다시 바다 안개가 밀려왔다. 전보다 더 거대한 이 축축한 안개 덩어리는 회색 휘장처럼 모든 것 휘감아, 사람이 사용할 수 있는 감각기관은 청각기관뿐이었다. 이 눅눅한 회색 장막을 통해 폭풍의 포효, 천둥소리, 거대한 파도 소리가 전보다 더욱 크게 울려 퍼졌다. 탐조등의 불빛은 동쪽 부두 너머 항구의 입구에 고정되어 있었고, 사람들은 충격적인 사건이 일어날까봐 숨도 쉬지 못하고 마음을 졸였다. 바람이 갑자기 북동쪽으로 방향을 바꾸었고, 남아 있던 바다 안개가 돌풍에 밀려갔다. 기적적으로 부두 사이에서 놀라운 속도로 파도를 넘으며 돌풍이 몰아치기 전 무사히 항구에 도달한 낯선 범선이 보였다. 탐조등은 계속 그 범선을 좇았고, 그 범선을 본 모든 이들이 공포로 전율했다. 타륜에 매달린 것은 머리를 축 늘어뜨린 시체로, 배가 움직일 때마다 끔찍하게도 이리저리 흔들렸기 때문이다. 갑판에는 그 외에 다른 사람은 보이지 않았다. 사람들은 죽은 남자 외에 조종하는 사람 하나 없이 그 배가 기적적으로 항구에 도달한 사실을 깨닫고 경탄하고 말았다! 하지만 그 모든 일은 이 글을 적는 데 걸린 시간보다 더 순식간에 일어났다. 범선은 그대로 멈추지 않고 항구로 돌진했고, 수많은 파도와 수많은 폭풍에 이스트클리프 아래로 튀어나온 부두의 남동쪽 구석에 쌓인 모래와 자갈층, 이 지역에서 테이트힐 부두라 부르는 곳에 정박했다.

물론 그 배가 모래 더미 위로 올라오며 상당한 충격이 있었다. 배의 모든 목재, 밧줄, 기둥이 뒤틀리고, 돛대의 일부가 무너져 내렸다. 하지만 무엇보다 가장 이상한 일은, 그 배가 해안에 닿는 그 순간, 충돌의 충격으로 튀어나온 것처럼 거대한 개 한마리가 갑판 위로 불쑥 튀어나와 앞으로 달려가더니 이물에서 모래톱으로 뛰어내린 것이었다. 그 개는 곧장 가파른 절벽으로 달려갔다. 그 절벽 위에는 교회 묘지가 있고 교회 묘지에서 동쪽 부두로 이어지는 샛길이 있는데 너무 가팔라 평평한 묘비 – 이곳 휘트비 방언으로는 '관석'이라 부른다 – 일부가 절벽 위로 튀어나와 있다. 그 개는 탐조등이 빛이 닿지 않아 더욱 어두운 암흑 속으로 모습을 감추었다.

그 일이 일어날 당시 테이트힐 부두에는 아무도 없었다. 근방의 집들에 사는 사람들은 전부 잠자리에 들었거나 아니면 절벽 위로 구경을 나가 있었기 때문이다. 따라서 항구 동쪽에서 근무를 서던 해안경비대원이 즉시 그 작은 부두로 뛰어내려가 처음으로 그 배 위에 올라갔다. 탐조등을 작동하던 남자들은 항구 입구를 샅샅이 훑어보고 아무것도 발견되지 않자, 다시 탐조등을 버려진 배로 고정하고 계속 배를 주시했다. 해안경비대원은 배의 후미로 달려갔고, 타륜 옆에 서서 허리를 숙여 타륜을 살펴보더니 놀란 듯 움찔했다. 이 모습이 호기심을 자극

했는지, 꽤 많은 사람들이 그쪽으로 달려가기 시작했다. 웨스트 클리프에서 도개교를 건너 테이트힐 부두까지는 상당한 거리지만, 본 기자가 발이 상당히 빠른 편이라 꽤 선두에 서게 되었다. 하지만 본 기자가 도착했을 때, 이미 그 부두에는 한 무리의 사람들이 모여 있었으며 해안경비대원과 경찰이 승선을 막고 있었다. 본 기자는 일등선원의 허락을 받아 갑판에 오를 수 있었으며, 사실상 타륜에 몸이 묶인 채 죽은 선원의 모습을 직접 목격한 몇 안 되는 사람 중 하나가 되었다.

이런 광경은 자주 볼 수 있는 광경이 아니므로 그 해안경비대원이 놀라거나 두려워한 것도 무리가 아니었다. 그 남자의 양손은 타륜에 묶여 있었다. 손바닥과 나무 타륜 사이에는 십자가가 놓여 있었으며, 십자가의 줄이 양 손목과 타륜에 휘감겨 있었고, 이 모든 것은 끈으로 단단히 묶여 있었다. 이 불쌍한 친구가 키를 잡고 앉아 있는데 배가 이리저리 요동을 치는 통에 묶어 놓았던 끈이 뼛속까지 살을 파고들게 된 것일지도 모른다. 이 배의 상황에 관해 정확한 메모를 해두었으며, 내가 도착한 직후 온 의사 - 이스트 엘리엇 플레이스에 사는 서른세 살 된 외과의 J. M. 카핀 - 가 시신을 살펴보더니 죽은 지 족히 이틀은 되었다고 선언했다. 남자의 주머니에는 코르크 마개로 꼭 막아둔 유리병이 하나 있었는데, 그 안에는 돌돌 말린 종이가 들어 있었고 그것은 항해일지에 덧붙이기 위해 작성한 메모로 밝혀졌다. 해안경비대원은 남자가 이를 사용해 매듭을 지어 스스로 자신의 손을 묶었을 것이라고 했다. 배에 가장 먼저 오른 사람이 해안경비대원이라는 사실이 나중에 해사 법원에서 발생할 복잡한 문제를 없애줄 지도 모른다. 해안경비대원은 난파선에 가장 먼저 들어간 시민의 권리인 인양권을 요구할 수 없기 때문이다. 벌써부터 법률가들이 입방아를 찧었는데, 한 젊은 법대생은 이 배 소유주의 소유권은 이미 사라졌다고 큰 소리로 주장했다. 소유주로부터 이 배를 위임받은 선장이 사망했기 때문에 양도불능소유권의 규칙이 적용된다는 것이다. 죽은 선장은 죽는 순간까지 젊은 카사비앙카처럼 숭고한 신념으로 명예롭게 자리를 지키고 있었던 곳에서 경건하게 옮겨져 시체 안치소에 보관되었음은 두말할 필요 없을 것이다.

이미 갑작스러운 폭풍은 지나갔으며, 그 격렬함도 기세가 한 풀 꺾였다. 사람들은 저마다 집으로 흩어졌고, 요크셔 평원 위쪽으로 붉은 동이 트기 시작했다. 다음에는 폭풍 속에서 기적적으로 항구에 도달한 난파선에 대해 더 자세한 내용을 기고하도록 하겠다.

휘트비에서

8월 9일 - 어젯밤 폭풍 속에서 난파선이 도착한 이후, 그 사건 자체보다 더 놀라운 일이 연이어 발생했다. 그 범선은 바르나에서 출발한 러시아 선박 데메테르호라는 사실이 밝혀졌다. 배의 바닥에는 은색 모래가 좍 깔려 있었으며 화물은 얼마 되지 않았다. 그것도 흙이 가득 담긴 거대한 나무 상자들뿐이었다. 이 화물은 크레센트 가 7번지에 사는 휘트비의 변호사 S. F. 빌링턴 씨 앞으로 온 것이고, 빌링턴 씨가 오늘 아침 배에 올라 자신에게 온 화물을 공식적으로 인수했다. 러시아 영사 또한 용선계약 대리자로서 이 배를 공식적으로 인수했으며 항만세 등의 비용을 모두 지불했다. 오늘 이곳에서는 기이한 우연들에 대한 이야기만 떠돈다. 상무부의 관리들이 현행 법률을 따져가며 모든 일을 아주 꼼꼼하게 처리했다. 이 사건이 아무리 사람들의 입방아에 오르내리려도 곧 잊혀지게 될 것이므로, 나중에 분란의 소지가 될 만한 일이 없도록 만전을 기하는 것으로 보인다. 배가 충돌하는 순간 배에서 내린 그 개와 관련해 많은 사람들이 흥미를 가지고 있으며, 휘트비에서 아주 활발하게 활동하는 동물학대방지협회의 회원 몇 명이 그 개를 돌보겠다고 나섰다. 하지만 실망스럽게도 그 개는 발견되지 않았다. 아마도 이 마을에서 완전히 벗어난 것으로 보인다. 겁을 먹고 황무지 쪽으로 향한 것인지도 모르며, 여전히 겁에 질려 어딘가에 숨어 있는지도 모른다. 일부 주민들은 이 흉포한 짐승이 나중에 위험한 존재가 될까봐 겁을 내기도 한다. 오늘 아침 일찍, 테이트힐 부두 근처의 석탄 소매업자가 키우는 덩치 큰 잡종 마스티프 한 마리가 주인집 마당 맞은편의 길거리에서 죽은 채로 발견되었다. 사나운 적수와 싸웠는지, 목이 뜯겨나갔고 흉포한 발톱에 배가 갈라져 있었다.

나중 – 상무부 조사관이 호의를 베풀어 준 덕분에, 본 기자는 사흘간의 일을 순서대로 정리해놓은 데메테르호의 항해일지를 볼 수 있었지만, 실종된 선원들에 대한 내용 외에 특별한 흥밋거리는 없었다. 허나 유리병에 담긴 그 종이와 관련해 커다란 흥미가 일고 있으며, 그 종이는 오늘 심리에 제출되었다. 여태껏 그 종이의 내용을 읽은 두 조사관의 이야기보다 더 기이한 이야기는 들은 적이 없다. 숨길 이유가 전혀 없는 내용이므로 기사화해도 된다는 허락을 받았으며, 따라서 신문사에 선박 조종술과 화물관리에 관한 기술적인 부분들만 제외한 사본을 보내는 바이다. 선장은 대양에 들어서기 전부터 일종의 광기에 사로잡혔으며, 이 광기가 항해 내내 지속된 것으로 보인다. 물론 이 내용은 친절하게도 내용을 번역해 준 러시아 영사 서기의 구술을 받아 적고 있으므로 대략적으로 간추려 쓴 것이다.

데메테르호의 항해일지
바르나에서 휘트비까지.

7월 18일 - 너무나도 기이한 일들이 벌어지고 있어 배가 도착할 때까지 정확한 상황을 기록해둘 것이다.

7월 6일 - 바닥에 깔 흰 모래와 흙이 담긴 상자들을 다 실었다. 정오에 출항하다. 시원한 동풍이 분다. 선원 다섯 명……. 항해사 둘, 요리사, 그리고 나(선장).

7월 11일 - 새벽에 보스포러스 해협에 도착. 터키 세관원의 관리들이 승선했다. 박시시를 건네고 무사통과. 오후 4시에 다시 출발.

7월 12일 - 다르다넬스 해협 통과. 더 많은 세관원 관리들과 해안경비대의 기정들이 왔다. 다시 박시시. 관리들의 조사는 철저하지만 신속하다. 빨리 떠나라고 요구했다. 해 질 녘에 군도에 들어섰다.

7월 13일 - 마타판 곶을 지났다. 선원들이 불만이 있는 모양이다. 겁에 질린 것 같은데 말을 하지 않는다.

7월 14일 - 선원들이 좀 걱정스럽다. 선원들은 다들 착실한 친구들로 전에도 나와 함께 항해를 한 바 있다. 항해사는 무엇이 문제인지 구체적으로 알지 못했다. 다들 무언가 있다며 성호만 그었으니까. 항해사는 성질을 참지 못하고 한 명을 때렸다. 격한 다툼을 예상했지만 아무 일 없이 지나갔다.

7월 16일 – 오늘 아침 항해사가 선원 중 한 명인 페트로프스키가 사라졌다고 보고했다. 어찌 된 영문인지 설명하지 못했다. 어젯밤 종이 8점을 알리는 시각에 좌현을 지키다가 아브라모프와 교대했지만 벙크로 돌아오지 않았다고 한다. 선원들이 전보다 한층 풀이 죽었다. 다들 무언가 일이 일어날 거라고 하면서도, 무언가 배에 있다는 말 외에는 더 이야기하지 않으려 한다. 항해사가 점점 인내심을 잃고 있다. 조만간 문제가 일어날 것 같다.

7월 17일 – 어제 선원 중 한 명인 올가렌이 내 선실로 찾아와 잔뜩 겁에 질린 표정으로 배에 이상한 남자가 타고 있는 것 같다고 털어놓았다. 올가렌은 불침번을 서는 동안 비바람이 몰아쳐 갑판실 뒤에 몸을 숨기고 있다가 선원이 아닌 키 크고 마른 남자가 갑판의 지붕창으로 올라와 갑판을 따라 걷더니 사라지는 것을 보았다고 했다. 호기심에 뒤를 따라가 보았지만 이물에 도착하자 아무도 보이지 않았고 승강구는 전부 닫혀 있었단다. 그는 미신적인 두려움에 사로잡혀 있었으며, 나는 그러한 공포가 전염될까 걱정된다. 그 공포를 누그러뜨리기 위해 오늘 배의 이물부터 고물까지 찬찬히 수색해볼 것이다.

그날 오후에 나는 선원 전체를 소집해 배 안에 다른 누군가 타고 있다고 생각하는 것 같으니 배 안을 샅샅이 뒤져보자고 했다. 일등 항해사가 화를 냈다. 그건 바보 같은 소리며, 그런 바보 같은 생각을 받아들이면 선원들의 사기가 떨어질 것이며, 몽둥이로 기강을 바로잡겠다고 했다. 나는 일등 항해사에게 타륜을 맡기고, 나머지 선원들과 함께 나란히 서서 배 안을 수색했다. 구석 하나 놓치지 않고 샅샅이 수색했다. 화물칸에는 커다란 나무 상자들뿐이었으므로, 사람이 숨을만한 틈은 전혀 없었다. 선원들은 수색이 끝나자 눈에 띄게 안심하고 유쾌하게 다시 일을 하러 돌아갔다. 일등 항해사는 인상을 찌푸렸지만 아무 말 하지 않았다.

7월 22일 - 지난 사흘 간 날씨가 험했고, 다들 일손이 바쁘다. 겁먹고 있을 시간적 여유가 없다. 선원들은 공포심은 잊은 듯하다. 항해사는 다시 기분이 좋아져 선원들에 대한 태도가 유해졌다. 악천후에 수고했다고 칭찬을 했다. 지브롤터 해협을 빠져나왔다. 모든 것이 순조롭다.

7월 24일 - 이 배에 불운이 드리운 것 같다. 벌써 한 명을 잃었고, 비스케 만에 들어서서 험한 날씨를 앞둔 찰나, 어젯밤 또한 명이 사라졌다. 첫 번째 실종자와 마찬가지로 그는 불침번을 서러 나갔다가 다시 돌아오지 않았다. 다들 공포에 휩싸였다. 선원들이 홀로 있는 것을 두려워해 두 명씩 불침번을 서게 해달라고 부탁해 왔다. 일등 항해사는 화를 냈다. 항해사나 선원들이 조만간 폭력사태를 일으킬까 걱정된다.

7월 28일 - 지옥 같은 나흘이었다. 커다란 소용돌이에 휘말렸고 폭풍우가 밀어닥쳤다. 아무도 잠을 자지 못했다. 선원들은 다들 지쳤다. 어떻게 불침번을 세워야 할지 모르겠다. 더 버틸만한 사람이 아무도 없기 때문이다. 이등 항해사가 불침번을 서겠다고 자원해, 나머지는 서너 시간 정도 쪽잠을 잤다. 바람이 잦아들었다. 파도는 무시무시하지만 배가 덜 흔들려서 그런지 전보다 심하게 느껴지지 않는다.

7월 29일 - 또 다른 비극. 선원들이 두 명씩 짝을 지어 나가기엔 너무 지쳐 있어 오늘 밤엔 홀로 불침번을 서게 했다. 아침이 되어 교대자가 갑판에 나갔지만 조타수 이엔 아무도 보이지 않았다. 큰 소리에 다들 갑판으로 올라왔다. 철저히 배 안을 수색했지만 찾지 못했다. 이제 이등 항해사가 사라지자 선원들은 공포에 질렸다. 일등 항해사와 나는 이후로 무장을 하고 만약의 사태에 대비하기로 했다.

7월 30일 – 어젯밤. 우리는 영국에 가까이 도착해 기뻤다. 날씨는 맑고 모든 돛을 올렸다. 피곤해 선실로 들어가 푹 잤으니, 불침번을 서던 선원과 조타수 둘 다 사라졌다는 일등 항해사의 말에 잠에서 깼다. 이제 배 안에는 나와 일등 항해사와 두 선원만이 남았다.

8월 1일 – 이틀 동안 안개가 짙게 끼었고 배 한척 보이지 않았다. 영국 해협에 들어서면 구조 요청 신호를 보내거나 어딘가에 정박할 수 있기를 바랐다. 돛줄을 맬 인력이 없어 바람에 의지해 항해해야 한다. 돛을 다시 올릴 수가 없어, 감히 돛을 내릴 수가 없다. 우리는 끔찍한 운명을 향해 떠내려가고 있는 듯하다. 이제 일등 항해사는 두 선원보다 더 의기소침해 있다. 일등 항해사는 강한 성격 때문에 더욱 내부로만 파고드는 것 같다. 선원들은 두려움을 넘어서서 최악을 각오한 듯 그저 묵묵히 일에만 매진한다. 그 둘은 러시아인이고, 일등 항해사는 루마니아인이다.

8월 2일, 자정 – 내 선실 바깥에서 나는 듯한 비명소리에 몇 분 만에 잠에서 깼다. 안개 속에서는 아무 것도 보이지가 않았다. 서둘러 갑판으로 뛰어나가다 일등 항해사와 부딪혔다. 그도 비명소리를 듣고 뛰어온 것이었지만, 불침번을 서러 나간 선원은 아무런 흔적이 없다. 한 명이 더 사라졌다. 주님, 우리를 구원하소서! 일등 항해사는 우리가 도버 해협을 지났을 거라고 했다. 안개가 걷히고, 남자의 비명소리를 듣는 순간 노스 포랜드가 보였다고 했다. 그렇다면 우리는 현재 북해에 들어섰으며, 오직 신만이 우리와 함께 움직이는 듯한 이 안개 속에서 우리를 인도해줄 수 있다. 신은 우리를 버린 듯하다.

8월 3일 - 자정에 키를 잡은 선원과 교대를 하러 나갔는데, 그곳엔 아무도 없었다. 바람은 안정적이었으며, 배에 흔들림도 전혀 없었다. 나는 차마 자리를 떠날 수 없어 일등 항해사를 외쳐 불렀다. 잠시 후 그가 잠옷 바람으로 갑판에 뛰쳐나왔다. 사납고 광포한 두 눈을 보니 그가 이성을 잃어버린 게 아닐까 크게 염려되었다. 그는 내게 다가와 공기가 엿들을까 봐 두려운 듯 내 귀에 입을 대고 쉰 목소리로 속삭였다. "여기 있어요. 이제 난 알아요. 지난밤에 불침번을 서다 봤어요. 호리호리하고 유령처럼 창백한 남자를요. 그것이 이물에 서서 바깥을 내다보고 있었어요. 제가 뒤로 몰래 다가가서 그것한테 칼을 꽂았어요. 그런데 칼이 공중에 휘두른 것처럼 그것을 관통했어요." 일등 항해사는 이렇게 말하며 칼을 꺼내 사납게 공중에 찔러 보였다. 그런 다음 말을 이었다. "하지만 그게 여기 있어요. 내가 찾아낼 거예요. 그건 화물창에, 그 상자 중 하나에 숨어 있는지도 몰라요. 상자를 하나씩 뜯어내서 확인할 겁니다. 선장님은 키를 잡고 계세요." 하고 경고하는 표정으로 입술에 손가락을 대고는 아래로 내려갔다. 바람의 방향이 갑자기 바뀌어서 나는 키를 놓을 수가 없었다. 나는 그가 공구 상자와 등불을 들고 다시 갑판으로 나와 앞쪽 승강구로 내려가는 것을 보았다. 일등 항해사는 완전히 제정신이 아니고, 말려 봐야 소용이 없었다. 그가 화물에 손상을 입힐 리는 없다. 송장에는 '흙'이라고 적혀 있으니 상자를 열어본다고 해서 큰일 날 일은 없을 것이다. 그래서 나는 이곳에 남아 키를 주시하며 이 글을 적고 있다. 하느님을 믿으며 안개가 걷히길 기다리는 수밖에 없다. 풍향을 따라 항구로 들어갈 수 없다면 돛을 잘라 눕히고 구조 신호를 보낼 것이다…….

이제 거의 다 끝나간다. 일등 항해사가 좀 진정하고 나오기를 기대하는 찰나 - 화물창에서 무언가를 두드리는 소리를 들었다니, 확인을 하면 좀 나아질 거라고 생각했다 - 승강구 쪽에서 갑작스러운 비명소리가 터져 나왔다. 그 소리에 내 피가 차갑게 식었고, 일등 항해사는 총에서 발사된 총알처럼 갑판 위로 튀어나왔는데 얼굴은 온통 공포로 뒤범벅인 데다 두 눈을 희번덕거리는 것이 영락없는 미치광이였다. "살려줘요! 살려

줘!" 그가 비명을 지르며 안개의 장막을 두리번거렸다. 그의 공포는 절망으로 바뀌었고, 그는 차분한 목소리로 말했다. "선장님, 선장님도 늦기 전에 이리로 오시는 게 좋을 겁니다. 이제 비밀을 알았어요. 바다가 우리를 그자에게서 구해줄 겁니다. 남은 방법은 그것뿐이에요!" 내가 무어라 말을 하거나 그를 잡으러 움직이기도 전에, 그는 현장으로 뛰어 오르더니 바다 속으로 몸을 던졌다. 이젠 나도 그 비밀이 무언지 알 것 같다. 이 미치광이가 선원들을 하나씩 없애고, 이젠 자신도 그 뒤를 따라간 것이다. 하느님 저를 구원하소서! 항구에 도착하면 이 끔찍한 일을 어떻게 설명한단 말인가? 나는 언제쯤 항구에 도착하게 될 것인가! 과연 도착하기는 할 것인가?

8월 4일 - 아침 해도 뚫을 수 없는 두터운 안개가 여전히 끼어 있다. 선원이니 해가 뜬다는 사실을 알지, 그렇지 않으면 알 수 없을 것이다. 나는 차마 아래로 내려가지도 못하고, 차마 키 앞을 떠나지도 못했다. 그래서 밤새 이곳에 있다가 어둑어둑한 밤중에 그것을 - 그자를 보고 말았다! 하느님, 저를 용서하소서. 허나 일등 항해사의 말대로 배에서 뛰어내렸어야 했습니다. 사람답게 죽는 것이 나았을 겁니다. 망망대해에서 선원답게 죽는 것이 나았을 겁니다. 하지만 나는 선장이며, 내 배를 떠나서는 안 된다. 나는 이 마귀 혹은 괴물에게 저항할 것이다. 내 힘이 다하기 전에 키에 내 두 손을 묶어 그자가 - 그것! - 이 감히 건드리지 못하게 할 것이다. 그러면 순풍이 불든 역풍이 불든 나는 내 영혼과 선장으로서의 명예를 보존하게 될 것이다. 기운이 다해가고, 밤이 내려앉고 있다. 만약 그자가 다시 내 얼굴을 들여다본다면, 내겐 행동할 시간이 없을 지도 모른다…… 만약 이 배가 난파된다면, 이 유리병이 발견될지도 모르고, 이 유리병을 발견한 자들은 이해할 지도 모른다. 만약 그렇지 않다면…… 모든 사람들이 내가 내 믿음에 충실했다는 사실을 알게 될 것이다. 하느님과 성모마리아와 성자들이여. 임무를 다하고자 노력하는 가련하고 무지한 영혼을 구원하소서…….

물론 이 항해일지에 대한 판단은 독자 여러분에게 맡긴다. 이 일지가 사실임을 증명해줄 증거가 전혀 나오지 않았으며, 선장이 그 살인사건을 저질렀는지 여부를 진술해줄 증인도 전혀 없다. 이곳 사람들은 입을 모아 선장은 영웅이며, 그에게 사회장을 치러주어야 한다고 말하고 있다. 그들은 이미 선장의 시신을 여러 대의 배에 실어 에스크 강을 따라 올라갔다가 다시 테이트힐 부두로 돌아온 뒤 수도원 계단을 올라가 장례를 치를 준비가 되어 있다. 선장은 절벽의 교회 묘지에 묻힐 예정이다. 벌써 백 대가 넘는 배의 소유주들이 선장을 무덤까지 따라가는 행렬에 참가하고 싶다며 명단에 이름을 올렸다.

거대한 개의 흔적은 전혀 발견되지 않았으며, 그 사실을 안타까워하는 사람들이 많다. 현재 그 개를 마을에서 입양해야 한다는 것이 이곳의 일반적인 의견이기 때문이다. 내일 장례식이 열릴 것이며, 그렇게 또 다른 '바다의 미스터리'가 끝을 맺게 될 것이다.

미나 머리의 일기

8월 8일 – 루시가 밤새 몽유병 증세를 보였고 나 역시 잠을 자지 못했다. 폭풍은 무시무시했고, 굴뚝 꼭대기의 통풍관을 통해 시끄럽게 웅웅거리는 바람 소리에 몸이 오싹했다. 날카로운 돌풍이 불어올 때면 마치 멀리서 총소리가 들리는 것 같았다. 기이하게도 루시는 잠에서 깨지 않았다. 하지만 두 번 침대에서 일어나 옷을 입었다. 다행히 매번 나도 제때 깨어 루시를 깨우지 않고 다시 옷을 벗기고 침대에 눕혔다. 몽유병이란 것은 참 기이한 병이다. 물리적인 힘에 의지가 꺾이면, 금세 고분고분하게 순응하니 말이다.

우리 둘 다 아침 일찍 일어나 밤새 무슨 일이 있었는지 알아보러 항구로 내려갔다. 사람은 거의 보이지 않았지만, 태양은 환했고 공기는 맑았으며 눈처럼 꼭대기를 덮은 하얀 포말 때문에 검게 보이는 커다랗고 장엄한 파도들이 항구의 좁은 입구로 몰아쳤다. 마치 인파를 헤치고 나아가는 덩치 큰 남자처럼. 어쩐지 조녀선이 어젯밤 바다가 아닌 육지에 있었다는 게 다행스러웠다. 하지만 아, 그이는 육지에 있는 것일까, 아니면 바다에 있는 것일까? 도대체 어디서 어떻게 지내고 있는 것일까? 점점 더 그이가 걱정되어 참을 수 없다. 어떻게 해야 하는지만 안다면 뭐라도 할 텐데!

8월 10일 - 오늘 열린 불쌍한 선장의 장례식은 아주 감동적이었다. 항구의 모든 배가 모인 것 같았고, 선장들이 테이트힐 부두부터 교회 묘지까지 관을 날랐다. 나는 루시와 함께 단골 자리로 갔고, 그 사이 장례 행렬 배들이 비아덕트 항까지 강을 거슬러 올라갔다가 다시 내려왔다. 우리가 앉은 자리는 다행히 위치가 좋아서 장례 행렬의 모습이 거의 내내 다 보였다. 불쌍한 선장의 관은 우리 자리에서 아주 가까운 곳에 묻혔기 때문에, 우리는 관이 도착한 순간부터 의자 위에 올라서서 모든 과정을 지켜보았다. 불쌍한 루시는 이 광경에 마음이 많이 심란한 듯했다. 루시는 요즘 들어 늘상 불안하고 초조해하는데, 몽유병이 루시에게 영향을 미친 것이 분명하다. 루시에게는 아주 이상한 구석이 있다. 불안함에 원인이 있다는 점을 내게 인정하려 들지 않으며, 혹시 있다고 해도 스스로 그 원인을 이해해 보려 하지 않는다는 것이다. 하나 더 원인이 있다면 그것은 불쌍한 스웨일스 씨가 오늘 아침 우리 의자에서 죽은 채로 발견되었다는 것이다. 목이 부러진 채로. 의사의 말에 따르면 무언가에 놀라 의자에서 넘어졌을 거라고 한다. 그의 얼굴에는 보는 사람을 전율하게 만드는 공포와 두려움이 서려 있었단다. 불쌍한 분! 어쩌면 두 눈으로 죽음을 보았는지도 모른다! 루시는 너무 착하고 예민한 성격이라 주변 사건에 다른 사람들보다 더 큰 영향을 받는다. 조금 전 루시는 동물애호가인 내게도 크게 신경 쓰이지 않았던 사소한 일로 많이 당황했다. 배를 살피러 자주 이곳에 올라오는 남자들 중 한 명이 개를 한 마리 데려왔다. 항상 그 남자가 데리고 다니는 개다. 둘 다 얌전한 성격인지, 나는 그 남자가 화내는 것을 한 번도 본 적이 없고 그 개가 짖는 소리를 들은 적도 없었다. 하지만 남자가 우리와 함께 의자에 앉아 있는 동안, 그 개는 주인 곁에 오지 않고 몇 미터 떨어진 곳에 서서 계속 울부짖었다. 주인이 살살 달래다가, 엄하게 타이르더니 이내 화를 내기 시작했다. 그래도 개는 가까이 오지도 않고 계속해서 짖기만 했다. 개는 극도로 화가 난 듯 눈빛이 사나웠고, 싸울 기세를 한 고양이가 꼬리를 치켜드는 것처럼 온 몸의 털이 죄다 서 있었다. 마침내 남자 역시 화가 났는지 의자에서 벌떡 일어나 개를 발로 걸어차고 개의 목줄을 잡고 질질 끌어다 의자가 놓인 묘비 위로 던지다시피 했다. 돌에 닿는 순간 그 불쌍한 개는 즉시 입을 다물더니 몸을 부들부들 떨었다. 도망가려 하지는 않았지만, 몸을 잔뜩 웅크리고 그저 떨기만 했다. 그 모습이 어찌나 가련하던지 나는 애써 그 개를 달래보려 했다. 루시 역시 그 개를 안쓰러워했지만 그 개를 만지려 하지는 않았고, 다만 고통에 찬 눈길로 개를 바라볼 뿐이었다. 루시처럼 극도로 민감한 성격을 지닌 아이가 이 세상을 무사히 살아갈 수 있을지 너무나도 걱정스럽다. 루시는 분명 오늘 밤에 이 꿈을 꿀 것이다. 이 모든 일들이 - 죽은 남자가 몰고 항구에 들어온 배, 십자가와 묵주로 키에 묶여 있던 손, 슬픈 장례식, 사나웠다가 겁에 질린 개 - 루시의 꿈속에 나타날 것이다.

몸을 많이 움직여 지치게 만든 후 잠자리에 드는 것이 루시에게 최선일 것이다. 루시를 데리고 절벽 길을 따라 로빈후드만까지 산책을 다녀와야겠다. 그러면 몽유병이 그리 심해지지 않을 것이다.

제8장

미나 머리의 일기

같은 날, 밤 11시 - 아, 너무 피곤하다! 반드시 일기를 쓰기로 한 결심만 아니라면 오늘 밤에는 일기장을 펼치지 않았을 것이다. 산책은 기분 좋았다. 산책을 나간 지 얼마 되지 않아 루시는 기분이 좋아졌다. 아마 등대 근처의 들판에서 우리에게 코를 들이밀던 사랑스러운 소 몇 마리에 기겁하고 놀랐던 일 덕분인 것 같다. 우리는 물론 사적인 걱정을 제외하곤 모든 것을 다 잊어버렸다. 과거를 다 잊고 새 출발을 하는 듯한 상쾌한 기분이 들었다. 로빈후드 만의 작고 아늑하며 해초에 뒤덮인 바닷가 바위들이 내다보이는 내닫이창이 달린 옛날 여관에 들러 어마어마한 간식과 함께 차를 들었다. 우리의 왕성한 식욕을 봤더라면 '신여성'들은 분명 충격을 받았을 것이다. 남자들은 좀 더 관대하다. 남자들에게 축복이 있기를! 차를 마신 다음 여기 저기에서 수시로 앉아 쉬기도 하고, 야생소를 만날까 봐 계속 걱정하기도 하며 집으로 걸어왔다. 루시는 완전히 지쳤고, 우리 는 가능한 일찍 잠자리에 들기로 했다. 하지만 젊은 목사보가 방문했고 웨스튼라 부인이 그에게 저녁식사를 하고 가라고 청 했다. 루시와 나는 앵초 다발을 들고 결사반대했다. 나로선 힘 든 싸움이었지만 꽤 용감하게 맞섰다. 언젠가 주교들이 모여 새로운 목사보들을 양성해야 한다고 생각한다. 아무리 권해도, 그 집 아가씨들이 피곤하다는 사실을 알면 저녁식사 청을 거절 할 줄 아는 목사보들을 말이다. 루시는 잠이 들었는지 숨이 고 르다. 루시는 평소보다 혈색이 좋으며 얼굴은 너무나도 사랑스 럽다. 홈우드 씨가 응접실에서만 루시를 보고 사랑에 빠졌다 면, 지금 루시의 모습을 보면 뭐라고 할지 궁금하다. 언젠가 '신 여성' 중 일부는 프러포즈를 하거나 프러포즈를 승낙하기 전 에 남자와 여자는 서로의 잠자는 모습을 보아야 한다고 주장할 지도 모르겠다. 하지만 신여성이라면 프러포즈를 승낙하는 처 지에 만족하지 않겠지. 자신이 직접 프러포즈를 할 것이다. 그 것도 아주 멋지게! 그 생각을 하니 마음에 위안이 된다. 루시가 좀 나아진 것 같아 오늘 밤엔 아주 행복하다. 이제 루시가 고비 를 넘겼으며 몽유병은 더 이상 나타나지 않을 거라고 굳게 믿는다. 조녀선 소식만 안다면 정말로 행복할 텐데…… 하느님께서 조녀선을 축복하고 지켜주시기를.

8월 11일, 새벽 3시 - 다시 일기를 쓴다. 잠이 오지 않으니 글이나 쓰는 게 낫겠다. 마음이 싱숭생숭해 잠이 오질 않는다. 우리는 너무나 커다란 모험을 했고, 너무나 고통스러운 경험을 했다. 나는 일기장을 덮자마자 잠이 들었다…… 그러다 문득 벌떡 잠에서 깨어 일어나 앉았다. 무시무시한 두려움과 공허감이 밀려왔다. 방안이 컴컴해 루시의 침대가 보이지 않았다. 살금살금 다가가 루시의 침대를 더듬어보았다. 침대가 비어 있었다! 성냥을 켰더니 루시가 방 안에 없었다. 문은 닫혀 있었지만 내가 깜빡하고 잠그지 않았다. 요즘 들어 부쩍 건강이 좋지 않은 루시의 어머니를 차마 깨울 수가 없어, 얼른 옷을 걸치고 루시를 찾아 나섰다. 방안을 나서려는 순간 루시가 무슨 옷을 입고 나갔는지 알면 어디로 갔는지 단서가 될지도 모른다는 생각이 들었다. 가운을 걸쳤다면 집안일 테고, 드레스를 입었다면 바깥으로 나갔을 것이다. 하지만 가운과 드레스 모두 옷장에 걸려 있었다. "하느님 감사합니다." 나는 혼잣말을 했다. "잠옷만 입었으니 멀리 가진 않았을 거야." 나는 계단을 뛰어내려가 응접실을 둘러보았다. 그곳엔 아무도 없었다! 집안의 열린 방들을 모두 뒤져 보았고, 점점 커지는 두려움에 심장이 싸늘하게 식어갔다. 마침내 나는 거실 문이 열려 있는 것을 발견했다. 활짝 열려 있지는 않았지만 걸쇠가 잠겨 있지 않았다. 이 집 사람들은 매일 밤 모든 문을 철저히 단속하니, 루시는 아무래도 밖으로 나간 것이 분명한 것 같았다. 어떻게 해야 하는지 생각해 볼 여유가 없었다. 모호하고 압도적인 공포가 머릿속을 뒤덮었다. 나는 커다랗고 묵직한 숄을 들고 바깥으로 뛰쳐나갔다. 내가 크레센트 거리에 나갔을 때 시계가 한 시를 알렸고, 사람이라곤 단 한 명도 보이지 않았다. 노스 테라스를 따라 달렸지만, 내가 기대하는 하얀 형체는 보이지 않았다. 부두 위쪽 웨스트클리프의 가장자리에 서서 항구 너머 이스트클리프를 바라보았다. 루시가 우리가 좋아하는 그 의자에 앉아 있는 모습을 보게 되기를 바라거나, 혹은 보게 될까 봐 두려워하면서 - 어느 쪽인지 모르겠다. 환한 보름달이 떠 있고 묵직한 검은 구름들이 흘러가며 빛과 그림자의 향연이 펼쳐졌다. 구름의 그림자가 세인트메리 교회와 그 주변을 가려 일순간은 아무것도 보이지 않았다. 그러다 구름이 지나가면서 폐허가 된 수도원의 모습이 시야에 들어오기 시작했다. 칼날처럼 날카로운 빛줄기가 쏟아지며 교회와 교회 묘지가 차츰 모습을 드러냈다. 내가 예상한 대로였다. 그곳에, 우리가 가장 좋아하는 그 자리에 반쯤 기대어 앉은 채 은색 달빛을 받아 눈처럼 하얗게 빛나는 형체가 있었다. 순식간에 구름이 달을 가리는 바람에 제대로 보지는 못했지만, 하얀 형체가 앉은 의자 뒤편에 검은 무언가가 서서 하얀 형체 위로 몸을 숙이는 것 같았다. 그것이 사람인지 짐승인지 알 수 없었다. 나는 더 머뭇거리지 않고 부두로 이어지는 가파른 계단을 뛰어내려가 어시장을 따라 다리로 달려갔다. 그곳이 이스트클리프로 가는 유일한 길이었다. 마을은 죽은 것처럼 고요했고 사람 한 명 보이지 않았다. 불쌍한 루시의 상태를 아무도 보지 못할 테니 다행이었다. 그곳까지의 거리가 너무나도 멀게 느껴졌고, 수도원으로 이어지는 끝없는 계단을 오르는 동안 내 무릎은 떨리고 숨이 차올랐다. 빨리 달리고 싶었지만 발에 납덩어리를 단 것 같았고 내 몸의 모든 관절이 녹슨 것 같았다. 꼭대기에 거의 다다랐을 때 의자와 하얀 형체가 보였다. 이제 그림자의 마법 속에서도 형체를 알아볼 정도로 가까이 왔기 때문이다. 의자에 기댄 하얀 형체 위로 몸을 숙이고 있는 길고 검은 무언가가 분명히 있었다. 나는 겁에 질려 "루시! 루시!" 하고 외쳤고, 그 무언가가 고개를 들었다. 하얀 얼굴에 빨갛게 빛나는 눈이 보였다. 루시는 아무런 대답을 하지 않았고, 나는 교회 묘지의 입구로 계속 뛰어갔다. 안으로 들어서면서 교회 건물이 그 의자를 가려, 한순간 루시의 모습이 보이지 않았다. 다시 루시가 시야에 들어왔을 때 구름이 지나가며 달빛이 눈부시게 쏟아졌고, 의자 등받이에 머리를 기댄 루시가 보였다. 루시는 혼자였고, 근처에 다른 생명체의 흔적은 보이지 않았다.

루시를 가까이에서 들여다보니 아직 잠들어 있었다. 입술은 살짝 벌어져 있었고 숨을 쉬고 있었다. 평소처럼 부드러운 숨소리가 아니라 숨을 쉴 때마다 헐떡거리는, 폐 속에서 끌어내듯 길고 무거운 숨소리가 들렸다. 내가 가까이 다가가는 순간, 루시는 잠결에 손을 들어 잠옷 가운의 옷깃을 여미고서 한기가 드는 듯 몸을 살짝 떨었다. 나는 얼른 따뜻한 숄을 루시의 몸에 덮고 목 주위에 단단히 둘러주었다. 그런 차림으로 밤공기를 쐬다 감기에 걸릴까 봐 걱정이 되었던 것이다. 당장 루시를 깨우기가 겁나 루시의 목에 두른 숄을 커다란 핀으로 고정했다. 내가 급한 마음에 서두르다 핀으로 루시를 찔렀는지, 숨소리가 좀 더 조용해졌을 때 루시가 다시 손을 목에 대며 신음했다. 루시를 숄로 다 감싼 다음 내 신발을 벗어 루시의 발에 신겨주었고, 아주 조심스럽게 루시를 깨우기 시작했다. 처음에 루시는 아무런 반응을 보이지 않았다. 하지만 점차 뒤척이고 신음하며, 이따금씩 한숨을 뱉었다. 시간도 점점 흐르고 다른 여러 가지 이유도 있고 해서, 나는 당장 루시를 집에 데려가야겠다는 생각에 좀 더 힘을 주어 루시를 흔들었다. 결국 루시는 눈을 뜨며 잠에서 깼다. 루시는 여기가 어딘지 단번에 깨닫지 못한 탓에 날 보고도 놀라지 않았다. 루시는 이런 상황에서도, 몸은 추위로 꽁꽁 얼었을 텐데도 언제나 예쁜 모습으로 깬다. 한밤중에 교회 묘지에서 다 벗은 차림으로 깨어나 당황했을 텐데도 우아함을 잃지 않았다. 루시는 조금 몸을 떨더니 내게 매달렸다. 얼른 집에 가자고 했더니 루시는 아이처럼 순순히 아무 말 없이 자리에서 일어났다. 길을 걸으니 자갈돌에 발이 아팠다. 루시는 내가 눈살을 찌푸리는 것을 알아챘는지 걸음을 멈추더니 나더러 신발을 신으라고 고집했지만 나는 거절했다. 대신 교회 묘지 바깥의 길에 도착했을 때 폭풍이 남긴 물웅덩이의 진흙에 발을 차례로 담갔다. 집에 돌아오는 길에 혹시라도 누군가 만나더라도 내 맨발을 알아차리지 못하도록 말이다.

　운이 따라준 덕에 우리는 아무도 만나지 않고 집에 도착했다. 딱 한 번 거나하게 술에 취한 듯한 남자 한 명이 우리 앞을 걷는 것을 보았다. 우리는 그가 이곳저곳에 있는 골목길, 스코틀랜드에서 '골짜기'라고 부르는 가파르고 좁은 골목길로 사라질 때까지 문 안에 숨어 있었다. 내내 심장이 얼마나 뛰던지 이러다 기절하는 것 아닌가 싶을 정도였다. 나는 루시가 너무나도 걱정되었다. 루시의 건강뿐만이 아니라, 루시의 병이 알려지고 이 이야기가 퍼져나갈 경우 루시의 평판에 해가 될까 봐 말이다. 집안으로 들어온 우리는 발을 씻고 함께 감사의 기도를 드린 다음 침대에 누웠다. 잠들기 전 루시는 오늘 밤 일을 아무에게도, 어머니에게도 말하지 말아달라고 부탁, 아니 애원했다. 처음엔 망설였다. 하지만 루시 어머니의 건강 상태며, 이러한 사실을 알게 되면 어머니가 얼마나 노심초사하실까, 그리고 혹시라도 이 이야기가 새어나가 왜곡된 소문이 퍼지지 않을까 – 그래, 소문은 항상 왜곡되기 마련이다 – 하는 생각이 들자 입을 다무는 편이 현명할 것 같았다. 내 결정이 옳았기를 바란다. 나는 방문을 잠그고 열쇠는 내 손목에 묶어 두었다. 그러니 다시는 그런 일이 없을 것이다. 루시는 깊이 잠들었다. 새벽의 여명이 멀리 바다위로 떠오르고 있다…….

같은 날, 정오 – 모든 일이 순조롭다. 루시는 내가 깨울 때까지 몸 한 번 뒤척이지 않고 푹 잤다. 한밤중의 모험이 루시에게 해가 되지는 않은 듯하다. 아니, 오히려 루시에게 좋은 영향을 미쳤다. 오늘 아침에는 지난 몇 주 간 그 어느 때보다 얼굴이 환했으니까. 나는 실수로 핀으로 루시를 찌른 것을 알아채고 미안했다. 목에 구멍이 난 것을 보니 하마터면 큰일이 날 뻔했다. 빨간 상처가 두 개나 나 있고 루시의 잠옷 가운 끈에 핏방울이 떨어져 있으니 내가 핀으로 살갗을 뚫은 것이 분명하다. 내가 사과하며 상처를 걱정하자, 루시는 웃으며 날 토닥였고 아무런 느낌도 들지 않았다고 했다. 다행히 상처는 아주 작아 흉터가 남지는 않을 것 같다.

같은 날, 밤 – 오늘 하루는 행복하게 보냈다. 하늘은 맑고 태양은 환하며 시원한 산들바람이 불었다. 우리는 도시락을 가지고 멀그레이브 숲으로 갔다. 웨스튼라 부인은 차를 몰고 갔고 루시와 나는 절벽 길을 걸어가 숲 입구에서 만났다. 조너선만 내 곁에 있다면 얼마나 행복할까 하는 생각에 조금 슬펐다. 하지만! 참고 기다리는 수밖에 없다. 저녁에는 카지노 테라스를 거닐었고, 스포어와 매켄지가 작곡한 아름다운 음악을 들은 후 일찍 잠자리에 들었다. 루시는 여느 때보다 더 피곤했는지 눕자마자 잠이 들었다. 오늘 밤에는 아무 문제가 일어나지 않을 거라 생각하지만, 어제처럼 방문을 잠그고 열쇠를 손목에 걸고 자야겠다.

8월 12일 - 내 예상은 엇나갔다. 어젯밤 두 번이나 밖으로 나가려는 루시 때문에 잠에서 깼다. 루시는 잠들어 있는 상황에서도 방문이 잠긴 것을 알고 조금 초조해했고, 침대로 다시 데려가자 약간 저항했다. 새벽녘에 잠에서 깨어 창밖의 새들의 지저귀는 소리를 들었다. 루시 역시 깨어났고, 나는 전날 아침보다 더 건강한 모습을 보고 기뻤다. 과거의 쾌활한 모습을 다시 되찾은 듯 루시는 내 침대로 들어와 앉아서 이야기를 조잘거렸다. 내가 조너선 때문에 불안한 마음을 털어놓자, 루시가 날 위로하려 했다. 음, 어느 정도 효과는 있었다. 동정이 현실을 바꿔주진 않지만, 현실을 좀 더 견디기 쉽게 만들어주니까.

8월 13일 - 또 다시 조용한 하루가 지났고, 전처럼 손목에 열쇠를 감고 잠자리에 들었다. 다시 밤중에 깨어보니 루시가 잠든 채로 침대에 앉아 창문을 가리키고 있었다. 나는 조용히 침대에서 일어나 블라인드를 열고 바깥을 내다보았다. 환한 달빛이 쏟아지고 부드러운 달빛에 감싸인 바다와 하늘은 - 하나의 거대하고 고요한 미스터리 같았다 - 말로 표현할 수 없을 정도로 아름다웠다. 나와 달 사이에서 거대한 박쥐 한 마리가 소용돌이처럼 원을 그리며 훨훨 날아다녔다. 한두 번은 꽤 가까이 다가왔지만, 나를 보고 놀랐는지 항구를 지나 수도원 쪽으로 날아갔다. 내가 창가에서 물러나자 루시는 다시 침대에 누워 평화롭게 잠을 잤다. 그 후로는 밤새 다시 잠에서 깨지 않았다.

8월 14일 - 이스트 클리프에서 하루 종일 책을 읽고 글을 썼다. 루시는 나만큼이나 이곳을 좋아하게 된 모양인지 점심식사나 차, 저녁식사를 들러 집으로 돌아갈 시간이 되어도 좀처럼 이곳에서 떠나지 않으려 한다. 오늘 오후에 루시가 재미있는 말을 했다. 저녁식사를 하러 집으로 가는 길에 서쪽 부두에서 올라오는 계단 꼭대기에 도달해 언제나처럼 잠시 멈추어 서서 경치를 내려다보았다. 낮게 지는 해가 막 케틀니스 너머로 떨어졌다. 붉은 석양이 이스트 클리프와 수도원 위로 깔리며 모든 것을 아름다운 장밋빛으로 물들였다. 우리는 잠시 아무 말

없이 서 있었는데 갑자기 루시가 혼잣말을 하듯 웅얼거렸다.

"그 사람의 빨간 눈이야! 꼭 닮았어." 뜬금없고 이상한 말이라 나는 좀 놀랐다. 그리고 루시의 표정이 보고 싶어 몸을 살짝 틀었다. 루시는 공상에 빠진 듯한 얼굴이었으며 뭐라 콕 짚어 말할 수 없는 기이한 표정을 짓고 있었다. 그래서 나는 아무 말 없이 루시의 눈길이 향한 곳을 바라보았다. 루시는 우리가 앉았던 의자를 바라보고 있는 것 같았고, 그 의자에는 검은 형체가 홀로 앉아 있었다. 나는 놀라고 말았다. 한순간 그 낯선 이가 활활 타오르는 불길 같은 거대한 눈을 가지고 있는 것으로 보였기 때문이다. 하지만 다시 보니 환각은 사라졌다. 붉은 햇살이 우리 의자 뒤편 세인트메리 교회의 창에서 빛나고 있었고, 태양이 지면서 빛이 굴절해 움직이는 것처럼 보였던 것이다. 나는 루시에게 그 기이한 현상을 보았느냐고 말을 건넸고, 루시는 화들짝 놀라며 정신을 차렸지만 여전히 슬픈 표정이었다. 그곳에서 보낸 끔찍한 밤이 생각났는지도 모른다. 우리는 그 일을 한 번도 입 밖에 내지 않았다. 그래서 나는 아무 말 하지 않았고, 우리는 저녁식사를 하러 집으로 갔다. 루시는 머리가 아프다며 일찍 침대에 누웠다. 나는 루시가 잠든 것을 보고 혼자 산책을 나갔다. 절벽을 따라 서쪽으로 걸으며 조너선을 생각하느라 달콤한 슬픔에 잠겨 있었다. 집에 돌아왔을 때 – 달빛이 아주 환해 집 앞쪽은 그림자가 드리워져 있는데도 모든 게

흰히 보였다 - 우리 방 창문을 흘끗 올려다보니 루시가 창밖으로 머리를 내밀고 있었다. 루시가 나를 찾나 싶어 손수건을 펼쳐 흔들었다. 루시는 눈치를 채지 못했는지 아무런 반응도 보이지 않았다. 바로 그때 달빛이 건물을 타고 올라가 창문을 비추었다. 루시가 창턱에 머리를 기대고 눈을 감고 있는 것이 분명히 보였다. 루시는 잠들어 있었고, 루시의 옆 창턱에는 상당한 크기의 새 같은 것이 앉아 있었다. 나는 루시가 감기에 걸릴까봐 걱정이 되어 얼른 위층으로 뛰어올라갔지만, 방안에 들어가 보니 루시는 어느새 침대에 누워 깊게 숨을 쉬며 잠들어 있었다. 마치 감기에 걸릴까 봐 그런 듯 손으로 목을 잡고 있었다.

나는 루시를 깨우지 않고 이불을 단단히 여며주었다. 그런 후 방문을 잠그고 창문도 단단히 잠갔다.

잠을 잘 때면 루시는 너무나도 사랑스럽다. 하지만 평소보다 더 창백한 데다 눈 밑에 그늘이 진 것이 마음에 들지 않는다. 뭔가 고민이 있는 게 아닌지 걱정된다. 무슨 일인지 알 수 있으면 좋으련만.

8월 15일 - 평소보다 늦게 일어났다. 루시는 나른하고 피곤한 듯 하녀가 들어와서 깨운 후에도 계속 잠만 잤다. 아침식사 때 놀랍고 반가운 소식을 들었다. 아서의 아버지 건강이 좋아졌으며 아서가 곧 루시와 결혼식을 올리고 싶다는 전갈을 보냈다는 것이다. 루시는 조용한 기쁨에 사로잡혔으며, 루시의 어머니는 기뻐하는 동시에 슬퍼하셨다. 나중에 어머니가 내게 그이유를 말씀해주셨다. 하나뿐인 루시를 떠나보내는 것이 슬프지만, 루시를 보호해 줄 남편을 얻게 된 것이 기쁘다고 했다. 가련하고 다정한 분! 루시의 어머니는 내게 자신이 살날이 얼마남지 않았다고 털어놓았다. 루시에게는 아직 말하지 않았으며비밀로 해달라고 당부하셨다. 의사 말이, 심장이 많이 약해져길어야 서너 달 남았다고 한다. 언제라도, 지금 이 순간이라도갑작스러운 충격을 받는다면 돌아가시고 말 것이다. 아, 루시가몽유병으로 밖에 나갔던 그 끔찍한 사건을 비밀로 하길 잘했다.

8월 17일 - 이틀 꼬박 일기를 쓰지 않았다. 일기를 쓸 기분이아니었다. 우리의 행복에 어둠의 장막이 드리우고 있는 것 같다. 조너선에게서는 여전히 아무런 소식이 없고, 루시의 어머니가 죽을 날이 코앞에 다가오고 있는 와중에 루시는 점점 쇠약해지는 것 같다. 루시가 점점 약해지는 이유를 정말 이해할 수가 없다. 잘 먹고 잠도 잘 자고 신선한 공기도 쐬는데, 분홍빛뺨은 점점 창백해지고 하루가 다르게 점점 기운이 없어진다. 밤이면 숨이 막히는 듯 헐떡거리기도 한다. 밤이면 언제나 방문 열쇠를 손목에 감고 자지만, 루시는 침대에서 일어나 방안을 걸어 다니고 열린 창문에 앉는다. 어젯밤에 잠에서 깨어 보니 루시가 창가에 기대어 앉아 있었고, 깨우려고 했지만 일어나질 않았다. 기절한 것이었다. 겨우 정신을 차리게 했지만 루시는 기운이라곤 하나도 없는 듯 길고 고통스러운 숨을 헐떡이며 소리 없는 비명을 질렀다. 어떻게 창가에 간 거냐고 묻자 루시는 고개를 젓고 고개를 돌려버렸다. 루시가 아픈 것이 핀에 찔린 탓은 아니었으면 좋겠다. 루시가 잠든 동안 다시 목을 살펴보았는데 그 작은 상처가 아직도 다 낫지 않은 모양이다. 여전히 아물지 않은 데다 오히려 전보다 더 커졌으며 그 가장자리는 하얗다. 가운데가 빨간, 작고 하얀 점 같다. 하루 이틀 안에 낫지 않으면 반드시 의사를 불러 진찰을 받게 해야겠다.

휘트비의 새뮤얼 F. 빌링턴 앤드 선 변호사 사무소에서
런던의 카터-패터슨 상사에 보내는 편지

8월 17일

안녕하십니까.

영국 철도 편으로 보낸 화물의 송장을 동봉합니다. 킹스크로스 역에 도착하는 즉시 그 화물을 퍼플리트 가 근처의 카팩스 저택으로 운반해주시기를 바랍니다. 그 집은 현재 비어 있으나,

열쇠 꾸러미를 동봉하오니 그 안에서 찾아보시기 바랍니다. 열쇠에는 전부 라벨이 붙어 있습니다.

위탁받은 화물은 도합 50개의 상자이며, 이것을 저택 부지 내의 한 건물에 놓으면 되는데 그 곳은 일부 무너진 건물로 동봉된 대략적인 도표 위에 'A'라고 표시된 지점입니다. 저택 안의 옛 예배당이므로 귀사의 직원이 쉽게 찾을 수 있을 것입니다. 화물은 오늘 밤 아홉 시 삼십 분 기차로 출발하며 킹스크로스 역에 도착하는 시간은 내일 오후 네 시 삼십 분입니다. 우리 고객께서 가능한 빠른 배송을 원하시므로, 기재된 시간에 킹스크로스 역에서 대기하고 계시다가 곧장 물건을 목적지로 운송해야 합니다. 화물 인수 시 절차로 인해 운송이 지연되는 사태를 예방하기 위해 10파운드의 수표를 동봉하오니 확인해보시기 바랍니다. 요금이 이보다 적게 나올 경우 차액을 돌려주시면 됩니다. 혹시 요금이 더 나올 경우, 연락을 주시면 즉시 수표를 보내드리겠습니다. 집주인에게 복사한 열쇠가 있으니 열쇠는 나가시는 길에 저택의 메인 홀에 두고 가시기 바랍니다.

되도록 신속하게 일을 처리해주십사 거듭 부탁을 드리는 점을 양해해주시기 바랍니다.

새뮤얼 F. 빌링턴 앤드 선 올림.

런던의 카터-패터슨 상사에서 휘트비의
빌링턴 앤드 선 변호사 사무소로 보내는 편지

8월 21일

안녕하십니까.

10파운드를 수령했으며 동봉한 영수증에 적힌 것처럼 차액
1파운드 17실링 9펜스를 돌려드리는 바입니다. 화물은 지시에
따라 정확히 옮겼으며, 열쇠는 지시하신 대로 메인 홀에 두었
습니다.

카터 패터슨 상사 올림.

미나 머리의 일기

8월 18일 - 오늘은 기분이 좋다. 교회 묘지에 앉아 글을 쓰고
있다. 루시는 아주 많이 좋아졌다. 어젯밤에는 밤새 잘 잤고 한
번도 날 깨우지 않았다. 벌써 다시 뺨에 장밋빛이 돌아온 것 같
긴 하지만, 여전히 안타까울 정도로 창백하고 병약하다. 빈혈이
라도 있으면 이해하겠지만 그것도 아니다. 루시는 기분이 좋으
며 생기가 가득하고 기운이 넘친다. 병적인 과묵함은 다 사라

진 것 같고, 마치 내가 잊기라도 한 듯 좀전에는 그날 밤, 바로 이곳, 이 자리에서 잠 든 루시를 발견한 일을 상기시켜주었다. 루시는 그 이야기를 하며 장난스럽게 부츠 뒤꿈치로 돌판을 두드렸다.

"그때는 내 불쌍한 작은 발이 이렇게 큰 소리를 내지 않았지! 아마 불쌍한 스웨일스 씨라면 내가 조지를 깨우지 않으려 그랬다고 말씀하실 텐데." 루시가 장난스럽게 수다를 떨기에, 나는 혹시 그날 밤 꿈을 꾸지 않았냐고 물어보았다. 루시가 대답하기 전에 아서가 - 루시의 습관 때문에 나도 그를 아서라고 부른다 - 사랑스럽다고 한 루시의 이마에 귀엽게 주름이 잡혔다. 아서가 그렇게 말한 것도 당연하다. 루시는 꿈꾸는 듯한 표정으로 스스로 기억을 떠올려보려는 듯 말을 이었다.

"꿈이라고는 할 수 없어. 모든 게 현실처럼 생생했으니까. 그저 이곳에 오고 싶었어. 이유는 모르겠어. 무언가가 - 뭔지 모르겠지만 무언가가 무서웠던 것 같아. 잠을 자고 있었던 것 같긴 하지만 길거리를 지나 다리를 건너던 게 기억나. 내가 지나가자 물고기 한 마리가 튀어 올랐고 내가 난간으로 허리를 숙여 쳐다봤거든. 그리고 계단을 올라가는 동안 개 짖는 소리도 많이 들렸어. 온 동네 개들이 일제히 짖는 것 같았다니까. 그리고 우리가 일몰 때 본 것 같은 빨간 눈에 길고 검은 무언가가 어렴풋이 기억나. 온통 아주 달콤하고 아주 쓸쓸한 무언가가 날 감쌌던 것도. 그런 다음 깊은 녹색 물속으로 가라앉는 것 같 더니 바다 속에 가라앉는 사람에게 들린다는 노랫소리가 들렸 고, 그다음 모든 게 내게서 빠져나가는 것 같았어. 내 영혼이 육 체에서 빠져나가 공중을 떠도는 것 같은 느낌. 한 번은 웨스트 등대가 내 바로 밑에 있었던 것 같고, 내가 딛고 있는 땅에 지 진이 난 것 같은 고통스러운 기분이 들었다가 정신을 차려보니 네가 날 흔들고 있었지. 네 손길이 닿기도 전에 네가 날 흔드는 걸 봤어."

그러더니 루시는 웃음을 터트렸다. 너무 기이한 이야기라 나 는 제대로 숨도 못 쉬고 그녀의 목소리에 귀를 기울였다. 마음 에 걸리긴 했지만 루시가 계속 그 생각만 하게 두는 건 좋지 않 다고 생각해 다른 이야기로 화제를 돌렸고 루시는 다시 옛날의 모습으로 돌아온 것 같았다. 집에 도착했을 때 상쾌한 산들바 람에 루시의 머리카락이 흩날렸고, 창백한 뺨이 확실히 더 장 밋빛을 띠었다. 루시의 어머니는 루시의 모습을 보고 기뻐했으 며, 다 함께 아주 즐거운 저녁시간을 보냈다.

8월 19일 – 기쁘고, 기쁘고, 또 기쁘다! 비록 완전한 기쁨 은 아니지만. 마침내 조너선에게서 소식이 왔다. 사랑하는 조 너선은 그동안 아팠단다. 그래서 편지를 쓰지 못한 것이다. 이 제 조너선의 행방을 알았으니 생각하는 것도 말하는 것도 두렵지 않다. 호킨스 씨께서 직접, 아, 너무나도 상냥하게 편지를 써서 보내주셨다. 나는 아침에 출발해 조너선에게 가 그를 간호하고 집으로 데려올 예정이다. 호킨스 씨는 그곳에서 결혼하는 것도 괜찮을 거라고 하신다. 마음씨 착한 수녀님의 편지를 읽으며 얼마나 울었는지, 가슴에 댄 편지가 눅눅하게 젖어버렸다. 내 심장은 조너선의 것이고, 내 심장 안에 조너선이 있으니 내 가슴 가까이에 두어야지. 여행 계획은 다 짜두었고 짐도 싸두었다. 드레스는 한 벌만 가지고 간다. 루시가 런던으로 내 트렁크를 가져올 것이며, 내가 보내달라고 부탁할 때까지 보관할 것이다. 어쩌면……. 이제 글은 그만 적어야겠다. 아껴두었다가 내 남편 조너선에게 이야기해야지. 그이의 눈길과 손길이 닿은 편지가 우리가 만나는 그날까지 내 마음을 달래줄 것이다.

부다페스트 성 요셉과 성모 마리아 병원의
아가타 수녀가 윌헬미나 머리 양에게 보내는 편지

8월 12일

안녕하세요.

조너선 하커 씨의 부탁을 받아 이 편지를 대신 씁니다. 하커 씨는 하느님과 성 요셉, 성모 마리아 덕분에 점차 건강을 회복하고 계시지만 아직 글을 쓸 정도로 기력이 회복되지 않으셨답니다. 하커 씨가 저희 병원에 입원한지는 근 6주가 되었으며 그분은 지금 심한 뇌염을 앓고 계십니다. 하커 씨는 부인께 안부를 전해달라고 하시며, 또한 엑스터의 피터 호킨스 씨에게도 늦게 연락드리게 되어 죄송하며 일은 전부 마쳤다고 전해달라고 부탁하셨습니다. 하커 씨는 몇 주 정도 언덕 위에 있는 저희 요양소에서 요양을 하셔야 하지만 그 후에는 집으로 돌아가실 거예요. 그분께서 병원비를 낼 돈이 없으니 돈을 부쳐달라고 전해달라고 하시네요.

하느님의 축복이 늘 함께하시기를.
아가타 수녀 올림.

추신 – 환자분이 지금 주무시고 계셔서, 편지를 펼쳐 몇 가지 더 적습니다. 하커 씨는 부인에 대한 이야기를 많이 해주셨고, 곧 결혼할 예정이라고 하셨어요. 두 분께 축복이 함께하기를! 하커 씨는 – 저희 병원 의사 선생님의 말에 따르면 – 큰 충격을 받으셨고 정신착란에 빠져 발작을 하실 때 무시무시한 이야기들을 하셨어요. 늑대와 독, 피, 유령과 악마에 대한 이야기들을요. 저는 차마 입에 담기도 두렵네요. 앞으로 오랫동안 이런 이야기들로 그분을 자극하는 일이 없도록 항상 주의하셔야 해요.

이러한 병은 쉽게 사라지지 않으니까요. 일찍이 편지를 썼어야 하지만 하커 씨의 친구분들에 대해 아는 것이 전무했고, 하커 씨의 말을 아무도 이해할 수가 없었답니다. 하커 씨는 클라우젠부르크에서 기차를 타고 오셨는데, 역장이 간수에게 전하기를, 하커 씨가 갑자기 기차역으로 뛰어 들어와 고향으로 가는 기차표를 달라고 소리를 질렀다고 합니다. 역장은 하커 씨가 영국인이라는 사실을 알고, 그분에게 기차가 닿는 가장 먼 역의 표를 주었고요.

하커 씨는 저희 병원에서 잘 보살피고 있으니 안심하세요. 상냥하고 다정한 성품 덕분에 이곳에 있는 모든 사람들이 하커 씨를 좋아하게 되었답니다. 병세가 많이 좋아지고 있고, 서너 주 후면 원래의 모습을 되찾으실 거라 확신합니다. 하지만 만약이라는 것이 있으니 주의해주세요. 하느님과 성 요셉, 성모 마리아의 이름으로 두 분이 앞으로 오래오래 행복하시기를 기도드립니다.

수어드 박사의 일기

8월 19일 - 어젯밤 렌필드의 상태에 기이하고 갑작스러운 변화가 생겼다. 여덟 시쯤 개처럼 흥분해 코를 쿵쿵거리기 시작했다. 그의 상태가 이상하다는 사실을 눈치 채고, 내가 그에게 관심이 있다는 사실을 아는 간호사가 렌필드에게 말을 걸었다. 보통 때 렌필드는 간호사에게 정중하게 대하며, 가끔씩은 비굴할 정도로 고분고분하게 고개를 숙인다. 하지만 간호사의 말에 따르면 오늘 밤 렌필드는 꽤 오만한 태도를 보였다. 간호사의 말에 답하지 않고, 이렇게만 말했다고 한다.

"당신이랑 말하고 싶지 않아. 당신은 이제 중요하지 않아. 주인님이 곧 오신다."

간호사는 렌필드가 갑자기 종교적인 광기에 사로잡힌 것이라 생각한다. 만약 그렇다면 우리는 위험한 상황이 발생하지 않도록 주의를 기울여야 한다. 살인의 광기와 종교적 광기를 동시에 지닌 힘 센 남자는 위험해질 수 있으니까. 이 두 가지 요소가 합쳐지면 무시무시한 결과를 낳을 수 있다. 아홉 시에 나는 직접 렌필드를 만나러 갔다. 날 대하는 태도가 간호사를 대하는 태도와 똑같았다. 오만하고 의기양양한 상태의 렌필드에겐 간호사나 나나 하등 다를 것이 없는 존재인 모양이었다. 아무래도 종교적인 광기에 빠진 듯 하며, 렌필드는 곧 스스로가 신이라 생각할 것이다. 전지전능한 존재에게 있어 사람과 사람 사이의 극미한 차이는 하찮은 것에 불과하다. 미치광이들은 이런 식으로 정체를 드러낸다! 진정한 신은 참새 한 마리도 떨어지지 않도록 마음을 쓴다. 하지만 인간의 허영이 만들어낸 신은 독수리와 참새에게 구분을 두지 않는다. 아, 사람들이 그 사실을 알 수만 있다면!

삼십 분, 혹은 그 이상 렌필드의 흥분 상태는 점점 더 심해졌다. 나는 그를 보지 않는 척하면서 한시도 놓치지 않고 그를 유심히 관찰했다. 돌연 렌필드의 눈에 미치광이가 어떤 생각에 사로잡혔을 때 나타나는 교활한 표정이 떠올랐다. 또 머리와 등을 수상쩍게 움직였는데, 정신병원 간호사들이라면 너무나도 잘 아는 몸짓이었다. 그러다 갑자기 아주 잠잠해졌으며 체념하듯 침대 끄트머리에 앉아 흐리멍덩한 눈으로 허공을 바라보았다. 나는 그의 이러한 무심한 태도가 진짜인지 연기인지 알아내려고, 언제나 그의 관심을 끄는 데 성공했던 애완동물 이야기를 꺼냈다. 렌필드는 처음에는 아무런 대꾸도 하지 않더니 마침내 퉁명스럽게 내뱉었다.

"다 귀찮아요! 난 그딴 것들한테 눈곱만치도 관심 없소."

"뭐라고요? 설마 거미들한테 관심이 없다는 겁니까?" (현재 렌필드의 취미는 거미 수집이며, 수첩에는 그 숫자들을 빼곡히 적고 있다.) 이 말에 그는 수수께끼 같은 대답을 했다.

"신부 들러리들은 신부가 오기를 기다리는 사람들의 눈길을 받으며 기뻐하지. 하지만 신부가 도착하면 사람들의 눈길은 모조리 신부에게로 향해."

렌필드는 자세히 설명하려 들지 않았지만, 내가 있는 동안 내내 꿋꿋하게 침대에 앉아 있었다.

오늘 밤은 피곤하고 기운이 없다. 루시 생각이 절로 떠오른다. 루시가 내 청혼을 허락했다면 어땠을까 하는 생각만 난다. 바로 잠이 오지 않으면 현대의 모르페우스인 클로랄 - $C_2HCl_3O. H_2O$를 먹어야겠다! 중독이 되지 않도록 주의해야 한다. 아니, 오늘은 먹지 않을 것이다! 루시를 떠올리다 약을 먹을 생각을 하다니, 이건 루시를 모욕하는 짓이다. 정 잠이 오지 않는다면 차라리 밤을 새야지……

나중 - 결단을 지킨 것이 기쁘다. 앞으로 그 결단을 계속 지킨다면 더욱 기쁠 것이다. 침대에 누워 뒤척거리다 시계가 두 시를 알리는 소리를 들었을 때, 병동에서 보낸 야간 간수가 와 렌필드가 탈출했다는 소식을 전했다. 나는 당장 옷을 걸치고 뛰어내려갔다. 렌필드처럼 위험한 자가 바깥을 마음대로 돌아다니게 놔둘 수는 없었다. 렌필드가 품고 있는 생각들이 낯선 사람들에게 위험한 결과를 초래할지도 모른다. 간호사가 나를 기다리고 있었다. 십 분 전 병실 문의 관찰창을 들여다보았을 때는 침대에 누워 자고 있는 것 같았다고 했다. 그러다 창문 손잡이가 삐걱거리는 소리가 들렸고, 그 소리에 다시 병실로 달려가 보니 렌필드가 창문 너머로 사라지는 게 보여서 그 즉시 날 불렀다고 했다. 렌필드는 잠옷 차림이니 멀리 가지는 못했을 것이다. 간호사는 렌필드의 뒤를 쫓는 것보다 그가 갔을 만한 곳에서 지키고 있는 것이 더 나은 방법일 것이라 생각했다. 렌필드를 쫓느라 건물 문으로 돌아 나가는 동안 렌필드를 놓칠지도 모를 일이었다. 간호사는 덩치가 큰 남자라 창문으로 나갈 수가 없었다. 나는 호리호리한 편이라 간호사의 도움을 받아 창문을 넘었고, 창에서 바닥까지는 고작 몇 미터 높이라 무사히 바닥에 착륙했다. 간호사는 렌필드가 왼쪽으로 갔으며 직선으로 곧장 갔다고 했고, 따라서 나도 그쪽으로 가능한 빨리 달렸다. 숲을 가로지르는 순간 병원 부지와 외딴 저택을 가로지르는 높은 담장을 기어오르는 하얀 형체가 눈에 들어왔다.

나는 곧장 병원으로 돌아가 간수에게 서너 명을 당장 더 데려와 나와 함께 카팩스 저택으로 가자고 했다. 위험한 상황이 벌어질 경우에 대비해서였다. 그리고 사다리를 가져와 담장에 세웠다. 렌필드의 모습이 막 저택 뒤쪽으로 사라지는 게 보였고, 나는 그의 뒤를 쫓아갔다. 그 저택의 반대쪽에서 렌필드가 예배당의 철테를 두른 떡갈나무 문을 밀고 있는 것을 발견했다. 렌필드는 누군가에게 말을 하고 있었지만, 내가 가까이 가면 그가 놀라 도망칠까 봐 그가 무슨 말을 하는지 들을 정도로 가까이 가지는 못했다. 탈출을 마음먹은 벌거숭이 미치광이 뒤를 쫓는 것은 마구 날뛰는 벌 떼를 쫓는 것과 다름없는 일이다! 하지만 잠시 후 렌필드가 주위에 신경을 쓰지 않는다는 사실을 깨닫고, 조금 더 가까이 다가갔다. 함께 온 직원들도 이제 담을 넘어 점점 더 그에게 가까이 다가가고 있었다. 렌필드의 목소리가 들렸다.

"주인님의 명령을 따르기 위해 왔습니다. 저는 주인님의 노예입니다. 주인님을 충실히 따르면 주인님은 제게 상을 내려주시겠죠. 저는 오래전부터 주인님을 숭배해 왔습니다. 이제 주인님께서 가까이에 계시니 주인님께서 명령을 내려주시길 기다리겠습니다. 주인님께서는 절 그냥 지나치지는 않으시겠죠, 그렇죠, 주인님? 제게도 좋은 것을 나누어주실 거죠?"

렌필드는 이제 이기적인 늙은 거지였다. 그리스도의 실재하심을 믿으면서도 빵과 물고기를 받을 생각을 하는 늙은 거지. 렌필드의 광기는 놀라울 정도로 복잡하다. 우리가 렌필드를 둘러싸자 그는 흥분하여 호랑이처럼 맞서 싸웠다. 힘이 얼마나 센지, 사람이라기보다는 야수 같았다. 그토록 심하게 발작을 하는 정신병자는 한 번도 본 적이 없고, 앞으로도 다시는 보고 싶지 않다. 우리가 제때에 그의 힘과 위험성을 깨달은 것이 축복이다. 그 같은 힘과 결단력을 가지고 있는 사람이라면 정신병원에 갇히기 전에 끔찍한 일을 저지를 수도 있었을 테니까. 탈출의 귀재인 희대의 탈옥범 잭 셰퍼드라 해도 이 구속복을 벗을 수는 없을 것이다. 구속복을 입힌 데다 벽에 완충재를 댄 방에 사슬로 묶어 두었으니까. 이따금씩 렌필드는 끔찍한 비명을 지르지만, 그 이후의 침묵은 더욱 무시무시하다. 그의 모든 행동에는 살의의 욕구가 가득 담겨 있을 테니.

방금 그가 처음으로 논리적인 말을 했다.

"참고 기다리겠습니다, 주인님. 때가 오고 있다 - 오고 있다 - 오고 있다!"

나는 그 말이 암시하는 바를 알아듣고 서재로 돌아왔다. 너무 심란해 잠이 오지 않았지만, 일기를 쓰다 보니 마음이 안정되었다. 오늘 밤에는 잠을 좀 잘 수 있을 것 같다.

제9장

미나 하커가 루시 웨스튼라에게 보내는 편지

8월 24일, 부다페스트에서
세상에서 가장 사랑하는 친구 루시에게

휘트비 기차역에서 우리가 헤어진 후로 어떤 일이 있었는지 많이 궁금해 하고 있겠지? 음, 나는 무사히 헐에 도착해서 함부르크행 배를 탔고 함부르크에서 다시 기차를 타고 이곳에 도착했어. 여행에 대한 기억은 잘 나지 않아. 그저 내가 조너선에게 가고 있고, 그를 보살펴야 하니 가능하면 잠을 푹 자두려고 했거든……. 아, 조너선이 얼마나 야위고 창백하던지. 강인하던 눈빛은 다 사라지고, 그의 얼굴에 어렸던 조용한 위엄도 다 사라지고 없었어. 그는 지금 그저 수척한 병자일 뿐이야. 자신에게 무슨 일이 있었는지 한참 동안 기억을 하지 못했어. 적어도 조너선은 내가 그렇게 생각하길 바라는 것 같아서 나도 묻지 않을 생각이야. 조너선은 끔찍한 충격을 받았고, 아무래도 조너선의 불쌍한 뇌가 그 기억을 지우려고 노력하는 모양이니까. 상냥하고 타고난 간호사인 아가타 수녀님이 조너선이 정신착란을 일으킨 동안 끔찍한 발작을 일으킨 이야기를 해주셨어. 나는 수녀님에게 조너선이 무슨 말을 하더냐고 물어보았지. 하지만 수녀님은 성호만 그으며 말을 하려 하지 않으셔. 환자의 발작은 하느님의 비밀이고, 간호사의 소명으로 그 비밀을 들었다고 해도 환자를 위해 비밀을 지켜야 한다고. 수녀님은 다정하고 선량한 분이셔서, 다음 날 내가 고민에 휩싸인 것을 보고 그 이야기를 다시 꺼내시며 내 불쌍한 약혼자가 무슨 헛소리를 했는지는 말할 수 없지만 하나는 말해주겠다고 하셨어. "이것만큼은 말해줄 수 있어요. 환자분이 무언가 잘못을 저지른 것은 아니고, 곧 환자분의 아내가 될 아가씨가 걱정할 만한 일은 전혀 없다는 걸요. 환자분은 아가씨를 기억하고 있어요. 환자분의 두려움은 거대하고 끔찍한 것이라, 인간은 손 쓸 도리가 없는 거예요." 상냥한 수녀님은 혹시 조너선이 다른 아가씨와 사랑에 빠진 게 아닐까 질투하는지도 모른다고 생각하신 모양이야. 내가 조너선이 바람을 피울까 봐 질투를 하다니! 하지만 루시, 너에게만 은밀히 고백할게. 여자 문제가 아니란 사실을 알고 나는 기쁨에 몸을 떨었어. 지금은 침대 곁에 앉아 잠든 그이의 얼굴을 보고 있어. 아, 조녀선이 깨어난다!

조녀선은 잠에서 깨자 외투를 가져다달라고 했어. 주머니에서 꺼낼 것이 있다면서. 난 아가타 수녀님에게 부탁했고, 수녀님이 조녀선의 소지품을 전부 가져다주셨어. 그중에 조녀선의 수첩도 있었고, 나는 그걸 내가 봐도 되는지 조녀선에게 물어보려고 했지. 그이가 곤경에 빠진 이유를 알아낼 수 있을지도 모른다고 생각했으니까. 조녀선은 내가 묻기도 전에 내 눈빛에서 내 마음을 읽었는지, 잠시 홀로 있고 싶다면서 창가로 가 달라고 했어. 잠시 후 날 다시 불렀고, 내가 곁으로 다가가자 그 수첩 위에 손을 올려놓고 아주 진지하게 말했어.

"윌헬미나." 그 순간 나는 조녀선이 굉장히 진지하다는 걸 알았어. 그는 내게 청혼을 한 후로 날 그 이름으로 부른 적이 한 번도 없으니까. "난 남편과 아내 사이에는 비밀도, 숨기는 것도 없어야 한다고 생각해요. 난 아주 큰 충격을 받았고, 그 때 일을 생각해보려고 할 때마다 머리가 빙글빙글 돌고, 그게 현실이었는지 아니면 미치광이가 꿈을 꾼 건지 분간이 되지 않아요. 내가 뇌염에 걸려 제정신이 아니었던 거 알죠? 비밀이 이 안에 들어 있고 난 알고 싶지 않아요. 난 이곳에서 결혼식을 올리고 내 인생을 되찾고 싶어요." 루시, 그래서 우리는 준비가 되는대

로 결혼식을 올리기로 했어. "윌헬미나, 당신도 내 마음을 따라
주겠어요? 여기 수첩 받아요. 당신이 보관하고, 원한다면 읽어
도 좋아요. 하지만 내게 알려주진 말아요. 다만 내가 자고 있었
는지, 깨어 있었는지, 미쳤었는지 제정신이었는지 모를 그 끔
찍한 시간을 기억해내야 할 중대한 이유가 있다면 말해도 좋아
요." 조너선은 지쳐 침대에 다시 누웠고, 나는 수첩을 그이의 베
개 밑에 넣고 그이에게 키스를 했어. 나는 아가타 수녀님께 오
늘 오후 우리가 결혼식을 올릴 수 있도록 원장님에게 부탁해달
라고 청을 했고 수녀님의 답변을 기다리는 중이야……

　수녀님이 와서 영국 미션 교회의 목사님을 이리로 불렀다고
말씀하셨어. 우린 한 시간 안에, 아니면 조너선이 깨어나는 대
로 바로 결혼할 거야……

　루시, 시간이 다 되었어. 아주 엄숙하면서도, 아주 아주 행복
한 기분이야. 조너선이 조금 전 일어났어. 모든 준비가 다 끝났
고, 그는 베개를 받치고 침대에 앉았어. 조너선은 단호하게 '네.'
라고 대답했어. 나는 입이 제대로 떨어지지 않았어. 가슴이 너
무 벅찬 나머지 그 간단한 말도 제대로 나오지 않았어. 수녀님
들이 너무나도 상냥하게 대해주셨지. 하느님, 그 고마운 분들과
제가 짊어진 엄숙하고 달콤한 책임감을 절대 잊지 않도록 도와
주시기를. 내 결혼식에 대해 말해줄게. 목사님과 수녀님들이 나
와 내 남편 ― 아, 루시, 내가 '내 남편'이란 단어는 처음 쓰는 거

야 – 을 두고 나가셨을 때, 나는 그의 베개 밑에서 수첩을 꺼내 하얀 종이로 싸고 내 목에 둘렀던 옅은 파란 리본으로 묶은 다음 내 결혼반지를 도장 삼아 촛농으로 봉인했어. 그런 다음 그 봉인에 키스를 하고 남편에게 보여주며 절대 열어보지 않을 것이며, 이것이 우리가 서로를 신뢰한다는 명백한 징표가 될 거라고 했어. 그이를 위해서나 어떤 중요한 의무를 위해서가 아니라면 절대 열어보지 않겠다고 했어. 그러자 그이가 내 손을 잡았어. 아, 루시, 그이가 아내의 손을 잡은 것은 이때가 처음이었어. 그이는 내가 세상에서 가장 사랑스러운 여자이며, 필요하다면 나를 얻기 위해서 과거로 다시 되돌아가도 좋다고. 불쌍한 그이는 과거의 일부라는 뜻으로 한 말이겠지만, 아직까지는 시간관념이 없어. 그이가 달이 아닌 연도를 헷갈린다고 해도 놀라지 않을 거야.

아, 루시, 내가 무슨 말을 할 수 있었겠어? 나는 그이에게 내가 세상에서 가장 행복한 여자이며, 그에게 줄 것이라곤 내 자신, 내 인생, 내 신뢰, 평생 내 사랑과 의무를 다하는 것뿐이라고 했지. 그리고 루시, 그이가 내게 키스를 하는 순간, 그 야윈 손으로 날 끌어안는 순간, 그 순간 우리가 아주 엄숙한 서약을 맺는 것 같았어······.

루시, 내가 왜 이런 이야기를 다 하는지 알지? 내게 너무 행복한 일일 뿐 아니라 네가 내게 아주 소중한 친구이기 때문이야. 네가 인생을 준비하기 위해 교실로 들어오는 순간 널 인도하는 선생이자 네 친구가 될 수 있었던 건 내게 커다란 명예였어. 이제 네가 행복한 아내의 눈으로 내가 아내의 의무를 어떻게 다하는지 지켜봐주었으면 좋겠어. 그래서 네 결혼생활도 나처럼 행복할 수 있도록. 전지전능하신 하느님의 도우심으로 네 인생이 언제나 행복하기를. 하루 종일 햇살이 화창하고, 사나운 바람이 불지 않고, 의무를 저버리는 일도, 불신하는 일도 없기를. 그렇다고 네게 아무런 고통도 없기를 바라진 않아. 그런 일은 불가능하니까. 하지만 지금의 나처럼 네가 언제나 행복하기를 간절히 바랄게. 안녕, 루시. 당장 이 편지를 부쳐야겠어. 이 편지를 받고 빨리 답장을 써줘. 이제 이만 줄여야겠다. 조너선이 깼으니까. 남편의 수발을 들어야지!

언제나 널 아끼는
미나 하커가.

루시 웨스튼라가 미나 하커에게 보내는 편지

8월 30일, 휘트비에서
세상에서 가장 소중한 친구 미나에게

바다 같은 사랑과 수백만 개의 키스를 보내며, 곧 남편과 함께 집으로 돌아오길 바랄게. 네가 빨리 집으로 돌아와 우리와 함께 이곳에서 지냈으면 좋겠어. 이곳의 신선한 공기를 쐬면 조너선도 곧 회복될 거야. 나도 꽤 많이 건강을 되찾았잖아. 걸신들린 것처럼 식욕이 왕성하고, 활기가 넘치고, 잠도 잘 자고 있어. 내 몽유병이 거의 사라졌다는 소식 들으면 기뻐하겠지? 지난 일주일 동안은 일단 밤에 침대에 들어가면 다시 나오지 않았던 것 같아. 아서 말이 내가 점점 살이 붙고 있대. 참, 아서가 이곳에 와 있다는 얘기를 깜빡했네. 우린 함께 산책이며 드라이브를 다니고, 배도 타고, 테니스도 치고, 낚시도 하러 다녀. 그리고 나는 전보다 더 그를 사랑해. 아서도 전보다 더 날 사랑한다고 하는데, 그건 좀 의심스러워. 처음에 아서가 지금보다 더 날 사랑할 수는 없을 거라고 고백했거든. 하지만 이건 실없는 소리지. 아, 아서가 날 부른다. 여기서 편지를 마쳐야겠어.

추신 – 어머니가 안부 전해달래. 어머니는 건강이 좀 나아지신 것 같아, 불쌍한 어머니.

추신 2 – 우리 9월 28일에 결혼해.

수어드 박사의 일기

8월 20일 - 렌필드의 상태가 한층 더 흥미로워졌다. 이제 광기는 휴지기에 들어간 듯 조용하다. 발작을 하고 첫 주에는 지속적인 폭력성을 보였다. 그러다 어느 날 밤, 달이 떠오르자 갑자기 조용해지더니 계속해서 중얼거렸다. "이제 기다릴 수 있어. 이제 기다릴 수 있어." 간호사가 내게 와 이야기를 해주어 당장 달려가 그의 상태를 살펴보았다. 렌필드는 여전히 구속복을 입고 있으며 벽면에 완충재를 댄 방에 감금되어 있지만 사나운 표정은 사라졌고 두 눈은 과거의 애원하는 듯한 - 거의 '비굴'해보일 정도로 - 부드러운 눈빛을 띠고 있었다. 나는 그의 상태에 만족하고 구속복을 벗기라고 지시했다. 간호사들은 망설였지만, 마침내 아무런 이의 없이 내 지시에 따랐다. 렌필드가 간호사들의 불신을 인지한다는 것이 신기했다. 렌필드는 내게 다가와 간호사들을 흘끗거리며 속삭였다.

"저들은 내가 선생님을 해칠 거라고 생각하는 거예요! 내가 선생님을 해치다니! 멍청한 것들!"

이 가련한 미치광이의 머릿속에서도 내가 다른 이들과 다른 존재로 보인다는 것이 왠지 모르게 마음이 놓였다. 그래도 렌필드가 왜 그렇게 생각하는지는 알 수 없다. 내가 그와 공통점이 있어, 우리를 동등한 존재로 보는 것일까? 아니면 내게 뭔가 크게 바라는 것이 있는 것일까? 나중에 알아내야겠다. 오늘 밤 렌필드는 말을 하지 않았다. 새끼 고양이, 혹은 다 자란 고양이를 가져다준다고 해도 그를 꾀어낼 수 없었다. 그저 이 말 뿐이었다. "고양이는 필요 없어요. 지금은 생각할 게 있고 난 기다릴 수 있어요. 난 기다릴 수 있어."

잠시 후 나는 그의 병실에서 나왔다. 간호사가 새벽이 뜨기 직전까지 렌필드가 조용했다가, 갑자기 점점 불안해하더니 마침내는 소란을 일으키고 발작까지 한 후에 일종의 코마 상태에 빠져들었다고 보고했다.

……사흘 밤 내내 같은 일이 반복되었다. 하루 종일 광포한 행동을 보이다가 달이 뜰 때부터 해가 뜰 때까지는 조용했다. 이러한 현상의 원인을 밝혀낼 단서를 알아낼 수 있으면 좋겠다. 마치 무언가가 렌필드에게 주기적인 영향을 미치는 것 같다. 좋은 생각이 떠올랐다! 오늘 밤에는 미치광이를 상대로 게임을 해볼 것이다. 그가 탈출할 수 있도록 둘 것이다. 그에게 기회를 주고, 만약의 경우 뒤를 쫓을 수 있도록 간호사들을 대기시켜 놓을 것이다…….

8월 23일 - 디즈레일리는 "예기치 못한 일은 항상 일어나기 마련"이라 했다. 진정으로 인생을 아는 사람이 아닌가. 새장을 열어 놓았는데도 새는 도망치지 않았고, 우리가 준비해 둔 것은 허사가 되었다. 어쨌든 한 가지는 증명되었다. 환자의 조용한 상태가 상당 시간 동안 지속될 거라는 점 말이다. 앞으로 매일 서너 시간 동안 그의 구속을 풀어줄 수 있을 것이다. 야간 숙직 간호사에게 그가 조용해지면 해 뜰 때까지 완충재를 댄 방 안에 가둬두기만 하라고 지시를 내렸다. 그 불쌍한 영혼의 이성은 고맙게 여기지 않을지 몰라도, 그 육체는 구속에서 벗어난 것을 기뻐할 것이다. 아! 예기치 못한 상황 다시 발생! 호출을 받았다. 환자가 또 다시 탈출했다.

나중 - 또 다시 한밤중에 모험을 했다. 렌필드는 교묘하게도 간호사가 병실에 들어올 때까지 기다렸다가, 순식간에 간호사를 지나 복도로 뛰어나갔다. 나는 간호사들에게 내 뒤를 따라오라고 외쳤다. 다시 한번 렌필드는 버려진 저택 영지로 들어갔고, 우리는 전과 같이 오래된 예배당 문에 기대어 있는 그를 발견했다. 렌필드는 나를 발견하자 불같이 화를 냈다. 간호사들이 제때 그를 잡지 못했더라면 그가 나를 죽이려 했을 것이다. 우리가 렌필드를 잡는 순간 기이한 일이 일어났다. 렌필드가 두 배는 더 강하게 몸부림을 치다, 갑자기 점점 차분해졌다. 나는 본능적으로 주위를 살폈지만 아무것도 보이지 않았다. 나는 환자의 눈을 보고 그의 눈길이 향한 곳을 따라갔지만, 달빛이 환한 하늘에는 유령처럼 조용히 서쪽으로 날아가는 커다란 박쥐 한 마리 외에는 아무것도 없었다. 박쥐들은 보통 둥글게 선회하며 날개를 펄럭이는데, 이 박쥐는 목적지를 알거나 어떤 의도가 있는 듯 앞으로 곧장 날아갔다. 환자는 점점 차분해지 더니 이렇게 말했다.

"날 묶을 필요 없어요. 조용히 따라갈 테니!" 우리는 아무 문제없이 병원으로 돌아왔다. 렌필드의 차분함에서 뭔지 모를 불길한 기운이 느껴진다. 오늘 밤 일을 잊지 않을 것이다……

루시 웨스튼라의 일기

8월 24일, 힐링엄 - 나도 미나의 흉내를 내어 일기를 적어봐야겠다. 그러면 다시 만났을 때 미나와 오랜 이야기를 나눌 수 있겠지. 그날이 언제 올까? 미나가 다시 내 옆에 있었으면 좋겠다. 너무나도 불행하니까. 어젯밤에는 휘트비에 있을 때처럼 몽유병이 도진 것 같다. 공기가 바뀌었기 때문이거나, 아니면 다시 집에 돌아와서인지도 모른다. 아무것도 기억나지 않아 답답하고 무섭다. 가슴 속은 모호한 두려움이 가득하고, 너무나 기운이 없고 피곤하다. 아서가 점심식사를 하러 왔을 때 나를 보고 매우 슬픈 표정을 지었지만, 내겐 그의 기운을 북돋아줄 기력조차 없었다. 오늘 밤에는 어머니 방에서 자볼까? 변명거리를 만들어내 시도해봐야겠다.

8월 25일 - 또 다시 끔찍한 밤을 보냈다. 어머니는 내 부탁을 들어줄 생각이 없으신 것 같다. 어머니 역시 건강이 좋지 않아 내가 걱정하게 될까 봐 거절하신 것이 분명하다. 나는 잠을 자지 않으려고 노력했고 한동안은 버텼지만, 시계가 열두 시를 알리는 순간 잠에서 퍼뜩 깨었다. 나도 모르게 잠이 들고 만 것이다. 창가에서 무언가 긁거나 퍼덕거리는 소리가 들렸지만 그 이후로는 기억이 나지 않는다. 그 때 다시 잠이 든 게 분명하다. 악몽을 꾸었다. 그 꿈이 기억이 나면 좋으련만. 오늘 아침에는 끔찍할 정도로 기운이 없다. 얼굴은 유령처럼 창백하고 목이 아프다. 폐에 문제가 생긴 것인지, 숨쉬기가 영 불편하다. 아서가 오면 기운을 내어 쾌활하게 행동해야겠다. 안 그러면 아서가 날 보고 또 괴로워할 테니까.

아서 홈우드가 수어드 박사에게 보내는 편지

8월 31일, 앨버말 호텔에서.
친애하는 잭,

자네에게 부탁이 하나 있네. 루시가 아파. 그러니까 특별한 병에 걸린 것은 아닌데 안색이 나날이 나빠지고 있어. 루시에게 혹시 무슨 일이 있냐고 물어보았지. 루시의 어머니에게는 차마 물어보지 못했네. 현재 건강 상태가 워낙 좋지 않으셔서 괜히 그 마음을 어지럽혔다가는 치명적인 결과를 초래할 수 있으니 말이야. 웨스튼라 부인은 내게 살날이 얼마 남지 않았다고 – 심장병이야 – 털어놓으셨지만, 불쌍한 루시는 아직 그 사실을 모르고 있다네. 사랑하는 루시의 마음을 괴롭히는 무언가가 있는 것이 분명해. 루시를 생각하면 괴로울 지경이라네. 루시를 보면 격심한 고통이 느껴져. 루시에게는 자네에게 진료를 부탁할 거라고 말해두었고, 처음엔 반대했지만 – 난 그 이유를 안다네, 친구 – 마침내 동의했어. 친구, 자네에게는 괴로운 임무가 될 거라는 거 아네만, 루시를 위한 일이니 망설이지 않고 자네에게 부탁하는 것일세. 웨스튼라 부인이 의심하는 일이 없도록 내일 두 시까지 힐링엄에 점심식사를 하러 와주게. 점심식사 후에 기회를 봐 루시가 자네가 단둘이 있도록 자리를 마련할 거야. 난 차를 마실 시간에 돌아올 테니 그 때 다 함께 나가도록 하세. 너무나도 불안하네. 자네가 루시를 진료한 직후에 자네와 단둘이 이야기를 나누고 싶네. 꼭 오게!

아서가.

아서 홈우드가 수어드에게 보내는 전보

9월 1일

아버지 상태가 악화되어 아버지를 뵈러 링에 가네. 오늘 밤 우편으로 자세한 편지를 보내주게. 필요하다면 전보를 치게.

수어드 박사가 아서 홈우드에게 보내는 편지

9월 2일

내 오랜 친구 아서에게

웨스튼라 양의 건강에 대해서 일단 서둘러 말하자면 내가 아는 한 그 어떤 기능장애나 병도 발견되지 않았네. 허나 동시에 웨스튼라 양의 모습에 석연치 않은 점이 많아. 내가 마지막으로 보았을 때와 완전히 다른 사람이더군. 물론 내가 원하는 만큼 마음껏 검진을 하지 못했다는 점을 명심하게. 우리의 우정 때문에 오히려 상황이 어려워져 의학이나 관습으로도 그 벽을 넘지 못했어. 웨스튼라 양과 있었던 일을 그대로 자네에게 전해서, 자네 나름대로 결론을 내리도록 하는 것이 좋겠네. 그런 다음 내가 내린 결론과 제안을 제시하도록 하지.

웨스트라 양은 겉보기에는 기분이 좋은 듯했네. 어머니가 자리에 계셨고, 잠시 후에 나는 웨스트라 양이 어머니가 자신의 상태를 눈치챌까 봐 걱정이 된 나머지 어떻게든 말을 돌리려 한다는 사실을 알아챘네. 어머니의 상태를 분명히 알지는 못하더라도 조심해야 한다는 점 정도는 눈치 채고 있는 것이 분명해. 우리 셋은 점심식사를 함께 들었네. 다들 유쾌한 분위기를 이어가려 있는 힘껏 노력했고 그러한 노력이 효과를 보았는지 정말로 유쾌한 분위기가 돌았지. 그런 후 웨스트라 부인이 좀 누워야겠다며 들어가셨고, 나는 루시와 단둘이 남았네. 우리는 루시의 응접실로 들어갔고, 아직 하인들이 오가는 터에 루시는 여전히 쾌활한 태도를 유지했네. 하지만 응접실 문을 닫는 순간 루시의 얼굴에서 가면이 떨어져 나가더니 커다란 한숨을 쉬며 의자에 주저앉아 손으로 눈을 가렸다네. 루시의 쾌활한 기분이 사라지는 즉시, 나는 진단을 하려 했네. 루시는 내게 아주 다정하게 말했지.

"제가 제 자신에 대해 이야기하는 걸 얼마나 싫어하는지 모르실 거예요." 나는 의사란 환자의 비밀을 결코 발설하지 않으며, 자네가 그녀를 얼마나 걱정하는지 상기시켜 주었지. 루시는 내 말의 의미를 바로 이해하고 한마디로 그 문제를 결론지었다네. "아서에게 다 말씀하세요. 저는 아무래도 상관없어요. 모든 게 다 그 사람을 위한 거니까요!" 그래서 내가 이렇게 서슴없이

다 털어놓고 있는 거라네.

루시의 얼굴에 핏기가 없는 게 빤히 보였지만, 평범한 빈혈 증상들은 보이지가 않았고 우연히 그녀의 피를 얻어 검사해볼 수 있었다네. 뻑뻑한 창을 열다가 루시가 깨진 유리에 손을 살짝 베었거든. 사소한 상처였지만 내게는 분명한 기회였고, 혈액 몇 방울을 확보해 분석해보았지. 혈액 분석을 한 결과 완전하고 정상적인 상태며, 아주 건강이 왕성한 사람의 혈액이었네. 다른 육체적인 면에 대해서는 걱정할 필요가 전혀 없을 정도로 건강했네. 하지만 무언가 이유가 있는 것이 분명하므로, 정신적인 문제가 분명하다는 결론을 내렸다네. 루시는 가끔씩 숨 쉬기가 힘들며, 잠을 자는 동안 무서운 꿈을 꾸는데 내용은 전혀 기억나지 않는다고 토로했네. 어린 시절 몽유병을 앓았으며, 휘트비에 있을 때 몽유병이 도졌고, 한번은 밤중에 이스트클리프까지 걸어 나가는 바람에 머리 양이 찾아냈다는 거야. 하지만 최근에는 몽유병이 없었다고 단언했지. 나로선 확신이 들지 않아 내가 할 수 있는 최선의 조치를 취했어. 내 오랜 친구이자 스승인 암스테르담의 반 헬싱 교수님께 편지를 보냈다네. 세상 그 누구보다 원인불명의 질병들에 대해 많이 아는 분이지. 그분께 이리로 와 달라 부탁했고, 자네와 웨스튼라 양의 관계에 대해 말씀드렸다네. 친애하는 아서, 자네의 부탁에 따른 것이긴 하나, 루시에게 어떻게든 도움이 될 수 있어 그저 자랑스럽고 행복할 따름이야. 반 헬싱 교수님이라면 내 개인적인 부탁을 반드시 들어주실 테니, 그분이 어떤 요구를 하든 반드시 그분의 뜻에 따라야 해. 교수님은 제멋대로이고 오만한 것처럼 보이지만 그건 그분이 다른 누구보다도 더 많은 것을 알고 있기 때문이지. 그분은 철학자이자 형이상학자이며, 당대 최고의 과학자이시고, 또한 아주 개방적인 사고방식을 가지고 계셔. 또한 신경은 강철줄 같은 데다 성질은 얼음물 같고, 확고한 의지력과 자제심, 인내심까지 두루 갖추신 데다, 세상에서 가장 따뜻하고 진실한 마음씨를 지니셨지. 그래서 그 포용력처럼 넓은 시야로 이론과 실제를 통해 인류를 위해 숭고한 일을 하고 계신 거라네. 내가 자네에게 이러한 사실을 늘어놓는 것은 내가 왜 그분을 그렇게 신뢰하는지 이유를 알았으면 해서라네. 교수님께 즉시 와달라고 부탁해놓았다네. 나는 내일 다시 웨스튼라 양을 만나러 가볼 참이네. 웨스튼라 부인께서 내가 이렇게 빨리 다시 찾아온 것에 놀라실까 봐 스토어스에서 만나기로 했어.

자네의 영원한 친구
존 수어드가.

의학 박사이자 철학 박사이며 문학 박사 등등인
아브라함 반 헬싱이 수어드 박사에게 보내는 편지

9월 2일

내 친구에게,

자네 편지 받았고 벌써 자네에게 가는 중이네. 운이 좋아 자
네 편지를 받는 즉시 출발할 수 있었지. 운이 따라주지 않았더
라면 날 믿고 있던 사람들이 곤란했을 거야. 나야 내 친구가 아
끼는 사람들을 도와 달라 요청하면 열일 제쳐놓고 달려가야 하
니까. 자네 친구에게 옛날에 자네가 내 목숨을 구해줬던 일을
말해주게나. 우리의 또 다른 친구가 긴장한 나머지 괴저 독이
묻은 칼을 떨어뜨려 내가 그 칼에 맞았는데 자네가 그 독을 빨
아내준 일 말이야. 그리고 또 자네가 날 부른 것은 그 친구에게
더할 나위 없는 행운이라는 점도 말해주게나. 하지만 내게 있
어 자네의 친구를 돕는 일은 부수적인 기쁨일 뿐이야. 내가 가
는 건 자네 때문이지. 그날 밤에 이리로 다시 돌아와야 할지 모
르니, 근처의 그레이트 이스턴 호텔에 방을 잡아두고 내일 늦
지 않게 그 젊은 숙녀분을 만날 수 있도록 준비를 해두게. 혹시
필요하다면 사흘 후 다시 찾아가 필요한 만큼 머물도록 하지.
그때까지 잘 있게, 내 친구 존.

반 헬싱.

수어드 박사가 아서 홈우드에게 보내는 편지

9월 3일

친애하는 아트,

반 헬싱 교수님이 다녀가셨어. 교수님은 나와 함께 힐링엄으로 가셨고, 루시가 은밀히 손을 써두었는지 어머니는 점심식사를 하러 외출하시고 안 계셨다네. 교수님은 환자를 아주 신중하게 검진하셨어. 내가 내내 자리에 있던 것이 아니라, 교수님이 내게 검진 결과를 알려주면 난 자네에게 알리겠네. 교수님은 굉장히 고민스러운 표정이었지만 생각을 해봐야겠다고만 말씀하셨어. 교수님께 우리의 우정이 깊으며 자네가 이 일을 내게 믿고 일임했다는 사실을 털어놓자, 교수님은 이렇게 말씀하셨네. "자넨 그 친구에게 자네 생각을 전부 말해야 하네. 자네가 추측할 수 있다면, 내가 생각하는 바를 그 친구에게 말하게. 아니, 농담하는 게 아닐세. 이건 농담이 아니라, 삶과 죽음, 어쩌면 그보다 더한 중대한 문제야." 아주 심각한 투라, 그게 무슨 뜻이냐고 물어보았지. 이때가 우리가 마을로 돌아와, 교수님이 암스테르담으로 돌아가시기 전 차를 한잔 나눌 때였네. 교수

209

님은 그 이상은 아무런 단서를 주지 않으셨어. 아트, 나한테 화 내지 말게. 교수님이 그렇게 과묵하신 건 루시를 낫게 할 방법 을 찾는 데 골몰하고 계시기 때문이니까. 분명 때가 오면 솔직 하게 다 말씀하실 거야. 그래서 나는 〈데일리 텔레그래프〉 지에 특별 기사를 쓰는 것처럼 우리가 루시를 방문한 이야기만 편지 에 쓰겠다고 했지. 교수님은 내 말을 듣지 못하신 듯, 런던의 매 연이 학생 때 이곳에 왔을 때처럼 심하지는 않다고 한마디 하 시더군. 교수님이 검진 결과 보고서 작성을 내일 마치신다면, 나도 내일 받아볼 거야. 어떤 경우든 편지는 쓰겠네.

음, 방문에 관해 말하자면 루시는 처음 만난 날보다 더 쾌활 했고 겉모습도 확실히 더 건강해보였어. 자네를 그토록 불안하 게 만들던 유령 같은 창백한 모습은 사라지고 호흡도 정상이었 네. 루시는 교수님에게 아주 다정했고(언제나 그렇듯이 말이야) 교수님을 편안하게 해주려 노력했네. 내 눈엔 그 불쌍한 아가 씨가 굉장히 무리하는 것이 보였지만 말이야. 반 헬싱 교수님 도 이를 눈치 챈 것 같아. 교수님의 덥수룩한 눈썹 아래로 스쳐 지나가는 익숙한 눈빛을 봤으니까. 그러고는 교수님은 우리가 온 이유며 병에 대한 이야기는 빼고 온갖 이야기들을 쾌활하게 늘어 놓으셔서, 애써 쾌활한 척 하던 루시가 정말로 신이 났지. 그러다가 교수님은 아무렇지도 않게 우리가 방문한 이유로 화 제를 돌리셨어.

"친애하는 아가씨, 아가씨가 그토록 많은 사랑을 받고 있다니 너무나도 기쁘군요. 이렇게 많은 사랑을 받는 사람은 내 여태껏 한 번도 본 적이 없어요. 다들 아가씨가 기운이 없다, 유령처럼 창백하다면서 얼마나 수선을 떨던지. 난 그 사람들한테 이렇게 말해주고 싶구만. 이런 한심한 친구들 같으니!" 교수님은 내게 손가락을 튕기며 말씀을 이었다네. "아가씨랑 내가 그 사람들이 틀리다는 것을 보여줍시다. 이 친구가." 하고 수업시간에 한 번 날 가리켰을 때와 같은 표정과 몸짓으로 나를 가리키셨어. 교수님은 기회만 생기면 꼭 그렇게 하셨지. "젊은 숙녀에 대해 무얼 알겠어요? 이 친구는 미치광이들이랑 어울리며 그 친구들과 그 친구들을 사랑하는 사람들에게 행복을 되찾아주는 일을 하죠. 힘든 일이지만 아, 거기엔 보상도 있죠. 사람들에게 커다란 행복을 줄 수 있으니까. 하지만 젊은 숙녀들이라! 이 친구는 아내도 딸도 없고, 젊은 사람에게 속을 털어 놓지 않고 많은 슬픔과 슬픔의 이유를 아는 나 같은 늙은이에게 털어 놓는답니다. 그러니 아가씨, 이 친구는 정원에 나가 담배나 한 대 피우고 오라고 하고, 아가씨는 나랑 단둘이 잠시 수다나 떱시다." 나는 교수님의 암시를 알아듣고 밖으로 나가 어슬렁거렸고, 얼마 후 교수님이 창가로 다가와 날 불렀네. 교수님은 진지한 표정이었지만 이렇게 말씀하셨지. "신중하게 살펴보았지만 기능적인 원인은 전혀 없어. 자네와 나 모두 상당한 피가 손실되었다는 점에 동의했지. 그땐 그랬지만 지금은 아니야. 현재 이 아가씨의 상태는 빈혈은 절대 아니야. 아가씨한테 하녀를 만나게 해달라고 부탁했지. 내가 놓치는 것이 없도록 한두 가지 질문을 해보려고. 난 그 하녀가 무슨 대답을 할지 짐작하고 있었다네. 그리고 원인을 찾았지. 모든 일에는 항상 원인이 있기 마련이니까. 난 집으로 돌아가 생각을 해야겠네. 자넨 매일 내게 전보를 치게. 그럴만한 이유가 있다면 다시 돌아오겠네. 이 병 – 건강하지 않은 것은 병이니까 – 에 관심이 있고, 상냥한 아가씨에게도 관심이 있네. 아가씨의 매력에 빠졌어. 자네나 병 때문이 아닌 그 아가씨 때문에 난 돌아올 걸세."

말했듯이 교수님은 그 이상은 한마디도 하지 않으셨어. 우리 단둘이 있을 때조차. 아트, 이제 내가 아는 건 자네에게 전부 다 말했네. 내가 신중하게 지켜보겠네. 자네의 아버님 건강도 나아지실 거라 믿네. 친구, 자네가 사랑하고 아끼는 두 사람 사이에서 이러지도 저러지도 못하고 많이 힘들다는 거 알아. 자네가 아버지에게 아들로서의 의무를 다하고 싶어 하는 점도 잘 알고, 자네가 아버지 곁을 지키는 게 옳다고 생각하네. 하지만 만약의 경우가 발생한다면 즉각 루시를 보러 오라고 자네에게 전언을 보내겠네. 그러니 내가 연락을 할 때까지는 너무 걱정하지 말아.

수어드 박사의 일기

9월 4일 - 육식광 환자가 여전히 우리의 관심을 끌고 있다. 딱 한 번 발작을 했는데 어제 보통 때와 다른 시간이었다. 정오에 발작을 하기 직전에는 안절부절 못했다. 간호사는 그 증상을 알아채고, 즉시 도움을 요청했다. 다행히 직원들이 제 시간에 도착했다. 정오의 발작은 너무나도 격렬해서 환자를 붙잡는 데 온 직원들이 달라붙어야 했다. 하지만 5분쯤 지나자 환자는 점차 안정을 찾았고 종국에는 우울증에 걸린 것처럼 가라앉아 지금까지 그 상태를 유지하고 있다. 간호사의 말에 따르면 환자가 발작을 일으킬 당시 내뱉은 비명소리가 정말 섬뜩했다고 한다. 그 환자의 비명소리에 겁을 먹은 다른 환자들을 돌보느라 나는 쉴 틈이 없었다. 다른 환자들이 그토록 동요한 것도 이해가 되었다. 꽤 멀리 떨어져 있던 나도 그 소리를 듣고 불안해질 지경이었으니까. 이제 정신병원의 저녁식사 시간이 끝났고, 내 환자는 아직 멍하고 음침하고 수심에 잠긴 표정으로 병실 구석에 앉아 있다. 환자의 표정은 무언가를 직접적으로 드러내기보다는 암시를 하는 것 같지만, 정확히 무엇을 암시하는지는 알 수가 없다.

나중 - 환자의 상태가 또 다시 변했다. 다섯 시에 환자를 들여다보았더니, 전처럼 행복하고 만족스러운 모습이었다. 그는 파리를 잡아먹고 있었으며, 벽에 대놓은 완충재 사이의 문가에 손톱으로 잡은 파리의 수를 기록하고 있었다. 그는 나를 보더니 다가와 나쁜 행동을 한 것을 사과하며, 아주 조심스럽고 비굴한 목소리로 원래 병실로 돌아가 수첩을 받고 싶다고 부탁했다. 그의 비위를 맞추어주는 게 좋을 것 같아, 창문이 달린 원래 병실로 돌려보냈다. 그는 차에 따라 나온 설탕을 창턱에 뿌려 꽤 많은 파리를 수확하고 있다. 이제는 파리를 먹는 대신 낡은 상자 안에 넣고 있으며, 이미 거미를 찾느라 방 구석구석을 뒤지고 있다. 나는 지난 며칠간의 일에 대해 이야기를 들어보려 유도해보았다. 그가 어떤 생각을 하고 있는지 조금이라도 단서를 알아낸다면 커다란 도움이 될 것이기 때문이다. 하지만 그는 말을 하지 않으려 했다. 잠시 아주 슬픈 표정을 짓더니 나에게 이야기한다기보다는 혼잣말을 중얼거리듯 아련한 목소리로 말했다.

"다 끝났어요! 다 끝났어! 그 사람이 날 버렸어. 이제 내가 직접 나서지 않으면 내게 희망은 없어!" 그러더니 갑자기 무언가 결단한 듯 나를 돌아보며 말했다. "의사 선생, 내게 선행을 베푼다고 생각하시고 설탕 좀 더 줄 수 있겠소? 그러면 좋겠는데."

"그리고 파리 것도요?"

"그래! 파리도 설탕을 좋아하고, 난 파리를 좋아해요. 그래서 설탕을 좋아하지." 정신병자들이 이토록 논리적이라는 사실을 아는 사람들은 거의 없다. 나는 렌필드에게 두 배의 설탕을 가져다주어, 세상 그 누구 못지않은 행복을 누리게 해주었다. 내가 그의 머릿속을 헤아릴 수 있다면 좋겠다.

자정 - 환자의 상태가 또 다시 변했다. 웨스튼라 양을 만나고 많이 좋아진 것을 확인한 후 막 돌아와, 병원 정문에 서서 일몰을 보는 순간 다시 한번 렌필드의 비명소리가 울려 퍼졌다. 환자의 방이 정문 쪽이라 아침보다 더 뚜렷이 들렸다. 런던 위로 내려앉는 아름다운 일몰을, 찬란한 빛들과 어두운 그림자들, 형형색색으로 물든 잿빛 구름과 잿빛 강물을 바라보다 그 소리를 듣는 순간 엄중한 현실을 깨달았다. 차가운 석재 건물 안에서 숨 쉬는 비참한 환자들, 그 모든 것을 홀로 견뎌야 하는 내 신세가 새삼 충격으로 다가왔다. 해가 지는 순간 나는 렌필드의 병실에 도착했고, 그의 병실 창으로 빨간 원형의 태양이 가라앉는 게 보였다. 태양이 가라앉자 환자의 광란은 점차 가라앉았고, 태양이 완전히 가라앉는 순간 그는 붙잡고 있던 간호사들의 손에서 스르르 빠져나와 바닥에 털썩 쓰러졌다. 하지만 정신병자에게 이성적인 회복력이 있다는 것이 놀라웠다. 몇 분후 그가 아주 고요하게 일어서서 주변을 돌아본 것이다. 나는 간호사들에게 환자를 그대로 두라고 신호를 보냈다. 그가 어떤 행동을 보일지 너무나도 궁금했기 때문이다. 그는 곧장 창가로 다가가 설탕 부스러기들을 치웠다. 그런 다음 파리 상자를 들어 바깥에다 비운 다음 상자를 던져버렸다. 그런 다음 창문을 닫고 침대에 가 앉았다. 이 모든 상황이 놀라웠던 나는 그에게 물었다. "이제는 파리를 안 키울 겁니까?"

"네. 그 쓰레기들은 이제 지긋지긋해요!" 렌필드는 확실히 흥미진진한 연구 대상이다. 그의 머릿속이나 그의 갑작스러운 열정의 원인을 조금이나마 이해할 수 있으면 좋겠다. 잠깐, 어쩌면 실마리가 있을지도 모른다. 왜 오늘 그가 정오와 일몰에 발작했는지 그 이유만 알아낼 수 있다면 말이다. 달에 영향을 받는 사람들이 있듯, 어떤 사람들은 태양에 영향을 받는 것일까? 두고 봐야겠다.

런던의 수어드가 암스테르담의 반 헬싱에게 보내는 전보

9월 4일 - 오늘은 환자의 상태가 한층 더 좋아졌습니다.

런던의 수어드가 암스테르담의 반 헬싱에게 보내는 전보

9월 5일 - 환자가 많이 호전되었습니다. 식욕도 돌아왔고 잠도 잘 자고 기분도 좋고 혈색도 돌아오고 있습니다.

런던의 수어드가 암스테르담의 반 헬싱에게 보내는 전보

9월 6일 – 상태가 갑자기 악화되었습니다. 당장 이리로 와주세요. 한시가 급합니다. 교수님을 뵐 때까지 홈우드에게는 전보를 보내지 않을 작정입니다.

제10장

수어드 박사가 아서 홈우드에게 보내는 편지

9월 6일
친애하는 아트,

오늘은 그리 좋지 않은 소식이야. 오늘 아침 루시의 상태가
조금 악화되었어. 하지만 그 덕분에 좋은 점도 하나는 있네. 웨
스튼라 부인이 루시가 걱정된 나머지 내게 전문적인 소견을 물
어봤다는 것이지. 나는 그 기회를 이용해 부인에게 내 오랜 스
승이자 위대한 전문가인 반 헬싱 교수님과 함께 공동으로 루
시의 치료를 맡는 것이 좋겠다고 털어놓았다네. 그래서 우리는
이제 부인에게 충격을 주는 일 없이 자유롭게 드나들 수 있게

되었어. 부인의 심장 상태로는 충격을 받으면 갑자기 사망하실 수도 있고, 루시가 병약하다는 사실이 부인에게는 커다란 충격일 테니까. 우리에겐 여러 가지 어려움들이 산적해 있네만, 하느님의 도우심으로 그 어려움들을 모두 헤쳐 나갈 수 있을 거라 믿네. 필요할 경우 편지를 쓸 테니, 내게서 아무런 소식이 없다면 별다른 소식이 없다는 것으로 알고 있게. 이만 줄이겠네.

자네의 영원한 친구
존 수어드.

수어드 박사의 일기

9월 7일 - 리버풀 가에서 만났을 때 반 헬싱 교수님이 가장 먼저 내게 한 말은 이것이었다.

"우리 젊은 친구에게 연인에 대한 이야기를 했나?"

"아니요. 전보에 적었듯이 교수님을 만날 때까지 기다렸죠. 친구한테 보낸 편지에는 교수님이 이리로 오고 계시며, 웨스튼라 양의 상태가 그리 좋지 않으니 무언가 알게 되면 연락하겠다고만 적었습니다."

"좋아, 아주 좋아! 아직은 그 친구가 모르는 편이 나아. 어쩌면 그 친구가 아예 모르는 편이. 난 그렇게 되길 바라네. 하지만 필요하다면 그 친구에게도 모두 알리게 될 거야. 그리고 친애하는 친구 존, 자네에게 미리 경고해두겠네. 자네는 미치광이들을 다루지. 모든 인간은 어느 정도 미쳤다네. 자네가 신중하게 자네 미치광이 환자들을 다루는 것처럼, 신의 미치광이들 - 세상 나머지 미치광이들도 다뤄야 해. 자넨 자네 환자들에게 자네가 무얼 하는지, 왜 하는지 말하지 않지. 자넨 그들에게 자네의 생각을 말하지 않아. 그러니 우리가 아는 건 있어야 할 자리에 그대로 두세. 그 지식이 점점 모여 결과를 낳도록. 아직까지 자네와 나는 우리가 아는 것을 여기, 그리고 여기에 보관해두어야 해." 교수님은 내 가슴과 이마를 가리킨 다음, 역시 자신의 가슴과 이마를 가리켰다. "지금 내게 한 가지 생각이 있네. 나중에 자네에게 그 생각을 말해줄 거야." 나는 물었다. "지금은 왜 안 되죠? 어쩌면 도움이 될지도 모르잖아요. 우리가 함께 머리를 맞대면 어떤 결론에 도달할 수 있을 지도 모르는데요." 교수님은 발걸음을 멈추고 날 바라보았다.

"이보게, 존. 옥수수가 자랄 때 미처 익기도 전에, 대지의 영양분을 빨아먹고 햇살에 아직 황금빛으로 물들기도 전에, 농부가 열매를 따 거친 손으로 문질러 녹색 이파리를 따내며 자네에게 이렇게 말하지. '이것 봐! 좋은 옥수수야. 올해는 풍작이겠어.'" 나는 그 비유가 이해되지 않는다고 했다. 그러자 교수님은 다가와 오래전 수업 시간에 그러던 것처럼 내 귀를 잡고 장난스럽게 잡아당기며 말했다. "훌륭한 농부는 확신이 선 다음에야 그런 말을 한다네. 그 전에는 절대 그런 말을 하지 않아. 하지만 훌륭한 농부는 옥수수가 자라는지 확인하려고 심어둔 옥수수를 파헤치지 않지. 그건 농가의 아이들이나 하는 짓이지 농사를 업으로 삼는 사람들이 하는 짓이 아니야. 이제 알겠나, 존? 난 옥수수 씨앗을 뿌렸고, 그 씨앗을 싹 틔우는 일은 자연이 할 거야. 만약 그 씨앗이 싹을 틔운다면 열매를 맺겠지. 나는 열매가 무르익을 때까지 기다릴 걸세." 교수님은 내가 이해한 것을 알고 말을 멈췄다. 그런 다음 아주 진지하게 말을 이었다.

"자네는 항상 성실한 학생이었고, 자네의 사례연구는 그 어느 학생보다 충실했지. 그렇게 성실하고 꼼꼼한 학생은 자네뿐이었고, 이제 자넨 전문가가 되었네. 나는 좋은 습관은 절대 사라지지 않는다고 생각하네. 존, 명심하게. 지식은 기억보다 더 강하다는 것을, 더 약한 것을 믿어서는 안 된다는 것을. 자네가 여태까지 그 좋은 습관을 유지하지 않을지라도, 이번의 사랑스러운 아가씨 건은 어쩌면 – 어쩌면이야 – 우리에게 아주 큰 흥미를 유발해 그 외의 나머지 것들은 자네 영국 사람들 말마따나 저울의 아래쪽처럼 가벼이 느껴질지도 몰라. 명심해야 하네. 중요하지 않은 건 아무것도 없어. 자네의 의혹과 가정까지 모두 기록해두게. 이제부터 자네의 짐작이 얼마나 맞아떨어지는지 확인해보는 것도 흥미로울지 몰라. 우리는 성공이 아닌 실패로부터 배우니까!"

내가 루시의 증상들을 열거하자 – 전과 같지만 더 심해진 증상들 – 교수님은 아주 심각한 표정이었지만 아무런 말씀도 하지 않으셨다. 교수님은 수많은 도구들과 약물들이 든 가방을 가나 가져오셨는데, 강의 중에 한번은 치료를 위한 이 장비를 "이로운 일을 위한 무시무시한 도구"라 부르신 적이 있다. 우리가 도착하자 웨스튼라 부인이 문 앞으로 나오셨다. 부인은 근심스러운 얼굴이었지만 내 예상보다는 심하지 않았다. 대자연은 자비롭게도 인간에게 죽음의 공포마저 극복할 능력을 주었다. 그 어떠한 충격이라도 받으면 치명적일 수 있기에 아주 개인적인 일조차 – 그토록 아끼는 딸의 끔찍하게 변해버린 모습조차 – 부인의 마음을 어지럽히지 못한 것 같다. 마치 자비로운 대자연이 닿기만 하면 해를 미칠 수 있는 사악한 것으로부터 스스로를 보호할 수 있는 단단한 보호막을 둘러준 것처럼. 만약 이러한 이기심이 자연이 부여한 것이라면, 이기심을 악이라 비난하기 전에 이기심의 더 깊은 근원을 파헤쳐봐야 할지도 모른다.

나는 이러한 정신병리학의 지식을 기반으로, 부인이 루시를 치료할 때 함께 자리하거나 루시의 병세를 필요 이상으로 생각하지 않아야 한다는 규칙을 제안했다. 부인은 선뜻 동의했다. 너무나 선뜻 동의하는 부인의 모습에 나는 다시 한번 생명을 유지하기 위해 분투하는 것이 자연의 뜻이라는 사실을 깨달았다. 반 헬싱 교수님과 나는 루시의 방으로 안내를 받았다. 어제 내가 루시를 보고 충격을 받았다면, 오늘은 루시를 보고 소름이 돋았다. 루시는 유령처럼, 백묵처럼 창백했다. 입술과 잇몸에서도 혈색이 모두 빠져나간 것 같았으며, 얼굴은 앙상했다. 숨 쉬는 모습이나 소리도 괴로웠다. 반 헬싱 교수님의 얼굴이 대리석처럼 딱딱하게 굳었고, 눈썹은 코 위에서 서로 붙어버릴 것처럼 한데 모였다. 루시는 미동도 하지 않고 누워 있었으며 말을 할 기운도 없는 듯했다. 그래서 한동안 방 안에는 침묵이 흘렀다. 그러다 반 헬싱 교수님이 내게 손짓을 했고, 우리는 조용히 방에서 나갔다. 방문을 닫은 순간 교수님은 곧바로 문이 열려 있는 옆문으로 이어지는 복도를 걸어갔다. 그런 다음 나를 재빨리 그 방 안으로 끌어당기고 문을 닫았다. "맙소사! 끔찍하군. 시간이 없어. 저대로 두면 피가 부족한 나머지 심장이 제대로 작동하지 못해 죽게 될 거야. 당장 수혈을 해야 해. 자네가 할까, 내가 할까?"

"제가 더 젊고 튼튼하죠, 교수님. 제가 하겠습니다."

"그럼 당장 준비하게. 나는 내 가방을 가져오겠네. 도구는 다 있어."

나는 교수님과 함께 아래층으로 내려갔고, 계단을 내려가는 동안 현관문을 두드리는 소리가 들렸다. 홀에 내려가 보니 하녀가 막 현관문을 연 참이었고, 아서가 급하게 안으로 들어서고 있었다. 아서는 당장 내 앞으로 다가오며 다급한 목소리로 속삭였다.

"잭, 너무 불안해서 참을 수가 없었어. 자네 편지의 행간을 읽고 고민이 이만저만이 아니었어. 아버지 병세가 좀 나아져서 직접 확인하려고 당장 이곳으로 달려온 거야. 혹시 이 신사분이 반 헬싱 박사님이신가? 와주셔서 정말 고맙습니다, 선생님." 교수님은 처음 아서를 발견한 순간 중요한 순간에 끼어들어 방해를 놓은 그에게 화가 나 있었다. 하지만 이제 교수님은 아서의 튼튼한 체형을 보고 그가 발산하는 강인하고 젊은 남자다움을 인지하고는 눈을 빛냈다. 교수님은 대뜸 그에게 손을 내밀며 이렇게 말했다.

"때맞춰 잘 왔군요. 당신이 우리 사랑스러운 아가씨의 연인이죠? 아가씨는 상태가 아주, 아주 나빠요. 아, 이런 그러지 말아요." 아서가 갑자기 기절이라도 할 듯 얼굴이 하얗게 질리며 의자에 주저앉았기 때문이었다. "당신이 아가씨를 도와야 해요. 당신은 그 누구보다 더 많은 도움을 줄 수 있어요. 당신의 용기가 당신이 줄 수 있는 가장 큰 도움이죠."

"제가 무얼 할 수 있죠?" 아서가 거친 목소리로 물었다. "말씀만 해주시면 뭐든 하겠습니다. 제 목숨은 그녀의 것이고, 그녀를 위해서라면 제 몸의 마지막 핏방울 하나까지 다 내줄 겁니다." 교수는 유머를 워낙에 좋아하는 분이고, 그 분을 오래전부터 잘 아는 나는 그가 뭐라고 대답할지 감지했다.

"젊은 신사 양반, 그 정도까지 과한 부탁은 아니에요 – 마지막 한 방울까지는 아니야!"

"제가 어떻게 하면 됩니까?" 아서의 눈이 열기로 번뜩거렸고 그의 콧구멍은 열망으로 벌름거렸다. 반 헬싱 교수님은 아서의 어깨를 툭 쳤다. "갑시다! 당신은 남자고, 우리가 원하는 건 남자요. 당신이 나보다 낫고, 내 친구 존보다 낫지." 아서는 당황한 표정이었고, 교수님은 자상하게 설명을 해주었다.

"아가씨가 아주 안 좋아요. 피가 필요하죠. 아가씨에게 피를 주지 않으면 죽을 거예요. 내 친구 존과 내가 의논을 했죠. 우린 막 수혈이라는 것을 하려던 참이었어요. 수혈이란 한 사람의 혈관에 든 피를 다른 사람의 혈관에 전달하는 것이죠. 존이 자신의 피를 줄 예정이었어요. 이 친구가 나보다 젊고 튼튼하니까." 이 순간 아서는 아무 말 없이 내 손을 꽉 쥐었다. "하지만 이제 당신이 왔고, 나이와 상관없이 머릿속이 복잡한 우리보다 당신이 더 나아요. 우리의 마음은 그리 고요하지 못하고 우리의 피는 당신의 것보다 맑지 않죠!"

아서는 고개를 돌려 교수님을 바라보았다.

"전 그녀를 위해서라면 기꺼이 죽을 수……."

아서는 목이 메는 듯 말을 멈추었다.

"좋아요!" 반 헬싱 교수님이 말했다. "머지않아 당신은 당신이 사랑하는 그녀를 위해 모든 것을 다 내준 것을 기뻐하게 될 겁니다. 자 이젠 조용히 해요. 시작하기 전에 한 번은 그녀에게 키스해도 좋지만, 바로 일어나야 합니다. 내가 신호를 보내면 바로 자리에서 일어나야 해요. 웨스튼라 부인께는 아무 말 말고요. 부인이 어떤 상태지 잘 알 테니까! 이것처럼 충격적인 소식이 또 어디 있겠습니까. 갑시다!"

우리는 모두 루시의 방으로 올라갔다. 아서는 교수님의 지시에 따라 방 앞에서 기다렸다. 루시가 고개를 돌려 우리를 바라보았지만 아무런 말도 하지 않았다. 잠든 것은 아니었고, 다만 입을 여는 것조차 힘에 부친 것이었다. 그녀의 눈만이 우리에게 말을 했다. 그게 전부였다. 반 헬싱 교수는 가방에서 몇 가지 물건을 꺼내어 구석에 놓인 작은 탁자 위에 올려놓았다. 그런 다음 마취제를 섞어 침대로 다가가며 쾌활하게 말했다.

"자, 어린 아가씨, 여기 약이에요. 착한 아이처럼 쭉 마셔요. 자, 내가 마시기 편하도록 몸을 받쳐줄게요. 그렇지." 루시는 힘겹게 약을 마셨다.

마취제가 효용을 보이기까지 너무나도 오랜 시간이 걸리는데 나는 놀랐다. 이건 루시가 그만큼 병약해졌다는 증거였다. 루시의 눈꺼풀이 내려앉기까지 걸리는 시간이 끝없이 길게 느껴졌다. 결국 마취제가 효능을 보이기 시작했고 루시는 깊은 잠에 빠졌다. 교수님은 루시의 상태를 확인한 후 아서를 방 안으로 불러 외투를 벗으라고 지시했다. 그런 다음 이렇게 덧붙이셨다. "내가 탁자를 끌어오는 동안 살짝 키스해도 좋아요. 존, 자넨 날 좀 도와주게!" 그래서 아서가 루시의 곁에 있는 동안 우리 둘 다 아무도 그쪽을 보지 않았다.

반 헬싱 교수님이 날 돌아보며 말했다.

"저 친구는 아주 젊고 튼튼하고 피가 아주 깨끗해서 혈액 중에서 섬유소를 제거할 필요가 없어."

그런 다음 교수님은 신속하고 체계적인 방법으로 수혈 작업을 진행했다. 수혈이 진행되면서 불쌍한 루시의 뺨에 생기가 돌아오는 것 같았고, 아서의 낯빛은 점점 창백해졌지만 얼굴은 기쁨으로 환하게 빛나는 것 같았다. 잠시 후 아서처럼 튼튼한 남자도 힘겨워하는 기색이 보여 점차 걱정이 되기 시작했다. 아서가 그토록 많은 수혈을 해주었는데도 루시의 상태가 부분적으로만 회복된 것으로 보아 루시의 상태가 상당히 심각한 모양이었다. 하지만 교수님은 딱딱한 얼굴로, 환자와 아서에게만 눈을 고정한 채 가만히 서서 지켜보고 계셨다. 내 심장이 쿵쿵 뛰는 소리가 들렸다. 이제 교수님이 부드러운 목소리로 말했다. "바로 움직이지 말아요. 이제 충분합니다. 자네는 친구를 보살피게, 나는 루시 양을 보살필 테니까." 수혈이 끝난 후 아서의 상태는 영 좋지 않아 보였다. 내가 아서의 상처에 붕대를 감고 그의 팔을 잡아 부축하려는 찰나, 반 헬싱 교수님이 고개도 돌리지 않고 말했다. 교수님은 뒤통수에도 눈이 달린 모양이다.

"용감한 연인은 키스를 한 번 더 받을 자격이 있지. 지금 하게."

수혈 도구를 치운 교수님은 환자의 머리에 댄 베개를 정리했다. 그 순간 루시가 항상 목에 두르고 다니는 좁고 검은 벨벳 띠, 연인에게 받은 오래된 다이아몬드 장식을 단 그 띠가 조금 흘러내리며 목에 난 빨간 자국이 드러났다. 아서는 그 자국을 보지 못했지만, 나는 반 헬싱 교수님이 저도 모르게 숨을 깊이 들이마시는 소리를 들었다. 교수님이 당황할 때 내는 소리였다. 교수님은 아무 말 하지 않았지만 나를 돌아보며 이렇게 말했다. "이제 우리의 용감한 젊은 연인을 데리고 내려가 포트와인을 주고 한동안 누워 있도록 하게. 그런 다음에는 집으로 돌아가 푹 쉬고 잠도 많이 자고 식사도 많이 해야 연인에게 준 피를 다시 회복할 수 있을 거야. 이곳에 머물러서는 안 돼. 잠깐! 잠깐만. 젊은 신사 양반, 물론 결과가 궁금할 거라는 점 잘 알아요. 수혈이 모든 면에서 성공적이었다는 점만 알아둬요. 청년이 이번에는 애인의 목숨을 살렸으니, 집에 가서 편히 쉬도록 해요. 아가씨가 깨어나면 아가씨에게 다 말해드리지. 이 아가씨는 청년이 한 일을 알면 청년을 더욱 사랑할 겁니다. 그럼 잘 가시오."

아서가 떠나자 나는 방으로 돌아왔다. 루시는 조용히 잠을 자고 있었지만, 숨은 더 거칠었다. 루시의 가슴이 크게 들썩거리면서 이불까지 함께 들썩거렸다. 침대 곁에는 반 헬싱 교수님이 앉아 루시를 유심히 지켜보고 있었다. 벨벳 띠는 다시 그 빨간 자국을 덮고 있었다. 나는 조심스럽게 교수님에게 물었다.

"목에 난 그 자국은 뭐라고 생각하세요?"

"자넨 뭐라고 생각하나?"

"아직 제대로 살펴보질 못해서요." 나는 대답한 다음 손을 뻗어 벨벳 띠를 풀었다. 경정맥 바로 위쪽에 두 개의 구멍이 나 있었는데 크지는 않았지만 정상적으로 보이지도 않았다. 질병의 흔적은 전혀 없었으나 마치 가루를 뿌린 것처럼 구멍의 가장자리가 하얗고 닳은 것 같았다. 순간 내 머릿속에는 이 상처가 무엇이든 간에 혈액을 손실하게 된 원인이 아닌가 하는 생각이 들었다. 하지만 곧 그런 생각은 지워버렸다. 그건 절대 있을 수 없는 일이기 때문이다. 수혈을 받기 전처럼 그토록 창백해질 정도로 혈액이 손실되려면 온 침대가 뻘겋게 핏물이 들었을 것이다.

"어떤가?" 반 헬싱 교수님이 물으셨다.

"글쎄요. 전 전혀 모르겠습니다." 교수님이 자리에서 일어서셨다. "난 오늘 밤 암스테르담으로 돌아가야겠네. 찾아보고 싶은 책이랑 자료들이 거기 있어. 자넨 오늘 밤 내내 이곳에 남아, 한

시도 루시 양에게서 눈을 떼서는 안 되네."

"간호사를 부를까요?"

"자네랑 나, 우리가 최고의 간호사지. 자네가 밤새 지키도록 해. 루시 양이 식사를 잘 하는지, 루시 양을 불안하게 만드는 것은 없는지 지켜봐. 자넨 밤새 깨어 있어야 해. 자네랑 나는 나중에 자도 돼. 가능한 빨리 돌아오겠네. 그런 다음 시작하도록 하지."

"시작한다고요? 도대체 뭘 시작한다는 말씀이세요?"

"두고 보면 알아!" 교수님은 서둘러 나가며 대답하셨다. 잠시 후 교수님은 다시 돌아와 문 안으로 머리를 들이밀고 손가락 하나를 들며 경고했다.

"명심하게. 루시 양은 자네 담당이야. 만약 자네가 루시 양 곁을 떠난다면 끔찍한 일이 벌어지고, 자네는 그 후로 결코 편하게 잠들지 못할 걸세!"

수어드 박사의 일기 - 계속

9월 8일 - 나는 밤새 루시의 곁에 앉아 있었다. 동틀 녘이 되자 아편의 기운이 떨어졌고 루시가 눈을 떴다. 수혈을 받기 전과는 전혀 다른 모습이었다. 기분 또한 좋아보였고 쾌활한 분위기가 감돌았지만 그녀가 겪었던 심각한 쇠약의 흔적은 여전히 남아 있었다. 내가 웨스튼라 부인께 반 헬싱 박사님의 지시에 따라 루시 곁을 지켜야 한다고 하자, 부인은 건강을 되찾고 기운이 팔팔한 딸을 가리키며 어이없어했다. 하지만 나는 단호하게 밀어붙였고 철야를 할 준비를 했다. 루시는 내가 밤새 곁을 지키는 것을 반대하기는커녕, 오히려 나와 눈이 마주칠 때마다 고마워하는 눈길로 나를 바라보았다. 한참 후에 루시는 잠이 든 듯했지만, 조금만 뒤척일라치면 잠이 깨는 것 같았다. 이러한 상황이 서너 번 반복되었고, 시간이 지날수록 깨는 주기가 짧아졌다. 루시는 잠을 자고 싶어 하지 않는 것이 명백했고 나는 즉시 루시에게 물었다.

"잠자고 싶지 않아요?"

"네, 무서워요."

"잠을 자는 게 무섭다고요! 왜죠? 잠은 우리 모두가 갈망하는 은혜잖아요."

"아, 나 같은 사람에게는 아니에요. 내게 잠은 공포의 전조인걸요!"

"공포의 전조라니! 도대체 그게 무슨 뜻이죠?"

"모르겠어요. 아, 모르겠어요. 그래서 무서운 거예요. 내가 이토록 약해지는 건 잠 때문이에요. 그래서 자는 건 생각만 해도 무서워요."

"하지만 루시, 오늘 밤에는 잠을 자도 돼요. 내가 곁에서 당신을 지키고, 아무 일도 일어나지 않게 하겠다고 약속할게요."

"아, 당신이라면 믿을 수 있어요!" 나는 그 기회를 잡아 단호하게 말했다. "당신이 악몽을 꾸는 기미가 보이면 그 즉시 깨우겠다고 약속할게요."

"정말요? 아, 정말 그래주실 거예요? 정말 고마워요. 그러면 잘게요!" 그 말과 함께 루시는 깊은 안도의 한숨을 쉬더니 다시 잠이 들었다.

밤새 나는 루시의 곁을 지켰다. 루시는 한 번도 깨지 않고, 깊고 평화롭고 활기와 기운을 북돋아주는 잠을 잤다. 루시의 입술이 살짝 벌어져 있었고, 가슴은 규칙적으로 오르락내리락했다. 얼굴에는 미소가 떠올라 있었다. 마음의 평화를 어지럽히는 악몽은 꾸지 않는 것이 분명했다.

아침 일찍 루시의 하녀가 들어왔고, 나는 하녀에게 루시를 맡기고 집으로 돌아왔다. 처리해야 할 일이 한두 가지가 아니었기 때문이다. 나는 반 헬싱 교수님과 아서에게 짧은 전보를 쳐 수혈의 경과가 훌륭하다고 전했다. 그리고 어마어마하게 밀린 병원 일을 정리하느라 하루 종일 바빴다. 해가 지고 나서야 내 육식광 환자에 대한 보고를 받을 수 있었다. 환자의 상태는 좋았다. 지난 낮과 밤 내내 꽤 조용했다. 내가 저녁식사를 하는 동안 암스테르담에서 반 헬싱 교수님이 보낸 전보를 한 통 받았는데, 나더러 오늘 밤에도 힐링엄에 가서 지내라고 제안하며,

자신은 야간우편열차로 출발해 아침 일찍 도착할 것이라고 했다.

9월 9일 - 힐링엄에 도착했을 때는 꽤 지치고 피곤한 상태였다. 이틀 밤 동안 눈 한번 붙이지 못해 머리도 멍했다. 루시는 아직 잠을 자지 않았고 기분이 쾌활했다. 루시는 나와 악수를 하면서 내 얼굴을 유심히 쳐다보았다.

"오늘은 밤새지 마세요. 피곤하시잖아요. 전 이제 괜찮아요. 정말이에요. 오늘은 선생님이 주무시면 제가 밤새 곁을 지켜드릴게요." 나는 굳이 항변하지 않고, 아래층으로 내려가 저녁식사를 했다. 그 후에 루시가 날 위층으로 데려가 자신의 옆방으로 안내했다. 그 방에는 안락한 모닥불이 타고 있었다. "자, 여기서 주무세요. 이 방이랑 제 방문을 전부 열어 놓을게요. 소파에 누우셔도 돼요. 봐야 할 환자가 있는 동안 의사들은 통 침대에 들어가서 자려 하지 않으니까요. 저한테 무슨 일이 있으면 외쳐 부를게요. 그러면 바로 달려오시면 되잖아요." 나는 기진맥진한 상태라 도저히 밤을 샐 자신이 없었기에 그 제안을 승낙하는 수밖에 없었다. 무슨 일이 있으면 꼭 나를 부르라고 다시 다짐을 받은 후, 나는 소파에 누워 모든 것을 다 잊고 잠에 빠졌다.

루시 웨스튼라의 일기

9월 9일 – 오늘 밤엔 너무 행복하다. 그동안 끔찍할 정도로 기운이 없었던 탓인지, 이렇게 생각하고 돌아다닐 수 있다는 것은 마치 잿빛 하늘에 오랫동안 불던 동풍이 사라진 후 햇살을 쬐는 것 같다. 어쩐지 아서가 아주, 아주 가깝게 느껴진다. 그의 존재가 나를 따뜻하게 감싸는 것처럼. 질병과 나약함은 사람을 이기적으로 만들어 우리의 내면의 눈과 동정심을 우리 자신에게만 향하게 만들고, 건강과 활력은 마음을 연인에게 향하게 만드는지 내 감정은 온통 그이에게 향해 있다. 내 머릿속은 온통 그이 생각뿐이다. 아서가 이 사실을 안다면 얼마나 좋을까! 사랑하는 아서, 사랑하는 아서, 자는 동안 귀가 간지럽겠지. 아, 어젯밤에는 더없이 행복한 휴식을 취했다! 상냥하고 다정한 수어드 박사님이 나를 지켜주는 동안 얼마나 푹 잤는지 모른다. 오늘 밤에는 자는 것이 두렵지 않다. 수어드 박사님이 가까이에 계시니까. 나에게 너무나도 친절하게 대해주신 모두들 고마워요! 고맙습니다, 하느님! 잘 자요, 아서.

수어드 박사의 일기

9월 10일 – 내 머리에 닿는 교수님의 손길을 느낀 순간 퍼뜩 잠에서 깼다. 이건 정신병원에서 배운 것 중 하나다.

"우리 환자는 어떤가?"

"좋아 보였습니다. 제가 마지막으로 봤을 때는요." 나는 대답했다.

"가서 확인해보세." 우리는 함께 루시의 방으로 들어갔다.

커튼이 내려져 있었고, 내가 창가로 다가가 조심스럽게 커튼을 올리는 사이 반 헬싱 교수님은 고양이처럼 살금살금 침대 곁으로 다가갔다.

내가 커튼을 올리고 아침 햇살이 방안으로 쏟아져 들어오는 순간, 교수님이 낮게 숨을 들이키는 소리가 들렸다. 그게 드문 경우라는 것을 알기에 끔찍한 두려움이 내 심장을 관통했다. 내가 그쪽으로 고개를 돌리는 순간 교수님이 뒤로 물러서며 공포에 질린 목소리로 "고트 인 히멜(하느님 맙소사!)"이라고 외쳤는데, 교수님의 고통스러운 얼굴만 봐도 뜻은 자명했다. 교수님은 손을 들어 침대를 가리켰고, 교수님의 강철 같은 얼굴이 일그러지며 하얗게 질렸다. 내 무릎이 덜덜 떨리는 게 느껴졌다.

침대 위에는 기절한 듯한 불쌍한 루시가 축 늘어져 있었는데 전보다 더 창백하고 힘없는 모습이었다. 입술조차 하얗게 변했고, 오랜 질병을 앓다가 죽은 시신에서 자주 보던 것처럼 잇몸이 푹 꺼져 있는 듯했다. 반 헬싱 교수님은 화가 난 듯 발을 구르려 들어 올렸지만, 천성과 오랜 습관이 말린 듯 조용히 발을 내려놓았다. "어서! 브랜디를 가져와!" 나는 식당으로 달려가 브랜디가 든 유리병을 가져왔다. 교수님은 가련한 하얀 입술을 브랜디로 적셨고, 우리는 함께 루시의 손바닥과 손목, 심장을 문질렀다. 교수님이 루시의 심장에 귀를 댔고, 고통스러운 긴장감이 잠시 흘렀다. 교수님이 마침내 입을 열었다.

"아직 늦진 않았어. 약하긴 하지만 심장이 뛰어. 그러나 우리가 했던 일이 전부 허사가 되었네. 다시 시작해야 해. 지금은 젊은 아서가 여기 없으니 이번에는 존, 자네에게 부탁해야겠네." 교수님은 이렇게 말하며 가방 안에 손을 넣어 수혈 도구들을 꺼냈고, 나는 외투를 벗고 소매를 걷어 올렸다. 당장은 아편을 구할 수 없었고 그게 군이 필요하지도 않아서 지체 없이 수혈을 시작했다. 잠시 후 - 그래도 짧은 시간은 아니었던 것 같다. 피를 빼내는 것은 아무리 본인이 원한 것이라고는 하나 끔찍한 기분이 들기 때문이다 - 반 헬싱 교수님이 경고의 손가락을 들었다. "움직이지 말게. 기력이 돌면 아가씨가 깨어날지도 몰라. 그러면 위험할 텐데. 아, 위험한 일이 너무나도 많지. 그래도 예방 조치를 취해야지. 모르핀 주사를 놓아야겠네." 교수님은 신속하고 능숙하게 주사를 놓았다. 루시에게 주사의 효과가 나쁘지 않았던 듯, 기절한 상태 그대로 마취에 빠진 것 같았다. 창백한 뺨과 입술에 희미하게나마 혈색이 도는 것을 보니 내심 뿌듯한 마음이 들었다. 사랑하는 여인에게 자신의 피를 나누어준다는 것이 어떤 기분인지, 경험해보지 않은 남자는 절대 모르리라.

교수님은 나를 유심히 관찰했다. "그 정도면 됐어." 교수님이 말했다. "벌써요?" 나는 이의를 제기했다. "아트한테서는 훨씬 더 많이 뽑으셨잖아요." 내 말에 교수님은 슬픈 미소를 지으셨다.

"그 친구는 루시 양의 연인이고 약혼자니까. 자네에겐 할 일이 아주 많네. 루시 양과 또 많은 사람들을 위해서. 일단은 그 정도면 충분해."

수혈을 중단하자 교수님은 루시의 상태를 살폈고, 나는 팔의 주사바늘 자국을 손가락으로 눌러 지혈했다. 교수님이 나를 진찰하는 동안, 나는 머리가 어지럽고 속이 메슥거려 누워 있었다. 교수님은 찬찬히 내 상처에 붕대를 감았고, 나를 아래층으로 내려 보내며 와인 한 잔을 마시라고 당부했다. 내가 방을 나설 때 교수님이 날 따라 나와 속삭이듯 말했다.

"명심하게. 이 일은 비밀로 해야 하네. 혹시 우리의 젊은 연인이 전처럼 갑자가 나타나더라도 그에게 아무 말도 하지 말게. 그 친구가 알게 되면 놀라고 결국 질투하게 될 거야. 아무한테도 얘기해서는 안 되네."

내가 방으로 돌아오자 교수님은 나를 유심히 살펴본 다음 이렇게 말했다.

"상태가 그리 나빠 보이진 않는군. 방으로 가서 소파에 누워 쉬게. 그런 다음 아침식사를 든든히 하고 이 방으로 와."

나는 교수님의 판단이 올바르고 현명하다는 것을 알기에 고분고분 지시를 따랐다. 내 할 일은 했으니, 이제 다음 임무는 기력을 회복하는 것이었다. 기운이 너무나도 없어, 일어났던 일에 대한 놀라움을 잊고 말았다. 소파에 누워 잠이 들었지만, 어떻게 루시가 갑자기 상태가 나빠진 것인지, 아무런 흔적도 없이 그렇게 많은 혈액을 잃은 것인지 고민하고 또 고민했다. 잠을 자는 동안에도 내 고민은 계속되었던 것인지, 잠을 자다가 깰 때면 내 생각은 언제나 루시의 목에 난 작은 구멍, 작지만 가장자리가 거칠게 닳은 그 구멍으로 돌아왔다.

루시는 낮 동안 계속 잠만 잤고 깨어났을 때는 상당히 체력이 돌아왔지만, 전날만큼은 아니었다. 반 헬싱 교수님은 루시를 진찰한 후, 내게 루시를 맡기며 한순간도 곁을 떠나지 말라고 단단히 주의를 준 다음 산책을 나가셨다. 홀에서 가장 가까운 전신국이 어디냐고 묻는 교수님의 목소리가 들렸다.

루시는 편안하게 나와 이야기를 나누었고, 무슨 일이 있었는지 전혀 알지 못하는 눈치였다. 나는 루시의 기운을 북돋아주려고 노력했다. 루시의 어머니가 루시를 보러 올라왔을 때, 그녀는 딸의 변화를 전혀 알아차리지 못한 듯했지만 내게 고마워하며 이렇게 말했다.

"수어드 박사님, 이렇게 애써 주셔서 정말 고마워요. 하지만 박사님도 과로하지 않도록 신경을 써야겠어요. 박사님 안색이 창백해요. 박사님도 옆에서 보살펴 줄 아내를 얻어야겠네, 그럼요!" 이 말을 들은 루시의 얼굴이 빨갛게 달아올랐지만 일순간일 뿐이었다. 루시의 병약한 혈관은 오랫동안 머리 쪽으로 혈액이 쏠리는 것을 견딜 수 없기 때문이다. 그 반동으로 인해 얼굴이 극도로 창백해진 루시가 애원하는 눈으로 나를 바라보았다. 나는 미소를 지으며 고개를 끄덕이고, 입술에 손가락을 댔다. 루시는 한숨을 쉬며 베개에 등을 기댔다.

반 헬싱 교수님은 두어 시간 후 돌아와 내게 말했다. "이제 자넨 집에 가서 든든하게 식사하고 수분을 많이 섭취하게. 기운이 돌아오도록 말이야. 난 오늘 밤 여기서 지내면서, 직접 이 어린 아가씨를 밤새 지킬 참이네. 자네와 내가 우리 환자를 지켜봐야 하고, 다른 사람들에게는 절대 알려서는 안 돼. 그럴만한 중대한 이유가 있다네. 아니, 뭔지 묻지 말게. 자네가 한 번 생각해봐. 아무리 말도 안 되는 거라도 생각하길 두려워하지 말게. 그럼 잘 가게."

홀로 내려가자 하녀 두 명이 내게 다가와, 자신들이 루시 양을 밤새 간호해도 되느냐고 물으며 부디 그 일을 자신들에게 맡겨달라고 애원했다. 반 헬싱 교수님께서 본인이나 내가 지켜야 한다고 하셨다고 말하자, 아주 애처롭게 그 '외국인 신사분'

에게 이야기를 좀 잘 해달라고 부탁했다. 나는 하녀들의 다정한 마음 씀씀이에 큰 감동을 받았다. 내가 당시에 기운이 없어 보여서 그랬는지, 혹은 루시를 생각하는 마음에서였는지 모르겠다. 여자들의 이러한 다정한 마음 씀씀이를 여러 번 보았으니까. 나는 병원에 돌아와 늦은 저녁식사를 하고, 회진을 돌고 - 환자는 다들 괜찮았다 - 잠을 자려고 누워 이 일기를 기록하고 있다. 슬슬 잠이 온다.

9월 11일 - 오늘 오후 힐링엄에 갔다. 반 헬싱 교수님은 기분이 아주 좋았고, 루시는 상태가 많이 호전되었다. 내가 도착한 직후, 외국에서 교수님 앞으로 보낸 커다란 소포 하나가 도착했다. 교수님은 짐짓 그 안에 아주 중요한 물건이라도 든 듯 소포를 열더니 그 안에서 커다랗고 하얀 꽃다발을 꺼냈다.

"이건 루시 양에게 드리는 겁니다." 교수님이 말했다.

"제게 주신다고요? 어머나, 반 헬싱 박사님!"

"그래요, 아가씨. 하지만 가지고 놀라고 주는 게 아니에요. 이건 약이죠." 이 말에 루시는 얼굴을 찌푸렸다. "그렇지만 달여서 먹거나 혹은 역겨운 형태로 먹는 건 아니니 그 매력적인 코를 찡그릴 필요 없어요. 안 그러면 우리 친구 아서에게 그가 그토록 사랑하는 어마어마한 미인이 사실은 못난이더라고 다 일러줄 테니까. 아하, 예쁜 아가씨 코가 다시 곧게 펴졌군요. 이건

240

약이지만 그 사용방법은 색달라요. 나는 이 꽃을 아가씨 방 창가에 놓고, 예쁜 화환으로 만들어 아가씨 목에 걸 거예요. 그러면 아가씨가 잠을 푹 잘 수 있죠. 아, 네! 이 꽃은 연꽃처럼 근심을 잊게 해주죠. 이 꽃은 레테의 강, 그리고 스페인 정복자들이 찾아다녔지만 너무 늦게 찾아낸 플로리다의 젊음의 샘물 냄새가 나니까."

교수님이 설명하는 동안 루시는 그 꽃다발을 살펴보고 냄새를 맡아보았다. 그러더니 꽃다발을 내던지며 장난스럽게 얼굴을 찡그렸다.

"어머, 교수님, 저한테 장난치시는 거죠? 세상에, 이건 꽃이 아니라 평범한 마늘이잖아요."

놀랍게도 반 헬싱 교수님이 자리에서 일어서서 아주 엄한 표정으로 강철 같은 턱을 굳히고 텁수룩한 눈썹을 모으며 이렇게 말했다.

"날 우습게 보지 말아요! 난 농담 따윈 안 합니다! 내가 하는 모든 일에는 그럴만한 이유가 있어요. 경고하겠는데 절대 내 말을 어기지 말아요. 아가씨 자신을 위해서가 아니라면 다른 사람들을 위해서 내 말 명심해요." 그런 다음 불쌍한 루시가 겁을 먹은 것을 보고, 교수님은 좀 더 부드럽게 말을 이었다. "아, 아가씨, 아가씨, 겁먹지 말아요. 다 아가씨를 위해서 이러는 겁니다. 아주 흔한 꽃이지만 아가씨에게는 큰 도움이 되는 거예요. 자, 내가 직접 아가씨 방에 이 꽃을 장식해두죠. 내가 직접 아가씨가 목에 걸 화환도 만들어 줄 거예요. 하지만 비밀입니다. 다른 사람들이 꼬치꼬치 캐물을 만한 말은 하지 말아요. 우린 치료법을 순종해야 하고, 침묵은 순종의 일부죠. 순종은 아가씨를 건강하게 만들어주고 아가씨를 기다리는 연인의 품속에 안길 수 있게 해줄 겁니다. 자, 잠시 가만히 앉아 있어요. 존, 나와 함께 가세. 자네는 방안에 마늘을 장식하는 것을 도와주게. 이 마늘은 내 친구 반더풀이 일 년 내내 온실에서 허브를 기르는 곳에서 보내온 거야. 어제 전보를 보내서 보내달라고 했지."

우리는 꽃을 들고 방안으로 들어갔다. 교수님의 행동은 확실히 이상했고 내가 약전에서 한 번도 보지 못한 처방이었다. 먼저 교수님은 창문을 닫아 단단히 걸어 잠갔다. 그다음 꽃 한 줌을 손에 쥐고 창틀에 문질렀는데, 창안으로 공기가 들어올 때마다 마늘 냄새가 나게 만들려고 하는 것 같았다. 그런 다음 계속해서 방문 문설주, 위, 아래, 그리고 양쪽, 벽난로 가장자리까지 전부 문질렀다. 내겐 그 모든 것이 기괴하게만 보였다.

"저, 교수님. 교수님이 하시는 일에는 언제나 이유가 있다는 걸 알지만, 이건 저도 당황스러운데요. 여기 무신론자가 있었더라면, 교수님이 악령을 쫓기 위한 주술을 행한다고 했을 겁니다."

"그런지도 모르지!" 교수님은 루시가 목에 걸 화환을 만들기 시작하며 조용히 대답했다.

그런 다음 루시가 잠을 잘 준비를 하는 동안 기다렸다가, 루시가 침대에 들자 교수님이 루시의 목에 마늘 화환을 걸어주었다. 마지막으로 교수님은 루시에게 이렇게 말했다.

"화환이 벗겨지지 않도록 조심해요. 방안이 답답하게 느껴지더라도 오늘 밤에는 창문이나 문을 열지 말아요."

"약속할게요. 그리고 두 분 다 절 이렇게 자상하게 보살펴주셔서 너무너무 감사해요! 아, 이렇게 좋은 친구들이 있다니 저는 무슨 복을 받은 것일까요?"

대기하고 있던 마차를 타고 루시의 집을 떠날 때, 반 헬싱 교수님이 이렇게 말했다.

"오늘 밤에는 아주 푹 자겠어. 잠이 절실하다네. 이틀 밤을 기차를 탔고, 낮에는 하루 종일 자료를 찾고, 그다음 날에는 하루 종일 긴장하고 있었고, 하룻밤은 눈 한 번 깜빡이지 않고 밤을 샜으니까. 내일 아침 일찍 날 찾아오게. 함께 가서 우리 예쁜 아가씨가, 내 '주술'의 효과로 훨씬 건강해진 모습을 보러 가세. 하하!"

결과를 굳게 확신하는 교수님을 보니, 이틀 전 내가 호전을 확신했지만 끔찍한 결과가 나왔던 기억이 떠올라 두려움과 모호한 공포심이 들었다. 마음이 약해 친구에게 솔직히 속내를 털어놓지 못했지만, 그 두려움은 눈물을 흘리지 않으면 슬픔이 커지듯 더욱 커지기만 했다.

제11장

루시 웨스튼라의 일기

9월 12일 - 다들 내게 얼마나 친절하신지. 나는 반 헬싱 박사님이 정말 마음에 든다. 그분에 이 꽃들에 대해 왜 그렇게 안달을 하셨는지 궁금하다. 어찌나 정색을 하시던지 정말이지 겁을 집어먹었다. 하지만 박사님의 생각이 옳은 것이 분명하다. 벌써부터 이 꽃들 때문에 마음이 편안하니까. 어쩐지 오늘 밤에는 혼자 있는 것이 두렵지 않고, 두려움 없이 잠을 잘 수 있을 것 같다. 창밖에서 펄럭거리는 것에 신경을 쓰지 않을 것이다. 아, 최근에 잠을 자지 않으려고 얼마나 애를 썼는지. 잠을 자지 못하는 고통, 혹은 잠들까 봐 두려워하는 고통은 얼마나 끔찍한지! 아무런 두려움 없이 인생을 사는 사람들, 밤마다 찾아오는 잠이 축복인 사람들, 잠을 자며 달콤한 꿈만을 꾸는 사람들은 얼마나 축복받은 사람들인가. 나는 오늘 밤, 잠을 자기를 바라며 '처녀에게 어울리는 화환을 쓰고 규수에게 어울리는 꽃 더미에 묻힌' 오필리아처럼 누워 있다. 전에는 마늘을 좋아한 적이 한 번도 없지만, 오늘 밤은 매우 마음에 든다! 마늘 냄새 덕분에 마음이 평화롭다. 벌써 졸음이 밀려온다. 잘 자요, 모두들.

수어드 박사의 일기

9월 13일 - 버클리로 찾아갔더니 반 헬싱 교수님이 평소처럼 시간에 맞게 나와 계셨다. 호텔에 부탁해두었던 마차가 기다리고 있었다. 교수님은 이제 항상 가지고 다니는 가방을 들고 계셨다.

모든 일을 정확하게 기록해보겠다. 반 헬싱 교수님과 나는 아홉 시에 힐링엄에 도착했다. 아름다운 아침이었다. 햇살은 환하고 초가을의 신선한 공기는 자연이 일 년 내내 공들인 작품의 완성품 같았다. 이파리들이 갖가지 아름다운 색으로 물들고 있었지만, 아직 나무에서 떨어지지는 않았다. 우리가 안으로 들어가자 웨스튼라 부인이 아침식사실에서 나왔다. 웨스튼라 부인은 항상 일찍 일어나는 편이다. 부인은 따뜻하게 우리를 맞이했다.

"기쁜 소식이에요. 루시가 좋아졌답니다. 아이는 아직 자고 있어요. 방안을 슬쩍 들여다보았지만, 깨울까 봐 안에 들어가진 않았어요." 교수님은 미소를 지었고 꽤 기뻐 보였다. 양손을 문지르며 이렇게 말했다.

"아하! 제 진단이 옳았군요. 치료가 효과를 발휘하는 모양입니다."

그러자 부인이 대답했다.

"공로를 혼자서 다 차지하시면 안 되죠, 선생님. 오늘 아침에 루시의 상태가 좋은 건 제 공도 조금 있답니다."

"그게 무슨 말씀이죠, 부인?" 교수님이 물었다.

"그게, 밤에 우리 애가 걱정되어서 방에 들어가 봤어요. 정신 없이 자고 있더라구요. 얼마나 정신없던지 내가 들어가도 모를 정도로요. 그런데 방 안 공기가 얼마나 답답하던지. 끔찍하게 강한 냄새가 나는 꽃들이 방안에 온통 널려 있고, 애 목에도 감겨 있지 뭐에요. 우리 애가 몸도 약한데 강한 냄새가 나면 좋지 않을 것 같아서 죄다 치우고 신선한 공기가 좀 들어오도록 창문도 약간 열어두었죠. 우리 애 상태를 보면 분명 기뻐하실 걸요."

웨스튼라 부인은 이른 아침식사를 하는 내실로 들어갔다. 부인이 그 이야기를 하는 동안 교수님의 얼굴을 지켜본 나는 그 얼굴이 잿빛으로 물드는 것을 보았다. 부인이 자리에 있는 동안에는 교수님도 자제심을 잃지 않았다. 교수님도 부인의 상태가 어떤지, 충격을 받을 경우 어떤 일이 일어나는지 잘 알기 때문이었다. 교수님은 부인이 방으로 들어가도록 문을 잡아주며 미소까지 지어보이셨다. 하지만 부인이 사라진 그 순간 느닷없이 강하게 나를 잡아 식당 안으로 끌고 가더니 문을 닫았다.

　나는 난생 처음 반 헬싱 교수님이 무너지는 모습을 보았다. 교수님은 소리 없는 절망으로 양손을 머리 위로 들어 올리시더니 무기력하게 양 손바닥을 내리쳤다. 마침내 의자 위에 주저앉아 양손으로 얼굴을 가리고 가슴 속에서 끌어올리듯 비통하게 흐느끼기 시작했다. 그런 다음 전 우주에 호소하듯, 다시 두 팔을 들어올렸다. "하느님! 하느님! 하느님! 우리가 무슨 잘못을 했기에, 이 가련한 사람이 무슨 잘못을 했기에 우리에게 이토록 쓰라린 고통을 안겨주시는 겁니까? 우리가 아직도 고대의 이교도 세계에서 온 것, 무시무시한 것들에게 시달려야 하는 겁니까? 아무 것도 모르고, 딴에는 최선을 다한 이 가련한 어머니가 딸의 육체와 영혼을 잃는 행동을 하고 말았으니. 그래도 우리는 그 사실을 이야기할 수도 없고, 경고를 해줄 수도 없다니. 그랬다가는 어머니가 죽고 말 테고, 결국에 둘 다 죽고 말 테니. 아, 우리는 얼마나 무력합니까! 우리를 괴롭히는 악마들의 힘은 이 얼마나 강력합니까!" 교수님이 느닷없이 자리에서 벌떡 일어났다. "가세. 가서 확인하고 조치를 취해야 하네. 악마가 있든 없든, 한꺼번에 모든 악마가 밀려오든 그건 중요하지 않아. 어쨌든 우린 그와 싸워야 해." 교수님은 가방을 가지러 현관문으로 나갔고, 우리는 함께 루시의 방으로 올라갔다.

다시 한번 나는 커튼을 올렸고, 그동안 반 헬싱 교수님은 침대 곁으로 갔다. 이번에는 전처럼 납처럼 창백한 가련한 얼굴을 보고 놀라지 않으셨다. 그저 한없이 슬프고 연민 어린 표정을 지으셨다.

"예상대로군." 교수님은 중얼거리며, 너무나도 깊은 한숨을 내쉬었다. 교수님은 한마디 말도 없이 문 앞으로 가 방문을 잠그고, 또 한 번의 수혈을 위한 도구를 작은 탁자 위에 올려놓기 시작했다. 나 역시 수혈의 필요성을 인식하고 있던 터라 외투를 벗었지만, 교수님이 손을 들어 올려 나를 막았다. "아니야! 오늘은 자네가 작업을 맡게. 내가 혈액을 제공하겠네. 자넨 이미 너무 약해졌어." 교수님은 이렇게 말씀하시며 외투를 벗고 소매를 걷어 올렸다.

또 한 번 수혈을 하고, 또 한 번 마취제를 투여했고, 또 한 번 창백한 뺨에 혈색이 돌아오고 건강한 잠을 자며 규칙적인 숨결을 내뿜었다. 이번에는 반 헬싱 교수님이 휴식을 취하며 원기를 회복하는 동안 내가 루시를 지켜보았다.

교수님이 기회를 보아 웨스튼라 부인에게 루시의 방에 있는 물건은 자신과 상의 없이 치워서는 절대 안 된다고 당부했다.

그 꽃들은 치료제이며, 그 냄새를 들이마시는 것이 치료의 일환이라고 말이다. 그런 다음 나와 교대하며 오늘 밤과 다음 날 밤은 자신이 직접 루시를 간호할 것이며 내가 필요하면 연락을 주겠다고 하셨다.

한 시간이 더 지난 후 루시가 잠에서 깨어났다. 끔찍한 고통을 겪은 것치고는 그리 나빠 보이지 않았으며 개운하고 밝은 얼굴이었다.

이 모든 것이 의미하는 바는 과연 무엇일까? 미치광이들과 오랜 세월 살아온 탓에 내 머리도 이상해지는 것은 아닌지 궁금하다.

루시 웨스튼라의 일기

9월 17일 - 평화로운 나흘 낮과 밤이었다. 내 몸은 다시 튼튼해져 마치 다시 태어난 기분이다. 긴 악몽에서 깨어나 아름다운 햇살을 쬐고 신선한 아침 공기를 마시는 기분이다. 기다림과 두려움으로 불안해하던 시기는 어렴풋이 기억날 뿐이다. 희망의 고통조차 없는 절망적인 암흑의 시기, 그러다 기나긴 망각의 시기를 거쳐 엄청난 압력을 뚫고 수면 위로 올라오는 다이버처럼 다시 삶으로 돌아왔다. 그래도 반 헬싱 박사님이 내 곁에 계셔 끔찍한 악몽이 전부 사라진 것 같다. 나를 혼비백산하게 만들었던 소음들 - 창문에 부딪히며 퍼덕거리는 소리, 너무나도 가깝게 들리는 아득한 목소리들, 어디서 들려오는지 알 수 없고 내가 알지 못하는 것을 하라고 명령하는 거친 목소리들 - 이 전부 멈췄다. 이제는 아무런 두려움 없이 잠을 잔다. 일부러 잠을 자지 않으려 애쓰지도 않는다. 이제는 마늘을 꽤 좋아하게 되었고, 매일같이 네덜란드 하를럼에서 마늘 한 상자가 온다. 오늘 밤 반 헬싱 박사님은 하루 일정으로 암스테르담에 가신다. 하지만 이젠 굳이 날 지키고 있지 않아도 된다. 혼자 있어도 괜찮으니까. 하느님께서 어머니와 사랑하는 아서, 그리고 너무나도 상냥한 우리 친구들 모두를 보살펴 주시기를! 박사님이 곁에 없어도 무섭지 않을 것이다. 어젯밤에는 반 헬싱 박사님이 의자에 앉아 한참을 주무셨으니까. 두 번 잠에서 깼을 때 박사님이 주무시는 것을 보았지만 다시 잠드는 것이 두렵지 않았다. 비록 나뭇가지인지 박쥐인지, 무언가가 성난 듯 사납게 창틀을 두드리긴 했지만 말이다.

<펠멜 가제트>지 9월 18일자

늑대 탈출사건.
본지 기자의 위험천만한 모험기.

- 동물원 관리원과의 대담.

수없이 탐문 조사를 하고 수없이 거절을 당한 후, 결국 나는 〈펠멜 가제트〉 지의 기자라는 신분을 이용해 늑대 우리가 있는 런던 동물원의 관리인을 찾아낼 수 있었다. 토머스 빌더는 코끼리 우리 뒤편 공터에 옹기종기 모여 있는 단층 주택에 살고 있으며, 내가 그를 찾아갔을 때는 마침 차를 마시는 중이었다. 토머스와 그의 아내는 상냥한 분들로 나이는 많지만 아이는 없었으며, 본 기자가 받은 후한 대접이 평소와 같은 것이라면 상당히 안락한 생활을 꾸려나가는 것이 분명하다. 관리인은 저녁 식사를 마칠 때까지 '일' 이야기를 하지 않으려 했고, 우리는 다 같이 맛있는 식사를 했다. 식탁을 치우고 나자, 그는 파이프 담배에 불을 붙이며 말을 꺼냈다.

"자, 기자 양반, 이제 원하는 걸 물어보셔도 좋소이다. 식사 전에 일 얘기를 하지 않은 건 이해해주쇼. 난 우리 늑대들이랑 자칼들이랑 하이에나들에게 부탁을 하기 전에 먼저 간식을 내준다오."

"그게 무슨 말씀이죠, 그 동물들에게 부탁을 하다니요?" 나는 그의 말문이 트이기를 바라며 질문을 던졌다.

"신사들이 데려온 아가씨들한테 과시를 하고 싶을 때는 막대기로 고놈들 머리통을 때리는 게 한 가지 방법이고, 또 한 가지는 고놈들 귀를 긁는 거라오. 고놈들이 저녁식사를 하기 전에 막대기로 때리는 건 별 문제없소이다. 하지만 고놈들 귀를 긁기 전에는, 이를 테면 고놈들이 세리주랑 커피를 들 때까지 기다려야 하지. 명심하시오." 그는 철학자처럼 덧붙였다. "우리에게도 고 짐승들과 같은 본성이 상당히 많소이다. 기자 양반이 이렇게 갑자기 쳐들어와서 나한테 내 일에 대해 질문을 퍼부어 대니, 내가 퉁퉁거리며 성질을 부렸지. 기자 양반이 반 파운드를 주지 않았더라면 대답하기 전에 주먹부터 나갔을 거요. 기자 양반은 그럼 경찰총장님한테 먼저 질문을 해도 되는지 허락을 받아와야 되냐고 빈정거렸잖소. 그때 혹시 내가 기자 양반한테 지옥으로 꺼지라고 했소?"

"그러셨죠."

"그리구 말이야, 기자 양반이 '머리통을 때린다'는 추잡한 말을 썼다고 신고한다고 했지만, 반 파운드 덕분에 내 맘이 싹 풀렸지. 난 싸울 생각이 없어서 음식이 나오길 기다렸고, 늑대와 사자, 호랑이처럼 짖어댔던 거야. 하지만 하느님은 기자 양반을 사랑하셔. 이제 늙은 마누라가 케이크 한 조각을 내 입에 넣어주고 차로 목구멍을 씻어내려 주어 기분이 좋으니 얼마든지 내 귀를 긁어도 좋수다. 그래도 으르렁 소리 한 번 안 낼 테니까. 어디 질문 던져 봐요. 기자 양반이 무슨 말을 하려는지 알아. 그 탈출한 늑대 얘기지?"

"맞습니다. 선생님의 고견을 듣고 싶습니다. 어떻게 된 일인지 일단 말씀해주세요. 상황에 대한 사실을 말씀해주신 다음, 그 원인이 무어라 생각하시는지, 이번 사건이 어떻게 끝날 거라 생각하시는지 말씀해주셨으면 좋겠습니다."

"좋수다, 기자 양반. 전부 다 말해드리리다. 우리가 버시커라 부르는 늑대 한 마리가 있소이다. 야생동물 수입업자인 잼라크가 노르웨이에서 데려온 회색 늑대 세 마리 중 한 마린데 우리가 4년 전 그 녀석을 샀어요. 참하고 얌전한 녀석인 데다 이렇다 할 말썽 한번 피운 적이 없지. 다른 녀석도 아닌 그 녀석이 우리 밖으로 나갔다는 게 믿겨지지 않을 정도였수다. 하지만 늑대란 여자만큼이나 믿을 수 없는 존재지."

"이 양반 말은 귀담아듣지 말아요!" 톰 부인이 유쾌하게 웃으며 끼어들었다. "이 양반은 워낙 오랫동안 짐승하고만 살아서 늙은 늑대 같다니까! 하지만 사람을 해치지는 않아요."

"기자 양반, 그러니까 어제 먹이를 주고 두 시간쯤 지났을 때 처음으로 뭔가 심상찮은 소리를 들었어요. 내가 병이 든 어린 퓨마를 위해 우리에 짚을 깔고 있었지. 캥캥 짖고 길게 울부짖는 소리를 듣고 곧장 그리로 갔수다. 가보니 버시커가 우리 밖으로 나가려는 것처럼 철창살을 마구잡이로 물어뜯고 있더라 이겁니다. 그날은 사람들이 많지 않았고, 그 근처에 있는 건 딱 남자 한 명 뿐이었어요. 키가 크고 마른 친군데 매부리코에 턱수염은 뾰족하고 턱수염 사이로 흰 털이 몇 가닥 보였지. 딱딱하고 차가운 표정에 눈은 빨간색이었는데 난 왠지 그자가 마음에 들지 않았어. 늑대들이 불안해하는 게 그자 때문인 것 같았거든. 그자는 손에 하얀 장갑을 끼고 나한테 그 동물들을 가리키면서 이렇게 말합디다. '관리인, 이 늑대들이 무언가 때문에 불안한 모양이로군.'

'어쩌면 댁 때문인지도 모르지.' 난 이렇게 말했수. 그자가 풍기는 분위기가 마음에 안 들었으니까. 근데 그자는 내 예상대로 화를 내지 않고, 거만하게 미소를 지으면서 하얗고 뾰족한 이를 한가득 드러냈지. '아, 아니요. 늑대들은 날 좋아하지 않을 거요.' 그자가 말했수.

'아, 아니요. 늑대들은 댁을 좋아할 겁니다.' 난 그자의 말투를 흉내 냈지. '밥 먹고 이빨을 쑤실 뼈 하나둘 정도는 있어야 하니까. 댁은 뼈가 한 가방은 나오겠수다.'

참내, 이상하게도 늑대들이 우리가 이야기를 나누는 걸 보고 바닥에 납작 엎드렸고, 내가 버시커에게 다가가니까 전처럼 귀를 토닥거리게 두디이다. 내가 그러고 있는데 그 남자가 다가오더니, 아, 글쎄 자기 손을 늙은 늑대의 귀에 올려놓고 쓰다듬는 거요!

'조심하슈. 버시커는 재빠르니까.' 내가 한마디 했지.

'신경 쓰지 마시오. 난 늑대들을 잘 다루니까!' 그 남자가 말했어.

'댁도 이 일에 종사하시는 모양입니다?' 나는 이렇게 물으며 모자를 벗었다오. 늑대 무역에 종사하는 사람은 동물원 관리인에게 좋은 친구니까 말이오.

'아니오. 이 일에 종사하는 것은 아니지만 애완동물로 몇 마리 키우고 있지.' 그는 이렇게 말하며 무슨 군주라도 되는 양 우아하게 모자를 들어 올리고는 걸어가 버렸다오. 늙은 버시커가 그자의 모습이 보이지 않을 때까지 계속 뒤를 쳐다보다가는 구석으로 가 엎드려 저녁 내내 나오려 하질 않았다오. 아, 어젯밤에는 달이 뜨자마자 여기 늑대들이 죄다 울부짖기 시작했어요. 울부짖을 만한 것도 하나 없었는데. 근처엔 아무도 없었어요. 공원 도로 뒤편 어딘가에서 개를 부르는 사람 빼고는요. 한두 번 정도 바깥에 나가 괜찮나 살펴봤는데 별일 없었고, 그러다 울음소리가 멈췄수. 열두 시 직전에 잠자리에 들기 전에 한번 둘러보려고 나갔는데, 아이구, 내가 늙은 버시커 우리 앞에 갔더니 철창살이 죄다 부서지고 뒤틀려 있고 우리가 비어 있지 않겠소. 그리고 내가 확실히 아는 건 그게 전부라오."

"혹시 다른 사람들은 본 게 있습니까?"

"우리 정원사 중 한 명이 그 시간쯤에 술 한잔 걸치고 돌아오다 커다란 회색 개 한 마리가 산울타리를 넘어가는 걸 봤답니다. 적어도 그 친구 말은 그런데, 난 그 친구 말을 믿을 수가 없어. 그 친구가 집에 가서 자기 마누라한테는 한마디도 하지 않았고, 늑대가 탈출한 사실이 알려지고 우리가 버시커를 찾느라 밤새 온 동물원을 다 뒤진 후에야 뭔가 본 걸 기억해냈으니까. 내 보기엔 술에 취해 허깨비를 본 것 같소."

"빌더 씨, 빌더 씨는 늑대가 탈출한 이유를 어떻게 생각하십니까?"

"글쎄요." 빌더 씨는 의미심장하고 조심스럽게 말했다. "설명은 할 수 있지만, 내 생각일 뿐이라 기자 양반이 어떻게 생각할는지."

"걱정 말고 말씀해보세요. 빌더 씨는 동물을 다뤄본 경험이 풍부하신 분이니 그 누구의 의견보다 더 나을 거라고 생각합니다. 빌더 씨가 아니라면 누구의 의견을 듣겠습니까?"

"그렇다면야, 뭐 한번 얘기해보겠소이다. 내 보기에 늑대가 탈출한 건 – 그냥 그놈이 나가고 싶어서인 것 같소."

토머스와 그의 아내는 이 농담이 웃긴 듯 요란한 웃음을 터트렸는데, 나는 전에도 이런 농담을 했던 적이 있으며 이러한 설명은 그저 내 주머니를 털려는 수작일 뿐이라는 사실을 알아챘다. 나는 토머스의 농담을 농담으로 받을 수는 없었지만, 그의 마음을 움직일 더 확실한 방법을 알 것 같았다.

"자, 빌더 씨, 반 파운드의 효과가 떨어진 모양이군요. 앞으로 어떤 일이 벌어질 거라고 생각하시는지 말씀해주신다면 반 파운드를 더 드리겠습니다."

"잘 짚으셨구만, 기자 양반." 빌더 씨가 쾌활하게 대꾸했다. "기자 양반한테 헛소리 지껄인 거 양해해주시오. 이 늙은 마누라가 나한테 눈치를 줘서 말이야."

"아유, 안 그랬어요!" 노부인이 손사래를 쳤다.

"내 의견은 이래요. 그 늑대는 어딘가에 숨어있을 거요. 정원사 말로는 그놈이 말보다 더 빨리 북쪽으로 뛰어가더라고 합디다만, 난 그 친구 말 안 믿어요. 선생, 선생도 알다시피 늑대들은 개보다도 뜀박질이 빠르지 않고, 그렇게 튼튼하지가 않다이 말이오. 동화책에는 늑대가 근사한 놈으로 나오고, 물론 놈들이 무리지어서 자기보다 약한 동물을 쫓을 때는 악마 같은 소리를 내며 쫓아가기도 하지. 하지만 주님이 은총을 베푸셨지. 실제로 늑대는 그저 하찮은 동물에 불과해서 훌륭한 개의 반만큼도 똑똑하거나 대담하지가 않고, 싸우는 능력은 4분의 1밖에 안 된다오. 버시커 이놈은 싸워본 적이 없고 스스로 먹이를 잡아본 적도 없어요. 그러니 공원 근처 어딘가에 숨어서 벌벌 떨고 있을 공산이 높고, 만약 그놈이 생각이라는 걸 할 줄 안다면 아침식사는 어디서 얻어먹어야 할지 고민하고 있을 거요. 아니면 어디 아래쪽으로 내려가 지하 석탄 저장고에 숨어 있을지도 모르지. 어느 요리사가 어둠 속에서 자신을 향해 빛나는 녹색 눈을 보고 기겁을 하고 놀라겠지! 만약 그놈이 먹을거리를 구하지 못하면 찾으러 다닐 테고, 어쩌면 푸줏간에 나타날지도 모르지. 혹시 그렇지 않다면, 어느 유모가 군인이랑 수다를 떠느라 유모차에 탄 아기를 길거리에 내버려둔다면……. 뭐, 그런 경우 인구수에서 아기 한 명이 줄어든다고 해도 놀라지 않을 거요. 그게 다요."

나는 그에게 반 파운드짜리 동전 하나를 건넸고, 그 순간 무언가가 창가에서 부스럭거리자 빌더 씨의 얼굴에 화색이 돌았다.

"아이쿠야! 늙은 버시커가 돌아온 모양이야!"

빌더 씨가 나가 문을 열었는데, 내게 느끼기에는 세상에서 가장 불필요한 행동인 것 같았다. 나는 언제나 야생동물이란 내구성이 튼튼한 장애물을 사이에 두고 보는 것이 가장 좋다고 생각해 왔다. 개인적인 경험으로 그 생각은 사라지기는커녕 더욱 강해졌다.

하지만 결국 내 생각과는 전혀 다른 상황이 전개되었다. 빌더나 그의 아내 모두 늑대를 내가 개 대하듯 했기 때문이다. 늑대 또한 자신이 마치 모든 그림동화책에 나오는 늑대의 선조라도 되는 양, 빨간 모자의 옛 친구라도 되는 양 얌전하기만 했으며, 부인은 아무렇지 않게 늑대를 쓰다듬었다.

희극과 비극이 뒤섞인 장면이 펼쳐졌다. 한나절 동안 런던을 마비시키고 런던의 모든 아이들을 벌벌 떨게 했던 사악한 늑대는 죄를 뉘우치는 듯한 표정으로 서서, 돌아온 탕자처럼 아버지의 환대와 손길을 받고 있었다. 늙은 빌더 씨는 지극히 다정스러운 손길로 늑대를 샅샅이 살펴보았고, 검사를 마치자 이렇게 말했다.

"것 봐요, 이 늙은 녀석이 곤경에 처할 줄 알았다니까. 내가 그렇게 말하지 않았소이까? 여기 머리가 온통 벤 자국이 있는데다가 거기 부서진 유리가 박혀 있어요. 어디 빌어먹을 담장 같은 데를 넘은 모양이에요. 사람들이 담장 꼭대기에 부서진 유리병을 박아두는 게 문제라니까. 그래서 이 꼴이 난 것 아니오. 가자, 버시커."

빌더 씨는 늑대를 데려가 우리에 가두고 살찐 송아지 고기 한 덩어리를 던져 준 다음, 이 사실을 보고하러 갔다.

나 역시 동물원의 기이한 탈출 사건에 대한 독점 기사를 작성하기 위해 돌아왔다.

수어드 박사의 일기

9월 17일 – 저녁을 먹은 후 서재로 돌아왔다. 그동안 루시의 집을 수시로 드나드느라 밀린 일이 어마어마했다. 한창 일하던 중 갑자기 서재 문이 벌컥 열리더니 렌필드가 흥분해 일그러진 얼굴로 뛰어 들어왔다. 나는 너무나도 놀랐다. 환자가 제 발로 원장의 서재에 들어오는 일은 한 번도 없던 일이었기 때문이다. 그는 한순간도 머뭇거리지 않고 곧장 내게 덤벼들었다. 그는 손에 식사용 칼을 들고 있었고, 그의 상태가 위험하다는 것을 안 나는 탁자를 사이에 두고 그와 대치했다. 하지만 나에 비해 그가 너무 빠르고 강했으며, 내가 균형을 잡기도 전에 그가 나를 공격해서 들고 있던 칼로 내 왼쪽 손목을 깊게 갈랐다. 하지만 다시 공격받기 전에 나는 얼른 그를 밀쳐냈고 그가 바닥에 대자로 뻗었다. 내 손목에서 피가 철철 흘러내려 카펫에 작은 피 웅덩이가 고였다. 그는 더 이상 공격할 의도가 없어 보였고, 나는 손목에 붕대를 감는 내내 긴장하며 바닥에 뻗은 환자를 예의 주시했다. 간호사들이 안으로 뛰어 들어와 그 환자를 봤을 때 그의 행동은 역겹기 이를 데 없었다. 개처럼 바닥에 배를 대고 엎드려, 내 손목 상처에서 흘러내린 피를 핥고 있었던 것이다. 놀랍게도 그는 순순히 간호사들의 손에 이끌려가며 같은 말만 되풀이해서 외쳤다. "피는 생명이야! 피는 생명이다!"

현재 상태로 또 피를 흘리는 건 위험하다. 나는 최근에 너무 많은 혈액을 손실했으며, 루시의 심각한 병세로 인해 오랫동안 긴장 상태였다. 나는 지나치게 흥분했으며 지쳤다. 휴식이 절실히, 절실히 필요하다. 다행히 반 헬싱 교수님이 날 호출하지 않았으므로 밤을 샐 필요가 없다. 오늘 밤에는 수면제를 먹고라도 잠을 자야겠다.

앤트워프에서 반 헬싱이 카팩스의 수어드에게 보내는 전보
(서섹스 주, 카팩스로 보낸 것이나 서섹스 주를
쓰지 않아 22시간 늦게 배달되었음.)

9월 17일 - 오늘 밤에는 꼭 힐링엄으로 가게. 밤새 지킬 수 없다면, 가서 꽃들이 제자리에 놓였는지 확인해주게. 아주 중요하네. 반드시 가야 하네. 도착하자마자 최대한 빨리 자네에게 가겠네.

수어드 박사의 일기

9월 18일 - 잠시 후면 런던행 기차를 타러 나가야 한다. 반 헬싱 교수님의 전보를 받고 당황스러웠다. 하룻밤을 꼬박 놓치고 말았으며, 쓰디쓴 경험을 통해 밤에 어떤 일이 일어날 수도 있다는 사실을 잘 알고 있기 때문이다. 물론 모든 것이 잘 될 가능성도 있지만, 또 무슨 일이 일어난다면? 우리에게는 무시무시한 죽음이 드리워져 있어, 사소한 실수라도 저지르면 우리 일이 전부 수포로 돌아가고 말 것이다. 이 축음기용 원통을 가져가 루시의 축음기에 넣고 기록을 마저 해야겠다.

루시 웨스튼라가 남긴 메모

9월 17일, 밤 - 이 글을 남기는 것은 나 때문에 주변 사람들이 곤란한 상황에 빠지지 않도록 하기 위해서다. 이 글은 오늘 밤 일어난 일에 대한 상세한 기록이다. 나는 죽어가는 기분이며, 글을 쓸 기운도 거의 없지만, 이 글을 쓰다 죽는 한이 있어도 반드시 써야 한다.

나는 평소처럼 반 헬싱 박사님이 지시한 자리에 꽃이 있는지 확인한 후 잠자리에 들었고, 금방 잠이 들었다.

문득 창가에서 펄럭거리는 소리에 잠에서 깨었다. 그 소리는 미나가 날 휘트비의 절벽에서 발견한 후부터 시작된 소리이며, 이제는 그 소리가 너무나도 익숙하다. 두렵지는 않지만, 수어드 박사님이 옆방에 있어 - 반 헬싱 박사님은 수어드 박사님이 오실 거라고 하셨는데 - 부를 수만 있다면 얼마나 좋을까. 다시 잠을 청하려고 애썼지만 잠이 오지 않았다. 그러다 잠자는 것에 대한 두려움이 다시 찾아왔고, 나는 깨어 있기로 결심했다. 우습게도 잠을 자지 않으려 하니 졸음이 밀려왔다. 나는 홀로 있는 것이 무서워 문을 열고 외쳤다. "거기 누구 있어요?" 하지만 아무런 대답도 없었다. 어머니를 깨울까 봐 걱정되어 다시 방문을 닫았다. 그 후 바깥의 관목숲에서 개 울음소리 같은 것이 들렸는데, 개 울음소리보다는 더 격하고 더 낮은 소리였다. 창가로 다가가 바깥을 내다보았지만 유리창에 대고 날개를 퍼덕거리는 커다란 박쥐 한 마리 외에는 아무것도 보이지 않았다. 그래서 다시 침대로 돌아갔지만 잠은 자지 않기로 결심했다. 그 순간 방문이 열리더니 어머니가 안을 들여다보셨다. 그러더니 내가 안 자고 있는 것을 아시고는 안으로 들어오셔서 내 옆에 앉았다. 어머니는 전보다 더 다정하고 부드러운 목소리로 말씀하셨다.

"우리 딸이 걱정되어서 괜찮나 보러 왔지."

나는 어머니가 의자에 앉아 있다가 감기라도 걸릴까 봐 걱정되어, 침대 안으로 들어와 같이 자자고 했다. 어머니가 침대로 들어와 내 곁에 누우셨다. 어머니는 잠시만 누워 있다가 침실로 돌아갈 거라면서 가운을 벗지 않으셨다. 어머니와 내가 서로 꼭 껴안고 누워 있는데, 창가에서 다시 퍼덕거리는 소리가 났다. 어머니는 깜짝 놀라 조금 겁을 집어먹고는 나지막이 외쳤다. "이게 무슨 소리지?" 나는 어머니를 안심시켰고 마침내 성공했다. 어머니는 조용히 침대에 누웠다. 하지만 여전히 어머니의 심장이 격렬하게 뛰는 소리가 들렸다. 잠시 후 바깥 관목 숲에서 낮은 울음소리가 다시 들렸고, 그 직후 창문이 깨지더니 깨진 유리 조각들이 바닥으로 쏟아졌다. 밀려들어온 바람에 커튼이 휘날렸고, 깨진 유리창에 거대하고 무시무시한 회색 늑대가 머리를 들이밀었다. 어머니는 두려움에 외마디 비명을 질렀고, 버둥거리며 침대에서 일어나 손에 닿는 것을 마구잡이로 움켜쥐었다. 그러던 와중에 반 헬싱 박사님이 목에 반드시 걸고 있으라고 고집했던 꽃 화환을 잡아채는 바람에 그게 내 목에서 뜯겨 나갔다. 잠시 어머니는 앉은 채로 늑대를 가리켰고, 목에서는 기이하고 끔찍하게 꼴깍거리는 소리가 났다. 그리고 쓰러졌다. 마치 번개를 맞은 듯이 말이다. 어머니의 머리가 내 이마에 부딪혔고 나도 그 충격으로 잠시 어지러웠다. 방 안이 뱅뱅 도는 것 같았다. 나는 두 눈을 똑바로 뜨고 창문을 보았지만 늑대의 머리가 사라지고 부서진 창문 안으로 무수한 작은 점들이 나타나더니 사막의 모래 기둥처럼 둥글게 소용돌이치기 시작했다. 정신을 차리려 애썼지만 최면에 걸린 것 같았고, 벌써 차갑게 식은 사랑하는 어머니의 몸 – 어머니의 심장이 멈춰버렸다 – 이 날 무겁게 짓눌렀다. 그런 후 한동안은 기억이 나지 않는다.

내가 다시 의식을 회복하기까지의 시간은 길지 않은 것 같지만 아주, 아주 끔찍했다. 근처 어딘가에서 장례식 종소리가 울렸다. 근방의 모든 개들이 울부짖었다. 우리 집 관목 숲에서 나이팅게일이 지저귀었다. 나는 고통과 공포심, 빈혈로 머리가 멍했지만 나이팅게일의 목소리는 돌아가신 어머니가 찾아와 나를 위로하는 소리 같았다. 그 소리에 하녀들도 잠에서 깬 듯, 내 방으로 급히 달려오는 발소리들이 들렸다. 나는 하녀들을 외쳐 불렀고, 하녀들이 내 방 안으로 뛰어 들어왔다. 방 안의 모습과 침대 위의 나, 그리고 내 위에 누운 사람의 모습을 본 하녀들이 비명을 질렀다. 깨진 창으로 바람이 밀려와 방문이 쾅 닫혔다. 하녀들이 사랑하는 어머니의 시신을 들어 올렸고, 내가 일어난 후 침대 위에 어머니를 누인 다음 시트로 덮었다. 다들 겁에 질리고 당황해 어쩔 줄을 모르기에, 나는 그들에게 식당으로 가 와인 한 잔씩 마시라고 지시했다. 방문은 잠시 활짝 열렸다 다시 닫혔다. 하녀들이 새된 비명을 지르며 우르르 식당으로 내려갔다. 나는 사랑하는 어머니의 가슴에 내가 걸고 있던 화환을 내려놓았다. 반 헬싱 박사님이 내게 한 말이 떠올랐지만, 화환을 치우고 싶지 않았고, 게다가 이젠 하인들도 깼으니 별 일 없을 거라 생각했다. 하지만 시간이 흘러도 하녀들이 돌아오지 않았다. 큰 소리로 불렀지만 대답이 없어, 직접 그들을 찾으러 식당으로 내려갔다.

식당의 광경을 본 나는 심장이 덜컥 내려앉았다. 네 명 모두 바닥에 쓰러져 숨을 몰아쉬고 있었다. 식탁에 놓인 셰리주 병은 반쯤 차 있었는데, 그곳에선 이상하고 역한 냄새가 났다. 나는 의심이 들어 유리병을 살펴보았다. 아편 냄새가 났고, 식기 찬장을 살펴보니 어머니의 주치의가 준 약병이 놓여 있었는데 아! 비어 있었다. 어떡하지? 어떻게 하지? 나는 마음을 졸이며 어머니가 계신 방으로 돌아왔다. 어머니를 홀로 남겨 둘 수 없고, 약에 취해 잠든 하인들을 제외하면 이 집엔 나 혼자 뿐이다. 죽은 자와 홀로 남겨지다니! 깨진 창으로 늑대의 낮은 울음소리가 들려 감히 밖으로 나갈 수도 없다.

공기 중에는 창으로 들어온 점들이 온통 떠다니며 소용돌이 치고 있고, 불빛들은 흐릿한 파란색으로 불탄다. 나는 어떻게 해야 할까? 주님께서 오늘 밤 나를 위험에서 지켜주시기를! 나는 이 종이를 가슴 속에 숨겨둘 것이다. 사람들이 와서 나를 발견하면 이 종이를 발견할 수 있도록. 사랑하는 내 어머니가 돌아가셨다! 이제는 나 역시 떠나야 할 때가 왔다. 혹시 내가 오늘 밤을 넘기지 못한다면, 안녕, 사랑하는 아서! 사랑하는 당신에게 하느님의 가호가 있기를. 그리고 하느님, 저를 구원하소서!

제12장

수어드 박사의 일기

9월 18일 - 나는 곧장 마차를 타고 힐링엄으로 향했고 아침 일찍 도착했다. 정문 앞에서 내려 홀로 길을 걸어 올라갔다. 혹시라도 루시나 루시의 어머니를 깨울까 봐 걱정되어 가능한 조용히 문을 두드리고 조심스럽게 초인종을 누르며, 하인이 나오길 바랐다. 기다려도 아무런 대답이 없자 나는 다시 문을 두드리고 초인종을 눌렀다. 여전히 아무런 대답이 없었다. 나는 이런 시간에도 아직 잠을 자고 있는 게으른 하인들을 탓하며 - 벌써 열 시였기 때문이다 - 다시 더 다급하게 초인종을 누르고 문을 두드렸는데도 여전히 대답이 없었다. 하인들만을 탓했던 것과 달리, 이제는 무시무시한 두려움이 날 덮쳐오기 시작했다.

이 적막함은 우리를 점점 죄여오는 죽음의 사슬과 연관이 있는 것일까? 내가 너무 늦게 죽음의 집에 찾아온 것일까? 나는 루시의 병이 재발할 경우 단 몇 분, 아니 몇 초라도 지체한다면 루시에게 커다란 위험에 닥칠 거라는 사실을 알았고, 혹시 다른 입구를 찾을 수 있을까 싶어 집 주변을 돌아갔다.

안으로 들어갈 방도가 보이지 않았다. 모든 창문과 문은 굳게 닫히고 잠겨 있었고, 나는 좌절한 채 현관으로 돌아갔다. 그 순간 빠른 말발굽 소리가 들렸다. 그 소리는 정문에서 멈추었고, 잠시 후 거리를 뛰어올라오는 반 헬싱 교수님을 만났다. 교수님은 날 보고 헐떡거리며 물었다.

"그렇다면 막 도착한 게 자네였군. 루시 양은 어때? 우리가 너무 늦은 건가? 내 전보 못 받았나?"

나는 재빨리 교수님의 전보를 오늘 아침에서야 받았으며, 받는 즉시 이리로 왔지만, 집 안에서 아무런 대답이 없다고 설명했다. 교수님은 멈추어 서서 모자를 들고 엄숙하게 말했다.

"그렇다면 우리가 너무 늦은 모양이군. 하느님의 뜻대로 이루어지소서!" 교수님은 평소처럼 활기차게 말을 이었다. "가세. 안으로 들어갈 문이 없다면 만들어야지. 이제는 한시라도 서두르는 수밖에 없어."

우리는 집 뒤편으로 돌아갔고, 그곳에 주방 창이 하나 있었다. 교수님은 가방에서 작은 외과용 톱을 꺼내 내게 건네며 창문을 가린 철창살을 가리켰다. 나는 즉시 톱으로 철창살을 썰었고 순식간에 세 개의 창살을 잘라냈다. 그런 다음 길고 가느다란 칼로 창틀의 걸쇠를 밀어 창을 열었다. 나는 교수님을 도와 안으로 밀어 넣은 후, 뒤따라 들어갔다. 주방이나 바로 옆 하인들 방에는 아무도 없었다. 우리는 지나가면서 모든 방을 다열어 확인해보았고, 덧문 사이로 들어온 빛줄기로 어둑어둑한 식당 바닥에 누워 있는 네 명의 하녀를 발견했다. 죽은 것은 분명 아니었다. 거친 숨소리와 식당 안에 맴도는 역한 아편 냄새로 미루어 그들의 상태에는 의심의 여지가 없었다. 반 헬싱 교수님과 나는 서로를 쳐다보았고, 그곳을 급히 지나쳐 가며 교수님은 이렇게 말했다. "이들은 나중에 진료해도 돼." 그런 다음우리는 루시의 방으로 올라갔다. 잠시 우리는 문 앞에 서서 귀를 기울였지만, 아무런 소리도 들리지 않았다. 우리는 하얗게 질린 얼굴로 손을 덜덜 떨며 방문을 조심스럽게 열고 안으로들어섰다.

우리가 본 것을 어떻게 설명할 수 있을까? 침대 위에는 두 여자, 루시와 루시의 어머니가 누워 있었다. 루시의 어머니는 멀리에 누워 있었고 하얀 시트로 덮여 있었으며, 시트의 가장자리가 깨진 창문으로 불어온 바람에 날리면서 공포로 일그러진 하얀 얼굴을 드러냈다. 그녀의 옆에는 역시나 하얗고 더 일그러진 얼굴을 한 루시가 누워 있었다. 루시의 목에 둘렀던 화환은 어머니의 가슴 위에 놓여 있었고, 아무것도 없는 루시의 목에는 우리가 전에 보았던 두 개의 작은 상처가 드러나 있었는데 무서울 정도로 하얗고 게다가 짓이겨져 있었다. 교수님은 아무 말 없이 침대 위로 허리를 숙였고 불쌍한 루시의 가슴에 닿을 정도로 머리를 가져다 댔다. 그런 다음 소리가 날 정도로 고개를 홱 돌리시며 내게 외쳤다.

"아직 늦지 않았어! 빨리! 빨리! 브랜디를 가져와!"

나는 아래층으로 번개같이 뛰어내려가 브랜디를 가져왔다. 식탁 위의 셰리주 병에 약이 들어 있었기에 만약을 대비해 냄새를 맡아보고 맛을 보았다. 하녀들은 여전히 잠에 빠져 있었지만 아까보다는 좀 더 뒤척거리는 게, 마취제의 약효가 떨어지는 것 같았다. 나는 굳이 하녀들의 상태를 확인해보지 않고, 곧장 반 헬싱 교수님에게 돌아갔다. 교수님은 전처럼 브랜디를 루시의 입술과 잇몸, 손목, 손바닥에 문질렀다. 그리고 내게 말했다.

"현재로서 내가 할 수 있는 방법은 이게 전부야. 자넨 가서 하녀들을 깨우게. 수건을 적셔 얼굴을 때려. 세게. 불을 때고 물을 데우라고 해. 이 불쌍한 루시 양은 곁에 있는 시신만큼이나 차가우니까. 무언가 더 조치를 취하려면 일단 몸부터 덥혀야 해."

나는 즉시 식당으로 내려갔고 쉽게 세 명을 깨웠다. 마지막 한 명은 어린 소녀라 약효가 강한 영향을 미친 것으로 보였기에 소파 위에 눕혀 좀 더 잠을 자게 두었다. 깨어난 세 명은 처음에는 멍해 있더니, 기억이 돌아오자 어쩔 줄 몰라 하며 흐느꼈다. 하지만 나는 엄하게 그들을 다그쳤다. 이미 한 생명을 잃은 것도 끔찍한데, 이렇게 머뭇거리다간 루시 양도 잃을 것이라고 엄포를 놓았다. 하녀들은 훌쩍거리면서도 잠옷 차림 그대로 불을 지피고 물을 떠왔다. 다행히 주방과 보일러의 불은 아직 살아 있었고, 뜨거운 물도 부족하지 않았다. 당장 욕조에 물을 받고 루시를 욕조 안에 넣었다. 우리가 루시의 팔다리를 부지런히 마사지하는 사이에 현관문을 두드리는 소리가 들렸다. 하녀 한 명이 얼른 옷을 걸치고 내려가 문을 열었다. 나갔던 하녀가 돌아오더니 홈우드 씨의 전갈을 가져온 신사분이 왔다고 속삭였다. 나는 지금은 아무도 만날 수가 없으니 기다리라고 지시했다. 하녀가 나가 그렇게 전했고, 루시를 회복시키는 일에 몰두한 나머지 나는 그 손님은 까맣게 잊고 말았다.

나는 평생 교수님이 그렇게 열중한 모습은 처음 보았다. 교수님과 마찬가지로 나 역시 이것이 죽음과의 싸움이란 것을 알고 있었으며, 잠시 침묵이 돌았을 때 교수님께 그렇게 말씀드렸다. 교수님은 내가 상황을 제대로 이해하지 못한다는 듯이 대답하시며 아주 엄숙한 표정을 지으셨다.

"그게 전부라면, 나는 여기서 멈추고 루시 양이 평화롭게 죽도록 내버려 두었을 걸세. 루시 양에게 생명의 빛이라곤 보이지 않으니까."교수님은 더 열정적으로 작업을 계속했다.

잠시 후 우리의 노력이 어느 정도 효과를 내기 시작했다는 사실을 알아차렸다. 청진기로 들리는 심장 박동이 아주 조금 더 커졌고, 폐가 눈에 띄게 움직였다. 반 헬싱 교수님의 얼굴이 환해졌고, 루시를 욕조에서 들어 몸을 말리기 위해 따뜻한 시트로 감싸며 교수님이 내게 말했다.

"일단은 우리의 승리야! 이제 킹만 잡으면 돼!"

우리는 루시를 준비된 다른 방으로 옮겨 침대 위에 눕힌 후 입안으로 브랜디 몇 방울을 떨어뜨렸다. 나는 교수님이 루시의 목을 부드러운 실크 손수건으로 묶는 것을 눈치 챘다. 루시는 여전히 의식이 없었고 전처럼 안색이 나빴다.

반 헬싱 교수님은 하녀 한 명을 불러 루시의 곁을 지키고 우리가 돌아올 때까지 한시도 루시에게서 눈을 떼지 말라고 당부한 뒤, 내게 손짓해 밖으로 불러냈다.

"앞으로 어떻게 해야 할지 의논을 해보세."교수님은 계단을 내려가며 말했다. 홀에서 식당문을 열고 그 안으로 들어간 뒤 교수님은 조심스럽게 문을 닫았다. 덧문은 열려 있었지만 커튼은 이미 내려져 있었다. 영국 하급 계층 여성들이 모두 그렇듯, 하녀들이 죽은 자에 대한 예의를 지킨 것이다. 따라서 식당 안은 어둑어둑했지만 우리에게는 충분했다. 반 헬싱 교수님의 엄숙한 얼굴에 당혹스러운 표정이 번져나갔다. 교수님은 무언가로 고민하고 있는 게 분명했고, 따라서 나는 잠자코 기다렸다.

"이제 어떻게 해야 하지? 누구에게 도움을 요청해야 하지? 다시 한번, 그것도 곧 수혈을 해야 해, 안 그러면 불쌍한 아가씨의 목숨은 한 시간 안에 끝나고 말 거야. 자넨 이미 수혈을 해서 또 할 수 없는 처지고, 나도 마찬가지야. 이 하녀들에게 그럴만한 용기가 있다고 해도, 이 여자들을 믿을 수 있을지 의문이야. 이제 루시를 위해 혈액을 내줄 사람을 어디서 찾을 수 있겠나?"

"무슨 일인지는 모르지만 제가 하면 안 될까요?"

그 목소리는 식당 맞은편 소파에서 흘러나왔고, 그 목소리에 내 심장에는 안도감과 기쁨이 솟아올랐다. 그 목소리는 다름 아닌 퀸시 모리스였기 때문이다. 반 헬싱 교수님은 처음에 낯선 목소리를 듣고 화가 난 듯했으나, 내가 "퀸시 모리스!" 하고 외치며 그에게 달려가자 표정을 누그러뜨리고 눈에 반가운 기색을 띠었다.

"여긴 어쩐 일이야?" 나는 그의 손을 부여잡았다.

"아트 때문이지."

퀸시가 내게 전보 한 통을 내밀었다.

'사흘 동안 수어드에게서 아무런 소식이 없고, 불안하네. 난 자리를 비울 수가 없어. 아버지의 상태가 여전해서. 루시가 어떤지 내게 알려주게. 늦지 말게. ― 홈우드'

"내가 딱 맞춰 온 모양이네. 내가 어떻게 해야 하는지 말만 해 줘."

반 헬싱 교수님이 성큼성큼 앞으로 나오더니 퀸시의 손을 잡고 그의 눈을 똑바로 바라보며 말했다.

"용감한 남자의 피는 곤경에 처한 여자에겐 지상 최고의 약이지. 자네는 남자가 확실하군. 자, 악마가 우리에게 어떤 술수를 쓰든, 하느님께서는 우리가 필요할 때 남자들을 보내주시지."

다시 한번 우리는 무시무시한 시술을 했다. 그 자세한 내용을 구구절절 늘어놓고 싶지는 않다. 루시는 끔찍한 충격을 받아 전보다 더 상태가 좋지 않았고, 많은 양의 혈액이 루시의 혈관으로 들어갔는데도 지난번 수혈을 받았을 때처럼 빠르게 호전되지 않았다. 살아나려 고군분투하는 루시의 노력은 그야말로 끔찍했다. 하지만 심장과 폐의 기능이 개선되었고, 반 헬싱 교수님은 전처럼 모르핀 주사를 놓았다. 루시는 다시 기절한 상태로 깊은 수면 상태에 빠져들었다. 교수님이 루시의 상태를 지켜보는 동안 나는 퀸시 모리스와 아래층으로 내려갔고, 하녀 한 명을 내보내 기다리고 있는 마부에게 돈을 지불하라고 했다. 나는 와인 한 잔을 마신 뒤 누운 퀸시를 두고, 요리사에게 가 아침식사를 준비해달라고 말했다. 그런 다음 어떤 생각이 번뜩 들어, 루시가 있는 방으로 들어갔다. 조심스레 안으로 들어갔더니 반 헬싱 교수님이 손에 한두 장의 종이를 들고 계셨다. 그 종이를 읽으며, 눈썹에 손을 대고 앉아 고민에 빠져 있었다. 얼굴에는 의혹이 해결된 듯한 진지한 만족감이 떠올라 있었다. 교수님은 내게 그 종이를 건네며 이렇게만 말했다. "우리가 루시 양을 욕조로 옮길 때 루시 양의 가슴에서 떨어진 거야."

나는 그 글을 읽고 가만히 서서 교수님을 바라보다 물었다. "도대체 이게 무슨 뜻일까요? 루시가…… 혹시 루시가 미친 건가요? 아니면 이게 도대체 무슨 끔찍한 일입니까?" 나는 너무나도 당황한 나머지 더 무슨 말을 해야 할지 몰랐다. 반 헬싱 교수님은 손을 내밀어 그 종이를 받아들며 말했다.

"지금은 고민하지 말게. 지금은 잊어버려. 자네도 머지않아 알고 이해하게 될 거야. 하지만 그건 나중 일이 되겠지. 그런데 지금 내게 무슨 말을 하러 온 건가?" 이 말에 나는 정신을 차렸다.

"사망증명서에 대해서 말씀드리려고요. 우리가 적절하고 현명하게 처리하지 않으면 심리가 열릴지도 모르고 그 종이를 재판정에 제출해야 할 겁니다. 저는 심리가 열리지 않길 바랍니다. 그랬다가는 불쌍한 루시가 큰 충격을 받고 죽을지도 모르니까요. 저도 알고 박사님도 알고 부인을 진찰한 다른 의사도 알다시피 웨스튼라 부인은 심장병을 앓고 계셨고, 사망 원인을 심장병으로 적어 증명서를 쓸 수 있습니다. 당장 사망증명서를 작성하면, 제가 직접 기록원에 제출하고 장의사를 부르겠습니다."

"역시 자네야! 잘 생각했어! 루시 양은 그녀를 괴롭히는 적들로 인해 슬프기도 하겠지만, 적어도 그녀를 사랑하는 친구들 덕분에 행복할 거야. 한 명, 두 명, 세 명이 모두 루시를 위해 피를 내주었지. 게다가 이 노인네 한 명도. 아, 그래, 나도 아네, 존. 난 장님이 아니니까! 난 그 때문에 자네를 더 아낀다네! 자, 가보게."

나는 아서에게 웨스튼라 부인이 돌아가셨으며, 루시 또한 아팠지만 현재는 조금씩 나아지고 있고, 반 헬싱 교수님과 내가 루시를 돌보고 있다는 소식을 담은 전보를 한 통 들고 홀로 내려갔다. 퀸시 모리스가 나를 기다리고 있었다. 내가 어디에 가는지 말하자, 그는 서둘러 날 따라 나오며 이렇게 말했다.

"잭, 돌아오면 단둘이 이야기 좀 나눌 수 있을까?"나는 고개를 끄덕이고 밖으로 나갔다. 기록원에 사망증명서를 제출하는 것은 수월하게 진행되었고, 장의사를 찾아가 저녁 때 찾아와 관 치수를 재고 장례식 준비를 해 달라고 부탁했다.

내가 돌아왔을 때 퀸시가 나를 기다리고 있었다. 나는 일단 루시를 보고 다시 내려오겠다고 하고 루시의 방으로 올라갔다. 루시는 아직 자고 있었고, 교수님은 그녀의 곁에서 한시도 움직이지 않은 듯했다. 교수님이 손가락을 입술에 갖다 대고 있는 것으로 보아, 교수님은 루시가 한참 전에 깨어날 것이라 예상했었고 이렇게 오래 깨어나지 않는 것을 걱정하고 계신 것 같았다. 그래서 나는 아래층으로 내려와 퀸시와 함께 아침식사실로 들어갔다. 그곳의 커튼은 쳐져 있지 않았고 다른 방보다는 좀 더 쾌활한, 혹은 좀 덜 우울한 느낌이었다. 우리 단둘이 되자 퀸시가 내게 말했다.

"잭 수어드, 끼어들지 말아야 할 일에 끼어들고 싶진 않지만, 이건 평범한 일이 아니잖아. 자네도 내가 루시를 사랑했고 그녀와 결혼하고 싶어 했다는 걸 알잖나. 물론 그건 다 지나간 과거 일이지만, 그래도 루시가 걱정되는 건 어쩔 수 없네. 루시에게 무슨 일이 생긴 거야? 저 네덜란드 사람이 – 좋은 분이시더군 – 말하기를, 또 다시 수혈을 해야 한다고, 그리고 자네와 자신 모두 수혈을 했다고 하시더군. 나도 의사들은 환자의 병세를 비밀로 한다는 거 알고, 다른 사람에게 발설하지 않는다는 거 잘 아네. 하지만 이건 흔한 일이 아닌 데다, 뭐든 나도 한 역할을 했잖아. 그렇지 않나?"

"그랬지." 내가 대답하자 퀸시가 말을 이었다.

"그렇다면 자네와 박사님 모두 내가 오늘 한 것을 이미 했다는 거지? 그렇지 않나?"

"그렇다네."

"그렇다면 아트도 이 일을 했겠군. 나흘 전 아트의 집에 찾아갔었는데 얼굴이 이상해보이더군. 아서의 얼굴은 내가 아르헨티나 대초원에 있을 때 아끼던 암말 한 마리가 밤새 목초지에 나갔다 왔을 때처럼 창백했어. 거기 사람들이 흡혈귀라 부르는 커다란 박쥐 한 마리가 밤에 그 암말을 공격해서 잔뜩 피를 빨아먹어 그 암말은 서 있을 기력도 없었기에 결국 내가 누워 있는 그 암말에 총을 쏴야 했지. 잭, 의사의 기밀 서약을 어기지 않고 말할 수 있다면, 아서가 첫 번째였지, 안 그래?" 퀸시는 아주 초조한 표정으로 물었다. 퀸시는 사랑하던 여자에 대한 걱정에 안절부절못했고, 그녀가 어떤 끔찍한 위험에 처했는지 전혀 모른다는 사실로 인해 더욱 고통스러워하고 있었다. 그의 심장이 피를 흘리고 있었고, 그것은 그에게서 그를 무너지지 않게 지켜주는 남자다움을 - 그는 아주 남자다운 친구였다 - 모두 앗아갔다. 나는 대답하기 전 잠시 고민했다. 교수님이 비밀로 지키기를 원하는 것은 털어놓아서는 안 된다고 생각했기 때문이다. 하지만 퀸시는 이미 많은 것을 알고, 많은 것을 짐작하고 있었으므로 대답을 피할 수가 없었다. 나는 나지막이 대답했다. "그렇다네."

"그럼 이 일이 언제부터 시작된 건가?"

"열흘쯤 됐어."

"열흘! 그렇다면 잭 수어드, 우리 모두가 사랑하는 그 가련하고 예쁜 아가씨의 혈관에 네 명의 강한 남자의 혈액을 넣었다

는 건가. 이봐! 루시의 몸이 견디지 못할 거야." 그런 다음 내게
가까이 다가와 속삭이듯 격렬하게 말했다. "무엇 때문에 혈액
이 빠져나간 거지?"

나는 고개를 저었다. "그게 난제야. 반 헬싱 교수님도 그 문제
를 풀려고 필사적이고, 나도 골머리를 앓고 있네. 난 짐작조차
안 돼. 루시를 계속 지켜보려 했지만 우리 예상과 달리 여러 가
지 작은 사건들이 발생했지. 하지만 이런 일은 다시는 일어나
지 않을 거야. 우린 이 일이 모두 잘 해결될 때까지, 혹은 어떻
게든 결론이 날 때까지 이곳에 머물 테니까." 퀸시가 고개를 들
었다. "나도 끼워주게. 자네랑 그 네덜란드인이 어떻게 해야 할
지 말만 하면 내가 그렇게 하겠네."

루시가 오후 늦게 깨어나 가장 먼저 한 행동은 가슴을 더듬
거리는 것이었다. 놀랍게도 반 헬싱 교수님이 내게 읽으라고
주었던 그 종이를 꺼내 건넸다. 신중하신 교수님이 잠에서 깨
어난 루시가 놀라지 않도록, 그 종이를 원래 있던 곳에 돌려놓
은 것이다. 그런 다음 루시는 방 안을 둘러보더니 몸을 떨다가
커다란 비명을 지르고 여윈 손으로 창백한 얼굴을 가렸다. 우
리 둘 다 그 의미를 이해했다. 루시는 어머니의 죽음을 깨달은
것이다. 우리는 루시를 달래려 했다. 위로가 어느 정도 그녀를
달래주기는 했으나, 루시는 기운을 통 차리지 못하고 한참 동
안 조용히 흐느꼈다. 우리는 루시에게 이제부터는 항상 그녀의

곁을 지킬 거라고 말해주었고, 그 말이 루시에게 위안이 된 듯했다. 땅거미가 질 무렵 루시는 깜빡 잠이 들었다. 이때 아주 이상한 일이 벌어졌다. 잠이 든 와중에 루시가 가슴에서 그 종이를 꺼내어 반으로 찢은 것이다. 반 헬싱 교수님이 다가가 종잇조각을 받아들었다. 그래도 마찬가지로 루시는 아직도 종이가 손에 있는 것처럼 찢는 행동을 계속했고, 마침내 종잇조각들을 흩뿌리듯 양손을 들어 올려 활짝 펼쳤다. 반 헬싱 교수님은 놀란 듯했고, 생각에 잠긴 듯 눈썹을 찌푸렸지만 아무 말씀도 하지 않으셨다.

9월 19일 - 어젯밤 내내 루시는 자다 깨기를 반복했으며, 잠들기를 두려워했고, 잠에서 깨 있을 때면 더 기운이 없어 보였다. 교수님과 나는 교대로 루시의 곁을 지켰고, 단 한 순간도 루시를 홀로 두지 않았다. 퀸시 모리스는 아무 말도 하지 않았지만, 나는 그가 밤새 집 주변을 순찰 도는 것을 눈치 챘다.

날이 밝자 햇살에 불쌍한 루시의 처참한 상태가 드러났다. 루시는 고개도 제대로 가누지 못했고, 조금이나마 섭취한 음식도 아무런 효과가 없는 듯했다. 이따금씩 잠을 잤는데, 박사님과 나 모두 루시가 잠들 때와 깨어 있을 때의 차이점을 알아차렸다. 잠을 자는 동안에는 좀 더 수척하긴 했으나 더 기운이 있어 보였고 숨은 더 부드러웠다. 벌어진 입술 사이로 쑥 들어간 창백한 잇몸이 보였으며, 그 때문인지 이가 평소보다 더 길고 날카로워 보였다. 루시가 깨어 있을 때는 비록 다 죽어가는 모습이긴 하나 부드러운 눈빛 덕에 본연의 루시로 보였다. 오후가 되자 루시는 아서를 불러달라고 부탁했고, 우리는 아서에게 전보를 쳤다. 퀸시가 역으로 그를 마중 나갔다.

아서가 도착했을 때는 거의 여섯 시가 다 된 시각이었고, 지는 햇살이 따뜻했으며 빨간 석양이 창으로 들어와 창백한 뺨에 생기를 불어 넣었다. 루시를 본 아서는 감정이 북받치는지 목이 메어 아무런 말을 하지 못했고, 우리 중 아무도 입을 열지 못했다. 시간이 지날수록 루시가 잠에 빠지는, 혹은 코마 상태에 빠지는 경우가 점점 잦아져 대화를 나눌 수 있는 시간이 짧아졌다. 하지만 아서의 존재가 자극제가 된 것인지, 루시는 조금 기력을 회복해 우리가 도착한 이후로 그 어느 때보다 더 밝은 모습으로 아서에게 말을 건넸다. 아서 또한 기운을 내어 애써 쾌활하게 이야기를 나누었다.

이제 거의 한 시가 되었고, 아서와 반 헬싱 교수님이 루시의 곁을 지키고 있다. 나는 십오 분 후에 그들과 교대를 할 예정이며, 이 일기는 루시의 축음기로 녹음하고 있다. 둘은 여섯 시까지 잠을 청할 것이다. 나는 우리가 루시를 지켜보는 것이 내일로 마지막이 될까 봐 두렵다. 받은 충격이 너무 컸는지 불쌍한 루시가 기력을 회복하지 못하고 있으니 말이다. 주님, 우리 모두를 구원하소서.

9월 17일
세상에서 가장 사랑하는 친구 루시에게

네 소식을 들은 지도, 내가 편지를 쓴 지도 한참된 것 같네. 내가 적은 수많은 소식들을 읽으면서 내 잘못을 용서해주리라 믿어. 음, 남편을 무사히 데리고 돌아왔어. 엑시터에 도착하니 우리를 기다리는 마차 한 대가 있었고, 그 안에는 통풍 발작에도 불구하고 직접 나온 호킨스 씨가 타고 계셨지. 호킨스 씨는 우리를 안락하고 근사한 방이 마련된 자신의 집으로 데려가셨고, 우리는 함께 저녁식사를 했어. 저녁식사 후에 호킨스 씨가 말씀하셨지.

"둘의 건강과 행복을 위해 축배를 드세. 둘에게 모든 은총이 함께 하기를 비네. 나는 두 사람을 어릴 적부터 보아 왔고, 애정과 자부심으로 둘이 자라는 모습을 지켜보았지. 이제 두 사람이 나와 함께 이곳에 살았으면 해. 내겐 아내도 아이도 없잖나. 다들 떠나버렸고, 내 모든 유산은 둘에게 남기려 하네." 루시,

나는 조너선과 호킨스 씨가 악수를 하는 것을 보고 눈물을 터 트렸어. 우리의 저녁은 아주, 아주 행복했지.

그래서 현재 우리는 이 아름다운 고저택에서 머물고 있어. 내 침실과 응접실에서는 가까운 성당의 거대한 떡갈나무들이 성당의 빛바랜 노란 석조 벽을 배경으로 거대한 검은 줄기들 을 뻗고 있는 모습이 보이고, 위쪽으로 개울물이 하루 종일 속 닥속닥 조잘거리는 소리가 들려. 두말할 필요도 없겠지만 나는 집안 일로 바빠. 조너선과 호킨스 씨도 하루 종일 바쁘지. 이제 조너선은 호킨스 씨의 파트너 변호사가 되었고, 호킨스 씨가 조너선에게 고객들에 대한 모든 사항들을 가르쳐주려고 하시 거든.

참, 어머니는 좀 어떠셔? 하루 이틀 짬을 내어 널 보러 달려 가고 싶지만 내 어깨에 진 짐이 너무 많아 감히 엄두가 안 나네. 조너선도 아직 내가 곁에서 보살펴주길 바라고. 조너선은 이 제 살이 좀 붙기 시작했지만 오랜 투병생활로 많이 약해져 있 어. 지금도 가끔 자다가 벌떡 깨어 내가 달래줄 때까지 온몸을 부들부들 떨어. 하지만 다행스럽게도 이런 일은 점차 줄어들고 있고, 머지않아 아예 없어질 거라고 믿어. 이제 내 소식은 다 전 했으니 네 소식 좀 묻자. 언제 어디서 결혼을 올리니? 결혼식 주례는 누가 서고? 넌 어떤 드레스를 입을 거야? 공개 결혼식 이야, 비밀 결혼식이야? 전부 다 알려줘, 루시. 전부 다 말해 줘야 해. 네게 중요한 것들은 내게도 다 중요하니까. 조녀선이 '안부'를 전해달라고 하지만, 호킨스 앤드 하커라는 중요한 회사의 주니어 파트너인 그이에게는 충분하지 않은 인사말이라고 생각해. 네가 날 사랑하는 것처럼, 그이가 날 사랑하는 것처럼, 그리고 내가 너를 사랑하는 것처럼, 대신 조녀선의 '사랑'을 전할게. 안녕, 내가 가장 사랑하는 친구 루시, 네게 모든 축복이 함께 하기를 바랄게.

네 친구
미나 하커.

의학 박사이자 로열 칼리지 외과의 협회 회원이자 아일랜드 킹스앤드퀸스 의과대학 외과의 면허소지자 패트릭 헤네시가 의학 박사 존 수어드에게 보내는 보고서

9월 20일
친애하는 수어드 박사님께

박사님의 요청에 따라 제가 맡고 있는 병원의 상황에 대한 보고서를 동봉합니다……. 렌필드에 대해서는 좀 더 드릴 말씀이 있습니다. 환자가 또 다른 발작을 일으켜 하마터면 끔찍한

결말이 날 뻔했으나, 다행스럽게도 불행한 결과를 피했습니다. 오늘 오후에 수레 마차를 끈 두 남자가 우리 병원 부지 옆에 있는 빈 집을 찾아왔습니다. 선생님도 기억하시겠지만 렌필드가 두 번 탈출했던 바로 그 집 말입니다. 그 남자들은 우리 병원 정문에 멈춰 일꾼에게 길을 물었습니다. 저는 서재 창밖을 내다보면서 식후 담배를 피우고 있었고, 그중 한 명이 그 집으로 올라가는 것을 보았습니다. 그 남자가 렌필드의 병실 창문 앞을 지나갈 때, 렌필드가 안에서 그 남자에게 욕설을 퍼붓기 시작해 아는 욕은 죄다 퍼부었죠. 그 남자는 점잖은 사람인 듯 그저 렌필드에게 '그 더러운 입 다물라'고만 했는데, 그러자 렌필드는 그 남자를 강도에 살인미수범이라 터무니없는 비난을 퍼부으며 가만두지 않겠다고 위협했습니다. 저는 창을 열어 그 남자에게 신경 쓰지 말라고 손짓을 했고, 남자는 이 건물을 둘러본 후 어떤 곳인지 알아차린 듯 이렇게 말했습니다. "하느님의 축복이 있기를 바랍니다, 선생님. 정신병원에 있는 사람이 무슨 말을 하든 신경 쓰지 않습니다. 저런 짐승 같은 놈이랑 같은 집에 살아야 한다니 선생님이랑 원장님이 안 됐네요." 그런 다음 남자는 정중하게 길을 물었고, 저는 그에게 빈 집 정문의 위치를 알려주었습니다. 남자는 길을 갔고, 우리 환자가 그 남자의 뒤꽁무니에 위협과 욕설을 퍼부었죠. 저는 환자가 분노한 이유를 알아내려 아래로 내려갔습니다. 평소에는 아주 얌전한 환자이고, 격렬한 발작을 일으킬 때 외에는 그런 일이 한 번도 없었으니까요. 놀랍게도 렌필드는 아주 차분하고 점잖은 모습이었습니다. 제가 그 사건에 대한 이야기를 꺼내 보았지만, 덤덤하게 그게 무슨 소리냐고 물으며 그 사건은 전혀 기억나지 않는 척 하더군요. 하지만 유감스럽게도 그건 렌필드의 또 다른 속임수일 뿐이었습니다. 그로부터 삼십 분이 채 지나지 않아 렌필드의 소식을 다시 들었으니까요. 이번에는 병실 창문을 깨고 탈출해 대로로 달려 나갔습니다. 저는 간호사들을 불러 함께 그의 뒤를 쫓았습니다. 그자가 나쁜 짓이라도 저지를까 봐 걱정이 되었으니까요. 그리고 제가 걱정하던 바가 현실이 되었죠. 길을 내려갔던 그 수레가 거대한 나무 상자들을 싣고 있는 것을 보았으니까요. 인부들은 격한 운동을 한 사람처럼 이마의 땀을 훔치고 있었고 얼굴이 벌겋게 달아올랐더군요. 제가 미처 붙잡기도 전에 환자가 인부들에게 달려들어 한 명을 수레에서 끌어내리더니 머리를 땅에 내리박기 시작했습니다. 제가 때맞추어 렌필드를 잡지 않았더라면 렌필드가 그대로 그 남자를 죽였을 겁니다. 다른 친구가 수레에서 뛰어내려 묵직한 채찍 손잡이로 렌필드의 머리를 내리쳤습니다. 과격한 일격이었는데 우리 환자는 신경도 쓰지 않는 모양새였고 그 친구 역시 렌필드에게 달려들었는데도, 렌필드는 우리 셋이 새끼 고양이라도 되는 양 쥐고 흔들었습니다. 원장님도 아시다시피 저도 보통 무게가 아닌 데다, 다른 친구들도 둘 다 체구가 좋았는데 말입니다. 처음에 렌필드는 몸싸움을 벌이느라 아무 말도 없었습니다. 하지만 우리가 그를 제압하고, 간호사들이 그에게 구속복을 입히자 이렇게 외치기 시작했습니다. "내가 네놈들을 꺾어버리고 말겠어! 네놈들이 감히 내 걸 훔쳐가려 해! 네놈들은 날 죽일 수 없어! 우리 주인님을 위해 맞서 싸울 것이다!" 그리고 그 비슷한, 말도 안 되는 폭언들을 쏟아 부었습니다. 간호사들이 아주 어렵사리 렌필드를 끌고 병원으로 돌아와 독방에 가뒀습니다. 간호사 중 한 명인 하디는 손가락 하나가 부러지는 부상을 입었죠. 하지만 제가 치료를 해주었고 현재는 괜찮습니다.

두 일꾼은 처음에는 피해 보상을 요구하는 위협을 하며 법에 그 죄를 묻겠다고 어깃장을 놓더군요. 하지만 곧 그들의 위협은 허약한 미치광이 하나를 둘이서 상대하지 못한 데 대한 간접적인 변명 비슷한 것과 뒤섞였습니다. 무거운 상자들을 수레에 싣느라고 기운을 빼지만 않았더라면 렌필드를 금방 해치웠을 거라고 하더군요. 또 다른 이유로 든 것은 그들이 직업상 먼지가 많은 환경에서 일을 하고, 이 근처에는 술집도 하나 없어 목이 심하게 타는 상태라는 변명이었습니다. 저는 그 사람들의 말뜻을 알아들었죠. 그로그 술을 한 잔씩 내준 후 1파운드짜리 금화를 한 개씩 쥐어 주자 다들 이 해프닝이 별일 아니라는 듯 말하며, 저처럼 '훌륭한 신사'를 만나는 기쁨을 누릴 수만 있다면 이보다 더 심한 미치광이랑 마주쳐도 상관없을 거라고 하더 군요. 그래도 만약의 경우에 대비해 그들의 이름과 주소를 받아두었습니다. 한 명은 그레이트 월워스 구, 킹 조지 가, 더딩 셋집에 사는 잭 스몰렛이며, 다른 한 명은 베스널 그린 구, 가이드 코트, 피터 팔리 로에 사는 토머스 스넬링입니다. 둘 다 소호 구, 오렌지 매스터 야드에 위치한 해리스 앤드 선스 화물 회사에서 고용한 일꾼입니다.

이곳에서 흥미로운 일이 발생하면 즉시 박사님께 보고를 하고, 중요한 일이 있다면 즉시 전보를 치겠습니다.

패트릭 헤네시 올림.

미나 하커가 루시 웨스튼라에게 보내는 편지
(수신인이 열어보지 않았음.)

9월 18일
세상에서 가장 사랑하는 친구 루시에게

우리에게 너무나도 슬픈 사건이 일어났어. 호킨스 씨가 느닷없이 돌아가셨단다. 혈연관계도 아닌데 우리가 그리 슬퍼할 일이 아니라고 생각하는 사람도 있겠지만, 우리 둘 다 호킨스 씨에게 큰 애정을 갖게 된 탓인지 친아버지를 잃은 것 같은 기분이야. 게다가 나는 아버지도 어머니도 없이 자라서인지, 사랑하던 호킨스 씨의 죽음으로 커다란 충격을 받았어. 조녀선도 많이 상심해서 깊은 슬픔에 빠져 있어. 그 선량한 분은 평생 조녀선의 친구였을 뿐 아니라, 결국엔 조녀선을 친아들처럼 대해주시고 우리 같이 검소하게 자란 사람들에겐 감히 꿈도 꿀 수 없는 유산까지 남겨주었으니까. 거기다 조녀선은 또 다른 고민에 빠져 있어. 자기가 이렇게 급작스럽게 막중한 책임을 맡게 된 것이 불안하대. 과연 자신이 해낼 수 있을지 의심스러워 해. 나는 그이의 기운을 북돋아주려 애쓰고 있고, 그이에 대한 나의 믿음이 그이가 스스로에게 믿음을 가지는 데 도움이 될 거야. 하지만 그이가 받은 충격이 워낙 커서 상심이 이만저만이 아니야. 아, 그이처럼 다정하고 소박하고 고상하고 강한 사람이 – 그러한 성품 덕분에 선량한 친구의 도움을 받아 몇 년 만에 서기에서 법률 회사의 사장이 될 수 있었지 – 그토록 상처를 받아 그 본연의 모습을 다 잃어버리다니 너무 가혹한 일이지. 용서해, 루시. 행복한 네게 괜한 고민을 털어놓아 널 걱정시켜서. 하지만 누군가에게 털어놓지 않곤 참을 수가 없었어. 조녀선에게 늘 용감하고 활기찬 모습만 보이느라 잔뜩 긴장만 하고 있었고, 여기엔 내가 마음 놓고 속내를 털어놓을 사람이 아무도 없으니까. 내일 모레면 런던에 가야 하는데 런던에 올라가는 게 두려워. 불쌍한 호킨스 씨가 유언장에 자신의 유해를 아버지와 같은 무덤에 묻어달라고 남기셨거든. 런던에는 그분의 가족이 아무도 없고, 조너선은 홀로 상주 역할을 해야 해. 잠깐이라도 짬이 나면 곧장 널 만나러 갈게. 네 마음을 괴롭힌 나를 용서해 줘. 모든 축복이 함께 하기를.

널 사랑하는 친구
미나 하커가

수어드 박사의 일기

9월 20일 - 오늘 밤 일기를 남기는 건 오로지 결단력과 습관 덕분이다. 나는 너무나도 비참하고, 너무나도 우울하고, 세상과 그 안에 있는 모든 것, 생명 그 자체까지도 지긋지긋한 나머지 이 순간 죽음의 천사의 날개가 퍼덕거리는 소리도 신경이 쓰이지 않는다. 그가 죽음의 날개를 퍼덕거리는 것이 최근과 같은 목적이라면……. 루시의 어머니와 아서의 아버지를 데려갔듯, 루시를 데려가려 하는 것이라면……. 나는 내 일을 계속하겠다.

나는 제시간에 맞추어 반 헬싱 교수님과 교대했다. 아서도 함께 쉬길 바랐으나, 그는 처음에 내 제안을 거절했다. 내가 낮에 우리를 도울 일이 있으며, 루시가 아플 경우에 대비해 우리 모두가 다 쓰러져서는 안 된다고 타이르자 그제야 그는 할 수 없다는 듯 방을 나섰다. 반 헬싱 교수님은 아서에게 아주 다정했다. "자, 갑시다, 청년. 나랑 같이 가. 자넨 아프고 지쳤고, 너무나도 많은 슬픔과 정신적 고통을 겪었을 뿐 아니라 지나치게 무리했어. 혼자 있으면 안 돼. 혼자 있으면 두려움과 불안감만 들 테니까. 응접실로 가세. 거기 커다란 벽난로 앞에 소파 두 개가 있지. 자네와 내가 그 소파를 하나씩 차지하고 누우면, 서로 말을 나누지 않아도, 잠이 들더라도 서로에게 위안이 될 거야."

아서는 교수님을 따라 나서며, 베개 위에 누운 이불보다 더 창백한 루시의 얼굴을 애타는 눈길로 돌아보았다. 루시는 미동도 없이 가만히 누워 있었고, 나는 모든 것이 제자리에 있는지 확인하려고 방 안을 둘러보았다. 교수님이 다른 방과 마찬가지로 이 방에도 마늘을 온통 걸어둔 사실을 알 수 있었다. 창틀에서는 마늘 냄새가 진동했고, 루시의 목에는 교수님이 직접 매준 실크 손수건 위로 그분이 직접 만든 어설픈 마늘 화환이 걸려 있었다. 루시의 숨소리는 약간 거칠었고, 벌어진 입술 사이로 창백한 잇몸이 보여 얼굴은 그 어느 때보다도 초췌했다. 환한 아침보다 어둑어둑한 불빛 속에서 보니 이가 더 길고 더 날카로워 보였다. 특히 빛의 장난 때문인지 송곳니가 유독 더 길고 날카로워 보였다. 나는 루시의 곁에 앉았고, 잠시 후 루시가 불편한 듯 몸을 뒤척였다. 그와 동시에 창가에서 무언가 둔

탁하게 퍼덕이며 부딪히는 소리가 들렸다. 나는 조용히 창가로 다가가 커튼 사이로 바깥을 내다보았다. 바깥은 보름달의 빛으로 환했다. 소음의 원인은 거대한 박쥐 한 마리였다. 그 박쥐는 – 아주 흐릿한 방안의 빛에 이끌렸는지 – 방 주위를 빙빙 돌며 이따금씩 날개로 창문을 쳤다. 잠시 후 의자로 돌아오니 루시의 자세가 조금 바뀌었고 목에 걸었던 화환이 뜯겨져 있었다. 나는 다시 화환을 엮어 제자리에 걸어주고 루시의 곁에 앉았다.

루시가 깨어나자 나는 반 헬싱 교수님이 지시한 대로 음식을 주었다. 루시는 영 식욕이 없는 듯 몇 순가락 뜨지 않았고 기운을 통 차리지 못했다. 이제 루시에게서는 살아남으려는 무의식적인 투쟁과 힘마저 사라져버린 것 같았다. 허나 루시가 의식을 차린 순간 마늘 화환을 꼭 끌어안는 모습에 흥미가 솟았다. 루시가 혼수상태에 빠지고 숨소리가 거칠어지면 화환을 떼어내려 하지만, 잠에서 깨면 화환을 가까이 끌어안는다는 것은 확실히 기이한 일이었다. 이 점에는 의심의 여지가 없는 것이, 그 후로 오랫동안 루시가 자고 깨기를 반복하면서 수도 없이 같은 행동 패턴을 보였기 때문이다.

여섯 시에 반 헬싱 교수님이 나와 교대하러 왔다. 아서가 아직 잠들어 있어 좀 더 자도록 마음을 써준 것이다. 교수님은 루시의 얼굴을 보는 순간 숨을 헉 들이마시더니 날카롭게 속삭였다. "커튼을 올리게. 빛이 필요해!" 그런 다음 루시의 얼굴에 닿을 듯 얼굴을 들이밀고 유심히 관찰했다. 화환을 치우고 실크 손수건을 들어 올린 것이다. 그리고 흠칫 놀라 뒤로 물러서며 숨이 막히는 듯 "마인 고트(하느님 맙소사)!"라고 외쳤다. 나도 허리를 숙여 루시의 얼굴을 들여다보았고 그 순간 기이한 점을 깨닫는 동시에 오한이 느껴졌다.

목의 상처가 온데간데없이 사라진 것이다.

오 분 내내 반 헬싱 교수님은 심각하기 이를 데 없는 얼굴로 루시를 내려다보았다. 그런 다음 나를 돌아보며 차분히 말했다. "루시 양은 죽어가고 있네. 이제 얼마 남지 않았어. 루시 양이 의식이 있는 채로 죽는지, 자다가 죽는지가 큰 차이를 만들 걸세. 가련한 청년을 깨워 연인의 마지막 모습을 보라고 하게. 그 청년은 우리를 믿고 있고, 우리도 그에게 약속을 했으니까."

나는 식당으로 내려가 아서를 깨웠다. 그는 잠시 정신을 차리지 못했지만 덧문 사이로 들어오는 햇살을 보고 늦잠을 잤다고 생각했는지 더럭 겁먹은 표정을 지었다. 나는 루시가 아직 자고 있다고 불쌍한 청년을 안심시킨 후, 최대한 부드럽게 반 헬싱 교수님과 나 모두 끝이 가까워진 것 같다고 생각한다는 사실을 털어놓았다. 순간 아서는 양손으로 얼굴을 가리더니 소파 옆에 무릎을 꿇고 일 분 정도 앉아 고개를 숙인 채 기도했다. 그의 어깨는 슬픔으로 덜덜 떨렸다. 나는 마음 깊이 연민을 느끼며 그를 일으켰다. "같이 가세. 친구, 용기를 내! 그래야 루시도 마음이 편할 거야."

루시의 방에 들어갔을 때, 나는 반 헬싱 교수님이 센스를 발휘해 방 안을 전부 정리하고 가능한 쾌적한 분위기를 만들어놓았다는 사실을 알아챘다. 루시의 머리카락도 빗겼는지 아름답게 물결치는 머리카락이 베개 위에 가지런히 놓여 있었다. 우리가 안으로 들어서자 루시는 눈을 뜨고 아서를 보며 부드럽게 속삭였다.

"아서! 아, 내 사랑, 당신이 와줘서 너무 기뻐요!" 아서가 루시에게 키스를 하려 허리를 숙이자, 교수님이 급히 만류했다. "안 돼." 교수님이 속삭였다. "아직은 안 돼! 루시 양의 손을 잡아요. 그 편이 루시 양에게 더 큰 위안이 될 거야."

그래서 아서는 루시의 손을 잡고 그 옆에 무릎을 꿇고 앉았다. 그러자 루시의 천사 같이 아름다운 눈에 부드러운 안도감이 깃들며 그 어느 때보다 얼굴이 좋아 보였다. 그러더니 서서히 루시의 두 눈이 감기고 잠에 빠져들었다. 잠시 루시의 가슴이 조용히 오르락내리락 했고, 그녀는 놀다 지쳐 잠든 아이처럼 고른 숨을 쉬었다.

그러다 서서히 내가 밤에 보았던 기이한 변화가 발생했다. 숨소리가 점점 거칠어지고 입술이 벌어지고 창백한 잇몸이 드러나며 이가 평소보다 더 길고 날카로워 보였다. 수면 각성을 하듯, 루시는 멍하니 눈을 떴다. 그 두 눈은 멍한 동시에 강렬했고, 그녀는 내가 한 번도 그녀의 입에서 들어보지 못한 부드럽고 요염한 목소리로 말했다.

"아서! 아아, 내 사랑, 당신이 와줘서 얼마나 기쁜지 몰라요! 키스해 줘요!" 아서는 키스를 하기 위해 열렬하게 고개를 숙였지만, 순간 나와 마찬가지로 루시의 목소리에 놀란 반 헬싱 교수님이 양손을 뻗어 아서의 목덜미를 잡더니 내가 한 번도 보지 못한 어마어마한 힘으로 그를 끌어당겨 방바닥에 내팽개치다시피 던졌다.

"자네 목숨을 보전하고 싶다면 안 돼! 자네의 영혼과 루시 양의 영혼을 구하고 싶다면 그래선 안 돼!" 그러고 나서 교수님은 사자처럼 둘 사이를 막아섰다.

아서는 너무 놀란 나머지 잠시 어떻게 해야 할지, 무슨 말을 해야 할지 모르는 듯 멍한 표정이었다. 벌컥 화를 낼 것 같았지만, 이내 자신이 있는 곳과 처한 상황을 깨달았는지 아무 말 없이 가만히 서 있기만 했다.

나는 반 헬싱 교수님과 마찬가지로 루시의 얼굴을 빤히 쳐다보았고, 그녀의 얼굴이 그림자처럼 스쳐지나가는 분노로 경련을 일으키는 것을 목격했다. 그녀는 날카로운 이를 바드득 갈더니만 눈을 감고 힘겹게 숨을 몰아쉬었다.

그 직후 루시는 다시 평소의 부드러운 빛이 가득한 눈을 뜨고 가련하고 창백하고 야윈 손을 내밀어 반 헬싱 교수님의 커다란 갈색 손을 잡더니 끌어당겨 그 손에 키스했다. 그런 후 희미하지만 이루 말로 다 할 수 없는 가련함으로 가득한 목소리로 말했다. "박사님은 제 진정한 친구예요. 제 진정한 친구이자 내 사랑의 진정한 친구예요! 아, 그이를 인도해주시고 제게 안식을 주세요!"

"맹세하겠소!" 교수님은 진지하게 말하며, 선서를 하듯 루시의 곁에 무릎을 꿇고 손을 올렸다. 그런 다음 교수님은 아서를 돌아보며 말했다. "자, 이리 와서 아가씨의 손을 잡고 아가씨의 이마에 키스하게. 한 번 뿐일세."

아서와 루시는 입술이 아닌 눈을 마주쳤다. 시선이 얽혔다가 떨어졌다.

루시가 다시 눈을 감았다. 곁에서 유심히 지켜보던 반 헬싱 교수님이 아서의 팔을 잡아 루시의 곁에서 떼어냈다.

루시의 숨이 다시 거칠어지다 어느 순간 뚝 멈추었다.

"다 끝났어." 반 헬싱 교수님이 말했다. "루시 양은 죽었네!"

나는 아서의 팔을 잡고 응접실로 데려갔다. 아서는 의자에 주저앉아 양손으로 얼굴을 가리고 보는 내 가슴이 저밀 정도로 애처롭게 흐느껴 울었다.

내가 그를 잠시 홀로 두고 루시의 방으로 돌아왔더니, 반 헬싱 교수님이 불쌍한 루시를 지켜보고 있었고 교수님의 얼굴은 전보다 더 심각했다. 루시의 몸에는 변화가 생겼다. 죽음이 루시의 미모를 되돌려 놓은 듯, 눈썹과 뺨은 과거의 부드러움을 어느 정도 되찾았다. 입술조차 무섭도록 창백하지 않았다. 더 이상 심장을 움직일 필요가 없는 혈액이 전신에 돌면서 가혹한 죽음의 비참함을 덜어주는 것 같았다.

"루시 양은 자는 중에 죽은 것 같아. 루시 양이 사망할 당시 잠이 든 상태였지."

나는 반 헬싱 교수님 곁에 서서 말했다.

"아, 불쌍한 루시, 마침내 루시에게 안식이 찾아왔군요. 이제 끝입니다!"

교수님은 날 돌아보며 아주 진지하고 엄숙하게 말했다.

"그렇지 않아. 아아! 그렇지 않다네. 이제 시작일 뿐이야!"

그게 무슨 뜻이냐고 묻자, 교수님은 그저 고개만 저으며 이렇게 대답하셨다.

"아직은 우리가 할 수 있는 일이 없어. 기다려보세."

제13장

수어드 박사의 일기 - 계속

루시가 어머니와 함께 묻힐 수 있도록, 장례식은 다음 날로 준비했다. 나는 끔찍한 장례 절차를 일일이 확인했는데, 장례를 맡은 그 지역 장의사는 굽실거리듯 정중한 태도를 직원들에게도 주입시킨 - 혹은 직원들이 스스로 감화된 - 모양이었다. 죽은 자들의 염을 맡은 여자조차 임종실에서 나오더니 내게 다가와 아주 은밀하고 다정하게 말을 건넸다.

"아주 아름다운 시신이에요, 선생님. 그분을 모시는 게 제겐 영광이었어요. 이렇게 말해도 될지 모르지만 저희 업체에게는 자랑거리가 될 거예요!"

반 헬싱 교수님은 내내 그 근처를 맴돌았다. 이것이 가능했던 것은 식솔들 상태가 어수선했기 때문이었다. 근처에 사는 친척들은 한 명도 없었고, 아서는 다음 날 아버지의 장례식에 참석하러 돌아가야 하기 때문에 다른 사람들을 장례식에 부를 수 있는 상황도 아니었다. 그러한 상황에서 반 헬싱 교수님과 나는 이 집의 온갖 서류를 검토하는 임무를 도맡았다. 교수님은 자신이 직접 루시의 서류들을 확인하겠다고 고집했다. 나는 그 이유를 물었다. 외국인인 교수님이 영국의 법적 절차를 잘 몰라 불필요한 문제를 만들 수도 있다는 걱정이 들었기 때문이다. 교수님은 이렇게 대답했다.

"알아, 알아. 자네는 내가 의사일 뿐 아니라 변호사라는 점을 잊고 있는 모양일세. 하지만 법률 문제만은 아니야. 자네가 검시관을 피하려 했을 때도 그 점을 알고 있었잖나. 나는 검시관 말고도 피할 것이 더 많아. 서류가 더 많을지도 몰라 - 예를 들면 이런 서류."

교수님은 수첩에서 루시가 자던 중 가슴에서 꺼내어 찢은 쪽지를 꺼냈다.

"고 웨스튼라 부인의 변호사 연락처를 찾아내면, 부인의 서류를 모두 봉인하고 오늘 밤 변호사에게 편지를 쓰게. 나는 이 방과 루시 양의 원래 방을 밤새 지키며 뭐가 있나 찾아볼 셈이네. 루시 양의 머릿속에 든 생각들이 낯선 이의 손에 들어가는 건 좋지 않아."

나는 내가 맡은 작업을 계속했고, 삼십 분 후에 웨스트라 부인의 담당 변호사 이름과 주소를 찾아내어 그에게 편지를 썼다. 가련한 부인의 서류들은 모두 정리가 되어 있었고, 매장지 장소에 대한 구체적인 지시도 담겨 있었다. 내가 변호사에게 보낼 편지를 봉인하려는 찰나, 놀랍게도 반 헬싱 교수님이 안으로 걸어 들어왔다.

"내가 도와줄까, 존? 난 한가하다네. 괜찮다면 자네를 도와주지."

"찾던 건 발견하셨어요?" 내 질문에 교수님이 대답하셨다.

"구체적인 것을 찾고 있던 건 아니었네. 그저 찾길 바랐고, 마침내 찾았지. 다 있더군. 편지 몇 통이랑, 쪽지 몇 장, 새로 시작한 일기 한 권이 전부야. 하지만 여기 가져왔고, 현재로는 이것에 대한 이야기는 하지 않을 거라네. 내일 저녁 가련한 청년을 만나 그의 허락을 받을 참이야."

하던 일을 마치자 교수님이 내게 말했다.

"자, 존, 이제 그만 침대로 가세. 자네와 나 둘 다 잠을 자고 기운을 회복해야지. 내일은 할 일이 아주 많지만, 오늘 밤엔 우리가 더 이상 할 일이 없다네. 아아!"

잠자리에 들기 전 우리는 불쌍한 루시를 보러 갔다. 장의사가 일을 아주 잘해놓았는지, 그 방은 작은 임시 안치소가 되어 있었다. 아름다운 하얀 꽃들을 어수선할 정도로 곳곳에 장식해서, 음산한 분위기를 가능한 덜도록 꾸며 놓았다. 흰 천의 끄트머리가 루시의 얼굴을 덮고 있었다. 교수님이 허리를 숙여 조심스레 그 천을 들었고, 우리 둘 다 키 큰 촛대가 내뿜는 빛에 비친 미모에 놀라고 말았다. 루시는 죽음을 맞음으로서 과거의 사랑스러움을 되찾았으며, 시간의 흐름은 '부패' 흔적을 남기는 대신 생명의 아름다움을 되돌려 놓았다. 내가 보고 있는 것이 정말 시체가 맞는지 내 눈이 의심스러울 정도였다.

교수님은 무섭도록 진지한 표정이었다. 교수님은 나처럼 루시를 사랑하지 않았고, 눈에 눈물이 고일 이유가 없었으니까. 교수님은 내게 "내가 돌아올 때까지 여기 있게." 하고는 방을 나가셨다. 잠시 후 교수님은 홀에 두었지만 열지 않았던 상자에서 마늘 한 줌을 들고 돌아오셨고, 침대 위와 침대 주변에 그 마늘을 올려 두었다. 그런 다음 옷깃 안의 목에 걸고 있던 작은 금 십자가 목걸이를 꺼내 루시의 입 위에 올려놓았다. 교수님은 천을 원래대로 덮어 놓았고, 우리는 방을 나섰다.

내가 방에서 옷을 벗고 있을 때 문을 똑똑 두드리는 소리가 나더니 교수님이 방에 들어오시며 이렇게 말했다.

"내일 밤이 오기 전에 시체 해부용 칼 세트를 가져다주게."

"부검을 해야 합니까?"

"그렇기도 하고 아니기도 해. 시신을 열어보고 싶지만 자네가 생각하는 것 같은 부검은 아니야. 자네에겐 지금 말해주겠지만 다른 사람에겐 입도 뻥끗 하지 말게. 난 루시의 머리를 자르고 그녀의 심장을 꺼내고 싶네. 아! 외과의인 자네가 그렇게 충격을 받다니! 자넨 다른 친구들이 벌벌 떨 때도, 생사를 가르는 수술을 손이나 심장 한 번 떨지 않고 해냈잖나. 아, 친애하는 존, 자네가 루시를 사랑했다는 점을 잊지 말아야겠지. 그리고 난 그 사실을 잊지 않았네. 그 때문에 내가 이 시술을 하려는 것이고 자네는 반드시 날 도와야 해. 오늘 밤에 하고 싶지만 아서가 있기 때문에 안 돼. 내일이면 아서는 아버지의 장례식에 참석하느라 떠날 테니, 오늘 밤에는 루시를 보고 싶어 할 테고 보러 갈 거야. 내일 루시를 입관하면, 모두가 잠든 밤에 자네와 내가 그곳으로 갈 거야. 관 뚜껑을 열고 시술을 할 거라네. 그런 다음 다시 관 뚜껑을 닫아 놓으면 우리 외에 아무도 모를 거야."

"하지만 왜 그래야 하죠? 루시는 죽었잖아요. 왜 굳이 가련한 루시의 시신을 절단해야 하는 거죠? 부검을 할 필요가 없다면 그런다고 해서 얻는 게 아무 것도 없잖아요. 루시에게도, 우리에게도, 의학에도, 인류의 지식에도 아무런 도움이 되지 않는다면 – 왜 그래야 하죠? 이유가 없는 거라면 터무니없고 잔인한 짓입니다."

그 대답으로 교수님은 내 어깨에 손을 얹고 한없이 부드러운 어조로 말했다.

"이보게, 존. 나는 자네가 그토록 가슴 아파 하는 것이 안타깝다네. 그리고 자네가 그토록 동정심이 많기에 자네를 더욱 아끼지. 내가 할 수만 있다면 자네가 짊어진 그 짐을 대신 져주고 싶어. 하지만 자네가 모르는 것들이 있네. 곧 자네가 알게 될 것들이. 유쾌한 것들은 아니지만, 내가 그걸 알고 있는 것을 다행으로 여기게. 존, 자넨 오랜 세월 날 알고 지내면서 내가 아무 이유 없이 행동하는 것을 본 적이 있나? 물론 나도 실수를 할 수 있지. 나도 인간이니까. 하지만 나는 내가 하는 모든 일을 굳게 믿네. 이 때문에 커다란 문제가 닥쳤을 때 자네가 날 부른 게 아닌가? 그래! 자네는 내가 아서가 연인에게 – 그것도 죽어 가고 있는 연인에게 – 키스하지 못하도록 있는 힘을 다해 그를 낚아챘을 때 놀라고, 아니 기겁하지 않았던가? 그래! 그런데도 루시가 죽기 직전 그렇게 아름다운 눈으로, 그렇게 연약한 목소리로 내게 감사해하며, 내 늙고 거친 손에 키스하고 날 축복하는 것을 보지 않았는가? 안 그래? 내가 루시 양에게 굳게 약속하자 루시 양이 고마워하며 눈을 감는 것을 보지 않았는가? 안 그래?

내가 하고자 하는 일에는 그럴만한 이유가 있다네. 자네는 오랜 세월 나를 믿어주었지. 지난 몇 주간, 너무나도 기이해 의심을 할 만한 상황에서도 자네는 날 믿어주었네. 그러니 조금만 더 나를 믿어주게, 존. 자네라 날 믿지 않는다면 내 생각을 말할 수밖에 없네. 그리고 그렇게 된다면 일이 잘 풀리지 않을

지도 몰라. 나는 나를 신뢰하는 내 친구 없이 홀로 그 일을 해야 할 테니까. 자네가 믿든 믿지 않든, 나는 그 일을 할 테니까. 도움과 용기가 필요한 때에 너무나도 무거운 마음으로, 아! 너무나도 외로운 마음으로 그 일을 해야겠지!" 교수님은 잠시 입을 다물었다가 엄숙하게 말을 이었다. "친애하는 존, 우리 앞에는 기이하고 무시무시한 날들이 남아 있다네. 우리 둘이 힘을 합쳐 제대로 마무리를 지으세. 나를 믿어주지 않겠나?"

나는 교수님의 손을 잡고 그러겠다고 약속했다. 나는 교수님이 나가는 동안 방문을 붙잡고 교수님이 방으로 들어가 문을 닫는 모습을 지켜보았다. 꼼짝하지 않고 서 있는 동안, 하녀 한 명이 조용히 복도를 지나 – 내게 등을 돌리고 있어 그녀는 나를 보지 못했다 – 루시가 누운 방으로 들어가는 것을 보았다. 그 광경에 마음이 찡했다. 요즘 세상에 헌신이란 너무나도 보기 드문 것이라, 우리가 사랑하는 사람들에게 무조건적인 헌신을 보여주는 사람들에게 너무나도 고마운 마음이 든다. 불쌍한 어린 소녀가 죽음에 대한 자연스러운 공포도 뒤로 한 채, 사랑하던 여주인에게 인사를 하러 홀로 그 방에 들어간 것이다. 가련한 루시가 영원한 안식을 취할 때까지 외롭지 않도록······.

밤새 정신없이 잔 모양이다. 반 헬싱 교수님이 내 방에 들어와 날 깨웠을 때는 환한 대낮이었다. 교수님은 내 침대 곁으로 다가왔다.

"해부용 칼은 가져올 필요 없네. 그건 하지 않을 거야."

"왜죠?" 나는 물었다. 어젯밤 교수님의 진지함에 크게 감동을 받았기 때문이다.

"왜냐 하면." 교수님은 진지하게 말했다. "너무 늦었거나 – 혹은 너무 이르니까. 보게!" 교수님은 작은 금 십자가 목걸이를 들어올렸다. "어젯밤 이게 도난당했어."

"어떻게요?" 나는 놀라 물었다. "교수님이 지금 갖고 계시잖아요?"

"죽은 자와 살아 있는 자에게서 도둑질을 한 여자에게서, 쓸모없는 한심한 여자에게서 되찾았으니까. 그 여자도 분명 벌을 받게 되겠지만, 내가 내리진 않을 거야. 그 여자는 자신이 한 짓이 어떤 짓인지도 모르고 훔친 게지. 이제 우린 기다려야 하네."

교수님은 이 말만 남기고 돌아갔고, 나는 새로운 미스터리, 새로운 수수께끼로 고민에 빠졌다.

오전 내내 지루하기 짝이 없었는데, 정오에 변호사가 왔다. 홀맨 선즈 마캔드 앤드 리더데일 법률사무소에서 온 마캔드 씨였다. 그는 아주 싹싹한 사람이었고 우리가 한 일에 아주 고마워했으며, 이후로 세세한 일들은 전부 자신이 처리하겠다고 나섰다. 점심식사를 하는 동안 그는 우리에게 웨스튼라 부인이 얼마 전부터 심장 때문에 자신이 언제 죽을지 모른다며 신변을 전부 정리해두었다고 말해주었다. 또한 루시의 아버지가 남긴 영지는 유언에 따라 먼 친척에게 돌아가게 되겠지만, 그 외의 모든 영지와 재산은 아서 홈우드가 물려받게 된다는 사실을 알려주었다. 이렇게까지 말한 다음 변호사는 이렇게 말을 이었다.

"솔직히 저희는 그런 유언장을 작성하지 못하도록 최선을 다해 막았고, 혹시라도 일이 발생해 따님이 한 푼도 없는 신세가 되거나 혼인 서약과 관련해 따님이 자유롭게 행동할 수 없을지도 모른다고 지적했죠. 사실상 그 문제로 하마터면 싸울 뻔 했습니다. 부인께서 자신의 뜻대로 유언장을 작성해주지 않으면 다른 데 맡기겠다고 우기셨으니까요. 물론 저희로서는 받아들이는 수밖에 다른 방법이 없었습니다. 이론적으로는 저희가 옳고, 백에 아흔아홉 번은 저희의 판단이 옳은 것으로 판명이 나기 마련이죠. 하지만 솔직히 말해 이번 건의 경우엔 다른 형식의 유언장이었다면 그분의 바람을 이루어드리기 불가능했을 겁니다. 부인께서 따님보다 먼저 돌아가심으로써 따님이 재산을 물려받게 되었고, 따님이 어머니보다 고작 오 분 더 살았다고 해도 유언장이 없을 경우 – 그리고 그러한 경우에 유언장 작성은 실질적으로 불가능하죠. – 따님의 재산은 죽는 순간 유언장 없이 죽은 사람의 재산으로 간주되었을 겁니다. 그럴 경우 친애하는 고덜밍 경은 유산을 전혀 물려받지 못하고, 얼굴한 번 보지 못한 머나먼 친척들이 타인에게 재산을 주기는 싫다는 감정적인 이유로 자신의 정당한 권리를 찾겠다며 나섰을 겁니다. 여러분, 분명히 말씀드리지만 저는 이 결과가 아주, 아주 기쁩답니다."

그는 좋은 사람이었지만, 이렇게 커다란 비극 속에서 아주 사소한 것 - 그가 사무적으로 관심이 있는 것 - 에 기뻐하는 것은 연민 어린 공감에 한계가 있다는 것을 보여주는 좋은 사례였다.

변호사는 오래 머물지 않았지만, 낮 중에 다시 고덜밍 경을 만나러 오겠다고 했다. 하지만 그 변호사가 찾아온 것이 우리에게는 위안이 되었다. 우리가 취한 조치들에 관해 적대적인 비판을 받을까 봐 두려워할 필요가 없게 되었기 때문이다. 아서는 다섯 시에 돌아올 예정이었고, 따라서 다섯 시 조금 전에 우리는 안치실에 들어갔다. 이제 어머니와 딸 모두가 누워 있으니 정말로 안치실 같았다. 장의사가 한껏 실력을 발휘해 가져온 물건들로 방안 을 치장했으며, 그 방 안에는 들어서는 즉시 사람의 기운을 꺾어놓는 시체 안치소 특유의 분위기가 감돌았다. 반 헬싱 교수님이 장의사에게 방을 이전의 모습으로 돌려놓으라고 지시를 내리며, 고덜밍 경이 곧 도착할 텐데 약혼녀가 남긴 것이 고스란히 남아 있다면 마음이 덜 아플 거라고 설명했다. 장의사는 자신의 어리석음에 충격을 받은 듯 열성적으로 방을 전날 밤의 모습으로 돌려놓았고, 덕분에 아서는 우리가 예상한 대로 큰 충격은 받지 않았다.

불쌍한 친구 같으니! 아서는 절망에 빠져 슬프고 낙담한 얼굴을 하고 있었다. 그의 건장한 체격조차 과도한 감정의 소진으로 인해 줄어든 것 같았다. 아서가 아버지에 대한 애정이 남달랐다는 사실을 나는 알고 있었다. 게다가 이런 시기에 아버지를 잃었으니 아서에게 커다란 타격이 되었을 것이다. 아서는 내게 평소처럼 따뜻했고, 반 헬싱 교수님에게는 다정하고 정중했다. 하지만 나는 아서가 무리한다는 것을 알 수 있었다. 교수님도 그것을 눈치 채고, 내게 그를 데리고 위층으로 올라가라고 손짓했다. 나는 그렇게 했고, 아서가 루시와 단둘이 있고 싶을 것 같아 문 앞에서 돌아서려는데, 아서가 내 팔을 잡고 안으로 들어가며 쉰 목소리로 말했다.

"자네도 루시를 사랑했잖아. 루시가 내게 다 말해줬어. 루시의 마음속에 자네보다 더 가까운 친구는 없었어. 자네가 루시에게 해준 모든 일을 어떻게 감사해야 할지 모르겠네. 나는 아직도……."

순간 아서가 느닷없이 무너져 내리더니 내 어깨를 끌어안으며 가슴에 머리를 묻고 울부짖었다.

"아, 잭! 내 친구! 난 어떻게 해야 하지! 한순간에 인생이 끝나버린 것 같아. 이 넓은 세상에 내가 살아야 할 이유가 하나도 없어!"

나는 애써 그를 위로했다. 그런 상황에서 남자들에게는 말이 필요 없다. 그저 손을 꼭 잡고, 어깨에 올려놓은 그의 팔을 꼭 끌어안고, 함께 흐느끼는 것이 친구에 대한 연민의 표시다. 나는 그의 울음이 잦아들 때까지 가만히 서 있다가 조용히 그에게 말했다.

"가서 루시를 봐."

우리는 함께 침대로 다가갔고, 나는 그녀의 얼굴을 덮은 천을 들어올렸다. 맙소사! 루시는 얼마나 아름답던지. 매순간 사랑스러움이 더해지는 것 같았다. 그 사실이 나는 조금 두렵고도 놀라웠다. 아서는 루시의 모습에 전율하더니 마침내는 학질에 걸린 것처럼 온몸을 덜덜 떨었다. 한참 침묵이 이어지다가 아서가 희미하게 속삭였다.

"잭, 루시가 정말로 죽은 건가?"

나는 안타깝지만 그렇다고 확언한 다음, 계속해서 - 나 역시 그런 무시무시한 의혹을 느꼈기 때문이다 - 사람이 죽은 후에 얼굴이 부드러워지며 젊은 시절의 아름다움이 되돌아오는 경우도 종종 있다고 설명했다. 특히 급성 질병이나 만성 질병으로 인해 사망한 환자는 그런 경우가 많다고 말이다. 이 말에 의혹이 사라진 듯, 아서는 한동안 침대 옆에 무릎을 꿇고 루시의 얼굴을 사랑스럽다는 듯 한참 바라보다 자리에서 일어섰다. 이제 입관을 해야 하니 작별 인사를 하라고 하자, 아서는 다시 루시의 곁으로 다가가 루시의 손을 잡아 키스하고 허리를 숙여 이마에도 키스를 했다. 그리고 어깨 너머로 다정하게 루시를 계속 뒤돌아보며 방에서 나왔다.

나는 아서를 응접실에 두고, 반 헬싱 교수님에게 가서 아서가 작별 인사를 했다고 전했다. 그러자 반 헬싱 교수님은 주방으로 가 장의사 직원들에게 입관 절차를 진행하라고 일렀다. 교수님이 다시 방에서 나왔을 때 나는 아서가 했던 질문에 대해 말했고, 교수님은 이렇게 대답했다.

"당연한 일이지. 나도 한순간 내 눈을 의심했으니까!"

우리는 같이 저녁식사를 했고, 불쌍한 아트는 애써 밝은 척 분위기를 띄우려 했다. 반 헬싱 교수님은 저녁식사 내내 침묵했지만, 식사 후에 시가에 불을 붙이면서 입을 열었다.

"고덜밍 경······." 하지만 아서가 끼어들었다.

"아뇨, 아뇨, 그러지 마십시오. 맙소사! 아직은 그렇게 부르지 마세요. 용서하십시오, 선생님. 그렇게 말할 생각은 아니었는데. 그냥 아버지를 잃은 게 너무 최근 일이라서요."

교수님은 아주 다정하게 대답했다.

"내가 그렇게 부른 건 내가 잘 몰라서 그래. 귀족인 자네를 '누구누구 씨'라고 불러선 안 되고, 또 자네에 대한, 그래, 자네에 대한 애정이 생겨서 말이야."

아서는 손을 내밀어 노인의 손을 따뜻하게 잡았다.

"편하신 대로 불러주세요. 전 친구라는 지위가 가장 좋습니다. 그리고 제 가련한 연인에게 잘해주셔서 어떻게 감사 인사를 드려야 할지 모르겠습니다." 아서는 잠시 침묵했다가 말을 이었다. "루시가 저보다도 선생님의 선량함을 더 잘 이해했다는 거 압니다. 그리고 혹시 제가 선생님에게 무례했다거나, 교수님도 기억하시다시피 교수님이 그렇게 행동하셨을 때 제가 실수를 했다면," 교수님이 고개를 끄덕이셨다. "절 용서해주십시오."

교수님은 다정하게 대답했다.

"날 전적으로 신뢰하기 어려웠을 거라는 점 잘 아네. 그런 폭력적인 행동을 했으니 이해하기가 어렵겠지. 지금도 자네가 날 믿지 않고, 믿을 수 없다는 점도 이해해. 자네는 아직 이해를 하지 못하니까. 그리고 앞으로도 자네가 믿을 수 없고 이해하지 못하는 때에 자네의 신뢰를 원하는 때가 더 올지도 모르네. 하지만 자네가 온전히 나를 신뢰하는 때가 올 테고, 구름 사이로 햇살이 비치는 것처럼 모든 것을 이해하게 될 때가 올 거야. 그러면 무엇보다도 자네를 위해, 그리고 다른 사람들을 위해, 내가 지키겠다 맹세한 루시 양을 위해 내가 한 일을 고마워하게 될 걸세."

"그럼요, 그럼요, 선생님." 아서가 다정하게 말했다. "무조건 선생님을 믿겠습니다. 선생님께서 아주 훌륭한 마음씨를 지녔다는 점 잘 알고 있고, 선생님은 잭의 친구이자 루시의 친구셨습니다. 선생님이 원하는 대로 하세요."

교수님은 무언가 할 말이 있는 것처럼 두어 번 목을 가다듬더니 마침내 입을 열었다.

"이제 뭐 하나 부탁해도 되겠나?"

"물론입니다."

"웨스트라 부인이 모든 재산을 자네에게 남겼다는 거 알고 있나?"

"아니요, 불쌍하신 분. 그런 줄은 꿈에도 몰랐습니다."

"그리고 이제 이 집의 모든 것이 자네의 것이니, 자네가 원하는 대로 할 권리가 있네. 나는 자네가 루시 양의 서류와 편지 모두를 읽을 수 있게 허락해주었으면 하네. 한가로운 호기심 때문이 절대 아니야. 루시 양이라면 허락할 만한 이유가 있다네. 루시 양의 서류는 여기 다 있어. 이 집이 자네의 소유가 될 거라는 사실을 알기 전에 이것들을 가져왔지. 낯선 사람이 이 서류들을 만지고, 낯선 눈이 루시 양의 영혼을 들여다보지 않도록 말이야. 괜찮다면 내가 이 서류들을 보관하고 싶네. 아직은 자네도 이 서류를 보아서는 안 되네만, 내가 안전하게 보관하겠네. 하나도 잃어버리지 않겠네. 조만간 자네에게 돌려줄 거야. 어려운 부탁이란 거 아네만, 루시 양을 위해 허락해주지 않겠나?"

아서는 과거의 아서처럼 열성적으로 말했다.

"반 헬싱 박사님, 원하시는 대로 하세요. 사랑하는 루시도 분명 허락했을 거라는 느낌이 들어요. 때가 올 때까지는 박사님에게 아무것도 묻지 않겠습니다."

교수님은 자리에서 일어서며 엄숙하게 말했다.

"자네 말이 옳아. 우리 모두에게 고통스러운 일이 될 거야. 하지만 고통이 전부가 아닐 것이며, 이 고통이 오래 가지는 않을걸세. 우리와 자네 역시 - 누구보다도 자네가 - 쓰디쓴 강물을 건너야 달콤한 해안에 도달할 수 있어. 하지만 마음을 굳게 먹고 이기심을 버리고, 우리의 의무를 다해야 하네. 그러면 모든게 다 잘 될 거야!"

나는 그날 밤 아서 방의 소파에서 잤다. 반 헬싱 교수님은 한숨도 주무시지 않았다. 교수님은 집안을 순찰하는 것처럼 이리저리 돌아다니셨고, 특히 루시의 관이 놓인 방, 마늘 꽃으로 온통 뒤덮여 백합과 장미 향 사이로 강한 마늘 냄새가 진동하는 그 방을 계속 주시하셨다.

미나 하커의 일기

9월 22일 - 엑시터행 기차 안. 조너선은 자고 있다.

마지막으로 일기를 쓴 게 어제처럼 느껴지는데 그 사이에 얼마나 많은 일이 있었는지 모른다. 조너선이 떠나 아무런 소식이 없다가, 이제 조녀선과 결혼했고, 조녀선이 변호사, 파트너 변호사가 되고, 부유한 회사 사장님인 호킨스 씨가 돌아가셔서 무덤에 묻혔고, 조녀선은 또 다시 발작을 일으켰다. 언젠가 그가 내게 물어볼지도 모른다. 그러니 계속 적어야 한다. 그 사이에 속기가 서툴러져서 – 예기치 못한 부가 우리에게 이러한 영향을 미치는 것이다 – 다시 연습을 해야겠다…….

장례식은 아주 검소하고 아주 엄숙했다. 장례식에 참석한 사람은 우리 둘과 하인들, 그리고 엑시터에 사는 호킨스 씨의 오랜 친구 한두 명, 런던의 대리인, 법률협회 회장 존 팩스턴 경의 대리인이 전부였다. 조녀선과 나는 손을 잡고 서서 우리가 가장 아끼는 친구가 떠나는 모습을 지켜보았다…….

우리는 하이드 파크 코너행 버스를 타고 조용히 마을로 돌아왔다. 조녀선은 내가 좋아할 거라고 생각해 공원에 잠시 들렀고, 우리는 공원 벤치에 앉았다. 하지만 그곳에는 사람들이 거의 없었고, 텅 빈 의자들이 즐비한 것을 보니 너무나도 울적하고 황량한 느낌이 들었다. 집에 있는 빈 의자가 떠올랐다. 그래서 자리에서 일어나 피카딜리 쪽으로 걸어 내려갔다. 조녀선은 내가 학교에 다니기 전 옛날에 그랬던 것처럼 내 팔을 잡고 있었다. 학교에 다니는 동안은 학교에서 소녀들에게 예절과 예법을 가르치면서 선생인 내가 그런 예의를 갖춰 행동하지 않는 것은 매우 부적절한 것이라 느꼈기 때문이다. 하지만 그는 조너선이었고, 그이는 내 남편이었고, 이곳에 아는 사람은 없었기에 - 아는 사람이 있더라도 상관없었다 - 계속해서 그렇게 팔을 잡고 걸었다. 그러다 길리아노 앞 사륜마차에 앉아 있는 커다란 밀짚모자를 쓴 아주 아름다운 소녀를 보고 있는데, 갑자기 조너선이 아플 정도로 내 팔을 꽉 움켜쥐며 잇새로 내뱉었다. "맙소사!" 나는 조너선이 다시 신경 발작을 일으킬까 봐 걱정되어 항상 조너선을 살피고 있던 터라, 재빨리 그를 돌아보며 무슨 일이냐고 물었다.

조너선의 얼굴은 백짓장처럼 창백했고 두 눈은 공포와 경악이 뒤섞여 튀어나올 듯했으며, 역시 그 예쁜 소녀를 쳐다보고 있던 매부리코에 검고 뾰족한 턱수염을 기른 호리호리한 남자를 바라보고 있었다. 남자는 소녀를 쳐다보는 데 열중해 우리 둘을 눈치 채지 못했고, 그래서 나는 그 남자를 찬찬히 살펴볼 수 있었다. 인상이 좋은 얼굴이 아니었다. 냉혹하고 잔인하고 육감적인 얼굴이었으며 이는 커다랗고 하얀데 입술이 너무 빨간 나머지 더욱 하얘 보이는 그 이는 동물의 것처럼 끝이 뾰족했다. 조너선은 계속해서 그 남자를 노려보았고, 나는 그 남자가 눈치를 챌까 봐 걱정스러웠다. 조너선의 표정이 너무 격렬하고 험악해 그 남자가 시비를 거는 것으로 받아들일까 봐 걱정스러웠다. 나는 조너선에게 왜 그러냐고 물었고, 조너선은 내가 그만큼이나 잘 알고 있으리라 생각하는 듯 이렇게 대꾸했다. "저 남자 누군지 알지?"

"아뇨. 몰라요. 저 사람이 누군데 그래요?" 조너선의 대답을 듣고 나는 충격과 전율을 느꼈다. 조너선은 내가 아닌 다른 누군가에게 말하는 것 같았기 때문이다.

"바로 저 남자야!"

불쌍한 조너선은 무언가에 겁을 먹은 게 - 아주 크게 겁을 먹은 게 분명했다. 내가 옆에서 부축을 해주지 않았더라면 분명 자리에 털썩 주저앉았을 것이다. 조너선은 계속 그를 노려보았다. 한 남자가 작은 소포를 들고 가게에서 나와 그 숙녀에게 건넨 다음 마차를 타고 떠났다. 그 검은 남자는 두 눈을 그녀에게 고정하고 있었고, 마차가 피카딜리를 따라 올라가자 그쪽으로 따라가며 이륜마차 한 대를 불러 세웠다. 조너선은 계속 그 남자를 눈으로 좇았고 혼잣말을 하듯 말했다.

"백작이야. 하지만 젊어졌어. 맙소사, 만약 정말 백작이라면! 아, 맙소사! 맙소사! 내가 진즉에 알았더라면! 진즉 알았더라면!" 지나치게 괴로워하는 조너선의 모습에 나는 감히 질문을 하지 못하고 가만히 침묵했다. 나는 그를 조용히 끌어당겼고, 내 팔을 잡은 그는 쉽게 끌려 왔다. 우리는 조금 더 걷다가 그린 파크 안에 들어가 잠시 앉았다. 가을치고 무더운 날이었으며 그늘이 진 곳에 안락한 벤치가 있었다. 몇 분 동안 멍하니 허공만 쳐다보던 조너선은 이내 눈을 감았고, 머리를 내 어깨에 기댄 채 조용히 잠이 들었다. 나는 조너선에게 이게 최선이라고 생각해 굳이 깨우지 않았다. 이십 분쯤 지나자 조너선은 잠에서 깨어 유쾌하게 말했다.

"세상에, 미나. 내가 잠이 들었군! 아, 무례한 실수를 저지른 날 용서해줘요. 갑시다. 어디 가서 차 한잔 하죠." 조너선은 검은 이방인에 대한 건 전부 잊은 모양이었다. 병에 걸렸을 때처럼 이번 일을 모조리 잊어버렸다. 나는 이렇게 조너선이 자꾸 기억을 잊는 것이 마음에 걸린다. 뇌에 문제가 생길지도 모른다. 오히려 해가 될지도 모르니 조너선에게 물어봐서는 안 된다. 하지만 해외여행에서 있었던 사실을 어떻게든 알아내야 한다. 아무래도 그 봉인을 열고 그 안에 적힌 것을 읽을 때가 온 것 같다. 아, 조너선, 내가 잘못하는 거라면 날 용서해 줘요. 하지만 사랑하는 당신을 위해서예요.

나중 – 모든 면에서 슬픈 귀가였다. 우리에게 너무나도 다정했던 분이 안 계신 집은 텅 빈 것 같았고, 조너선은 낮에 약간 병이 재발한 탓에 여전히 안색이 창백하고 어지러워했다. 방금 반 헬싱이라는 분이 보낸 전보가 한 통 도착했다.

"안타깝게도 웨스턴라 부인께서 닷새 전에 돌아가셨으며, 루시 양은 엊그제 사망했다는 소식을 전합니다. 두 분 다 오늘 장례식을 치렀습니다."

아, 그 몇 마디에 얼마나 큰 슬픔이 밀려오던지! 불쌍한 웨스튼라 부인! 불쌍한 루시! 둘 다 우리 곁을 떠나버리다니! 그리고 불쌍한 아서. 그토록 사랑스러운 연인을 잃다니! 우리 모두가 사랑하는 사람을 잃은 상심을 견딜 수 있도록 주님께서 도우소서.

수어드 박사의 일기

9월 22일 - 다 끝났다. 아서는 링으로 돌아갔고, 퀸시 모리스도 함께 갔다. 퀸시는 참 괜찮은 친구다! 우리 중 누구 못지않게 루시의 죽음으로 상심했을 텐데도, 퀸시는 도덕적인 바이킹처럼 이 일을 견뎌냈다. 미국에 퀸시 같은 남자들이 점점 많아진다면, 미국은 실로 세계 최강대국이 될 것이다. 반 헬싱 교수님은 여정을 떠나기 위해 누워서 휴식을 취하고 계신다. 교수님은 오늘 밤 암스테르담으로 떠나지만, 내일 밤 돌아오실 것이며, 개인적으로 필요한 몇 가지 준비를 하고 싶다고 하셨다. 교수님은 가능하다면 내게 들르겠다고 하시며, 런던에서 할 일이 있는데 시간이 좀 걸릴지도 모른다고 하셨다. 불쌍한 분! 아무래도 지난 일주일간의 긴장감이 강철 같은 그분의 체력도 갉아 먹은 모양이다. 장례식 내내 교수님이 극도로 긴장하고 계신 것을 나는 알 수 있었다. 장례식이 끝나고 우리는 아서의 곁에 서 있었으며, 그 불쌍한 친구는 루시에게 자신의 피를 수혈했던 일을 이야기했다. 반 헬싱 교수님의 얼굴이 하얗게 질렸다가 보랏빛으로 물들었다. 아서는 그 순간 둘이 진정으로 결혼을 하고 하느님의 앞에서 루시가 자신의 아내가 된 것 같은 기분이 들었다고 말했다. 교수님이나 나 모두 다른 수혈에 대하서는 한마디도 하지 않았으며, 앞으로도 하지 않을 것이다. 아서와 퀸시는 함께 역으로 갔고, 반 헬싱 교수님과 나는 이리로 왔다. 우리 둘이 마차에 오른 순간 교수님은 히스테리 발작을 일으켰다. 교수님은 히스테리가 아니라고 부정하며, 그저 아주 끔찍한 상황에서 유머 감각이 튀어나왔을 뿐이라고 주장했다. 나는 혹시라도 다른 사람이 보고 이상한 생각을 할까 봐 마차 창문의 커튼을 내렸다. 교수님은 눈물이 나올 때까지 웃었고, 그런 다음 웃음이 터질 때까지 울었고, 여자가 그러듯 웃는 동시에 울었다. 나는 그런 상황에 빠진 여자에게 그러듯 교수님에게 엄하게 대하려 했지만, 아무런 효과가 없었다. 남자와 여자들은 신경쇠약이나 나약함을 표현하는 방식이 얼마나 다른가! 그러다 교수님의 얼굴이 점차 진지해지고 다시 엄해지자 나는 이러한 상황에서 왜 웃었는지 물었다. 교수님의 대답은 논리적이고 설득력 있으면서도 불가사의한 것이 딱 그분다웠다.

"아, 자넨 이해 못 한다네, 존. 내가 웃는다고 해도 내가 슬프지 않을 거라고 생각하지 말게. 봤지, 나는 웃음 때문에 목이 멨을 때도 울었지. 하지만 내가 울 때도 마냥 슬픈 거라고도 생각해서는 더더욱 안 돼. 웃음도 마찬가지니까. 문을 똑똑 두드리고 '나 들어가도 돼?' 하고 묻는 웃음은 진정한 웃음이 아니라는 점 항상 명심하게. 아니야! 웃음은 왕이고, 내키는 때 제멋대로 들어와. 웃음은 부탁을 하는 법이 없어. 적당한 때를 기다리지도 않아. 그냥 '내가 왔다.' 하고 짠 나타나지. 보게, 그 예로 나는 마음 깊이 그토록 사랑스러웠던 어린 소녀의 죽음을 슬퍼했지. 난 늙고 지쳤는데도 그 소녀에게 내 피를 내주었네. 그 소녀에게 내 시간과 내 기술, 내 잠까지 주었어. 내 다른 환자들이 원하는 것을 그 소녀에게 다 주었지. 하지만 그 소녀가 무덤에 묻히는 것을 보면서도 웃을 수 있다네. 교회 인부들이 삽으로 뜬 흙이 소녀의 관 위에 떨어지며 '텅! 텅!' 하고 내 심장을 울려대도, 내 얼굴이 시뻘게질 때까지 웃을 수 있어. 내 심장은 그 가련한 청년 – 사랑스러운 청년으로 인해 아팠지. 운이 좋았다면 아직 살아 있을 내 아들뻘인 데다 그 애와 머리카락이며 눈도 같은 색이라네. 자, 이제 내가 왜 그 청년을 그렇게 아꼈는지 알겠지. 그런데도 그 청년이 하는 말이 내 마음을 울리는데도, 유독 그 청년만 보면 아버지 같은 마음이 솟는데도 – 자네에게도 그런 마음은 들지 않네, 존. 우리는 아버지와 아들이라기보다는 동료에 가까우니까 – 그런 순간조차 웃음 왕이 내게 찾아와 내 귀에 대고 '내가 왔도다! 내가 왔도다!' 하고 외치면 피가 얼굴로 쏠리고 그가 항상 가지고 다니는 햇살이 내 뺨에 돈다네. 아, 친애하는 존. 이 세상은 기이하고, 슬프고, 비참함과 고통, 고뇌로 가득 차 있다네. 하지만 웃음 왕이 오면 그는 모든 이들을 그가 연주하는 곡에 맞추어 춤추게 만들지. 피 흘리는 심장, 교회 묘지의 마른 뼈들, 쓰라린 눈물들마저도. 모두가 미소기 하나 없는 웃음의 왕이 만들어내는 음악에 맞추어 함께 춤을 춘다네. 그리고 친애하는 존, 웃음의 왕이 오는 것이 좋다네. 우리 마음을 달래주러 오는 거니까. 아, 우리 인간들은 서로 다른 방향으로 잡아당기는 밧줄에 단단히 묶여져 있는 것 같지. 눈물이 오면, 밧줄 위에 쏟아지는 비처럼 우리를 지탱해주지만, 그 긴장 상태가 너무 커지면 우리는 무너지고 말아. 그런데 웃음 왕이 햇살처럼 찾아와 그 긴장감을 다시 없애주는 거야. 덕분에 우리는 어떠한 고난이든 짊어지고 앞으로 계속 나아갈 수 있는 거라네."

나는 교수님의 생각을 이해하지 못한 척 해서 상처를 주고 싶지 않았다. 하지만 아직 그 웃음의 이유를 이해하지 못했기에 다시 물었다. 내게 대답하며 교수님의 얼굴은 점차 엄숙해졌고 꽤 다른 어조로 말했다.

"아, 그건 냉혹한 아이러니지. 화환을 쓴 그토록 사랑스러운 아가씨가, 정말 죽은 것이 맞는지 의심스러울 정도로 생생한 아름다움을 간직한 그 아가씨가, 수많은 가족들이 누운 외로운 교회 묘지의 근사한 대리석 무덤 안에 그녀를 사랑했고 그녀가 사랑했던 어머니와 함께 누워 있었지. 그리고 성스러운 종이 너무나 슬프고 느릿하게 '댕! 댕! 댕!' 울리고, 천사처럼 하얀 옷을 입은 성직자들은 성경을 읽는 척하면서도 내내 책에는 눈길이 닿지 않았어. 우리 모두는 고개를 숙이고 있었고, 그게 다 뭘 위해서지? 그 아가씨는 죽었어. 그래! 그렇지 않은가?"

"교수님. 저는 그래도 교수님이 웃은 이유를 모르겠습니다. 오히려 교수님 설명을 들으니 전보다 더 당황스러운데요. 하지만 장례식이 우스꽝스러웠다고 해도, 불쌍한 아트와 그가 처한 곤경은요? 아트의 심장은 말 그대로 무너졌잖습니까."

"그랬지. 아서는 자신의 피를 루시에게 수혈한 것으로 루시가 진정한 자신의 신부가 되었다고 하지 않았나?"

"네, 하지만 그건 아트가 스스로를 위로하려 애쓰는 거잖아요."

"그렇지. 하지만 그건 무리가 있는 생각이라네, 존. 만약 그렇다면, 다른 사람들은 뭐가 되겠나? 허, 허! 그렇다면 이 사랑스러운 아가씨에게는 남편이 여럿인 셈이지. 물론 불쌍한 내 아내는 내겐 죽었지만 교회법상 살아 있다네. 뭐 말도 안 되는 소리지만, 어쨌든 그렇게 따지면 아내 없는 지금까지 충실한 남편이었던 나도 중혼자가 되는 셈이군."

"그런 말도 안 되는 농담을 하시다니요!" 나는 교수님이 그런 말을 하는 것이 조금도 즐겁지 않았다. 교수님은 내 팔에 손을 올려놓았다.

"친애하는 존, 내가 자네를 고통스럽게 했다면 미안하네. 나는 다른 사람에게 상처를 줄까 봐 내 감정을 드러내지 않는다네. 내 오랜 친구이자 내가 신뢰할 수 있는 자네이기에 솔직히 드러내는 거야. 내가 언제 웃고 싶을 때 자네가 내 속을 들여다볼 수 있다면, 웃음이 도착한 때에 자네가 내 속을 들여다볼 수 있다면 얼마나 좋겠나. 자네가 지금 내 속을 들여다볼 수 있다면, 웃음 왕은 왕관이며 짐을 죄다 싸서 멀리, 멀리, 아주 오래오래 동안 내게서 떠나버리려 한다는 사실을 안다면 자네가 누구보다도 날 동정할지도 모르지."

나는 교수님의 부드러운 목소리에 감동을 받았고, 그 이유를 물었다.

"난 아니까!"

이제 우리 모두는 뿔뿔이 흩어졌다. 앞으로 수많은 날 동안 외로움이 날개를 펼쳐 우리의 지붕을 감싸고 앉아 있을 것이다. 루시는 북적거리는 런던에서 한참 떨어진 외로운 교회 묘지 안의 가족 무덤 안에 누워 있다. 공기는 신선하며 햄스테드 언덕 위로 태양이 솟아오르고, 야생화들이 마음껏 피어난 곳이다.

따라서 나는 이 일기를 마칠 수 있다. 내가 또 다른 일기를 기록하게 될지는 신만이 아실 것이다. 내가 만약 다시 일기를 기록한다면, 다른 사람들과 다른 주제에 관한 내용이 될 것이다. 내 인생의 로맨스는 여기서 끝나고, 나는 원래의 생활로 되돌아가야 하기에 슬프면서도 아무런 희망도 없이 말한다.

　"끝"

〈웨스트민스터 가제트〉지 9월 15일자

헴스테드 미스터리

　헴스테드 인근에서 '켄싱턴의 공포' 또는 '목을 찌르는 여자' 혹은 '검은 옷을 입은 여자'라는 헤드라인으로 소개된 사건과 유사한 것으로 보이는 일련의 사건이 발생했다. 지난 2~3일간 집밖을 돌아다니거나 황야에 놀러 나갔던 어린아이들에게 서너 건의 사건이 발생했다. 모든 사건의 경우 아이들이 너무 어린 나이라 사건을 정확하게 설명하지 못했으나, 모두가 하나같이 '이쁜 여자'와 함께 있었다고 증언했다. 아이들이 실종된 것은 언제나 늦은 저녁때였으며, 두 건의 경우에는 아이들이 다음 날 새벽이 되어서야 발견되었다. 이 인근에서는 실종된 첫 번째 아이가, 자신이 사라졌던 이유를 '이쁜 여자'가 함께 산책을 가자고 부탁했기 때문이라고 댔기 때문에 다른 아이들도 그와 같은 변명을 댄 것이라 여기고 있다. 현재 어린아이들이 가장 좋아하는 놀이가 서로를 멀리로 꾀어내는 놀이이므로 더욱 그럴싸한 설명이다. 본지에 기사를 송고한 통신원의 말에 따르면 '이쁜 여자'의 생김새를 그린 몽타주에 찍힌 작은 점들이 아주 우스꽝스러웠다고 한다. 통신원은 우리의 캐리커처 화가들이 현실과 그림을 비교함으로서 왜곡의 아이러니에 대한 교훈을 배울 수 있을지도 모른다고 덧붙였다. '이쁜 여자'가 연극에 등장할 법한 외모를 하고 있어야 한다는 것은 사람들의 일반적인 의식에 따른 결과일 뿐이다. 우리의 통신원은 지저분한 꼬마들이 주장하거나 – 상상하는 – 그 여자의 외모에 대한 설명을 들으면, 여배우 엘렌 테리조차 그토록 매혹적일 수는 없을 거라고 소박하게 덧붙였다.

하지만 이러한 의문점을 진지하게 살펴보아야 할지도 모르는 것이, 밤새 실종되었던 아이들 모두가 목에 살짝 찢긴 상처가 나 있었기 때문이다. 이러한 상처는 쥐나 강아지 때문에 생긴 것일지도 모르며, 상처 자체는 그리 심각한 것은 아니지만 일정한 체계나 방식이 있는 동물의 소행으로 보인다. 지방 경찰청에는 햄스테드 언덕 주변으로 돌아다니는 아이들, 특히 아주 어린아이들이나 길 잃은 개가 있는지 예의 주시해달라는 지시가 내려졌다.

〈웨스트민스터 가제트〉지 9월 25일자 – 특별 호외

공포에 떠는 헴스테드
또 다른 아이가 부상을 입다.

"이쁜 여자"

우리는 어젯밤 또 다른 아이가 실종되었었고, 다른 쪽보다 인적이 드문 슈터스 힐 쪽 헴스테드 평야의 바늘금작화 덤불 아래서 잠자고 있는 아이를 오늘 아침 늦게서야 발견했다는 소식을 접했다. 목에는 다른 아이들과 똑같은 작은 상처가 나 있었다. 아이는 기운이 하나도 없었고, 꽤 쇠약해진 모습이었다. 그 아이 또한 어느 정도 정신을 차리자, '이쁜 여자'를 따라갔다는 같은 이야기를 되풀이했다.

제14장

미나 하커의 일기

9월 23일 - 조너선은 어젯밤보다 한결 상태가 낫다. 조너선이 할 일이 많아 다행이다. 일에 몰두하면 끔찍한 생각들을 잊을 수 있을 테니까. 아, 조너선이 새 직위에 따르는 책임감에 짓눌리지 않아 얼마나 기쁜지 모르겠다. 조너선이라면 본분을 다할 줄 알고는 있었지만, 내 사랑 조너선이 당당하게 앞으로 나아가 맡은 임무를 수월하게 헤쳐나가는 것이 너무나도 자랑스럽다. 조너선은 집에서 점심식사를 할 수 없다고 했으니, 밤이 늦어야 집에 돌아올 것이다. 집안일은 다 마쳤으니 조너선의 외국 여행기를 들고 방에 들어가 읽어봐야겠다…….

9월 24일 – 어젯밤에는 일기를 쓸 기운이 없었다. 조너선의 끔찍한 여행기에 너무 큰 충격을 받았기 때문이다. 불쌍한 조너선! 그게 진실이든 상상이든, 그이가 얼마나 큰 고통을 겪었을까. 그 여행기 안에 조금이라도 진실이 들어 있는 것일까? 그이가 뇌염에 걸렸다면, 그런 다음 이 끔찍한 이야기들을 적었다면, 그럴만한 이유가 있었던 것일까? 앞으로도 절대 알 수 없겠지. 감히 조너선에게 이 이야기를 꺼낼 엄두가 나지 않으니……. 하지만 우리가 어제 본 그 남자! 조너선은 그 남자를 안다고 확신하는 것 같았다……. 불쌍한 조너선! 아무래도 장례식 때문에 마음이 불안해져 이상한 상상을 한 모양이다……. 조너선은 그것을 모두 사실이라 믿고 있다. 우리 결혼식 날 조너선이 한 말이 기억난다. "다만 내가 자고 있었는지, 깨어 있었는지, 미쳤었는지 제정신이었는지 모를 그 끔찍한 시간을 기억해 내야 할 중대한 이유가 있다면 말해도 좋아요." 모든 것에 어떠한 연속성이 있는 것 같다……. 그 무시무시한 백작이 런던에 온다면……. 만약 그가 런던에 왔다면, 수백만 명의 인구가 있는 이곳에 왔다면……. 그것이 조너선에게 말해야 할 중대한 이유가 될지도 모르니 망설여서는 안 된다……. 나는 준비를 할 것이다. 당장 타자기를 준비해 조너선의 일기를 옮겨 적을 것이다. 필요할 경우 다른 사람들이 읽을 수 있도록 준비해 놓을 것이다. 만약 그런 날이 오면 불쌍한 조너선이 당황해하는 일이 없도록. 내가 그이를 대신해 모든 것을 다 말해주어, 그이가 그 모든 일로 혼자 고민하지 않도록 할 테니까. 만약 조너선이 불안감을 모두 떨쳐버리고 내게 모든 것을 털어놓고 싶어 한다면, 내가 그이에게 질문을 하고 그이가 사실대로 털어놓는다면, 내가 그이를 위로해줄 것이다.

반 헬싱이 하커 부인에게 보내는 편지

9월 24일
(친전)
친애하는 마담.

이렇게 갑자기 편지를 보내는 것을 양해해주십시오. 저는 마담께 루시 웨스튼라 양이 사망했다는 슬픈 소식을 전했던 바로 그 사람입니다. 고딜밍 경이 베풀어준 친절 덕에 웨스튼라 양의 편지와 서류들을 읽어 볼 권한을 얻게 되었습니다. 서류 안에 극도로 중요한 내용이 담겨 있을 거라 생각하기 때문이죠. 그러던 중 마담께서 보낸 편지를 몇 통 발견했고, 두 분이 얼마나 절친한 사이였으며 마담께서 웨스튼라 양을 얼마나 아끼는지 알게 되었습니다. 아, 마담 미나, 그 애정으로 절 도와주시기를 간곡히 부탁합니다. 제가 이런 부탁을 드리는 것은 다른 사람들을 위해서입니다. 부인이 아는 것보다 더 거대할지도 모르는 커다란 잘못을 고치고, 크고 끔찍한 고난들을 없애기 위함이지요. 제가 부인을 만나 뵐 수 있을까요? 저는 믿을 수 있는 사람입니다. 저는 존 수어드 박사와 고덜밍 경(그러니까 루시 양의 연인인 아서)의 친구입니다. 현재로서는 모두에게 비밀로 해야 합니다. 제가 가도 되는지, 언제 어디로 가야 하는지 알려주신다면 제가 당장 엑시터로 달려가겠습니다. 마담께서 부탁을 들어주시기를 간곡히 부탁드립니다. 마담께서 불쌍한 루시 양에게 보낸 편지를 읽었고, 마담이 얼마나 선량한 분인지, 마담의 남편께서 어떤 고통을 겪고 있는지 잘 알고 있습니다. 그러니, 가능하다면 남편께는 비밀로 해주시기 바랍니다. 다시 한 번 부탁드립니다, 갑자기 편지를 보낸 저를 용서해주십시오.

반 헬싱.

하커 부인이 반 헬싱에게 보내는 전보

9월 25일 – 괜찮으시면 오늘 열 시 십오 분 기차로 와주세요. 도착하시는 대로 아무 때나 찾아오세요.

윌헬미나 하커.

미나 하커의 일기

9월 25일 - 반 헬싱 박사님이 도착할 때가 가까워지니 흥분을 감출 수가 없다. 왠지 박사님을 만나면 조너선의 슬픈 경험담을 이해할 방도가 생길 것 같은 기분이 들고, 박사님은 사랑하는 루시의 마지막을 지켰으니 루시에 대한 이야기도 들을 수 있을 것이기 때문이다. 물론 박사님이 이곳에 오는 이유는 루시다. 루시와 루시의 몽유병 때문이지 조너선 때문이 아니다. 그렇다면 나는 이제 진실을 절대 알 수 없겠지! 난 왜 이리 바보 같담. 그 끔찍한 여행기가 내 머릿속을 온통 지배하고 있다. 물론 박사님이 오시는 것은 루시 때문이다. 불쌍한 루시에게 그 병이 도졌고, 절벽에서 보냈던 그 끔찍한 밤 때문에 루시가 병든 것이다. 내 문제로 너무 골몰한 나머지 루시가 얼마나 아팠는지 잊고 있었다. 루시는 박사님에게 몽유병으로 절벽을 걸었던 일을 이야기했고, 나는 그에 대해 전부 알고 있다. 이제 박사님은 내가 무엇을 알고 있었는지 이야기를 듣고, 루시를 이해하고 싶어 하는 건지도 모른다. 내가 웨스튼라 부인께 그 일을 함구한 것이 옳은 결정이었길 바란다. 내 행동이 불쌍한 루시에게 해를 끼친 것이라면 내 자신을 절대 용서하지 못할 것이다. 반 헬싱 박사님도 나를 탓하지 않으셨으면 좋겠다. 너무 많은 고민과 불안감에 휩싸여 있어 지금으로서는 더 이상의 고통은 견딜 수 없을 것 같다.

가끔씩은 우는 것이 도움이 되는 것 같다. 마치 비가 내린 후 공기가 맑아지는 것처럼. 어쩌면 어제 조너선의 일기를 읽은 것 때문에, 결혼 후 처음으로 조너선이 아침 일찍 출근해 밤늦게까지 돌아오지 않는 것 때문에 내가 이렇게 불안한 건지도 모르겠다. 사랑하는 조너선이 오늘 하루 무사하게, 아무 일 없이 무사하게 지내기를. 이제 두 시고, 곧 박사님이 이곳에 도착할 것이다. 나는 조너선이 묻기 전에는 그 일기에 관한 이야기는 한마디도 하지 않을 것이다. 내 일기를 타자로 쳐 놓기를 잘한 것 같다. 혹시 조너선이 루시에 대해 물을 경우 그것을 보여 주면 되니까. 그러면 많은 의문들이 해소될 테니까.

나중 – 박사님이 다녀가셨다. 아, 기이한 만남이었고, 그 때문에 내 머릿속은 온통 뒤죽박죽이다! 마치 꿈을 꾸는 것 같다. 그것이 전부, 아니 일부라도 가능한 것인가? 내가 조너선의 일기를 읽지 않았더라면, 박사님의 말을 조금도 받아들일 수 없었을 것이다. 얼마나 큰 고통을 겪었을까? 선하신 주님, 제발 이 일로 조너선이 다시 고통 받지 않도록 도와주세요. 나는 조너선을 구할 것이다. 하지만 그의 눈과 귀와 뇌가 그를 속인 것이 아니며 모든 게 사실이라는 것을 아는 것이 그에게 위안과 도움이 될지도 모른다 – 어쩌면 끔찍한 결과를 낳을지도 모르지만 말이다. 어쩌면 조너선을 괴롭히는 것은 의혹인지도 모른다. 그 의혹이 제거되고 모든 것이 진실이라는 것이 증명된다면, 조너선은 좀 더 마음의 평화를 되찾고 충격을 견딜 힘을 얻을지도 모른다. 반 헬싱 박사님은 아서의 친구이자 수어드 박사의 친구인 데다 둘이 루시를 봐달라고 그분을 네덜란드에서 모셔올 정도라면 실력을 갖추셨을 뿐 아니라 선량한 분이신 게 분명하다. 박사님의 얼굴을 보니 선량하고 다정하고 훌륭한 성품을 지닌 분인 것 같다. 그분이 내일 오면 그분께 조너선에 대해 물어볼 것이다. 하느님, 제발 이 모든 슬픔과 불안을 마무리 지을 수 있도록 저를 이끌어주세요. 나는 인터뷰 연습을 하고 싶다는 생각을 자주 했었다. 조너선의 친구인 〈엑시터 뉴스〉 기자가 인터뷰는 기억이 전부이며, 나중에 좀 다듬어야 할지라도 일단 들었던 말을 전부 그대로 적을 수 있어야 한다고 조언해주었다. 그래서 대강의 대화 내용을 적어본다.

현관문을 두드리는 소리가 난 것은 두 시 삼십 분이었다. 나는 양손을 꽉 쥐고 용기를 내며 기다렸다. 잠시 후 메리가 현관문을 열고 '반 헬싱 박사님'이 오셨다고 알렸다.

나는 자리에서 일어나 고개를 숙였고, 박사님이 내 쪽으로 다가왔다. 적당한 키에 탄탄한 체격을 가진 분으로, 가슴과 어깨가 딱 벌어졌으며 곧은 목은 몸과 어깨의 균형을 이루고 있었다. 당당한 얼굴을 보고 대번에 사고력과 힘이 상당한 사람이라는 느낌이 들었다. 머리는 기품 있고 적당한 크기로 뒤통수가 불룩했다. 얼굴은 깔끔하게 면도했으며 강하고 각진 턱에, 커다랗고 결연하며 감정이 풍부해 보이는 입, 코는 적당한 크기에 곧은 편이며 콧구멍은 날렵하고 섬세한데, 커다랗고 숱이 많은 눈썹이 아래로 쳐져 있고 입매를 꾹 다물고 있어 콧구멍이 더욱 넓어 보이는 것 같았다. 이마는 넓고 아름다웠으며 직선으로 솟아오르다 멀리 떨어져 있는 두 개의 관자놀이 너머로 부드럽게 넘어갔다. 참으로 위풍당당한 이마라 붉은 머리카락도 그 이마를 넘지 못하고 자연스럽게 머리 뒤와 옆으로 넘어갔다. 커다랗고 어두운 청색 눈은 간격이 좀 있었고, 박사님의 기분에 따라 날카롭기도 부드럽기도 하다가 또 엄격해지기도 했다.

"하커 부인 맞으십니까?" 나는 그렇다는 뜻으로 고개를 숙였다.

"미나 머리 양이시죠?" 다시 한번 나는 고개를 숙였다.

"제가 뵈러 온 것은 불쌍한 루시 웨스트라 양의 친구분인 미나 머리 양이랍니다. 마담 미나, 제가 온 것은 죽은 분 때문이에요."

"선생님, 선생님은 루시 웨스트라의 친구이자 조력자였으니 제게 그보다 중요한 분은 없답니다." 하고 나는 손을 내밀었다. 박사님은 그 손을 잡고 다정하게 말했다.

"아, 마담 미나, 불쌍한 백합 소녀의 친구가 선량한 사람이라는 사실을 잘 알고 있답니다. 그래도 묻고 싶은 것이……." 박사님은 점잖게 허리를 숙이는 것으로 말을 마쳤다. 내게 묻고 싶은 것이 뭐냐고 묻자, 박사님은 즉시 말을 꺼냈다.

"루시 양에게 보낸 마담의 편지를 읽었습니다. 용서하십시오, 조사를 시작해야 하는데 달리 물어볼 사람이 없었답니다. 마담이 휘트비에서 루시 양과 함께 지냈다는 건 알고 있습니다. 루시 양이 가끔씩 일기를 썼답니다. 놀라실 것 없습니다, 마담 미나. 마담이 떠나신 후에, 마담을 따라서 일기를 쓰기 시작한 거니까요. 그리고 그 일기에 루시 양은 몽유병에 걸렸을 때 마담이 자신을 구해주었다는 글을 적었더군요. 저는 당혹스러워서 마담을 찾아온 것이고, 마담께서 기억나는 대로 당시의 일을 전부 말씀해주십사 하고 부탁을 드리러 온 겁니다."

"반 헬싱 박사님, 전부 말씀드릴 수 있어요."

"아, 세세한 일들을 전부 다 기억하고 계신 모양이군요? 젊은 숙녀분들은 그런 경우가 드물죠."

"그런 건 아니에요, 박사님. 사실 그 때 일을 전부 적어두었거든요. 원하신다면 보여드릴게요."

"아, 마담 미나, 그렇게 해주신다면 고맙겠습니다. 큰 은혜를 베풀어 주시는 겁니다." 나는 그를 조금 놀려주고 싶다는 유혹을 이기지 못하고 - 아마도 그건 아직도 이브가 베어 물었던 사과의 맛이 우리 입에 남아 있기 때문인 것 같다 - 그에게 속기로 적은 일기장을 건넸다. 박사님은 고개를 숙이며 그 일기장을 받아들었다.

"제가 읽어도 될까요?"

"원하신다면요." 나는 시침을 뚝 떼고 대꾸했다. 박사님은 일기장을 열었고, 한순간 얼굴이 일그러졌다. 그런 다음 박사님은 자리에서 일어서서 고개를 숙였다.

"아, 아주 영리한 숙녀분이시군요! 오래전부터 조녀선 씨가 아주 훌륭한 자질을 지닌 사람이라고 알고 있었어요. 그런데 이제 보니 그분의 아내는 더 훌륭한 분이시구만. 그렇다면 제가 이 일기를 읽을 수 있도록 도와주시는 영광을 베풀어주시지 않겠습니까? 아아! 안타깝게도 전 속기를 모른답니다." 장난스러운 마음은 싹 사라지고 부끄러운 마음마저 들었다. 그래서 바늘 바구니에서 타자로 친 사본을 꺼내어 박사님께 건넸다.

"죄송해요. 저도 모르게. 하지만 교수님이 이런 부탁을 하시는 건 루시 때문일 거라 생각했고, 박사님께 시간의 여유가 없을지도 몰라 - 제가 아니라 박사님에겐 한시가 소중하다는 것을 아니까요 - 미리 타자기로 쳐 두었어요."

박사님은 그 사본을 받으며 눈을 빛냈다. "정말 훌륭한 분이시군요. 지금 읽어봐도 될까요? 읽고 나서 부인께 몇 가지 질문을 드리고 싶을지도 모르니까요."

"얼마든지요. 읽으시는 동안 저는 점심을 준비할게요. 그런 다음 점심식사를 들면서 제게 질문을 하시면 되죠." 교수님은 고개를 숙여 인사하고 의자에 자리를 잡고 앉아 일기를 읽는 데 몰두했고, 나는 박사님을 방해하지 않으려고 점심식사 준비하는 것을 보러 나갔다. 내가 돌아왔을 때 교수님은 방안을 정신없이 서성이고 있었고 얼굴은 온통 흥분으로 달아올라 있었다. 나를 보자마자 박사님은 나에게 달려와 내 두 손을 꼭 잡았다.

"아, 마담 미나. 마담에게 얼마나 큰 빚을 졌는지 아십니까? 이 일기는 햇살이에요. 내 앞에 문을 열어주었어요. 너무나도 눈부신 햇살에 눈이 부실 지경이지만, 매 순간 구름들이 빛 뒤에서 꿈틀거리고 있어요. 하지만 그건 마담이 이해하지 못하고, 이해할 수 없는 거니까. 아, 하지만 마담께 얼마나 고마운지 몰라요. 마담은 정말 영리한 여잡니다." 박사님은 아주 진지하게 이 말을 했다. "만약 이 아브라함 반 헬싱이 마담이나 마담의 남편에게 도움이 될 수 있다면, 뭐든지 말씀해주세요. 마담의 친구로서 도움이 될 수 있다면 그야말로 큰 기쁨일 겁니다. 친구로서, 제가 여태껏 쌓은 지식, 제가 할 수 있는 모든 것을 마담과 마담이 사랑하는 분들께 바치겠습니다. 삶에는 암흑도 있고, 빛도 있죠. 마담은 빛이에요. 마담은 행복하고 훌륭한 인생을 살 테고, 이런 부인을 얻다니 마담의 남편은 정말 복 받은 거예요."

"박사님, 칭찬이 과하신데요. 게다가 박사님은 절 잘 모르시잖아요."

"마담을 모르다니요……. 평생 남자와 여자들을 연구해 온 나 같은 늙은이가, 뇌를 전문으로 연구하고 그에 따르는 모든 것을 연구해 온 내가 말입니까! 마담이 날 위해 상냥하게도 미리 정리해둔 그 일기를 읽었는데, 한 줄 한 줄 다 진실로 살아 숨 쉬더군요. 마담께서 결혼과 진실에 대해 불쌍한 루시에게 보낸 그토록 다정한 편지를 읽었는데, 내가 마담을 모르다니요! 아, 마담 미나, 훌륭한 여자들은 자신의 삶을 전부 말하죠. 매일, 매시간, 매분, 천사들이 그걸 읽을 수 있도록 말이에요. 그리고 우리 남자들은 천사의 눈이 우리를 지켜보고 있기를 바라죠. 마담의 남편은 훌륭한 성품을 지녔고, 마담 역시 훌륭한 성품을 지녔어요. 두 사람은 서로를 굳게 신뢰하니까 말이오. 그리고 신뢰라는 것은 비열한 성품에게서는 나올 수가 없는 것이에요. 그리고 마담의 남편은……. 남편에 대해 말해봐요. 남편은 잘 지내고 있어요? 열병이 다 나아 건강해졌나요?" 나는 이때야말로 조너선에 대해 물어볼 절호의 기회라고 생각했다.

"거의 다 나았지만, 호킨스 씨가 돌아가신 일로 크게 상심했어요."

교수님이 끼어들었다.

"아, 네. 나도 압니다, 알아요. 마담이 보낸 마지막 두 통의 편지를 읽었죠."

나는 말을 이었다.

"아무래도 그 일로 상심했는지, 지난 목요일에 시내에 나갔을 때 그이가 쇼크를 일으켰어요."

"쇼크라니, 뇌염이 나은 지 얼마 되지도 않았는데! 그건 좋지 않군요. 어떤 쇼크였죠?"

"조녀선이 어제 어떤 사람을 봤는데, 그 사람을 보고 뇌염을 일으키게 만든 끔찍한 기억이 되살아났나 봐요." 이 순간 모든 일이 물밀듯 나를 덮쳐왔다. 조녀선에 대한 연민, 그가 경험한 공포, 그의 일기장에 적힌 무시무시한 미스터리, 그 이후로 나를 휘감았던 두려움, 모든 것이 한꺼번에 밀려왔다. 감정이 격해졌던 모양이다. 무릎을 꿇고 박사님에게 양손을 내밀며, 내 남편을 구해달라고 애원했으니 말이다. 박사님은 내 두 손을 잡아 일으켜 소파 위에 앉힌 다음, 내 옆자리에 앉아 손을 잡고 아, 한없이 다정하게 말씀하셨다.

"내 인생은 황량하고 외로웠고, 그저 일에만 빠져 있어 친구를 사귈 시간도 많지 않았어요. 하지만 내 친구 존 수어드가 날 이곳으로 부른 후 좋은 사람들을 아주 많이 만나고 숭고한 사람들도 많이 보아서인지 - 나이 먹을수록 더 커져만 가는 - 외로움이 더욱 더 크게 느껴진답니다. 그러니 날 믿어요. 나는 마담을 존중하는 마음에 이곳에 왔고, 마담은 내게 희망을 주었어요. 내가 찾던 그 희망이 아니라, 여전히 인생을 행복하게 만들어주는 훌륭한 여성들이 많다는 희망 말이에요. 훌륭한 삶과 진실한 행동으로 자녀들에게 좋은 교훈을 남길 수 있는 훌륭한 여성들이요. 나는 내가 마담께 어떤 도움이 될 수 있다는 사실이 아주, 아주 기쁘답니다. 만약 마담의 남편이 고통을 받고 있다면, 내 그동안 쌓아 온 연구와 경험으로 남편의 고통을 치유할 수 있어요. 내 기꺼이 남편분을 위해, 남편분이 다시 건강한 모습을 되찾고 마담의 삶이 행복해질 수 있도록 있는 힘껏 노력하겠다고 약속드리지요. 자, 이제 식사를 들어요. 마담은 많이 지쳐 있고 어쩌면 너무 과도한 불안에 시달리고 있는지도 몰라요. 남편도 마담이 그토록 창백한 얼굴을 하고 있는 걸 좋아하지 않을 겁니다. 사랑하는 부인이 힘들어하는 것을 보면 남편에게도 좋지 않아요. 그러니 남편을 위해서라도 마담이 식사를 하고 미소를 지어야 해요. 마담께서 루시에 대해 다 이야기해주었으니, 이제 꼭 필요하지 않은 한 그 이야기는 하지 맙시다. 난 오늘 밤 엑시터에 머물 겁니다. 마담께서 해주신 말씀에 대해 생각해보고 싶은 게 많고, 또 그 후에는 가능하다면 마담께 질문도 드려보고 싶으니까요. 그런 다음 마담께서도 제게 할 수 있는 한도 내에서 남편이 겪는 문제점에 대해 말씀해주세요. 하지만 아직은 아닙니다. 지금은 식사를 해야 해요. 그 후에 내게 전부 다 말씀해주세요."

점심식사 후 응접실로 돌아오자, 박사님이 말씀하셨다.

"자, 이제 남편에 대해 전부 말씀해보세요." 이토록 학식이 높은 분에게 이야기를 하려고 하니, 그분이 나를 연약한 바보라고, 조너선은 미치광이라고 - 일기의 내용이 전부 이상하다고 - 생각하실까 봐 겁이 나기 시작했고 말을 꺼내기가 망설여졌다. 하지만 박사님은 너무나도 상냥하고 다정하신 데다 도와주겠다고 약속하셨기에 나는 그분을 믿고 털어놓았다.

"반 헬싱 박사님, 제가 드릴 이야기는 너무나도 기이한 거라 박사님께서 저나 제 남편을 비웃으실까 봐 걱정스러워요. 저는 어제부터 극심한 불안에 시달린 상태라 제게 다정하게 대해주셔야 해요. 제가 아주 이상한 소리를 한다고 저를 어리석다고 여기시면 안 돼요." 박사님은 말뿐만이 아닌 태도로 나를 안심시켰다.

"아, 친애하는 마담, 내가 이곳에서 얼마나 기이한 일을 겪었는지 안다면, 마담이야말로 나를 비웃을 겁니다. 나는 아무리 기이한 거라도, 다른 사람의 생각을 가볍게 여겨서는 안 된다는 사실을 잘 알고 있답니다. 나는 열린 마음을 유지하려 노력해 왔어요. 평범한 것들로는 그 일을 해결할 수가 없죠. 내가 미친 게 아닌가 의심스러울 정도로 기이한 것들, 기상천외한 것들만이 그 일을 해결할 수가 있었답니다."

"고맙습니다, 정말 고맙습니다! 박사님 덕분에 마음이 한결 가벼워졌어요. 괜찮으시다면 종이 한 장을 드릴 테니 읽어보세요. 길지만 제가 타자로 쳐 놨어요. 그 종이를 읽어보시면 제 고민과 조녀선의 고민을 알 수 있을 거예요. 조녀선이 해외에 나갔을 때 일어난 모든 일을 적은 일기의 사본이에요. 저는 아무 말도 못하겠어요. 박사님이 직접 읽어보시고 판단해주세요. 다 읽고 나서 박사님의 생각을 말씀해주시면 정말 고마울 거예요."

"약속하죠." 박사님은 그 사본을 받아들며 말했다. "내일 아침 일찍 일어나자마자 곧장 이리로 와서 마담과, 가능하면 남편분도 만나 뵙도록 하죠."

"조녀선은 열한 시 반에 집에 올 테니, 박사님이 점심식사 때 오시면 그이를 만나실 수 있을 거예요. 오후 세 시 삼십사 분 기차를 타면 여덟 시 전에 패딩턴 역에 도착하실 수 있을 거예요." 박사님은 내가 기차 시간표를 줄줄 꿰고 있는 데 놀랐지만, 사실 나는 조녀선이 급할 경우 도움이 될 수 있도록 엑시터를 오가는 모든 기차 시간을 외우고 있다.

박사님은 일기 사본을 가지고 떠나셨고, 나는 이곳에 앉아 생각, 나도 무슨 생각인지 모르는 생각을 하고 있다.

반 헬싱이 하커 부인에게 보내는 편지

(손글씨로 썼음.)

9월 25일, 오후 6시

친애하는 마담 미나

남편이 쓴 아주 훌륭한 일기를 읽었습니다. 아무 걱정 말고 푹 주무시길 바랍니다. 말씀대로 기이하고 무시무시하더군요! 내 목숨을 걸고 맹세합니다. 다른 이들에게는 더 끔찍할 수도 있으나, 남편분과 부인은 두려워할 것이 하나도 없습니다. 마담의 남편은 훌륭한 분이며, 사람 경험이 많은 제가 말씀드리지만 남편처럼 벽을 타고 내려가 그 방에 들어가는 것 – 아, 그것도 두 번이나 – 쇼크로 제정신이 아닌 사람이 할 수 있는 행동이 아니에요. 남편의 뇌와 심장은 모두 정상입니다. 이 사실은 마담의 남편을 만나보지 않아도 맹세할 수 있습니다. 그러니 편히 쉬세요. 오늘 마담을 뵌 것이 커다란 축복입니다. 너무나도 많은 사실을 한꺼번에 알게 되어서 나는 전보다 더 눈이 부실 지경이고, 생각을 좀 해봐야겠습니다.

아브라함 반 헬싱.

하커 부인이 반 헬싱에게 보내는 편지

9월 25일, 오후 6시 30분
친애하는 반 헬싱 박사님,

　친절한 편지 정말 감사합니다. 덕분에 제 마음이 얼마나 가벼워졌는지 몰라요. 하지만 그게 진실이라면, 세상에는 끔찍한 것들이 얼마나 많으며 그 남자, 그 괴물이 정말 런던에 있다면 이 얼마나 무서운 일인가요! 생각하기조차 두려워요. 이 편지를 쓰는 동안 조너선에게 전보를 받았는데, 오늘 밤 론스턴에서 여섯 시 이십오 분에 출발해 이곳에 열 시 십팔 분에 도착한답니다. 그러니 오늘 밤에는 두려움에 떨지 않을 거예요. 박사님께서는 점심식사 대신 여덟 시에 오셔서 아침식사를 함께 하시겠어요? 너무 이른 시각이 아니라면요. 급하게 돌아가셔야 한다면 열 시 삼십 분 기차를 타면 오후 두 시 삼십오 분에 패딩턴 역에 도착할 거예요. 박사님께서 다른 소식을 전하지 않으면 아침식사에 오시는 것으로 알고 있을게요.

미나 하커.

조너선 하커의 일기

9월 26일 - 다시 이 일기를 쓰는 날이 올 줄은 꿈에도 몰랐지만, 때가 왔다. 내가 어젯밤 집에 돌아와 보니 미나가 저녁식사를 준비해놓고 기다리고 있었다. 저녁식사를 마치자 미나는 반 헬싱 교수님이 다녀갔으며 그에게 두 일기장의 사본을 건넸고 그동안 나 때문에 너무 걱정이 많았다고 털어놓았다. 미나는 내게 내 일기장의 내용이 사실이라는 박사님의 편지를 보여주었다. 그 편지 덕분에 나는 새롭게 태어난 것 같다. 날 무너뜨린 것은 현실에 대한 의심이었다. 나는 무능한 기분이었고, 어둠속에 있는 듯한 기분이었으며, 내 스스로가 의심스러웠다. 하지만 이제 사실을 알았으니 백작조차 두렵지 않다. 결국 백작은 런던에 오는 데 성공했고, 내가 본 그 자는 백작이었다. 예전보다 젊어진 모습이었는데 어떻게 된 것일까? 미나가 말한 대로라면, 반 헬싱 교수님이야말로 그자의 가면을 벗기고 그자를 찾아낼 사람이다. 미나와 나는 밤이 늦도록 앉아 이야기를 나누었다. 미나는 옷을 입고 있고, 나는 몇 분 후 호텔로 가서 교수님을 모셔올 것이다…….

교수님은 나를 보고 놀란 것 같았다. 내가 방 안으로 들어가 내 소개를 하자, 교수님은 내 어깨를 잡고 햇살이 드는 쪽으로 내 얼굴을 돌리더니 날카롭게 관찰했다.

"마담 미나의 말로는 아팠다고 하던데요. 쇼크를 받았다고."
이 상냥하고 강인한 얼굴을 한 노인이 내 아내를 '마담 미나'라
고 부르는 것이 너무 우스웠다. 나는 미소를 지으며 대답했다.

"아팠고, 쇼크도 받았죠. 하지만 교수님 덕분에 벌써 다 나았
습니다."

"어떻게요?"

"어젯밤 미나에게 보내신 편지 덕분이죠. 저는 의심에 사로
잡혀 있었고, 모든 것이 다 비현실적인 것 같아 무엇을 믿어야
할지 몰랐고, 제 감각마저 믿을 수가 없었습니다. 무얼 믿어야
할지 모르니 어떻게 해야 할지도 당연히 몰랐습니다. 그래서
그저 예전에 해왔던 대로 일만 했던 겁니다. 하지만 그것도 아
무런 효과가 없었고, 저는 제 자신을 불신했습니다. 박사님, 모
든 것을, 자기 자신마저 의심한다는 것이 어떤 건지 모르실 겁
니다. 아뇨, 박사님은 모르십니다. 박사님처럼 눈썹이 그렇게
생긴 사람은 알 수가 없을 겁니다." 교수님은 내 말이 즐거운 듯
웃음을 터뜨렸다.

"자! 하커 씨는 관상에 관심이 많구만. 나도 이곳에서 매시간
더 많은 것을 배우고 있어요. 하커 씨가 아침식사를 함께 하러
와주시니 아주 기쁘군요. 아, 노인네의 칭찬을 양해해준다면,
하커 씨는 부인복이 아주 많다고 말해주고 싶소." 나는 하루 종
일이라도 미나의 칭찬을 들을 수 있었기에 가만히 고개를 끄덕

이며 조용히 서 있었다.

"마담 미나는 주님이 직접 두 손으로 빚어서 만들어낸 여인이에요. 우리 남자들과 다른 여자들에게 우리가 들어갈 수 있는 천국이 있으며, 천국의 빛이 이 지상에도 내리쬘 수 있다는 걸 보여주시려고 말이오. 그토록 진실하고, 상냥하고, 고귀하고, 이타적인 여인이라니. 아, 이 나이가 되면 사람이 아주 회의적이고 이기적이 된다오. 하커 씨에 관한 것은, 내가 불쌍한 루시 양 앞으로 온 편지를 모두 읽었는데 그중에 선생에 대한 내용도 있어 선생과는 벌써부터 알고 지낸 것 같아요. 하지만 선생의 진정한 모습은 어젯밤에 보았지. 손을 이리 주시겠소? 평생 친구로 지냅시다."

우리는 악수를 나누었고, 교수님의 너무나도 진실하고 상냥한 모습에 나는 목이 메었다.

"자 이제 몇 가지 물어봐도 되겠소? 나는 할 일이 아주 많고, 그 일을 시작하려면 먼저 일의 내막을 알아야 하지. 선생이 날 도와주시오. 선생이 트란실바니아에 가기 전에 어떤 일이 있었는지 말해주시겠소? 후에 더 많은, 다른 종류의 도움을 부탁할지도 모르겠지만, 현재로서는 이것으로 충분해요."

"박사님, 박사님이 하시려는 일이 백작과 연관이 있는 겁니까?"

"그래요." 박사님은 진지하게 대답했다.

"그렇다면 저도 박사님을 돕겠습니다. 박사님이 열 시 삼십 분 기차로 떠나신다면 글을 읽을 시간이 없으실 겁니다. 제가 서류 한 뭉치를 가져왔으니 가져가셔서 기차 안에서 읽으세요."

아침식사 후에 나는 박사님을 역까지 배웅했다. 헤어질 때 박사님은 이렇게 말했다.

"나중에 내가 연락을 보내면 런던으로 와요. 마담 미나도 함께."

"연락 주시면 함께 가겠습니다."

나는 박사님께 조간신문과 전날 밤 나온 런던 신문을 건넸고, 우리가 열차 창을 사이에 두고 이야기를 나누며 기차가 출발하기를 기다리는 동안 박사님은 그 신문들을 넘겨보고 계셨다. 〈웨스트민스터 가제트〉를 보던 중 ─ 색으로 그 신문인 줄 알았다 ─ 박사님은 무언가를 발견한 듯 안색이 하얗게 질려서는 유심히 어떤 기사를 읽으며 신음했다. "마인 고트! 마인 고트!(하느님 맙소사! 하느님 맙소사!) 이렇게 빨리! 이렇게 빨리!" 내 존재는 까맣게 잊으신 모양이었다. 그 순간 기적 소리가 울리고 기차가 움직이기 시작했다. 이 소리에 정신이 든 듯, 박사님은 창밖으로 몸을 내밀더니 손을 흔들며 외쳤다. "마담 미나에게 안부 전해줘요. 가능한 빨리 편지 쓰겠소."

수어드 박사의 일기

9월 26일 - 세상에 끝이란 것은 없다. 내가 '끝'을 말한 지 일주일도 채 지나지 않았는데, 나는 이렇게 다시 일기를 기록하고 있다. 오늘 오후가 올 때까지 나는 이미 지난 일을 생각할 이유가 전혀 없었다. 렌필드는 그 어느 때보다 멀쩡하다. 파리 수집은 끝낸 지 오래며, 막 거미 수집을 시작했으니 내게는 아무런 골칫거리가 아니었다. 일요일에 쓴 아서의 편지를 한 통 받았는데, 그 내용을 보면 이 상황을 훌륭하게 잘 견뎌내고 있는 것 같다. 퀸시 모리스가 아서 곁에서, 특유의 쾌활한 성격으로 아서를 돕고 있다. 퀸시 또한 내게 편지를 한 줄 적었는데, 아서가 과거의 모습을 되찾기 시작했다고 한다. 그 소식을 들으니 내 마음도 편안하다. 나로 말할 것 같으면, 전처럼 열정적으로 일에 매진하느라 불쌍한 루시가 내게 남긴 상처가 아물어가고 있다고 해도 좋을 것이다. 그러나 모든 일이 다시 시작되었다. 어떤 결말이 날지는 하느님만이 아신다. 반 헬싱 교수님도 그 결말을 아실 것 같지만, 교수님에게 물어본다고 해도 힌트만 주시며 궁금증만 더하게 만들 것이다. 반 헬싱 교수님은 어제 엑시터에 가서 하룻밤을 지내셨다. 오늘 런던에 돌아온 교수님은 다섯 시 반쯤 방문을 벌컥 열고 들어와 어젯밤에 발행된 〈웨스트민스터 가제트〉를 내 손에 쥐어주셨다.

"어떻게 생각하나?" 교수님은 뒤로 물러서 팔짱을 끼며 물으셨다.

나는 신문을 훑어보았지만, 교수님의 말씀을 알아듣지 못했다. 교수님이 신문을 가져가더니 헴스테드에서 일어난 아동 실종 사건 기사를 가리키셨다. 내게는 별다른 의미가 없는 기사였지만, 읽다 보니 그 아이들의 목에서 작게 뚫린 상처가 발견되었다는 단락에 이르렀다. 한 가지 생각이 내 머릿속을 스쳤고 나는 눈길을 들었다.

"어떤가?"

"불쌍한 루시의 목에 난 상처와 같군요."

"그래서 자네는 어떻게 생각하나?"

"그냥 공통적인 원인이 있을 거라고 생각합니다. 루시에게 상처를 낸 것이 아이들에게도 상처를 냈다고요." 나는 교수님의 질문이 이해되지 않았다.

"간접적인 원인은 같지만, 직접적인 원인은 다르다네."

"그게 무슨 말씀입니까, 교수님?" 나는 물었다. 교수님의 진지함을 가볍게 치부하고 싶은 마음이 조금 있었다. 쓰라리고 비참한 불안감에서 벗어나 나흘 동안 휴식을 취하면 기력을 회복하기 마련이니까. 허나 교수님의 얼굴을 본 순간 나는 정신이 번쩍 들었다. 우리가 불쌍한 루시 때문에 절망에 빠져 있을 때에도 교수님의 이토록 엄숙한 표정은 한 번도 보지 못했던 것이다.

"말씀해주세요! 저는 감히 의견을 낼 수가 없습니다. 뭐라고 생각을 해야 할지도 모르겠습니다. 그리고 제겐 추론을 내릴 자료도 전혀 없잖습니까."

"친애하는 존, 불쌍한 루시가 죽음에 이른 원인에 대해 의심하는 바가 하나도 없다는 말인가? 일련의 사건들 뿐 아니라 나도 그토록 많은 암시를 주었는데도?"

"상당한 양의 혈액을 손실한 데 따르는 쇠약함으로 사망한 거죠."

"그렇다면 그 혈액은 어떻게 손실되었지?" 나는 고개를 저었다. 교수님이 다가와 내 옆자리에 앉았다.

"존, 자네는 영리한 친구야. 논리적이고 과감하지. 하지만 지나친 편견에 사로잡혀 있어. 자네는 자네의 눈이 본 것, 귀가 들은 것을 용인하지 않고, 자네의 일상생활 밖에 있는 것들은 중요하게 생각하지 않지. 자네는 이 세상에 자네가 이해하지 못하는 것들이 존재하며, 어떤 사람들은 다른 사람들이 보지 못하는 것을 본다고 생각하지 않나? 그런데 이 세상에는 사람들이 눈으로 보지 못하는 오래된 것들과 새로운 것들이 있네. 남에게 들은 말로 그것들을 알고 있기 때문에, 혹은 알고 있다고 생각하기 때문이야. 아, 모든 것을 다 설명하길 기대하는 것이 우리 과학의 오류라네. 설명할 수 없다면, 설명할 것이 없다고 치부하지. 하지만 매일 같이 새로운 믿음들이 자라나고 있다네. 스스로는 새롭다고 생각하지만 오래된 것, 그러면서 새로운 척하는 것들이. 마치 오페라에 나오는 아름다운 숙녀들처럼 말일세. 자네는 영혼이 다른 육체에 깃들 수 있다고 믿나? 영혼이 물질화될 수 있다고 믿나? 영적 육체가 있다고 믿나? 독심술은? 최면술은……."

"네, 믿습니다. 샤르코가 아주 훌륭하게 증명했으니까요." 교수님은 빙그레 웃으며 말을 이었다. "그렇다면 최면술은 믿는 거로군. 그렇다면 물론 최면술이 어떻게 작동하는지 이해하고, 위대한 샤르코의 예를 따라 – 아아, 샤르코가 고인이 되었다는 사실이 안타까워! – 환자의 영혼을 들여다볼 수 있겠군. 못한다고? 그렇다면 친애하는 존, 자네는 증명된 사실은 받아들이면서, 전제로부터 그러한 결론이 내리게 된 과정은 몰라도 상관없다는 뜻인가? 아니야? 그렇다면 말해보게. 나는 뇌과학을 연구하는 사람이니 말일세. 자네가 어떻게 최면술을 받아들이면서 독심술을 부정하는지. 친애하는 존, 오늘날 존재하는 전기는 그것을 발견한 장본인들조차 사악한 것으로 여겼네. 그들은 마녀라며 화형을 당했다네. 인생에는 미스터리한 것들이 항상 존재하지. 성경에 나오는 므두셀라는 900세까지 살았고, '올드 파'는 169세까지 살았는데, 불쌍한 루시가 네 남자의 피를 수혈받고도 하루도 더 살지 못한 이유는 뭘까? 루시가 하루만 더 살았더라면 우리는 그녀를 구할 수 있었을 텐데. 자네가 삶과 죽음의 모든 미스터리를 아는가? 자네가 비교해부학을 모두 알아서, 왜 어떤 사람은 잔인한 성질이 있고, 왜 어떤 사람은 그렇지 않은지 대답할 수 있나? 왜 어떤 거미들은 얼마 자라지 못하고 금방 죽고, 거대한 거미 한 마리는 오래된 스페인 교회의 탑에 수 세기 동안 살아남아 점점 더 커져 교회 램프 안에 있는 기름을 전부 마실 수 있는지 그 이유를 말할 수 있나?

자네는 왜 남미 대초원이나 또 어떤 곳에서는 밤에 박쥐들이 돌아다니며 소와 말의 피를 빨아먹는지, 왜 서부 해안의 어떤 섬에서는 하루 종일 나무 위에 매달려 있기만 해 그걸 본 사람들이 거대한 땅콩이나 콩깍지라고 생각하는지, 왜 선원들이 무더운 날씨에 갑판 위에서 잠을 자다가 박쥐가 펄럭거리며 그자들을 덮치는 바람에 아침이 되면 루시 양처럼 창백한 모습으로 죽은 채 발견되는지 그 이유를 설명할 수 있겠나?"

"맙소사, 교수님!" 나는 화들짝 놀랐다. "루시가 그런 박쥐에게 물렸다고 말씀하시려는 겁니까? 여기 19세기 런던에 그런 것이 있다고요?" 교수님은 조용히 하라는 뜻으로 손을 젓고는 말을 이었다.

"자네는 왜 거북이가 사람보다 수명이 긴지 그 이유를 아나? 왜 코끼리는 수많은 왕조가 서고 지는 동안 계속 살아남는지 아나? 왜 앵무새는 다른 병이 아닌 개나 고양이에게 물려서만 죽는지 아나? 자네는 왜 수많은 사람들이 영원히 사는 사람들이 있다고, 죽을 수 없는 사람이 있다고 믿는지 아나? 우린 다들 - 과학적으로 증명이 되었기에 - 수천 년 동안 바위 속에 갇혀 사는 두꺼비들이 있으며, 아주 작은 구멍이라 어릴 적에나 들어갈 수 있는 구멍에 틀어 박혀 있다는 사실을 알고 있지. 인도의 어느 수도승이 스스로 목숨을 끊고 땅에 묻히고 무덤을 봉인하고 그 위에 옥수수를 심었는데, 그 옥수수가 잘리고 또 잘린 후, 사람들이 와서 그 봉인을 뜯어내보니 그 아래 있던 인도 수도승이 자리에서 일어나 전처럼 사람들 사이를 걸어 다녔다네. 자네는 그 이유를 말할 수 있나?" 이 순간 나는 교수님의 말을 막았다. 점점 더 당황스러웠고, 교수님이 늘어놓는 기이한 자연 현상들과 있을 법한 불가능한 일들이 머릿속을 어지럽히며 상상력이 불타올랐다. 교수님이 오래전 암스테르담의 서재에서 그랬듯 내게 어떤 가르침을 주려 한다는 사실을 어렴풋이 깨닫기 시작했던 것이다. 하지만 당시 교수님은 자신의 생각을 먼저 말씀해주셔서, 내가 어떻게든 고민을 해볼 여지가 있었다. 그에 비해 지금의 교수님은 분명히 말씀을 해주지 않으셨고, 나는 교수님의 생각을 알고 싶었다.

"교수님, 저를 다시 애제자로 대해주세요. 교수님의 이론을 말씀해주세요. 제가 교수님의 말씀을 이해할 수 있도록 말입니다. 지금 저는 미치광이처럼 교수님의 생각을 쫓느라 이리저리로 뛰고 있습니다. 마치 안개에 휩싸인 습지에서 헤매는 초짜가 된 기분이에요. 어디로 가는지도 모르고 그저 이 둔덕에서 저 둔덕으로 뛰어다니는 초짜요."

"좋은 비유로군. 그렇다면 자네에게 말해주겠네. 내 이론은 이거야. 나는 자네가 믿기를 바라네."

"무얼 말입니까?"

"자네가 믿을 수 없는 것들을. 자세히 설명해주지. 한번은 어느 미국인이 믿음을 이렇게 정의 내렸다네. '믿음이란 사실이 아니라고 알고 있는 것을 믿게 하는 능력'이라고. 나는 그 말을 믿네. 그 사람 말의 뜻은 우리는 열린 마음을 가져야 하며, 작은 진실로 밀려오는 커다란 진실을 막아서는 안 된다는 거지. 마치 작은 돌덩이가 기차를 막는 것처럼 말이야. 우리는 먼저 작은 진실을 손에 넣지. 좋아! 우리는 그 진실을 간직하고 소중히 대해야 하네. 하지만 그래도 그 작은 진실에 기반해 우주의 모든 진실을 판단해서는 안 된다네."

"그렇다면 제가 이미 가지고 있는 확실한 사실로 인해 낯선 사실을 거부해서는 안 된다는 말씀을 하고 계신 거군요. 제가 제대로 이해하고 있는 겁니까?"

"아, 자네는 여전히 내가 가장 아끼는 제자라네. 자네는 가르치는 보람이 있지. 이제 자네가 기꺼이 이해하고자 하는 마음이 들었으니, 이해로 가는 첫 번째 단계를 밟은 셈이야. 자네는 아이들의 목에 난 작은 구멍이 루시 양의 목에 난 구멍을 낸 것과 같은 것에 의해 생겼다고 생각하지?"

"그렇다고 생각합니다." 교수님은 자리에서 일어서더니 진지하게 말했다.

"그렇다면 자네가 틀렸네. 아, 그랬다면 얼마나 좋겠나! 하지만 아아! 아닐세. 그보다 훨씬, 훨씬 나빠."

"반 헬싱 교수님, 도대체 무슨 뜻입니까?" 나는 외쳐 물었다.

교수님은 절망적인 자세로 의자에 털썩 주저앉더니 탁자에 팔을 괴고 양손으로 얼굴을 가렸다.

"그 상처는 루시 양이 만든 거라네!"

제15장

수어드 박사의 일기 - 계속

순간 나는 참을 길 없는 분노에 휩싸였다. 마치 교수님이 살아 있는 루시의 얼굴을 후려친 것 같은 기분이었다. 나는 탁자를 세게 내리치며 자리에서 벌떡 일어났다.

"반 헬싱 박사님, 미치신 겁니까?" 교수님이 고개를 들어 나를 바라보았고, 교수님의 온화한 얼굴을 보는 즉시 나도 모르게 화가 가라앉았다. "차라리 그랬으면 좋으련만! 이런 진실을 받아들이느니 차라리 내가 미쳤다고 생각하는 게 편하겠지. 아, 내 친구 존, 내가 왜 이렇게 간단한 것을 그토록 오랫동안 자네에게 말하지 않았다고 생각하나? 내가 자네를 평생토록 미워하고 또 미워해서? 자네에게 고통을 주고 싶어서? 자네가 날 무시무시한 죽음으로부터 구해준 것에 앙심을 품어서? 아아, 아니라네!"

"죄송합니다." 내 사과에 교수님께서 말씀을 이었다.

"친애하는 존, 자네가 그 사랑스러운 아가씨를 사랑한다는 사실을 알기에, 자네에게는 찬찬히 알리고 싶었기 때문이라네. 하지만 자네가 믿을 거라고는 기대하지 않아. 그런 심오한 진실은 즉시 받아들이기가 너무 어렵고, 우리는 그 가능성을 의심하며 항상 그게 사실이 아니라고 생각하지. 그토록 슬프고 확고한 진실은, 루시 양이 범인이라는 사실은 받아들이기가 더더욱 어렵다네. 오늘 밤 나는 그 사실을 증명하러 갈 거야. 자네도 함께 가겠나?"

나는 주저했다. 남자라면 그러한 진실은 증명하고 싶지 않기 마련이다. 바이런만이 예외였다.

"그가 가장 혐오하는 바로 그 진실을 증명하니."

교수님은 내가 망설이는 것을 알고 이렇게 말씀하셨다.

"논리는 간단하다네. 이번에는 안개에 휩싸인 습지에서, 둔덕을 옮겨 다니며 뛰는 미치광이의 논리가 아니야. 만약 그게 사실이라면 증명을 해야 마음이 편해질 거야. 최악의 경우라 쳐도 아무런 해 될 게 없지. 만약 그게 사실이라면! 아, 무시무시할 걸세. 하지만 그 무시무시함이 내 대의를 도울 거네. 사실임이 증명된다면 믿어야 할 테니까. 자, 내가 무엇을 할 건지 말해주겠네. 먼저 우리는 지금 가서 병원에 있는 그 아이를 만나 볼 거야. 기사에 따르면 아이가 입원한 노스 병원에 근무하는 빈센트 박사가 내 친구고, 암스테르담에서 자네와 같이 학교를 다녔으니 자네 친구이기도 하겠지. 빈센트 박사라면 친구의 부탁을, 아니 두 의사의 부탁을 들어줄 거야. 우린 그에겐 아무 말도 하지 않고, 아이를 확인해 볼 걸세. 그런 다음……."

"그런 다음엔요?" 교수님은 주머니에서 열쇠 하나를 꺼내 들어올렸다. "그런 다음 자네와 나는 루시가 누워 있는 교회 묘지에서 밤을 보낼 걸세. 이것이 무덤 열쇠야. 장의사가 아서에게 전해달라며 내게 주었지." 내 심장이 덜컹 내려앉았다. 우리 앞에 무시무시한 고난이 놓여 있는 것이 느껴졌기 때문이다. 하지만 아무 말도 할 수가 없어 최대한 용기를 끌어 모아 시간이 가고 있으니 서두르는 게 좋겠다고 했다…….

아이는 깨어 있었다. 잠도 푹 자고 식사도 좀 했고 전반적으로 많이 호전된 듯했다. 빈센트 박사가 아이 목의 붕대를 풀어 상처를 보여주었다. 확실히 루시 목에 난 상처와 유사했다. 다만 상처가 좀 더 작고 최근에 생긴 것 같았다. 우리는 빈센트에게 그 상처의 원인에 대해 물었고, 빈센트는 쥐 같은 작은 동물에게 물린 것으로 보인다고 대답했다. 그러면서 덧붙이기를 런던의 북쪽 언덕에 박쥐가 아주 많으니 그중 하나의 소행으로 보인다고 했다. "박쥐들이 대개 무해하긴 하지만 남쪽에서 온 더 사악한 야생종이 있을지도 모릅니다. 선원들이 가져왔는데 탈출했을 수도 있고, 아니면 동물원에서 새끼가 탈출했는데 그 게 흡혈귀종일 수도 있어요. 알다시피 이런 일들이 종종 발생합니다. 고작 열흘 전에도 늑대 한 마리가 동물원에서 탈출해 이쪽으로 올라왔었죠. 그 후로 일주일 동안 아이들은 언덕과 골목골목에서 '빨간 모자' 놀이만 했었는데 그러다 '이쁜 여자' 사건이 터진 후로는 아이들 소리가 통 들리지 않고 잠잠해요. 이 불쌍한 어린 꼬마도 오늘 깨어나서는 간호사에게 나가도 되냐고 묻더군요. 간호사가 왜 나가고 싶으냐고 물었더니 '이쁜 여자'랑 놀고 싶다고 했답니다."

"자네가 아이를 퇴원시킬 때 그 부모에게 엄하게 아이를 감시하라고 주의를 주었으면 좋겠군. 아이가 자꾸 바깥으로 나가려고 하는 게 가장 위험한 거야. 만약 이 아이가 하룻밤 더 밖에서 밤을 보낸다면 목숨이 위험할지도 모르네. 하지만 자네가 며칠 동안은 이 아이를 퇴원시키지 않겠지?"

"물론입니다. 적어도 일주일은 입원해 있어야 해요. 상처가 낫지 않으면 더 길어질 수도 있고요."

병원 방문은 예상했던 것보다 시간이 더 오래 걸렸고, 우리가 병원을 나섰을 때는 해가 지고 있었다. 반 헬싱 교수님은 어두워진 거리를 보고 이렇게 말씀하셨다.

"서두를 것 없네. 내 생각보다 더 늦어졌어. 가세, 어디 가서 요기나 한 다음에 다시 출발하지."

우리는 자전거를 타고 온 한 무리와 쾌활하게 떠드는 다른 사람들로 북적이는 '잭 스트로스 캐슬'에서 저녁을 먹었다. 열 시쯤 우리는 식당을 나섰다. 거리는 아주 캄캄했고, 가로등은 드문드문 서 있어 불빛에서 벗어나는 순간 밤은 더욱 어둡기만 했다. 교수님은 우리가 가야 할 길을 명확히 알고 있는 듯 거침없이 발걸음을 옮겼지만, 나는 길이 조금 헷갈렸다. 길을 계속 가다 보니 점점 인적이 드물어졌고, 나중에는 평소처럼 외곽 순찰을 도는 기마경찰과 마주쳐도 흠칫 놀랄 정도가 되었다. 마침내 우리는 교회 묘지의 담장 앞에 도달했고 이 담장을 넘어갔다. 캄캄하고 낯선 곳이라 조금 헤매다 웨스튼라 가의 가족무덤을 찾아냈다. 교수님은 열쇠로 삐걱거리는 문을 열었고, 무의식적으로 정중하게 뒤로 물러나 내게 먼저 들어가라고 손짓했다. 재미있는 아이러니가 아닌가. 그런 무시무시한 곳에 먼저 들어가게 해주는 예의라니. 내가 들어가자 교수님은 재빨리 내 뒤를 따라 들어오며 잠금장치가 용수철 자물쇠가 아니라 빗장 자물쇠라는 사실을 확인한 후 조심스럽게 문을 닫았다. 용수철 자물통이라면 우리가 심각한 곤경에 처할 수 있기 때문이다. 그런 다음 교수님은 가방을 뒤져 성냥 한 갑과 초 하나를 꺼내어 불을 밝혔다. 무덤은 낮에도, 신선한 꽃이 장식되어 있을 때에도 무섭고 섬뜩한 기운이 감돌았다. 그로부터 며칠이 지난 지금 꽃들은 다 시들고 죽었으며 하얀 꽃잎은 썩고 푸른 이파리는 갈색으로 말라 있었다. 거미와 딱정벌레가 우글거리고, 세월에 빛바랜 돌과 먼지 쌓인 모르타르, 녹슨 쇠, 변색된 놋쇠, 흐려진 은식기가 흐릿한 촛불에 비치자 상상할 수 있는 것보다 더 끔찍하고 지저분했다. 죽을 수 있는 것은 생명 – 동물의 생명 – 만이 아니라는 생각이 절로 들었다.

반 헬싱 교수님은 차근차근 임무에 착수했다. 초를 들이대고 관 뚜껑의 명찰을 일일이 확인하기 시작한 것이다. 그 와중에 떨어진 촛농은 금속판에 닿는 순간 하얗게 굳어버렸다. 그러다 마침내 루시의 관을 찾아냈다. 교수님은 다시 한번 가방을 뒤져 나사돌리개 하나를 꺼냈다.

"뭘 하시려고요?" 나는 물었다.

"관을 열려고. 자넨 아직 확신이 서지 않을 거야." 교수님은 곧장 나사를 돌려 빼기 시작했고, 결국에는 관 뚜껑을 들어 올렸다. 뚜껑 아래의 납관이 드러났다. 그 광경은 내가 감당하기 너무 버거운 것이었다. 루시가 살아 있는 동안 잠을 잘 때 그녀의 옷을 벗기는 것만큼이나 심한, 죽은 자에 대한 모욕인 것 같았다. 나는 교수님을 막으려 교수님의 손을 잡았다. 교수님은 그저 "자네도 알게 될 거야."라고만 말씀하시고는 다시 가방 안을 뒤져 작은 실톱을 꺼내고 신속하게 납관을 나사돌리개로 내리쳐 톱날이 들어갈 만한 작은 구멍을 냈다. 나는 그 소리에 인상을 찌푸렸다. 일주일 된 시신이 발산하는 가스가 밀려나올 것이라 예상했다. 우리 의사들은, 언제 닥칠지 모르는 위험을 항상 염두에 두어야 한다. 이러한 상황에 익숙했기에 나는 얼른 뒤로 몸을 뺐다. 하지만 교수님은 한순간도 멈추지 않았다. 납관의 한쪽 면을 따라 60센티미터 정도 톱질을 한 다음, 다른 방향으로 톱질을 해 내려갔다. 그 후 헐거워진 납관 끄트머리를 잡고 관 발치 쪽으로 구부린 다음, 그 구멍에 초를 대고 내게 안을 들여 보라고 손짓했다.

나는 가까이 다가가 안을 들여다보았다. 관은 비어 있었다.

너무나도 놀랍고 충격적인 일이었지만 반 헬싱 교수님은 조금도 흔들리지 않았다. 이제 더더욱 확신에 찬 교수님은 내게 대담한 질문을 던졌다. "이제 만족했나, 존?" 나는 교수님의 질문에 대답하며 내 안에 있는 집요하고 논쟁적인 성격이 되살아나는 것을 느꼈다.

"루시의 시신이 관 안에 없다는 것은 확인했지만, 그게 증명하는 것은 하나뿐이죠."

"그게 뭔가, 존?"

"시신이 그곳에 없다는 거죠."

"좋은 논리야. 어느 정도는. 하지만 시신이 그곳에 없는 이유를 뭐라고 설명하겠나?"

"어쩌면 시체 도둑의 소행일지도 모르죠. 아니면 장의사 밑에서 일하는 직원들이 훔쳐갔을지도 모르고요." 내 말이 어리석게 느껴졌지만, 내가 내놓을 수 있는 원인은 그것뿐이었다. 교수님은 한숨을 쉬었다. "아, 이런! 더 많은 증거가 필요한 모양이군. 날 따라오게."

교수님은 다시 관 뚜껑을 덮고, 도구들을 전부 모아 가방 안에 넣고 촛불을 끈 다음 양초도 가방에 넣었다. 우리는 문을 열고 밖으로 나갔다. 교수님이 문을 닫고 잠갔다. 교수님이 내게 열쇠를 건넸다. "자네가 가지고 있겠나? 확실한 걸 좋아하잖나." 나는 웃음을 터트리며 ─ 그리 유쾌한 웃음은 아니었다 ─ 그냥 가지고 계시라고 손짓했다. "열쇠는 아무것도 아니죠. 복사한 열쇠가 있을 수도 있고, 그런 자물쇠는 따기 어렵지 않으니까요." 교수님은 아무 말 없이 열쇠를 주머니에 넣었다. 그런 다음 교회 묘지의 한쪽을 지켜보고 있으라고 당부하며, 자신은 다른 쪽을 지켜보겠다고 하셨다. 나는 주목 뒤에 자리를 지키고 서서, 교수님의 검은 형체가 움직이는 것을 지켜보았다. 교수님의 모습은 묘비와 나무에 가려 곧 내 시야에서 사라졌다.

고독한 철야였다. 내가 자리에 선 직후 멀리서 열두 시를 알리는 시계 소리가 들렸고, 곧 한 시, 두 시가 지났다. 춥고 불안했으며 이런 곳에 날 데려온 교수님과 따라온 나 자신에게 화가 났다. 너무 춥고 졸려서 머리가 멍했지만, 내 의무를 팽개칠 정도로 졸리지는 않아 끔찍하고 비참한 시간을 견뎌야 했다.

어느 순간 나는 고개를 홱 돌렸다. 하얀 선 같은 것이 무덤 반대쪽의 교회 묘지에 선 두 그루의 검은 주목 사이에서 움직이는 걸 본 것 같았기 때문이다. 그와 동시에 교수님이 서 계신 쪽에서 검은 덩어리가 움직이더니 서둘러 그쪽으로 달려갔다. 나 역시 움직였다. 하지만 나는 묘비와 울타리를 친 무덤들을 빙둘러가야 했고 무덤에 발이 걸리기도 했다. 하늘에는 구름이 잔뜩 끼어 있었고, 멀리 어딘가에서 때 이른 수탉 울음소리가 들렸다. 교회로 이어지는 길을 표시하는 노간주나무들 너머로, 무덤 쪽으로 날아가는 하얗고 희미한 형체가 보였다. 묘지 자체는 나무에 가려 보이지 않았고, 그 형체도 어디로 사라졌는지 보이지가 않았다. 하얀 형체를 목격한 이후 처음으로 실제로 무언가 움직이는 듯한 부스럭 소리가 들리기에 그쪽으로 다가가니 교수님이 어린아이 한 명을 안고 있었다. 교수님은 나를 보고 아이를 내밀며 이렇게 말씀하셨다.

"이제 믿겠나?"

"아니요." 나는 공격적으로 대꾸했다.

"이 아이가 안 보이나?"

"네, 어린아이네요. 하지만 누가 이리로 데려온 거죠? 아이가 상처를 입었습니까?"

"알아보세." 교수님은 이렇게 말씀하셨고, 잠든 아이를 안은 교수님과 나는 곧장 교회 묘지에서 나왔다.

교회 묘지에서 조금 떨어진 곳에 도착하자 우리는 수풀이 우거진 곳으로 들어가 성냥을 켜고 아이의 목을 살펴보았다. 긁힌 자국이나 상처 하나 없었다.

"제 말이 맞죠?" 나는 의기양양하게 물었다.

"우리가 때맞춰 도착한 거야." 교수님이 다행이라는 듯 말했다.

이제 우리는 아이를 어떻게 해야 할지 결정해야 했고, 그에 관해 의논을 했다. 아이를 경찰서에 데려간다면 우리가 한밤중에 교회 묘지에 간 이유를 설명해야 했다. 아니면 적어도 아이를 발견하게 된 경위를 설명해야 할 것이다. 그래서 마침내 아이를 언덕으로 안고 간 다음, 경찰이 오는 소리가 들리면 경찰이 발견할 만한 곳에 아이를 두고 가기로 했다. 그런 다음 재빨리 집으로 돌아가기로 말이다. 계획대로 잘 풀렸다. 헴스테드 언덕의 가장자리에서 경찰의 묵직한 발자국소리가 들리자 아이를 길 위에 눕혀 놓고, 경찰이 아이를 발견하고 랜턴을 앞뒤로 흔들 때까지 기다리며 지켜보았다. 경찰이 놀라 외마디 비명을 지르는 소리를 듣자마자 우리는 조용히 그곳을 빠져나왔다. 그리고 운 좋게 '스패냐드 주점' 근처에서 마차를 한 대 발견해 그것을 타고 시내로 돌아왔다.

잠이 오지 않아 이 일기를 기록한다. 하지만 몇 시간이라도 눈을 붙여 봐야겠다. 반 헬싱 교수님이 정오에 날 찾아올 테니.

교수님은 또 다른 모험을 떠나야 한다고 고집하셨다.

9월 27일 - 우리는 두 시가 되어서야 무덤에 들어갈 기회가 생겼다. 정오에 열린 장례식은 모두 끝났고, 끝까지 남아 있던 참석자들 몇몇은 천천히 묘지를 떠났으며, 오리나무 뒤에서 조심스럽게 살펴보던 우리는 교회 관리인이 나가며 정문 자물쇠를 잠그는 것을 확인했다. 아침이 올 때까지 묘지에는 사람이 없겠지만 교수님은 길어야 한 시간이면 충분하다고 하셨다. 다시 한번 상상할 필요조차 없는 현실의 무시무시함이 느껴졌고, 이러한 부정한 행동으로 인해 법적인 처벌을 받을 수도 있다는 점을 확실히 깨달았다. 게다가 이 모든 것들이 내가 보기엔 전부 쓸모없는 짓 같았다. 일주일 전에 죽은 여자가 진짜로 죽었는지 확인하기 위해 납관을 열어보는 것이 터무니없는 짓이라 생각했다면, 두 눈으로 관이 비어 있는 것을 똑똑히 확인했는데도 다시 관을 열어보는 것은 어리석은 짓인 것 같았다. 그러나 나는 그저 어깨를 으쓱하고 침묵했다. 반 헬싱 교수님은 내가 아무리 항의를 하더라도 꿋꿋이 자신의 생각대로 밀고 나갈 사람이었기 때문이다. 교수님은 열쇠를 들어 무덤의 문을 열었고, 다시 한번 정중하게 먼저 들어가라고 내게 손짓을 했다. 그 안은 어젯밤처럼 섬뜩하지는 않았지만, 아, 햇살이 안으로 새어들자 얼마나 초라해보이던지. 반 헬싱 교수님은 곧장 루시의 관으로 다가갔고 나는 그 뒤를 따랐다. 교수님은 다시 한번 관 위로 몸을 숙이고 납관의 가장자리를 열어젖혔다. 그 순간 경악과 당혹감, 충격이 나를 관통했다.

그 안에는 루시가, 장례식 전날 밤 본 그 모습 그대로의 루시가 누워 있었다. 말도 안 되는 일이지만, 루시는 그때보다 더 눈부시게 아름다워 죽었다는 사실을 믿을 수가 없었다. 입술은 빨갰고, 아니 전보다 더 빨갰고, 뺨에는 은은한 홍조가 떠 있었다.

"마술이라도 부린 겁니까?" 나는 교수님께 물었다.

"이제 믿겠나?" 교수님은 이렇게 반문하며, 손을 뻗어 죽은 루시의 입술을 밀어 올려 하얀 이를 드러냈다. 나는 소름이 끼쳤다.

"보게. 이가 전보다 더 날카로워. 여기랑 여기로." 교수님은 송곳니와 그 아랫니를 건드렸다. "어린아이를 물 수 있지. 이제 믿겠나, 존?" 다시 한번 내 안에서는 격렬한 반발심이 솟아올랐다. 나는 교수님의 그런 엄청난 주장을 받아들일 수가 없었다. 나는 말을 뱉는 그 순간에도 부끄러웠던 말로 반론을 제기했다.

"어젯밤에 다시 관에 가져다 놓은 건지도 모르죠."

"그래? 그렇다면 누가?"

"저야 모르죠. 어쨌든 누군가 그랬을 겁니다."

"하지만 루시는 죽은 지 일주일이 지났네. 죽은 지 일주일 된 사람들은 대부분 이런 모습이 아니지." 나는 이에 대답할 말이 없어 입을 다물었다. 반 헬싱 교수님은 내가 침묵하는 걸 알아차리지 못한 듯했다. 어쨌든 유감을 표현하지도 의기양양해하지도 않으셨다. 교수님은 죽은 루시의 얼굴을 유심히 관찰하며, 눈꺼풀을 들어 올려 눈동자를 보았고, 다시 한번 입술을 들어 올려 치아를 관찰했다. 그런 다음 고개를 돌려 나를 쳐다보았다.

"여기, 그 어떤 기록에 적힌 것과도 다른 시신이 있네. 여기 평범한 시신과 달리 이중생활을 하는 시신이 있네. 루시는 혼수상태에서 몽유병에 걸린 와중에 흡혈귀에게 물렸고 - 아, 놀라는군. 그러지 말게, 존. 자네도 나중에 다 알게 될 거야 - 혼수상태에서 그자는 더 많은 피를 빨 수 있었을 거야. 루시는 혼수상태로 죽었고, 혼수상태에서 루시는 불사귀이기도 하지. 따라서 루시가 다른 모든 시신들과 다른 점이 바로 그것이라네. 대개 불사귀가 집에서 잘 때" - 교수님은 흡혈귀에게 '집'이 어떤 것인지 보여주려는 듯 팔을 의미심장하게 휘저었다 - "그들의 얼굴만 봐도 그 정체를 알 수 있지만, 이 얼굴은 너무나도 사랑스러워 설사 불사귀가 아니더라도 평범한 망자라고는 볼 수 없지. 보게, 이 얼굴에는 악의라곤 전혀 없으니 내가 루시를 자는 도중 죽이기가 어려워." 이 말에 내 피가 차갑게 식었다. 나도 모르는 사이에 반 헬싱 교수님의 이론을 받아들인 것이다. 하지만 루시가 정말로 죽었다면, 루시를 죽인다는 생각에 경악할 게 무엇이란 말인가? 교수님은 날 올려다보았고, 내 표정의 변화를 발견한 듯 거의 기쁨에 차 이렇게 말씀하셨다.

"아, 이제야 믿는 건가?"

나는 대답했다. "절 너무 한꺼번에 몰아붙이지 마세요. 전 기꺼이 박사님의 이론을 받아들일 겁니다. 이 끔찍한 일을 어떻게 하실 겁니까?"

"나는 루시의 머리를 자르고 입에 마늘을 채운 다음, 루시의 몸통에 말뚝을 박을 거라네." 내가 사랑했던 여자의 시신을 그토록 훼손해야 한다는 생각에 몸서리가 쳐졌다. 하지만 그 감정은 내 예상처럼 강하지는 않았다. 사실 나는 이 존재, 반 헬싱 교수님이 칭한 불사귀라는 것의 존재에 몸서리가 쳐지고, 이 존재가 혐오스럽게 느껴지기 시작했다. 철저하게 주관적인 사랑, 혹은 철저하게 객관적인 사랑이 과연 가능한 것일까?

나는 반 헬싱 교수님이 작업을 시작하기를 한동안 기다렸지만, 교수님은 생각에 잠긴 듯 가만히 서 있기만 했다. 마침내 교수님은 가방 입구를 급히 닫았다.

"난 생각해 봤고, 최선의 방법이 무엇인지 결정했네. 마음 같아서는 지금 당장 해버리고 끝내고 싶지만, 우리가 알지 못하는 천배는 더 어려운 일들이 있어. 이건 간단하네. 루시는 아직 다른 생명을 빼앗지 않았지만 그건 시간문제지. 지금 행동한다면 앞으로 영원히 루시가 위험한 일을 저지르지 못할 거야. 하지만 그런 다음에 아서에게 알려야 할 텐데, 이를 무어라 말해야겠나? 자네는 루시의 목에 난 상처와 병원에서 아이의 목에 난 아주 비슷한 상처를 보고도, 어젯밤 빈 관을 보고 오늘은 죽은 지 일주일이 지났는데 더 혈색이 돌고 더 아름다워지기만 한 루시를 보고도, 어젯밤 교회 묘지로 아이를 데려온 하얀 형체를 보고도 믿지 않았는데, 아무것도 모르는 아서에게는 이 일을 어떻게 설명할 수 있겠나? 아서는 죽어가는 루시에게 키스하려는 것을 막았을 때 나를 의심했다네. 아서가 나를 용서한 건 내가 실수로 그의 작별 인사를 막았다고 생각했기 때문이지. 아서는 더 나아가 루시가 산 채로 묻혔다는 오해를 할지도 모르지. 최악의 경우 우리가 루시를 죽였다고 오해할지도 몰라. 그럴 경우 아서는 우리의 실수로 루시가 죽었다고 생각할 것이며, 앞으로 계속 커다란 불행에 빠져 있게 될 거야. 하지만 그러면서도 아서는 확신이 서지 않아 고민에 빠질 거야. 그게 최악의 경우지. 한편으로는 사랑했던 여자가 생매장되었다고 생각이 그의 머릿속을 맴돌 테고, 그의 꿈은 그녀가 겪었을 고통에 대한 공포로 물들게 되겠지. 또 한편으로는 우리가 옳았을지도 모른다는 생각도 들고, 그토록 사랑했던 연인이 불사귀였던 게 아닌가 하는 의심도 들겠지. 아니! 난 한 번 아서에게 말해보았고 그 후로 많은 것을 배웠다네. 이제 모든 것이 진실이라는 것을 알게 되고 나니, 아서가 달콤한 해변에 도달하기까지 반드시 쓰디쓴 강물을 헤치고 나가야 한다는 사실을 그 어느 때보다 확신하게 되었네. 아서 그 불쌍한 친구는 하늘이 까맣게 변하는 고통을 겪어야 해. 그런 다음 우리는 이 모든 일을 바로잡아 그에게 평화를 안겨줄 수 있네. 난 마음을 정했네. 가세. 자네는 오늘 밤 정신병원으로 돌아가서 병원 업무가 잘 돌아가고 있나 확인해보게. 나는 내 방식대로 여기 교회 묘지에서 오늘 밤을 보내겠네. 내일 밤 열 시에 버클리 호텔로 찾아오게. 아서도 부르고, 피를 내준 그 선량한 미국인 청년도 부를 거야. 후에 우리 모두 해야 할 일이 있네. 자네와 함께 피카딜리까지 가 저녁식사를 하도록 하지. 나는 해가 지기 전에 다시 이곳으로 돌아와야 하니까."

그래서 우리는 묘지의 문을 잠그고 나와 교회 묘지의 담장을 훌쩍 넘은 후 피카딜리로 돌아갔다.

반 헬싱이 존 수어드 앞으로 남긴 메모
버틀리 호텔 방의 짐 가방 안에 들어 있었음.
(전달되지 않았음.)

9월 27일

친애하는 존,

혹시 무슨 일이 생길 경우에 대비해 이 쪽지를 남기네. 나는 교회 묘지를 감시하러 혼자 가네. 불사귀가 된 루시 양이 오늘 밤 무덤을 떠나지 않았으니, 내일 밤이면 루시 양은 더욱 심한 갈증에 시달릴지도 몰라. 그래서 그녀가 좋아하지 않을 것들 - 마늘과 십자가 - 로 묘지 문을 봉인할 거라네. 루시는 불사귀로 는 어리니 기겁할 거야. 게다가 이것들은 루시가 묘지 밖으로 나오지 못하도록 막는 예방책일 뿐이네. 루시가 묘지 안에 들 어가는 것은 막지 못해. 그럴 경우 불사귀는 절박해져 어떻게 든 저항하려 할 테니까. 나는 해가 질 때부터 해가 뜰 때까지 밤 새 묘지 근처를 지키고 있을 것이네. 무언가를 알아내게 된다 면 알아내게 되겠지. 나는 루시 양이 걱정되거나 두렵지는 않 네. 하지만 루시 양을 불사귀로 만든 자는 달라. 그자는 루시 양 의 무덤을 찾아내고 은신처를 찾아낼 힘을 가지고 있어. 내가 조녀선 씨에게 들은 바와 여태껏 그자가 루시의 생명을 가지고 우리와 장난을 치면서 우리를 속인 것으로 미루어 그자는 교활 하네. 여러 면에서 불사귀는 강해. 그자는 스무 명도 한 번에 물 리칠 만큼 강하다네. 루시 양에게 피를 나누어준 우리 넷으로 는 그자를 감당하기 힘들 거야. 게다가 그자는 늑대를 부릴 수 있는데 어떻게 부리는 건지는 나도 모르네. 따라서 오늘 밤 그자가 이리로 온다면 나를 찾아낼 걸세. 하지만 다른 사람은 아무도 날 찾아내지 못할 거야……. 찾아낼 때쯤엔 이미 늦어버린 후겠지. 물론 그자가 이곳을 찾지 않을 가능성도 있네. 굳이 그럴 이유가 없으니까. 그자의 사냥터에는 여자 불사귀 하나가 잠들어 있고, 노인네 하나가 지켜보고 있는 교회 묘지보다 훨씬 더 풍부한 사냥감들로 가득할 테니.

따라서 나는 만약의 경우에 대비해 이 글을 적는 거라네……. 이 메모와 함께 들어 있는 서류, 하커의 일기와 나머지 서류들을 가져가 읽어보고, 이 위대한 불사귀를 찾아내 그자의 머리를 자르고 그자의 심장을 태우거나 심장에 말뚝을 박게. 전 세계를 그자의 손아귀에서 구해주게.

만약의 경우에 대비해 작별 인사를 미리 해두겠네.
반 헬싱.

수어드 박사의 일기

9월 28일 - 밤새 푹 자는 것이 사람에게 발휘하는 효과란 참으로 놀랍다. 어제 하마터면 나는 반 헬싱 교수님의 무시무시한 이론을 받아들일 뻔했지만, 이제 보니 그 이론은 상식에 반

하는 끔찍한 허구인 듯하다. 교수님은 그 모든 것을 굳게 믿고 계신 것이 틀림없다. 교수님의 생각이 조금이라도 흔들리는 일은 없을 것이고, 이 모든 미스터리한 일들을 분명 이성적으로 설명할 수 있을 것이다. 교수님이 혼자서 그 일을 해낼 수 있을까? 교수님은 대단히 똑똑한 분이라, 머리가 좀 이상해졌다고 해도 자신이 품은 이론에 따라 임무를 끝까지 수행해낼 것이다. 생각만 해도 혐오스럽지만, 반 헬싱 교수님이 미쳤다는 사실은 아무도 알아차리지 못할 것이다. 나라도 교수님을 주의 깊게 지켜봐야겠다. 그러다 보면 이 미스터리를 해결할 방도가 떠오를지도 모른다.

9월 29일, 아침 – 어젯밤 열 시 조금 전 아서와 퀸시가 반 헬싱 교수님의 방에 찾아왔다. 교수님은 우리 모두가 해줬으면 하는 일을 전부 말씀하셨지만, 특히 아서에게 강조해 말씀하셨다. 마치 우리의 의지가 아서의 의지를 중심으로 돌아가는 것처럼. 교수님은 우리 모두가 자신과 동행해주기를 바란다는 말로 포문을 여셨다. "왜냐하면 우리가 수행해야 할 진중한 임무가 있기 때문이네. 자넨 내 편지를 받고 놀랐겠지?" 이 질문은 고덜밍 경에게 묻는 것이었다.

"그랬죠. 사실 조금 당황스러웠습니다. 최근에 집 안팎으로 힘든 일이 워낙 많았기 때문에 더 이상은 사건사고가 일어나는 걸 원하지 않았거든요. 하지만 박사님 말씀의 뜻이 궁금하기도 했습니다. 퀸시와 의논해보았죠. 하지만 의논을 하면 할수록 더 아리송해지기만 해서, 결국 박사님을 뵙고 직접 물어보기로 한 겁니다."

"저도요." 퀸시 모리스가 간결하게 한마디 했다.

"아, 그렇다면 자네는 여기 있는 존보다 더 시작할 준비가 잘 되었군. 존은 시작도 하기 전에 뒤로 멀찌감치 물러나버렸다네."

교수님은 내가 아무런 내색을 하지 않았는데도 내가 다시 교수님을 의심한다는 사실을 알아챈 것이다. 교수님은 다시 둘을 돌아보며 아주 진중한 얼굴을 했다.

"내가 오늘 밤에 하려는 일을 자네들이 허락해주었으면 좋겠네. 과한 부탁이라는 거 알아. 그리고 내가 자네들에게 부탁하는 것이 무엇인지 제대로 알면, 그제야 그 부탁이 얼마나 과한 건지 알게 될 거야. 따라서 아직까지는 아무것도 묻지 않겠다고 약속해주게. 그래야 후에 자네들이 한동안 내게 화가 나더라도 – 그럴 가능성이 있다는 사실을 나도 잘 아네 – 스스로를 탓하지는 않을 테니까."

"어쨌든 솔직한 말씀이네요." 퀸시가 끼어들었다. "제가 박사님의 말에 답변을 드리죠. 박사님이 어떤 생각을 품고 있는지는 전혀 모르겠지만, 박사님이 정직한 분이라는 점은 확신합니다. 저한테는 그거면 충분해요."

"고맙네." 반 헬싱 교수님이 뿌듯한 얼굴로 대답했다. "자네를 신뢰하는 친구 중 하나로 두게 되어 나도 영광이라네. 그러한 신뢰는 내게 아주 소중하지." 교수님은 손을 내밀었고 퀸시가 그 손을 잡았다.

이번에는 아서가 입을 열었다.

"반 헬싱 박사님, 저는 스코틀랜드 말마따나 '자루 속에 든 돼지를 사는 것'을 좋아하지 않습니다. 신사로서의 제 명예나 기독교인으로서 제 믿음이 무너질 수 있는 일이라면 그런 약속은 할 수 없습니다. 박사님의 계획이 이 둘을 위반하는 것이 아니라고 확언을 해주신다면, 당장 동의해드리죠. 도무지 박사님이 무슨 말씀을 하시려는지 상상도 되지 않지만요."

"자네의 조건을 받아들이겠네. 내가 하려는 행동이 자네가 느끼기에 부적절하다 비난하고 싶거든, 먼저 자네가 내건 조건에 부합하는 것인지 생각해보도록 하게."

"좋습니다!" 아서가 말했다. "공평하군요. 그러면 사전 교섭이 끝났으니 우리가 하려는 일이 무엇인지 여쭈어 봐도 될까요?"

"나는 자네들이 나와 함께 은밀히 킹스테드의 교회 묘지로 가주었으면 하네."

아서의 얼굴이 놀란 듯 일그러졌다.

"불쌍한 루시가 묻힌 곳에요?" 교수님이 고개를 끄덕였다. 아서가 말을 이었다. "거기는 왜죠?"

"무덤 안에 들어갈 걸세!" 아서가 자리에서 일어섰다.

"박사님, 진심이십니까, 아니면 끔찍한 농담입니까? 실례했습니다, 진심인 것 같군요." 아서가 당황해서 다시 자리에 앉았지만, 위엄 있는 사람처럼 꼿꼿하고 당당하게 앉아 있는 것을 나는 보았다. 침묵이 흐르다 아서가 다시 질문을 던졌다.

"무덤 안에 들어가서는 무얼 할 겁니까?"

"관을 열어볼 걸세."

"그건 지나치십니다!" 아서가 다시 자리를 박차고 일어났다. "저는 합리적인 계획이라면 기꺼이 참을 수 있습니다. 하지만 이건 – 이렇게 무덤을 모독하는 것은 – 그것도 – " 아서는 화가 난 나머지 목이 메어 말을 잇지 못했다. 교수님은 안타까운 듯 아서를 바라보았다.

"내가 자네의 고통을 덜어줄 수 있다면, 난 분명히 그리 할 걸세. 하지만 오늘 밤 우리는 가시밭길을 걸어야 하네. 그러지 않으면 나중에, 그리고 영원히 자네 연인은 지옥의 불길을 걸어야 할 테니까!"

아서가 하얗게 질려서 굳은 얼굴을 들었다.

"말조심하십시오, 박사님. 말조심하세요!"

"내 말을 마저 듣는 게 좋지 않겠나? 그러면 최소한 내 뜻을 알 수 있을 거야. 계속해도 되겠나?"

"좋습니다." 모리스가 끼어들었다.

잠시 침묵하던 반 헬싱 교수님이 어렵사리 말을 꺼냈다.

"루시 양은 죽었네. 그렇지 않은가? 그래! 루시 양이 죽은 것은 틀림없는 사실이네. 하지만 만약 루시 양이 죽지 않았다면……."

아서가 자리에서 펄쩍 뛰어올랐다.

"하느님 맙소사! 그게 무슨 소립니까? 실수가 있었고, 루시가 산 채로 묻혔다는 겁니까?" 아서는 희망조차 누그러뜨릴 수 없는 분노로 으르렁거렸다.

"루시 양이 살아 있다고는 하지 않았네, 아서. 나는 그렇게 생각하지 않아. 나는 루시 양이 불사귀일지도 모른다고 말하려던 참이었네."

"불사귀! 맙소사! 그게 무슨 뜻입니까? 내가 지금 악몽을 꾸는 겁니까, 아니면 이게 다 뭡니까?"

"세상에는 사람들이 그저 추측만 할 수 있고, 나이가 들어서야 일부분이나마 이해할까 말까한 미스터리들이 있네. 내 말을 믿게, 우리는 그 미스터리를 풀기 직전에 와 있다네. 하지만 아직 풀지는 못했어. 내가 죽은 루시 양의 머리를 잘라도 되겠나?"

"결단코 안 됩니다!" 아서가 불같이 외쳤다. "세상에 무슨 일이 있어도 루시의 시신을 훼손하는 일에는 동의할 수 없습니다. 반 헬싱 박사님, 저를 지나치게 시험하시는군요. 제가 박사님께 무슨 잘못을 했기에 절 이토록 괴롭히시는 겁니까? 그 가련하고 사랑스러운 소녀가 교수님께 무슨 잘못을 했기에, 그녀의 시신을 그토록 모독하려는 겁니까? 그런 말을 하시는 박사님이 미친 겁니까, 아니면 그런 말을 듣는 제가 미친 겁니까? 그런 신성모독은 꿈도 꾸지 마십시오. 박사님이 하는 일에 절대 동의하지 않을 겁니다. 저는 루시의 시신을 유린하려는 사람들로부터 루시를 지킬 의무가 있습니다. 하느님의 이름으로 반드시 지킬 겁니다!"

반 헬싱 교수님은 내내 앉아 있던 자리에서 일어나 아주 진지하고 엄숙하게 말씀하셨다.

"친애하는 고덜밍 경, 나 또한 해야 할 의무가 있다네. 다른 사람들, 자네, 그리고 죽은 자에 대한 의무가. 그리고 하느님의 이름으로 나 역시 그 의무를 다할 거라네! 내가 지금 자네에게 부탁하는 것은 나와 함께 가서 직접 보고 들어달라는 것이네. 그런 후 내가 같은 부탁을 하면 자네는 아마 지금 나보다 더 열성적으로 이 임무를 수행하려 할지도 모르지. 그런 후 어찌되었든 나는 내 임무를 수행할 걸세. 그런 다음 나에 대한 처분은 언제, 어디서든 자네가 내려주는 대로 달게 받겠네." 교수님의 목소리가 조금 갈라졌고, 이내 연민이 가득한 목소리로 말을 이었다.

"하지만 내 간절히 애원하겠네만 내게 화내지 말게. 오랫동안 살아오면서 가끔씩 내키지 않는 일도 해야 했고, 가끔씩은 내 심장을 쥐어뜯는 일도 있었지만, 지금처럼 무거운 임무를 맡은 적은 한 번도 없었다네. 만약 나에 대한 자네의 마음이 바뀌는 때가 온다면, 이 슬픈 시간들을 전부 잊게 될 거라는 점 명심하게. 나는 자네를 슬픔으로부터 구하기 위해 해야 할 일을 하려는 거니까. 생각해보게. 내가 뭣하러 이토록 힘든 일을, 이토록 슬픈 일을 자청하겠는가? 나는 내가 잘하는 일을 하기 위해 고향 땅을 떠나 이곳에 왔다네. 처음에는 내 친구 존을 위해서였고, 그다음에는 사랑스러운 젊은 숙녀를 돕기 위해서였어. 나는 그 아가씨를 아끼게 되었지. 나는 그 아가씨를 위해 – 이 것까지 말하기는 쑥스럽지만 솔직히 털어 놓겠네 – 자네가 준 것을 주었다네. 내 피를. 자네와 달리 그녀의 연인도 아니고 고작 의사이자 친구인 내가 피를 주었네. 나는 그 아가씨가 죽기 전이나 죽은 후에나 그 아가씨를 위해 내 밤과 낮을 바쳤다네. 지금이라도 내 죽음이 불사귀인 그 아가씨에게 도움이 된다면 마음껏 내줄 참이네." 교수님은 아주 진지하고도 자부심 가득한 목소리로 말했고, 아서는 그에 크게 감동을 받았다. 아서는 노교수의 손을 잡고 갈라진 목소리로 말했다.

"아, 생각하기도 끔찍하고 이해도 되지 않지만, 적어도 박사님과 함께 가보겠습니다."

제16장

수어드 박사의 일기 - 계속

우리가 낮은 담을 넘어 교회 묘지 안으로 들어간 때는 열두 시 십오 분 전이었다. 그날 밤은 캄캄했고, 하늘을 질주하는 묵직한 구름들 사이로 이따금씩 달빛이 쏟아졌다. 우리는 서로 바싹 붙어 섰고, 반 헬싱 교수님은 조금 앞선 곳에서 우리를 이끌었다. 무덤에 가까이 다가왔을 때 나는 슬픈 기억이 가득한 이 장소에 온 것이 아서를 괴롭히지 않을까 걱정되어 아서를 주의 깊게 살폈다. 허나 아서는 잘 버티고 있었다. 이 기이한 행동 자체에 내포된 미스터리가 슬픔을 잠시 잊게 해준 모양이었다. 교수님은 무덤 문을 열었고, 여러 가지 이유로 우리가 자연스레 망설이는 것을 알고는 먼저 앞장서서 안으로 들어갔다.

우리는 그 뒤를 따랐고, 교수님이 문을 닫았다. 그런 다음 각등을 켜 관을 가리켰다. 아서는 머뭇거리며 앞으로 발걸음을 옮겼다. 반 헬싱 교수님이 내게 말했다.

"자넨 어제 나와 이곳에 왔었지. 루시 양의 시신이 관 속에 있었나?"

"있었습니다." 교수님이 나머지 일행을 돌아보았다.

"다들 들었지? 이 중에 나를 안 믿는 한 명도 없지?" 교수님은 나사돌리개를 들어 다시 한번 관 뚜껑을 열었다. 지켜보는 아서의 얼굴은 매우 창백했지만 그는 입도 뻥긋 하지 않았다. 뚜껑이 열리자 아서는 앞으로 나갔다. 그 안에 납관이 있는 사실을 몰랐거나, 알았어도 미처 떠올리지 못한 모양이었다. 아서가 납관을 본 순간, 그의 얼굴에 피가 확 쏠렸다가 순식간에 다시 확 빠져나가면서 유령처럼 하얗게 질렸다. 그리고 여전히 말이 없었다. 반 헬싱 교수님이 납관의 모서리를 뒤로 잡아당겼고, 우리는 모두 그 안을 들여다보고 움찔했다.

관이 비어 있었다!

서너 분 동안 아무도 입을 열지 못했다. 마침내 퀸스 모리스가 침묵을 깼다.

"교수님, 저는 교수님을 믿겠다고 대답했습니다. 교수님이 약속하셨으니까요. 성급하게 여쭈어보지 않으려 했습니다……. 의혹을 제기해 교수님을 모욕하지는 않으려 했습니다. 하지만 이 미스터리는 명예냐 불명예냐를 넘어서는 문젭니다. 교수님이 하신 겁니까?"

"내가 신성시하는 모든 것을 걸고 루시 양의 시신을 옮기거나 건드리지 않았다고 맹세하네. 이렇게 된 거야. 이틀 전 내 친구 수어드 박사와 나는 이곳에 왔었네. 좋은 의도에서였으니 날 믿게. 나는 당시에 봉인되어 있던 관을 열었고, 우린 지금처럼 비어 있는 관을 보았다네. 우린 기다리다가 하얀 물체가 나무 사이로 움직이는 것을 보았지. 다음 날 수어드 박사와 나는 낮에 다시 이 무덤을 찾아왔고, 루시 양은 그 관 안에 누워 있었네. 안 그런가, 친애하는 존?"

"그렇습니다."

"그날 밤 우리가 마침맞게 도착한 거야. 어린아이 한 명이 또 납치되었고 다행스럽게도 우리가 무덤 사이에서 아직 무사한 아이를 발견했다네. 어제 나는 해지기 전에 이곳에 왔다네. 해가 지면 불사귀가 움직일 수 있으니까. 나는 해가 뜰 때까지 밤새 이곳에서 기다렸지만 아무것도 보지 못했어. 내가 문틀 위에 불사귀가 싫어하는 마늘이며 그 외의 것들을 올려놓아서 그랬을 거야. 어젯밤에 탈출 사태는 일어나지 않았고, 따라서 오늘 밤 해가 지기 전에 마늘과 다른 물건들을 치웠네. 그래서 우리가 지금 보다시피 관이 비어 있는 거야. 하지만 날 위해 조금만 더 기다려주게. 아직까지는 이상하게만 느껴질 거야. 나와 함께 바깥아 나가 보이지 않고 들리지 않는 것이 나타날 때까지 기다려 보면 훨씬 더 기이한 상황이 벌어질 거라네. 자." 교수님은 각등의 슬라이드 문을 닫았다. "밖으로 나가세." 교수님은 문을 열고 우리는 우르르 쏟아져 나왔으며, 마지막으로 나온 교수님이 문을 잠갔다.

아! 무시무시한 무덤 안에 있다 나오니 밤공기는 더없이 신선하고 상쾌하게 느껴졌다. 하늘을 질주하는 구름과 인간 삶의 기쁨과 슬픔처럼 나타났다 사라지며 구름 사이로 비치는 달빛이 얼마나 달콤하게 느껴지던지. 죽음과 부패의 기미가 없는 신선한 공기를 마시는 것이 어찌나 상쾌하던지. 언덕 너머 하늘에 떠오른 붉은 빛과 멀리서 울리는 거대한 도시의 삶을 나타내는 굉음 소리에 어찌나 안도감이 들던지. 이 모든 것이 장엄하고 압도적이었다. 아서는 조용했다. 이 임무의 목적과 미스터리의 의미를 이해하려 애쓰는 것 같았다. 나 역시 이 상황을 잘 참아내고 있었으며, 다시 한번 의혹은 버리고 반 헬싱 교수님의 결론을 받아들이고픈 마음이 들었다. 퀸시 모리스는 모든 것을 다 받아들이는 사람처럼, 냉정한 용기로 어떠한 위험이 닥치든 모든 것을 다 받아들이는 사람처럼 차분했다. 담배를 피울 수가 없는 상황이라, 퀸시는 씹는담배를 적당한 크기로 떼 내어 씹기 시작했다. 반 헬싱 교수님은 확신이 선 듯 행동했다. 먼저 교수님은 가방에서 하얀 냅킨에 조심스럽게 싼 가느다란 제병 같은 비스킷 한 덩어리를 꺼냈다. 그다음으로 밀가루 반죽이나 접합제 같은 하얀 덩어리 두 개를 꺼냈다. 교수님은 제병을 잘게 부수어 손에 든 하얀 덩어리 사이에 넣었다. 그런 다음 이 덩어리를 길고 가는 모양이 나도록 돌돌 굴리더니 무덤 문틈에 끼워 넣기 시작했다. 나는 조금 당황스러워 가까이 다가가 교수님에게 뭐하시는 거냐고 물었다. 아서와 퀸시도 궁금했는지 곁으로 다가왔다.

"무덤을 봉인하고 있는 거라네. 불사귀가 안으로 들어가지 못하도록."

"박사님이 끼워 넣으신 그 물건이 불사귀가 안으로 들어가지 못하도록 막는 겁니까?" 퀸시가 물었다. "맙소사. 사냥이라도 하시려는 겁니까?"

"그렇다네."

"문틈에 끼워 넣은 게 뭐죠?" 이번에는 아서가 물었다. 반 헬싱 교수님은 공손하게 모자를 들어 올리며 대답했다.

"성체라네. 암스테르담에서 가져왔지. 신부님께서 특혜를 베풀어 주셨어." 이 대답에 우리 안에 가장 크게 자리 잡고 있던 의심이 해소되었다. 교수님이 그토록 열성적으로 추구하는 계획에 가장 성스러운 물건을 사용하는 거라면, 교수님을 불신할 이유가 없다는 생각이 들었다. 우리는 아무 말 없이 무덤 주변으로 각자 정해진 자리에 섰다. 무덤으로 다가오는 사람이 발견하지 못할 만한 자리였다. 나는 다른 친구들, 특히 아서가 염려되었다. 나는 이미 한 번 이곳에서 밤새며 공포를 맛보았다. 그렇지만 한 시간 전만 해도 증명을 거부하던 나조차 심장이 덜컥 가라앉는 것이 느껴졌다. 무덤들이 이토록 유령처럼 창백하게 보인 적은 처음이었다. 삼나무나 주목, 노간주나무의 이토록 음울한 자태를 본 것도 처음이었다. 나무나 잔디가 이렇게 불길하게 물결치거나 바스락대는 것도 처음이었다. 나뭇가지가 삐걱대는 소리가 이토록 무섭게 느껴지기는 처음이었다. 멀리서 밤공기에 실려 온 개 짖는 소리에 이토록 불길한 기분이 들기는 처음이었다.

커다란 진공 상태에 빠진 것 같은 긴 침묵이 이어지고 있는데, 갑자기 교수님이 날카롭게 "쉬이이잇!" 소리를 냈다. 그러고 손을 들어 가리켰다. 주목 나무가 늘어선 멀리 아래쪽 길에서 하얀 형체가 다가오는 것이 보였다. 흐릿하고 하얀 그 형체는 가슴에 검은 무언가를 안고 있었다. 하얀 형체는 멈춰 섰고, 그 순간 질주하는 구름 덩어리들 사이로 달빛 한 줄기가 쏟아지며 놀랍게도 수의를 입고 검은 머리카락을 풀어헤친 여인의 모습이 드러났다. 그 여인은 금발 아이 같은 형체 위로 몸을 숙이고 있어, 얼굴은 보이지 않았다. 잠시 적막이 흐르다 날카롭고 작은 비명소리가 울려 퍼졌다. 마치 아이가 자다가 지르는 소리나, 개가 벽난로 앞에 누워 자다 꿈을 꾸며 지르는 소리 같았다. 우리는 앞으로 뛰쳐나가려 했으나, 주목나무 뒤에서 우리를 지켜보던 교수님이 뒤로 물러나라고 손짓했다. 우리가 지켜보는 사이에 하얀 형체는 다시 발을 내디뎠다. 이제 그 형체는 우리 쪽으로 가까이 다가왔고, 여전히 쏟아지는 달빛에 모습을 드러냈다. 내 심장이 얼음처럼 차갑게 굳었고, 아서가 숨을 들이키는 소리가 들렸다. 그것은 루시 웨스튼라였다. 루시 웨스튼라가 분명하지만, 얼마나 변했던지. 루시의 사랑스러움은 냉혹한 잔인함으로 바뀌었고, 순수함은 관능적인 음탕함으로 바뀌어 있었다. 반 헬싱 교수님이 발걸음을 옮겼고, 우리는 교수님을 따라 역시 앞으로 나아갔다. 우리 넷은 일렬로 무덤 문 앞에 섰다. 반 헬싱 교수님이 각등을 들어 슬라이드 문을 밀었다. 등불의 빛이 루시의 얼굴 위로 쏟아지며, 신선한 피로 물든 붉은 입술과 턱을 타고 줄줄 흘러내려 하얀 수의에 얼룩진 핏자국이 드러났다.

우리는 공포로 전율했다. 등불이 흔들리는 것으로 보아, 반 헬싱 교수님처럼 대담한 분마저 몹시 놀란 모양이었다. 아서는 내 옆에 있었는데, 내가 그의 팔을 잡아 부축하지 않았다면 그 친구는 쓰러졌을지도 모른다.

루시가 ─ 우리 앞에 있는 것이 루시의 모습을 하고 있었기 때문에 그렇게 부르겠다 ─ 우리를 보고는 고양이처럼 이를 드러냈다. 그런 다음 루시의 눈이 우리를 훑었다. 생김새와 색은 루시의 눈이 분명했지만, 우리가 아는 순수하고 다정한 눈이 아니라 혼탁하고 지옥 불이 가득 타오르는 눈이었다. 그 순간 내 안에 남아 있던 사랑은 증오와 혐오로 변해버렸다. 루시를 죽여야 하며, 기꺼이 죽여 버리겠다는 생각뿐이었다. 우리를 쳐다보는 동안 루시의 눈이 부정한 빛으로 번들거렸고, 얼굴에는 요염한 미소를 띠었다. 아, 맙소사, 그 미소가 얼마나 소름 끼치던지! 루시는 여태껏 가슴에 꽉 안고 있던 아이를 아무렇지 않게, 악마처럼 냉혹하게, 마치 개한테 뼈다귀를 던져주듯 바닥에 팽개쳤다. 아이가 날카로운 비명을 지르더니 바닥에 누워 끙끙거리며 울었다. 냉혈한 같은 루시의 행동에 아서가 고통 섞인 신음을 내뱉었다. 루시가 두 팔을 뻗고 음탕한 미소를 지으며 아서에게 다가가자, 아서는 황급히 뒤로 물러나며 양손으로 얼굴을 가렸다.

그래도 루시는 여전히 아서의 앞으로 천천히 다가가며 나른하고 음탕한 목소리로 말했다.

"내게 와요, 아서. 다른 사람들은 두고 내게 와요. 내 두 팔은 당신을 몹시도 원해요. 어서요, 우리 함께 가요. 어서요, 내 남편, 어서!"

루시의 목소리에는 악마같이 달콤한 무언가가 - 풀로 살갗을 간지를 때와 같은 간질간질한 무언가가 - 있었고 옆에서 그 말을 듣고 있는 우리의 머릿속마저 어지러웠다. 아서는 그 마술에 걸린 것 같았다. 얼굴에서 손을 떼더니 두 팔을 활짝 벌렸다. 루시가 그 품에 뛰어들려는 찰나, 반 헬싱 교수님이 앞으로 뛰어들어 그 둘 사이에 작은 금 십자가를 들이밀었다. 루시가 기겁하며 뒤로 물러나서는 분노로 얼굴을 일그러뜨리며 무덤으로 들어가려는 듯 재빨리 달려갔다.

하지만 문 앞에 도달한 루시는 저항할 수 없는 힘에 사로잡힌 듯 그대로 멈추었다. 루시는 뒤돌아섰고 루시의 얼굴에는 환한 달빛과 램프 빛이 쏟아졌지만, 이제 반 헬싱 교수님은 그 얼굴을 보고 더 이상 떨지 않았다. 나는 살아생전 사람의 얼굴에서 그토록 끔찍한 악의를 본 적이 한 번도 없으며, 또한 다시는 보지 못할 것이다. 아름다운 낯빛은 흙빛으로 변했고 두 눈은 지옥 불이라도 내뿜을 듯했으며, 두 눈썹은 메두사의 뱀처럼 꿈틀거렸고, 핏물이 번진 입은 그리스와 일본의 기괴한 가면처럼 쩍 벌려져 있었다. 보는 순간 죽음에 이르게 할 수 있는 얼굴이 있다면, 우리는 그 순간 그 얼굴을 보았다.

영원처럼 느껴지던 삼십 초 동안, 루시는 반 헬싱 교수님이 치켜든 십자가와 봉인된 묘지 문 사이에 가만히 서 있었다. 반 헬싱 교수님이 침묵을 깨고 아서에게 물었다.

"대답해주게, 친구! 내가 내 일을 계속해도 되겠나?"

아서는 무릎을 털썩 꿇고 양손으로 얼굴을 가린 채 대답했다.

"박사님 뜻대로 하세요. 뜻대로요. 이보다 더 큰 공포는 없을 겁니다." 아서는 신음했다. 퀸시와 나는 누가 먼저랄 것 없이 아서에게 급히 다가가 그를 부축했다. 반 헬싱 교수님이 들고 있던 각등의 슬라이드 문을 닫자 찰칵 하는 소리가 들렸다. 교수님은 무덤 가까이로 다가가 문틈에 끼워 넣었던 성체 덩어리를 꺼내기 시작했다. 교수님이 물러서자 우리처럼 진짜 육체를 지닌 것 같았던 루시가 칼날조차 들어갈 수 없을 법한 틈새로 연기처럼 사라졌다. 우리는 겁에 질리고 경악에 찬 눈으로 그 광경을 지켜보았다. 교수님이 차분하게 문틈 사이에 그 물건을 다시 끼워 넣는 것을 보며 우리는 모두 안도했다.

이 일이 끝나자 교수님은 아이를 들어 올리며 말했다.

"이만 가세, 친구들. 내일까지는 우리가 할 수 있는 일이 없어. 정오에 장례식이 열릴 테니, 그보다 한참 후에 이곳으로 다시 오세. 망자의 친구들은 두 시쯤이면 모두 떠날 테고, 관리인이 정문을 잠글 때 우리는 안에 남아 있을 걸세. 그런 다음 더해야 할 일이 있지만, 오늘 밤 같은 일은 아니야. 이 아이는 많이 다치지는 않았으니 내일 밤이면 괜찮아질 걸세. 아이를 예전처럼 경찰이 발견할 만한 곳에 두고 갈 거야. 그런 다음 집으로 가세." 교수님은 아서에게 다가갔다.

"이보게, 아서. 자네는 혹독한 시련을 겪고 있네. 하지만 이 시련이 끝나고 뒤를 돌아보면, 이 일이 얼마나 필요했는지 알게 되겠지. 자네는 지금 쓰디쓴 강을 건너고 있는 게야. 내일 이 때쯤이면, 하느님 제발, 자네가 그 강을 건너 달콤한 물을 마시게 되겠지. 그러니 지나치게 슬퍼하지 말게. 그 때까지, 날 용서해달라는 부탁은 하지 않겠네."

아서와 퀸시는 나와 함께 집으로 갔고, 우리는 가는 동안 서로를 격려하려 애썼다. 아이를 안전하게 돌려보낸 후 다들 기진맥진했는지 집에 돌아가 정신없이 잤다.

9월 29일, 밤 – 정오 조금 전에 아서, 퀸시 모리스, 그리고 나는 교수님을 찾아갔다. 약속이나 한 듯 다들 검은 옷을 입고 나타난 것이 신기했다. 물론 아서는 아직 상중이라 검은 옷을 입었지만, 우리 나머지는 본능적으로 검은 옷을 입었다. 우리는 한 시 삼십 분에 교회 묘지에 도착했고, 묘지 안을 이리저리 거닐며 상황을 주시하며 숨어 있다가 일꾼들이 일을 마치고 관리인이 모두가 나갔다고 생각해 묘지 정문을 잠글 때까지 기다렸다. 반 헬싱 교수님은 작은 검은 가방 대신 긴 가죽 가방을 가져오셨는데 꼭 크리켓 가방 같이 생긴 것이었다. 꽤 무게가 나가는 듯 보였다.

우리 일행만이 남고 마지막 발자국 소리가 점차 잦아들자, 우리는 침착하고 조용하게 교수님을 따라 무덤으로 향했다. 교수님이 무덤 자물쇠를 열었고 우리는 안으로 들어간 후 문을 닫았다. 그런 다음 교수님은 가방에서 등불을 꺼내 켜고, 또한 초도 두 개 켜서 다른 관 위에 촛농으로 붙여 놓아 작업할 만한 빛을 만들어냈다. 교수님이 다시 한번 루시의 관 뚜껑을 들어 올렸을 때 우리 모두는 - 아서는 사시나무처럼 몸을 와들와들 떨었다 - 여전히 아름다운 모습으로 누워 있는 시신을 보았다. 하지만 내 심장에 그녀에 대한 애정은 조금도 없었고, 루시의 영혼이 빠져나간 루시의 몸을 취한 사악한 존재에 대한 혐오감 뿐이었다. 아서의 얼굴 역시 점차 딱딱하게 굳었다. 아서가 반 헬싱 교수님에게 물었다.

"이것이 정말 루시입니까, 아니면 루시의 형체를 한 악마입 니까?"

"루시가 맞지만, 그 안에 루시는 없어. 조금만 기다리면 예전 의 루시를 보게 될 걸세."

그곳에 누워 있는 그녀는 루시의 악몽 같았다. 뾰족한 이에 피가 얼룩진 관능적인 입술 - 보는 사람을 소름끼치게 만드는 것이었다 - 육감적인 외모는 루시의 사랑스러움과 순수함을 비틀고 조롱하는 것 같았다. 반 헬싱 교수님은 평소처럼 체계 적으로 가방에서 다양한 도구들을 꺼내어 늘어놓았다. 먼저 교 수님은 납땜인두와 땜납을 꺼낸 다음, 작은 등유 램프를 꺼내 어 무덤 한 구석에 켜 놓았다. 램프는 파란 불길을 뿜으며 격렬 히 타올랐다. 그런 다음 수술용 칼을 꺼내고 마지막으로 두께

7센티미터 정도, 길이 90센티미터 정도 되는 둥그런 나무 말뚝을 하나 꺼냈다. 말뚝의 한쪽은 불에 그슬려 단단하게 해놓았으며 끝이 뾰족하게 다듬어져 있었다. 이 말뚝과 함께 교수님은 묵직한 망치 하나를 꺼냈는데, 집에서 석탄 덩어리를 부수는 데 사용하는 망치 같았다. 내게 있어 의사가 작업을 준비하는 것은 자극이 되고 기운을 돋우는 것이었으나, 아서와 퀸에게는 이러한 도구들이 섬뜩하게 느껴진 모양이었다. 하지만 둘다 애써 용기를 내어 아무 말 없이 차분하게 기다렸다.

준비를 마치자 반 헬싱 교수님이 입을 열었다.

"우리가 일을 시작하기 전에 이것만 말해두겠네. 이건 불사귀의 힘에 대해 연구한 고대인들의 경험과 민간전승에서 알아낸 거라네. 사람이 불사귀로 변하면 불멸의 저주에 걸리고 만다네. 영원히 죽지 못하고 수많은 세월을 계속 살면서 희생자들을 계속 만들어내고 세상에 악을 퍼트리지. 불사귀의 희생양이 되어 죽은 자들 역시 불사귀가 되어 사람들을 사냥하고 다니니까. 그렇게 이들 무리가 수면 위에 돌을 던져 생기는 물결처럼 점점 퍼지는 거라네. 친애하는 아서, 불쌍한 루시가 죽기전에 자네가 키스를 했더라면, 혹은 어젯밤 자네가 팔을 벌렸을 때 키스를 했더라면, 자네도 머지않아 죽었을 테고 죽어서는 동유럽인들이 말하는 노스페라투가 되었을 테고, 더 많은 불사귀를 만들어내어 우리를 공포로 떨게 했을 거야. 이 불행한 아가씨의 불사귀로서의 인생은 이제 막 시작되었네. 이 아가씨에게 피를 빨린 아이들은 아직 그리 심각한 상태가 아니야. 하지만 루시가 계속해서 불사귀로 살아간다면 아이들은 점점 더 많은 피를 잃을 테고 루시의 힘에 의해 저도 모르게 루시에게 이끌려 올 거야. 그러면 루시는 그 사악한 입으로 아이들의 피를 계속 빨아먹겠지. 허나 루시가 정말로 죽는다면 모든 것이 끝나. 아이들의 목에 난 작은 상처는 사라질 테고 그들은 무슨 일이 일어났는지도 모른 채 다시 신나게 놀러 다니겠지. 무엇보다도 다행스러운 건, 이 불사귀가 영원히 안식을 취하게 만들면 우리가 사랑하는 가련한 아가씨의 영혼은 다시 자유로워질 거라는 점일세. 루시는 밤이면 사악한 짓을 저지르고 낮이면 피를 흡수하며 점점 더 변하는 대신, 다른 천사들과 함께 안식을 취하게 될 거야. 그러니 루시에게 말뚝을 박아 자유를 주는 것이 루시에게 축복을 내려주는 게 아니겠나. 나는 기꺼이 할 거라네. 그런데 이중에 나보다 더 적합한 권리를 가진 사람이 있지 않은가? 고요한 밤, 잠이 오지 않을 때면 '내 이 손으로 루시를 천국으로 보냈다. 그녀를 가장 사랑하는 이 손으로. 루시라면 분명 선택했을 이 손으로' 하고 생각하며 기쁨에 잠길 사람이 있지 않은가? 우리 중 그런 사람이 있는지 말해보지 않겠나?"

우리는 모두 아서를 바라보았다. 아서 역시 우리 기억 속 순수한 루시의 모습을 되돌리는 임무를 자신에게 맡기자는 이 제안이 한없이 다정한 친구들의 마음이라는 사실을 깨달았다. 그러나 앞으로 나아가 용감하게 말하는 중에도 그의 손은 부들부들 떨렸고 얼굴은 눈처럼 창백했다.

"박사님은 제 진정한 친굽니다. 제 무너진 가슴 속 깊이 박사님께 감사드립니다. 제가 어떻게 해야 할지 말씀해주세요. 망설이지 않고 해내겠습니다!" 반 헬싱 교수님이 한 손으로 아서의 어깨를 잡았다.

"역시 용감한 친구야! 한순간만 용기를 내면 돼. 이 말뚝이 루시의 심장을 관통해야 하네. 무시무시한 역경이 되겠지만, 그 역경은 금세 끝나고 지금 겪는 커다란 고통보다 더 큰 기쁨을 맛보게 될 걸세. 이 으스스한 묘지를 걸어 나가는 자네의 발걸음은 공중에 떠다니는 것처럼 가벼워질 거야. 하지만 일단 시작하면 머뭇거려서는 절대 안 된다네. 자네의 진정한 친구들인 우리가 자네 곁에 있고, 항상 자네를 위해 기도한다는 것만 생각하게."

"어서 말씀해주세요. 제가 무얼 하면 되는지요." 아서가 거친 목소리로 말했다.

"왼손으로 이 말뚝을 잡아 그 끝을 심장 위에 올려 둔 다음, 오른손으로 망치를 쥐게. 그런 다음 우리가 루시 양을 위한 기도를 기작하면 – 여기 성서가 있으니 내가 읽고 다른 친구들이 따라할 걸세 — 하느님의 이름으로 망치를 내려쳐 우리가 사랑하는 루시 양이 돌아오고 불사귀가 사라지도록 하게."

아서는 말뚝과 망치를 들었다. 마음을 확고하게 다잡고 나자 아서의 손은 한순간도 떨리거나 움찔거리지도 않았다. 반 헬싱 교수님이 기도서를 펼쳐 읽기 시작했고, 퀸시와 나도 그 기도를 읊었다. 아서가 심장 위에 말뚝의 끝을 댔고, 하얀 루시의 살갗이 말뚝에 눌려 움푹 팼다. 그런 다음 아서는 있는 힘껏 망치로 말뚝을 내리쳤다.

관 안에 든 그것이 몸부림을 쳤고, 벌어진 빨간 입술 사이에서는 무시무시하고 소름 끼치도록 날카로운 비명 소리가 터져 나왔다. 그것은 미친 듯이 몸부림을 쳤다. 날카로운 하얀 이가 입술을 파고들어 상처가 날 때까지 부득부득 갈았고, 입에서는 시뻘건 거품이 일었다. 하지만 아서는 한순간도 머뭇거리지 않았다. 그는 토르처럼 단호하게 망치를 내리치며 자비로운 말뚝을 더욱더 깊이 박았고, 시신의 뚫린 가슴에서는 피가 뿜어져 나와 사방으로 튀었다. 아서의 얼굴은 단호했고 그 얼굴은 숭고한 임무로 빛나는 것 같았다. 그 모습에 용기를 얻은 우리의 목소리가 작은 무덤 안에 울려 퍼졌다.

이리저리 뒤틀리고 떨어대던 루시의 몸부림이 점차 잦아들더니, 이를 꽉 다물고 얼굴에 경련을 일으켰다. 그리고 마침내 잠잠해졌다. 무시무시한 임무가 끝난 것이다.

아서의 손에서 망치가 떨어졌다. 휘청거리는 아서의 몸을 우리가 얼른 잡아주었다. 아서의 이마에서는 굵은 땀방울이 흘러내렸고 숨소리는 거칠었다. 아서는 끔찍하게 긴장하고 있었던 것이다. 루시를 위해서 어쩔 수 없이 해야 하는 일이 아니었다면, 아서는 절대 이러한 일을 해내지 못했을 것이다. 몇 분 동안 우리는 아서를 보살피느라 관 쪽은 보지 못했다. 하지만 우리가 관 쪽을 바라본 순간 놀랍게도 우리가 아닌 다른 누군가의 입에서 중얼거리는 소리가 새어나왔다. 우리가 정신없이 관을 바라보고 있자 바닥에 앉아 있던 아서가 일어나 다가오더니 역시 관을 바라보았다. 그 순간 아서의 얼굴에 묘하게 반가운 빛이 떠오르며 그 얼굴에 어려 있던 무시무시한 공포가 사라졌다.

관 안에 누워 있는 것은 우리가 그토록 두려워하고 증오하며 반드시 없애야 한다고 생각했던 사악한 존재가 아니었다. 평생 보아온 루시, 비할 데 없이 사랑스럽고 순수한 루시였다. 살아생전 우리가 보던 그 루시였다. 병색이 완연했지만 그마저도 우리에겐 사랑스러웠다. 그것이야말로 우리가 알던 진짜 루시라는 증거였기 때문이다. 병색이 완연한 루시의 얼굴과 몸에 햇살처럼 내려앉은 성스러운 고요함이야말로 앞으로 루시가 평안한 안식을 취할 거라는 증표였다.

반 헬싱 교수님이 다가와 아서의 어깨를 잡았다.

"자, 친애하는 아서, 이제 날 용서해주겠나?"

아서는 무시무시했던 긴장감이 일순간 풀렸는지 노교수의 손을 부여잡고 입술로 꾹 눌렀다.

"용서라니요! 사랑하는 루시의 영혼을 되찾아주고 제게 평화를 주신 교수님을 하느님께서 축복하실 겁니다." 아서는 양손으로 교수님의 어깨를 잡고 교수님의 가슴에 머리를 댄 채 한동안 소리 없이 흐느꼈고, 우리는 꼼짝하지 않고 서 있었다. 아서가 고개를 들자 반 헬싱 교수님이 그에게 말했다.

"자자, 이제 루시 양에게 키스해도 좋네. 루시 양의 입술에 키스하게. 루시 양도 할 수 있었다면 그리했을 거야. 이제 루시 양은 사악한 악마가 아니니까 – 영생을 사는 사악한 존재가 아니니까. 더 이상 루시는 악마의 불사귀가 아니라네. 하느님의 망자이고 하느님께 속한 영혼이지!"

아서가 몸을 숙여 루시에게 키스한 다음, 우리는 아서와 퀸시를 무덤 밖으로 내보냈다. 교수님과 나는 말뚝의 위쪽을 톱으로 잘라내어 시신 안에 말뚝 끝을 남겨두었다. 그런 다음 머리를 자르고 입안에 마늘을 채웠다. 납관의 구멍을 때우고, 관뚜껑에 못을 박아 넣고, 도구들을 챙겨 무덤 밖으로 나왔다. 교수님은 무덤 문을 잠근 다음 아서에게 열쇠를 건넸다.

바깥 공기는 달콤했고 햇볕이 내리쬐었으며 새들이 지저귀었다. 마치 모든 자연이 다른 음율에 맞추어진 것 같았다. 도처에는 기쁨과 환희, 평화가 있었다. 우리는 한 가지 이유로 마음이 편안했으며, 마음껏 표출할 수 없는 기쁨이긴 하나 커다란 기쁨을 느꼈다.

우리가 묘지에서 나가기 전 반 헬싱 교수님이 말했다.

"자, 친구들, 우리 임무 중 한 단계는 끝났네. 우리에게는 가장 마음 아픈 단계가. 하지만 더 큰 임무가 남아 있다네. 우리 슬픔의 근원인 자를 찾아내 그자를 없애버리는 거야. 그자를 찾을 단서가 몇 가지 있긴 하네만, 길고 어렵고 위험하고 고통스러운 임무야. 다들 날 도와주지 않겠나? 우리 모두 이제는 그 존재를 믿게 되지 않았는가? 그러니 그 임무를 받아들여야 하지 않겠나? 그래! 우리는 끝까지 가보기로 약속하지 않았나?"

우리는 한 명씩 교수님의 손을 잡고 약속했다. 그런 다음 교수님은 길을 걸으며 말씀하셨다.

"앞으로 이틀 후 밤, 자네들은 일곱 시에 존의 집으로 와 함께 식사를 하세. 아서와 퀸시는 아직 자세한 사정을 모르니 꼭 와주게. 내가 다 준비를 해놓고 계획을 설명해주지. 친애하는 존, 자네는 나와 함께 집으로 가세. 자네와 의논할 일이 아주 많고 자네가 날 도와줄 수 있으니까. 오늘 밤 나는 암스테르담으로 가 내일 밤에 돌아올 거야. 그런 다음 우리의 위대한 임무를 시작하는 거지. 하지만 먼저 할 말이 아주 많아. 자네들이 무엇을 해야 하는지, 무엇을 두려워해야 하는지 알려줘야 하니까. 그런 다음 새로이 약속을 하도록 하세. 우리 앞에는 무시무시한 임무가 놓여 있고, 일단 그 임무에 발을 담그면 물러설 수 없으니까."

제17장

수어드 박사의 일기 - 계속

버클리 호텔에 도착했을 때, 반 헬싱 교수님 앞으로 전보가 한 통 도착해 있었다.

"기차로 런던에 올라갑니다. 조너선은 휘트비에 갔어요. 중요한 소식이 있어요. - 미나 하커."

교수님은 기뻐했다. "아, 그 훌륭한 마담 미나로군. 진주 같은 여성이야! 마담 미나가 도착할 때쯤엔 난 런던에 없을 텐데. 자네 집으로 모시게, 존. 그리고 직접 역으로 마중을 나가게. 마담 미나에게 미리 전보를 쳐서 알리고."

전보를 보낸 후 교수님은 차를 한 잔 마셨다. 차를 마시는 동안 조너선 하커가 해외여행 중 쓴 일기에 대해 이야기를 해주시며, 그 사본과 함께 휘트비에서 하커 부인이 쓴 일기의 사본도 함께 건넸다. "이걸 받아 잘 읽어보게. 내가 돌아왔을 때쯤 자네는 모든 사실을 다 파악하고 있을 테고, 우리의 조사가 한층 더 수월해질 거야. 아주 귀중한 거니까 잘 보관해야 해. 비록 자네가 오늘 같은 경험을 하긴 했으나, 열린 마음으로 이 글을 읽어야 할 거야. 이곳에 적힌 것은." 교수님은 이렇게 말씀하시며 서류 뭉치에 묵직하고 진지하게 손을 올려놓았다. "자네와 나에게, 그리고 수많은 사람들에게 끝의 시작이 될지도 몰라. 혹은 지구상을 돌아다니는 불사귀를 예고하는 불길한 종소리처럼 느껴질지도 모르지. 부탁하건대 열린 마음으로 전부 읽어보게. 덧붙일 게 있다면 그렇게 하게. 전부 중요한 거니까. 자네도 이 기이한 일들을 전부 일기로 적어놓았지, 안 그런가? 그래! 그렇다면 우리가 다시 만나면 이것들을 전부 다 검토해보세." 교수님은 떠날 준비를 했고, 잠시 후 리버풀 가로 마차를 타고 떠났다. 나는 패딩턴으로 향했고, 기차가 들어오기 십오 분 전쯤에 역에 도착했다.

기차가 도착한 후 플랫폼에 북적거리던 인파가 서서히 빠져나가고 혹시나 손님을 놓쳤나 싶어 불안해지던 찰나, 사랑스러운 얼굴에 고상한 품위가 깃든 아가씨가 내게 다가와 흘끗 쳐다보더니 말을 건넸다.

"수어드 박사님이신가요?"

"하커 부인이시군요!" 내가 얼른 대답하자, 그녀가 손을 내밀었다.

"불쌍한 루시가 편지에 수어드 박사님 이야기를 써서 알아봤어요. 그런데……." 하커 부인은 갑자기 말을 멈추었고, 얼굴이 빨갛게 물들었다.

내 뺨 역시 붉게 물들었고, 어쩐지 그 덕분에 우리 둘 다 마음이 편안해졌다. 그건 그녀의 질문에 대한 내 무언의 대답이었기 때문이다. 나는 타자기가 든 하커 부인의 짐 가방을 들었다. 우리는 지하철을 타고 펜처치 가로 갔으며, 그곳에서 나는 가정부에게 하커 부인이 머물 침실과 응접실을 준비해달라고 전보를 보냈다.

우리는 머지않아 집에 도착했다. 물론 하커 부인 역시 내 집이 정신병원이라는 사실을 알고 있었지만, 그 안에 들어서는 순간 절로 긴장되는 것을 억누르지 못하는 눈치였다.

하커 부인은 괜찮다면 조금 후 내 서재에서 만나자고 했다. 할 말이 많다면서. 그래서 지금 나는 하커 부인을 기다리는 동안 이 일기를 기록하는 중이다. 아직 반 헬싱 교수님이 주고 간 서류들을 읽을 기회가 없었다. 내 앞 책상에 펼쳐져 있지만 말이다. 이 서류를 읽을 시간이 나도록 하커 부인이 흥미로워 할 만한 소일거리를 마련해주어야겠다. 하커 부인은 시간이 얼마나 소중한지, 우리가 어떤 임무를 맡고 있는지 알지 못한다. 하커 부인이 겁을 먹지 않도록 주의해야 한다. 이제 부인이 들어온다!

미나 하커의 일기

9월 29일 – 나는 옷차림을 단정히 한 후, 수어드 박사님의 서재로 내려갔다. 박사님이 누군가와 이야기를 나누는 소리가 들린 것 같아 문 앞에서 잠시 망설였다. 하지만 박사님이 기다리고 있는 것을 알기에 문을 두드렸고, 안에서 "들어오세요."라는 소리가 들려 안으로 들어갔다.

놀랍게도 안에는 박사님뿐이었다. 박사님 혼자였고, 앞의 탁자에는 축음기가 놓여 있었다. 직접 본 것은 이번이 처음이라 흥미가 일었다.

"제가 너무 늦은 건 아닌지 모르겠어요. 박사님 목소리가 들리는 것 같아 다른 사람과 함께 계신 줄 알고 문 앞에서 잠깐 기다렸거든요."

"아." 박사님은 미소를 지었다. "일기를 적고 있었을 뿐입니다."

"일기요?" 나는 놀라 물었다.

"네. 저는 여기에 일기를 쓰죠." 박사님은 이렇게 말하며 축음기에 한 손을 올렸다. 나는 너무 흥분한 나머지 불쑥 물었다.

"세상에, 속기보다 더 대단해요! 제가 한번 들어봐도 될까요?"

"물론입니다." 박사님은 선선히 대답하며 축음기를 틀기 위해 자리에서 일어섰다. 그러다 갑자기 동작을 멈추고는 곤란한 표정을 지었다.

"사실은." 박사님이 난감한 듯 입을 열었다. "제가 이 안에는 일기만 기록합니다. 전부, 거의 전부 제 환자들에 대한 거라 듣기 거북하실 수도……. 그러니까 제 말은……." 박사님은 말을 더듬거렸고, 나는 박사님을 난감한 상황에서 구해주려 했다.

"박사님은 사랑하는 루시의 마지막을 지켜주셨죠. 루시가 어떻게 죽었는지 들려주세요. 그래 주신다면 정말 감사할 거예요. 루시는 제게 아주, 아주 소중한 친구였으니까요."

놀랍게도 박사님의 얼굴에 공포에 질린 표정이 떠올랐다.

"루시의 죽음에 대해 알려달라고요? 그건 절대 안 됩니다!"

"왜 안 되죠?" 나는 물었다. 왠지 모르게 무서운 기분이 들었기 때문이다. 다시 한번 박사님은 침묵했고, 그분이 변명거리를 만들어내려 애쓰는 것을 눈치 챘다. 마침내 박사님은 더듬거리며 말을 꺼냈다.

"사실 저는 일기의 특정 부분을 트는 방법은 몰라요." 급하게 떠올린 변명인지 박사님의 말투는 간결했고 순진무구한 아이 같았다. "제 명예를 걸고 사실입니다. 정말입니다!" 나는 나도 모르게 미소를 지었고, 내 미소에 박사님은 얼굴을 찌푸렸다. "솔직하게 말씀드린 겁니다! 제가 지난 몇 달간 일기를 썼지만, 특정 부분을 다시 찾아 틀어볼 생각은 한 번도 하지 않았어요." 이때 내 머릿속에는 루시를 진찰한 의사의 일기에 그 무시무시한 존재에 대한 이야기도 담겨 있을지 모른다는 생각이 떠올랐다. 나는 과감하게 말을 꺼냈다.

"수어드 박사님, 그렇다면 박사님의 일기를 제가 타자기로 쳐서 사본을 만들어드릴게요." 박사님의 얼굴은 죽은 사람처럼 창백해졌다.

"아니요! 안 돼요! 안 됩니다! 결단코 부인께 그런 무시무시한 내용을 알리지 않을 겁니다!"

끔찍한 이야기, 내 직감이 맞았다! 나는 잠시 생각했고, 내 두 눈은 무의식적으로 도움이 될 만한 것이나 기회를 찾아 방안을 둘러보다가 탁자 위에 놓인 거대한 서류 뭉치를 보고 반짝였다. 박사님은 무의식적으로 내 눈길을 따라갔다. 서류 뭉치를 보며 박사님은 내 눈빛이 의미하는 바를 깨달았다.

"박사님은 저를 잘 모르세요. 저 서류들 ─ 제가 타자로 친 제 일기와 제 남편을 일기를 읽으면 저를 더 잘 알게 될 거예요. 저는 제 마음속에 있는 모든 생각을 다 털어놓는 것을 주저하지 않았죠. 하지만 물론 박사님은 아직 저에 대해 잘 모르시니, 박사님께서 아직 저를 신뢰하지 않으시는 것도 당연해요."

박사님은 훌륭한 성품을 지닌 사람이 분명하다. 불쌍한 루시가 남자 보는 눈이 정확했다. 박사님은 자리에서 일어나 커다란 서랍을 열었고, 그 안에는 검은 밀랍으로 덮인 금속 원통이 차곡차곡 정리되어 있었다.

"부인 말이 맞습니다. 저는 부인을 잘 모르기 때문에 부인을 신뢰하지 않았죠. 하지만 이제는 부인을 알겠습니다. 부인을 오래전부터 알았어야 했는데. 루시가 부인께 제 이야기를 했다는 것도 알고, 루시도 제게 부인의 이야기를 했죠. 제 사과를 받아주시겠습니까? 이 원통을 가져가 들어보세요. 처음 여섯 개는 사적인 내용이니 부인을 두렵게 만들지 않을 겁니다. 하지만 듣고 나면 저에 대해 더 잘 알게 되시겠죠. 그때쯤 저녁식사가 준비될 겁니다. 그때까지 저는 이 서류들을 읽어보고 상황을 파악하도록 하겠습니다." 박사님은 내 응접실까지 직접 축음기를 운반하고 내가 들을 수 있도록 조절해주셨다. 이제 나는 즐거운 사실을 알게 될 것이다. 내가 단편적으로만 아는 진정한 사랑의 에피소드의 또다른 면을 듣게 될 테니까⋯⋯.

수어드 박사의 일기

9월 29일 – 조너선 하커와 그의 부인이 쓴 훌륭한 일기에 몰두하느라 시간이 가는 줄 몰랐다. 하녀가 저녁식사 시간이 되었다고 알렸을 때에도 하커 부인이 아래층으로 내려오지 않기에 나는 하녀에게 "피곤하실지도 모르니 저녁식사는 한 시간 후로 미루라."고 당부해 둔 다음 계속해서 서류를 읽었다. 내가 막 하커 부인의 일기를 다 읽었을 때 하커 부인이 내 서재 안으로 들어섰다. 여전히 사랑스럽고 예쁜 얼굴이었지만 아주 슬픈 표정을 짓고 있었고 많이 운 듯 눈이 빨갛게 부어 있었다. 나는 이에 큰 감동을 받았다. 최근 나도 눈물을 흘릴 만한 이유가 있었다. 하느님만이 아시겠지! 하지만 나는 눈물이 주는 위안을 거부했다. 이제 눈물을 흘려 말개진 사랑스러운 두 눈을 보고 있자니 가슴이 찡했다. 그래서 최대한 상냥하게 말을 건넸다.

"제가 부인의 마음을 어지럽힌 건 아닌지 걱정스럽습니다."

"오, 아니요. 전혀 그렇지 않아요. 하지만 박사님이 얼마나 슬퍼하셨는지 듣고 말로 다 못할 정도로 큰 감동을 받았어요. 정말 훌륭한 기계지만 잔인할 정도로 정직하네요. 바로 박사님의 목소리로 박사님의 심장에 담긴 분노를 전해주니까요. 마치 전지전능하신 하느님께 울부짖는 영혼의 목소리 같았어요. 다른 사람은 다시는 그 소리를 들어서는 안 돼요! 보시다시피 저도 도움이 되려고 노력했어요. 타자기로 그 글을 받아 적었으니, 이제 다른 사람들은 박사님의 심장박동 소리를 들을 필요가 없죠."

"앞으로는 아무도 그럴 필요가 없을 테고, 아무도 듣지 못할 겁니다." 나는 낮은 목소리로 말했다. 하커 부인은 내 손을 잡으며 아주 진지하게 말했다.

"아, 하지만 그래야 해요!"

"들어야 한다고요! 왜요?"

"이것은 끔찍한 이야기의 일부분이고, 불쌍한 루시의 죽음의 일부분이고, 모든 이야기의 일부니까요. 우리가 지상에서 이 끔찍한 괴물을 없애려면 우리가 손에 넣을 수 있는 모든 지식과 모든 단서를 손에 넣어야 하니까요. 박사님이 제게 주신 그 원통 안에는 박사님이 의도한 것보다 더 많은 내용이 담겨 있다고 생각해요. 박사님의 기록 안에는 이 어두운 미스터리를 비추어주는 수많은 단서들이 있어요. 제가 도와드려도 될까요? 저도 어느 정도까지는 알아요. 박사님의 일기를 9월 7일자까지, 불쌍한 루시가 얼마나 괴로워했는지, 얼마나 무시무시한 운명으로 몸부림쳤는지까지만 들었어요. 조너선과 저는 반 헬싱 교수님이 다녀가신 후에 밤낮으로 이 일을 조사했어요. 조너선은 더 많은 정보를 얻으러 휘트비로 갔고, 내일이면 이곳에 도착해 우리를 도와줄 거예요. 우리 사이에 비밀로 할 일은 없어요. 서로를 굳게 신뢰하며 협력한다면, 우리는 더 강해질 거예요." 하커 부인이 호소하는 듯한 눈길로 나를 바라보았고, 그녀의 태도에는 강한 용기와 결단력이 드러나 있었다. 나는 즉시 그녀의 제안을 수락하고 말았다. "물론 하커 부인께서는 얼마든지 이 일에 참여하셔도 좋습니다. 제가 잘못하는 거라면 하느님께서 저를 용서하시길! 아직 부인께서 알지 못하는 무시무시한 사실들이 있습니다. 하지만 부인께서 불쌍한 루시의 죽음에 대해 알기 위해 이 먼 길을 오셨으니 모든 사실을 다 알려드리지 않는다면 만족하지 못하실 거라는 점 잘 압니다. 아니, 결말 – 진정한 결말을 안다면 부인께 평화가 찾아올지도 모르지요. 자, 저녁식사를 하죠. 우리 앞에 잔인하고 무시무시한 임무가 기다리고 있으니 강해져야 합니다. 식사를 하고 나서 나머지를 다 알려드리고, 부인께서 궁금한 점이 있다면 답변해 드리죠. 현장에 있던 저희는 확실하게 알지만 부인께서 이해가 되지 않는 점이 있다면 말입니다."

미나 하커의 일기

9월 29일 – 저녁식사를 마친 후 나는 수어드 박사님과 함께 서재로 갔다. 박사님은 내 방에 있던 축음기를 다시 가져왔고 나는 타자기를 가져왔다. 박사님은 내게 안락한 의자를 내주었고, 내가 군이 일어서지 않아도 조작할 수 있도록 축음기를 놓은 다음, 축음기를 멈추는 방법을 가르쳐주었다. 그런 다음 내가 편안하게 작업할 수 있도록 내게 등을 돌린 채 의자에 앉아 서류를 읽기 시작했다. 나는 금속 막대기를 귀에 꽂고 귀를 기울었다.

루시의 죽음에 관한, 그리고 그 이후에 일어난 모든 이야기가 끝났을 때 나는 기운이 쭉 빠져 의자에 등을 기댔다. 다행히 난 쉽게 기절하는 체질이 아니다. 수어드 박사님은 축 늘어진 나를 보고 놀라 외마디 비명을 지르며 자리에서 벌떡 일어나더니 찬장에서 유리병을 가져와 브랜디를 따라주었고, 덕분에 잠시 후 나는 기력을 회복했다. 내 머릿속은 온통 어지러웠고, 머릿속이 진정되고 나서야 무시무시한 공포를 뚫고 내 사랑하는 친구 루시가 마침내 평화로운 안식을 찾게 되었다는 성스러운 빛줄기가 새어 들어왔다. 소란을 피우지 않고는 그 이야기를 받아들일 수가 없었다. 너무나도 사납고 불가사의하고 기이해 조너선이 트란실바니아에서 겪은 일을 알지 못했다면 믿지 못했을 법한 이야기였다. 그럼에도 무엇을 믿어야 할지 몰라 일에 몰두하는 것으로 고민에서 벗어나기로 했다. 나는 타자기의 커버를 벗기고 수어드 박사에게 말했다.

"제가 당장 이 모든 내용을 적을게요. 반 헬싱 박사님이 도착할 때까지 준비를 다 마쳐야 해요. 조너선에게 런던에 도착하면 이리로 오라고 전보를 보내두었어요. 이런 일에는 날짜와 순서가 가장 중요하고, 우리가 자료를 전부 모아 날짜순으로 정리해둔다면 사건의 정황을 상당 부분 추릴 수 있을 거예요. 고덜밍 경과 모리스 씨도 오신다고 하셨죠? 그럼 그분들이 도착하면 이 이야기를 전할 수 있도록 준비해두지요." 따라서 박사님은 축음기를 느리게 재생하도록 맞추었고, 나는 일곱 번째 원통에 담긴 내용을 처음부터 타자로 치기 시작했다. 그리고 한 번에 여러 부가 나오도록 먹지를 사용해 일기의 사본을 세 부 만들었다. 작업을 마쳤을 때는 늦은 시간이었지만, 수어드 박사님이 회진을 마치고 서재로 돌아와 내 근처에 앉아 글을 읽었기에, 작업하는 동안 외롭다는 느낌은 그리 들지 않았다. 얼마나 선량하고 생각 깊은 사람인지. 이 세상에는 괴물도 있지만 이토록 선량한 사람들도 가득하다. 서재를 나서기 전, 조녀선의 일기에 교수님이 엑시터 역에서 어느 석간 기사를 읽으며 동요했다는 내용이 적혀 있던 게 떠올랐다. 그래서 수어드 박사님의 서재에 놓인 신문을 보고 그중 〈웨스트민스터 가제트〉와 〈펠멜 가제트〉를 빌려 내 방으로 가져왔다. 〈데일리그래프〉와 〈휘트비 가제트〉에서 스크랩한 기사들이 드라큘라 백작이 이 땅에 도착한 후 휘트비에서 일어난 무시무시한 사건들을 이해하는 데 도움이 되었으므로, 이 석간들을 훑어보면 새로운 단서를 찾을 수 있을지도 모른다. 어차피 졸리지도 않고, 신문을 읽고 스크랩하다 보면 마음이 진정되겠지.

수어드 박사의 일기

9월 30일 - 하커 씨는 아홉 시에 도착했다. 기차가 출발하기 직전 아내가 보낸 전보를 받았단다. 얼굴로만 판단한 것이지만, 하커 씨는 유달리 명석하며 에너지가 가득한 사람이다. 만약 이 일기가 사실이라면 - 내가 경험한 바로 사실임이 분명하다 - 하커 씨는 또한 대담한 성격의 소유자이기도 하다. 그 납골당에 두 번이나 내려가다니 보통 대담한 사람이 아니고는 할 수 없는 일이다. 하커 씨의 일기를 읽은 후 나는 사내 중의 사내를 만나게 될 거라 예상했지만, 예상과 다르게 오늘 이곳에 도착한 사람은 점잖고 세련된 신사였다.

나중 - 점심식사 후 하커와 그의 아내는 자신의 방으로 돌아갔고, 잠시 후 타자기가 달칵거리는 소리가 들렸다. 둘 다 열심이다. 하커 부인은 가지고 있는 모든 증거 조각들을 시간 순으로 정리하는 중이라고 했다. 하커는 휘트비에 도착한 상자들의 수하인과 런던의 운수업체가 주고받은 편지를 가져왔다. 그의 아내가 내 일기를 타자로 정리하는 동안 하커는 그 사본을 읽고 있다. 둘이 내 일기를 어떻게 생각할지 궁금하다. 여기 있다……

바로 옆집이 백작의 은신처라는 생각을 한 번도 하지 못하다니! 렌필드의 상태에서 충분한 단서를 알 수 있었는데! 그 집의 구매와 관련한 편지 꾸러미가 타이프로 친 문서에 들어 있었다. 아, 조금만 더 일찍 알았더라면 불쌍한 루시를 구할 수 있었을지도 모르는데! 잠깐, 그런 식으로 생각하다가는 미치광이가 되고 말 거다! 하커는 돌아가 자료들을 다시 맞추어보고 있다. 저녁때쯤이면 전체적인 내용을 하나로 정리할 수 있을 거라고 한다. 하커는 그 사이에 나더러 렌필드를 살펴보는 게 좋겠다고 했다. 여태까지 렌필드가 백작이 오고 가는 것을 알리는 일종의 지표 역할을 했으니 말이다. 여태까지는 그 사실을 몰랐으나, 날짜를 확인하고 나니 확인해봐야겠다는 생각이 든다. 하커 부인이 내 축음기에 녹음된 일기를 타자로 쳐주어 얼마나 다행인지! 그렇게 하지 않았더라면 날짜는 확인할 수 없었을 것이다……

렌필드는 평화롭게 병실에 앉아 두 손을 곱게 접고 상냥하게 미소를 짓고 있었다. 그 순간만큼은 어느 누구 못지않은 정상인 같았다. 나는 의자에 앉아 렌필드와 다양한 주제로 이야기를 나누었고, 렌필드는 자연스럽게 내 이야기를 받았다. 그러다 렌필드가 먼저 집에 가는 이야기를 꺼냈다. 이곳에 머문 이후로 내가 알기로는 한 번도 집 얘기를 꺼낸 적이 없는데 말이다. 렌필드는 즉시 퇴원하고 싶다고 꽤 확실하게 의사를 밝혔다. 하커와 이야기를 나누고 그 편지들을 읽고 렌필드가 발작한 날짜를 확인하지 않았더라면, 나는 분명 잠깐 그를 관찰한 후 퇴원서에 사인을 해주었을 것이다. 하지만 이제는 내 마음속에서 의혹이 샘솟는다. 렌필드의 발작은 어떤 식으로든 백작과 연관이 되어 있었다. 그렇다면 렌필드가 이토록 편안해 보이는 것은 무엇을 의미하는 것일까? 본능적으로 흡혈귀의 궁극적인 승리를 예견한 것일까? 가만, 렌필드는 육식광이며, 그 버려진 저택의 예배당 문 앞에서 난동을 피울 때마다 '주인님'에 대해 말했다. 이 모든 것이 우리의 짐작을 확인해주는 것 같다. 잠시 후 나는 병실을 나섰다. 그 속내를 더 깊이 캐내기에는 너무 정상적인 상태였으니까. 렌필드가 나를 이상하게 생각할지도 모르고 그러면! 그래서 나는 병실에서 나왔다. 렌필드가 지금은 조용하지만 언제 발작을 일으킬지 알 수 없기에, 간호사에게 그를 유심히 지켜보고 만약의 경우에 대비해 구속복을 준비하라고 일러두었다.

조너선 하커의 일기

9월 29일, 런던행 기차 안 - 나는 아는 한도 내에서 어떤 정보라도 주겠다는 빌링턴 씨의 정중한 메시지를 받고, 휘트비로 직접 가 그 자리에서 원하는 것들을 알아내기로 했다. 이제 내 목표는 백작의 그 무시무시한 화물이 런던의 어느 곳으로 갔는지, 그 경위를 추적하는 것이다. 나중에 그 화물을 처리할 수 있도록 말이다. 빌링턴 주니어는 착한 청년으로 나를 역까지 마중 나와 아버지 댁까지 데려다주었고, 그곳에서 하룻밤을 묵게 해주었다. 그들은 진정한 요크셔 사람답게 손님에게 아낌없는 환대를 베풀었다. 손님에게 모든 것을 다 내주되 손님이 원하는 대로 할 수 있도록 배려해주는 것이 바로 요크셔식 손님 접대다. 내가 바쁘며 급히 돌아가야 한다는 사실을 알고, 빌링턴 씨는 사무실에 화물 위탁과 관련한 서류를 모두 준비해두었다. 내가 백작의 악마 같은 계획을 알기 전 그의 성 탁자에서 본 편지 중 한 통도 그중에 포함되어 있었다. 백작은 모든 일을 신중하게 계획했으며, 체계적으로 정교하게 일을 진행했다. 계획을 수행하는 도중 우발적으로 일어날 수 있는 모든 장애물에 대한 대비도 해둔 모양이었다. 미국식 표현을 빌리자면 백작은 '요행'에 기대지 않았으며, 그의 계획이 아주 정확하게 수행된 것은 세심한 준비에 따르는 당연한 결과였다. 나는 송장에 적힌 글을 읽었다. "평범한 흙 50상자. 실험용." 또한 카터 패터슨에게 보낸 편지의 사본과 그에 대한 답장도 있었으며, 나는 이 두 통의 편지 사본을 얻었다. 빌링턴 씨가 내게 줄 수 있는 정보는 이게 전부였기에, 나는 항구로 내려가 해안경비대원들과 세관원들, 항만관리소장을 만났다. 다들 그 낯선 배의 이상한 등장에 대한 이야기를 했고, 이 사건은 이미 지역 전설로 자리 잡고 있었다. 하지만 '50상자의 흙'에 대해서 아는 자는 아무도 없었다. 그런 다음 역장을 만났는데, 친절하게도 실제로 그 상자를 나른 일꾼들과 이야기를 나눌 수 있도록 주선해주었다. 일꾼들이 말한 화물 상자의 총 개수는 목록과 일치했으며, 그들이 한 말이라곤 그저 그 상자들이 '어마어마하게 무거웠고' 그 상자를 나르느라 목이 바싹바싹 탔다는 것이 전부였다. 그중 한 명은 힘든 일이었는데 노고를 치하하고자 푼돈 몇 푼 쥐어줄 '나리 같은' 신사가 한 명도 없었다고 덧붙였고, 또 다른 사람은 얼마나 갈증이 심하던지 시간이 지나도 완전히 가라앉지 않더라고 덧붙였다. 굳이 덧붙일 필요도 없겠지만, 나는 자리를 뜨기 전 이들의 불만을 적절히 달래주었다.

9월 30일 - 역장이 친절하게도 오랜 친구인 킹스크로스 역 역장에게 내 이야기를 해두어, 내가 아침에 킹스크로스 역에 도착하면 화물상자에 대한 질문을 할 수 있게 해주었다. 킹스크로스의 역장 역시 당시 화물 운송을 맡았던 직원들을 불러주었고, 그들이 말한 화물상자의 총 개수가 송장 원본과 일치한다는 사실을 확인했다. 이들은 비정상적인 갈증에 시달렸노라 대놓고 호소하지는 않았지만, 역시 에둘러 그런 뜻을 전했기에 다시 한번 나는 이미 지나간 갈증을 해결해주어야 했다.

나는 그곳에서 카터 패터슨 상사의 본사로 갔고, 그곳에서는 나를 아주 정중하게 맞이해주었다. 그들은 업무 일지와 서신대장에 담긴 거래 내역을 확인하고, 즉시 킹스크로스 사무실에 전화를 해 더 자세한 내용을 확인했다. 운 좋게도 당시 작업을 담당했던 일꾼들이 마침 일거리 때문에 대기하던 중이라, 직원이 즉시 그들을 올려 보내고 또한 카펙스 저택 화물상자 운송과 관련한 화물 송장과 관련된 모든 서류들을 가져오라고 지시했다. 다시 한번 나는 기록이 정확히 일치한다는 사실을 확인했다. 짐꾼들은 간략한 서류의 내용에 사소한 세부 사항들을 곁들여 보충 설명했다. 역시 직업상 먼지가 많이 나며, 그 결과 작업자들이 지속적인 갈증에 시달렸다는 내용이 전부였다. 내가 나중에 목을 축일 수 있도록 약간의 돈을 찔러주자 짐꾼 중한 명이 이렇게 말했다.

"그 집은 말입죠, 나리, 제가 가본 중 가장 괴상한 집이었어요. 하이고! 백 년은 족히 손도 안 댄 거였습죠. 먼지가 얼마나 두텁게 쌓였던지 그 바닥에 그냥 누워 자도 등도 안 배길 거외다. 오랫동안 아무도 살지 않던 곳이라 오래된 예루살렘 냄새가 납디다. 하지만 그 낡은 예배당은 정말 말도 못할 정도로 무시무시하더라구요! 저랑 제 동료는 꽁무니가 빠져라 내뺐습죠. 나리, 저라면 해가 지고 난 후에는 거기는 다신 얼씬도 하지 않을 겁니다."

그 집에 들어가본 나는 그자의 말이 사실이라는 것을 알았다. 만약 그자가 내가 알고 있는 것을 알았다면 돈을 더 요구했을 것이다.

이제 한 가지는 확신한다. 바르나에서 출발한 데메테르호에 실려 휘트비에 도착한 그 화물상자들은 전부 무사히 카팩스 저택의 오래된 예배당 안에 안치되어 있다는 것. 그 후로 옮기지 않았다면 – 수어드 박사의 일기를 읽어보니 그랬을 가능성이 있을 것 같다 – 그 예배당 안에는 그 50개의 상자가 있어야 한다는 것.

카팩스 저택에서 그 상자들을 옮기다 렌필드의 공격을 받은 그 짐꾼들을 찾아 만나봐야겠다. 이 단서를 쫓아가면 많은 것을 알아낼 수 있을지도 모른다.

나중 – 미나와 나는 하루 종일 작업에 매진했고, 모든 서류를 날짜순으로 정리했다.

미나 하커의 일기

9월 30일 – 너무 기쁜 나머지 어쩔 줄을 모르겠다. 나를 항상 따라다니던 두려움, 이 무시무시한 사건이며 그의 오랜 상처를 다시 헤집는 것이 조너선에게 해를 미칠지도 모른다는 두려움이 순식간에 사라져버렸다. 나는 휘트비로 떠나는 조너선을 애써 용감한 얼굴로 배웅했지만, 내심으로는 그가 걱정되어 속이 울렁거렸다. 하지만 다행스럽게도 이 일에 대한 열정이 조너선에게 좋은 영향을 미쳤다. 이토록 결단력 있고, 강인하고, 활화산 같은 에너지를 내뿜는 조너선은 한 번도 보지 못했다. 선량한 반 헬싱 박사님 말씀처럼 조너선은 진정으로 용기 있는 남자이며, 어마어마한 고난을 겪은 후 더욱 강해진 것 같다. 돌아온 조너선은 활기와 희망과 결단력으로 가득했다. 우리는 오늘 밤을 위해 모든 것을 정리했다. 나는 몹시 흥분한 상태다. 백작처럼 사람들에게 쫓기는 존재는 동정받아 마땅하겠지만, 문제는 이것이다. 그것은 인간도, 짐승도 아니라는 것. 불쌍한 루시의 죽음과 그 이후에 일어난 일에 대한 수어드 박사의 일기를 읽으면, 누구라도 가슴속에 있는 연민의 샘이 바싹 말라버리고 말 것이다.

나중 - 고덜밍 경과 모리스 씨가 예상보다 일찍 도착했다. 수어드 박사님은 일 때문에 외출을 하며 조너선도 데리고 나간 터라, 내가 그 둘을 맞이해야 했다. 고작 서너 달 전만 해도 살아 있던 불쌍한 루시에 대한 생각이 되살아났기에, 내겐 고통스러운 만남이었다. 둘 다 루시에게서 내 이야기를 들은 데다, 반 헬싱 교수님 또한 모리스 씨의 표현에 따르면 '입이 마르도록' 내 칭찬을 한 모양이었다. 불쌍한 사람들. 둘 다 내가 루시에게 일어난 일을 죄다 알게 되었다는 사실을 모른다. 두 남자는 내가 어디까지 알고 있는지 알지 못해 무슨 말을 해야 할지, 어떻게 행동해야 할지 몰라 사소한 화제들만 계속해서 꺼냈다. 나는 곰곰이 생각해 본 결과 이들에게 그 이야기를 곧장 꺼내는 것이 최선이라는 결론을 내렸다. 수어드 박사님의 일기를 통해 이 둘 또한 루시가 죽는 순간 - 진짜로 죽는 순간 - 그 현장에 있었다는 사실을 알고 있으니, 이들에게는 모든 것을 솔직히 털어놓아도 상관없겠다 싶었다. 그래서 나는 솔직하게 모든 서류와 일기를 읽었으며, 남편과 함께 그 서류들을 타자기로 쳐 사본으로 만들었고 날짜순으로 정리해두었다고 했다. 나는 각자에게 사본 한 부씩을 주어 서재에서 읽어보라고 했다. 고덜밍 경이 사본을 받고 넘겨보며 - 상당한 두께였다 - 물었다.

"이걸 직접 타자로 치신 겁니까, 하커 부인?"

내가 고개를 끄덕이자 고덜밍 경이 다시 말을 이었다.

"이유는 잘 모르겠지만 두 분께서 이토록 열성적으로 조사에 매달려주셨으니, 제가 할 수 있는 일은 부인의 제안을 무조건 받아들여 부인을 돕는 것뿐이겠죠. 저는 이미 생의 마지막 순간에 겸손하려면, 현실을 겸허히 받아들여야 한다는 교훈을 배웠습니다. 게다가 부인께서 우리 불쌍한 루시를 얼마나 아꼈는지 잘 알고 있으니까요……." 이 순간 그는 고개를 돌리며 양손으로 얼굴을 가렸다. 그의 목소리에서 눈물이 느껴졌다. 세심한 모리스 씨가 잠시 고덜밍 경의 어깨에 손을 올리더니 조용히 방을 걸어 나갔다. 남자들은 여자 앞에서는 무너진 모습을 마음껏 내보이고, 부드럽거나 감정적인 부분을 드러내어도 남자다운 품위를 훼손하지 않는다고 여기는 모양이다. 고덜밍 경은 나와 단둘이 남은 것을 알자 소파 위에 털썩 앉아 대놓고 울음을 터트렸다. 나는 고덜밍 경의 옆자리에 앉아 그의 손을 잡았다. 고덜밍 경이 내가 너무 주제넘는 행동을 한다고 생각하지 않았으면 좋겠다. 그 후로도 그런 생각은 하지 않았으면. 아니, 그 부분은 내가 그를 잘못 판단한 것이다. 고덜밍 경이라면 절대 그러지 않을 것이다. 그 사람은 진정한 신사니까. 나는 마음 아파하는 그에게 말을 건넸다.

"저는 루시를 많이 아꼈고, 고덜밍 경에게 루시가 어떤 의미였는지, 고덜밍 경이 루시에게 어떤 의미였는지 잘 알아요. 루시와 저는 친자매 같은 사이였는걸요. 이제 루시는 떠났지만, 저를 여동생처럼 여기고 고민을 털어놓으실래요? 제가 그 슬픔의 깊이는 헤아릴 수 없지만, 어떤 슬픔을 겪고 계시는지는 잘 알아요. 제 동정과 연민이 고통을 더는 데 도움이 된다면, 제가 작으나마 위로를 해드릴까요, 루시를 위해서?"

그 순간 가련한 고덜밍 경은 슬픔에 휩싸였다. 내내 말없이 쌓아두었던 고통이 한꺼번에 터져 나온 것 같았다. 고덜밍 경은 감정을 억누르지 못하고 양손을 들어 올렸다가 슬픔의 고통으로 손바닥을 내리쳤다. 일어섰다 앉길 반복했고 뺨 위로는 눈물이 비 오듯 줄줄 흘러내렸다. 나는 그에게 무한한 연민을 느꼈고, 아무 생각 없이 두 팔을 벌렸다. 고덜밍 경은 흐느끼며 내 어깨에 머리를 묻고 아이처럼 울었으며 주체할 수 없는 슬픔으로 몸을 떨었다.

우리 여성에게는 모성애가 숨어 있으며 모성애가 발동되면 어김없이 그것을 발휘할 수 있다. 나는 언젠가 생길 아기를 품에 안듯이 이 슬픔에 빠진 커다란 남자의 머리를 안고, 내 아이의 머리를 쓰다듬듯 그의 머리를 쓰다듬었다. 당시에는 그것이 이상한 일이라는 생각조차 들지 않았다.

잠시 후 고덜밍 경은 울음을 멈추고 사과를 하며 고개를 들었지만 감정을 숨기지는 않았다. 고덜밍 경은 지난 며칠 동안 - 힘겨운 낮과 잠 못 드는 밤을 보내는 동안 - 남자라면 슬픔을 말하지 말아야 하기에 아무에게도 속내를 털어놓지 못했다고 했다. 그의 슬픔을 둘러싼 끔찍한 상황 탓에, 마음 편히 털어놓고 동정을 받을 사람이 한 명도 없었던 것이다. 고덜밍 경은 눈물이 마르자 이렇게 말했다. "이제야 제가 얼마나 큰 고통을 겪었는지 알겠습니다. 부인의 상냥한 동정이 오늘 제게 얼마나 큰 도움이 되었는지는 아직 잘 모르겠지만 조만간 깨닫게 되겠지요. 지금도 부인께 감사하는 마음이 없는 것은 아니지만, 시간이 지나면서 제가 부인께 감사하는 마음은 분명 더 커질 겁니다. 앞으로 평생 저를 오라비로 여겨주시지 않겠습니까…….. 사랑스러운 루시를 위해서?"

"사랑스러운 루시를 위해서." 나는 고덜밍 경의 손을 잡으며 말했다. 그러자 고덜밍 경이 덧붙였다. "네, 그리고 부인을 위해서. 남자의 존경과 감사가 얻을 만한 가치가 있는 것인지 모르겠지만, 오늘 부인께서는 제 존경과 감사를 얻으셨습니다. 만약 앞으로 부인께 남자의 도움이 필요한 때가 온다면, 반드시 제가 도와드릴 겁니다. 물론 부인의 인생에 햇살을 가리는 그런 일은 없어야겠지만, 그러한 경우가 일어난다면 반드시 제게 알리겠다고 약속해주십시오." 고덜밍 경은 아주 진지했고 여전히 슬픔에 휩싸여 있어, 나는 그에게 위로가 되고 싶다는 느낌이 들었다.

"약속할게요."

복도를 따라 걷다가 창밖을 내다보는 모리스 씨를 발견했다. 모리스 씨는 내 발자국 소리를 듣고 고개를 돌렸다. "아트는 어때요?" 그러고는 내 눈이 빨간 것을 보고 말을 이었다. "아, 부인께서 그 친구를 위로해주셨군요. 불쌍한 친구! 그 친구에겐 위로가 필요하죠. 가슴이 아픈 남자를 도울 수 있는 것은 여자뿐이니까요. 그 친구에겐 위로해 줄 여자가 한 명도 없었답니다."

모리스 씨는 자신의 아픔을 너무나도 용감하게 견디고 있어 그 또한 안타까웠다. 나는 그의 손에 들린 사본을 보았고, 그것을 읽었다면 내가 얼마나 알고 있는지 깨달았을 거라 생각했다.

"가슴에 상처를 입은 모든 분들을 위로해드릴 수 있으면 좋겠어요. 저를 친구로 여기시고, 위로가 필요할 때 저를 찾아주시겠어요? 나중에 제가 왜 그런 말을 하는지 알게 될 거예요."

모리스 씨는 내가 진지하다는 것을 알아차리고 허리를 숙여 내 손을 잡아 입술에 가져다 댔다. 그토록 용감하고 이타적인 남자에게는 변변치 않은 위안인 것 같아, 나는 충동적으로 고개를 숙여 그에게 키스했다. 모리스 씨의 눈에서 눈물이 솟았고, 순간적으로 목이 메었다. 하지만 곧 차분하게 말을 꺼냈다.

"아가씨, 아가씨가 살아 있는 한 이 진심 어린 친절을 베풀어주신 것을 절대 후회하지 않게 해드리겠습니다!" 그런 다음 모리스 씨는 친구가 있는 서재로 들어갔다.

"아가씨!" 그건 모리스 씨가 루시를 부르던 호칭이었다. 아, 그건 모리스 씨가 나를 친구로 받아들였다는 뜻이었다!

제18장

수어드 박사의 일기

9월 30일 - 다섯 시에 집에 돌아왔다. 고덜밍과 모리스가 벌써 도착해 하커와 그의 훌륭한 아내가 작성하고 정리해놓은 수많은 일기와 편지 사본을 이미 읽은 후였다. 하커는 헤네시 박사가 내게 보낸 편지에서 언급한 짐꾼들을 만나러 나가 아직돌아오지 않았다. 하커 부인이 내게 차를 한 잔 내주었는데, 솔직히 말해 내가 이곳에 들어와 산 이후로 처음으로 이 오래된 저택이 진정한 집처럼 느껴졌다. 차를 마시고 나자 하커 부인이 말했다.

"수어드 박사님, 부탁 하나 드려도 될까요? 박사님의 환자인 렌필드 씨를 만나보고 싶어요. 꼭 만나게 해주세요. 박사님의 일기에서 그 환자에 대한 이야기를 들은 후로 굉장한 관심이 생겼어요!" 너무나도 간절하면서 예쁜 표정으로 나를 바라봐 차마 거절할 수가 없었고, 거절할 이유도 딱히 없었다. 그래서 부인을 그리로 안내했다. 나는 병실로 들어가며 렌필드에게 그를 만나러 온 숙녀분이 있다고 알렸다. 내 말에 렌필드는 이렇게만 물었다. "왜요?"

"저택 안을 구경하며 이곳에 있는 모두를 만나보고 싶으시답니다." 나는 대답했다. "아, 좋아요. 얼마든지 들어오라고 하세요. 그런데 방을 정리해야 하니까 잠깐만 기다려주세요." 렌필드의 정리법은 기이했다. 내가 말리기도 전에 상자 안에 있던 파리와 거미들을 전부 삼켜버린 것이다. 누군가 애완동물과 그 사이를 방해하는 것을 두려워하거나, 질투하는 것이 분명했다. 이 혐오스러운 정리를 마치자, 렌필드는 쾌활하게 말했다. "숙녀분을 안으로 모셔 주세요." 그는 침대 끄트머리에 앉아 고개를 숙였지만, 눈을 치켜떠 부인이 안으로 들어서는 모습을 지켜보았다. 잠시 나는 렌필드가 사람을 해치려는 심산일지도 모른다는 생각이 들었다. 렌필드가 내 서재에서 나를 공격하기 직전에 얼마나 얌전했던가. 혹시라도 렌필드가 부인에게 뛰어들 경우 즉시 렌필드를 제압할 수 있는 위치에 자리를 잡고 섰다. 부인은 그 어떤 정신병자라도 존중할 만큼 차분하고 우아한 모습으로 병실 안에 들어섰다. 차분함이란 미치광이들이 가장 존경하는 특성 중 하나이기 때문이다. 부인은 렌필드에게 다가가 다정하게 미소를 지으며 손을 내밀었다.

"안녕하세요, 렌필드 씨. 수어드 박사님께 이야기를 들어 이미 알고 있어요." 렌필드는 즉시 대꾸를 하지 않았지만, 얼굴을 찌푸린 채 유심히 부인을 관찰했다. 렌필드의 표정에 놀라움이 서리더니, 다시 의혹이 서렸다. 그러더니 놀랍게도 이렇게 말했다.

"아가씨는 박사님이 결혼하고 싶어 하던 그 아가씨가 아니군, 안 그래요? 아가씨일 리가 없지, 그 아가씨는 죽었으니까." 하커 부인은 상냥하게 미소를 지으며 대답했다.

"어머, 아니에요! 저는 이미 남편이 있는 몸인걸요. 수어드 박사님을 만나 뵙기도 전에 결혼을 했죠. 저는 하커 부인이에요."

"그럼 여긴 무슨 일로 왔죠?"

"남편과 함께 수어드 박사님 댁에 머무르고 있어요."

"그럼 어서 떠나요."

"왜죠?" 나는 이런 식의 대화가 하커 부인에게 불쾌할지도 모른다는 생각이 들어 끼어들었다.

"내가 누구랑 결혼하고 싶어 한다는 건 어떻게 알았죠?" 렌필드는 잠시 하커 부인에게서 내게로, 다시 내게서 하커 부인에게로 눈을 굴리더니 콧방귀를 뀌며 대꾸했다.

"별 바보 같은 질문을 다 하는군!"

"저는 그런 것 같지 않은데요, 렌필드 씨." 하커 부인이 즉각 나를 옹호했다. 렌필드는 날 얕보던 것과 달리 부인에게는 아주 정중하고 예의바르게 대답했다.

"하커 부인, 우리 원장님처럼 사랑받고 존경받는 분은 이런 작은 사회 안에서는 관심의 대상이 될 수밖에 없기 마련이죠. 수어드 박사님은 가족과 친구들뿐 아니라 환자들에게도 사랑을 받고 있으니까요. 환자들 중 일부는 정신 상태가 영 좋지 않고 원인과 결과를 혼동하는 경향이 있어요. 나도 정신병원 수감자로 생활하다 보니, 일부 수감자들이 부당 이유와 논점 상위의 허위라는 오류에 빠지는 경우가 보이더군요." 나는 새로운 전개에 눈을 크게 떴다. 내가 특히 관심을 두고 있는 정신병 환자가 ─ 내가 만난 중 가장 심각한 상태의 환자가 ─ 세련된 신사처럼 철학을 논하고 있지 않은가. 하커 부인의 존재가 그의 기억을 일깨운 것일까? 이러한 새로운 전개가 저절로 발생한 것이라면, 어떤 식으로든 하커 부인에게 무의식적인 영향을 받은 탓이라면, 부인은 드문 재능을 소유한 것이 분명하다.

우리는 한동안 대화를 지속했다. 렌필드가 상당히 이성적이라는 사실을 확인한 부인은 내게 의아하다는 눈길을 보내고 과감하게 그가 가장 좋아하는 주제를 꺼냈다. 나는 다시 한번 놀랐다. 렌필드는 부인의 질문에 아주 멀쩡한 사람처럼 제대로 대답을 했기 때문이다. 자신을 예로 들기까지 했다.

"아, 나 역시 이상한 믿음을 가진 사람 중 하나죠. 내 친구들이 깜짝 놀라 나를 정신병원에 집어넣은 것도 당연한 일이었어요. 나는 생명이란 영구한 존재라 생각했고, 아무리 저급한 생명체라도 살아 있는 것들을 많이 섭취하면 수명을 한없이 연장할 수 있다고 생각했지요. 이따금씩은 그러한 믿음에 너무 강하게 사로잡힌 나머지 실제로 인간의 생명을 먹으려 한 적도 있어요. 여기 의사 선생님이 확인해주겠지만, 한번은 피를 통해 이 의사 선생님의 생명을 내 몸에 흡수해 힘을 키우기 위해 선생님을 죽이려 한 적도 있죠. 물론 성경 구절인 '피는 곧 생명이니.'란 구절에 의존해서 말입니다. 물론 엉터리 처방이나 하는 장사치들 때문에 그 자명한 진리가 경멸을 받는 지경에 이르게 되었지만요. 그렇지 않습니까, 선생님?" 나는 고개를 끄덕였다. 너무 놀라 무슨 생각을 해야 할지, 혹은 무슨 말을 해야 할지 몰랐기 때문이다. 오 분 전에 거미와 파리를 먹어치운 그 남자가 맞는지 믿기지 않을 정도였다. 시계를 보니 반 헬싱 교수님을 만나러 역에 나가야 할 시간이라, 하커 부인에게 이만 나가야 한다고 말했다. 하커 부인은 렌필드 씨에게 다정하게 작별 인사를 건넸다. "안녕히 계세요. 괜찮으시다면 앞으로 자주 뵈었으면 좋겠어요." 놀랍게도 렌필드가 이렇게 대답했다.

"잘 가요, 부인. 하느님께 부인의 사랑스러운 얼굴을 다시 보는 일이 없도록 기도드리겠습니다. 하느님께서 부인께 축복을 내리고 부인을 지켜주시기를!"

나는 친구들을 집에 두고 홀로 반 헬싱 교수님을 만나러 역으로 갔다. 불쌍한 아트는 루시가 처음 병에 걸린 이후로 그 어느 때보다 더 기분이 쾌활해 보였고, 퀸시는 지난 며칠보다 더 밝아진 것 같았다.

반 헬싱 교수님이 소년처럼 활기차게 열차에서 내리더니 곧장 나를 발견하고는 내게 달려왔다.

"아, 친애하는 존, 다들 어떻게 지내나? 좋아? 그래! 나는 이곳에 오기 전에 일을 마무리하느라 바빴다네. 이제 나는 일을 다 정리했고, 할 말이 아주 많아. 마담 미나는 자네 집에 계시나? 그래. 마담의 훌륭한 남편도? 아서와 내 친구 퀸시도 자네 집에 있나? 좋아!"

나는 집으로 가는 동안 교수님께 그동안 있었던 일과 하커 부인의 덕에 내 일기가 쓸모 있게 되었다고 이야기를 드렸는데, 이 순간 교수님이 끼어들었다.

"아, 마담 미나는 정말 대단한 여자야! 남자의 뇌 - 큰 재능을 가진 남자들의 뇌 - 에 여자의 심장을 가지고 있어. 그토록 훌륭한 조화라니, 선하신 하느님께서 마담 미나에게 어떤 목적이 있어 그리 만드신 게 분명해. 친애하는 존, 지금까지는 운이 좋아 마담 미나의 도움을 받았네. 오늘 밤 이후로는 마담 미나를 이 끔찍한 일에 연루시켜서는 안 되네. 그토록 커다란 위험을 감수하는 건 좋지 않아. 우리 남자들은 이 괴물을 파괴하기로 결심을 했지 — 아니지, 맹세를 했지. 하지만 그건 여자가 할 일이 아니야. 설사 몸은 다치지 않더라도 마음을 크게 다칠 수 있어. 너무나도 많은 공포를 겪게 될 테니까. 그런 일을 겪으면 깨어 있을 때나 자고 있을 때나, 꿈속에서도 불안에 떨게 될지도 모르지. 게다가 마담 미나는 젊은 여성이고 결혼한 지도 얼마 되지 않았어. 지금 당장은 아니더라도 앞으로 생각해야 될 다른 일들이 많을지도 몰라. 마담 미나가 그 모든 서류를 다 작성했다고 하니 우리와 그 내용에 대한 의논은 나눠야겠지. 하지만 내일부터 마담 미나는 이 일에서 손을 떼고, 우리끼리만 일을 진행할 걸세." 나는 진심으로 교수님의 말에 동의했고, 교수님이 안 계신 동안 발견한 사실을 말씀드렸다. 드라큘라가 구매한 저택이 바로 내 정신병원 옆집이었다고 말이다. 교수님은 이 이야기에 놀랐고, 커다란 근심에 빠진 것 같았다. "아, 우리가 진즉에 알았다면! 그랬다면 때맞추어 그자를 찾아내 불쌍한 루시를 구할 수 있었을지도 모르는데. 하지만 영국 사람들이 하는 말마따나 '이미 쏟아진 우유를 두고 울어봐야 아무 소용이 없지.' 그런 생각은 집어치우고 끝까지 가보세." 그런 다음 교수님은 생각에 빠져 우리 집 정문에 도달할 때까지 아무 말씀이 없었다. 저녁식사를 하러 들어가기 전 교수님은 하커 부인에게 말했다.

"마담 미나, 존 말이 부인과 남편께서 이 순간까지의 모든 기록을 순서대로 다 정리해두었다던데요."

"지금 이 순간까지는 아니에요, 교수님." 하커 부인은 불쑥 대답했다. "오늘 아침까지죠."

"왜죠? 우린 사소한 일들이 얼마나 훌륭한 단서가 되는지 잘 알고 있잖습니까. 우리는 각자의 비밀을 모조리 털어놓았고, 그것 때문에 잘못된 사람도 아무도 없지 않습니까?"

하커 부인의 얼굴이 빨갛게 달아오르기 시작했고, 주머니에서 종이 한 장을 꺼냈다.

"반 헬싱 박사님, 이걸 읽어보시고 이것도 포함해야 하는지 말씀해주세요. 제가 오늘 적은 기록이에요. 저 역시 아무리 사소한 거라도 모든 것을 다 적어야 한다는 필요성을 느꼈거든요. 하지만 여기엔 사적인 내용이 거의 대부분이라. 이것도 포함시켜야 하나요?

교수님은 진지하게 그 종이를 읽고는 돌려주며 이렇게 말했다.

"부인이 원하지 않는다면 포함시켜서는 안 되지만, 저는 포함시켜야 한다고 생각합니다. 이 내용은 포함시키면 남편께서는 부인을 더더욱 사랑할 테고, 부인의 친구인 우리 모두는 부인을 더더욱 존경하고 더욱 사랑하게 될 겁니다." 하커 부인은 종이를 받아들며 다시 얼굴을 붉히고 환한 미소를 지었다.

그렇게 바로 이 순간까지 포함한 모든 기록이 완전하게 순서대로 정리되었다. 교수님은 저녁식사 후 사본 한 부를 들고 서재로 들어가셨고, 우리는 아홉 시에 모이기로 결정했다. 우리는 이미 사본을 전부 읽은 터였기에, 서재에서 만날 때는 모두가 모든 사실을 다 알고 이 무시무시하고 미스터리한 적을 꺾을 계획을 세울 수 있을 것이다.

미나 하커의 일기

9월 30일 - 여섯 시에 저녁식사를 하고 그로부터 두 시간 후 수어드 박사님의 서재에 모였을 때, 우리는 무의식적으로 일종의 위원회 모임처럼 자리를 잡고 앉았다. 수어드 박사님의 안내로 반 헬싱 교수님이 탁자의 상석에 자리 잡았다. 그리고 나를 교수님의 바로 오른편에 앉히며, 비서 역할을 해달라고 부탁했다. 조너선은 내 옆에 앉았다. 우리 맞은편에는 고덜밍 경과 수어드 박사님, 모리스 씨가 앉았는데, 고덜밍 경이 교수님 옆자리에 앉았고 수어드 박사님은 중간에 앉았다. 반 헬싱 박사님이 입을 열었다.

"다들 이 서류에 담긴 내용을 숙지하고 있는 것으로 알고 있겠네." 우리는 모두 고개를 끄덕였고 박사님이 말을 이었다.

"그렇다면 우리가 상대해야 하는 적에 대해 말해주겠네. 그런 다음 내가 알아본 이 남자의 역사에 대해 알려주지. 그러면 우리가 어떻게 행동해야 하는지, 어떤 방법을 써야 하는지 의논해볼 수 있을 거야.

세상에는 흡혈귀라는 존재가 있다네. 우리 중 몇 명은 그들이 존재한다는 증거를 보았지. 우리가 불행한 경험을 통해 그 사실을 증명하지 않았더라도, 과거의 가르침과 기록들이 정상적인 사람들에게는 충분한 증거가 될 거야. 나 역시 처음에는 회의적인 입장이었다는 거 인정하네. 내가 오랜 세월 열린 마음을 가지려 훈련을 하지 않았더라면, 내 귀에 대고 '봐! 봐! 내가 증거야. 내가 증거야.' 하고 외칠 때까지 믿지 않았을 거야. 아아! 내가 지금 아는 것을 처음부터 알았더라면, 아니 짐작이라도 했더라면 우리가 사랑했던 소중한 생명을 구할 수 있었을 텐데! 하지만 그건 이미 돌이킬 수 없는 일이야. 우리는 다른 가련한 영혼들을 구하기 위해 계속 앞으로 나아가야 하네. 노스페라투는 한 번 침을 쏘고 죽어버리는 벌이 아니라네. 더 강하지. 더더욱 강한 존재라 사악한 짓을 할 수 있는 더 큰 힘을 가지고 있어. 우리가 상대해야 할 이 흡혈귀는 홀로 스무 명의 남자를 대적할 만큼 강해. 살아온 세월에 따라 그 교활함이 커지기 마련이니 살아 있는 그 누구보다 교활하지. 흡혈귀는 그 이름이 암시하듯 강신술을 써서 미래를 점치고, 죽은 자를 마음대로 부릴 수 있다네. 짐승보다 더 짐승 같은 자야. 냉정한 악마고, 마음이라곤 없네. 어느 정도 제한은 있지만 원하는 때에 원하는 장소에서 원하는 형태로 나타날 수 있지. 또한 주변의 자연 요소들을 마음대로 부릴 수 있네. 폭풍우와 안개, 천둥을. 그보다 더 천한 동물들, 그러니까 쥐와 올빼미, 박쥐, 나방, 여우, 늑대 같은 것들도 조종할 수 있네. 스스로의 몸집을 크게 만들 수도 있고 작게 만들 수도 있지. 가끔 사라져 모습을 감출 수도 있네. 그렇다면 우리가 그자를 없애려면 어떻게 해야 하겠나? 어떻게 그자를 찾아내고, 찾아낸다면 어떻게 없애야 하겠나? 친구들, 이건 엄청난 일이네. 우리가 맡은 것은 무시무시한 임무고 용감한 남자들조차 몸서리치게 만드는 끔찍한 상황이 벌어질 수 있네. 우리가 이 싸움에서 진다면 그자가 반드시 승리하게 될 테니까. 그러면 우리는 어떤 결말을 맞이하겠는가? 목숨은 아무것도 아니야. 나는 목숨을 잃는 것은 상관하지 않네. 하지만 이 싸움에서 진다는 것은 단순한 사느냐 죽느냐의 문제가 아니야. 우리가 그자와 같은 존재가 된다는 뜻이며, 우리가 밤이면 그자처럼 사악한 존재가 되어 가슴이나 양심도 없이 우리가 가장 사랑하는 사람들의 육체와 영혼을 약탈하게 될 거라는 뜻이네. 우리에게 천국의 문은 닫히고 말 걸세. 누가 다시 우리에게 천국의 문을 열어줄 수 있겠나? 우리는 영원히 모든 인간에게 혐오 받는 존재, 주님의 햇살의 오점, 인간을 위해 돌아가신 주님의 옆구리에 박힌 화살로 남겠지. 하지만 임무를 마주한 우리가 그렇다고 해서 뒤로 물러나야 하겠나? 나는 아니라고 생각하네. 하지만 난 늙었고 주님의 햇살이 충만한 삶, 온당한 삶, 지저귀는 새소리, 음악과 사랑은 이미 지나간 옛날이야기에 불과하네. 자네들은 젊네. 이미 지독한 슬픔을 겪은 사람들도 있지만 아직 자네들의 앞날은 창창하다네. 자네들은 어떻게 생각하는가?"

박사님이 이야기를 하는 동안, 조너선은 내 손을 잡았다. 조너선이 내게 손을 뻗는 순간, 아, 나는 우리를 덮쳐오는 무시무시한 위험에 그이가 압도된 것이 아닌지 두려웠다. 허나 그이의 손길에서는 – 너무나도 강하고, 너무나도 자신감에 넘치고, 너무나도 결단력 있는 – 생명력이 느껴졌다. 용감한 남자의 손은 스스로 말을 한다. 굳이 그 남자를 사랑하지 않는 여자라도 그 음악소리를 들을 수 있다.

박사님이 말을 마치자 남편은 내 눈을 바라보았고, 나는 그이의 눈을 바라보았다. 우리 사이에는 굳이 말이 필요하지 않았다.

"미나와 저는 합류하겠습니다." 조너선이 말했다.

"저도 끼워주세요, 교수님." 퀸시 모리스는 평소처럼 간결하게 대꾸했다.

"저도 함께 하겠습니다. 다른 이유도 있지만, 무엇보다 루시를 위해서요." 고덜밍 경이 대답했다.

수어드 박사님은 간단하게 고개만 끄덕였다. 반 헬싱 박사님은 자리에서 일어나 탁자 위에 금 십자가를 놓은 다음 그 양쪽에 손을 내려놓았다. 나는 박사님의 오른손을 잡았고, 고덜밍 경은 교수님의 왼손을 잡았다. 조너선은 왼손으로 내 오른손을 잡고 나머지 손을 탁자 앞으로 뻗어 모리스 씨의 손을 잡았다. 그렇게 우리 모두는 손에 손을 잡고 엄숙한 서약을 했다. 내 심장이 얼음장처럼 차가워지는 게 느껴졌지만, 뒤로 물러날 생각은 들지 않았다. 우리는 다시 자리에 앉았고, 반 헬싱 박사님은 진지하게 일을 시작할 때면 그렇듯 유쾌한 투로 말을 이었다. 박사님의 말씀은 살아가는 동안 맺는 그 어떤 거래와 마찬가지로 진지하게 받아들여야 했다……

"자, 이제 우리가 어떤 것을 상대해야 하는지 잘 알았겠지. 하지만 우리에게도 힘이 없진 않아. 우리에게는 여러 가지 힘이 있지. 흡혈귀에겐 없는 힘이. 우리에겐 과학이라는 힘이 있어. 우리는 자유롭게 행동하고 사고하네. 밤이든 낮이든 우리에겐 똑같지. 사실상 우리의 힘은 무한히 뻗어나갈 수 있으며, 우리는 그 힘을 자유롭게 사용할 수 있다네. 우리는 커다란 대의를 위해 헌신할 수 있고, 우리가 성취하고자 하는 목적은 이기적인 것이 아니지. 이것들이 중요한 거야.

이제 우리는 우리에 대항하는 전반적인 흡혈귀의 힘이 어디까지인지, 개별로는 무얼 할 수 없는지 알아볼 걸세. 좀 더 자세

히 이야기하자면 전반적인 흡혈귀의 한계점과, 이자의 개별적
인 한계점을 살펴볼 걸세.

　우리가 기댈 곳은 전설과 미신들이 전부라네. 처음에는 별
것 아닌 것 같을 거야. 사느냐 죽느냐, 아니 그보다 더 큰 것이
사활에 걸려 있는 이때에는. 하지만 우리는 그것으로 만족해야
하네. 그것 말고 다른 방법은 없기 때문이야. 두 번째는 결국 이
것들 - 전설과 미신- 이 전부이기 때문이네. 흡혈귀에 대한 믿
음이 다른 모두에게 - 비록 우리는 아니지만! - 있지 않나? 일
년 전이라면 과학적이고 회의적이며 사실을 중시하는 19세기
를 사는 우리가 그러한 가능성을 받아들였을까? 우리는 우리
의 두 눈으로 확인한 것조차 의심했네. 그렇다면 흡혈귀가 존
재한다는 믿음과 흡혈귀에게도 한계가 있으며 물리칠 방법이
있다는 믿음도 사실이라고 치세. 사람이 사는 곳이라면 어디에
서든 알려진 존재니까. 고대 그리스와 고대 로마에도 존재했
지. 독일 전역과 프랑스, 인도, 케르서니스(오늘날의 말레이반
도 - 옮긴이)에 존재하고, 이곳에서 너무나도 먼 중국에조차 존
재해 사람들은 오늘날 그자를 두려워하고 있다네. 그자는 광
포한 아이슬란드의 전사들, 악마가 낳은 훈족, 슬라브족, 색슨
족, 마자르족(헝가리인 - 옮긴이)의 자취를 따라다녔다네. 그렇
다면 이제 우리는 행동 지침으로 삼을 만한 모든 것을 손에 넣
었네. 그 믿음 중 상당수는 우리가 직접 불행한 경험을 통해 확

인했지. 흡혈귀는 계속해서 살아가며 세월이 흐른다고 해서 죽지 않아. 산 자의 피를 흡수하는 한은 계속해서 살아갈 수 있어. 게다가 우린 이미 그자가 더 젊어질 수도 있다는 것을 보지 않았나. 그자의 신체 능력은 점점 강해지고 있으며, 특별한 양식을 많이 섭취하면 젊음을 되찾을 수 있는 것 같아. 하지만 그자는 이 양식이 없이는 살 수가 없어. 그자는 우리 인간들처럼 음식을 먹지 않아. 우리 친구 조녀선도 그와 함께 몇 주를 살면서 그자가 먹는 것을 한 번도 보지 못했네, 한 번도! 그자는 그림자가 없으며, 역시 조녀선이 목격한 대로 거울에 모습을 비추지 못하지. 그자는 손아귀 힘이 아주 세다네. 다시 한번 여기 조녀선은 그자가 늑대를 물리치고 묵직한 문을 닫을 때, 그리고 조녀선이 마차에서 내리는 것을 도울 때 그 사실을 직접 확인했지. 휘트비에 배가 도착했을 당시의 사건과 개 한 마리가 찢겨 죽은 사건을 통해 알 수 있듯이 그자는 늑대로 변신할 수 있네. 마담 미나가 휘트비의 저택 창에서 보았듯이, 존이 그가 바로 옆집에서 날아가는 것을 보았듯이, 퀸시가 루시 양의 집 창에서 보았듯이, 그자는 박쥐로도 변신할 수 있네. 그 숭고한 배의 선장이 증언했듯이 그자는 안개를 만들어낼 수도 있네. 하지만 우리가 아는 바에 따르면 그가 안개를 만들 수 있는 거리는 제한되어 있으며 자신의 주변으로만 안개를 드리울 수 있지. 그자는 먼지 알갱이가 되어 달빛을 타고 올 수 있네. 이 또

한 조녀선이 드라큘라 성에서 목격했다네. 그자는 아주 작아질 수도 있어. 지금은 평화로운 안식을 취하게 된 루시 양이 무덤 문의 머리카락 두께만한 틈 사이로 들어가는 장면을 우리가 직접 목격하지 않았나. 그자는 길만 찾으면 그 어떤 곳으로부터도 나올 수도 있고 그 어떤 곳으로도 들어갈 수도 있지. 제아무리 단단히 묶어놓아도, 혹은 납땜을 해놓았어도 말일세. 그자는 어둠 속에서 앞을 볼 수 있네. 세상의 반은 어둠이니 이건 결코 만만하게 볼 힘이 아니야. 아, 내 말을 끝까지 들어보게. 그자는 이러한 모든 힘을 가지고 있지만, 사실 자유롭지 못해. 그래, 그자는 갤리선의 노예보다, 병실에 갇힌 미치광이보다 더 초라한 신세지. 초대받지 못한 곳에는 들어갈 수가 없어. 초자연적인 존재이지만 자연의 법칙에 순응하기도 하는 거지. 그 이유는 알지 못한다네. 그는 집안의 누군가가 안으로 들어오라고 청하지 않는다면 먼저 그 집 안에 들어설 수 없다네. 하지만 일단 청을 받은 후에는 마음껏 들어갈 수 있지. 그자의 힘은 모든 사악한 것들이 그렇듯 날이 밝으면 멈춘다네. 오직 특정한 때에만 제한적인 자유를 누릴 수 있지. 그자가 있어야 할 장소에 있지 않다면, 정오나 정확히 일출 때나 일몰 때에만 변신을 할 수 있네. 우리가 들은 이러한 내용들과 우리의 기록 속에 담긴 내용들을 바탕으로 추론할 수 있네. 즉, 그자가 흙집이든 관 집이든, 지옥 집이든 성스럽지 못한 장소에 있을 때는 그 반경 내에서 자신의 뜻대로 할 수가 있네. 그자가 휘트비의 자살자 무덤에 간 것으로 그 사실이 입증되었지. 하지만 그 외에는 정해진 때에만 변신할 수 있어. 또한 그자는 휴조 때나 만조 때에만 물을 건널 수 있다고 하네. 그자가 전혀 힘을 쓰지 못하도록 만드는 것들이 있지. 우리가 알다시피 마늘이 있네. 성물로는 우리가 맹세를 하며 가운데에 놓아두었던 내 십자가가 있네. 이 십자가를 들이대면 그자는 꼼짝 못 하고 멀리 물러나 경건히 침묵하지. 내가 이제 곧 말하겠지만 우리의 임무에 필요한 다른 물건들도 있어. 야생 장미 한 송이를 그자의 관 위에 올려놓으면 그자가 그 관에서 나오지 못한다네. 그자의 관에 성스러운 총알을 발사하면 그자는 진정으로 죽게 된다네. 그자에게 말뚝을 받으면 우리가 이미 알다시피 그자가 영원한 안식을 취하게 해줄 수 있지. 혹은 머리를 자르거나. 우리 눈으로 그 사실은 직접 확인했지.

따라서 이자의 거처를 찾아내면 그자를 관 속에 가두고 없애버릴 수 있다네. 우리가 알고 있는 사실을 그대로 따른다면 말이야. 하지만 그자는 영리하지. 나는 부다페스트 대학에 있는 내 친구 아르미누스에게 그자에 관한 기록을 부탁했네. 그 친구는 직접 정리한 자료를 내게 다 말해주었지. 그자는 터키 땅의 거대한 강에서 벌어진 전투에서 터키인을 상대로 승리한 군 사령관 드라큘라란 자가 분명하네. 그렇다면 그자는 평범한 사람이 아니었어. 그 당시에도 그렇고 그 후로도 수 세기 동안 '숲 너머 땅'의 아들 중 가장 영리하고 가장 교활하며 가장 용맹한 자로 이름이 드높았거든. 그 엄청난 뇌와 강철 같은 결의는 그 자를 무덤까지 따라갔고, 그는 그 힘으로 지금까지도 우리에게 맞서고 있는 거야. 아르미누스의 말에 따르면 드라큘라가는 위대하고 숭고한 가문이지만, 이따금씩 악마와 결탁했다는 소문이 돌았다더군. 드라큘라가의 남자들은 스콜로맨스(악마가 운영하는 흑마술 학교 – 옮긴이)에서 악마의 비밀을 배웠다네. 헤르만슈타트 호수 너머의 산중에 있는 학교로, 이자는 이 학교에서 악마에게 열 번째 학자의 칭호를 받았네. 기록에는 스트레고이차(마녀), 오르도크과 포콜(사탄과 지옥)이라는 단어가 등장하고, 바로 이 사본에는 드라큘라를 '뱀파이어'라 불렀다는 글이 있는데 우리 다 아주 잘 알고 있는 단어지. 바로 이 위대한 드라큘라 가문의 남자들과 훌륭한 여성들 사이에서 수많은 자손들이 나왔고, 그들의 무덤에서 나온 성스러운 흙에서만 이 사악한 존재가 거주할 수 있다지. 이 사악한 것이 선한 가문에 깊이 뿌리를 내리고 있기에 가문의 성스러운 기억이 서린 흙이 아니라면 쉴 수가 없어."

다들 이야기를 나누는 동안 모리스 씨는 계속해서 창밖을 내다보고 있다가 조용히 자리에서 일어나 서재 밖으로 나갔다. 박사님은 잠시 말을 멈추었다가 다시 말을 이었다.

"이제 우리가 해야 할 일을 정해야 하네. 우리에겐 수많은 자료가 있으니 계획을 짜야 해. 조녀선이 조사를 통해 드라큘라 성에서 휘트비로 흙 상자 50개가 도착했으며, 그 상자들은 전부 카팩스 저택으로 운반되었다는 사실을 확인했네. 또한 최소한 그중 일부의 상자들이 카팩스 저택에서 다른 곳으로 다시 운반되었다는 사실도 알지. 내가 보기엔 우리가 처음으로 해야 할 일은 바로 옆집에 남아 있는 상자들이 몇 개인지 확인하고, 혹시 더 사라진 상자가 있는지 확인하는 것일세. 만약 더 상자들이 옮겨졌다면 그 위치를 반드시 추적해야……."

순간 우리 모두는 깜짝 놀라 그대로 멈추었다. 집 바깥에서 권총 소리가 들린 것이다. 유리창이 총알에 산산이 부서지고, 총안 꼭대기에서 튀어나온 총알이 서재의 벽에 날아와 박혔다. 아무래도 나는 겁쟁이인 것 같다. 그 순간 비명을 질렀으니 말이다. 남자들은 전부 자리에서 벌떡 일어났다. 고덜밍 경은 창가로 달려가 창문을 들어올렸다. 그 순간 밖에서 모리스 씨의 목소리가 들렸다.

"죄송합니다! 아무래도 저 때문에 다들 놀라신 모양이네요. 안으로 들어가 말씀드리죠." 잠시 후 모리스 씨가 서재 안으로 들어왔다.

"제가 어리석은 짓을 했습니다. 진심으로 죄송합니다, 하커 부인. 저 때문에 크게 놀라셨을 겁니다. 사실은 교수님이 말씀하시는 동안 커다란 박쥐 한 마리가 날아와 창턱에 앉았습니다. 최근 일어난 일들로 그 끔찍한 짐승이 무서워져 참을 수가 없었습니다. 그래서 최근에 저녁에 박쥐를 볼 때마다 했던 것처럼 밖으로 나가 총을 쏜 겁니다. 그때는 자네가 날 비웃었었지, 아트."

"맞췄나?" 반 헬싱 박사님이 물었다.

"모르겠습니다. 하지만 숲으로 날아가는 것으로 봐서는 맞지 않은 모양이에요." 모리스 씨는 그렇게 말하고 자리에 앉았고, 박사님은 이야기를 재개했다.

"우리는 그 상자들의 소재지를 추적해야 하네. 준비가 되면 이 괴물을 잡거나 그 잠자리에서 죽여야 하네. 아니면 그자가 안식처를 찾을 수 없도록 그 흙을 소독해야 하지. 그러면 언젠가 우리는 정오와 해 질 녘 사이에 인간의 형상을 한 그자를 상대할 수 있을지도 몰라. 그자가 가장 약할 때 그자를 잡을 수 있겠지.

그리고 마담 미나, 모든 일이 잘 마무리 될 때까지는 오늘 밤을 마지막으로 이 일에서 빠지세요. 마담은 우리에게 너무 소중한 분이라 그런 위험을 감당하게 둘 수 없어요. 오늘 밤 회의가 끝나면, 마담은 더 이상 아무런 질문도 하지 마세요. 때가 오면 마담께 다 말씀드릴 겁니다. 우리는 남자들이고 견딜 수가 있죠. 하지만 마담은 우리의 별이자 우리의 희망이니, 마담께서 위험하지 않아야 더 자유롭게 행동할 수 있을 겁니다."

모든 남자들이, 조너선까지도 그 말에 안도한 듯한 얼굴이었다. 모두가 힘을 합쳐야 가장 안전할 이때에, 나를 돌보느라 더 큰 위험을 감수해야 한다는 점이 마음에 들지는 않았다. 게다가 다들 마음을 굳게 정한 듯해서 아무 말도 할 수 없었다. 그저 쓴 약을 삼키듯 그들의 기사도를 받아들이는 수밖에 없었다.

모리스 씨가 토론을 재개했다.

"한시가 급하니, 지금 당장 그자의 저택을 둘러볼 것을 제안합니다. 그자를 상대하는 데 있어 시간이 가장 중요하고, 우리가 빠르게 행동을 취해야 또 다른 희생자가 나오는 것을 막을 수 있을 겁니다."

계획을 실행에 옮길 때가 눈앞에 다가오자 심장이 덜컥 내려앉았지만, 나는 아무 말도 하지 않았다. 내가 그들의 계획을 지연시키거나 방해물이 된다면 내게는 아무런 이야기도 해주지 않을까 봐 두려웠기 때문이다. 이제 그들은 저택 안으로 들어갈 도구들을 챙겨 카팩스 저택으로 향했다.

그리고 내게는 침실로 가 자라고 했다. 사랑하는 사람들이 위험에 처해도 여자는 잠을 잘 수 있는 것처럼! 나는 침대에 누워 자는 척을 할 것이다. 그래야 조너선이 돌아왔을 때 그이의 마음이 조금이라도 편하겠지.

수어드 박사의 일기

10월 1일, 새벽 4시 - 우리가 집을 막 나서려는 찰나, 간호사가 급한 전갈을 가져왔다. 렌필드가 아주 중요한 할 말이 있으니 당장 만나러 와달라고 부탁했다는 것이다. 나는 당장은 그럴 틈이 없으니 렌필드에게는 아침에 병실로 찾아가겠다고 전해달라고 했다. 그런데 간호사가 이렇게 덧붙였다.

"굉장히 중요한 일인 것 같습니다, 선생님. 렌필드 환자가 그렇게 간절하게 애원하는 건 처음 봤습니다. 무슨 일인지는 모르겠지만, 선생님이 바로 가지 않으면 다시 발작을 일으킬 겁니다." 그 간호사가 아무런 이유 없이 그런 말을 할 사람은 아니었기에, 나는 이렇게 대답했다. "좋아. 지금 가지." 일행들에게는 '환자'를 보러 가야 하니 몇 분만 기다려달라고 부탁했다.

"나도 같이 가겠네, 존." 교수님이 말했다. "자네 일기에 적힌 그 환자 이야기가 아주 흥미롭더군. 그 환자는 우리의 사건과도 연관이 있지. 나도 그 환자를 꼭 보고 싶네. 특히 그 환자가 동요한 상태라면."

"나도 가도 되겠나?" 고덜밍 경이 물었다.

"나도?" 퀸시 모리스가 물었다. "저도 가도 되겠습니까?" 하커가 물었다. 나는 고개를 끄덕였고, 우리는 모두 복도를 따라 내려갔다.

렌필드는 상당히 흥분한 상태였지만, 내가 그를 만난 후로 그 어느 때보다 훨씬 이성적인 태도로 이성적인 말을 했다. 내가 만난 다른 정신병자와는 달리 그는 스스로를 이해하고 있었으며, 자신의 논리로 정상적인 다른 사람들을 설득할 수 있다는 것을 당연하게 받아들였다. 우리 네 명은 모두 병실로 들어갔지만, 다들 처음에는 아무 말도 하지 않았다. 렌필드의 청은 당장 자신을 정신병원에서 퇴원시켜 집으로 보내달라는 것이었다. 그러면서 자신이 완벽하게 회복되었다는 사실을 들고, 또한 자신이 현재 정상이라는 증거를 제시했다. "선생님의 친구분들께 부탁드립니다. 친구분들 또한 제 상태를 판단해주시는 걸 마다하지 않을지도 모르죠. 그나저나 소개를 안 해주셨군요." 나는 크게 놀란 나머지, 정신병원에서 미치광이를 소개시키는 것이 얼마나 이상한 일인지조차 떠오르지 않았다. 게다가 렌필드의 태도에는 점잖은 신사 같은 위엄이 어려 있어 나는 즉시 친구들을 소개했다. "고덜밍 경, 반 헬싱 교수님, 텍사스에서 오신 퀸시 모리스 씨. 이쪽은 렌필드 씹니다." 렌필드는 내 친구들과 일일이 악수를 나누며 이렇게 말했다.

"고덜밍 경, 저는 윈덤에서 경의 아버님을 모시는 영광을 누렸죠. 아버님의 작위를 물려받은 것을 보니 안타깝게도 아버님께서는 더 이상 이 세상 분이 아닌 모양이군요. 그분을 아는 모두가 그분을 사랑하고 존경했죠. 그분이 젊을 적에 더비 경마가 열리는 날 밤마다 마시는 불을 붙인 럼 펀치를 발명하셨다고 들었습니다. 모리스 씨, 당신은 위대한 조국을 자랑스럽게 여겨야 합니다. 연방 국가를 받아들인 것은 앞으로 널리 영향을 미칠 수도 있는 선례가 될 겁니다. 양극과 열대 지방들이 성조기 아래에서 동맹을 맺게 될지도 모르지요. 먼로 독트린이 정치적 신화로서 제대로 자리를 잡는다면, 조약의 힘이 연방을 확대하는 강력한 엔진이 될지도 모릅니다. 반 헬싱을 만나다니 이보다 더한 기쁨이 어디 있겠습니까? 선생님께 전통적인 경어를 붙이지 않은 것에 대한 사과는 하지 않겠습니다. 뇌 물질이 지속적으로 진화한다는 사실을 발견해 치료법에 혁명을 일으키신 분에게 전통적인 호칭은 어울리지 않지요. 그 사람을 한 계급에만 국한시키는 것 같으니까요. 국적으로, 가문으로, 혹은 타고난 재능으로 이 변화무쌍한 세상에 각자 한 자리를 차지하고 계신 여러분 신사들께서, 제가 자유로운 사람들 대다수만큼이나 정상임을 증언해주시길 바랍니다. 그리고 수어드 선생님, 과학자일 뿐 아니라 인도주의자이자 의사이자 법률가인 선생님은 저를 예외적인 상황으로 다룰 도덕적인 의무가 있다고 판단하실 겁니다." 렌필드의 마지막 호소는 매력적일 뿐 아니라 확신에 차 있으며 정중하기까지 했다.

아마 다들 마음이 흔들렸을 것이다. 렌필드의 성격과 그가 저지른 역사를 아는 나조차 그가 이성을 되찾았다는 확신이 들었으니까. 렌필드에게 그가 정상이라고 확인해주고 아침에 퇴원 절차를 밟겠다고 말해주고픈 강한 충동에 휩싸였다. 하지만 그런 중대 발언은 섣불리 하지 않는 것이 좋겠다는 생각이 들었다. 이미 경험한 바로 이 환자가 얼마나 급격히 변화하는지 잘 알았기 때문이다. 따라서 그저 아주 급속도로 호전되고 있는 것으로 보인다는 일반적인 발언만을 했으며, 아침에 좀 더 길게 이야기를 나누어 보고 그가 바라는 바를 이룰 수 있는지 알아보자고 했다. 내 답변이 만족스럽지 않았는지 렌필드가 재빨리 끼어들었다.

"하지만 수어드 선생님, 선생님은 제 바람을 제대로 이해하지 못하시는 것 같습니다. 저는 가능하다면 지금 당장, 바로 이 순간에 나가고 싶습니다. 시간이 흐르고 있고, 우리가 저승사자와 맺은 암묵적인 계약의 본질이 바로 시간이에요. 이토록 훌륭하신 수어드 선생님께서 지금 당장 그 계약을 이행하도록 도와주시는 것은 아주 간단한 일일 겁니다." 렌필드는 나를 유심히 쳐다보더니 내 얼굴에 부정적인 기색을 보고는, 눈길을 돌려 다른 이들을 세심히 관찰했다. 만족스러운 반응이 나오지 않자, 렌필드는 말을 이었다.

"제 추정이 틀린 겁니까?"

"그래요." 나는 솔직하게, 또한 잔인하게 대답했다. 한동안 침묵이 흐르더니 렌필드가 천천히 입을 열었다.

"그렇다면 제 요청의 이유를 바꿔야겠군요. 제발 제게 허가를, 특혜를, 혜택을 내려주십시오. 이것은 개인적인 이유가 아닌 다른 사람들을 위해 부탁드리는 겁니다. 저는 선생님께 그 이유를 전부 말씀드릴 수가 없어요. 하지만 분명히 말씀드리지만 그 이유는 선하고 건전하고 이타적인 것이며, 의무감에서 나온 것입니다. 선생님, 제 심장을 들여다보실 수 있다면, 제 안에서 요동치는 모든 감정들이 그 사실을 증명해줄 겁니다. 아니요, 그를 넘어서 저를 가장 신뢰할 수 있는 친구로 여기게 되실 겁니다." 다시 한번 렌필드는 우리 모두를 유심히 살폈다. 나는 렌필드가 갑자기 전략을 바꾼 것이 또 다른 형태의 광기라는 의심이 점점 샘솟았고, 따라서 조금 더 그를 지켜보기로 했다. 경험에 따라 그가 다른 미치광이들과 마찬가지로 결국에는 본성을 드러낼 거라 생각했기 때문이다. 반 헬싱 교수님은 아주 집중한 표정으로 렌필드를 바라보았는데, 집중할 때면 언제나 그렇듯 덥수룩한 눈썹이 한데 모여 있었다. 교수님은 렌필드에게 말을 건넸다. 당시에 나는 교수님의 어조에 놀라지 않았으나, 후에 생각해보면 교수님의 어조는 자신과 동등한 사람을 대하는 어투였다.

"오늘 밤 병원에서 나가고 싶은 진짜 이유를 솔직하게 말해줄 수 없습니까? 그 이유가 편견 하나 없고 열린 마음을 가지려 노력하는 이방인인 나를 만족시킨다면, 수어드 박사가 전적으로 책임을 지고 위험을 무릅쓰고 당신이 바라는 특권을 내줄 겁니다." 렌필드는 슬프게 고개를 저었고, 그의 얼굴에는 고통스러운 후회의 표정이 어렸다. 교수님이 말을 이었다.

"어서요. 잘 생각해봐요. 선생은 아주 수준 높은 논리를 보여주었죠. 그 완벽한 논리로 우리에게 깊은 인상을 주고자 했어요. 하지만 선생이 바로 이 한 가지 흠 때문에 정신병원에서 퇴원을 하지 못했으니, 우리로서는 의심을 할 수밖에요. 우리가 가장 현명한 방법을 선택하도록 도와주지 않는다면, 당신이 맡긴 임무를 우리가 어떻게 수행할 수 있겠소? 우리에게 솔직히 털어놔 봐요. 그 이야기를 들어 봐야 우리가 당신의 바람을 이루도록 도와줄 수 있지 않겠소." 렌필드는 고개를 저으며 이렇게 말했다.

"반 헬싱 박사님, 전 할 말이 없습니다. 박사님 말씀은 지당하기 이를 데 없고, 제가 마음대로 말할 수만 있다면 한순간도 망설이지 않았을 겁니다. 하지만 그 문제는 제 마음대로 할 수가 없어요. 그저 절 믿어달라고 부탁할 수밖에 없습니다. 그 제안을 거절당한다면, 제가 책임을 질 수가 없습니다." 나는 이제 점점 우스꽝스러울 정도로 심각해지는 이 상황을 정리할 때가 왔다고 생각해, 문 쪽으로 나가며 이렇게만 말했다.

"가죠, 친구들. 우린 해야 할 일이 있으니까. 그럼 이만."

하지만 내가 문 앞에 도달한 순간, 환자에게 또 다른 변화가 찾아왔다. 얼마나 순식간에 내 쪽으로 다가오던지, 그가 또 다시 나를 죽이려 하는 게 아닌가 싶을 정도였다. 허나 쓸데없는 걱정이었다. 렌필드는 내게 두 손을 내밀며 간절히 애원했다. 과도한 감정을 드러낸 것이 자신에게 불리하다는 것을 깨닫고, 과거의 모습으로 돌아가 한층 더 비굴하게 애원했다. 나는 반 헬싱 교수님을 흘끗 쳐다보았고 교수님의 눈에 비친 내 확신을 보았다. 그래서 조금 더 단호하게 대처하며 렌필드의 노력이 쓸모없다는 듯 손을 내저었다. 전에 렌필드가, 이를 테면 고양이를 키우고 싶다고 했을 때 간절히 애원하다 점차 흥분 상태에 빠져들었을 때가 떠올랐다. 이번에도 역시 렌필드가 부루퉁하게 이 상황에 순응할 거라 예상했다. 내 예상은 빗나갔다. 자신의 애원이 소용없다는 것을 깨닫자 렌필드는 필사적이 되었다. 렌필드는 무릎을 털썩 꿇고 양손을 들어 올려 수없는 애원을 늘어놓았으며, 그의 뺨 위로는 눈물이 줄줄 흘러내렸고 얼굴에는 극도의 고통이 고스란히 드러났다.

"제발 부탁합니다, 수어드 박사님, 제발 부탁합니다. 당장 절 여기서 내보내주세요. 선생님 뜻대로, 선생님이 원하시는 곳으로 절 보내주세요. 채찍과 사슬을 든 감시꾼들과 함께 보내주세요. 제게 구속복을 입히고 수갑을 채우고 족쇄를 채우고 감옥으로 보내셔도 괜찮습니다. 하지만 여기서만 나가게 해주세요. 절 여기에 두면 어떤 일이 일어나는지 선생님은 모르세요.

제 심장 깊은 곳에서, 제 영혼에서 우러난 말입니다. 선생님이 누구에게 어떻게 나쁜 짓을 하는지 모르고 계시고, 저는 말할 수가 없습니다. 아아, 이를 어쩔까! 저는 말할 수가 없어요. 선생님이 신성시하는 것, 선생님이 아끼는 것, 선생님이 사랑하는 것, 선생님이 가진 희망을 위해, 그리고 전지전능하신 하느님을 위해, 저를 이곳에서 빼내어 제 영혼을 죄악으로부터 구원해주세요! 제 말이 들리지 않으십니까? 제 말을 이해하지 못하시겠어요? 계속 모르는 척 할 겁니까? 내가 지금 제정신이고 진실하다는 것을 모르세요? 내가 발작을 일으킨 미치광이가 아니라 자신의 영혼을 구하기 위해 싸우는 정상적인 남자라는 걸 모르시겠습니까? 아, 제 말을 들어주세요! 부디 들어주세요! 절 여기서 내보내주세요! 내보내주세요! 제발 부탁합니다!"

나는 이 대화가 길어질수록 렌필드가 더 과격해지다 결국엔 발작을 일으킬 거라 생각해, 그의 손을 잡아 일으켰다.

"자." 나는 단호하게 말했다. "더 이상은 안 돼요. 이미 충분합니다. 침대로 돌아가 더 신중하게 행동하도록 하세요."

렌필드가 갑자기 말을 멈추고 한동안 나를 유심히 쳐다보았다. 그러더니 한마디 없이 자리에서 일어나 침대로 가더니 침대 위에 앉았다. 그는 내 예상대로 전처럼 의기소침한 태도를 보였다.

내가 병실을 나서는 순간 렌필드는 조용하고 점잖은 목소리로 내게 말했다.

"수어드 박사님, 나중에 내가 오늘 밤 선생님을 설득하려 노력했다는 점을 기억해주실 거라 믿습니다."

제19장

조너선 하커의 일기

10월 1일, 새벽 5시 - 나는 편안한 마음으로 친구들과 저택 수색을 하러 나갔다. 그토록 용감한 미나는 본 적이 없기 때문이다. 미나가 이 일에서 빠지고 남자들이 해야 할 일을 하게 허락해준 것이 아주 기쁘다. 어쩐지 미나가 이 무시무시한 일에 조금이라도 관여한다는 사실이 내겐 두려웠다. 하지만 이제 미나가 할 일은 끝났으며, 미나의 열성과 두뇌와 예지력 덕분에 모든 자료들이 정리되었으니 미나 역시 자신이 할 일은 끝났다고 여기고 나머지는 우리에게 맡겨둘 수 있는지도 모른다. 우리 모두는 렌필드 씨와의 만남으로 조금 당혹스러운 상태였다. 그의 병실에서 나왔을 때 우리는 아무 말 없이 서재로 돌아갔다. 서재에 들어간 후 모리스 씨가 수어드 박사님에게 이렇게 말했다.

"말해보게, 잭. 만약 저 남자가 속임수를 쓴 게 아니라면, 저 사람은 내가 본 중 가장 멀쩡한 정신병자야. 확신할 수 없네만, 그자에겐 심각한 이유가 있는 것 같고 그게 사실이라면 기회를 얻지 못해 꽤 좌절했겠어." 고덜밍 경과 나는 침묵했지만, 반 헬싱 박사님이 입을 열었다.

"존, 자네는 나보다 정신병 환자들에 대해 더 많은 것을 알고 그 점을 다행스럽게 생각하네. 나라면 렌필드가 막판에 히스테리 발작을 하기 전에 그자를 퇴원시키기로 결정했을 테니까. 하지만 우리는 살아가며 배우고, 우리의 현재 임무를 수행함에 있어 여기 퀸시의 말마따나 그 어떤 도박도 할 수가 없네. 자네 선택이 최선이었어." 수어드 박사님은 멍하니 대꾸했다.

"교수님 말씀에 동의합니다. 만약 렌필드가 평범한 정신병자였다면 그를 믿었을 겁니다. 하지만 렌필드는 백작과 연관이 깊어 렌필드의 부탁을 들어주었다가 일이 틀어질까 봐 걱정스러웠습니다. 저는 렌필드가 좀 전처럼 간절하게 고양이를 달라고 애원했던 것을, 그다음에 제 목을 물어뜯으려 했던 것을 잊을 수가 없습니다. 게다가 렌필드는 백작을 '주인님'이라 불렀고 어쩌면 여기서 나가 백작의 악행을 도우려 하는 건지도 몰라요. 그 무시무시한 것은 늑대와 쥐와 같은 종족들을 마음대

로 부릴 줄 아니 정신병 환자를 이용하려 할 가능성도 배제할
순 없죠. 렌필드가 확실히 진심인 것 같긴 했습니다만. 저는 그
저 최선의 방법을 택했길 바랄 뿐입니다. 렌필드에다 우리 앞
에 놓인 무시무시한 임무까지 있으니 기운이 통 나질 않네요."
교수님이 다가가 수어드 박사의 어깨에 손을 올리고 진지하면
서도 다정하게 말을 건넸다.

"이보게, 존. 두려워 말게. 우리는 아주 슬프고 무시무시한 임
무를 수행하려는 거야. 우리는 우리가 최선이라 여기는 것만
할 수 있지. 우리가 선량한 주님의 연민 외에, 무얼 바랄 수 있
겠나?" 고덜밍 경이 잠시 서재를 빠져나갔다가 다시 돌아왔다.
고덜밍 경은 작은 은색 호루라기를 들어 보이며 말했다.

"그 오래된 저택에는 쥐가 우글거릴지도 모릅니다. 그럴 경
우에 대비해서 대책을 준비했죠." 우리는 담장을 넘어 그 저택
으로 향했고, 달빛이 들 때는 잔디 위의 나무 그림자에 숨었다.
현관문 앞에 도착하자 교수님이 가방을 열어 여러 가지 도구를
꺼내 계단 위에 올려놓은 후, 그 도구들을 네 개로 분류했다. 네
명 각자가 맡을 도구인 모양이었다.

"친구들, 우리는 이제 무시무시하게 위험한 곳에 들어설 테
니 여러 종류의 무기가 필요하다네. 우리의 적은 단순한 귀신
이 아니야. 그자는 스무 명의 남자도 물리칠 힘을 가지고 있으
며, 우리의 목이나 숨통은 평범해서 단번에 끝장날 수 있지만

그자의 숨통은 단순한 힘으로는 끊을 수 없다는 점을 명심하게. 더 힘센 사람, 혹은 그보다 더 힘이 센 사람들이 떼 지어 달려든다면 특정 시기에는 그자를 잡을 수 있겠지. 그래도 우리가 그자에게 당할 수 있는 것처럼 그자를 물리칠 수는 없네. 따라서 우리는 그자에게서 스스로를 보호해야 해. 이걸 자네들 심장 근처에 달게." 하며 교수님은 작은 은 십자가를 꺼내 가장 가까이에 있던 내게 건넸다. 그리고 "이 화환들을 목에 걸게." 하며 내게 시든 마늘 화환을 건넸다. "다른 적들은 더 세속적이니 이 연발 권총과 칼을 사용하고, 이 작은 전기등을 가슴에 부착하게. 그리고 마지막으로 무엇보다도, 이것은 함부로 사용해서는 안 되네." 그것은 제병 조각으로, 교수님은 봉투에 담긴 그 제병을 내게 건넸다. 모두가 비슷한 도구들을 몸에 장착했다. 교수님이 말했다. "자, 존. 만능열쇠는 어디 있나? 그것만 있으면 루시 양 집에서 그랬던 것처럼 창으로 침입할 필요 없이 문을 열고 들어갈 수 있을 거야."

수어드 박사가 한두 개의 만능열쇠로 시도해보았고, 외과의사로서 그의 민첩한 손재주가 큰 도움이 되었다. 그는 곧바로 맞는 열쇠를 발견했고, 자물통 안에서 열쇠를 앞뒤로 살짝 움직였더니 삐걱거리는 철컹 소리와 함께 자물쇠가 열렸다. 우리가 문을 밀자 녹슨 경첩들이 삐걱거리며 천천히 열렸다. 그 장면은 수어드 박사의 일기에서 본 웨스튼라 양의 무덤을 열고 들어가는 순간의 장면과 놀라울 정도로 닮은 것이었다. 다른 사람들도 같은 생각을 했는지, 그 순간 다들 움찔 하며 뒤로 물러섰다. 교수님이 가장 먼저 앞장서서 열린 문 안으로 들어섰다.

"인 마누스 투아스, 도미네!(주여, 당신 손에 맡깁니다!)" 교수님은 문지방을 넘으며 성호를 긋고 이렇게 말했다. 우리는 혹시 램프의 빛이 길을 지나가는 사람들 눈에 띌까 봐, 현관문을 닫았다. 교수님은 서둘러 나가야 할 경우 현관문을 쉽게 열 수 있도록, 조심스럽게 자물쇠를 만져 놓았다. 그런 다음 우리는 램프를 모두 켜고 수색에 나섰다.

작은 램프들의 불빛이 서로 얽히고 우리 몸이 드리운 거대한 그림자까지 뒤섞이며 온갖 기이한 형태들이 나타났다. 나는 우리 외에 누군가가 있다는 느낌을 떨칠 수가 없었다. 무시무시한 주변 환경에 트란실바니아에서의 끔찍한 경험이 되살아났던 것 같다. 하지만 그런 느낌은 공통적으로 든 모양인지, 다들 작은 소음이 들리거나 새로운 그림자가 나타날 때마다 어깨 너머를 흘낏거렸다.

집안은 온통 두꺼운 먼지가 깔려 있었다. 바닥에는 몇 센티미터는 될 법한 두꺼운 먼지가 깔려 있었지만, 최근에 찍힌 듯한 발자국들이 나 있었으며 램프로 비추어 보니 먼지가 흐트러진 곳에 구두 징 자국이 나 있었다. 벽들은 보풀이 일고 먼지가 두껍게 쌓여 있었으며, 구석에는 거대한 거미줄이 쳐져 있었고, 그 위로 또 먼지가 쌓여 그 무게에 거미줄 일부가 찢어진 탓에 마치 오래된 누더기 조각 같았다. 홀의 탁자 위에는 거대한 열쇠 꾸러미가 있었으며, 각 열쇠에는 세월에 누렇게 빛바랜 라벨이 붙어 있었다. 탁자 위에 깔린 먼지 위에 반 헬싱 박사님이 그 열쇠 꾸러미를 들어 올렸을 때 드러난 것과 비슷한 자국이 서너 개 있는 것으로 보아, 그 열쇠는 서너 번 정도 사용된 것이 분명했다. 박사님은 날 돌아보았다.

"조너선, 자네는 이 저택에 대해 알지. 자네가 이 저택의 지도를 복사했으니 적어도 우리보다는 더 많이 알겠지. 예배당으로 가는 길이 어딘가?" 비록 전에 방문했을 때는 안에 들어가 볼 수 없었지만 가는 길은 알고 있었다. 그래서 내가 앞장섰고 몇 번 길을 잘못 든 끝에 맞은편에서 낮은 아치형에 철테를 두른 떡갈나무 문을 찾았다. "바로 이곳이군." 박사님은 램프로 내가 이 집 구매와 관련한 원본 서류에서 복사한 작은 도면을 살펴본 후 말씀하셨다. 우리는 잠시 헤매긴 했으나 곧 열쇠 꾸러미에서 열쇠를 찾아내어 그 문을 열었다. 문을 여는 동안 희미한 악취가 새어 나왔기에 불쾌한 상황에 맞닥뜨릴 거라는 예상은 하고 있었지만, 그토록 지독한 악취가 날 줄이야. 다른 사람들은 아무도 백작을 가까이에서 만난 적이 없었고, 내가 백작을 보았을 때 그는 자신의 방에서 누워 있거나 탁 트인 폐허가 된 건물 안에서 신선한 피를 게걸스럽게 빨아먹는 모습만 보였었다. 하지만 이 예배당은 작고 갑갑했으며, 오랫동안 사용하지 않은 탓인지 공기가 탁하고 냄새가 지독했다. 메마른 독기 같은 흙냄새가 더 지독한 냄새를 뚫고 새어 나왔다. 그 냄새를 무어라 설명할 수 있을까? 모든 질병들의 냄새와 날카롭고 역한 피 냄새가 함께 섞여 있는 것 같았다. 부패 자체가 부패한 듯한 냄새였다. 아! 지금 생각해도 속이 메스껍다. 그 괴물이 내뿜은 모든 숨이 그곳에 켜켜이 쌓여 그 역겨운 냄새를 한층 더 지독하게 만드는 것 같았다.

보통 때였다면 그 악취 때문에 탐험을 중단했을 것이다. 하지만 이것은 평범한 임무가 아니었고, 우리가 맡은 숭고하고 무시무시한 임무는 우리에게 육체적인 한계를 넘어서는 힘을 주었다. 몰려오는 구역질에 저도 모르게 흠칫 뒤로 물러났던 우리는 다시 그 역겨운 곳이 장미 정원이라도 되는 양 앞으로 나아갔다.

우리는 그 곳을 꼼꼼히 조사했고, 조사가 시작될 때 박사님은 이렇게 말했다.

"먼저 살펴봐야 할 것은 남은 상자의 개수야. 그런 다음 이 저택의 모든 구멍과 구석과 틈새를 살펴 나머지 상자의 행방에 대한 단서를 찾아보세." 한눈에도 남아 있는 상자의 개수를 알수 있었다. 흙이 담긴 상자의 크기는 어마어마했기 때문이다.

그 안에는 50개의 상자 중 고작 29개뿐이었다! 고덜밍 경이 갑자기 고개를 획 돌려 문 너머의 컴컴한 복도를 바라보는 걸 보고, 순간 놀란 나 역시 그곳을 바라보았으며 일순간 내 심장이 멈추었다. 그 컴컴한 어둠속 어딘가에서 백작의 사악한 얼굴, 매부리코, 빨간 눈, 빨간 입술, 무시무시하게 창백한 얼굴이 보이는 것 같았다. 하지만 일순간뿐이었다. 이내 고덜밍 경은 "무슨 얼굴이 보인 줄 알았는데 그냥 그림자였어요."라며 다시 수색을 재개했고, 나는 램프를 들고 복도로 나아갔다. 사람의 흔적은 전혀 없었다. 그곳에는 구석도, 문도, 그 어떤 종류의 구멍도 없고 다만 단단한 복도 벽뿐이라 백작이라 해도 숨을 곳은 전혀 없었다. 나는 공포심 때문에 헛것을 본 거라 여기고 아무 말도 하지 않았다.

잠시 후 모리스가 한구석에서 조사를 하다 느닷없이 흠칫 물러나는 것을 보았다. 우리 모두 덮쳐오는 불안감에 모리스 쪽을 바라보았다. 별처럼 반짝거리는 발광성 물질 덩어리가 보였다. 우리는 본능적으로 뒤로 물러섰다. 득실거리는 쥐 떼였다.

일순간 우리는 소름이 끼쳐 그 자리에 우뚝 멈춰 섰지만, 그러한 응급 상황에 대비해 둔 고덜밍 경만은 예외였다. 고덜밍 경은 밖으로 향하는 거대한 떡갈나무 문으로 달려가 자물통에 열쇠를 넣고 돌려 그 문을 활짝 열었다. 그런 다음 주머니에서 작은 은색 호루라기를 꺼내 불었다. 낮고 날카로운 소리가 났다. 그 소리에 수어드 박사 댁 뒤쪽에서 개들이 짖었고, 일분 후 세 마리의 테러어가 집 모퉁이를 돌아 달려왔다. 우리는 본능적으로 모두 그 문으로 달려갔고, 그 문으로 달려가며 바닥의 먼지가 많이 흐트러져 있다는 사실을 눈치챘다. 이 집에서 옮겨간 상자들을 이 통로로 옮긴 모양이었다. 하지만 그 순간에도 쥐 떼의 수는 어마어마하게 불어났다. 쥐 떼가 이 집 전체를 덮치는 것 같았고, 등불에 움직이는 검은 몸통과 번쩍거리는 사악한 눈동자가 비쳐 이 집이 마치 개똥벌레가 우글거리는 지하 굴 같았다. 달려온 개들은 문간에서 갑자기 멈추더니 이를 드러내며 으르렁거렸고, 그런 다음 코를 쳐들며 애처롭게 울부짖기 시작했다. 쥐 떼는 수천으로 그 수가 늘어나고 있었고 우리는 그 집에서 뛰쳐나왔다.

고딜밍 경이 개 한 마리를 들어 올려 집 안으로 데려가 바닥에 놓았다. 개는 바닥에 발이 닿는 순간 용기를 되찾은 듯 천적을 향해 달려들었다. 쥐 떼가 얼마나 빨리 도망을 치던지 그 개가 스무 마리를 물어 죽였을 때쯤, 우리가 똑같은 자리에 내려놓은 다른 개들에겐 잡아먹을 먹이가 거의 남아 있지 않았다.

쥐 떼와 함께 악마의 존재도 사라졌는지, 개들은 껑충껑충 뛰어다니고 신나게 짖으며 느닷없이 쓰러진 적들에게 달려들어 이리저리 굴리기도 하고 이로 물어 사납게 흔들어대기도 했다. 다들 기운이 샘솟는 것 같았다. 예배당 문을 열어 지독한 공기를 환기시켜서인지, 아니면 문을 열고 나오면서 느낀 안도감 때문인지 모르겠다. 하지만 가장 확실한 건 우리를 장막처럼 덮고 있던 공포의 그림자가 어느 샌가 빠져나갔으며, 우리가 이곳에 올 때 가졌던 의무감에서 엄격한 의미가 좀 사라졌다는 것이다. 다만 우리의 결단력은 조금도 느슨해지지 않았다. 우리는 바깥문을 닫아 빗장을 지르고 잠근 다음, 개를 데리고 저택 수색을 시작했다. 어마어마한 먼지 외에 아무것도 발견하지 못했고, 내가 처음 방문했을 때 남긴 내 발자국 외에는 모든 것은 그대로였다. 개들은 단 한 번도 불안해하지 않았으며, 우리가 예배당으로 돌아갔을 때도 개들은 여름 숲에서 토끼 사냥을 하는 양 신나게 뛰어다녔다.

우리가 정문으로 나왔을 때 동쪽으로 아침이 밝아오고 있었다. 반 헬싱 박사님은 열쇠 꾸러미에서 현관문 열쇠를 꺼내어 문을 잠그고, 주머니에 열쇠를 넣었다.

"오늘 밤, 지금까지는 대단히 성공적이었네. 내가 혹시나 하고 걱정하긴 했지만 아무도 다친 사람이 없고 사라진 상자의 개수도 확인했지. 무엇보다도 나는 우리의 첫 번째 - 어쩌면 가장 어렵고 위험한 - 단계를 사랑스러운 마담 미나를 끌어들이지 않고, 마담 미나가 앞으로 결코 잊지 못할지도 모르는 광경과 소리와 냄새에 시달리는 일 없이 우리끼리 완수했다는 것이 기쁘다네. 그리고 또 하나 우리가 배운 것도 있어. 물론 특수한 사실이니 일반화하기에는 무리가 있을지도 모르네. 바로 짐승들이 백작의 명령에 따르기는 하지만 백작이 짐승들을 완벽히 통제하지는 못한다는 점이야. 조녀선 자네가 떠나려고 할 때, 그 가련한 어머니가 울부짖을 때 백작의 부름에 늑대들이 온 것처럼 이 쥐떼가 그자의 호출에 달려오긴 했지만 내 친구 아서의 자그마한 강아지들한테 놀라 허둥지둥 도망쳤잖나. 우리 앞엔 다른 문제들도, 다른 위험들도, 다른 공포들도 놓여 있지. 그 괴물은, 그자는 오늘 밤에는 짐승을 다루는 힘을 사용하지 않았으니 다른 곳으로 간 게야. 좋아! 덕분에 우리에겐 이 체스 게임에서, 인간의 영혼을 건 이 체스 게임에서 '체크'를 외칠 기회가 생겼네. 이제 그만 집으로 가세. 이제 금방 동이 틀 테고, 이만하면 첫 번째 밤 임무는 만족스럽지 않은가. 우리는 앞으로 위험으로 가득한 수많은 낮과 밤을 보내야 할지도 몰라. 하지만 우리는 계속 앞으로 나아가야 하고, 그 어떤 위험 앞에서도 움츠러들지 않을 걸세."

우리가 도착했을 때 집은 조용했으며, 들리는 소리라고는 멀리 병동에서 비명을 지르는 불쌍한 환자들의 목소리와 렌필드의 방에서 들리는 낮은 신음소리가 전부였다. 불쌍한 렌필드란 자가 아까는 그토록 멀쩡해 보이더니, 이제는 괜한 괴로움에 사로잡혀 자학을 하는 모양이었다.

나는 살금살금 내 침실로 들어갔다. 미나는 잠들어 있었는데,

숨소리가 얼마나 조용하던지 가까이 귀를 가져다 대야 들릴 정도였다. 미나의 얼굴은 평소보다 창백하다. 오늘 밤 회의가 미나의 마음을 불안하게 만든 것은 아닌지 걱정스럽다. 앞으로 우리가 수행할 임무, 그리고 우리의 회의에서 미나가 빠지게 된 것이 진심으로 고맙다. 여자가 견디기에는 너무나 커다란 고통이다. 처음에는 그렇게 생각하지 않았지만, 지금은 이해가 된다. 따라서 그렇게 결정된 것이 다행스럽고 기쁘다. 미나가 듣기만 해도 두려워할 만한 일들이 생길지 모른다. 그러나 무조건 숨기는 것보다는, 미나가 의심할 때는 차라리 말해주는 편이 나을지도 모른다. 이제부터 모든 일이 끝날 때까지, 지구상에서 저 세상의 괴물을 몰아낼 때까지 우리의 임무는 미나에게 비밀로 할 것이다. 서로에게 모든 것을 다 털어놓다가 입을 다물기가 힘들지도 모르지만, 나는 반드시 비밀을 지킬 것이며, 오늘 밤에 일어난 일을 결코 미나에게 말하지 않을 작정이다. 나는 미나를 깨우지 않으려고 소파에 누웠다.

10월 1일, 나중 - 낮은 바쁘게 보냈고 밤에는 한숨도 자지 못했기에, 자연히 다들 늦잠을 잤다. 미나에게도 그 피곤함이 전염되었는지, 내가 해가 중천에 떠서야 일어났는데도 미나는 여전히 잠들어 있었으며 내가 두세 번 불러서야 겨우 눈을 떴다. 그리고 얼마나 정신없이 잤는지 2~3초 동안 나를 알아보지 못하고, 마치 악몽에서 막 깨어난 사람처럼 멍하고 공포에 휩싸인 눈으로 나를 쳐다보았다. 미나가 피곤하다고 호소하기에 더 늦게까지 쉬도록 두었다. 이제 우리는 21개의 상자가 사라졌다는 것을 알고 있으며, 이 상자를 운반하는 데 서너 명의 인부가 필요했을 테니 그 사람들의 소재를 알아볼 수 있을 것 같다. 만약 그들을 찾아낸다면 우리의 일은 아주 간단해질 것이며, 이 일은 빨리 해결할수록 좋다. 나는 오늘 토머스 스넬링을 찾아가볼 참이다.

수어드 박사의 일기

10월 1일 – 내 방으로 들어온 교수님 때문에 눈을 뜬 것은 정오가 다 되어 가는 시각이었다. 교수님은 어젯밤 일로 마음의 짐을 좀 덜었는지 평소보다 즐겁고 유쾌했다. 어젯밤의 모험을 검토한 후 교수님이 느닷없이 이런 말을 꺼냈다.

"자네 환자가 아주 흥미로와. 오늘 자네와 같이 그 환자를 만나봐도 되겠나? 혹시 자네가 많이 바쁘면 나 혼자 가도 되고. 철학적인 이야기를 하고, 그토록 견고한 논리를 펴는 정신병자는 내게 새로운 경험이라네." 나는 급히 처리해야 할 일이 있어서, 혼자라도 괜찮으시다면 기꺼이 가보셔도 좋으며 곧 따라가겠다고 했다. 그리고 간호사를 한 명 불러 필요한 지시들을 내렸다. 교수님이 내 방을 나서기 전에 나는 교수님이 내 환자를 오해하지 않도록 주의를 주었다. 교수님은 이렇게 대답했다. "하지만 나는 그 환자의 이야기, 살아 있는 것들을 먹는 것과 관련한 그의 환상에 대한 이야기를 듣고 싶네. 어제 일자 자네 일기에서 봤다시피, 그 환자가 마담 미나에게 한 때 그런 믿음을 갖고 있었다고 털어놓지 않았나. 왜 웃는 건가, 존?"

"죄송하지만, 그 대답이 여기 있어요." 나는 타자로 친 문서 위에 손을 올렸다. "정상적이고 학식 높은 우리 환자가 어쩌다 생명을 흡수하게 되었는지 바로 그 이야기를 할 때, 그의 입은 하커 부인이 병실 안으로 들어서기 직전 먹은 파리와 거미로 지저분했죠." 이번에는 반 헬싱 교수님이 미소를 지었다. "좋아! 자네의 기억이니 틀림없겠지, 존. 내가 명심해두어야겠군. 하지만 생각과 기억의 바로 그 모호함 때문에 정신병이 그토록 매혹적인 연구인 걸세. 어쩌면 가장 현명한 사람에게 가르침을 받는 것보다, 이 미치광이의 헛소리에서 더 많은 지식을 얻게 될지도 몰라. 누가 알겠나?" 나는 하던 일을 마저 계속했고, 잠시 후 일을 모두 마쳤다. 시간이 얼마 지나지 않은 것 같았으나, 반 헬싱 교수님이 어느새 서재로 돌아왔다. "내가 방해하는 건가?" 교수님이 문 앞에 서서 정중하게 물었다.

"전혀요. 들어오세요. 일이 막 끝나서 이제는 시간이 납니다. 교수님이 원하신다면 제가 교수님과 함께 가겠습니다."

"그럴 필요 없네. 이미 렌필드를 만났어!"

"어떠셨어요?"

"나한테 통 관심이 없더군. 대화는 짧게 끝났네. 내가 병실로 들어갔을 때 그는 방 가운데 있는 스툴에 앉아 팔꿈치를 무릎에 대고 있었지. 얼굴은 뭔가 불만족스러운 듯 부루퉁하더군. 나는 가능한 쾌활하게, 가능한 정중하게 그에게 말을 걸었어. 그런데 아무런 대꾸도 하지 않는 거야. '날 모릅니까?' 라고 물었지. 그 친구의 대답은 만족스럽지가 않았어. '잘 알지. 늙은 바보 반 헬싱 아니요. 당신이랑 당신의 그 바보 같은 뇌 이론은 다른 데로 꺼져버렸으면 좋겠군. 빌어먹을 멍청한 네덜란드인들!' 그 이상은 한 마디도 더 하지 않고 내가 그 방안에 아예 없는 양 나를 무시하고 뚱하게 앉아 있기만 하더군. 그렇게 이 똑똑한 정신병 환자에게서 많은 것을 배울 기회는 사라졌지. 그래서 나는 병실에서 나와 사랑스러운 마담 미나와 행복한 잡담을 몇 마디 나누며 기운을 냈다네. 친애하는 존, 마담 미나가 더 이상 고통을 받지 않고, 우리의 끔찍한 일로 인해 걱정하지 않아도 된다는 점이 나는 이루 말로 다 할 수 없을 정도로 기쁘다네. 비록 마담 미나의 도움이 많이 그립겠지만, 그 편이 나아."

"저 역시 교수님의 의견에 전적으로 동의합니다." 나는 열성적으로 대답했다. 교수님이 이 문제에 있어 마음이 약해지는 것은 원치 않았기 때문이다. "하커 부인은 이 일에서 빠지는 게 나아요. 남자인 우리에게도, 수많은 곤경을 겪어 보았던 우리에게도 버거운 일입니다. 그러니 여자가 낄 일이 아니고, 혹시라도 계속 이 일에 관여했다가는 언젠가 반드시 부인은 무너지고 말 거예요."

그래서 반 헬싱 교수님은 하커 부인 및 하커와 의논을 하러 갔다. 퀸시와 아트는 흙 상자에 관한 단서를 쫓으러 나갔다. 나는 병원 일을 마저 마무리한 다음, 오늘 밤 그들과 다시 모일 것이다.

미나 하커의 일기

10월 1일 - 오늘처럼 아무것도 모른 채 지내는 것이 이상하다. 몇 년 동안 조너선이 내게 모든 것을 털어놓다가, 그것도 가장 중요한 일들을 일부러 꺼내지 않는 것을 보니 이상한 기분이 든다. 오늘 아침에는 어제의 피로로 늦잠을 잤고, 조너선 역시 늦잠을 자긴 했지만 나보다는 일찍 일어났다. 조너선은 먼저 방을 나서며 그 어느 때보다도 다정하고 상냥하게 말을 걸어주었지만, 백작의 저택에 방문했을 때 있었던 일은 단 한 마디도 꺼내지 않았다. 하지만 조너선도 내가 얼마나 극심한 불안감에 떨었는지 알고 있는 것이 분명하다. 불쌍한 내 남편! 이번 일이 나보다는 그이에게 더 커다란 고통을 안겨주었을 것이다. 다들 내가 이 끔찍한 일에 더 이상 관여하지 않는 것이 최선이라고 의견을 모았고, 나는 그 의견을 받아들였다. 하지만 조너선이 내게 무언가를 숨기고 있다는 생각만 하면! 지금 나는 바보처럼 울고 있다. 내 남편이 나에 대한 커다란 사랑 때문에, 다른 모든 사람들이 나를 위하는 선한 마음에 그런 결정을 내렸다는 사실을 잘 알면서도 말이다.

울었더니 마음이 편해졌다. 언젠가는 조너선이 내게 다 말해줄 것이다. 단 한 순간도 내가 그이에게 무언가 숨긴다고 생각하지 않도록 나는 평소처럼 일기를 쓴다. 그이가 내 마음을 의심한다면 이 일기를 그이에게 보여주어, 내 가슴속에 품은 모든 생각을 낱낱이 그이의 사랑스러운 눈앞에 펼쳐 보일 것이다. 오늘은 이상하게 슬프고 기운이 없다. 지나치게 흥분했던 탓인 것 같다.

어젯밤 남자들이 떠난 후 나는 그들의 말에 따라 침대로 갔다. 하지만 잠은 오지 않고 가슴은 불안감으로 일렁였다. 조너선이 런던으로 날 만나러 온 이후 일어난 모든 일을 계속해서 되짚어보았다. 모든 것이 끔찍한 운명처럼 느껴졌으며, 운명은 끝없이 예정된 결말을 향해 나아가는 것 같았다. 내가 옳다고 생각하고 한 모든 행동이 끔찍한 결말을 낸 것 같았다. 내가 휘트비에 가지 않았더라면, 어쩌면 불쌍한 루시는 지금 우리와 함께 있을지도 모른다. 내가 휘트비에 가기 전까지 루시는 한 번도 교회 묘지에 간 적이 없고, 루시가 낮에 나와 함께 그곳에 가지 않았더라면 밤에 몽유병에 걸려 그곳으로 걸어가지 않았을 것이다. 루시가 밤중에 그곳에 가지 않았더라면 그 괴물이 루시를 망가뜨리지 못했을 것이다. 아, 나는 왜 휘트비에 간 것일까? 다시 눈물이 터져 나온다! 오늘은 내가 왜 이러는 것일까. 조너선에게는 이 사실을 숨겨야 한다. 내가 하루에 두 번이나 울었다는 사실을 그이가 안다면 – 한 번도 운 적이 없는 내가, 그이 때문에도 눈물 한 방울 흘려본 적 없는 내가 – 사랑하는 그이는 내 걱정으로 안달을 할 것이다. 내가 아무렇지 않은 척 한다면 그이는 절대 모를 것이다. 그건 우리 불쌍한 여자들이 익혀야 할 덕목인 것 같다…….

어젯밤엔 어떻게 잠이 들었는지 잘 기억이 나지 않는다. 갑자기 개 짖는 소리와 함께 이상한 소리들이 난 것은 기억한다. 아주 요란하게 기도를 하는 것 같은 소리가 바로 이 아래층 어딘가에 있는 렌필드 씨의 병실에서 나는 것 같았다. 그러다 느닷없이 무서울 정도로 깊은 적막이 감돌았고, 나는 침대에서 일어나 창밖을 내다보았다. 사위가 캄캄하고 고요했으며, 달빛에 드리워진 검은 그림자들에는 고요한 미스터리가 가득한 것 같았다. 무엇 하나 움직이는 것이 없이, 모두가 죽음이나 운명처럼 엄숙하고 고정되어 있는 것 같았다. 그래서 잔디밭을 가로질러 집 쪽으로, 인지할 수 없을 정도로 천천히 다가오는 가느다란 흰색 안개 줄기는 살아 있는 생명체 같았다. 잠시 딴생각을 한 것이 도움이 되었는지, 침대로 돌아갔을 때는 나른함이 몰려왔다. 나는 잠시 누워 있었지만 잠이 오지 않아 다시 침대에서 내려와 창밖을 내다보았다. 안개는 점차 퍼지고 있었고, 이제 집까지 바싹 다가와 마치 창틈으로 들어오려는 듯 벽에 두껍게 퍼져 있었다. 그 불쌍한 남자의 목소리는 전보다 더 컸고, 그가 하는 말을 알아들을 수는 없었지만 아주 간절하게 애원하는 어조였다. 그러다 몸싸움을 벌이는 듯한 소리가 났다. 간호사들이 그 환자를 제압하는 모양이었다. 나는 너무 무서워 침대로 들어가 머리까지 이불을 뒤집어쓰고 손가락으로 귀를 틀어막았다. 그때는 조금도 졸리지가 않았다. 아니 적어도 그렇다고 생각했다. 하지만 그대로 잠이 든 것이 분명하다. 꿈을 꾼 것 외에 아침에 조너선이 날 깨울 때까지는 아무것도 기억이 나지 않으니까. 눈을 떴을 때에도 내가 있는 곳이 어딘지 깨닫기까지, 내 위로 몸을 숙인 사람이 조너선이라는 사실을 깨닫기까지 조금 시간이 걸렸던 것 같다. 어젯밤 꿈은 매우 이상했으며, 깨어 있는 동안 했던 생각이 꿈속에서도 계속 이어진 것 같았다.

　나는 잠이 들었고 조너선이 돌아오길 기다렸던 것 같다. 조너선이 너무나 걱정되는데 아무런 도움도 줄 수가 없었다. 내 발과 두 손, 머리가 무거워 평소처럼 앞으로 나아갈 수가 없었다. 그렇게 나는 불안에 떠는 꿈을 꾸며 잤다. 어느 순간 내 위로 무겁고 축축하고 차가운 공기가 내려앉기 시작했다. 얼굴 위로 덮어 쓴 이불을 내려 보니 놀랍게도 주변이 온통 어둑했다. 내가 조녀선을 위해 켜둔 가스등은 꺼져 있었고, 점점 더 방 안으로 밀려들어오며 짙어진 안개 속으로 작은 빨간 불빛 하나만이 보였다. 그 순간 내가 침대에 들기 전 창문을 닫은 사실이 떠올랐다. 창문이 제대로 닫혔는지 확인하려 했으나, 묵직한 무력감이 내 팔다리는 물론이고 내 의지마저 꽁꽁 묶어놓은 듯했다. 그래서 가만히 누워 참고 기다렸다. 그게 전부였다. 두 눈을 감고 있었는데도 눈꺼풀을 통해서 앞이 보였다. (꿈이란 것이 우리에게 어떤 장난을 치는지, 우리가 어떤 상상을 할 수 있는지 참으로 신기하다.) 안개가 점점 짙어지더니 안으로 들어오는 것이 보였다. 안개는 창으로 들어오는 것이 아니라 마치 연기처럼 – 끓는 물의 하얀 수증기처럼 – 문틈으로 들어왔다. 그리고 점점 짙어져 마치 구름 기둥 같은 모습으로 뭉쳤으며, 그 기둥 위로 가스등이 빨간 눈처럼 빛나는 게 보였다. 그 구름 기둥이 방안에서 소용돌이치기 시작하면서 내 머릿속도 온통 소용돌이치기 시작했고, 성서 속의 '낮에는 구름 기둥, 밤에는 불기둥의 인도를 받아'라는 구절이 떠올랐다. 그것이 내 꿈속에 찾아온 영적인 인도였을까? 하지만 그 기둥은 낮과 밤의 안내가 모두 섞여 있었다. 구름 기둥 속에 불이 있었으니까. 신기하고 재미있었다. 그러다 내가 쳐다보는 동안 그 불길이 갈라지더니 안개 속에서 두 개의 빨간 눈처럼 빛났다. 루시가 절벽을 산책하다 지는 해가 세인트메리 교회 창에 반사된 것을 보고 일순간 멍하니 중얼거렸던 그 빨간 눈과 똑같았다. 순간 공포가 날 덮치며 달빛 속의 소용돌이치는 안개 속에서 무시무시한 여자들이 나타났다는 조너선의 이야기가 떠올랐고, 꿈속에서 그대로 기절했는지 그 이후로는 모든 것이 캄캄한 암흑이 되었다. 내가 마지막으로 기억나는 장면은 안개 속에서 날 향해 몸을 숙인 무섭도록 하얀 얼굴이다. 그런 꿈을 꾸지 않도록 주의해야겠다. 그런 꿈을 너무 많이 꾸면 이성적인 사고를 할 수 없을 테니까. 반 헬싱 박사님이나 수어드 박사님에게 부탁해 잠을 잘 수 있는 약을 달라고 해봐야겠지만, 그분들이 놀랄까 봐 걱정이다. 지금 같은 시기에 그런 꿈을 꾸었다는 것을 알면 다들 날 걱정할 것이다. 오늘 밤에는 편안하게 잠을 자도록 노력해봐야겠다. 오늘 밤에도 편안하게 잠을 자지 못한다면, 내일 밤에는 클로랄을 달라고 부탁해야겠다. 딱 한 번 복용하는 것은 해가 되지 않으며, 편안한 잠을 자게 해줄 것이다. 어젯밤은 꿈을 꾼 탓인지 밤을 꼬박 샌 것보다 더 피곤하다.

10월 2일, 밤 10시 - 어젯밤엔 잠을 잤으며 꿈은 꾸지 않았다. 정신없이 푹 잤는지 조너선이 침대에 들어오는 소리에도 깨지 않았다. 하지만 잠을 자고 난 후의 개운함은 전혀 없고, 끔찍할 정도로 기운이 없고 맥이 빠진다. 어제 하루 내내 책을 읽어보려 애쓰거나, 소파에 누워 졸며 보냈다. 오후에는 렌필드 씨가 나를 만나고 싶다는 부탁을 했다. 불쌍한 사람, 렌필드 씨는 아주 점잖았고, 내가 떠날 때 내 손에 키스하며 주님의 축복을 빌었다. 렌필드 씨에게 크게 감동을 받았는지, 그 사람 생각을 하니 눈물이 난다. 내가 이런 식으로 나약해진 것은 처음이다. 조심해야겠다. 내가 운 것을 알면 조너선이 괴로워할 테니까. 조너선과 다른 분들은 저녁식사 때까지 외출했다가 다들지친 모습으로 돌아왔다. 나는 그분들의 기운을 북돋아주려 노력했고, 그러한 노력이 나에게도 도움이 되었는지 내가 얼마나 피곤한지도 잊고 있었다. 저녁식사 후에 그들은 나를 침실로 올려 보내며 남자들끼리 모여 담배를 피울 거라고 말했지만, 낮 동안 있었던 일을 서로 의논하려 한다는 사실을 나는 알았다. 조너선의 태도에서 중요하게 이야기를 할 내용이 있다는 것을 알 수 있었다. 나는 생각보다 졸리지가 않아, 수어드 박사님에게 전날 밤에 잠을 제대로 자지 못해서 그러니 아편을 조금 달라고 부탁했다. 수어드 박사님은 아주 친절하게도 수면제를 만들어 건네며, 성분이 아주 약한 것이니 아무런 해도 되지 않을 거라고 말씀해주셨다……. 나는 그 약을 먹고 아직 오지 않는 잠이 오길 기다리고 있다. 내가 잘못된 선택을 한 것이 아니기를. 잠이 슬슬 찾아오기 시작하자 내가 깨어 있을 힘을 빼앗는 바보 같은 짓을 한 것이 아닌가 두려워진다. 깨어 있어야 할지도 모르는데. 슬슬 잠이 온다. 잘 자요.

제20장

조너선 하커의 일기

10월 1일, 저녁 - 토머스 스넬링은 베스널 그린의 자택에 있었지만, 불행히도 그는 무언가를 이야기해 줄 상태가 아니었다. 내가 오면 으레 맥주 한잔 걸칠 돈이 생긴다는 사실을 알고 너무 일찍 술판을 벌인 것이다. 대신 점잖고 불쌍한 그의 아내를 통해 남편은 그저 스몰렛의 조수에 불과했으며 다른 두 동료와 함께 그 일을 맡았다는 사실을 알았다. 그래서 나는 마차를 타고 월워스로 가 집에서 셔츠 바람으로 때 늦은 차를 마시고 있던 조셉 스몰렛 씨를 만났다. 그는 예의 바르고 영리한 친구였으며, 신뢰할 만한 일꾼이자 머리도 좋은 사람이었다. 스몰렛은 상자와 관련한 일을 전부 기억하고 있었으며, 바지 뒷주머니에서 모서리가 잔뜩 접힌 수첩을 한 권 꺼냈다. 그 수첩에는 연필로 빼곡하게 적어 알아보기 힘든 글자들이 적혀 있었고, 그는 그것을 확인하고는 그곳에 적힌 상자의 목적지를 알려주었다. 그는 카팩스 저택에서 한 수레에 여섯 개의 상자를 마일엔드 뉴타운의 치크샌드 가 197번지로 운반했으며, 또 다른 여섯 상자는 버몬지의 자마이카 로로 운반했다고 했다. 그렇다면 백작은 런던 도처에 이 무시무시한 은신처를 퍼트리려 한 것이며, 이곳들이 첫 번째 배달 장소로 선택되었다면 후에는 그 상자들을 더 멀리 퍼트릴지도 모를 일이었다. 체계적인 일 처리 방식을 보니 백작은 런던의 두 개 지역에만 머물 생각은 없는 것 같았다. 이제 백작은 북쪽 강기슭의 먼 동쪽, 남쪽 강기슭의 동쪽, 그리고 남쪽에까지 뻗어나갔다. 그의 악마 같은 계획에서 북쪽과 서쪽이 빠지는 일은 결코 없을 것이며, 시내와 남서쪽 및 서쪽에 위치한 런던 중심부도 물론 빠지지 않을 것이다. 나는 스몰렛에게 카팩스 저택에서 가지고 나온 다른 상자들에 대해 물어보았다.

"글쎄요, 나리, 나리께서 제게 아주 잘 해주셨으니." - 나는 그에게 반 파운드짜리 금화 한 닢을 주었다 - "제가 아는 걸 전부 말씀드리죠. 나흘 전 핀처스 앨리에 있는 '토끼와 사냥개'란 술집에서 블로샘이란 자가 자기랑 자기 동료가 퍼펙트에 있는 오래된 집에서 드물게 먼지 나는 일을 했다고 얘기하는 걸 들었습죠. 그런 일은 많지가 않으니 이 샘 블로샘이란 자를 찾아 가면 나리께서 궁금해 하는 점을 들으실 수 있을지도 모릅니 다." 나는 블로샘을 어디 가야 만날 수 있는지 물어보며 그 사람 의 주소를 알려준다면 금화 한 닢을 더 주겠다고 했다. 그랬더 니 그는 남은 차를 벌컥벌컥 들이켜고는 자리에서 일어나, 여 기저기 알아보고 오겠다고 했다. 문 앞에서 그는 발걸음을 멈 추고 이렇게 말했다.

"그런데 말입니다, 나리. 나리께서 굳이 여기서 기다리실 필 요는 없을 것 같습니다. 제가 샘을 금방 찾을지, 오래 걸릴지 모 르니까요. 어찌되었던 그 친구가 오늘 밤에 나리께 그 일을 말 쏨드릴 상황은 안 될 겁니다. 샘은 술을 한 번 마시기 시작하면 끝장을 보는 친구라. 나리께서 우표를 붙인 봉투에 나리의 주 소를 적어 놓고 가시면, 제가 샘이 있는 곳을 찾아서 오늘 밤 나 리께 편지를 보내겠습니다. 하지만 아침 일찍 그 친구네 집으 로 가시는 게 좋을 겁니다. 안 그랬다간 그 친구를 놓칠지도 몰 라요. 샘은 전날 밤 아무리 술을 많이 마셨어도 꼭두새벽에 일 어나 나가거든요."

그 편이 실용적일 것 같아, 그 집 아이 한 명에게 편지 봉투와 편지지 한 장을 사오라고 1페니를 들려 보내고 거스름돈은 가 지라고 했다. 그 집 딸아이가 돌아오자 나는 봉투에 주소를 적 고 우표를 붙였고, 스몰렛에게 다시 한번 찾아내는 즉시 편지를 부치겠다고 다짐을 받은 후 집으로 돌아왔다. 추적은 계속되고 있다. 오늘 밤엔 피곤해 잠을 자고 싶다. 미나는 벌써 잠이 들었는데 안색이 지나치게 창백해 보인다. 울었는지 눈이 부어 있다. 불쌍한 미나, 아무것도 모른 채 지낸다는 것이 불안했으리라. 어쩌면 그 때문에 나와 다른 사람들이 배로 걱정되는지도 모른다. 하지만 미나에게는 비밀로 하는 것이 최선이다. 미나가 신경쇠약에 걸리는 것보다는 지금처럼 실망하고 걱정하는 편이 낫다. 미나를 이 무시무시한 일에서 제외시키자고 고집한 의사들의 결정이 옳았다. 내가 단호해야 한다. 나는 침묵이라는 이 짐을 짊어지고 가야 한다. 그 어떤 상황이 닥쳐도 미나와 그에 관한 이야기는 절대 나누지 않을 것이다. 어쩌면 그리 어려운 일은 아닌지도 모른다. 미나 본인이 그 이야기를 꺼내지 않으며, 우리가 결정을 내린 후로 백작에 대한 이야기나 백작의 계획에 관한 이야기는 한 마디도 꺼내지 않으니 말이다.

10월 1일, 저녁 – 길고 힘들면서도 흥미진진한 하루였다. 첫 번째 우편으로 지저분한 편지지가 들어 있는 편지를 받았으며, 그 편지지에는 목수가 연필로 휘갈겨 쓴 주소가 적혀 있었다.

"샘 블로샘, 월워스, 바텔 가, 피터스 코트 4번지, 코크랜드 하숙집. 데피테한테 물어보십쇼."

나는 침대에서 편지를 받아 읽고, 미나를 깨우지 않고 침대에서 빠져나왔다. 잠에 취한 미나는 피곤하고 창백해 보였으며, 어느 모로 보나 영 좋지 않아 보였다. 나는 미나를 깨우지 않기로 결심했고, 블로샘이란 자를 만나고 돌아오면 미나를 엑시터에 돌려보내기로 결심했다. 우리 집에서 집안을 돌보며 지내는 것이, 여기서 아무것도 모른 채 지내는 것보다 더 낫겠지. 나는 잠시 수어드 박사를 찾아가 행선지를 알린 다음 무언가를 알아내는 즉시 돌아와 모두에게 알리겠다고 약속했다. 그리고 마차를 타고 월워스로 가 어렵사리 '포터스 코트'를 찾아냈다. 스몰렛 씨가 글자를 잘못 적는 바람에 포터스 코트가 아닌 피터스 코트를 묻고 다닌 것이다. 포터스 코트에서 코크랜드 하숙집은 금방 찾아냈다. 문 앞으로 나온 남자에게 '데피테'를 불러달라고 부탁하자, 그는 고개를 저으며 이렇게 대답했다. "전 몰라요. 여기 그런 사람은 없소이다. 내 평생 그런 이름은 들어보지 못했어요. 여기나 다른 어디에도 그런 사람은 없을 거요." 나는 스몰렛의 편지를 꺼내 읽으며, 주소를 잘못 적었듯이 이름 역시 잘못 적었을지도 모른다는 생각이 들었다. "당신 이름은 뭐죠?" 나는 물었다.

"난 데피티요." 그 순간 내 생각이 옳았다는 사실을 깨달았다. 역시나 잘못 적은 글자 때문에 내가 착각한 것이었다. 반 크라운의 팁을 준 덕에 나는 어젯밤 코크랜드 하숙집에서 맥주를 마시다 잠든 블로샘 씨가 아침 다섯 시에 포플러로 일을 하러 나갔다는 정보를 입수했다. 그는 그 직장의 위치는 알지 못했지만, 대충 '새로 짓는 창고' 같다고 알려주었고, 나는 이 막연한 단서를 가지고 포플러로 향했다. 열두 시쯤에는 그 창고와 관련한 만족스러운 단서를 알아냈으며, 이것은 일꾼들이 식사를 하고 있는 어느 커피숍에서 알아냈다. 이 중 한 명이 크로스 앤젤 가에 새 '냉동 창고'를 짓는 중이라고 했는데, 이것이 '새로 짓는 창고'와 부합했다. 나는 당장 마차를 타고 그리로 향했다. 나는 무뚝뚝한 문지기와 더 무뚝뚝한 감독관과 이야기를 나누었는데, 둘 다 동전 한 닢에 누그러져 블로샘의 위치를 알려주었다. 내가 감독관에게, 사적인 일로 그에게 몇 가지 질문을 할 수 있게 도와준다면 낮 일당을 지불하겠다고 제안하자 그는 바로 블로샘을 불러주었다. 블로샘은 말투나 태도는 거칠었지만 영리한 친구였다. 내가 정보에 대한 대가를 지불하겠다고 약속하고 선금을 주자, 그는 카팩스 저택에서 피카딜리에 있는 저택으로 두 번을 왕복해 아홉 개의 커다란 상자 – '엄청나게 무거운 상자들' – 를 운반했으며 이 때문에 말과 수레를 빌렸다고 했다. 내가 피카딜리의 집의 번지수를 알려달라고 부탁하자 그는 이렇게 대답했다.

"글쎄요, 나으리, 번지수는 까먹었지만 오래되지 않은 커다란 하얀 교회 같은 건물에서 서너 집 옆이었습니다. 먼지 쌓인 낡은 저택이었죠. 그래도 우리가 그 엄청난 상자를 가져온 집만큼은 아니었습니다."

"두 집 다 비어있었을 텐데 집 안으로 어떻게 들어갔죠?"

"퍼플리트에 있는 집 안에서 절 기다리고 있던 늙은 신사가 한 명 있었죠. 그 사람이 짐마차에 상자를 싣는 걸 도와줬어요. 세상에 내가 만난 중에 제일 힘이 센 남자였죠. 흰 수염을 단 노인네인 데다가 그림자도 못 드리울 정도로 말랐는데 말이에요."

이 말에 내 온몸에 전율이 일었다!

"세상에, 그 남자는 무슨 찻잎 드는 것처럼 상자를 번쩍 들더니, 내가 맡은 상자를 들어올리기도 전에 다 날라 버리더라구요. 나도 풋내기는 아닌데 말이에요."

"피카딜리의 집은 어떻게 들어갔죠?"

"그 남자가 거기도 있었어요. 내가 떠나자마자 출발해서 나보다 먼저 도착한 모양입니다. 내가 초인종을 누르니까 그 남자가 문을 열어주고 홀 안으로 상자 나르는 걸 도와줬으니까요."

"전부 아홉 개가 맞습니까?"

"그럼요. 처음에 다섯 개, 두 번째에는 네 개를 실었으니까요. 얼마나 갈증이 심하던지, 집에 어떻게 왔는지도 기억이 잘 안 납니다." 나는 끼어들었다.

"상자는 홀에 두었나요?"

"네. 커다란 홀이었고 안에는 아무것도 없었어요." 나는 조금 더 나가보기로 했다.

"열쇠는 가지고 있지 않았습니까?"

"열쇠는 사용하지도 않았고 그럴 생각도 안했죠. 그 늙은 신사가 직접 문을 열어주고 내가 떠날 때 다시 문을 잠갔어요. 마지막에는 잘 기억이 안 나는데 – 맥주 때문이겠죠."

"집 번지수는 기억이 나지 않는다고요?"

"네, 나리. 하지만 금방 찾으실 겁니다. 정문이 석재에 활 모양 장식이 달린 높은 건물인 데다 현관문으로 이어지는 높은 계단이 있어요. 계단이 얼마나 높던지 한 푼 벌어보려고 온 부랑자 세 명과 함께 그 상자를 날랐으니까요. 그 노신사가 그 사람들에게 실링을 주었는데 욕심이 나서 더 달라고 했죠. 하지만 그 노신사가 그중 한 명의 어깨를 잡고 당장 계단 아래로 던질 것처럼 구니까 다들 욕설을 지껄이며 나가버렸어요." 이 정도면 그 집을 찾을 수 있을 것 같아, 나는 정보를 준 친구에게 돈을 지불한 후 피카딜리로 출발했다. 고통스러운 기억이 새록새록 떠올랐다. 백작이라면 흙이 담긴 상자쯤은 혼자서 너끈히 들 수 있었을 것이다. 만약 그렇다면 한시가 급했다. 이제 상자들을 옮기는 일을 어느 정도 마쳤으니, 나머지 일은 혼자서 몰래 해낼 수 있을 것이다. 피카딜리 서커스에 도착한 나는 마차를 보내고 서쪽으로 걸었다. 주니어 컨스티튜셔널 클럽 너머에서 스몰렛이 알려준 집을 발견했고 이것이 드라큘라가 준비한 다음 은신처라 확신했다. 그 집은 오랫동안 아무도 살지 않은 모양이었다. 창문에는 온통 먼지가 쌓여 있었고 덧문은 닫혀 있었다. 창틀이며 문틀은 죄다 세월의 흐름으로 시커멓게 때가 앉았고, 철의 페인트칠은 거의 벗겨져 있었다. 최근까지 발코니 앞에 커다란 알림판이 있었던 모양인지, 게시판을 거칠게 잡아뗀 듯한 기둥만이 덩그러니 남아 있었다. 발코니 난간 너머로 너덜너덜한 가장자리가 하얗게 보이는 헐거운 판자 몇 개가 보였다. 온전한 알림판이 남아 있었더라면 집주인에 대한 실마리를 알아낼 수 있을지도 모르는데. 카팩스 저택을 조사하고 구매하던 경험이 떠올랐다. 이 집의 전 주인을 찾아내면 이 집에 들어갈 방법을 찾아낼 수 있을지도 모른다는 확신이 들었다.

당장은 피카딜리의 집에서 알아낼 수 있는 것도, 할 수 없는 것도 전혀 없었기에 이 동네에서 탐문 조사를 해보기로 했다. 길거리는 사람들로 붐볐고, 피카딜리의 집들은 대부분 사람들이 거주하고 있었다. 나는 지나가다 만난 마구간 일꾼 한두 명에게 그 빈 집에 관해 아는 게 있는지 물어보았다. 그중 한 명이 최근에 그 집이 팔렸다는 소식을 들었다고 했지만 누가 샀는지는 모른다고 했다. 하지만 아주 최근까지 그 집에 '매물' 알림판이 세워져 있었고, 그 알림판에 적힌 회사 이름이 부동산 대리인인 미첼, 선즈 앤드 캔디였던 것 같으니 그곳에 물어보면 될 거라고 말해주었다. 지나치게 열성적인 관심을 보였다가는 내 정보원이 의아하게 생각할까 봐, 가볍게 감사 인사를 한 뒤 길을 걸어갔다. 점점 해가 지고 가을밤이 찾아오고 있어, 더 이상 시간을 낭비할 수 없었다. 버클리 전화번호부에서 미첼, 선즈 앤드 캔디의 주소를 알아내고는 즉시 색빌 가에 있는 사무실로 찾아갔다.

나를 맞이한 신사는 아주 친절한 태도를 보였지만 그만큼 많은 이야기를 해주지는 않았다. 그저 피카딜리 대저택 - 이야기하는 내내 그는 그 집을 '대저택'이라 불렀다 - 은 팔렸다고 말하고, 내 용무는 끝난 것으로 여겼다. 내가 구매자가 누군지 묻자, 그가 눈을 좀 더 크게 뜨더니 잠시 침묵하다 입을 열었다.

"이미 팔렸습니다."

"죄송하지만." 나는 마찬가지로 정중하게 말했다. "그 집을 구매한 사람을 알아야 할 특별한 이유가 있습니다."

다시 한번 그가 더 길게 침묵하며 눈썹을 한층 더 치켜 올렸다. "이미 팔렸습니다." 그는 다시 한번 간결한 대답을 반복했다.

"물론 그보다 더 많은 걸 알려주실 수 있겠지요."

"죄송하지만 그건 곤란합니다. 저희 미첼 선즈 앤드 캔디는 고객님의 정보를 철저히 비밀로 하니까요." 업계 1위 업체라는 자부심이 가득한 말이었고, 이 이상 말싸움을 해봐야 소용이 없을 게 분명했다. 나는 그의 구미를 당길 만한 미끼를 던져보기로 했다.

"비밀을 이렇게 굳게 지켜주는 든든한 회사와 거래하다니 이 회사의 고객들은 행복하겠군요. 저 역시 사업가입니다." 그러면서 나는 내 명함을 건넸다. "호기심으로 찾아온 것이 아닙니다. 저는 고덜밍 경의 대리인 자격으로 찾아왔고, 그분은 최근에 팔린 그 집에 대해 궁금해 하신답니다." 이 말에 그의 표정이 달라졌다.

"하커 씨, 할 수만 있다면 하커 씨의 부탁을, 특히 고덜밍 경의 부탁을 들어드리고 싶습니다. 고덜밍 경께서 작위를 물려받기 전 아서 홈우드 님이셨을 때 그분께 방 몇 개를 대여하는 작은 일을 저희가 맡은 적이 있지요. 제게 고덜밍 경의 주소를 알려주시면, 저택 주인과 상의를 해보고 가능하다면 경께 오늘 밤 편지를 보내겠습니다. 저희도 규칙에서 벗어나 경께 필요한 정보를 드릴 수 있다면 좋겠습니다."

나는 적이 아닌 친구가 필요했기에 그에게 고맙다고 인사를 한 후 수어드 박사의 주소를 주고 그곳에서 나왔다. 바깥은 캄캄했고, 나는 지치고 배가 고팠다. ABC 카페(Aerated Bread Company, 효모가 아닌 베이킹 소다를 이용해 빵을 대량생산한 제과점이자 찻집 – 옮긴이)에서 차를 한 잔 마시고 다음 기차로 퍼플리트에 내려왔다.

　다들 집에 있었다. 미나는 피곤하고 창백한 얼굴이었지만, 밝고 쾌활한 모습을 보여주려 갖은 애를 썼다. 내가 미나에게 비밀을 만들어 미나를 불안하게 만들었다는 생각에 가슴이 아팠다. 오늘 밤을 마지막으로 미나가 더 이상 우리가 비밀회의를 나누는 동안 홀로 방에서 기다리며 쓰라린 소외감을 느끼지 않아도 된다는 게 얼마나 다행스러운지 모른다. 우리의 엄숙한 임무에서 미나를 배제하겠다는 현명한 결정을 지키기 위해 나는 있는 용기를 다 끌어모아야 했다. 미나도 어쩐지 좀 더 체념한 듯하다. 아니면 이 이야기를 꺼내는 것이 불쾌하게 느껴지게 되었는지도 모른다. 우연히 그와 관련한 이야기가 나오면 미나는 몸서리를 쳤으니 말이다. 제때에 결단을 내려 다행이다. 계속해서 늘어만 가는 사건에 관한 진실은 미나에게는 고문과도 같을 테니.

　미나가 자리를 뜰 때까지 낮에 발견한 정보를 말할 수가 없었다. 그래서 저녁식사 후 ─ 체면을 세우기 위해 잠시 음악을 들은 후 ─ 미나를 침실로 데려다주었다. 사랑스러운 미나는 그 어느 때보다 애정이 넘쳤으며 나를 붙들어 놓으려는 듯 내게 매달렸다. 하지만 나는 할 이야기가 많아 어쩔 수가 없었다. 이 사건에 대한 이야기를 하지 않아도 미나와의 사이가 달라지지 않아 다행이다.

내가 다시 아래층으로 내려왔을 때 다른 이들은 전부 서재의 벽난로 앞에 둥글게 모여 있었다. 나는 기차를 타고 오는 동안 하루 종일 있었던 일을 일기장에 써두었고, 내가 얻게 된 정보를 고스란히 전해주기 위해 그 일기장을 읽어주었다. 내가 일기를 다 읽자 반 헬싱 박사님이 입을 열었다.

"조녀선, 대단한 일을 해냈군. 이제 우린 사라진 상자의 소재를 알게 된 거야. 만약 사라진 상자가 전부 그 집에 있다면 우리의 임무는 끝이 다가온 것일세. 하지만 그 집에 다 있는 것이 아니라면, 수색을 계속해 모두 다 찾아내야 하네. 그런 다음 마지막 일격을 하는 게지. 그 괴물을 사냥해 진짜 죽음에 이르게 하는 게야." 우리는 한동안 아무 말 없이 앉아 있었고, 그러다 느닷없이 모리스 씨가 입을 열었다.

"그런데 말입니다! 그 집에는 어떻게 들어가죠?"

"우린 다른 집에도 들어갔었잖아." 고덜밍 경이 재빨리 대꾸했다.

"하지만 아트, 이번엔 달라. 우리가 카팩스 저택에 침입했지만, 그때는 밤이었고 그 집 주변에는 담장으로 둘러싸인 정원이 있어 다른 사람들에게 들킬 위험이 없었지. 피카딜리라면 낮이든 밤이든 남의 집에 침입하는 게 어마어마하게 어려운 일일 거야. 솔직히 고백하자면 그 부동산 중개업자가 열쇠라도 찾아주지 않는 한 그 안에 들어갈 방도를 모르겠는걸. 내일 아침에 자네가 그쪽의 편지를 받는다면 알게 될지도 모르지." 고덜밍 경이 눈썹을 한데 모으더니 자리에서 일어나 방안을 서성였다. 그러다 서서히 걸음을 멈추더니 우리를 하나하나 바라보며 이렇게 말했다.

"퀸시가 분별 있는 의견을 냈네요. 가택침입으로 걸렸다가는 심각한 문제가 될 수도 있어요. 당장에 손 떼야 합니다. 백작의 열쇠 꾸러미를 발견하지 않는 이상, 어려운 일이 되겠죠."

아침이 오기 전에 할 수 있는 일도 없고, 고덜밍 경이 미첼 부동산 업체로부터 연락을 받을 때까지 기다려보자는 조언에 따라 우리는 아침식사 때까지 임무를 잠정 중단하기로 했다. 우리는 꽤 오랫동안 의자에 앉아 담배를 피우며, 다양한 각도에서 그 문제를 의논해보았다. 나는 이 기회를 잡아 지금 이 순간까지 일기를 썼다. 졸음이 쏟아진다. 침대로 가야겠다⋯⋯.

딱 한 줄만 더. 미나는 깊이 잠들었고 숨소리도 규칙적이다. 꿈속에서도 고민을 하는 듯 이마에 살짝 주름이 잡혀 있다. 여전히 얼굴이 너무 창백하지만, 아침처럼 초췌해 보이진 않는다. 내일은 미나의 상태가 좋아졌으면. 미나는 내일이면 엑시터의 집으로 돌아간다. 아, 졸려서 도저히 안 되겠다!

수어드 박사의 일기

10월 1일 - 다시 한번 렌필드 때문에 고민에 휩싸였다. 어찌나 급격하게 기분이 변하는지 따라가기가 힘들 정도이지만, 그의 상태는 단순한 환자의 상태 그 이상이며, 흥미로운 연구대상 그 이상이다. 오늘 아침 렌필드가 반 헬싱 교수님을 퇴박 놓은 후 그를 만나러 갔을 때, 그의 태도는 운명을 지배하는 자 같았다. 그는 말 그대로 운명을 지배하고 있었다 - 나름대로 말이다. 그는 지상 위에 있는 것들에게 아무런 관심이 없었다. 구름 위에서 모든 나약한 것들을 내려다보며 우리를 유한한 인간이라 가엾게 여겼다. 나는 이러한 렌필드를 부추기면 무언가 알아낼 수 있을지도 모른다고 생각했다.

"요즘에도 파리를 수집하시나요?" 그는 자신이 꽤 우월한 사람인 양 날 보며 빙그레 웃더니 - 셰익스피어의 '십이야'에 나오는 젠체하는 집사 말볼리오 같았다 - 이렇게 대답했다.

"친애하는 선생, 파리에겐 인상적인 특징이 하나 있어요. 그 날개는 정신이 비행할 능력이 있다는 것을 나타내는 대표적인 예죠. 이를 잘 알았던 고대인들은 영혼을 나비로 상징했죠!"

나는 그의 논리를 조금 더 부추겨보고 싶어 재빨리 물었다.

"아, 이제는 영혼을 추구하는 모양이군요?" 광기가 이성을 뒤덮은 듯, 그의 얼굴 위로는 당혹스러운 표정이 퍼져나갔다. 하지만 그는 곧 단호하게 고개를 저었다. 그런 태도는 처음이었다.

"아닙니다, 아니에요! 나는 영혼을 원하지 않아요. 내가 원하는 건 생명뿐이야." 순간 그의 얼굴이 환해졌다. "지금은 아무래도 상관없어요. 다 상관없어. 내가 원하는 건 다 가지고 있으니까. 선생은 육식광을 연구하려면 새 환자를 구해야겠어요!"

나는 이 말에 조금 당황해 그의 주의를 끌어보았다.

"그렇다면 당신은 생명을 지배하고, 당신은 신인가요?" 그는 이루 말할 수 없이 자비로운 표정으로 내게 미소를 지었다.

"오, 아니요! 조물주의 자리를 가로챌 생각은 전혀 없어요. 나는 주님의 특별한 영적인 행위들에도 관심이 없답니다. 내 지적인 위치를 굳이 정해보자면, 지극히 현세적인 것으로만 따진다면 에녹 정도 되겠죠!" 이건 내게 어려운 문제였다. 그 순간 에녹이 어떤 사람이었는지 떠오르지 않았다. 이 정신병 환자의 눈에 내가 하찮아 보일 것이 뻔했지만, 하는 수 없이 질문을 던졌다.

"왜 에녹이죠?"

"에녹은 신과 함께 걸었으니까요." 나는 그의 논리를 이해하지 못했으나, 그 사실을 인정하고 싶지 않았다. 그래서 그가 거부했던 내용으로 돌아갔다.

"그래서 당신은 생명에 관심이 없고 영혼을 원하지 않는다구요, 왜죠?" 나는 그의 허를 찌르기 위해 빠르고 다소 단호한 태도로 질문을 던졌다. 내 시도는 성공했다. 순간 그가 무의식적으로 과거의 비굴한 태도로 돌아가 내 앞에 허리를 바싹 숙이고 내게 아양을 떨며 대답했다.

"나는 영혼을 원하지 않아요, 정말로, 정말로요. 원하지 않아요. 영혼을 손에 넣는다 해도 사용할 수가 없어요. 나한테는 아무런 쓸모가 없을 겁니다. 난 영혼을 먹을 수도 없고……." 갑자기 말을 멈추더니 마치 수면 위를 휩쓰는 바람처럼 그의 얼굴 위로 다시 교활한 표정이 퍼졌다. "그래서 의사 선생, 생명이란 건 도대체 뭘까요? 내가 필요한 것을 다 가지고 있고, 앞으로도 부족하지 않을 거라는 사실을 알면 그걸로 된 게 아닙니까. 내겐 친구들이 있어요. 좋은 친구들이요 – 수어드 선생님처럼 말입니다." 이 말을 하는 순간 그는 이루 말로 다 할 수 없는 교활한 표정으로 나를 흘끔거렸다. "나는 절대로 생명이 부족하지 않을 거라는 사실을 압니다!"

렌필드는 광기로 흐릿한 눈을 통해 내 안에서 어떤 적개심을 보았는지 즉시 마지막 은신처, 즉 침묵으로 빠져들었다. 나는 지금으로서는 그에게 이야기를 계속 해봐야 쓸모없다는 사실을 깨달았다. 그래서 부루퉁하게 골이 나 있는 렌필드를 두고 그의 병실에서 나왔다.

그날 오후에 렌필드가 다시 날 불렀다. 평소라면 특별한 이유 없이 가지 않았겠지만, 현재로서는 그에게 아주 관심이 많아 기꺼이 그의 병실을 찾았다. 게다가 시간을 보내는 데 도움이 되는 거라면 무엇이든 환영이었다. 하커는 단서를 찾으려 외출했고, 고덜밍 경과 퀸시 역시 마찬가지다. 반 헬싱 교수님은 내 서재에 앉아 하커 부부가 준비한 기록을 유심히 읽고 있다. 모든 세부 사항들을 정확히 파악하면 어떤 단서를 발견하게 될 거라 생각하는 모양이다. 교수님은 별 이유 없이 연구를 방해하는 것을 좋아하지 않으신다. 교수님과 함께 환자를 보러 가려고 했으나, 지난번 퇴짜를 당한 이후로는 다시 가고 싶지 않으실지도 모른다는 생각이 들었다. 거기다 또 다른 이유도 있었다. 제삼자가 있으면 렌필드가 나와 단둘이 있을 때만큼 자유롭게 말하지 않을지도 모른다.

렌필드는 방 한가운데 놓인 스툴에 앉아 있었는데, 이 자세는 그가 정신적인 활기를 띠고 있다는 표시다. 내가 안으로 들어가자 입안에서 맴돌고 있던 질문인 듯 그는 곧장 말을 꺼냈다.

"영혼에 대해 어떻게 생각합니까?" 내 추측이 옳았다. 무의식적 사고는 정신병자의 뇌에서도 돌아가고 있었다. 나는 그 문제를 꺼내보기로 결심했다. "당신은 어떻게 생각하죠?" 나는 단도직입적으로 물었다. 렌필드는 잠시 대답을 하지 않고 영감을 줄 만한 거리를 찾는 듯 주변을 둘러보았다.

"나는 영혼을 원하지 않아요!" 그는 힘없고 변명하는 투로 대답했다. 그 문제가 렌필드의 뇌리를 떠나지 않는 것 같아, 나는 그것을 이용하기로 결심했다. '환자를 치료하기 위해 잔인해지기로'.

"당신은 생명을 좋아하고, 생명을 원하죠?"

"아, 네! 하지만 그건 괜찮아요. 그건 걱정할 필요 없어요!"

"하지만 어떻게 영혼을 빼고 생명만 얻을 수 있죠?" 이 질문에 렌필드가 당황한 것 같아, 나는 계속 말을 이었다.

"언젠가 수천 마리의 파리와 거미와 새들과 고양이의 영혼들이 당신 주위를 윙윙거리고 짹짹거리고 야옹거리면서 돌아다니면 참 근사하겠네요. 당신은 그 동물들의 생명을 먹었으니 그 동물들의 영혼도 견뎌내야 해요!" 내 말이 그의 상상력을 자극한 듯 그는 손가락으로 귀를 막고 세수하는 어린 아이처럼 눈을 있는 힘껏 감았다. 그 모습이 왠지 애처롭게 느껴졌다. 또한 이는 내게도 교훈이 되었는데, 내 앞에 있는 환자가 비록 늙고 턱수염은 하얗게 샜지만 어린아이에 불과하다는 사실을 깨달았다. 렌필드가 정신적 혼란을 겪고 있으며 과거 자신의 행동이 스스로에게도 낯설게 느껴지는 게 분명했고, 계속해서 그와 이야기를 나누면 그의 머릿속을 들여다 볼 수 있을 거라 생각했다. 첫 번째 단계는 그의 자신감을 회복시켜주는 것이었기에, 나는 손가락으로 막은 귀에 들릴 수 있도록 꽤 큰 목소리로 물었다.

"다시 파리를 모을 수 있게 설탕 좀 갖다줄까요?" 렌필드는 그 소리에 정신이 번쩍 든 듯 고개를 저었다. 그리고 웃음을 터트리며 대답했다.

"됐습니다! 파리는 저급한 생물이니까요!" 잠시 멈췄다가 덧붙였다. "그리고 파리의 영혼이 내 주위에서 윙윙거리는 것도 싫고요."

"그럼 거미는요?" 나는 계속 물었다.

"거미 따위! 거미를 뭣에다 쓴답니까? 거미는 먹거나 마시……." 렌필드는 말해서는 안 될 이야기인양 갑자기 입을 닫았다.

역시, 역시! 렌필드가 '마신다'는 말을 꺼내려다 입을 닫은 것이 이번으로 두 번째였다. 그게 무슨 뜻일까? 렌필드도 자신이 실수한 것을 알아차린 듯, 내 관심을 돌리려는 양 서둘러 말을 이었다.

"나는 그런 것들에겐 조금도 관심이 없어요. 셰익스피어가 말하는 '쥐와 생쥐 그리고 아주 작은 사슴'은 '식료품실의 닭 모이' 같은 거요. 난 그런 말도 안 되는 짓거리는 더 이상 안 합니다. 차라리 젓가락으로 분자를 먹으라고 부탁해보시죠. 나한테 저급한 동물들 이야기나 꺼내지 말고. 내 앞에 뭐가 있는지 아는데."

"알겠습니다. 이를 박아 넣을 수 있는 큰 것들을 원하는군요? 아침식사로 코끼리를 먹는 건 어때요?"

"그게 무슨 말도 안 되는 헛소립니까!" 렌필드가 지나치게 제 정신으로 돌아오고 있는 것 같아 그를 더 강하게 압박하기로 했다. 나는 곰곰이 생각에 잠긴 듯 말을 꺼냈다. "코끼리의 영혼은 어떤지 궁금하군요!"

내가 바라던 효과가 나타났다. 렌필드는 다시 한번 거만한 태도를 벗고 아이가 되었다.

"나는 코끼리 영혼이든 다른 어떤 영혼이든 원하지 않아요!" 이렇게 말하고는 잠시 의기소침하게 앉아 있었다. 그러다 느닷없이 자리를 박차고 일어났다. 그의 눈이 번들거렸고 극심한 대뇌 흥분 상태의 징후들이 보였다. "영혼이야 어떻게 되든 말든!" 그는 돌연 버럭 고함을 질렀다. "왜 영혼 이야기로 날 괴롭히는 겁니까? 영혼에 대한 생각 말고도 이미 내가 걱정할 일들, 나를 고통스럽게 하고 혼란스럽게 하는 일들이 충분하단 말이오!" 렌필드의 표정이 너무 적대적이라 또 다시 살인 충동을 일으킨 것이라 판단한 나는 호루라기를 불었다. 하지만 그 즉시 렌필드가 얌전해져서 미안한 듯 말했다.

"죄송합니다, 선생님. 내가 잠깐 정신이 나갔어요. 간호사를 부르실 필요 없습니다. 걱정이 너무 많으면 성질을 부리는 경향이 있어요. 내가 마주해야 하고 풀어나가야 하는 문제점이 뭔지 선생님이 아신다면 선생님은 날 동정하고 인내하고 용서해주실 겁니다. 제발 구속복을 입히지 마세요. 나는 생각을 하고 싶은데 내 몸이 갇혀 있으면 자유롭게 생각할 수가 없어요. 선생님이라면 분명히 이해하실 겁니다!" 렌필드는 스스로를 통제하는 것이 분명했고, 따라서 간호사들이 왔을 때 나는 아무 일 아니라고 돌려보냈다. 렌필드는 간호사들이 나가는 것을 지켜보더니, 병실 문이 닫히자 상당히 기품 있고 다정한 투로 말했다.

"수어드 선생님, 선생님은 제게 큰 배려를 베풀어주셨습니다. 제가 선생님께 아주, 아주 고마워한다는 점을 알아주세요!" 나는 렌필드를 이러한 상태로 두는 게 좋을 거라 생각해, 병실에서 나왔다. 이 환자의 상태에는 생각해볼 만한 것이 분명 있다. 이 환자의 상태를 적절한 순서로 정리할 수만 있다면, 미국인 기자라면 '이야깃거리'라고 생각할 만한 점들이 서너 개 정도 있는 것 같다.

'마신다'는 단어를 입 밖에 내지 않는다.
'영혼'에 대해 생각하는 것을 두려워한다.
'생명'을 얻지 못할지도 모른다는 두려움이 전혀 없다.
저열한 생물들을 경멸하면서도, 그들의 영혼에 휩싸이는 것은 두려워한다.

논리적으로 생각해보면 이러한 점들은 한 가지만을 가리킨다! 렌필드는 더 고등한 생명을 얻게 될 거라 확신하고 있다. 그러면서도 그에 따르는 결과 – 영혼의 짐 – 은 두려워한다.

그렇다면 렌필드가 기대하는 것은 인간의 생명이다!

그렇다면 왜 그런 확신을 갖게 된 것일까……?

아, 자비로운 주님! 백작이 렌필드에게 다녀갔고, 새롭고 무시무시한 계획을 진행하는 것이 분명하다!

같은 날, 나중 – 나는 병원 회진을 마친 후 반 헬싱 교수님께 가서 내가 의심하는 바를 말씀드렸다. 교수님의 얼굴이 점점 심각해졌고, 한동안 곰곰이 생각해보시더니 렌필드에게 데려가 달라고 부탁하셨다. 나는 그렇게 했다. 병실 문 앞에 섰을 때 안에서 유쾌한 노랫소리가 들렸다. 이제는 아주 오래전인 것처럼 느껴지는 과거 한때에 그랬던 것처럼. 우리가 안으로 들어서자 놀랍게도 렌필드는 과거처럼 설탕을 뿌리고 있었다. 가을이라 무기력한 파리 떼가 방안으로 몰려와 윙윙 날아다니기 시작했다. 우리는 전에 나누었던 대화 주제를 꺼내보려 했지만, 렌필드는 아무런 반응을 하지 않았다. 우리가 보이지 않는 것처럼 계속해서 노래만 불렀다. 렌필드는 종잇조각 하나를 접어 수첩 사이에 끼워 넣었다. 우리는 들어올 때처럼 조용히 병실을 나서야 했다.

렌필드의 상태는 정말로 흥미롭다. 오늘 밤에 그를 지켜보아야겠다.

미첼, 선즈 앤드 캔디 사에서 고덜밍 경에게 보내는 편지

10월 1일
친애하는 고덜밍 경께

경의 바람을 들어드릴 수 있어 그저 기쁘기 그지없을 따름입니다. 하커 씨를 통해 전하신 고덜밍 경의 청과 관련해, 피카딜리 347번지의 판매와 구매에 관련한 아래의 정보를 알리는 바입니다. 원래 매각인은 고(故) 아치볼드 윈터 서필드 씨의 유언장 집행자들입니다. 매입자는 외국의 귀족인 드빌 백작님이며, 경께 이러한 비속한 표현을 쓰는 것이 송구스럽습니다만 직접 찾아와 '빳빳한 지폐'로 비용을 지불했습니다. 이 외에 저희는 그 백작님에 대해 아는 것이 아무 것도 없습니다.

언제든 연락 주시길 기다리고 있겠습니다.
미첼, 선즈 앤드 캔디 올림.

수어드 박사의 일기

10월 2일 – 나는 어젯밤 복도에 간호사를 한 명 세워두고, 렌필드의 방에서 나는 소리를 정확하게 적어두고, 뭔가 수상한 낌새가 보이면 즉시 나를 부르라고 지시해두었다. 저녁식사 후, 우리는 서재의 벽난로에 모여 – 하커 부인은 침실로 들어갔다 – 낮 동안 조사한 결과를 토론했다. 결과를 낸 사람은 하커뿐이었고, 우리는 다들 하커가 발견한 실마리가 중요한 단서가 되기를 바라고 있다.

침실로 들어가기 전에 나는 렌필드의 병실 앞으로 가 관찰창 안을 들여다보았다. 렌필드는 푹 잠들었는지 가슴이 규칙적으로 오르내렸다.

오늘 아침에 당번을 섰던 간호사가 자정 직후 렌필드가 잠을 이루지 못하고 다소 큰 목소리로 기도를 했다고 보고했다. 그게 전부냐고 물었더니, 직원은 자신이 들은 소리는 그게 전부라고 대답했다. 직원의 태도에 너무 수상쩍은 데가 있어 혹시 잤냐고 대놓고 물었다. 그는 잠은 자지 않았다고 부인하면서도 잠깐 '졸았다'는 사실은 인정했다. 감시를 하지 않으면 맡은 바 소임을 다하지 않는 점이 참으로 안타깝다.

오늘 하커는 단서를 추적하기 위해 외출했고, 아트와 퀸시는 말을 돌보고 있다. 고덜밍은 정보를 얻었을 때 당장 달려 나갈 수 있도록 항상 말을 준비해놓는 것이 좋다고 생각한다. 우리는 일출과 일몰 사이에 모든 흙들을 소독해야 한다. 그러면 백작이 가장 약해졌을 때 그를 잡을 수 있을 것이며, 그가 도망칠 은신처가 하나도 남지 않을 것이다. 반 헬싱 교수님은 고대 의약품에 관한 전문 자료를 찾아보기 위해 대영박물관에 가셨다. 고대 의사들은 후임자들이 받아들이지 않는 것들을 중요하게 생각했으며, 교수님은 나중에 우리에게 도움이 될지도 모르는 마녀와 악마 퇴치법을 찾고 계신다. 가끔씩 우리 모두가 미쳤으며 언젠가 구속복을 입고 있는 자신을 발견하게 될지도 모른다는 생각이 든다.

같은 날, 나중 - 우리는 다시 모였다. 마침내 조사가 급물살을 탄 듯하다. 내일은 드디어 결말을 향한 첫발자국을 내딛게 될지도 모른다. 렌필드가 조용한 것이 이와 관련이 있는 건지 궁금하다. 렌필드의 기분은 백작이 벌이는 행동과 아주 긴밀하게 연결되어 있으며, 그 괴물을 파괴할 때가 온 것을 렌필드가 느꼈는지도 모른다. 렌필드가 오늘 나와 논쟁을 벌이고 파리잡기를 재개하는 사이에 그의 머릿속에 무슨 생각이 오갔는지 조금만 알 수 있다면, 소중한 실마리가 될지도 모른다. 렌필드는 지금 잠시 조용한 것 같다……. 렌필드의 목소리인가? 렌필드의 병실에서 거친 고함소리가 나는 것 같다…….

간호사가 내 방에 벌컥 들어와 렌필드에게 문제가 생겼다고 했다. 간호사가 렌필드의 고함소리를 듣고 들어갔더니 렌필드가 바닥에 엎드린 채 온통 피범벅이 되어 있었단다. 당장 가봐야겠다…….

제21장

수어드 박사의 일기

10월 3일 - 내가 마지막으로 일기를 쓴 후로 일어났던 모든 일을 기억나는 대로 전부 기록해보겠다. 사소한 것 하나도 잊어서는 안 된다. 차분하게 되짚어보자.

렌필드의 병실에 도착했을 때 그는 왼쪽 옆구리를 바닥에 대고 번들거리는 피웅덩이 위에 누워 있었다. 가까이 다가가보니 심각한 부상을 입은 것이 분명했다. 단순한 혼수상태가 아닌 듯 사지는 제멋대로 축 늘어져 있었다. 얼굴이 보이게 돌려 눕혀 보자 그의 상태가 드러났다. 바닥에 부딪힌 듯 심한 타박상을 입었으며, 그 많은 피는 얼굴의 상처에서 흘러나온 것이었다. 렌필드 옆에 무릎을 꿇고 앉았던 간호사가 렌필드의 몸을 돌린 후 내게 말했다.

"선생님, 아무래도 등뼈가 부러진 것 같습니다. 보세요. 오른쪽 팔과 다리, 그리고 얼굴 전체가 마비됐어요." 어떻게 그런 일이 일어난 것인지 간호사는 이해할 수 없는 모양이었다. 간호사는 당황한 표정으로 눈썹을 찌푸리며 말했다.

"이해가 되지 않는 점이 두 가지 있습니다. 얼굴의 상처 자국은 바닥에 자기 머리를 찧으면 생기는 겁니다. 에버스필드 정신병원에 있을 때 젊은 여자 환자 한 명이 그러는 걸 본 적이 있어요. 경련이 일었다면 침대에서 떨어지면서 목이 부러졌을 수도 있겠죠. 하지만 어떻게 된 건지 도무지 이해가 되지 않는 점이 두 가지 있습니다. 등뼈가 부러졌다면 자기 머리를 바닥에 박을 수가 없고, 만약 침대에서 떨어지기 전에 얼굴에 상처가 생긴 거라면 침대 위에 핏자국이 남아 있어야 할 겁니다." 나는 그에게 말했다.

"반 헬싱 교수님에게 가서 당장 이리 와달라고 부탁드려. 한시가 급하다고 말씀드리게." 간호사는 뛰어갔고, 잠시 후 가운에 슬리퍼 차림의 교수님이 나타났다. 교수님은 바닥에 누운 렌필드를 보고 잠시 그를 유심히 살펴본 후 나를 바라보았다. 내 눈에 어린 생각을 읽은 듯, 교수님은 아주 조용하게, 간호사에게 들으란 듯이 말했다.

"아, 안타까운 사고로군! 이 친구는 아주 세심한 주의를 기울여 지켜봐야겠어. 내가 자네와 함께 진찰해보도록 하겠네. 하지만 먼저 옷을 좀 입어야겠어. 여기서 잠깐 기다리면 내가 금방 갈아입고 오겠네."

렌필드는 이제 힘겹게 숨을 몰아쉬고 있었으며 상당한 고통을 겪고 있는 것이 한 눈에 보였다. 반 헬싱 교수님은 외과 가방을 들고 순식간에 병실로 돌아왔다. 이미 생각을 정리하고 마음을 정한 듯, 환자를 보기도 전에 내게 이렇게 속삭였다. "간호사를 내보내게. 렌필드가 수술 후에 정신이 들면 우리만 있어야 해." 그래서 나는 말했다.

"시먼스, 그만 나가봐도 돼. 우리 둘이 다 알아서 할 수 있으니까. 자네는 나가 근무를 하는 게 좋겠어. 반 헬싱 교수님이 수술을 하실 테니까. 무슨 일이 있으면 내게 즉각 보고하게."

간호사가 물러났고, 우리는 렌필드를 꼼꼼하게 살펴보았다. 얼굴의 상처는 얕았다. 진짜 심각한 부상은 두개골 함몰 골절이었는데 대뇌피질의 운동영역 전부가 부상을 입은 상태였다. 교수님은 잠시 생각하더니 입을 열었다.

"뇌압을 줄여 가능한 정상적인 상태로 되돌려봐야지. 뇌출혈의 증가 속도를 보면 상처가 심각해. 뇌의 운동영역 전체가 부상을 입은 것 같네. 뇌출혈은 금세 증가할 테니, 당장 관거술을 하지 않으면 살릴 수 없을지도 몰라." 교수님이 말하는 순간 부드럽게 문을 똑똑 두드리는 소리가 났다. 내가 다가가 문을 열어보니 복도에는 잠옷과 슬리퍼 차림의 아서와 퀸시가 서 있었다. 아서가 말했다.

"자네 직원이 반 헬싱 박사님을 찾아와 사고가 났다고 얘기하는 것을 들었네. 그래서 퀸시를 깨워, 아니 잠을 자고 있지 않았으니 퀸시를 불렀지. 요즘 같이 상황이 너무 빠르게, 너무 기이하게 급변하는 때에는 깊은 잠을 자기가 힘들거든. 내일 밤이면 오늘 밤 같지 않을 거라는 생각을 하고 있었어. 우리는 뒤를 돌아봐야 하고 - 우리가 지나왔던 것보다 조금 더 앞으로 나갈 거야. 우리가 안으로 들어가도 되겠나?" 나는 고개를 끄덕이고 문을 잡아준 다음, 다시 닫았다. 퀸시는 환자의 상태와 바닥에 흥건한 피웅덩이를 보고 조용히 말했다.

"세상에! 저 친구에게 무슨 일이 일어난 거야? 불쌍한 사람 같으니!" 나는 퀸시에게 간단하게 상황을 설명한 다음, 수술을 하면 잠시나마 의식을 회복할지도 모른다고 덧붙였다. 퀸시는 즉시 침대 맡에 앉았고 고덜밍은 그 옆에 앉았다. 우리 모두 인내심을 가지고 지켜보았다.

"우린 관거술을 할 최적의 장소를 찾아낼 때까지 기다릴 걸세." 반 헬싱 교수님이 말했다. "그래야 최대한 신속하고 완벽하게 혈전을 제거할 수 있을 거야. 뇌출혈이 점점 증가하고 있는 게 분명하니까."

우리가 기다린 몇 분은 끔찍할 정도로 천천히 흘러갔다. 덜컹 내려앉은 내 심장은 계속 벌렁거렸고, 반 헬싱 교수님의 표정으로 교수님 역시 결과를 두려워하거나 적어도 걱정하고 계신다는 것을 알았다. 나는 렌필드가 입 밖에 낼지도 모르는 말들이 두려웠다. 생각하기조차 두려웠지만, 임종을 지켜본 적이 많아 앞으로 다가올 결과에 대한 확신이 들었다. 불쌍한 렌필드가 불규칙하게 숨을 몰아쉬었다. 당장이라도 눈을 뜨고 말할 것 같았지만, 그러다 힘겨운 숨을 몰아쉬며 더욱더 깊은 혼수상태로 빠져들었다. 나는 병자들과 죽음에 익숙했기에 끝이 다가왔다는 긴장감은 더더욱 커져만 갔다. 내 심장소리가 들릴 정도였고, 내 관자놀이 혈관으로 샘솟는 피가 망치소리 같았다. 마침내 침묵이 고통스러울 정도가 되었다. 나는 내 동료들을 하나씩 바라보았다. 상기된 얼굴과 축축한 이마를 보니 그들 역시 똑같은 고통을 견디고 있는 것이 분명했다. 다들 예기치 못한 순간에 무시무시한 종이 머리 위로 뚝 떨어질 것 같은 극도의 불안감에 시달리고 있었다.

마침내 환자가 급격히 탈진했다. 당장이라도 죽을지 모르는 상태였다. 나는 교수님을 올려다보았고 교수님의 두 눈이 내게 고정되어 있었다. 교수님은 엄중한 얼굴로 이렇게 말했다.

"한시가 급하네. 이자의 말이 여러 생명을 구할지도 몰라. 여기 서서 생각해보았네. 경각에 달린 영혼이 있을지도 몰라! 귀바로 위쪽을 수술하겠네."

그 말을 끝으로 교수님은 수술을 실시했다. 몇 분 동안 렌필드는 힘겹게 숨을 몰아쉬었다. 그러다 폐가 찢어지는 게 아닐까 싶을 정도로 긴 숨을 내뱉더니, 갑자기 눈을 번쩍 떴다. 한동안 흐트러지고 무기력한 눈을 멀거니 뜨고 있다가, 놀라고 반가운 듯 눈매를 휘면서 안도의 한숨을 쉬었다. 렌필드는 필사적으로 입을 움직였다.

"얌전히 있을게요, 선생님. 구속복을 벗겨달라고 해주세요. 끔찍한 꿈을 꿔서 기운이 통 없고 움직일 수가 없어요. 내 얼굴이 왜 이렇죠? 퉁퉁 부은 것 같고 너무 쑤셔요." 렌필드는 고개를 움직이려고 애썼다. 하지만 그러한 미약한 노력에도 기운이 빠지는 듯 눈빛이 다시 흐리멍덩해지는 것 같아, 나는 다시 그의 머리를 얌전히 눕혔다. 반 헬싱 교수님이 아주 진지한 투로 말했다.

"무슨 꿈을 꾸었는지 말해봐요, 렌필드 씨." 반헬싱 교수님의 목소리에, 일그러진 렌필드의 얼굴이 환해졌다.

"반 헬싱 박사님이군요. 박사님이 여기 계셔서 정말 다행입니다. 물 좀 주세요. 입술이 말라서. 그럼 말해보겠습니다. 제가 꾼 꿈은." 렌필드가 이 말을 끝으로 정신을 놓으려는 것 같아, 나는 조용히 퀸시를 불렀다. "내 서재에 브랜디가 있네. 빨리 가져와!" 퀸시가 급히 달려가 유리잔과 브랜디 병, 물 주전자를 들고 왔다. 우리가 바싹 마른 입술을 축여주자 렌필드는 금세 정신을 차렸다. 하지만 부상을 입은 가련한 뇌가 오락가락하는 듯, 의식이 꽤 돌아왔을 때는 고통스러운 혼란으로 가득한 눈으로 나를 꿰뚫듯 쳐다보았다. 아마 평생 그 눈빛을 잊지 못할 것이다.

"내 자신을 속여서는 안 되죠. 그건 꿈이 아니라 엄중한 현실이었어요." 그런 다음 그의 두 눈이 방 안을 헤맸다. 침대 끝에 얌전히 앉은 두 인물을 발견하자 그가 말을 이었다.

"확신이 들지 않았더라도 저 둘을 보고 알았을 거예요." 잠시 그가 눈을 감았다. 고통이나 잠 때문이 아니라 자발적으로, 마치 모든 감각기관을 동원하듯이. 다시 눈을 떴을 때 그는 그 어느 때보다 열정적으로 서둘러 말했다.

"빨리요, 선생님, 빨리요. 난 죽어가요! 이제 몇 분 남지 않았다는 기분이 듭니다. 그렇다면 나는 죽음으로 – 아니 그보다 더 끔찍한 곳으로 돌아가야 해요! 다시 입술에 브랜디를 적셔주세요. 죽기 전에, 아니면 내 찌그러진 뇌가 죽기 전에 꼭 해야 할 말이 있습니다. 고맙습니다! 선생님이 날 두고 간 날 밤, 내가 퇴원시켜달라고 애원했던 날 밤이었습니다. 그 때는 혀가 묶인 것 같아 말을 할 수가 없었습니다. 하지만 그때 난 지금처럼 정상이었어요. 나는 선생님이 떠난 후 오랫동안 절망의 고통에 빠져 있었습니다. 몇 시간 동안이요. 그러다 갑작스러운 평화가 찾아왔습니다. 머리가 다시 차분해지고 내가 있는 곳이 어딘지 깨달았죠. 우리 병원 뒤에서 개들이 짖는 소리를 들었어요. 하지만 그자는 거기에 없었어요!" 렌필드가 말하는 동안 반 헬싱 교수님을 눈 한 번 깜빡이지 않았지만 손을 뻗어 내 손을 꽉 움켜쥐었다. 허나 환자 앞에서는 감정을 드러내지 않은 채 살짝 고개를 끄덕이며 낮은 목소리로 "계속해봐요." 라고 말했다. 렌필드가 말을 이었다.

"그자는 전에 그랬듯이 안개로 변해 창문으로 다가왔어요. 하지만 그때는 유령이 아니라 단단한 형체가 있었고, 두 눈은 화난 사람처럼 강렬했죠. 빨간 입은 웃고 있었어요. 그자가 나무숲 쪽으로, 개들이 짖고 있는 곳으로 고개를 돌리는 순간 달빛에 날카로운 하얀 이가 번쩍였어요. 그자가 계속 그랬던 것처럼 안으로 들어오길 원한다는 걸 알았지만, 처음엔 안으로 들어오라고 청하지 않았어요. 그러자 그자가 내게 몇 가지를 약속했어요. 말이 아니라 행동으로." 교수님이 끼어들었다.

"어떻게요?"

"현실로 만들어서요. 그자가 해가 빛날 때 파리를 들여보냈던 것처럼요. 날개에 강철과 사파이어가 있는 커다랗고 통통한 것들이요. 밤에는 등에 해골과 교차된 뼈다귀 무늬가 있는 커다란 나방을요." 반 헬싱 교수님은 고개를 끄덕이며 무의식적으로 내게 속삭였다.

"아케론티아 아트로포스 – 여기선 '해골 나방'이라고 부르던가?"렌필드는 멈추지 않고 말을 이었다.

"그런 다음 그자가 속삭이기 시작했어요. '쥐, 쥐, 쥐! 수백, 수천, 수백만 마리가 모두 생명이다. 개들도 고양이들도. 모든 생명들! 모든 빨간 피에는 수많은 생명이 담겨져 있지. 단순히 윙윙대는 파리가 아니다!' 나는 그자를 비웃었습니다. 그자가 무엇을 할 수 있는지 보고 싶었으니까요. 갑자기 개들이 울부짖었습니다. 그자의 집에 있는 컴컴한 나무숲 너머 멀리에서. 그자가 창으로 다가오라고 내게 손짓했어요. 나는 일어나서 창밖을 내다보았습니다. 그자가 양손을 들어 올렸고 소리를 내지 않고 외치는 것 같았어요. 검은 덩어리 하나가 잔디밭 위로 퍼지면서 불길 같은 모양으로 일어났죠. 그런 다음 그자가 안개를 좌우로 움직였고, 저는 그 안에 빨갛게 불타는 눈들을 보았습니다. 그자의 것보다 좀 작기만 한 빨간 눈을 가진 수천 마리의 쥐들이 있다는 걸 알았죠. 그자가 손을 들어 올리자 쥐 떼가 전부 멈췄습니다. 그자가 제게 이렇게 말하는 것 같았습니다. '이 모든 생명을 너에게 주노니, 더 많고 더 위대한 생명들을 끝없는 세월 동안 네게 주겠다. 내 앞에 무릎을 꿇고 나를 숭배하라!' 핏빛 같은 빨간 구름이 제 눈으로 점점 더 가까이 다가오는 것 같았습니다. 저는 어느새 저도 모르게 창문을 열고 그자에게 이렇게 말했습니다. '안으로 들어오십시오, 주인님!' 쥐 떼는 전부 사라졌지만, 그자는 고작 2센티미터 열린 창틈으로, 아주 미세한 틈새로 달빛이 들어오듯 방안으로 들어와 위풍당당한 모습으로 제 앞에 섰습니다."

렌필드의 목소리가 점점 약해져, 나는 다시 그의 입술을 브랜디로 축여주었고 렌필드가 말을 이었다. 하지만 이야기가 계속될수록 기억이 오락가락하는 것 같았다. 내가 렌필드를 원래 이야기로 되돌려 놓으려 했지만 반 헬싱 교수님이 내게 속삭였다. "저대로 두게. 방해하지 마. 괜히 방해했다가 생각의 끈을 놓치면 아예 이야기를 더 진행하지 못하게 될 수도 있어."

"나는 하루 종일 그자의 소식을 기다렸지만 그자는 내게 아무것도, 금파리 한 마리도 보내지 않았고, 달이 떴을 때 나는 그자에게 매우 화가 났어요. 그자가 닫힌 창문으로 노크도 하지 않고 들어왔을 때 나는 그자에게 화를 냈습니다. 그자는 코웃음을 쳤고, 안개 밖으로 번쩍이는 빨간 눈과 하얀 얼굴을 내민 채 마치 이곳이 자기 집인 것처럼 돌아다녔고 나는 쳐다보지도 않았어요. 그자가 내 곁을 지나갈 때는 냄새도 맡지 않았죠. 나는 그자를 잡을 수가 없었습니다. 어떻게 되었는지 모르겠지만 하커 부인이 방 안으로 들어온 것 같았어요."

침대에 앉아 있던 아서와 퀸시가 자리에서 일어나 더 잘 들을 수 있도록 렌필드의 뒤쪽에 가 섰다. 둘 다 아무 말도 하지 않았지만, 교수님은 화들짝 놀라 몸을 떨었다. 하지만 교수님의 얼굴은 점점 더 엄격해졌다. 렌필드는 아무것도 알아차리지 못한 채 말을 이었다.

"오늘 오후 하커 부인이 날 만나러 왔을 때 하커 부인은 예전 같지 않았어요. 마치 물 탄 차 같았어요." 이 말에 우리 모두 몸을 떨었지만, 다들 한 마디도 하지 않았다. 렌필드는 계속 말을 이었다.

"하커 부인이 말을 걸 때까지 하커 부인이 들어온 줄도 몰랐어요. 하커 부인은 예전 같은 모습이 아니었어요. 나는 창백한 사람들을 좋아하지 않아요. 피가 많은 사람들을 좋아하죠. 하커 부인은 피가 죄다 빠져나간 사람 같았어요. 당시에는 생각을 하지 못했지만, 하커 부인이 돌아가고 나서 생각을 해보기 시작했고, 그자가 하커 부인에게서 생명을 앗아간 걸 알고 화가 났어요." 다들 나처럼 몸을 떨었지만, 참고 기다렸다. "그래서 오늘 밤 그자가 왔을 때 나는 그자를 잡으려고 기다렸어요. 창문으로 슬금슬금 들어오는 안개를 보고 꽉 움켜쥐었어요. 미치광이는 초인적인 힘을 발휘한다고 들었고, 나도 - 가끔씩은 - 미치광이라는 걸 알기 때문에 내 모든 힘을 다 발휘하기로 결심했죠. 아, 그자도 눈치를 챘는지 안개 속에서 나오려고 안간힘을 썼어요. 저는 있는 힘껏 잡았고 내가 이길 거라고 생각했어요. 그자가 더 이상 하커 부인의 생명을 앗아가도록 내버려둘 수가 없었으니까요. 하지만 그러다 그자의 눈을 보았습니다. 두 눈이 날 향해 활활 타오르는 순간 내 힘은 물처럼 흐물흐물해졌습니다. 그자가 안개에서 빠져나왔고 내가 잡으려 하자 날들어 올려 바닥에 내동댕이쳤습니다. 내 앞에 빨간 구름이 있었고 천둥 같은 소리가 나더니 안개가 방문 아래로 빠져나가는 것 같았어요." 렌필드의 목소리는 점차 힘이 빠졌고 숨소리는 더욱 거칠어졌다. 반 헬싱 교수님이 자리에서 벌떡 일어났다.

"이제 최악의 상황이 벌어졌다는 걸 다들 알았겠지. 그자는 이곳에 있고, 우리는 그자의 목적을 안다네. 너무 늦지 않았는지도 몰라. 지난번 밤처럼 무장을 하세. 하지만 한시가 급해. 당장 가야 해." 우리의 두려움과 확신을 굳이 말할 필요도 없었다. 우리는 서둘러 각자 방으로 달려가 백작의 저택에 들어갔을 때와 같은 무기들을 장착했다. 교수님도 준비를 마쳤고, 우리가 복도로 나오자 교수님은 손가락으로 하나하나 가리키며 지시했다.

"이 끔찍한 일이 끝날 때까지 이것들을 절대 몸에서 떼어놓지 않을 거야. 현명하게 처신해야 하네, 친구들. 우리가 상대하는 것은 평범한 적이 아니야. 아아! 아아! 사랑스러운 마담 미나가 이런 고통을 겪어야 하다니!" 교수님은 목이 메어 말을 멈추었고, 나는 내 심장을 뒤덮은 것이 분노인지 공포인지 알 수가 없었다.

하커 부부의 방문 앞에서 우리는 멈췄다. 아트와 퀸시가 뒤로 물러났고 퀸시가 물었다.

"하커 부인을 깨워야 하나요?"

"그래야지." 반 헬싱 교수님이 엄숙하게 말했다. "문이 잠겨 있다면 부수고 들어갈 걸세."

"하커 부인이 놀라지 않을까요? 숙녀의 방에 무턱대고 들어가는 것은 예의가 아니잖아요!"

반 헬싱 교수님이 근엄하게 말했다. "자네 말이 맞네. 하지만 이건 생사가 걸린 일이야. 의사에겐 모든 방이 다 같다네. 설사 그렇지 않다 해도 오늘 밤 내겐 모든 방이 다 똑같다네. 존, 내가 손잡이를 돌렸는데 문이 열리지 않는다면, 자네가 어깨로 문을 밀게. 자네들도 전부. 자!"

교수님이 손잡이를 돌렸지만 문은 열리지 않았다. 우리는 모두 문으로 몸을 던졌다. 쾅 소리와 함께 문이 벌컥 열렸고 우리는 하마터면 방바닥으로 쓰러질 뻔했다. 교수님은 실제로 바닥에 넘어졌고, 교수님이 자리에서 일어나는 사이 나는 그 너머를 보았다. 내가 본 광경은 너무나 혐오스러운 것이었다. 뒷목의 머리카락이 바짝 곤두섰고 심장은 멈춘 것 같았다.

달빛이 워낙 밝아 두꺼운 노란 커튼을 쳤는데도 방 안이 훤히 보였다. 창 옆 침대에는 조너선이 누워 있었는데, 인사불성 상태인 것처럼 얼굴이 붉어진 채 숨을 거칠게 몰아쉬고 있었다. 침대 끄트머리에 무릎을 꿇고 앉은 것은 하얀 잠옷을 입은 그의 아내였다. 하커 부인 옆에는 검은 옷을 입은 호리호리한 남자가 서 있었다. 우리가 서 있는 곳에서는 그 남자의 얼굴이 보이지 않았지만, 즉시 우리 모두는 그자가 백작이라는 사실을 알았다. 어느 모로 보나, 이마의 흉터까지도 백작이 분명했다. 그자는 왼손으로 하커 부인의 두 손을 잡고 있었으며, 오른손으로는 부인의 뒷목을 잡아 그 얼굴을 자신의 가슴에 처박고 있었다. 하커 부인의 하얀 잠옷은 피로 얼룩져 있었으며, 남자의 셔츠를 벌린 맨가슴에는 가느다란 핏줄기가 흘러내렸다. 둘의 자세는 어린아이가 강제로 새끼 고양이의 코를 우유 접시로 박는 광경과 무서울 정도로 닮아 있었다. 우리가 방으로 벌컥 들어서자 백작은 고개를 돌렸고, 그 순간 말로만 들었던 그자의 무시무시한 생김새가 내 눈앞에 고스란히 드러났다. 두 눈은 악마 같은 열정으로 빨갛게 불탔고, 하얀 매부리코의 거대한 콧구멍은 넓게 벌어져 끝이 떨렸으며, 핏방울이 뚝뚝 떨어지는 입안의 하얗고 날카로운 이는 야생동물처럼 앙 다물고 있었다. 백작이 손짓하자 한 번에 희생자는 높은 곳에서 떨어진 양 침대로 털썩 쓰러졌고, 그자는 곧장 우리에게 달려들었다. 하지만 이때쯤 교수님이 자리에서 일어서 있었고, 성체가 든 봉투를 그자를 향해 들고 있었다. 이것을 보자 마치 불쌍한 루시가 무덤 앞에서 그랬듯, 백작이 느닷없이 멈춰 서더니 뒤로 슬금슬금 물러났다. 우리가 십자가를 들어 올리며 앞으로 나아갈수록 백작은 점점 더 뒤로 물러났다. 거대한 검은 구름이 하늘을 가로지르며 달을 가려버렸다. 퀸시가 재빨리 성냥을 그어 가스등을 켰지만 희미한 수증기 외엔 아무것도 보이지 않았다. 우리가 지켜보는 사이 이 수증기는 우리가 벌컥 연 반동으로 다시 닫혔던 방문 아래 틈으로 스르르 빠져나갔다. 반 헬싱 교수님과 아트, 그리고 나는 얼른 하커 부인에게 다가갔다. 이때 하커 부인은 숨을 고르고 있었고, 거친 숨소리와 함께 아주 날카롭고 아주 절망적이라 죽는 날까지 내 귓가에 맴돌 것만 같은 비명을 내질렀다. 몇 초 동안 하커 부인은 무기력하고 단정치 못한 자세로 누워 있었다. 부인의 얼굴은 유령처럼 창백했으며 입술과 뺨, 턱에 묻은 핏방울 때문에 더더욱 창백해 보였다. 목에서는 가느다란 핏줄기가 흘러내렸고, 두 눈은 공포로 제정신이 아니었다. 그런 다음 하커 부인은 백작의 무서운 힘 때문에 빨간 손자국이 남은 하얗고 가련한 손을 들어 얼굴을 가렸고, 끔찍한 비명소리는 끝없는 슬픔으로 인한 낮고 침울한 울음소리로 뒤바뀌었다. 반 헬싱 교수님이 앞으로 나아가 하커 부인에게 이불을 덮어 주었고, 잠시 절망적으로 하커 부인을 쳐다보던 아트는 방을 뛰쳐나갔다. 반 헬싱 교수님이 내게 속삭였다.

"조너선은 흡혈귀만이 행할 수 있는 의식불명 상태에 빠져 있어. 가련한 마담 미나가 정신을 차릴 때까지 우리가 할 수 있는 일은 없네. 조너선을 깨워야겠어!" 교수님은 수건 끝에 찬

물을 적셔 조너선의 얼굴을 찰싹찰싹 때리기 시작했고, 그러는 내내 조너선의 아내는 손으로 얼굴을 가린 채 듣기만 해도 가슴이 미어지는 소리로 울었다. 나는 커튼을 올려 창밖을 내다보았다. 달빛이 환했고, 퀸시 모리스가 잔디밭을 가로지르며 뛰어가 커다란 주목 그림자 안에 몸을 숨기는 것이 보였다. 퀸시가 무엇을 하는 건지 의아했지만, 그 순간 하커가 정신을 차리며 짧은 비명을 지르는 소리가 들려 침대 쪽을 돌아보았다. 조너선의 얼굴에는 크게 놀란 기색이 역력했다. 그는 잠시 정신을 차리지 못하는 듯하더니, 일순간 의식이 확 돌아온 듯 자리에서 벌떡 일어났다. 그 움직임에 조너선의 아내가 몸을 뒤척이며 조너선을 껴안으려는 듯 그에게 두 팔을 뻗었다. 하지만 그러다 다시 팔을 내려 두 손으로 얼굴을 가리고 침대가 떨리도록 몸을 덜덜 떨었다.

"세상에 이게 도대체 무슨 일입니까?" 하커가 외쳤다. "수어드 박사님, 반 헬싱 박사님, 무슨 일입니까? 무슨 일이 일어난 거예요? 무슨 일이냐구요? 미나, 여보, 무슨 일이야? 이 피는 다 뭡니까? 맙소사, 맙소사! 이런 일이 일어나다니!" 그는 무릎을 꿇고 앉아 양손으로 바닥을 거칠게 내리쳤다. "하느님 우리를 도우소서! 미나를 도우소서! 아, 미나를 도우소서!" 조너선은 침대에서 휙 뛰어내려 옷을 입기 시작했다. 사태가 다급해지자 조너선 안에 있던 남자다움이 깨어났다. "무슨 일이 일어난 겁니까? 전부 말해주세요!" 조너선은 멈추지 않고 외쳤다. "반 헬싱 박사님, 박사님이 미나를 아끼신다는 거 저도 압니다. 아, 제발 미나를 구해주세요. 아직 늦지 않았을지도 몰라요. 제가 그자를 찾는 동안 미나를 보호해주세요!" 조너선의 아내는 공포와 슬픔에 잠겨 있으면서도 남편에게 닥칠 위험을 감지했는지, 남편을 붙잡고 외쳤다.

"안 돼요! 안 돼요! 조너선, 날 떠나지 말아요. 오늘 밤에는 이미 겪을 만큼 겪었어요. 그자가 당신을 해칠까 봐 두려움에 떨고 싶지 않아요. 내 곁을 떠나지 말아요. 당신을 지켜주는 친구들 곁을 떠나지 말아요!" 하커 부인은 필사적이었다. 조너선이 아내의 말에 따르자 하커 부인은 그를 끌어당겨 침대 옆자리에 앉히고 그에게 매달렸다.

반 헬싱 교수님과 나는 하커 부부를 진정시키려 애썼다. 교수님은 작은 금 십자가를 들어 보이며 차분하게 말했다.

"두려워하지 말아요, 마담. 우리가 여기 있어요. 이것을 마담 곁에 두고 있으면 사악한 것들은 감히 근처에도 못 옵니다. 오늘 밤은 안전해요. 이제 다들 진정하고 차분하게 의논을 해봐야 해요." 하커 부인은 여전히 몸을 떨며 입을 열지 않았고 남편의 가슴에 머리를 묻었다. 하커 부인이 고개를 들자 조너선의 하얀 나이트가운에서 그녀의 입술이 닿았던 곳, 그리고 목의 상처에서 흐르는 핏방울이 떨어진 곳이 피로 얼룩져 있었다. 하커 부인은 그 핏자국을 본 순간 황급히 뒤로 물러나더니 낮게 흐느끼며 속삭였다.

"불결해요, 불결해! 나는 다시는 그이를 만지거나 키스하면 안 돼요. 아, 이제 내가 그이의 가장 큰 적이 되었고, 그이가 가장 두려워해야 할 괴물이 된 거예요." 이 말에 조너선이 단호하게 말했다.

"말도 안 되는 소리 말아요, 미나. 날 어떻게 보고 그런 말을 하는 거예요? 다시는 그런 말 하지 말아요. 당신한테 그런 말 듣고 싶지 않아요. 이런 일로 우리 부부 사이에 문제가 생긴다면 하느님께서 내게 지금보다 더 큰 고통을 안겨주어 벌하실 거예요!" 조너선은 두 팔을 벌려 아내를 품에 끌어안았고, 한동안 하커 부인은 그 품에 안겨 흐느꼈다. 조너선은 아내의 숙인 머리 위로 우리를 쳐다보았다. 콧구멍은 떨렸으며 눈물이 고인 두 눈을 깜박이며 입은 굳게 다문 채였다. 잠시 후 부인의 울음소리가 점점 잦아들자, 조너선이 내게 부자연스러울 정도로 차분하게 말을 건넸다. 그가 얼마나 애를 쓰는지 알 수 있었다.

"수어드 박사님, 이제 전부 말씀해주세요. 대략적인 내용은 잘 아니, 전부 다 말씀해주세요." 나는 그에게 일어난 일을 정확히 말해주었고, 그는 겉보기에는 태연한 모습으로 그 이야기를 들었다. 하지만 내가 백작의 잔혹한 손이 그의 아내를 무시무시하고 끔찍한 자세로 잡고 아내의 입을 그의 가슴에 난 상처에 갖다 대고 있었다는 이야기를 하는 순간 그의 콧구멍은 씰룩거렸고 두 눈은 활활 불타올랐다. 하얗게 질린 얼굴에 경련을 일으키면서도, 두 손으로는 다정하고 사랑스럽게 구불거리는 아내의 머리카락을 쓰다듬고 있는 모습이 그러한 와중에도 내 흥미를 끌었다. 내가 막 이야기를 마쳤을 때 퀸시와 고덜밍이 방문을 두드렸다. 둘이 방 안으로 들어오자 반 헬싱 교수님이 의미심장한 표정으로 나를 바라보았다. 나는 박사님의 눈빛이 둘이 온 상황을 이용해 불행에 빠진 남편과 아내의 관심을 돌려놓으라는 것임을 알았다. 그래서 나는 교수님을 보며 고개를 끄덕였고 교수님은 둘에게 무엇을 보았는지, 무엇을 했는지 물어보았다. 이에 고덜밍 경이 대답했다.

"복도며 방을 다 뒤져봤는데 보이지 않았어요. 서재도 들여다보았는데 그자가 거기 있었지만 사라졌습니다. 하지만……."
그가 갑자기 말을 멈추며 침대 위에 앉은 가련한 부인을 바라보았다. 반 헬싱 교수님이 엄숙하게 말했다.

"계속하게, 아서. 더 이상 숨기는 것은 없네. 이제 우리의 유일한 희망은 모든 것을 다 아는 것일세. 마음껏 말하게!"그래서 아트가 말을 이었다.

"그자가 서재에 있었고, 몇 초뿐이었지만 방 안을 엉망으로 만들어 놓았습니다. 모든 서류가 불탔고, 하얀 재 사이에서 파란 불꽃들이 타오르더군요. 수어드 자네의 축음기 원통도 벽난로 속에서 활활 타올랐네." 이 순간 내가 끼어들었다. "사본을 만들어놔서 다행이야!" 아서의 얼굴이 일순간 밝아졌지만, 다시 시무룩해졌다. "그런 다음 아래층으로 달려 내려갔지만 그자의 흔적은 보이지 않았어. 렌필드의 병실도 들여다봤지만 거기에도 역시 아무런 흔적……!" 다시 한번 아서가 말을 멈추었다. "계속하세요." 아서가 쉰 목소리로 말했다. 아서는 고개를 숙여 보이고 혀로 입술을 축인 다음 덧붙였다. "아무런 흔적도 없긴 했지만 불쌍한 환자는 죽었더군요." 하커 부인이 고개를 들고 우리를 하나하나 쳐다보며 진지하게 말했다.

"하느님의 뜻대로 이루어지길!" 나는 아트가 무언가를 계속 숨기고 있다는 느낌이 들었지만, 그럴만한 이유가 있다고 생각해 잠자코 있었다. 반 헬싱 교수님이 퀸시 모리스를 바라보며 물었다.

"그리고 퀸시 자네는 해 줄 이야기가 있나?"

"조금이요. 많을지도 모르지만, 현재로서는 말씀드릴 수가 없습니다. 백작이 이 집을 떠날 때 어디로 가는지 알아두면 좋을 거라고 생각했습니다. 그자를 보지는 못했지만, 박쥐 한 마리가 렌필드의 병실 창에서 나와 서쪽으로 날아가는 걸 봤습니다. 아마도 카팩스 저택으로 돌아갔겠죠. 하지만 그자는 분명 다른 은신처를 찾으려 할 겁니다. 오늘 밤에는 돌아오지 않을 거예요. 동쪽 하늘이 붉어지고 있고 곧 동이 틀 테니까요. 우리는 내

일 작업에 착수해야 합니다!"

마지막 말은 이를 악물고 내뱉었다. 2분여 동안 침묵이 흘렀고, 모두들 어찌나 흥분했는지 우리들의 심장 박동 소리가 귓가에 들리는 것 같았다. 이윽고 반 헬싱 교수님이 하커 부인의 머리에 아주 부드럽게 손을 얹으며 입을 열었다.

"자, 마담 미나, 우리 불쌍하고 사랑스러운 마담 미나, 정확히 무슨 일이 있었는지 우리에게 말해봐요. 내가 마담이 고통받는 걸 원치 않는다는 건 하느님이 아십니다. 하지만 우리 모두가 알아야 해요. 이제는 빠르고 날카롭고 아주 진지하게 일을 처리해야 해요. 모든 것을 끝내야 할 날이 다가왔어요. 우리가 살아 사실을 알아낼 기회는 지금뿐이에요."

가련한 하커 부인이 몸서리를 쳤고, 불안한지 남편을 더 꼭 끌어안으며 남편의 가슴에 머리를 더욱더 깊이 파묻었다. 그러나 잠시 후 용감하게 고개를 들어 한 손을 반 헬싱 교수님에게 뻗었고, 교수님은 그 손을 잡더니 허리를 숙여 경건하게 손에 키스를 했다. 부인의 다른 손은 부인을 보호하듯 감싸 안은 남편의 손에 잡혀 있었다. 생각을 정리하는 듯 잠시 침묵을 지키던 부인이 입을 열었다.

"선생님이 친절하게도 제게 주신 수면제를 먹었지만 오랫동안 효과가 없었어요. 점점 정신이 또렷해지고 무시무시한 상상이 머릿속에 가득 찼어요……. 죽음과 흡혈귀, 피, 고통과 관련

된 상상이요." 조너선이 저도 모르게 신음을 내뱉자 하커 부인
은 남편을 돌아보며 다정하게 말했다. "불안해하지 말아요, 여
보. 당신이 용기를 내어 내가 이 끔찍한 임무를 마치도록 도와
줘야죠. 이 무시무시한 일을 이야기한다는 것이 내게 얼마나
힘든 일인지, 당신 도움이 얼마나 많이 필요한지 모를 거예요.
약의 효과를 보려면 노력을 해야 할 것 같아 잠을 자보려고 결
심을 했어요. 금방 잠이 들었는지 그 이상은 기억이 나지 않아
요. 조너선이 침대로 들어올 때도 깨지 않은 모양이에요. 그다
음에 정신이 들었을 때는 조너선이 제 옆에 누워 있었으니까
요. 방 안에는 전에 봤던 가느다란 하얀 안개가 있었어요. 언제
봤는지는 기억나지 않지만, 제 일기장에 적혀 있으니 나중에
보여드릴게요. 그때처럼 모호한 두려움이 느껴졌고, 무언가 있
는 것 같은 느낌이 들었어요. 조너선을 깨우려고 했지만 수면
제를 먹은 사람이 제가 아니라 조너선인 듯 푹 잠들어 있었어
요. 깨워봤지만 일어나질 않았어요. 너무 무서워져서 주위를 둘
러보았어요. 그 순간 심장이 덜컥 내려앉았어요. 침대 옆에, 마
치 안개에서 걸어 나온 것처럼 – 아니면 안개가 사람 형체로
변한 것처럼, 안개는 완전히 사라졌거든요 – 온통 검은 옷을 입
은 호리호리한 남자가 서 있었어요. 남자의 얼굴을 보고 한눈
에 알아봤어요. 창백한 얼굴, 높은 매부리코, 벌어진 빨간 입술
과 그 사이로 보이는 날카로운 하얀 이, 휘트비의 세인트메리

교회 창에 비친 지는 해에서 본 것 같은 빨간 눈. 그리고 조녀선이 내리쳐서 생긴 이마의 붉은 흉터를 보고도 알았죠. 일순간 심장이 멈췄고, 온몸이 마비되지만 않았더라면 비명이라도 질렀을 거예요. 그때 그자가 조녀선을 가리키며 날카롭게 속삭였어요.

'조용히! 소리를 내면 네 눈앞에서 저자의 뇌를 으깨버리겠다.' 저는 무섭고 당황한 나머지 어떻게 해야 할지, 무슨 말을 해야 할지 몰랐어요. 그자는 비틀린 미소를 지으며 제 어깨에 한 손을 올리고 어깨를 꽉 잡더니 다른 손으로 제 목의 옷깃을 내리며 이렇게 말했어요. '먼저 내 노력에 대한 보상으로 갈증을 좀 채워야 해. 조용히 하는 편이 좋을 거야. 네 혈관이 내 갈증을 달래준 것은 이번이 처음도, 두 번째도 아니니!' 저는 정신이 혼미해졌고 이상하게도 그자를 멈추고 싶지가 않았어요. 아마도 그자가 희생자를 건드리는 순간 무시무시한 저주에 걸리게 되나 봐요. 그리고, 아, 맙소사. 아, 하느님 절 불쌍히 여기소서! 그자가 냄새가 고약한 입을 제 목에 댔어요!" 다시 한번 조녀선이 신음했다. 하커 부인은 남편의 손을 더 꽉 움켜쥐며, 마치 상처 입은 사람이 남편인 양 안쓰럽게 그를 바라보며 말을 이었다.

"힘이 쭉 빠지면서 반쯤 기절했던 것 같아요. 이 끔찍한 짓이 얼마나 오랫동안 계속되었는지는 모르겠어요. 한참이 지나서야 그자가 그 사악하고 소름끼치고 냉소적으로 비틀린 입을 치운 것 같았어요. 그 사람 입에서 붉은 피가 뚝뚝 떨어지는 걸 봤어요!" 이 기억에 압도되었는지 하커 부인은 갑자기 주저앉았지만 남편의 팔이 그녀를 든든히 받쳐주었다. 하커 부인은 있는 힘을 다 끌어모아 정신을 차리고 말을 이었다.

"그 사람이 조롱하듯 말했어요. '이제 너도 다른 이들과 마찬가지로 나를 거부하려 머리를 쓰겠지. 이 남자들이 나를 찾아내어 내 계획을 좌절시키도록 돕겠지. 너도 이제 알고, 그들도 어느 정도는 이미 알고 있지. 머지않아 완전히 알게 될 것이다. 내 길을 막으면 어떻게 되는지. 집안을 돌보는 데 집중하지 그랬나? 그들이 나를, 그들이 태어나기 수백 년 전부터 수많은 나라를 지배하고, 온갖 술수를 서서 나라를 손에 넣고, 나라를 얻기 위해 싸운 나를 상대로 머리를 굴리는 동안 나는 그들의 의표를 찔렀다. 그리고 그들이 가장 사랑하는 너는 이제 내 살이요, 내 피요, 내 핏줄이요, 한동안 내 풍부한 와인 창고요, 후에는 내 동료이자 조력자가 될 것이다. 네가 내 복수를 해줄 것이다. 그것도 네 스스로가 원해서. 하지만 먼저 네가 한 짓에 대한 벌을 받아야지. 너는 나를 훼방 놓는 일을 도왔으니, 이제 내 부름에 응하게 될 것이다. 내가 머릿속으로 네게 '오라!' 명하면, 너는 내 부름에 답하기 위해 육지나 바다를 건널 것이다. 그러니 이것을 마셔라!' 그 말과 함께 셔츠를 풀어헤치더니 길고 날카로운 손톱으로 자기 가슴을 그었어요. 상처에서 피가 뿜어져 나오기 시작하자, 그 사람이 내 두 손을 한데 모아 꽉 잡고, 다른 한 손으로는 내 목을 잡아 내 입을 그 상처에 가져다 댔어요. 내가 질식해 죽거나 아니면 그 사람 피를……. 아, 맙소사! 아, 맙소사! 내가 무슨 짓을 한 거죠? 내가 무슨 잘못을 했기에 그런 잔혹한 운명을 맞이해야 하는 거죠? 저는 평생 온순하고 바르게 살려고 노력했는데. 하느님 저를 불쌍히 여기소서! 생명의 위험보다 더한 위험에 처한 가련한 영혼을 굽어 살피소서. 그리고 제가 아끼는 사람들에게도 자비를 베푸소서!" 그런 다음 하커 부인은 더러운 것을 닦아내듯 입술을 문지르기 시작했다.

하커 부인이 끔찍한 이야기를 털어놓는 동안 동쪽 하늘이 밝아오기 시작했고 모든 것이 점점 더 분명해졌다. 하커는 말이 없었지만, 끔찍한 이야기가 이어지는 동안 그의 안색은 점점 더 어두워졌고 빨간 햇살 줄기가 솟아오르는 순간 하얗게 센 머리카락과 대조되어 얼굴빛이 유달리 더 검어 보였다.

우리는 다시 모여 계획을 짜기 전까지 돌아가면서 한 명씩 남아 이 불행에 빠진 부부의 곁을 지키기로 했다.

이것 하나는 확신한다. 오늘 떠오르는 태양은 세상에서 더없이 불행한 집을 비추고 있다고.

제22장

조너선 하커의 일기

10월 3일 – 뭐라도 하지 않으면 미칠 것 같아 이 일기를 쓴다. 지금은 여섯 시고 우리는 삼십 분 후 서재에 모여 요기를 하기로 했다. 반 헬싱 박사님과 수어드 박사님이 배를 채우지 않는다면 최선을 다해 임무를 수행할 수 없다고 주장하셨다. 오늘 우리가 최선을 다해야 한다는 것을 하느님은 아신다. 멍하니 쓸데없는 생각에 잠기지 않으려면 틈이 날 때마다 계속 적어야 한다. 큰일이든 사소한 일이든 전부 적어야 한다. 결국 사소한 것들이 우리에게 가장 큰 도움이 될지도 모르니. 오늘 얻은 교훈은 큰일이든 사소한 일이든, 미나나 내게 오늘 겪은 것보다 더한 고통을 줄 수는 없으리라는 것이다……. 그래도 우리는 믿음과 희망을 잃지 말아야 한다. 방금 불쌍한 미나가 사랑스러운 뺨에 눈물을 흘리며 우리의 믿음이 시험에 든 것이며, 우리는 계속해서 믿어야 한다고, 하느님이 끝까지 우리를 도와주실 거라고 했다. 끝이라니! 아, 하느님! 어떤 끝입니까……? 조사하자! 조사해야 한다!

반 헬싱 박사님과 수어드 박사님이 불쌍한 렌필드를 보고 돌아왔을 때, 우리는 진지하게 해야 할 일을 했다. 먼저 수어드 박사가 반 헬싱 박사와 함께 아래층 병실로 내려가 보니 렌필드가 만신창이가 되어 바닥에 쓰러져 있었다고 설명했다. 렌필드의 얼굴은 온통 멍들고 짓이겨져 있었으며 목뼈가 부러져 있었다.

수어드 박사가 당직 간호사에게 무슨 소리를 들은 게 없냐고 물었다. 간호사는 복도에 앉아 있을 때 - 그는 깜빡 졸았다고 고백했다 - 병실 안에서 커다란 목소리들이 들렸고, 그러다 렌필드가 서너 번 큰 목소리로 "하느님! 하느님! 하느님!" 하고 부르짖은 후 뭔가 쿵 떨어지는 소리가 나기에 안으로 들어가 보니 의사들이 본 것처럼 바닥에 엎드린 채 누워 있었다고 했다. 반 헬싱 교수님이 "목소리들"을 들은 건지 "목소리"를 들은 건지 묻자, 간호사는 잘 모르겠다고 대답했다. 처음에는 두 사람 목소리가 들린 것 같았는데, 병실 안에는 렌필드 뿐이었으니 렌필드의 목소리뿐이었을 거라고 말이다. 간호사는 '하느님'이라는 말은 분명 렌필드의 목소리였다며 필요하다면 '하느님'께 맹세라도 할 수 있다고 했다. 수어드 박사가 우리만 남았을 때 말하기를, 그 문제를 더 깊이 따지고 싶지 않았다고 했다. 사인과 관련해 의혹이 생기면 재판이 열릴 수도 있고, 그래 봐야 아무도 믿지 않을 테니 진실을 밝힐 수도 없을 거라고. 따라서 간호사의 증언에 따라 환자가 실수로 침대에서 떨어져 사망에 이른 것으로 사망보고서를 작성하는 편이 좋겠다고 했다. 검시관이 의혹을 제기해 정식 심리가 열린다 해도 결과는 같을 것이다.

다음 단계를 결정하기 위한 의논을 시작하면서, 우리는 가장 먼저 미나에게 모든 사실을 다 알리기로 결정을 내렸다. 그 어떤 것도 – 아무리 고통스러운 사실이라도 – 미나에게 모두 알리기로 말이다. 미나는 그 결정에 동의했으며, 그토록 용감하면서도 그토록 슬프고, 그토록 깊은 절망에 빠진 미나의 모습을 보는 것이 안타까웠다. 미나는 이렇게 말했다. "아무것도 감춰서는 안 돼요. 아아! 우린 이미 너무 많은 일을 겪었잖아요. 게다가 세상의 그 어떤 일도 제가 이미 겪고 있는 고통보다 – 제가 지금 겪고 있는 고통보다 더 큰 고통을 줄 순 없을 거예요! 그 어떠한 일이 일어나더라도 제게는 새로운 희망이나 새로운 용기를 줄 거예요!" 반 헬싱 박사님은 미나가 말하는 동안 미나를 유심히 바라보고 있다가 느닷없이, 하지만 조용히 말을 꺼냈다.

"하지만 친애하는 마담 미나, 그런 일이 있었는데 걱정되지 않나요? 마담 자신이 아니라 다른 사람들이요?" 미나의 얼굴이 점점 심각해졌지만, 두 눈은 헌신적인 순교자처럼 빛났다.

"오, 아니요! 전 마음을 정했거든요!"

"어떻게요?" 박사님이 다정하게 물었고, 우리 모두는 아무 말 없이 기다렸다. 각자 나름대로 어렴풋하게나마 미나가 한 말의 의미를 짐작하고 있었기 때문이다. 미나는 사실을 진술하듯이 간단하고 솔직하게 대답했다.

"유심히 제 자신을 살피다가 제가 사랑하는 사람을 누구라도 해치려는 징조가 보인다면, 전 목숨을 끊을 거예요!"

"스스로 목숨을 끊겠다고요?" 교수님이 거친 목소리로 물었다.

"네. 절 사랑하고 저를 고통과 절망에서 구해줄 친구가 한 명도 없다면요!" 미나는 이렇게 말하며 의미심장한 눈으로 교수님을 바라보았다. 교수님은 의자에 앉아 있었다. 하지만 이제 자리에서 일어나 미나 곁으로 다가가더니 그녀의 머리에 손을 얹고 엄숙하게 말했다.

"마담 미나, 당신을 위해서라면 그리 해줄 사람이 한 명 있지요. 나로 말할 것 같으면 그게 최선이라면 부인을 위해 안락사를 시켜드리겠다 하느님께 맹세할 수 있어요. 아아, 그러면 안전하겠죠! 하지만 마담 미나⋯⋯." 한순간 교수님은 울컥하는 듯 목이 메어 입을 다물었지만 애써 누르며 말을 이었다.

"여기엔 마담과 죽음 사이를 가로막고 서 있는 사람들이 있어요. 마담은 죽어서는 안 됩니다. 그 누구의 손에도 죽어서는 안 되고, 마담 스스로 목숨을 끊어서는 더더욱 안 됩니다. 마담의 사랑스러운 삶을 더럽힌 자가 진정으로 죽을 때까지 죽어서는 안 돼요. 아직 그자가 불사귀로 남아 있는 한, 마담이 죽는다면 마담은 그자와 같이 될 겁니다. 그럼요, 마담은 살아야 해요! 죽음이 가장 안전한 방법 같더라도, 마담은 살아남으려 애쓰고 고군분투해야 해요. 죽음이 고통 속에서나 기쁨 속에서, 낮이나 밤에, 안전할 때나 위험할 때 찾아오더라도 죽음과 맞서 싸워야 해요! 마담의 살아 있는 영혼에 간곡히 부탁하건대 이 거대한 악마가 사라질 때까지 죽지 마시고 죽음을 생각하지도 마세요." 불쌍한 내 아내는 죽은 사람처럼 얼굴이 창백해지더니 밀려오는 파도에 흔들리는 모래처럼 충격으로 몸을 바들바들 떨었다. 우리는 모두 침묵했다. 아무것도 할 수가 없었다. 마침내 조금 안정을 찾은 미나가 교수님을 바라보며 다정하게, 하지만 아! 너무나도 애처롭게 말하며 손을 내밀었다.

"약속드릴게요, 친애하는 박사님. 만약 하느님이 저를 살려주신다면 살아남으려고 노력할게요. 언젠가 이 공포가 저에게서 빠져나갈 때까지요." 미나가 너무나도 대견하고 용감해 우리 모두 그녀를 위해서 이 임무를 견뎌낼 힘이 솟았고, 곧바로 해야 할 일을 의논하기 시작했다. 나는 미나에게 갖고 있는 모든 서류, 그리고 우리가 지금부터 사용할 모든 서류나 일기, 축음기 원통을 전부 안전한 금고에 보관하고, 전처럼 비서 역할을 하며 회의 내용을 기록해두라고 했다. 미나는 뭐라도 할 수 있다는 생각에 기뻐했다. 만약 '기뻐하다'는 말을 그토록 무시무시한 일에 사용할 수 있다면 말이다.

언제나 그렇듯 반 헬싱 교수님은 우리보다 더 앞서 생각하셨고, 우리가 해야 할 일의 정확한 순서를 정해놓으셨다.

"카팩스 저택에 다녀온 후로 우리가 그곳의 흙 상자들을 건드리지 않기로 결정한 건 잘한 일인지도 몰라. 우리가 그 흙 상자를 처리했더라면 백작은 우리의 목적을 분명 알아차리고 다른 상자들을 건드리지 못하도록 조취를 취했을 테니까. 하지만 현재 그는 우리의 의도를 알지 못하지. 그래, 게다가 백작은 그자가 은신처를 이용하지 못하도록 그 은신처들을 소독할 수 있는 힘을 우리가 가지고 있다는 사실을 알지 못할 가능성이 커. 이제 우리는 그 상자들의 소재지를 훨씬 더 많이 파악하고 있으니, 피카딜리의 집을 조사하면 마지막 상자의 소재까지 파악할 수 있을지도 몰라. 따라서 오늘은 우리의 날이고, 오늘 우리의 희망이 달려 있네. 오늘 아침 우리의 슬픔에서 솟아난 태양이 우리를 지켜줄 걸세. 오늘 밤 태양이 질 때까지 그 괴물을 현재 있는 곳에 감금해야 하네. 그자는 흙 상자 안에 갇혀 있어. 그리고 지금은 공중으로 사라지거나 틈 사이로 사라질 수도 없네. 문을 통과하려면 사람처럼 문을 열어야 하지. 따라서 우리는 오늘 그자의 모든 은신처를 찾아내어 그것들을 소독해야 하네. 오늘 그자를 잡아 없애지 못한다면, 조만간 그자를 잡아 없앨 수 있는 장소로 몰아넣을 거야." 그 순간 나는 미나의 삶과 행복이 담긴 일 분 일 초가 흐르는 게 아까웠고, 빨리 행동하지 않고 말만 하는 게 견딜 수 없어 자리에서 벌떡 일어났다. 하지만 반 헬싱 박사님이 경고하듯 손을 들었다. "아닐세, 조너선. 이 경우에는 집으로 돌아가는 가장 빠른 길은 가장 먼 길로 돌아가는 것일세. 자네 영국 속담처럼 말이야. 우리는 때가 오면 필사적으로 빠르게 행동에 임할 거야. 하지만 이 상황을 타개할 열쇠는 피카딜리의 집에 있네. 백작은 그 외에도 수많은 집을 가지고 있을지도 몰라. 그중 한 곳에 저택 구매증서와 열쇠나 이런 것들을 보관해두었을 거야. 그자가 직접 작성한 서류와 수표책도 있겠지. 어딘가에 분명 그자의 소지품이 보관되어 있을 걸세. 그리고 그곳은 중심지에 위치해 있지만 아주 고요해서 아무 때고 정문이나 뒷문으로 드나들 수 있고, 지나다니는 마차도 별로 없는 카팩스 저택이 아니겠나? 우리는 그 집에 들어가 집 안을 수색해볼 걸세. 집 안에 무엇이 있는지 알아낸 후에 우리 친구 아서의 말마따나 '지구를 멈춰서라도' 늦은 여우를 사냥해야지. 그렇지, 안 그런가?"

"그렇다면 당장 가죠." 나는 외쳤다. "한시가 급합니다, 한시가!"

"그렇다면 피카딜리의 집에는 어떻게 들어갈 생각인가?"

"어떻게든지요!" 나는 외쳤다. "필요하다면 문을 부수고 들어가야죠."

"그러면 영국 경찰은? 경찰한테 걸리면 어떻게 되겠나?"

나는 마음이 흔들렸다. 하지만 교수님이 이러는 데는 그럴만한 이유가 있다는 사실을 알았다. 그래서 가능한 차분하게 대답했다.

"가능하면 너무 오래 기다리게 하지 말아주세요. 제가 얼마나 괴로운지 아시잖습니까."

"아, 친애하는 조녀선. 그렇게 할 걸세. 자네에게 불안을 더해줄 생각은 전혀 없다네. 하지만 생각해보게. 온 세상이 움직일 때까지 우리가 무얼 할 수 있겠나. 조만간 우리의 때가 올 걸세. 나는 생각하고 또 생각해보았고, 내가 보기에는 가장 간단한 방법이 최선의 방법인 것 같네. 지금 우리는 그 집에 들어가길 원하지만 우리에겐 열쇠가 없지, 그렇지 않은가?" 나는 고개를 끄덕였다.

"그렇다면 자네가 그 집의 주인인데 열쇠가 없다고 해보세. 그리고 가택침입에 대한 양심의 가책을 느끼지 않는다고 해보세. 자네라면 어떻게 하겠나?"

"실력 좋은 열쇠장이를 고용해 자물쇠를 따달라고 해야겠죠."

"그럼 경찰은? 경찰이 끼어들지 않겠나?"

"아니요! 열쇠공이 제대로 고용된 사람이라는 사실만 안다면 괜찮을 겁니다."

"그렇다면." 박사님은 나를 유심히 쳐다보며 말했다. "그렇다면 모든 것은 고용주의 양심과 경찰이 고용주가 선한 양심을 지닌 자라 믿어주는 데 달려 있군. 영국 경찰이 제아무리 열성적이고 영리해 – 아, 아주 영리하지! – 사람들의 마음을 읽을 줄 안다고 해서 그런 사소한 일에도 시시콜콜 참견하려 할까? 아니야, 아닐세, 친애하는 조너선. 런던이나 세계 어느 도시의 백 군데 빈 집의 자물쇠를 따고 들어가 보게. 제대로만 해내면 아무도 방해하지 않을 거야. 내가 한 번은 런던에 근사한 집을 가지고 있는 한 신사에 대한 이야기를 읽은 적이 있네. 그 신사가 여름에 몇 달간 스위스로 여행을 떠나면서 집을 비워두었는데, 강도가 뒷창을 깨고 그 집에 침입했네. 그런 다음 현관문을 열고 경찰 코앞에서 현관문으로 드나들었지. 그런 다음에는 그 집에서 경매를 열어 광고를 하고 커다란 게시판도 내걸었지. 그런 다음에 강도는 건축업자에게 가 그 집을 팔고 정해놓은 기한 내에 그 집을 허물고 전부 철거하기로 계약을 맺었지.

자네 영국 경찰과 다른 기관들이 전부 그를 도와주었네. 마침내 스위스 여행을 마친 집주인이 돌아왔을 때는 집이 있던 곳에는 텅 빈 공터뿐이었지. 강도는 이 모든 일을 정식으로 했어. 그리고 우리의 임무도 정식으로 할 것이라네. 우리는 경찰이 수상쩍게 여길 수 있는 너무 이른 시간에 가지 않고 오전 열 시이후 사람들이 많을 때 집주인인 양 행세하며 들어갈 걸세."

박사님의 말이 백번 옳았으며 끔찍한 절망에 빠져 있던 미나도 곰곰이 생각에 잠겨 있었다. 희망이 보였다. 반 헬싱 박사님이 말을 이었다.

"일단 그 집 안에 들어가면 더 많은 단서를 찾을 수 있을지도 모르네. 우리 중 몇 명은 그 집 안을 조사하고, 나머지는 다른 흙 상자가 있을 만한 다른 곳을 찾아볼 수도 있지. 이를 테면 버몬지와 마일엔드 같은 곳 말일세."

고덜밍 경이 자리에서 일어났다. "그건 제가 도움이 될 수 있습니다. 제 하인들에게 전보를 쳐서 말과 마차를 데리고 와 대기하라고 해두겠습니다."

"이봐, 친구." 모리스가 말했다. "우리가 말을 타고 가야 할 경우에 대비해 준비를 해두는 건 좋은 생각이야. 하지만 자네 가문의 문장이 찍힌 화려한 마차를 타고 월워스나 마일엔드에 가면 너무 눈에 띄지 않겠어? 내가 보기에 남쪽이나 동쪽으로 갈때는 임대마차를 타야 할 것 같아. 근처에 대기시켜둘 수도 있고."

"퀸시 말이 맞네!" 박사님이 말했다. "자네는 생각이 깊구만. 우리가 하려는 일은 어려운 일이고, 가능하다면 사람들 눈에 띄지 않는 것이 좋아."

미나는 이야기가 진행될수록 점점 더 흥미를 가지고 들었으며, 나는 급박하게 돌아가는 사태 덕분에 미나가 밤에 겪은 끔찍한 경험을 잠시나마 잊을 수 있다는 것이 기뻤다. 미나는 유령 같이 아주, 아주 창백했고 입술이 너무 얇아 이가 좀 튀어나온 것처럼 보였다. 나는 미나에게 쓸데없는 고통을 주고 싶지 않아 이 말은 하지 않았지만, 백작이 불쌍한 루시의 피를 빨았을 때 루시에게 일어난 일만 생각하면 피가 차갑게 식는 기분이었다. 아직 미나의 이가 더 날카로워지진 않았다. 하지만 시간이 얼마 없었고 두려웠다.

수행해야 할 임무의 순서와 인력 배치를 의논하면서 새로운 고민거리가 생겼다. 결국 우리는 피카딜리로 출발하기 전에 바로 옆에 있는 백작의 은신처를 파괴하기로 결정했다. 혹시 그자가 우리의 계획을 알아내더라도 그보다 앞서 은신처를 파괴할 수 있으며, 그자가 나타난다 하더라도 육신을 입은 모습, 가장 약한 때이므로 새로운 단서를 발견할 수 있을지도 모르니 말이다.

인력 배치에 관해서는 반 헬싱 박사님이 제안하셨는데 카팩스 저택에 다녀온 후 모두 함께 피카딜리의 집안으로 들어가며, 두 박사님과 나는 그 저택에 남고 고덜밍 경과 퀸시는 월워스와 마일엔드의 은신처를 찾아내어 없애기로 했다. 교수님은 낮 동안 백작이 피카딜리에 나타날 가능성도 있다고 주장하시며, 만약 그럴 경우 피카딜리에서 그자를 없앨 수도 있다고 하셨다. 어쨌든 모두가 함께 그자의 뒤를 쫓을 수 있을 수도 있다는 말씀도 덧붙이셨다. 나는 이 계획에 격렬히 반대했고, 이곳에 남아 미나를 보호하겠다고 했다. 이 점에 있어 마음을 확고히 정했다고 생각했으나 미나가 나를 만류했다. 미나는 내가 도움이 될 수 있는 법적인 문제가 있을지도 모르고, 백작의 서류 중에 트란실바니아에서 머물렀던 내 경험을 통해 이해할 수 있는 실마리가 있을지도 모르고, 또 백작의 초인적인 힘에 대항하려면 가능한 모든 힘을 끌어 모아야 한다고 했다. 미나의 결심이 워낙 확고했기에 나는 물러설 수밖에 없었다. 미나는 우리 모두가 힘을 합치는 것만이 그녀의 마지막 희망이라고 했다. "나는 아무것도 두렵지 않아요. 나쁜 일은 이미 수없이 겪었는걸요. 앞으로는 어떤 일이 일어나든 희망이나 위안을 주는 일 뿐일 거예요. 가요, 사랑하는 조너선! 하느님이 뜻하신다면 그분은 여러분뿐만 아니라 저도 지켜주실 거예요." 그래서 나는 자리에서 벌떡 일어나 외쳤다. "그렇다면 하느님의 이름으로 당장 출발합시다. 시간이 흐르고 있어요. 백작이 우리 생각보다 일찍 피카딜리에 올지도 모릅니다."

"그렇지 않네!" 반 헬싱 박사님이 손을 들며 말했다.

"왜죠?" 나는 물었다.

"잊었나?" 교수님은 실제로 미소를 지으며 말했다. "어젯밤 그자는 실컷 연회를 즐겼지. 그러니 늦잠을 자지 않겠나?"

내가 그걸 잊었냐고? 절대 잊지 않을 것이고 절대 잊지 못할 것이다! 우리 중 누군들 그 끔찍한 장면을 잊을 수 있을까! 미나는 용감한 태도를 유지하려 갖은 애를 썼지만, 밀려오는 고통에 그만 압도되었는지 양손으로 얼굴을 가리고 신음하며 몸서리를 쳤다. 반 헬싱 박사님은 미나에게 무시무시한 경험을 떠올리게 만들 생각이 아니었다. 그저 미나가 이 자리에 있다는 사실과 미나가 그 사건에 연루되어 있다는 사실을 깜빡 잊으신 것이었다. 뒤늦게 생각이 미쳤는지 박사님은 자신이 생각이 없었다고 자책하며 미나를 위로하려 했다. "아, 마담 미나, 친애하는 마담 미나, 아아! 누구보다 마담을 숭배하는 내가 이토록 부주의한 말을 하다니. 이 멍청한 늙은 입술과 이 멍청한 늙은 머리는 마담을 숭배할 자격도 없어요. 하지만 마담께선 이 일을 잊어주실 거죠?" 박사님은 미나에게 고개를 숙이며 말했다. 미나는 박사님의 손을 잡고 눈물어린 눈으로 그를 바라보며 말했다.

"아뇨, 전 잊지 않을 거예요. 기억하고 싶으니까요. 그것까지 포함해 제게 상냥했던 박사님에 대한 기억을 모조리 간직할래요. 자, 이제 다들 출발하셔야죠. 아침식사가 준비됐으니, 다들 든든하게 식사하고 출발하세요."

기이한 아침식사였다. 우리는 애써 유쾌한 척하고 서로를 격려했고, 그 누구보다도 미나가 가장 밝고 쾌활했다. 아침식사를 마치자 반 헬싱 박사님이 자리에서 일어섰다.

"자, 친애하는 내 친구들, 우리의 무시무시한 모험을 시작해보세. 다들 우리가 처음에 적의 은신처를 방문한 밤처럼, 인간뿐 아닌 유령도 상대할 수 있도록 무장했는가?" 우리 모두 그렇다고 대답했다. "그럼 좋아. 자, 마담 미나, 해가 질 때까지는 이곳에 있으면 무조건 안전해요. 그리고 우린 해가 지기 전에 도착할 겁니다……. 그런데 혹시라도…… 아뇨, 우리는 돌아올 거예요! 출발하기 전에 마담께서 개인적인 안전에 대비해 무장을 해두었는지 살펴보죠. 마담께서 식당으로 내려오신 후에 내가 마담의 방에 우리가 이미 알고 있는 것들을 두었습니다. 그자가 들어오지 못하도록 말이에요. 자, 이제 마담의 몸을 보호해보죠. 마담의 이마에 이 제병 조각을 대고 성부와 성자와 성신의 이름으로……."

그 순간 듣는 우리의 심장을 얼려버릴 만큼 무시무시한 비명소리가 터져 나왔다. 박사님이 미나의 이마에 제병을 올리는 순간 미나의 이마가 달궈진 금속판인 양 제병이 타들어간 것이다. 내 가련한 아내의 뇌는 신경계가 고통을 느끼는 순간 그 고통의 의미를 깨달았다. 고통과 그 의미에 압도된 나머지 불안감이 무시무시한 비명으로 터져 나온 것이다. 미나는 순식간에 정신을 차렸지만 비명의 메아리는 계속해서 공중을 맴돌았고, 미나는 참을 수 없는 굴욕감에 바닥에 털썩 무릎을 꿇고 주저앉았다. 망토로 몸을 가리는 문둥병 환자처럼 아름다운 머리카락으로 얼굴을 가리고 울부짖었다.

"불결해요! 불결해! 전지전능한 하느님조차 제 더러워진 살을 피하시잖아요! 저는 심판의 날이 올 때까지 제 이마에 찍힌 수치의 낙인을 달고 다녀야 해요." 다들 얼어붙은 듯 가만히 있었다. 나는 무력감과 슬픔에 휩싸여 미나의 옆에 주저앉아 그녀를 꼭 껴안았다. 몇 분 동안 슬픔에 빠진 우리의 심장이 같이 뛰었고, 우리를 둘러싼 친구들은 조용히 흐르는 눈물을 감추려 고개를 돌렸다. 그런 다음 반 헬싱 박사님이 고개를 돌리더니 아주 엄숙하게 말했다. 너무 엄숙해 박사님이 그 자신이 아닌 다른 누군가의 의지로 말하는 것 같은 기분이 들 정도였다.

"어쩌면 마담은 하느님이 마담께서 천국에 들어갈 자격이 있다는 것을 확인할 때까지, 심판의 날이 와 그의 자녀들과 지상 모든 죄를 바로잡을 때까지 그 자국을 달고 있어야 할지도 몰라요. 그리고 아, 마담 미나, 사랑스러운 마담 미나, 마담 미나를 사랑하는 우리가 하느님의 징표인 그 빨간 흉터가 사라지고 그 이마가 심장만큼 순수해지는 순간을 지켜보도록 해주세요. 우리가 살아가다 보면, 하느님이 우리에게 지운 짐을 벗겨주실 때가 오면 그 흉터는 사라질 겁니다. 그때까지 우리는 우리가 짊어진 십자가를 견뎌야 해요. 주님의 아들이 주님의 뜻에 순종했던 것처럼. 어쩌면 우리는 주님이 선하신 목적을 위해 선택하신 도구일지도 모르고, 채찍과 수치, 눈물과 피, 의심과 두려움을 견뎌야 했던 순교자들처럼 그분의 뜻에 따라야 하는지도 모릅니다."

박사님의 말에는 희망과 위안이 있었고, 고통을 견딜 수 있게 하는 힘이 있었다. 미나와 나 둘 다 그것을 느꼈고, 따라서 우리는 노박사의 손을 잡고 고개를 숙여 그 손에 키스했다. 그런 다음 한마디도 없이 우리 모두는 무릎을 꿇고 모여 앉아 손에 손을 잡고 서로에게 진실하기로 맹세했다. 우리 남자들은 각자의 방식으로 우리가 사랑하는 미나의 머리에서 슬픔의 베일을 거두어주기로 맹세했다. 우리 앞에 놓인 무시무시한 임무를 수행할 수 있도록 도움을 주시고 인도해주십사 기도를 드렸다.

마침내 출발할 때가 되었다. 나는 미나에게 둘 다 죽는 날까지 잊지 못할 작별 인사를 나누었고, 우리는 출발했다.

나는 한 가지 굳게 마음을 정했다. 만약 결국에 미나가 흡혈귀가 되고 말 운명에 처한다면, 그 미지의 무서운 땅에 보내지 않기로 말이다. 하나의 흡혈귀는 결국 수많은 흡혈귀를 만들어 내고 만다. 그 끔찍한 육신들은 성스러운 흙에서만 휴식을 취할 수 있고, 따라서 내 성스러운 아내는 흡혈귀들의 끔찍한 목적을 위해 또 다른 흡혈귀를 만들어내는 모집병이 될지도 모른다.

우리는 별 어려움 없이 카팩스 저택에 들어갔고 처음 방문했을 때와 모든 것이 똑같았다. 방치되어 먼지가 쌓이고 부패해가는 이 무미건조한 집안에 그토록 무시무시한 공포의 원흉이 존재한다는 것이 믿기 힘들었다. 우리가 마음을 굳게 다지지 않았더라면, 우리를 덮치는 끔찍한 기억들이 없었더라면, 맡은 임무를 계속할 수 없었을 것이다. 그 집안에서는 서류나 다른 도구를 사용한 흔적은 전혀 발견하지 못했고, 오래된 예배당 안의 거대한 상자들은 우리가 마지막으로 봤을 때와 똑같은 모습이었다. 반 헬싱 박사님이 진지하게 말했다.

"자, 친구들, 우리에겐 이곳에서 해야 할 임무가 있네. 우리는 머니만 땅에서 이곳까지 가져온 흙, 성스러운 기억들이 담긴 이 흙을 소독해야 하네. 그자가 이 흙을 선택한 이유는 이 흙이 성스럽기 때문이지. 따라서 우리는 그자의 무기로 그자를 무찔러야 해. 이 흙을 한층 더 성스럽게 만드는 거야. 이 흙은 그자를 위해 축성(祝聖)되었고 이제 우리는 이 흙을 하느님을 위해 축성할 걸세." 박사님은 이렇게 말하며 가방에서 나사돌리개와 렌치를 꺼냈고, 금세 상자 하나의 뚜껑이 활짝 열렸다. 흙에서 퀴퀴한 곰팡내가 났다. 하지만 우리의 관심은 박사님에게 집중되어 있어 그 냄새가 신경 쓰이지 않았다. 박사님은 상자에서 제병을 하나 꺼내어 경건하게 흙 위에 올려놓은 다음, 뚜껑을 닫고 다시 못을 박아 넣었으며, 우리는 교수님의 작업을 옆에서 도왔다.

우리는 거대한 상자를 하나씩 같은 방법으로 처리했다. 상자는 겉보기에는 전과 달라진 것이 하나도 없었지만 그 안에는 성체가 하나씩 담겨져 있었다.

우리가 저택에서 나와 문을 닫는 순간 교수님이 진지하게 말했다.

"여긴 다 됐어. 다른 상자들도 이렇게 완벽히 처리한다면, 오늘저녁 해 질 녘이면 마담 미나의 이마가 자국 하나 없이 상아처럼 하얗게 빛나게 될지도 모르네!"

기차를 타러 역으로 가느라 잔디밭을 가로지르는 순간 정신병원의 앞쪽이 보였다. 나는 나도 모르게 그쪽을 쳐다보았고, 우리 침실 창가에 선 미나가 보였다. 나는 손을 흔들었고, 임무를 성공적으로 마쳤다는 뜻으로 고개를 끄덕였다. 미나도 알겠다는 표시로 고개를 끄덕였다. 마지막으로 본 미나는 손을 흔들고 있었다. 우리는 무거운 마음으로 기차역으로 향해 플랫폼에 도착한 순간 들어온 기차에 마침맞게 올라탔다.

이 일기는 기차 안에서 적었다.

피카딜리, 12시 30분 - 우리가 펜처치 가에 도착하기 직전 고덜밍 경이 내게 말했다.

"퀸시와 나는 열쇠공을 찾으러 갈 겁니다. 혹시 문제가 생길지도 모르니 당신은 우리와 함께 가지 않는 편이 좋아요. 혹시 빈집에 침입하다 들키더라도 우리는 별문제 없을 겁니다. 하지만 당신은 변호사니 법률 협회에서 추궁을 당할 수 있어요." 나는 그 어떠한 위험도 감수하겠다고 항변했지만, 고덜밍 경이 말을 이었다. "게다가 인원수가 너무 많지 않은 편이 사람들의 이목을 덜 끌 거예요. 내 작위면 열쇠공이나 혹시 올지 모르는 경찰과도 잘 이야기를 해볼 수 있어요. 당신은 잭과 교수님과 함께 가서 그 집이 보이는 그린 파크에서 기다려요. 그 집 문이 열리고 열쇠공이 떠나는 게 보이면 그 집으로 들어와요. 우리가 망을 보고 안으로 들여보내 줄 테니까."

"좋은 생각이군!" 반 헬싱 교수님이 이렇게 말해 더 이상은 왈가왈부하지 않았다. 고덜밍과 모리스는 서둘러 임대마차에 올라탔고 우리는 다른 마차를 타고 뒤따라갔다. 알링턴 가 모퉁이에서 반 헬싱 박사님과 나는 마차에서 내려 그린 파크로 걸어갔다. 우리의 희망이 모여 있는 그 집, 활기차고 말쑥한 동네 중에 홀로 음산한 기운을 뿜으며 서 있는 그 집을 보는 순간 내 심장이 거세게 뛰었다. 우리는 집이 잘 보이는 곳의 벤치에 앉아 가능한 사람들의 이목을 덜 끌기 위해 시가를 피웠다. 기다리는 동안 시간은 발에 납을 매단 것처럼 느리게 흐르는 것 같았다.

마침내 사륜마차 한 대가 올라오는 것이 보였다. 그 마차 안에서 느긋한 모습의 고덜밍 경과 모리스가 내렸고, 그 뒤를 따라 몸집이 딱 벌어진 남자 한 명이 연장이 든 골풀 바구니를 들고 내렸다. 모리스가 마부에게 돈을 지불하자, 마부는 모자에 손을 대고 인사를 한 다음 떠났다. 계단을 올라간 후 고덜밍 경이 현관문을 가리켰다. 열쇠공이 느긋하게 외투를 벗어 난간에 걸며, 마침 그 옆을 어슬렁거리며 걸어가던 경관 한 명에게 무어라 말을 했다. 경관은 알겠다고 고개를 끄덕였고, 열쇠공은 무릎을 꿇고 앉아 옆에 가방을 두고는 가방 안을 뒤져 연장들을 꺼내더니 차례로 옆에 늘어놓았다. 그런 다음 자리에서 일어나 열쇠구멍을 들여다보고 입김을 훅 불어본 다음, 고용주들을 돌아보며 무어라 말을 했다. 고덜밍 경이 빙그레 웃었고, 열쇠공은 상당한 크기의 열쇠 꾸러미를 하나 들어 올려 그중에 하나를 골라 자물통 안에 살살 밀어 넣기 시작했다. 잠시 열쇠를 밀어 넣던 열쇠공이 두 번째, 그리고 세 번째 시도를 했다. 그런 다음 열쇠공이 문을 살짝 밀자 문이 열렸고, 열쇠공과 다른 두 명이 홀 안으로 들어갔다. 우리는 미동도 없이 가만히 앉아 있었다. 내 시가가 활활 타들어가고 있었지만 반 헬싱 교수님의 시가는 아예 꺼져 있었다. 우리는 열쇠공이 나와 가방을 챙기는 모습이 보일 때까지 끈기 있게 기다렸다. 그런 다음 열쇠공은 문을 조금 열어 무릎으로 잡은 다음, 자물통에 열쇠를 하나 끼웠다. 마침내 그는 이 열쇠를 고덜밍 경에게 건넸고, 고덜밍 경은 지갑에서 돈을 꺼내어 건넸다. 열쇠공은 모자를 들어 보인 다음 가방을 들고 외투를 입고 집을 나섰다. 이 모든 과정을 단 한 명도 눈치 채지 못했다.

열쇠공이 상당히 멀리까지 가자, 우리 셋은 길을 건너 문을 두드렸다. 즉시 퀸시 모리스가 문을 열었고, 옆에는 고덜밍 경이 서서 시가에 불을 붙이고 있었다.

"여긴 냄새가 너무 고약해요." 고덜밍 경이 우리가 안으로 들어서는 순간 말했다. 확실히 - 카팩스의 오랜 예배당처럼 - 냄새가 고약했고 전의 경험으로 미루어 백작이 이곳을 꽤 자유롭게 드나든 것이 분명했다. 우리는 집 안을 탐색하기 시작했지만, 공격에 대비해 서로에게서 떨어지지 않았다. 우리가 상대해야 하는 적은 강하고 교활하며, 백작이 집 안에 있는지 없는지도 모르는 상태기 때문이다. 홀 뒤편의 식당에서 흙 상자 여덟 개를 발견했다. 아홉 상자 중 여덟 상자뿐이었다! 우리의 임무는 사라진 상자를 찾을 때까지 끝나지 않는다. 먼저 우리는 창의 덧문을 열고 바깥을 살폈다. 판석이 깔린 좁은 마당의 끝에 자그마한 마구간의 뒷면이 보였다. 마구간에는 창문이 전혀 없었으므로 누군가 지켜보고 있을 가능성은 없었다. 우리는 망설이지 않고 상자들을 살펴보았다. 가져간 연장으로 상자들을 하나씩 열고 오래된 예배당 안에 있는 것들과 똑같은 처리를 했다. 현재 백작이 집 안에 없는 것이 분명한 것 같아, 우리는 그의 소지품을 찾으려 집안을 더욱 깊숙이 수색했다.

지하실부터 다락방까지 모든 방을 대충 훑어본 후, 우리는 백작의 소지품은 식당에 있을 거라는 결론을 내렸고 꼼꼼하게 식당 안을 뒤지기 시작했다. 그의 소지품들은 거대한 식당 탁자 위에 질서정연한 듯하면서도 무질서하게 널려 있었다. 거대한 꾸러미에 담긴 피카딜리 저택 권리증서, 마일엔드와 버몬지에 위치한 저택의 구매증서, 편지지와 봉투, 펜과 잉크가 먼지가 앉지 않도록 얇은 포장지로 덮여 있었다. 또한 의류용 솔 하나와 브러시와 빗, 주전자와 대야도 있었다. 대야에는 핏물로 물든 것처럼 붉게 물든 지저분한 물이 담겨 있었다. 마지막은 갖가지 종류와 크기의 열쇠 더미로, 다른 저택들의 열쇠인 모양이었다. 이 마지막 물건을 발견한 순간, 고덜밍 경과 퀸시 모리스는 동쪽과 남쪽에 위치한 집 주소를 정확히 적은 쪽지와 열쇠 꾸러미를 들고 그곳에 있는 상자들을 없애러 출발했다. 우리 나머지는 인내심을 한껏 발휘해 그들이 돌아오기를 – 혹은 백작이 오기를 기다렸다.

제23장

수어드 박사의 일기

10월 3일 - 고덜밍과 퀸시 모리스가 돌아오기를 기다리는 동안 시간은 끔찍할 정도로 길게 느껴졌다. 교수님은 내내 우리 머릿속을 바쁘게 만들려 애를 쓰셨다. 교수님이 우리를 위해 자상하게 마음을 써주시는 게 보였다. 교수님은 이따금씩 곁눈질로 하커를 흘끔거렸다. 불쌍한 하커는 절망에 휩싸여 있어 보기 안타까울 정도였다. 어젯밤에만 해도 하커는 솔직하고 행복한 남자로, 강인하고 젊은 얼굴에 에너지가 가득했으며 어두운 갈색 머리카락을 지니고 있었다. 오늘 그는 일그러지고 지친 노인이며, 하얗게 센 머리카락이 퀭하게 불타오르는 눈이나 슬픔이 아로새겨진 얼굴과 잘 어울린다. 하지만 에너지는 여전하다. 사실 하커는 살아 있는 불길 같다. 만약 일이 잘 풀린다면 하커는 구원을 받아 절망적인 시기를 넘기고 다시 한번 현실의 삶으로 돌아가게 될 것이다. 불쌍한 친구, 내 문제도 심각하지만 저 친구의 문제는……! 교수님은 이 사실을 잘 알고 계시기에 하커의 머릿속을 바쁘게 만들려 최선을 다하고 계신다. 그 상황에서 교수님이 하신 말씀은 저절로 몰입이 될 정도로 흥미진진한 것이었다. 기억나는 한 그 내용은 다음과 같다.

"나는 이 괴물과 관련한 문서들이 내 손에 들어온 이후로 연구에 연구를 거듭했네. 연구를 거듭할수록 이 괴물을 반드시 없애버려야 한다는 생각이 강해졌지. 그자가 점점 강해진다는 징조들이 사방에 있어. 그자의 힘뿐 아니라 그자의 뇌가 강해진다는 징조들이. 부다페스트 대학에 있는 내 친구 아르미누스가 조사한 자료를 보고 알았네만, 그자는 살아 있을 때는 정말 대단한 남자였어. 군인이자 정치가이자 연금술사로, 동시대에서 가장 뛰어난 과학 기술을 보유한 자였지. 대단히 뛰어난 두뇌를 가진 자로, 비교할 자가 없을 만큼 학식이 높았고 두려움과 후회를 모르는 심장을 가졌어. 그자는 스콜로맨스에 다닐 정도로 대담했고, 당대의 모든 지식을 다 섭렵했네. 음, 그자의 두뇌는 육체적인 죽음을 딛고 살아남았네. 허나 기억은 완전히 남아 있지 않은 것으로 보이네. 머릿속 어딘가에는 어린 시절의 기억만이 남아 있고, 현재 그자의 정신적 수준은 어린아이 수준이야. 허나 그자는 점점 성장하고 있고, 처음에는 아이 같던 것들이 이제는 완전한 성인의 수준으로 발전했어. 그자는 실험을 즐기고 또한 잘한다네. 우리가 그자의 길을 막아서지 않았더라면 그자는 세상에 새로운 질서를 만들고 생명이 아닌 죽음을 향해 이어진 길을 계속 만들어 갔을 거야. 물론 우리 노력이 실패로 돌아가면 결국 그렇게 되겠지."

하커가 신음하며 말했다. "제 아내가 이 일을 당하고 있지 않습니까! 그런데 그자가 어떻게 실험을 하는 거죠? 그걸 안다면 그자를 물리치는 데 도움이 될지도 모릅니다!"

"그자는 이 땅에 온 이후로 느리지만 확실하게 자신의 힘을 시험하고 있네. 몸집만 큰 어린아이의 두뇌를 이용해서. 우리에게는 잘 된 일인지도 몰라. 안 그랬다면 그자는 오래전 우리 힘을 뛰어넘었을 테니까. 하지만 그자는 성공할 생각이고, 앞에 수 세기가 놓인 사람은 기다리며 천천히 갈 수 있지. '페스티나 렌테(급할수록 돌아가라)'가 그자의 좌우명일 게야."

"전 이해가 안 됩니다." 하커가 지친 목소리로 말했다. "아, 저를 위해 좀 더 쉽게 설명해주세요! 슬픔과 고통 때문에 제 머리가 둔해진 모양이에요."

교수님은 자상하게 하커의 어깨를 잡으며 말했다.

"아, 조너선, 내가 쉽게 설명해보겠네. 최근 들어 자네도 보았다시피 이 괴물은 자신의 지식을 서서히 실험해보고 있네. 자네도 알다시피 그자는 육식광 환자를 이용해 친애하는 존의 집을 드나들었지. 흡혈귀란 처음에 어느 집에 들어가려면 반드시 그 안에 사는 사람에게 들어오라는 요청을 받아야 그 후로 마음대로 드나들 수 있으니까. 하지만 그자의 가장 중요한 실험은 이런 것이 아닐세. 우리는 애초에 이 거대한 상자들을 다른 사람들이 옮겼다는 사실을 알고 있지 않은가. 당시에 그자는 그 방법밖에 알지 못했던 거야. 하지만 이 거대한 어린아이의 두뇌가 계속 성장하면서, 자신의 힘으로 직접 상자를 옮길 수 있지 않을까 하는 생각을 하기 시작했지. 그래서 일꾼들을 돕기 시작했네. 그러다 그게 가능하다는 사실을 깨닫고 혼자서 상자를 옮겨보려 했네. 그렇게 그자는 점점 발전했고, 자신의 무덤을 여기저기에 흩뿌려놓고 있어. 그 무덤이 어디에 숨겨 있는지는 그 자신만이 알고 있지. 어쩌면 그 무덤들을 지하 깊숙이에 묻을 생각인지도 몰라. 그래서 밤에만 사용할 수 있도록, 혹은 형태를 바꿀 때에 사용할 수 있도록 말일세. 그리고 아무도 그자의 은신처를 찾아내지 못하도록! 하지만 조너선, 절망하지 말게. 그자는 이 사실을 너무 늦게 알았어! 벌써 그자의 은신처들이 한 개만 빼고 전부 소독되었고, 우리는 해가 지기 전에 마지막 한 개도 소독할 거야. 그러면 그자가 움직이고 숨을 장소가 없어지게 되지. 내가 오늘 아침에 일정을 미룬 것은 확실히 하기 위해서라네. 우리에겐 더 이상의 위험을 감수할 여력이 없지 않은가? 그러니 더더욱 신중을 기해야 하지 않겠나? 내 시계를 보니 한 시고, 일이 잘 끝났다면 아서와 퀸시가 이리로 오는 길일 걸세. 오늘은 우리의 날이고, 우리는 늦더라도 확실히 처리하고 이 기회를 놓쳐선 안 되네. 보게! 나갔던 친구들이 돌아오면 우리는 다섯이야."

교수님이 말을 하는 동안 현관문을 똑똑 두드리는 소리에 우리는 화들짝 놀랐다. 전보 소년의 두 번 노크였다. 우리는 그 즉시 모두 홀로 나갔고, 반 헬싱 교수님은 손을 들어 우리에게 조용히 하라고 지시한 후 문 앞으로 다가가 문을 열었다. 소년이 전보를 건넸다. 교수님이 문을 다시 닫고 소년이 떠나는 모습을 확인하고는 봉투를 열고 전보 내용을 소리 내어 읽었다.

"D를 조심하세요. 열두 시 사십오 분 현재 그자가 카팩스 저택을 서둘러 나가 남쪽으로 향했어요. 그자가 그쪽으로 가서 여러분을 만나려 할지도 몰라요. 미나."

잠시 침묵이 이어지다 조녀선 하커의 목소리에 그 침묵이 깨졌다.

"아, 하느님 감사합니다, 곧 만나게 되겠어요!" 반 헬싱 교수님이 재빨리 하커를 돌아보았다.

"하느님은 하느님의 방식으로 때가 되면 행동하실 걸세. 두려워하지 말고, 아직은 기뻐하지도 말게. 우리가 이 순간 바라는 것이 수포로 돌아갈지도 모르니까."

"전 지금은 아무것도 신경 쓰지 않습니다." 하커가 열띤 목소리로 대답했다. "지구상에서 이 괴물을 몰아내는 것 외에는요. 그렇게 할 수만 있다면 제 영혼도 팔 겁니다!"

"아, 진정하게, 진정해, 조녀선! 하느님은 그런 이유로 영혼을 사지 않으신다네. 악마는 영혼을 살지 몰라도 약속을 지키지 않지. 하지만 하느님은 자비롭고 공정하시며, 자네가 얼마나 고통스러운지, 자네가 사랑스러운 마담 미나에게 얼마나 헌신적인지 잘 아신다네. 자네의 그 거친 발언을 듣는다면 마담 미나가 얼마나 더 고통스러워할지 생각해보게. 우리는 걱정 말아. 우리는 전부 이 목적을 위해 온 힘을 다하고 있으며, 오늘 그 끝을 보게 될 게야. 행동을 개시할 때가 다가오고 있네. 오늘 이 흡혈귀는 인간의 힘에 굴복할 것이고, 해가 질 때까지 그자는 변신하지 않을지도 몰라. 그자가 이곳에 도착하는 데까지는 시간이 좀 걸릴 테니 - 보게, 현재는 한 시 이십 분이야 - 그자가 이곳에 도착하기까지 아직 시간이 좀 있네. 그자는 절대 서두르는 법이 없으니까. 우리가 지금 가장 바라야 하는 것은 그자보다 아서 경과 퀸시가 먼저 도착하는 거라네."

우리가 하커 부인의 전보를 받고 삼십 분쯤 지났을 때 현관문을 조용하고 단호하게 두드리는 소리가 났다. 그것은 수천 명의 신사들이 수도 없이 하는 평범한 노크였지만, 그 소리에 교수님과 내 심장이 빠르게 뛰었다. 우리는 서로를 마주보았고, 함께 홀로 나갔다. 우리는 각자 다양한 무기들을, 왼손에 귀신을 물리칠 무기와 오른손에 인간을 물리칠 무기를 들고 있었다. 반 헬싱 교수님이 빗장을 열고 문을 반쯤 열고 뒤로 물러나며 두 손을 다 쓸 수 있도록 준비했다. 현관문에 가까운 계단에 선 고덜밍 경과 퀸시 모리스를 본 순간 우리 얼굴에는 가슴 속의 기쁨이 훤히 드러났을 것이다. 둘은 서둘러 안으로 들어와 문을 닫았고, 고덜밍 경이 홀 안으로 들어오며 말했다.

"다 끝났습니다. 두 저택을 다 찾아냈고, 각각 여섯 상자씩 보관되어 있었는데 우리가 전부 다 파괴했어요!"

"파괴했다고?" 교수님이 물었다.

"그자가 사용하지 못하도록요!" 우리는 잠시 침묵했고, 그러다 퀸시가 입을 열었다.

"이젠 여기서 기다리는 수밖에 없어요. 만약 그자가 다섯 시까지 나타나지 않는다면, 여기서 떠나야 합니다. 해 진 후에 하커 부인을 홀로 남겨두어서는 안 되니까요."

"그자는 머지않아 이곳에 도착할 걸세." 반 헬싱 교수님이 수첩을 뒤적이며 말했다. "주의하게, 마담의 전보에 그자가 카팩스에서 남쪽으로 갔다고 했네. 즉 그자가 강을 건넌 게지. 그자가 강을 건널 수 있는 것은 휴조 때뿐이며 그 때는 한 시 전쯤이었을 거야. 그자가 남쪽으로 갔다는 것은 우리에게 의미가 있네. 아직까지 그자는 의심만 하고 있을 거야. 카팩스를 떠나

가장 방해를 덜 받을 거라 생각하는 저택으로 갔겠지. 자네들이 버몬지 저택에 다녀간 직후 그자가 그 저택에 간 것이 분명하네. 그자가 아직까지 이곳에 도착하지 않았다는 것은 그다음으로 마일엔드의 저택에 갔다는 뜻이야. 시간이 조금 걸릴 거야. 이리로 오려면 다시 강을 건너야 할 테니까. 친구들, 이제 얼마 남지 않았네. 이 기회를 놓치지 않도록 공격 계획을 세워 두어야 해. 자, 쉿, 이제 시간이 없어. 무기 전부 챙기고! 준비하게!" 교수님은 이 말을 하며 경고하듯 손을 들었다. 그 순간 현관문의 자물쇠에 열쇠가 부드럽게 돌아가는 소리가 들렸기 때문이다.

나는 그러한 순간에도 우두머리 성향을 타고난 친구가 그 기질을 어김없이 발휘하는 것에 그저 경탄하고 말았다. 세계 곳곳에서 사냥을 하고 모험을 다닐 때면, 퀸시 모리스가 언제나 행동 계획을 정하고 아서와 나는 그의 제안을 군말 없이 따르는 편이었다. 이제, 그 오래된 습관이 본능적으로 되살아난 모양이었다. 퀸시는 방안을 재빨리 훑어본 다음 즉시 공격 계획을 세웠고, 말 한마디 하지 않고 손짓으로 우리를 각자 위치로 배치했다. 반 헬싱 교수님과 하커, 나는 문 바로 뒤쪽에 서서 문이 열리면 교수님이 문을 밀고 우리 둘이 그자가 안으로 들어오지 못하게 막기로 했다. 퀸시와 고덜밍은 앞뒤로 나란히 숨어서 창문 앞으로 달려들 준비를 했다. 악몽을 꾸는 것처럼 느릿하게 흘러가는 매초를 조마조마한 마음으로 기다렸다. 느릿하고 신중한 발걸음 소리가 홀을 향해 다가왔다. 백작은 만약의 상황에 대비하고 있는 것이 분명했다.

느닷없이 그자가 단숨에 뛰어들어, 우리가 미처 손을 쓰기도 전에 우리를 지나쳐 안쪽으로 날아 들어갔다. 그 움직임은 마치 표범처럼 날래고, 초인적인 움직임이라 그가 들어온 충격에서 바로 벗어나 정신이 번쩍 들었던 것 같다. 가장 먼저 움직인 것은 하커였다. 그는 재빠르게 집 앞쪽에 위치한 방으로 뛰어들어갔다. 백작이 우리를 발견한 순간 얼굴을 무시무시하게 일그러뜨리며 길고 날카로운 윗송곳니를 드러냈지만, 그 사악한 미소를 순식간에 얼굴에서 지우며 우리를 오만한 사자같이 차갑게 응시했다. 그의 표정이 다시 변하는 순간, 우리는 일제히 그를 향해 달려들었다. 더 확실한 공격 계획을 세우지 못한 것이 안타까웠다. 달려드는 그 순간에조차 나는 어떻게 해야 하는지 확신이 서지 않았다. 우리가 든 무기가 도움이 될지도 알지 못했다. 하커가 그 점을 확인해보려 했는지 거대한 쿠크리 칼을 사납게 휘둘렀다. 그 일격은 대단한 것이었지만, 백작은 악마처럼 재빠르게 뒤로 피했다. 조금만 늦었더라면 그 예리한 칼날이 그의 심장을 뚫었을 것이다. 하지만 백작이 날래게 피한 탓에 칼끝은 외투 자락만 잘랐고 지폐 한 다발과 금화가 주르르 흘러내렸다. 백작의 얼굴이 얼마나 무시무시하던지 한순간 나는 하커가 걱정되었지만, 하커는 다시 한번 그 커다란 칼날을 내리쳤다. 나는 본능적으로 앞으로 나아가 왼손에 든 십자가와 제병을 들어올렸다. 내 팔에 막강한 힘이 감도는 것 같았으며, 그 괴물은 전에 우리가 비슷한 행동을 했을 때처럼 뒤로 물러났다. 백작의 얼굴에 떠오른 증오와 좌절이 뒤섞인 악랄한 표정은 말로 표현할 수가 없을 정도였다. 창백하던 얼굴이 푸르고 노란색이 돌며 두 눈은 빨갛게 불탔고, 이마의 빨간 흉터가 하얀 피부 위에서 꿈틀거렸다. 그다음 순간 백작이 교묘하게 몸을 숙여 하커의 팔 아래로 빠져나가더니 바닥에 떨어진 돈 한 줌을 움켜쥐고 방을 달려가 창밖으로 몸을 던졌다. 와장창 부서진 유리조각들과 함께 그는 아래의 판석 마당으로 굴러 떨어졌다. 유리조각이 떨어지는 소리 사이로 금화가 판석위에 떨어지는 듯 '챙그랑' 하는 소리가 들렸다.

창가로 뛰어가 보니 백작은 멀쩡한 모습으로 바닥에서 벌떡 일어났다. 그는 계단을 뛰어올라가 판석 마당을 가로질러 마구간 문을 한껏 밀어 열더니 우리를 돌아보며 말했다.

"너희는 나를 꺾었다고 생각하겠지. 푸줏간에 실려간 양들처럼 새하얀 얼굴로 나란히 선 꼬락서니로. 너희 모두 후회하게 될 거다! 너희는 내가 쉴 곳을 없앴다고 생각하겠지만, 그런 곳은 더 있어. 내 복수는 이제 막 시작되었다! 나는 수 세기에 걸쳐 내 집을 곳곳에 퍼트렸고, 시간은 내 편이다. 너희가 사랑하는 너희 여자들은 이미 내 것이다. 그리고 그 여자들을 통해 너희와 다른 모든 남자들도 내 것 - 내 동물들이 되어 내 명령에 따르고 내 자칼이 될 것이다. 하하!" 경멸하는 듯한 비웃음을 날린 그자는 재빨리 문안으로 들어갔고, 그가 안에서 문을 잠그는지 녹슨 빗장이 삐걱거리는 소리가 들렸다. 곧바로 마구간 반대편의 문이 열렸다 닫히는 소리가 났다. 우리 중 가장 먼저 입을 연 사람은 교수님이었다. 마구간을 통해 그자의 뒤를 쫓는 일이 어렵다는 것을 깨달은 우리는 현관 홀로 나갔다.

"우린 중요한, 아주 중요한 사실을 알게 되었네! 그토록 큰소리를 쳤지만 그자는 우리를 두려워하고 있어. 시간과 돈이 부족할까 봐 두려워하고 있네! 그렇지 않다면 왜 저렇게 서두르겠는가? 내 귀가 잘못된 게 아니라면 그자의 목소리에 그자의 감정이 드러났네. 왜 그 돈을 가져갔을까? 자네 둘은 빠르게 저 뒤를 쫓게. 자네들은 야생동물 사냥꾼이잖나. 나는 만약 그자가 돌아오면 이곳에 있는 것을 아무것도 사용하지 못하도록 해둬야겠네." 교수님은 이렇게 말하며 바닥에 남은 돈을 주머니에 넣고, 하커가 읽다가 내려둔 권리증서 꾸러미를 들고 나머지는 전부 벽난로에 쓸어 넣은 다음 성냥으로 불을 지폈다.

고덜밍과 모리스는 서둘러 마당으로 뛰어나갔고, 하커는 창가에서 몸을 숙여 백작의 뒷모습을 쫓았다. 하지만 백작은 마구간의 문에 빗장을 질러놓았고, 그 둘이 그 문을 열었을 때 그자의 흔적은 사라지고 없었다. 반 헬싱 교수님과 나는 집 뒤편에서 탐문 조사를 해보려 했지만, 길거리의 마구간은 죄다 텅비어 있었고 백작의 모습을 본 자는 아무도 없었다.

이제 오후 늦은 시각이었고 일몰까지는 얼마 남지 않은 시각이었다. 우리는 사냥이 끝났다는 사실을 인정해야 했다. 그리고 무거운 마음으로 교수님의 말에 동의했다.

"마담 미나에게 - 불쌍하고 가련한 마담 미나에게 돌아가세. 우리가 지금 할 수 있는 일은 끝났네. 적어도 그곳에 돌아가 마담 미나를 지킬 수는 있어. 하지만 절망할 필요는 없다네. 흙 상자가 하나 더 있을 뿐이니 우리는 그 상자를 반드시 찾아내야 하네. 그 상자만 처리하면 모든 일이 잘 끝날 거야." 교수님이 하커를 위로하려 가능한 용감하게 말씀하시는 모습이 역력했다. 불쌍한 하커는 절망에 빠져 있었다. 이따금씩 억누를 수 없는지 낮은 신음을 뱉었다. 아내를 생각하고 있는 것이다.

우리는 슬픈 마음으로 내 집에 돌아왔고, 하커 부인이 용감하고도 자상하게도 밝은 얼굴로 우리를 기다리고 있었다. 그러나 우리의 얼굴을 본 순간 부인의 얼굴은 죽은 사람처럼 창백해졌다. 그녀는 일이 초 정도 비밀 기도를 하는 것처럼 두 눈을 감았다가 뜨더니 웃으며 말했다.

"뭐라고 감사의 말을 드려야 할지 모르겠어요. 아, 불쌍한 내 남편!" 하커 부인은 남편의 하얗게 센 머리를 양손으로 잡고 키스했다. "이제 내게 기대어 쉬어요. 모든 게 다 잘 될 거예요, 여보! 하느님께서 선량한 의도로 그리 되길 뜻하신다면, 우리를 보호해주실 거예요." 불쌍한 하커가 신음했다. 처절한 절망에 빠진 하커에게 차마 말을 건넬 수가 없었다.

우리는 함께 모여 대강 저녁식사를 들었고, 배를 채우자 다들 기운이 솟은 것 같았다. 어쩌면 사람에게 필요한 것은 단순한 음식이 주는 열기나 - 우리는 아침식사 이후로 아무것도 먹지 못했으니 말이다 - 동지 의식인지도 모른다. 어찌된 일인지 우리의 절망감은 조금 누그러졌고, 내일에 대한 희망이 조금 생겨났다. 우리는 약속에 따라 하커 부인에게 낮 동안 있었던 일을 전부 말해주었다. 남편에게 위험이 닥치는 순간에는 얼굴이 하얗게 질리기도 하고, 남편이 자신에 대한 헌신을 보여준 순간에는 얼굴을 붉히기도 했으나 그녀는 용감하고 차분하게 이야기를 들었다. 하커가 무모하게 백작에게 덤비는 순간에 이르자, 하커 부인은 남편의 팔에 매달리며 꽉 움켜쥐었다. 마치 그렇게 하면 남편을 위험에서 지켜줄 수 있는 것처럼. 그래도 이야기가 모두 끝날 때까지 아무 말도 하지 않았다. 이야기를 마치자 하커 부인은 남편의 손을 잡은 채로 자리에서 일어나 말문을 열었다. 그 장면을 말로 설명할 수만 있다면 얼마나 좋을까. 젊음과 활기를 발산하는 그토록 상냥하고 훌륭한 여성이, 본인도 의식하고 우리가 이를 갈며 지켜보았으며 그 후로 뇌리에서 떠나지 않는 이마의 빨간 흉터를 간직한 채, 우리의 완강한 증오를 사랑스러운 다정함으로 다독이고 우리의 두려움과 의심을 부드러운 믿음으로 물리치던 모습을. 그토록 선량함과 순수함과 믿음을 가졌는데도 그 흉터가 있는 한 하느님에게서 버림받을 수밖에 없는 처지이면서도.

"조너선." 하커 부인의 입에서 나온 그 이름은 음악소리처럼 사랑과 다정함이 가득했다. "사랑하는 조너선, 그리고 내 진정한 친구분들, 이 끔찍한 시기를 헤쳐 나가며 한 가지만 명심해 주셨으면 좋겠어요. 여러분이 싸워야 하며, 진정한 루시가 돌아올 수 있도록 가짜 루시를 없애버린 것처럼 그자를 없애야 한다는 것도 잘 알아요. 하지만 이건 증오로 할 일이 아니에요. 온통 절망에 빠진 그 가련한 영혼이야말로 가장 안쓰러워요. 그자의 추악한 모습이 파괴되고 더 나은 모습으로 영적인 불사를 누리게 된다면 그가 얼마나 기뻐할지 생각해보세요. 여러분이 그자를 파괴하는 것을 머뭇거려서는 안 되지만, 그자 역시 가엾게 여기셔야 해요."

하커 부인이 이야기하는 동안 하커의 얼굴이 어두워지며 일그러졌다. 마치 그 안의 열정이 쪼그라드는 것처럼. 그가 자기도 모르게 아내의 손을 더 꽉 움켜쥐어 관자놀이가 하얗게 될 정도였다. 분명 아플 텐데도 하커 부인은 내색하지 않고, 다만 더욱더 애원하는 눈길로 남편을 바라볼 뿐이었다. 하커 부인이 말을 멈추자 하커가 아내의 손에서 자신의 손을 잡아채며 자리에서 벌떡 일어났다.

"하느님께서 내 손 안에 그자를 쥐어주시면 그자의 생명을 없애버리고 말겠어. 그리고 할 수만 있다면 그자의 영혼을 영원히 불타는 지옥에 던져놓을 거야!"

"오, 쉿! 쉿! 선량한 하느님의 이름에 대고 그런 말 하지 말아요, 조너선. 날 공포와 두려움으로 무너지게 할 생각이 아니라면요. 생각해봐요, 여보. 난 오늘 하루 종일, 종일 생각해봤어요…… 그러니까…… 언젠가…… 나 역시 그런 연민을 필요로 하게 될지도 모르는데, 당신 같은 사람들이 지금과 같은 분노에 휩싸여 나를 불쌍히 여기지 않는다고 생각해봐요! 아, 조너선! 조너선, 당신이 그런 생각을 버렸으면 좋겠어요. 하느님께 당신의 거친 말이 아닌 당신의 무너진 심장을, 괴로움이 휩싸인 사랑스러운 남자의 마음을 깊이 새겨주십사 기도드려요! 오, 하느님, 이 가련한 하얀 머리카락을 그가 받은 고통의 증거로 여기소서. 평생 잘못 한 번 한 적 없는 이 사람이 너무나도 많은 슬픔을 겪고 있습니다."

우리 남자들은 전부 눈물을 흘렸다. 도저히 참을 길이 없어 대놓고 흐느껴 울었다. 하커 부인 역시 자신의 상냥한 조언에 감동받은 우리를 보고 같이 흐느껴 울었다. 하커는 아내 옆에 털썩 무릎을 꿇고 아내를 끌어안으며 아내의 드레스 자락에 얼굴을 묻었다. 반 헬싱 교수님이 우리에게 손짓을 했고 우리는 조용히 방 안을 빠져나가, 사랑하는 부부가 하느님과 함께 조용한 시간을 보내도록 두었다.

하커 부부가 침실로 들어가기 전에 교수님은 흡혈귀가 들어오지 못하고, 하커 부인이 편안하게 쉴 수 있도록 방 안을 준비해놓았다. 하커 부인은 굳은 믿음을 가지려고 애썼으며, 남편을 위해 아무렇지 않은 척하려 애를 썼다. 나는 그러한 부인의 용감한 노력에 반드시 보상이 따를 것이라 생각하고 믿는다. 반 헬싱 교수님은 응급 상황이 발생할 경우 둘 중 아무라도 쉽게 울릴 수 있도록 근처에 종을 하나 가져다 놓았다. 둘이 침실로 들어간 후, 퀸시와 고덜밍, 그리고 나는 시간을 정해 서로 불침번을 서며 가련한 숙녀의 안전을 지키기로 했다. 첫 번째 불침번은 퀸시가 서게 되었고, 따라서 우리 나머지는 가능한 빨리 잠자리에 들기로 했다. 고덜밍이 두 번째 불침번 당번이라 그는 벌써 잠자리에 들었다. 이제 내 일이 끝났으니, 나 역시 잠자리에 들어야겠다.

조너선 하커의 일기

10월 3~4일, 자정 무렵 - 나는 어제가 결코 끝나지 않을 줄 알았다. 밀려오는 잠이 날 덮쳤고, 왠지 모르게 잠에서 깨어나면 상황이 좋은 쪽으로 바뀌어 있을 거라는 생각이 들었다. 우리는 헤어지기 전, 다음 단계를 의논했지만 아무런 결론을 내지 못했다. 우리가 아는 것은 흙 상자 하나가 남았으며 그곳의 소재지는 백작만이 안다는 것이 전부였다. 백작이 그 장소를 숨기고자 작정한다면 우리가 그 상자를 찾는 데 몇 년이 걸릴 수도 있고, 그 사이에! 생각만 해도 두려워서 감히 상상도 못하겠다. 이것 하나는 안다. 세상에 완벽한 여자가 있다면, 그건 바로 내 불쌍하고 가련한 아내라는 것이다. 나는 지난 밤 내 아내의 다정한 연민 때문에, 그 괴물에 대한 내 증오심을 비열한 것으로 만들어버린 그 연민 때문에 천 배는 더 그녀를 사랑하게 되었다. 분명 하느님께서는 그토록 사랑스러운 피조물을 버려 이 세상을 더욱 황폐하게 만들지는 않으실 것이다. 내 희망은 이것뿐이다. 우리 모두는 현재 암초를 향해 표류하고 있으며, 믿음은 우리의 유일한 닻이다. 하느님 감사합니다! 미나가 잠을 자고 있다. 꿈꾸지 않고 푹 자고 있다. 그렇게 끔찍한 일을 겪은 미나가 어떤 꿈을 꿀지 걱정된다. 해가 진 후로 미나는 좀 불안해 보였다. 그런 다음 한동안은 3월의 바람이 분 후 찾아온 봄처럼 그녀의 얼굴에 평화가 깃들었다. 당시에 나는 그것이 붉은 석양에 물들어 표정이 부드러워진 것이라 생각했지만, 지금 와 생각해보니 어쩐지 거기에는 더 깊은 의미가 있는 것 같다. 피곤하지만 – 죽을 듯 피곤하지만 졸리지가 않다. 그래도 잠을 자도록 노력해야 한다. 내일이 있으니까, 이 일이 끝날 때까지 내게 안식은 없으니까…….

　같은 날, 나중 – 깜빡 잠이 들었었는지 침대에 일어나 앉은 미나 때문에 잠에서 깼다. 미나는 놀란 표정을 짓고 있었다. 방 안의 불을 다 끄지 않았기에 그녀의 표정이 여실히 보였다. 미나는 조용히 하라는 듯 내 입에 손을 대고 내 귀에 대고 속삭였다.

　"쉿! 복도에 누군가 있어요!" 나는 조용히 자리에서 일어나 조심스럽게 방문을 열었다.

　방문 앞에는 모리스 씨가 매트리스 위에 누운 채로 깨어 있었다. 그가 조용히 하라며 손을 들어 올리고 내게 속삭였다.

　"쉿! 침대로 돌아가요. 아무 걱정 말고. 우리가 교대로 밤새 이 앞을 지킬 거예요. 더 이상 위험을 감수하고 싶지 않으니까!"

　그의 표정과 태도가 단호했기에 나는 방안으로 돌아가 미나에게 말했다. 미나는 안도의 한숨을 내쉬었고 가련하고 창백한 얼굴에 흐릿한 미소를 지으며 두 팔로 나를 감싸 안고 부드럽게 말했다.

　"아, 이토록 훌륭하고 용감한 남자들을 보내주신 하느님께 감사해야겠어요!" 미나는 한숨을 쉬며 다시 잠들었다. 나는 졸리지가 않아 이 일기를 쓰지만, 다시 자도록 노력해봐야겠다.

10월 4일, 아침 - 밤중에 나는 한 번 더 미나 때문에 잠을 깼다. 이번에는 우리 둘 다 푹 잤는지 새벽의 어스름한 회색빛이 사각형 창틀의 틈새로 들어오고 있었고 원반처럼 둥글던 가스 불빛은 작은 점으로 줄어들어 있었다. 미나가 다급하게 말했다.

"가서 교수님을 불러주세요. 당장 그분을 뵈어야 해요."

"왜?"

"무언가가 떠올랐어요. 밤에 잠을 자는 중에 떠오른 것 같아요. 날이 밝기 전에 교수님이 최면을 걸어주어야 꿈을 기억해 낼 수 있을 거예요. 서둘러요, 여보. 급해요." 나는 방문을 열었다. 수어드 박사가 매트리스 위에 누워 있다가 날 보고 자리에서 벌떡 일어섰다.

"무슨 일 있습니까?" 그가 황급히 물었다.

"아니요. 미나가 당장 반 헬싱 박사님을 불러달랍니다."

"내가 가죠." 수어드 박사가 서둘러 교수님의 방으로 향했다.

2, 3분쯤 지나자 반 헬싱 교수님이 가운 차림으로 방안에 들어섰고, 모리스 씨와 고덜밍 경은 문 앞에서 수어드 박사에게 무슨 일이냐고 물었다. 교수님은 미나의 미소를 보고 - 교수님의 얼굴에 어린 불안감을 몰아내는 환한 미소를 보고 손을 비비며 말했다.

"오, 친애하는 마담 미나, 대단한 변화군요. 보게, 조너선, 우리가 사랑하는 마담 미나, 과거의 마담 미나가 돌아왔네!" 그러고는 미나를 바라보며 쾌활하게 물었다. "그래, 내가 무얼 도와드릴까요? 이 시간에 날 보자고 하다니 무슨 일이죠?"

"교수님이 제게 최면을 걸어주셨으면 좋겠어요! 동이 트기 전에 해주세요. 그러면 자유롭게 다 말할 수 있을 것 같아요. 서둘러주세요. 시간이 없어요!" 교수님은 아무 말 없이 미나에게 침대에 일어나 앉으라고 손짓했다.

교수님은 미나를 지긋이 응시하며 미나의 앞에 앉아 최면을 걸기 시작했고, 교수님의 손이 한 번 움직일 때마다 미나의 정수리가 아래로 떨어졌다. 미나는 서너 분 동안 교수님을 빤히 응시했고, 그동안 불안한 마음에 내 심장은 스프링 해머처럼 끊임없이 뛰어댔다. 점차 미나의 눈이 감기고 미동도 없어졌다. 부드럽게 오르락내리락하는 가슴만이 미나가 살아 있다는 사실을 알려주었다. 교수님이 몇 번 더 손을 돌리다 멈추었고, 교수님의 이마에는 굵은 땀방울이 송글송글 맺혀 있었다. 미나가 다시 눈을 떴지만, 좀 전과 같은 사람이 아닌 것 같았다. 두 눈은 어디 먼 곳을 보는 듯 아련했고, 그녀의 목소리는 내게 생소한 슬프고 꿈꾸는 듯한 목소리였다. 교수님이 손을 들어 침묵하라고 신호를 보낸 뒤, 내게 다른 사람들도 안으로 데려오라고 손짓했다. 다들 발끝으로 살금살금 방안으로 들어와 문을 닫고 침대 발치에 서서 지켜보았다. 미나는 그들이 보이지 않는 듯했다. 고요한 정적은 미나의 생각의 흐름을 깨지 않을 만큼 낮고 평탄한 교수님의 목소리에 깨졌다.

"지금 어디 있죠?"

미나의 대답은 모호했다.

"모르겠어요. 잠에는 이렇다 할 장소가 없으니까요." 서너 분 동안 침묵이 흘렀다. 미나는 경직된 자세로 앉아 있었고, 교수님은 선 채로 뚫어져라 미나를 바라보았다. 나머지 우리들은 숨소리도 제대로 내지 못했다. 방 안이 점차 밝아졌다. 반 헬싱 박사님은 미나의 얼굴에서 눈을 떼지 않은 채, 내게 커튼을 올리라고 손짓했다. 나는 박사님의 지시에 따랐다. 날이 금방이라도 밝을 것 같았다. 붉은 햇살이 솟아올랐고 장밋빛 빛이 방안으로 퍼지는 것 같았다. 그 순간 박사님이 다시 질문을 던졌다.

"지금 어디에 있죠?" 미나의 답변은 꿈꾸는 듯했지만 의지가 담겨 있었다. 마치 무언가를 해석하는 것 같았다. 미나가 속기 기록을 읽을 때 그러한 목소리를 내는 것을 들은 적이 있다.

"모르겠어요. 제겐 너무 낯선 곳이에요!"

"뭐가 보입니까?"

"아무것도 보이지 않아요. 온통 캄캄해요."

"무슨 소리가 들리죠?" 나는 교수님의 인내심 있는 목소리에서 긴장감을 감지했다.

"파도소리요. 작은 파도들이 솟아올랐다 내려앉아요. 바깥에서 그 소리가 들려요."

"그럼 당신은 배 위에 있나요?" 우리는 다들 서로의 얼굴을 쳐다보며 무언가를 알아내보려 애썼다. 생각하기가 두려웠던 것이다. 대답은 빨리 나왔다.

"아, 네!"

"또 무슨 소리가 들리죠?"

"위쪽에서 사람들이 뛰어다니는 것처럼 쿵쿵거리는 발자국 소리가 들려요. 사슬이 삐걱거리는 소리랑 닻을 감아올리는 것처럼 크게 철컹거리는 소리가 들려요."

"당신은 무엇을 하고 있죠?"

"전 가만히 있어요 - 아, 아주 가만히. 죽은 사람처럼요!" 미나의 목소리는 잠자는 사람이 내쉬는 깊은 숨소리처럼 꺼졌고 두 눈을 다시 감았다.

이때쯤 태양이 높이 떠올라 방 안은 대낮처럼 환했다. 반 헬싱 박사님이 양손으로 미나의 어깨를 잡아 부드럽게 베개 위에 머리를 눕혔다. 미나는 잠시 잠자는 아이처럼 누워 있다가 긴 한숨을 내쉬며 잠에서 깨어 놀란 눈으로 주위의 우리를 둘러보았다. "제가 무언가 말을 했나요?"가 그녀가 말한 전부였다. 말해주지 않아도 상황을 아는 것 같았지만, 자신이 무슨 말을 했는지 간절히 알고 싶어 했다. 박사님이 최면 상태로 나눈 대화를 반복해주자 미나가 말했다.

"그렇다면 한시가 급해요. 아직은 늦지 않았는지도 몰라요!"

모리스 씨와 고덜밍 경이 방문으로 달려 나가려 했지만 교수님이 차분한 목소리로 그들을 불러 세웠다.

"기다리게, 친구들. 그 배는 어떤 배인지 몰라도 닻을 끌어올리고 있었네. 이 런던의 거대한 항구에는 이 순간 닻을 끌어올리고 출항할 준비를 하는 배들이 수없이 많지. 그중에서 어떻게 찾으려는가? 하느님 덕분에 우리는 다시 한번 단서를 손에 넣었지만, 그 단서가 우리를 어디로 이끌지는 알지 못하네. 우리가 그동안 눈이 멀었던 게야. 돌아보면 우리가 찾던 것을 볼 수도 있었던 것을! 아아, 허나 이제와 이런 말이 무슨 소용이야, 그렇지 않은가? 우리는 이제 백작이 돈을 움켜잡을 때 무슨 생각이었는지 알 수가 있네. 조너선의 격렬한 칼날이 그조차도 두려워할 만큼 그자를 위험에 밀어 넣었을 때 말이야. 그자는 도망칠 생각인 게야. 내 말 들었나, 탈출이라고! 흙 상자는 하나만 남고 여우 사냥개처럼 뒤를 쫓는 남자들이 있으니 이 런던은 자신이 있을 곳이 아니라 판단한 게야. 마지막 상자를 가지고 배에 올라 이 땅을 떠나려는 것일세. 그자는 탈출을 할 생각이지만, 어림없는 소리! 우리가 뒤를 쫓아갈 거야. 우리 친구 아서가 빨간 코트를 입고 여우 사냥에 나설 때처럼 이랴! 이랴! 하면서. 우리가 쫓는 늙은 여우는 교활하다네. 아! 아주 교활하지. 그러니 우리도 교활하게 그 뒤를 쫓아야 하네. 나 역시 교활하니, 나는 잠시 그자의 머릿속을 들여다봐야겠어. 그동안 편안하게 쉬도록 하세. 우리 사이에는 그자가 건너길 원하지 않고, 원한다 해도 건널 수 없는 바다가 놓여 있네. 그 배가 육지에 닿고 만조나 휴조가 되어야만 건널 수 있는 바다가. 보게. 태양은 이제 막 떴고 해가 질 때까지 우리에겐 하루 종일이라는 시간이 있네. 씻고 옷을 입고 양껏 아침식사를 하세. 그자가 우리와 같은 땅에 있지 않으니 편안하게 식사를 할 수 있을 걸세." 미나는 간절한 눈빛으로 교수님을 바라보며 물었다.

"하지만 왜 우리가 계속 그자를 쫓아야 하죠? 그자가 우리에게서 도망쳤는데요?" 교수님은 미나의 손을 잡고 토닥이며 대답했다.

"아직은 아무것도 묻지 말아요. 아침식사를 한 다음에 모든 질문에 답하죠." 교수님은 더 이상 아무 말 하지 않았고, 우리는 각자 방으로 흩어졌다.

아침식사를 마친 후 미나가 다시 그 질문을 던졌다. 교수님은 잠시 진지한 표정으로 미나를 바라보더니 안타까운 듯 말했다.

"그건 말입니다, 친애하는 마담 미나, 지금은 그 어느 때보다도 지옥의 입구까지 가서라도 그자를 찾아내야 하기 때문이에요!" 미나의 얼굴이 점점 더 창백해지더니 희미한 목소리로 물었다.

"왜요?"

"그건 말이죠." 교수님이 엄숙하게 대답했다. "그자는 수 세기를 살 수 있고, 마담은 인간이기 때문이에요. 그자가 마담의 목에 자국을 남겼으니, 이젠 한시가 급해요."

나는 기절해 쓰러지는 미나를 얼른 안아들었다.

제24장

수어드 박사의 축음기에 녹음된 반 헬싱의 전언

이건 조너선 하커에게 남기는 것일세.

자네는 사랑스러운 마담 미나의 곁을 지키게. 우리는 수색을 나설 것이네. 그렇게 불러도 될지 모르겠네. 이것은 수색이 아니라 이미 알고 있는 사실을 확인하고자 하는 것뿐이니 말이야. 허나 자네는 오늘 여기 남아 아내를 보살피게. 그것이야말로 자네의 가장 중요하고 성스러운 임무일세. 오늘은 어떻게 해도 이곳에서 그자를 찾을 수가 없네. 우리 넷이 이미 알고 있는 사실을 자네에게도 말해주겠네. 백작, 우리의 적은 이 땅을 떠났네. 트란실바니아의 성으로 돌아갔어. 거대한 불길이 벽에 남긴 흔적처럼 명백한 사실이야. 그자는 이러한 상황을 준비해두었고, 마지막 흙 상자는 어딘가의 배에 실려 있지. 배에 오르기 위해 그자는 돈을 가져간 것일세. 배에 오르기 위해 그자는 그토록 서둘러 도망친 거야. 해가 지기 전에 우리가 그자를 잡지 못하도록. 이것이 그자의 마지막 희망이었지. 가련한 루시 양이 자신을 위해 언제든 열어줄 그 무덤에 숨는 방법을 제외하면 말일세. 그래서 그자는 곧장 마지막 수단을 쓴 거야. 그자는 영리하다네. 아, 아주 영리하지! 그자는 이곳에서의 게임이 끝난 것을 알고, 집으로 돌아가기로 결심했네. 자신이 온 길로 가는 배를 찾아내어 그 배에 올랐지. 우리는 이제 그 배를 찾아내어 어디로 향했는지 알아볼 참이네. 알아내는 즉시 돌아와 자네에게 모든 것을 말해주지. 그런 다음 새로운 희망으로 자네와 가련한 마담 미나를 위로해주겠네. 잘 생각해보면 희망이 보일 걸세. 모든 게 끝난 것이 아니라는 사실을 알게 될 거야. 우리가 쫓는 이 괴물은 런던에 오기까지 수백 년이 걸렸네. 하지만 우리는 하루 만에 그자를 이곳에서 몰아냈네. 그자가 비록 수많은 해를 가할 수 있을 정도로 강하고 우리처럼 고통 받지 않지만, 그자에게도 한계는 있네. 우리는 목적이 있기에 강하고, 함께 뭉치면 더욱 강하지. 마담 미나의 남편인 자네가 기운을 내야 해. 이 싸움은 이제 막 시작되었고, 결국에는 우리가 이길 것이네. 하느님께서 높으신 곳에서 그의 자녀들을 굽어보고 계신 것만큼이나 확실하네. 그러니 우리가 돌아올 때까지 마음 편히 가지고 기다리게나.

반 헬싱.

조너선 하커의 일기

10월 4일 — 반 헬싱 교수님이 축음기에 남긴 전언을 미나에게 읽어주자, 가련한 미나의 얼굴이 눈에 띄게 밝아졌다. 이미 백작이 이 땅을 떠났다는 점이 미나에게 위안을 주었고, 위안은 그녀에게 힘이 되었다. 나로서는 그 무시무시한 위협이 눈앞에 없다는 것이 믿겨지지 않았다. 드라큘라 성에서의 끔찍했던 경험도 오래전 잊어버린 꿈만 같다. 눈부신 햇살에 가을 공기는 청명하고⋯⋯.

아아! 내가 그 사실을 어찌 믿지 못할 수 있을까! 문득 내 눈길이 내 가련한 아내의 하얀 이마에 찍힌 붉은 흉터에 닿았다. 그 흉터가 남아 있는 한 이 사실을 믿지 못할 수가 없다. 그리고 그에 대한 기억이 믿음을 굳건히 지켜줄 것이다. 미나와 나는 할 일 없이 빈둥거리는 것이 두려워, 모든 일기를 읽고 또 읽었다. 어쩐지 매 순간 현실이 더 크게 다가오고 고통과 두려움은 점점 줄어드는 것 같다. 점점 우리의 목적이 분명해졌고 그

것이 위안이 된다. 미나는 어쩌면 우리가 궁극적인 선을 위한 도구일지도 모른다고 한다. 그럴지도 모르지! 나는 미나의 말처럼 생각하려 노력할 것이다. 우리는 아직까지는 서로 앞일을 말하지 않았다. 교수님과 다른 일행이 조사를 마치고 돌아올 때까지 기다리는 것이 낫다.

낮은 생각보다 훨씬 더 빠르게 흘러간다. 벌써 세 시다.

미나 하커의 일기

10월 5일, 오후 5시 - 보고 회의.

참석자 : 반 헬싱 교수님, 고덜밍 경, 수어드 박사님, 퀸시 모리스 씨, 조너선 하커, 미나 하커.

반 헬싱 박사님이 낮 동안 드라큘라 백작이 탈출을 위해 어떤 배를 탔고 어디로 향했는지 알아내기 위해 취했던 조치들을 설명해주셨다.

"나는 그자가 트란실바니아로 돌아갈 생각이라는 걸 알았기에, 그자가 분명 다뉴브 강 어귀를 지나가거나, 흑해 어딘가를 지나갈 거라 확신했네. 하지만 어디서부터 시작해야 할지 눈앞이 막막했지. 옴네 이그노툼 프로 마그니피코(미지의 것은 뭐든 위대해 보이는 법). 그래서 무거운 마음으로 어젯밤 흑해로 떠난 배들을 찾아보기 시작했네. 마담 미나가 닻을 올렸다고 말해주었으니, 운항 중인 배에 타고 있을 테니까. 〈타임〉지에 실리는 선박의 출항 목록에는 중요한 선박들만 실리니, 고덜밍 경의 제안에 따라 아무리 작은 배라도 모든 배의 출항을 죄다 기록하는 로이드 사로 갔네. 그곳에서 밀물에 흑해로 떠난 배를 한 척 찾아냈지. 그 배는 차리나 예카테리나호로, 두리틀 항을 출발해 바르나로 갔다가 다른 지역들을 거쳐 다뉴브 강으로 올라가더군. 난 바로 '백작이 타고 있는 것이 이 배다!' 생각했지. 그래서 우리는 두리틀 항으로 가서, 얼마나 작던지 거기보다 거기 있는 사람이 더 커 보이는 사무실에서 한 남자를 만났네. 그자에게 차리나 예카테리나호의 항로를 물어보았지. 그 친구가 입이 걸고 얼굴은 벌건 데다 목소리도 크지만 그래도 좋은 사람이었네. 퀸시가 주머니에서 빳빳한 소리가 나는 것을 세어 그 친구 옷자락 깊숙이 숨겨져 있는 아주 작은 호주머니에 넣어주었더니 한층 더 살갑게 굽실거리더군. 그 친구가 우리를 데려가 거칠고 성미 사나운 남자들 여럿에게 물어보았네. 이 친구들 역시 목을 축여주니 더 나아졌어. 이 친구들도 내가 알아듣지는 못하지만 짐작은 할 수 있을 법한 욕설을 수없이 내뱉었지만, 그래도 우리가 궁금해 하는 것들을 모두 말해주었다네.

어제 오후 다섯 시쯤 한 남자가 아주 급하게 왔다는군. 키가 크고 마르고 창백한 데다 콧등이 높고 이는 아주 새하얗고 눈은 불타는 것 같은 남자가. 온통 검은 옷을 입고 그에게나 시기적으로나 어울리지 않는 밀짚모자를 쓰고 있었다고. 그자가 혹 해나 다른 어디로 항해하는 배를 급히 찾는다며 돈을 뿌렸다네. 어떤 사람이 그자를 사무실로, 그다음에 배로 안내했는데 그자는 배에 오르지 않고 건널판자 끝의 해안에 멈춰 서서 선장에게 내려오라고 부탁했어. 선장이 오자 그자가 돈을 두둑이 지불하겠다고 했고, 선장은 처음에는 있는 대로 욕을 퍼부었지만 결국 허락했네. 그런 다음 그 호리호리한 남자가 떠났고 누군가 그에게 말과 수레를 빌릴 수 있는 곳을 알려주었다는군. 남자가 그곳으로 가 곧 다시 거대한 상자 하나를 실은 수레마차를 직접 끌고 와 내려놓았지만, 그 상자를 배에 싣는 데는 서너 명의 일꾼이 달려들어야 했대. 남자가 선장에게 상자를 놓을 곳에 대해 장황하게 설명을 했지만, 선장은 귀찮은 표정으로 여러 나라 말로 욕설을 지껄이며 정 그러면 직접 배 안에 들어가 상자를 놓을 곳을 지정하라고 했네. 하지만 남자는 '싫다'며 할 일이 많아 아직은 안 된다고 했고. 그 말에 선장은 – 빌어먹을 – 조류가 바뀌기 전에 – 빌어먹을 – 배가 곧 출발할 테니 – 빌어먹을 – 서두르는 게 좋을 거라고 했고. 그러자 호리호리한 남자는 빙그레 미소를 지으며 물론 때가 되면 출발해야겠지

만 너무 빨리 출발하지는 않는 게 좋을 거라고 덧붙였다네. 선
장은 다시 여러 나라 말로 욕설을 지껄였고, 호리호리한 남자
는 배가 출항하기 전에 배에 승선할 수 있도록 친절을 베풀어
주어 고맙다고 인사를 했대. 결국 선장은 그 어느 때보다 얼굴
이 더 벌개져서는 더 여러 나라 말로 -빌어먹을, 재수 없는, 어
쩌고저쩌고 해 가며 - 프랑스인은 자기 배에 태우고 싶지 않다
고 했다는군. 그렇게 그자는 선적 서류를 구할 수 있는 가장 가
까운 곳을 물은 다음 자리를 떠났어.

그 친구들의 말에 따르면 아무도 그자가 어디로 갔는지 모르
고 아무도 '빌어먹을' 신경도 쓰지 않았다네. 또 다시 빌어먹을
- 생각할 거리가 있었으니까. 차리나 예카테리나호가 예상대로
출항하지 못하게 되었거든. 옅은 안개가 강에서 슬금슬금 솟아
오르더니 점차 점차 짙어져 곧 자욱한 안개가 되어 배와 그 주
변을 온통 휘감았어. 선장은 수 개 국어로 - 아주 여러 개 나라
말로 - 빌어먹을 어쩌고 하며 욕설을 퍼부었지만 어떻게 손을
쓸 방법이 없었지. 수면이 점점 높아졌고, 선장은 이러다 물때
를 놓치는 게 아닌가 걱정이 되기 시작했지. 선장은 기분이 영
언짢았는데 만조가 되는 순간 그 호리호리한 남자가 다시 건널
판자를 올라와 상자를 실은 곳을 보여달라고 부탁했다네. 그러
자 선장은 그와 그의 상자가 - 또 빌어먹을 어쩌고 해가면서 -
다들 지옥으로 꺼져버렸으면 좋겠다고 대꾸했네. 허나 호리호

리한 남자는 기분 나쁜 내색도 없이 항해사와 함께 아래로 내려가 상자를 실은 것을 확인하고 다시 갑판 위로 올라와 한동안 안개 속에 휩싸인 갑판 위에 서 있었지. 그 남자가 혼자 떠났는지, 아무도 그자의 모습을 보지 못했어. 사실 선원 중 그 누구도 그 남자는 안중에도 없었지. 곧 안개가 서서히 걷히더니 다시 하늘이 맑아졌으니까. 술 좋아하고 입 건 내 친구들은 웃음을 터트리며, 선장이 그 시각 강을 오르내리던 다른 배의 선원들에게 질문을 던져서 부두에 있던 선원들 외에 안개를 본 친구들이 거의 없다는 사실을 알고는 평소보다 더한 욕설을 퍼붓고 그 어느 때보다 우스꽝스러운 얼굴을 했다고 이야기해주더군. 어쨌거나 그 배는 썰물에 출항했고, 아침이면 강어귀까지는 분명 내려갈 거라네. 그 친구들이 말하기를 그때쯤이면 바다까지 나갔을 거라는군.

친애하는 마담 미나, 따라서 우리는 한동안 쉬어야 해요. 우리의 적은 마음대로 안개를 휘두르며 바다를 지나 다뉴브 강어귀로 가는 길이니까요. 배를 타고 가는 것은 시간이 걸리고, 배는 절대 서두르는 법이 없어요. 그리고 우리가 육지를 통한다면 더 빨리 도착해 도착지에서 그자를 만날 수 있을 겁니다. 우리의 가장 큰 희망은 일출과 일몰 사이에 상자 안에 있는 그자를 덮치는 겁니다. 그때라면 그자는 반항할 수 없고, 우리는 마음껏 그자를 해치울 수 있을 테니까요. 우리에겐 며칠이라는 시간이 있으니 그 시간 동안 계획을 세워둘 수 있어요. 우리는 그자가 가는 곳을 알고 있습니다. 그 배의 소유주를 만나보았고, 그 소유주가 우리에게 모든 송장과 서류를 다 보여주었죠. 우리가 찾는 그 상자는 바르나에서 내려 그자가 고용한 대리인에게 인수될 테고, 대리인은 신용장을 제출할 겁니다. 우리의 상인 친구가 그 순간에 자신의 역할을 수행할 거예요. 그 친구가 당연한 의구심을 품고 전보를 쳐서 무슨 문제가 있냐고 묻고 바르나에서 조사를 하려 들면 우리는 '아니'라고 대답할 겁니다. 그 상자는 경찰이나 법률이 해결할 일이 아니니까요. 그 상자는 우리만이, 우리만의 방식으로 해결해야 하니까요."

반 헬싱 박사님이 말을 멈추자, 나는 박사님에게 백작이 배에 남아 있다고 확신하느냐고 물었다. 박사님은 이렇게 대답했다. "우리에겐 최고의 증거가 있지요. 바로 오늘 아침 최면에 걸렸을 때 마담이 그리 증언했지요." 나는 교수님께 다시 한번 반드시 백작의 뒤를 쫓아야만 하느냐고 물었다. 왜냐하면 아! 조너선이 나를 떠나는 것이 무서웠고, 다른 사람들이 간다면 조너선 역시 함께할 것이 분명하기 때문이다. 시작은 조용하던 박사님의 말투가 점점 열기를 띠었다. 이야기가 계속되면서 교수님의 말투는 더 분노에 차고 더 강력해져, 결국 우리는 교수님이 그토록 오랜 세월 권위자로 군림할 수 있었던 카리스마를 어느 정도 직접 확인했다.

"그럼요, 반드시 – 반드시– 반드시요! 첫째는 마담을 위해서이고, 그다음은 인류를 위해서죠. 이 괴물은 벌써 자신이 있는 좁은 반경 내에서도, 그것도 오로지 자유롭게 움직일 수 있는 밤에만 수많은 사람들을 해쳤어요. 이 이야기는 다른 사람들에게는 이미 했지요. 친애하는 마담 미나께서 제 친구 존의 축음기 일기나 남편의 일기를 읽어보시면 알게 될 겁니다. 나는 이 친구들에게 그자가 고향의 황폐한 땅 – 사람 씨가 말라 황폐한 땅 –을 떠나 수없이 늘어선 옥수수밭처럼 인간의 생명이 풍부한 새 땅으로 오게 된 것이 수 세기에 걸친 계획의 결과라고 말해주었지요. 혹시라도 백작과 같은 계획을 꾸미는 불사귀가 또 있다 해도 백작처럼 성공을 거두지는 못할지도 모릅니다. 기이하고 깊고 강한 자연의 모든 힘들이 한데 뭉쳐 놀라운 방식으로 작동한 게 분명해요. 백작이 살았던 바로 그곳, 이 수 세기 동안 불사귀가 살았던 바로 그곳은 지리학적으로나 화학적으로나 기이한 것 투성이에요. 그곳에는 아무도 가본 적 없는 깊은 동굴들과 균열들이 있지요.

화산들도 많고, 그중 일부는 아직도 활발하게 활동 중인 활화산이라 사람을 죽이기도 하고 사람에게 활기를 주기도 하는 독특한 성분의 온천수와 가스들을 아직까지 내뿜고 있습니다. 분명 이러한 기묘한 힘들의 조합에는 육체에 기이한 방식으로 작용하는 자기력이나 전기력이 있는 게 분명해요. 백작은 힘겨웠던 시절, 전쟁이 끊이지 않던 시절에는 그 어떤 남자보다 더 강철 같은 신경, 더 뛰어난 두뇌, 더 용맹한 심장을 가진 자로 칭송을 받았죠. 그자의 안에서 어떤 생명력이 기이한 방식으로 극대화된 거예요. 그리고 그자의 몸이 강하게 성장하면서 그의 두뇌 역시 성장했지요. 이건 필시 악마의 도움을 받은 겁니다. 그러니 선한 주님의 상징과 그것이 내뿜는 힘에 굴복하는 거죠. 우리에게 백작은 그런 존재인 겁니다. 백작은 마담을 감염시켰어요 – 아, 이 말을 하는 나를 용서해요, 친애하는 마담. 하지만 이 말을 하는 건 마담을 위해서랍니다. 백작은 마담을 아주 교묘하게 감염시켜 놨어요. 더 이상 그자가 아무런 짓도 하지 않더라도, 마담은 옛날처럼 사랑스러운 인생을 계속 살다가도 인간이면 누구나 맞이하는 죽음의 때가 찾아오면 그자처럼 변하고 말 겁니다. 이런 일은 일어나서는 안 돼요! 우리는 그런 일이 없도록 하겠다고 다 함께 맹세했습니다. 따라서 우리는 하느님의 뜻을 따르는 종으로, 주님의 아들이 목숨 바쳐 지킨 이 세상과 사람들을 괴물들에게, 존재 자체가 주님에 대한 모욕인 괴물들에게 넘기지 않을 겁니다. 주님의 허락으로 우리는 이미 한 명의 영혼을 구제했고, 그 옛날 십자군처럼 더 많은 영혼들을 구제할 거예요. 그들과 마찬가지로 우리는 해 뜨는 곳을 향해 길을 떠날 것이고, 그들과 마찬가지로 우리는 대의를 위해 목숨을 바칠 겁니다." 교수님이 말을 멈추었고 내가 입을 열었다.

"하지만 백작이라면 이 상황에서 현명하게 빠져나가려 하지 않을까요? 영국에서 쫓겨났으니 호랑이가 사냥꾼이 있는 마을을 피하듯 피하지 않겠어요?"

"아하! 마담의 호랑이 비유가 내 마음에 쏙 드는군요. 그 식인귀, 한 번 사람의 피맛을 본 호랑이를 인도에서 그리 부르더군요. 그 식인귀는 다른 먹이에는 관심을 보이지 않고 인간을 찾아 끝없이 헤맨답니다. 우리 마을에서 사냥한 이 호랑이 역시 식인귀고 그자는 절대 먹이 찾기를 멈추지 않아요. 네, 그자는 모든 걸 그만두고 멀찍이 숨어 있을 자가 아니에요. 살아생전 그자는 터키 국경을 넘어가 그들을 공격했어요. 패배해 고국으로 돌아온 뒤 그대로 가만히 있었을까요? 아니요! 그자는 가고, 가고, 또 갔어요. 그토록 대단한 끈기와 인내심이 있는 자예요. 어린아이의 머릿속에 오랫동안 대도시로 올 생각을 품고 있었던 겁니다. 그자가 무엇을 했습니까? 전 세계에서 자신에게 가장 걸맞은 장소를 찾아냈어요. 그런 다음 임무를 수행할 준비를 차근차근히 이어갔죠. 그자는 인내심 있게 자신의 힘이 어느 정도인지, 자신이 가진 힘이 무엇인지 알아보았고 새로운 언어를 공부했어요. 새로운 사교생활도 익혔죠. 새로운 환경, 정치, 법률, 경제, 과학, 새 땅과 새 사람들의 관습까지 익혔어요. 이렇게 어렴풋이 본 새 땅은 그자의 식욕을 더욱 돋우고 그자의 욕망을 더 강렬하게 불태웠습니다. 아니, 그 덕분에 그자의 두뇌가 성장했죠. 그자는 자신의 추측이 얼마나 옳았는지 확인을 했으니까요. 그자는 이 일을 홀로, 완전히 홀로 해냈습니다. 잊혀진 땅의 버려진 무덤 안에서. 거대한 세상의 지식이 그자의 앞에 펼쳐지면 그자가 그보다 더한 일은 무엇이든 못하겠습니까. 우리가 알다시피 그자는 죽음을 보며 미소를 지을 수 있고, 인류 전체를 멸망으로 몰아넣을 무시무시한 전염병이 돌아도 살아남을 수 있죠. 아, 만약 그러한 자를 악마가 아닌 하느님이 내리시는 거라면, 선하신 주님의 힘으로 그자를 우리가 사는 이 세상에 발도 못 붙이게 했을 텐데. 하지만 우리는 세상을 그자의 손아귀에서 해방시키기로 맹세했습니다. 우리는 조용히 이 고단한 임무를 수행해야 하고, 우리가 기울이는 노력은 전부 비밀에 부쳐야 해요. 문명화된 현재에는, 사람들이 본 것도 믿지 않는 현시대에는 현명한 자들의 의심이 그자의 가장 큰 힘이 될 테니까요. 의심은 즉시 그자의 칼집이자 무기가 될 것이며, 그 무기는 그의 적인 우리를, 사랑하는 사람을 위해, 인류를 위해, 하느님의 명예와 영광을 위해 자신의 영혼조차 버릴 위험을 기꺼이 감수하는 우리를 파괴할 겁니다."

전반적인 상황을 의논해 본 후, 오늘 밤에는 확실한 결론은 내리지 않기로 했다. 각자 진지하게 사실들을 생각해보고 나름의 결론을 내보기로 했다. 내일 아침식사 때 다시 만나 서로에게 자신의 결론을 말한 후, 확실한 방법을 결정할 것이다.

오늘 밤은 기분이 좋을 정도로 평화롭고 아늑하다. 나를 따라다니던 어떤 존재가 사라진 것 같다. 어쩌면……

내 추측은 끝을 맺지 않았고 끝을 맺을 수도 없었다. 문득 거울에 미친 내 이마의 붉은 자국을 보고 말았으니까. 나는 내가 여전히 불결하다는 사실을 알고 있으니까.

수어드 박사의 일기

10월 5일 - 다들 일찍 일어났고, 다들 잠을 잔 덕에 한결 나아 보였다. 이른 아침식사를 하러 나가보니 예상치 못한 쾌활한 분위기가 감돌았다.

인간의 본성에 내재된 회복력이란 정말 대단하다. 아무리 좌절해도 - 죽음이 찾아와도 - 인간은 그 절망을 딛고 다시 희망과 즐거움을 찾아낸다. 식탁 앞에 둘러앉은 일행들을 둘러보며, 나는 지난날이 전부 꿈이 아닌가 하는 의아함에 눈을 크게 떴다. 하커 부인의 이마에 찍힌 붉은 얼룩을 보고 나서야 나는 현실로 돌아왔다. 진지하게 이 일을 되짚어보고 있는 지금조차, 우리의 모든 고난의 근원이 여전히 존재한다는 게 믿기 힘들 지경이다. 하커 부인조차 자신의 고민을 완전히 잊은 것 같다.

그저 이따금씩 머릿속에 무언가 떠오를 때만 그 끔찍한 흉터를 떠올리는 것 같다. 우리는 삼십 분 뒤 내 서재에서 만나 행동 방침을 결정하기로 했다. 지금 당장의 어려움은 한 가지뿐이며, 그것은 이성적이라기보다는 본능적으로 파악한 것이다. 우리가 모두 솔직하게 털어놓기로 했지만, 아무래도 알 수 없는 어떤 이유로 불쌍한 하커 부인의 말문이 막힌 것 같다. 나는 하커 부인이 자신만의 결론을 내렸으며, 그것은 분명 훌륭하고 진실한 결론일 것이라 믿는다. 하지만 하커 부인은 그 결론을 입 밖에 내지 않거나 낼 수 없을 것이다. 나는 반 헬싱 교수님에게 이러한 속내를 털어놓았고, 단둘이 이에 대해 이야기를 나눠볼 작정이다. 내 생각에는 그자가 하커 부인의 혈관에 주입한 끔찍한 독이 효과를 발휘하기 시작한 것 같다. 반 헬싱 교수님이 '흡혈귀의 피의 세례'라 부르는 것을 백작이 하커 부인에게 내렸을 때는 그만의 목적이 있었을 것이다. 음, 어쩌면 선한 것들을 몰아내는 독이 존재할지도 모른다. 프토마인이 존재하는 세상인데 무엇이라고 없을까! 한 가지는 확실하다. 가련한 하커 부인의 침묵에 관한 내 짐작이 사실이라면, 심각한 어려움이 ─ 미지의 위험이 ─ 우리 앞에 도사리게 될 것이다. 하커 부인을 침묵하게 만드는 그 힘이 하커 부인에게 거짓을 말하게 만들지도 모르니 말이다. 그 이상은 감히 생각할 수가 없다. 내 생각으로 그 고귀한 여성의 명예를 더럽혀서는 안 된다!

반 헬싱 교수님이 다른 일행보다 조금 더 일찍 내 서재에 도착했다. 교수님에게 터놓고 이야기를 해봐야겠다.

같은 날, 나중 – 교수님이 들어왔을 때 현재의 상황에 대한 이야기를 나누었다. 교수님은 말하고 싶은 무언가가 있는 듯했으나 그 말을 꺼내기를 주저하는 것 같았다. 교수님은 잠시 딴 이야기를 하다가 느닷없이 이렇게 말했다.

"친애하는 존, 일단은 자네와 내가 단둘이서 이야기를 해야 할 문제가 있네. 나중에는 다른 사람들에게 털어놓아야 할지도 모르지만 말이야." 그러다 교수님은 말을 멈추었고 나는 잠자코 기다렸다. 교수님이 말을 이었다.

"마담 미나, 우리 가련하고 사랑스러운 마담 미나가 변하고 있네." 내 최악의 두려움이 사실로 드러나자 등줄기가 서늘해졌다. 반 헬싱 교수님이 계속했다.

"안타까운 루시 양의 사례도 있으니, 이번에는 사태가 악화되기 전에 주의를 기울여야 하네. 이제 우리의 임무는 그 어느 때보다 더 어려워졌고, 이 새로운 문제점으로 인해 매 시각이 절체절명으로 중요해질 걸세. 나는 마담의 얼굴에서 흡혈귀의 특징이 나타나는 것을 보았네. 현재로서는 아주, 아주 경미한 정도야. 하지만 우리에게 편견 없는 눈이 있다면 볼 수 있지. 마담의 이가 조금 더 날카로워졌고, 가끔씩 마담의 눈이 좀 더 냉혹해진다네. 하지만 이게 전부가 아니야. 마담이 이젠 종종 침묵하는 경우가 있는데, 루시 양도 그랬지. 루시 양은 나중에 알려지길 바라는 마음에 글을 남기면서도 말은 하지 않았어. 이제 내가 걱정하는 점은 이것이라네. 만약 마담이 내가 건 최면에 빠져 백작이 보고 들은 것을 말했다면, 먼저 마담에게 최면을 걸어 마담의 피를 마시고 자신의 피를 마담에게 마시게 한 그자가 마담이 아는 것을 자신에게 밝히도록 조종할 수도 있지 않겠나?" 나는 동의의 뜻으로 고개를 끄덕였고 교수님이 계속 말을 이었다.

"그렇다면 우리는 이 사태를 예방하기 위해 이렇게 해야 하네. 마담에게 우리의 의도를 알리지 말아야 해. 그래야 마담은 알지 못하니 백작에게 전달하지 못하겠지. 이것은 고통스러운 임무라네! 아, 너무 고통스러운 임무라 생각만 해도 가슴이 미어져. 하지만 반드시 이렇게 해야 하네. 오늘 우리가 모이면, 내가 마담에게 더 이상 정보를 알릴 수 없는 이유를 털어놓아야 해." 교수님은 이미 커다란 고뇌에 휩싸여 있는 가련한 영혼이 받을 고통을 생각하며 이마에 솟아난 땀방울을 훔쳐냈다. 나 역시 같은 결론에 도달했다는 사실을 털어놓으면 교수님께 어느 정도 위안이 될 거란 사실을, 적어도 의심의 고통을 없애 주리라는 사실을 알았다. 그래서 속내를 털어놓았고, 내 예상대로 교수님은 작은 위안을 얻었다.

이제 우리의 모임이 열릴 시간이 다 되어간다. 반 헬싱 교수님은 모임 준비도 할 겸, 자신이 맡은 고통스러운 임무를 준비하기 위해 자리를 떴다. 홀로 기도를 올리시려는 것이 분명하다.

같은 날, 나중 – 모임을 시작하는 순간, 반 헬싱 교수님과 나 모두 속으로 가슴을 쓸어내렸다. 하커 부인이 남편을 통해 자신이 자리에 없어야 우리가 더 편안하게 계획을 토론할 수 있을 거라고 생각하기에 참석하지 않겠다는 전갈을 보내온 것이다. 교수님과 나는 그 순간 서로를 쳐다보았고, 어쩐지 둘 다 안도한 것 같았다. 나는 하커 부인이 스스로 위험을 깨달은 것이며, 그 덕분에 많은 위험 뿐 아니라 많은 고통을 덜었다고 생각했다. 우리는 질문하는 듯한 눈빛과 입술에 댄 손가락으로 마음을 나누어, 다시 단둘이 의논을 해볼 때까지 우리가 품은 의혹을 비밀에 부치기로 했다. 그리고 즉시 행동 계획에 대한 토론에 들어갔다. 반 헬싱 교수님이 대략적인 사실을 설명했다.

"차리나 예카테리나호는 어제 아침 탬즈 강을 출발했네. 그 배가 최고 속력으로 달린다고 해도 바르나에 도착하는 데는 적어도 3주가 걸릴 거야. 하지만 우리는 육지를 통한다면 사흘이면 그곳에 도착할 수 있네. 음, 그 배가 백작이 불러올 수 있는 날씨 요인으로 인해 항해가 이틀 정도 앞당겨진다고 하고, 우리가 여행 중에 발생할 수 있는 지연으로 하루를 낭비한다고 해도 우리에겐 거의 2주간의 여유가 있네. 따라서 만전을 기하려면 우리는 늦어도 17일에는 이곳에서 출발해야 해. 그런 다음 어떻게 해서든 백작이 탄 배가 도착하기 하루 전에 바르나에 도착해서 필요한 준비를 해둘 거야. 물론 다들 무장을 하고 가야지. 사악한 것들, 육체적일 뿐 아니라 영적인 것들에 대항하는 무기를 들고." 이 순간 퀸시 모리스가 덧붙였다.

"제가 알기로 백작은 늑대의 땅에서 왔다고 하니, 그자가 우리보다 먼저 그곳에 도착할 가능성도 있지 않을까요. 우리의 무기에 윈체스터 소총도 포함하는 게 어떨까요? 어떤 문제가 발생할 시에 저는 윈체스터 소총에 의지하는 편이죠. 아트, 우리가 러시아 토볼스크에서 늑대 무리한테 쫓길 때 기억하지?"

"좋아!" 반 헬싱 교수님이 말했다. "윈체스터 소총도 가져가지. 퀸시는 언제나 현명하지만 사냥을 할 때는 특히 그렇지. 늑대보다 과학을 경시하는 것이 더 위험해. 그 사이에 우리가 이곳에서 할 수 있는 일은 아무것도 없네. 바르나는 우리 중 아무도 가본 적이 없는 곳이니 좀 더 일찍 가는 게 어떻겠나? 이곳에서 기다리나 그곳에서 기다리나 한참을 기다려야 해. 오늘 밤과 내일 준비를 바친 다음, 모든 게 다 준비되면 우리 넷은 바로 여행을 떠날 수 있네."

"우리 넷이요?" 하커가 미심쩍은 듯 물으며 우리를 하나하나 쳐다보았다.

"물론이지!"교수님이 재빨리 대답했다. "자넨 여기 남아 사랑스러운 아내를 보살펴야지!"하커는 잠시 침묵하다 기운 없는 목소리로 말했다.

"그건 아침에 다시 얘기하죠. 미나와 의논을 해보고 싶습니다."나는 지금이야말로 반 헬싱 교수님이 우리의 계획을 하커 부인에게 알리지 못하도록 경고할 때라고 생각했지만 교수님은 아무런 눈치도 채지 못한 모양이었다. 나는 교수님을 의미심장하게 쳐다보며 헛기침을 했다. 교수님은 그 대답으로 나를 보며 입술에 손가락을 대고 고개를 돌렸다.

조너선 하커의 일기

10월 5일, 오후 – 오늘 아침 모임이 끝난 후 한동안 생각을 할 수가 없었다. 새롭게 돌아가는 상황에 놀란 나머지 제대로 생각해 볼 틈이 없었다. 미나가 나와 그 어떤 의논도 하지 않겠다며 단호한 태도를 보인 것이다. 그 이유를 미나가 말하려 하지 않으니 그저 짐작만 할 뿐이다. 도무지 결론이 나지 않는다. 다른 사람들이 이 문제를 받아들이는 태도 또한 당황스럽기만 했다. 마지막으로 미나 문제로 이야기를 나누었을 때만 해도 우리 사이에서는 더 이상 아무것도 감추지 않기로 하지 않았던

가. 지금 미나는 어린아이처럼 조용하고 사랑스럽게 잠들어 있다. 미나의 입술은 부드럽게 곡선을 이루고 있고 그녀의 얼굴은 행복으로 빛나고 있다. 하느님 감사합니다, 아직까지 미나에게 이런 순간들을 허락해주셔서.

같은 날, 나중 – 모든 것이 너무나도 기이하다. 나는 앉아 행복한 잠에 빠진 미나를 쳐다보고 있었고, 그 어느 때보다 행복했다. 저녁이 다 되어 가고 해가 낮게 가라앉으며 땅거미가 졌고, 방 안의 침묵은 내게 점점 더 엄숙하게 느껴졌다. 느닷없이 미나가 눈을 반짝 뜨더니 나를 다정하게 바라보며 말했다.

"조녀선, 한 가지만 명예를 걸고 약속해줘요. 내가 아닌 성스러운 하느님의 이름을 걸고 약속하고, 내가 눈물을 흘리며 무릎을 꿇고 애원하더라도 그 약속을 깨지 말아줘요. 어서요, 당장 약속해줘요."

"미나, 그런 약속은 당장 할 수가 없어요. 내게는 그런 약속을 할 자격이 없는지도 모르고."

"하지만, 여보." 미나의 영혼이 얼마나 강렬하던지 두 눈이 북극성처럼 빛났다. "그걸 바라는 사람은 나예요. 그리고 내 자신을 위한 게 아니에요. 반 헬싱 박사님께 물어보세요. 박사님이 내가 옳지 않다고 한다면 당신 원하는 대로 해도 좋아요. 아뇨, 나중에 다른 분들 모두가 동의한다면 그 약속을 잊어버려도 좋아요."

"약속할게요!" 내 약속에 한동안 미나는 더없이 행복한 표정이었다. 하지만 내게 보기에는 이마의 붉은 흉터가 그녀의 모든 행복을 밀어내는 것 같았다. 미나가 말했다.

"백작에게 대항하기 위한 계획을 내게 비밀로 하겠다고 약속해줘요. 단 한 마디도, 추론이나, 암시도 안 돼요. 이것이 내게 남아 있는 동안은 그 어떤 말도 하지 말아요!" 하며 미나는 엄숙히 이마의 흉터를 가리켰다. 나는 미나가 진지하다는 사실을 알고 엄숙하게 말했다.

"약속해요!" 내가 그렇게 말하는 순간 우리 사이에 문 하나가 쾅 닫힌 것 같은 기분이 들었다.

나중, 자정 - 미나는 저녁 내내 밝고 쾌활했다. 다들 그녀의 쾌활함에 전염이 된 듯 용기가 솟아난 것 같았다. 나 역시도 우리를 내리덮고 있던 우울의 장막이 조금 걷힌 것 같은 기분이 들었다. 다들 일찍 침실로 들어갔다. 미나는 어린아이처럼 푹 잠들었다. 끔찍한 고통을 겪고 있는 와중에도 편안한 잠을 잘 수 있어 다행이다. 하느님, 감사합니다. 적어도 잠을 자는 동안에는 미나가 걱정 근심을 잊을 수 있을 테니. 오늘 밤 미나의 쾌활함이 내게 영향을 미친 것처럼, 잠도 내게 전염이 될지도 모른다. 노력해봐야겠다. 아! 꿈 없이 푹 잘 수 있기를.

10월 6일, 아침 - 또 다시 놀라운 일이 일어났다. 미나가 어제처럼 일찍 나를 깨워 반 헬싱 박사님을 불러다 달라고 부탁했다. 또 다시 최면을 걸어달라는 부탁인 것 같아, 아무것도 묻지 않고 교수님을 부르러 갔다. 박사님도 그러한 부름을 예상했는지, 이미 옷을 입고 계셨다. 교수님의 방문이 조금 열려 있어, 우리 방문이 열리는 소리가 들린 모양이다. 교수님이 곧장 우리 방으로 들어와 미나에게 다른 사람들을 불러도 되는지 물었다.

"아니요." 미나가 간단하게 대답했다. "그럴 필요 없을 거예요. 그 사람들에게는 박사님이 나중에 말씀해주시면 되니까요. 저도 박사님의 여정에 함께 가야 해요."

반 헬싱 박사님은 나만큼이나 놀랐다. 잠시 아무 말도 못하던 박사님이 물었다.

"하지만 왜죠?"

"절 데려가셔야 해요. 저는 박사님과 있어야 더 안전하고, 박사님도 저와 있어야 더 안전할 거예요."

"하지만 왜죠, 친애하는 마담 미나? 마담의 안전이 우리의 가장 중요한 임무라는 것을 아시잖습니까. 우리가 가는 곳은 위험한 곳이고, 여태까지의 상황으로 보아도 우리 누구보다 마담이 더 위험할지도 몰라요." 교수님은 당혹스러워하며 입을 다물었다.

미나는 이마의 흉터를 손가락으로 가리키며 이렇게 대답했다.

"알아요. 이것 때문에 제가 가야 하는 거예요. 지금은, 해가 뜨는 동안은 교수님에게 말할 수 있지만, 다시는 못할지도 몰라요. 백작이 내게 명령하면 내가 가야 한다는 거 알아요. 백작이 은밀하게 내게 오라고 말하면, 나는 어떻게 해서든 가야 해요. 친구들을 속여서 - 조너선까지도 속여서라도 가야 해요."
이 말을 하며 나를 돌아보던 미나의 표정을 하느님은 보셨을 것이며, 기록을 담당하는 천사가 정말로 존재한다면 그 표정이 미나에게 영원한 명예를 안겨줄 것이라 기록했을 것이다. 나는 그저 미나의 손을 잡는 수밖에 없었다. 말이 나오지 않았다. 가슴이 너무 벅차 눈물조차 나오지 않았다. 미나는 말을 이었다.

"여러분들은 용감하고 강해요. 여러분들은 모두 모였기에 아주 강하죠. 홀로 감당해야 하는 자의 인내심을 무너뜨릴 수 있는 것에 저항할 수 있으니까요. 게다가 제가 도움이 될지도 몰라요. 박사님이 저에게 최면을 걸어 저조차도 모르는 것들을 알아낼 수 있잖아요." 반 헬싱 박사님이 아주 진지하게 말했다.

"마담 미나, 당신은 항상 가장 현명하죠. 우리와 함께 갑시다. 우리 모두 함께 가서 이 일을 마무리 지읍시다." 박사님이 말하는 순간, 미나가 한참을 침묵하기에 그녀를 바라보았다. 미나는 베개에 쓰러져 잠들어 있었다. 내가 커튼을 올려 햇살이 방 안으로 쏟아져 들어오는데도 깨지 않았다. 반 헬싱 박사님이 내게 조용히 따라오라는 손짓을 보냈다. 우리는 박사님의 방으로 들어갔고, 잠시 후 고덜밍 경과 수어드 박사, 모리스 씨도 왔다. 박사님은 그들에게 미나가 한 말을 전하고 이렇게 말했다.

"우리는 아침에 바르나로 떠날 걸세. 이제 우리는 새로운 요소, 마담 미나를 상대해야 해. 아, 하지만 그녀의 영혼은 진실하다네. 우리에게 그렇게 말하는 것이 마담에게는 고통이었을 거야. 하지만 참으로 옳은 말이고 우리는 때맞추어 경고를 받은 것이네. 기회를 절대 놓쳐서는 안 돼. 바르나에서 배가 도착할 때 즉각 행동을 취할 준비를 해야 하네."

"정확히 어떻게 할 생각입니까?" 모리스 씨가 간결하게 물었다. 교수님이 잠시 침묵하다 대답했다.

"먼저 우리는 그 배에 오를 거네. 그 상자를 확인한 다음 그 위에 야생 장미 한 송이를 올려 놓을 거야. 이 야생 장미를 묶어 놓으면 그 안에서 나오지 못하거든. 그래, 미신이라고 해도 좋아. 하지만 우리는 이 미신을 믿어야 하네. 이것은 고대부터 인간의 신앙이었고, 여전히 그 미신에 대한 믿음이 남아 있으니까. 그런 다음 기회를 봐서 근처에 아무도 없을 때, 그 상자를 열고……. 그러면 모든 게 다 잘 끝날 걸세."

"저는 기회가 오길 마냥 기다리지 않을 겁니다." 모리스가 말했다. "저는 그 상자를 보는 즉시 열어 그 괴물을 없애버릴 겁니다. 천 명의 사람들이 옆에서 지켜보고 있고 그에 대한 죄로 벌을 받는다 해도요!" 나는 본능적으로 모리스의 손을 움켜쥐었는데 그 손은 강철처럼 단단했다. 그가 내 눈빛을 이해했을 거라 생각하며, 이해했길 바란다.

"훌륭한 청년이로군." 반 헬싱 박사님이 말했다. "용감한 청년이야. 퀸시는 남자답지. 하느님께서 퀸시 자네에게 축복을 내려주셨어. 퀸시, 우리 중 그 누구도 두렵다고 해서 머뭇거리거나 멈추지 않을 걸세. 나는 우리가 해야 할지도 모르는 것 – 우리가 반드시 해야 하는 것을 말할 뿐이네. 하지만 정말이지, 우리가 무얼 하게 될지는 지금 말할 수가 없네. 너무 많은 변수가 발생할 수 있기 때문에 그 순간이 올 때까지는 무어라 장담할 수가 없어. 우리는 단단히 무장을 하고 갈 거야. 때가 오면 우리는 있는 힘을 다할 것이네. 오늘은 물건들을 정리하세. 우리에게 소중한 사람들, 우리가 의지하는 사람들을 위해 물건들을 정리하세. 우리 모두는 어떻게, 언제 끝을 맞이할지 알 수 없으니까. 나는 이미 정리를 마쳤고, 그 외엔 달리 할 일이 없으니 여행 일정을 짜도록 하겠네. 내가 티켓을 끊고 여행 준비를 해두겠네."

그 이상은 아무런 말이 없었고, 우리는 각자 방으로 돌아갔다. 나는 지상의 물건들을 모두 정리하고 앞으로 닥칠 운명을 맞이할 준비를 할 것이다……

같은 날, 나중 – 모든 정리가 끝났다. 유언장도 작성했다. 미나가 살아남는다면 내 유일한 상속인이 될 것이다. 만약 미나가 살아남지 못한다면, 우리에게 아주 친절했던 사람들이 유산을 상속받게 될 것이다.

이제 해 질 녘이 다가오고 있다. 미나가 불안해하는 모습을 보고 그 사실을 알아차렸다. 미나의 머릿속에는 정확한 일몰을 알려주는 무언가가 있는 것이 분명하다. 일출과 일몰은 우리 모두에게는 힘겨운 시기가 되어가고 있다. 매번 해가 뜨고 질 때마다 새로운 위험이 - 새로운 고통이 발생하니까. 하지만 이것은 좋은 결말을 위한 하느님의 뜻인지도 모른다. 내가 이 모든 것을 일기에 적는 것은 이제 내 사랑하는 아내가 그 이야기를 들어서는 안 되기 때문이다. 하지만 미나가 다시 이 일기장을 읽게 되는 날이 온다면 그때를 위해 준비해두어야 한다.

미나가 날 부른다.

제25장

수어드 박사의 일기

10월 11일, 저녁 - 조너선 하커가 정확한 기록을 남기고 싶지만 자신은 그 일을 감당할 수 없다며, 내게 대신 기록해달라고 부탁했다.

일몰 직전 하커 부인이 우리를 만나자고 부탁했을 때 우리 중 아무도 놀라지 않았던 것 같다. 최근 들어 우리는 일출과 일몰 때만이 하커 부인이 자유를 얻는 시간, 그녀를 조종하거나 억압하는 힘의 영향을 받지 않고 원래의 모습으로 돌아올 수 있는 시간이라는 사실을 알게 되었다. 이러한 상태는 실제 일출이나 일몰이 있기 삼십 분여 전부터 시작되어 태양이 높이 뜰 때까지, 혹은 구름이 지평선 위에 걸린 햇살로 아직 빛나는 동안까지만 지속된다. 처음에는 끈이 헐거워진 것처럼 소극적이다 이내 완전한 자유가 뒤따른다. 하지만 자유의 시간이 끝나는 순간 즉시 마법이 풀리며 침묵에 빠져든다.

오늘 밤 우리가 모였을 때 하커 부인은 좀 거북한 듯한 모습이었고, 내심 고군분투하는 기색이 역력했다. 밤의 초입부터 격렬한 노력을 기울이는 것 같았다. 하지만 얼마 지나지 않아 하커 부인은 억압에서 완전히 자유로워졌다. 그러더니 손짓으로 남편을 자신이 반쯤 기대어 있던 소파 옆자리에 앉힌 후, 우리에게 의자를 끌고 가까이 오라고 했다. 하커 부인은 남편의 손을 잡고 입을 열었다.

"우리 모두가 자유로운 상태에서 모였네요. 어쩌면 이번이 마지막인지도 몰라요! 알아요, 여보. 당신이 끝까지 나와 함께 할 거란 거 알아요." 이 말은 부인의 손을 꽉 움켜쥔 남편에게 건넨 말이었다. "아침이 오면 우리는 임무를 수행하기 위해 길을 떠날 테고, 하느님만이 우리 앞에 어떤 일이 놓여 있는지 아실 거예요. 저를 함께 데려가주셔서 정말 감사해요. 가련하고 나약한 여자를 위해, 어쩌면 영혼을 잃어버린 – 아뇨, 아뇨, 아직은 아니지만 경각에 걸려 있긴 하죠 – 여자를 위해 용감하고 진지한 남자들이 할 수 있는 일은 다 해주셨어요. 하지만 제가 여러분과 다르다는 점은 명심하셔야 해요. 제 피에는, 제 영혼에는 독이 있어 절 파괴할지도 몰라요. 우리에게 구원의 손길이 내려오지 않는다면 그 독이 반드시 절 파괴할 거예요. 아, 친구분들, 저만큼이나 여러분 역시 제 영혼이 경각에 달려 있다는 사실을 잘 알고 있죠. 벗어날 길은 한 가지뿐이란 것을 알지만 여러분이나 저나 그 길을 택해서는 안 돼요!" 그녀는 호소하는 눈길로 우리를 차례로 바라보았고, 처음과 마지막은 남편을 바라보았다.

"그 길이 뭐죠?" 반 헬싱 교수님이 거친 목소리로 물었다. "우리가 택해서는 안 될 그 길이 뭔가요?"

"거대한 악을 완전히 없애기 전에 제가 제 스스로나 다른 사람의 손에 의해 목숨을 끊는 길이요. 저도 알고 여러분도 알다시피, 제가 죽으면 여러분은 불쌍한 루시에게 그랬듯 제 불멸의 영혼을 해방시켜주시겠죠. 우리 앞길을 가로막는 것이 죽음이나 죽음에 대한 두려움이라면 저는 지금이라도 절 사랑하는 친구들 가운데서 죽기를 망설이지 않을 거예요. 하지만 그게 다가 아니에요. 우리 앞에 희망이 있고 해야 할 중대한 임무가 있는 가운데 죽는 것이 하느님의 뜻이라고는 생각하지 않아요. 따라서 저는 확실하게 영원한 안식을 취할 수 있는 길을 포기하고, 세상에서, 혹은 저 세상에서 가장 어두운 암흑으로 들어가는 길을 택하는 거예요!" 우리는 모두 침묵했다. 본능적으로 이 말이 시작에 불과하다는 사실을 감지했기 때문이다. 다른 사람들의 얼굴은 굳어졌고 하커의 얼굴은 점차 잿빛으로 변했다. 어쩌면 부인이 어떤 말을 할지 우리 누구보다도 더 잘 짐작하고 있기 때문인지도 모른다. 하커 부인이 말을 이었다.

"이게 재산병합에 제가 드릴 수 있는 몫이에요." 그러한 상황에서 아주 진지하게 법률 용어를 쓰는 것이 기묘했다. "여러분은 제게 무엇을 주실 건가요?" 그녀는 빠르게 말을 이었다. "여러분의 생명을 주는 것은 용감한 남자들에게는 쉬운 일이란 거 알아요. 여러분의 생명은 주님의 것이고, 주님에게 돌려줄 수 있죠. 하지만 제겐 무엇을 주실 건가요?" 그녀는 다시 묻는 듯한 눈길로 우리를 차례로 쳐다보았지만, 이번에는 남편의 얼굴은 피했다. 퀸시는 이해한 듯 고개를 끄덕였고, 그녀의 얼굴이 환해졌다. "그렇다면 제가 원하는 걸 솔직히 말씀드릴게요. 현재 우리 관계에서는 모든 일을 확실히 해두어야 하니까요. 여러분 모두, 사랑하는 남편 당신도 – 약속해주세요. 때가 오면 절 죽이겠다고."

"그 때라는 게 언제죠?" 퀸시의 목소리였지만, 낮고 긴장되어 있었다.

"제가 너무 변해 사는 것보다 죽는 게 낫다는 확신이 들 때요. 제가 죽으면 망설이지 말고 제 심장에 말뚝을 박고 제 머리를 잘라주세요. 어떻게든 제가 안식을 취할 수 있게 해주세요!"

침묵이 흐르다 가장 먼저 퀸시가 자리에서 일어섰다. 퀸시가 하커 부인 앞에 무릎을 꿇고 하커 부인의 손을 잡더니 진지하게 말했다.

"저는 그런 특별한 대우를 자격이 없는 보잘 것 없는 사내인지도 모르지만, 제가 성스럽게 여기고 아끼는 모든 것을 걸고 때가 오면 부인께서 저희에게 맡기신 임무를 반드시 수행하겠다고 맹세합니다. 또한 제가 지금은 확신이 서지 않더라도, 때가 오면 확신을 가지고 행동하겠다고 약속하겠습니다!"

"제 진정한 친구예요!" 하커 부인은 줄줄 흐르는 눈물 사이로 고작 이 말만 한 후 허리를 숙여 퀸시의 손에 키스했다.

"나도 맹세하겠소, 친애하는 마담 미나!" 반 헬싱 교수님이 말했다.

"그리고 저도요!" 고덜밍 경이 말했고, 둘은 차례로 하커 부인 앞에 무릎을 꿇고 맹세했다. 나 역시 그 뒤를 따랐다. 마지막으로 그녀의 남편이 힘없는 눈에 눈처럼 하얀 머리카락이 무색할 정도로, 창백한 얼굴로 아내를 돌아보며 물었다.

"나 역시 그러한 약속을 해야 해요? 아, 미나!"

"당신도요, 내 사랑." 하커 부인의 목소리와 눈에는 연민이 가득 담겨 있었다. "물러서서는 안 돼요. 이 세상에서 내게 가장 소중한 사람은 당신이에요. 우리의 영혼은 평생, 영원히 하나로 묶여 있어요. 생각해봐요, 여보. 옛날엔 용감한 남자들이 아내와 여자 가족들이 적의 수중에 들어가지 않도록 직접 죽인 적도 있잖아요. 사랑하는 사람들이 그리 해달라 애원했기 때문에 그 남자들은 한순간도 주저하지 않고 칼을 내리쳤어요. 쓰라린 시련의 시기에는 그것이야말로 사랑하는 사람들에 대한 남자의 의무예요! 그리고, 오, 사랑하는 조녀선, 내가 누군가의 손에 죽음을 맞이해야 한다면, 날 가장 사랑하는 사람의 손에 죽고 싶어요. 반 헬싱 박사님, 박사님께서 가련한 루시에게도 자비를 베풀어 사랑하는 남자……." 하커 부인은 얼굴을 붉히며 표현을 바꾸었다. "루시에게 평화를 줄 자격이 있는 남자에게 그 임무를 수행하도록 해주셨다는 점 잊지 않고 있어요. 만약 다시 그러한 상황이 온다면 제 남편도 사랑의 손길로 저를 무시무시한 속박에서 해방시켜주었다는 행복한 기억을 간직할 수 있도록 자비를 베풀어주세요."

"다시 한번 맹세하겠어요!" 교수님이 낮은 목소리로 대답했다. 하커 부인이 환히 미소를 짓더니 안도의 한숨을 쉬며 등받이에 몸을 기댔다.

"그리고 마지막으로 한 가지만 경고할게요. 여러분이 절대 잊어서는 안 되는 경고예요. 그 때가 온다면 예기치 못한 순간에 순식간에 찾아오기를. 그 때가 오면 기회를 놓치지 마세요. 그 때가 오면 제가 스스로……. 아뇨! 만약 그 때가 오면 저는 여러분의 적의 편에 서서 여러분에게 대항할 거예요."

"그리고 한 가지만 더 부탁드릴게요." 하커 부인은 아주 엄숙해졌다. "다른 부탁처럼 중요하고 반드시 필요한 건 아니지만,

여러분이 가능하다면 절 위해 한 가지만 해주셨으면 해요." 우리 모두 고개를 끄덕였지만 아무런 말도 하지 않았다. 말할 필요가 없었다.

"여러분이 지금 제게 장례식 기도문을 읽어주셨으면 해요." 그 순간 하커가 깊은 신음을 내뱉으며 아내의 손을 잡았고, 하커 부인은 그 손을 가슴에 가져다 대며 말을 이었다. "언젠가 절 위해 읽어주셔야 할 텐데요. 우리가 그 어떤 무시무시한 일들을 겪더라도, 우리 모두에게, 혹은 우리 중 일부에게는 달콤한 추억이 될 거예요. 내 사랑 조녀선, 당신이 읽어주었으면 좋겠어요. 그러면 어떤 일이 있더라도 영원히 당신 목소리가 내 기억 속에 남을 거예요!"

"하지만, 아, 미나." 하커가 애원했다. "죽음은 당신에게 머나먼 일이에요."

"아뇨." 하커 부인이 손을 들어 올리며 말했다. "무덤이 날 무겁게 짓누르는 것보다 지금 이 순간에 나는 죽음에 더 깊숙이 들어가 있어요!"

"아, 미나, 내가 꼭 그걸 읽어야 해요?"

"내게 위안이 될 거예요, 조녀선!" 이것이 그녀가 말한 전부였다. 하커 부인이 기도서를 펼치자 하커가 읽기 시작했다.

내가 – 아니, 그 누가 – 이 기이한 장면을 말로 설명할 수 있을까? 그 엄숙함, 그 음울함, 그 슬픔, 그 공포를. 그리고 또 그

다정함을. 성스럽거나 감정적인 것에 담긴 쓰디쓴 진실을 조롱할 줄 밖에 모르는 회의주의자라도 슬픔과 고난에 빠진 숙녀 주변에 무릎을 꿇고 앉은 헌신적인 친구들을 보고, 부드럽고 열정적인 목소리로 간결하고 아름다운 장례식 기도문을 읽다가 때로 감정에 북받쳐 말문이 막히는 남편의 목소리를 듣는다면 심장이 녹아버리고 말 것이다. 아…… 나는 더 이상…… 말을…… 이을 수가…… 목이 메인다!

하커 부인의 생각이 옳았다. 산 자를 위해 장례식 기도문을 읽는다는 것이 참으로 기이한 일이고, 당시에 깊은 감동을 받았던 우리에게도 어색하게 느껴졌으나 커다란 위안이 되었다. 하커 부인이 영혼의 자유를 잃어버리며 다시 침묵에 빠져들었을 때도 걱정했던 것처럼 그리 절망스러워 보이지는 않았다.

조너선 하커의 일기

10월 15일, 바르나 – 우리는 12일 아침에 채링 크로스 역을 출발해 같은 날 밤 파리에 도착했고 그곳에서 오리엔트 특급 열차를 탔다. 우리는 밤낮을 여행했고, 이곳에 다섯 시쯤 도착했다. 고덜밍 경은 자신의 앞으로 온 전보가 있는지 확인하러 영사관에 갔고, 그동안 우리 나머지는 이 호텔 "오데수스"로 왔다. 여행을 하는 도중 많은 사건들이 있었지만, 나는 그런 사소한 사건들에 신경을 쓸 여력이 없다. 차리나 예카테리나호가 항구에 들어올 때까지 이 넓은 세상의 그 무엇도 내 관심을 끌지 못할 것이다. 하느님, 감사합니다! 미나가 좋아 보이며 더 건강해 보인다. 안색이 돌아오고 있다. 또한 잠을 많이 자고 여행을 하는 거의 내내 잠만 잤다. 하지만 일출과 일몰 전에는 반드시 깨어 있고 예민하다. 이때 미나에게 최면을 거는 것이 반 헬싱 박사님의 규칙적인 일과가 되었다. 처음에는 시간이 걸려 여러 번 최면술을 시도해야 했다. 하지만 지금 미나는 습관이 된 듯 단번에 최면에 걸리며, 사실상 별다른 최면술을 걸 필요도 없을 정도다. 박사님은 이러한 순간에 미나를 복종하게 만드는 힘이 있는 것 같다. 교수님은 항상 미나에게 무엇이 보이고 무엇이 들리는지 묻는다. 첫 질문에 미나는 이렇게 대답했다.

"아무것도요. 온 사방이 캄캄해요." 그리고 두 번째에는…….

"뱃전에 부딪히는 파도 소리, 바다 소리가 들려요. 캔버스 천과 밧줄을 팽팽하게 당기는 소리, 돛대와 갑판이 삐걱거리는 소리가 들려요. 바람이 거세요……. 돛대줄 사이에서, 포말을 헤치는 이물에서 바람 소리가 들려요." 차리나 예카테리나호가 아직 바다를 항해 중이며 서둘러 바르나로 향하는 길임이 분명했다. 고덜밍 경이 막 돌아왔다. 네 통의 전보를 가져왔는데, 우리가 출발한 후 매일 한 통씩 왔으며, 전부 같은 내용으로 차리나 예카테리나호가 로이드 사에 아무런 보고를 하지 않았다는 것이었다. 고덜밍 경은 런던을 떠나기 전 대리인에게 매일같이 배의 위치를 알리는 전보를 보내달라고 부탁해둔 터였다. 항시 대기하며 감시하도록, 배의 위치를 알지 못해도 전보를 보내달라고 해두었다.

우리는 저녁식사를 하고 일찍 잠자리에 들었다. 내일은 부영사를 만나 가능하다면 배가 도착한 순간 바로 배에 승선할 수 있도록 준비를 해둘 참이다. 반 헬싱 교수님은 일출과 일몰 사이에 그 배에 오를 기회가 생길 거라 말씀하신다. 백작은 박쥐의 형태로 변하더라도 스스로의 힘으로 흐르는 물을 건널 수 없고, 따라서 배를 떠날 수가 없다. 의심을 살까 봐 두려워 감히 인간의 형태로 변신하지 못할 테니 분명 상자 안에 남아 있을 것이다. 그렇다면 우리가 일출 후에 배에 오를 수 있다면, 그자는 우리의 수중에 들어온다. 그자가 깨어나기 전 상자를 열어 우리가 불쌍한 루시에게 했던 것처럼 그자를 확실히 처리할 수 있으니까. 그자가 우리에게서 어떤 자비를 받게 될지는 그리 중요하지 않을 것이다. 관리들이나 선원들과도 별다른 문제가 없을 것이다. 하느님 감사합니다! 이곳은 뇌물이면 뭐든 할 수 있는 나라이며, 우리에겐 돈이 많으니! 단 하나 확실히 해야 할 점이 있다. 우리가 모르는 사이에 그 배가 일몰과 일출 사이에 항구에 들어오지 못하도록 막기만 하면, 우리는 안전할 것이다.

돈이 이 문제를 해결해 줄 것이라 생각한다!

10월 16일 - 미나의 이야기는 여전히 똑같다. 파도 소리와 거센 물살 소리, 어둠과 거센 바람. 우리가 때맞추어 도착한 것이 분명하며, 차리나 예카테리나호가 도착한다는 소식을 들을 때면 우리는 준비를 다 마친 상태일 것이다. 그 배가 다르다넬스 해협을 분명 건넜을 테니 다시 미나의 이야기를 듣고 확인해야 한다.

10월 17일 - 이제 여행을 다녀오는 백작을 환영할 준비가 거의 다 끝난 것 같다. 고덜밍이 선주들에게 배에 실은 그 상자 안에 자신의 친구에게서 훔쳐간 물건이 담겨 있을지도 모르니, 직접 열어 확인해보겠다는 동의를 거의 얻어냈다. 선주는 고덜밍 경이 배 위에 승선해 마음껏 행동할 수 있도록 허가하라고 지시하는 편지를 선장에게 보냈고, 또한 바르나에 있는 대리인에게도 비슷한 지시를 내렸다. 우리는 그 대리인을 만났는데 고덜밍 경의 친절한 태도에 크게 감복하여 우리가 원하는 건 뭐든 다 도와주겠다고 장담했다. 우리는 이미 상자를 열 경우 해야 할 일을 다 준비해두었다. 만약 백작이 그 안에 있다면, 반 헬싱 박사님과 수어드 박사님이 즉시 그자의 머리를 자르고 그자의 심장에 말뚝을 박을 것이다. 모리스 씨와 고덜밍 경과 나는 필요하다면 무기를 사용해서라도 방해하는 자들을 막을 것이다. 교수님은 백작의 몸을 처리하면 그 몸은 곧 먼지가 될 거라고 하신다. 그렇게 된다면 혹시 살인의 의혹이 있더라도, 우리에게 불리한 증거는 하나도 남지 않을 것이다. 하지만 그리되지 않는다면 우리의 행동은 죄가 될 것이며, 언젠가 이 일기가 우리에게 불리한 증거가 되어 감옥에 갇히게 될지도 모른다. 나는 그러한 일이 벌어진다 해도 감사히 받아들일 것이다. 어쨌든 우리는 임무를 수행하는 데 있어 돌멩이 하나 거치적거리지 않도록 만전을 기할 작정이다. 차리나 예카테리나호가 눈에 들어오는 즉시 특별배달부를 통해 우리에게 알리도록 몇몇 관리들에게 부탁해놓았다.

10월 24일 - 일주일을 꼬박 기다렸다. 고덜밍 경에게 매일 전보가 오지만 내용은 똑같다. "아직 아무런 보고가 없음." 미나가 아침과 저녁에 최면술을 걸었을 때의 대답도 똑같다. 부딪히는 파도 소리, 거센 물결 소리, 삐걱거리는 돛대.

10월 24일, 전보
런던 로이드 사의 루퍼스 스미스가 고덜밍 경에게 보내는 전보. 바르나, 부영사 전교

"오늘 아침 차리나 예카테리나호가 다르다넬스 해협에서 위치를 보고했습니다."

수어드 박사의 일기

10월 25일 - 내 축음기가 얼마나 그리운지 모르겠다! 펜으로 일기를 적는 것이 지루하기 짝이 없지만, 반 헬싱 교수님이 반드시 적어야 한다고 말씀하신다. 어제 고덜밍이 로이드 사에서 보낸 전보를 받았을 때 우리는 전부 흥분했다. 행동 개시 명령이 떨어졌을 때 전투장의 전사들이 어떤 기분이 드는지 알겠다. 하커 부인은 우리 중 유일하게 아무런 감정도 드러내지 않았다. 결국 하커 부인이 감정을 드러내지 않은 게 이상한 일은 아니다. 우리는 하커 부인에게 아무것도 알리지 않으려 특별히 주의를 기울였고 하커 부인 앞에서는 흥분감을 드러내지 않으려 애썼으니까. 과거라면 분명 우리가 아무리 숨기더라도 알아챘겠지만, 지난 3주 동안 하커 부인은 많이 변했다. 혼수상태가 잦아지고 있으며, 겉보기에는 튼튼하고 건강해 보이며 안색이 돌아오고 있지만, 반 헬싱 교수님과 내가 보기엔 만족스럽지가 않다. 우리 둘은 하커 부인의 이야기를 종종 나누지만, 다른 사람들에게는 한마디도 하지 않았다. 우리가 부인의 상태를 조금이라도 의심한다는 사실만 알아도 가련한 하커의 심장이 -

분명 그의 신경이 - 무너져 내리고 말 테니까. 반 헬싱 교수님은 하커 부인이 최면에 걸려 있는 동안 그녀의 이를 아주 신중하게 관찰했으며, 그 이가 날카로워지지 않는 한 그녀가 변화할 위험은 없다고 한다. 만약 이러한 변화가 온다면 조치를 취해야 할 것이다!…… 우리 둘 다 그 조치란 것이 무엇인지 알고 있지만, 둘 다 그것을 입 밖에 내지 않는다. 우리 둘 다 그 임무에서 물러나서는 안 된다……. 물론 생각하기만 해도 끔찍하지만. '안락사'란 얼마나 훌륭하고 위안이 되는 말인지! 누군지 그 말을 만들어낸 사람에게 고마운 마음이 든다.

차리나 예카테리나호가 런던에서 출발한 속도로 계속 항해한다면, 다르다넬스 해협에서 이곳까지는 고작 이십사 시간 정도밖에 걸리지 않는다. 따라서 내일 아침 중에 도착할 것이다. 그 전에 도착할 가능성은 없으므로, 우리는 모두 일찍 잠자리에 들 생각이다. 준비를 하기 위해 새벽 한 시에 일어날 것이다.

10월 25일, 정오 - 배가 도착했다는 소식이 아직 없다. 오늘 아침 하커 부인이 최면에 걸려 한 이야기는 평소와 같았으니, 언제라도 소식이 들어올 가능성이 있다. 우리 남자들은 전부 흥분해 안절부절못하지만, 하커만은 침착하다. 그의 두 손은 얼음장처럼 차갑다. 한 시간 전에는 그가 항상 가지고 다니는 커다란 구르카족의 칼날을 직접 벼리는 모습을 보았다. 그 단호하고 얼음장 같은 손이 휘두른 '쿠크리' 칼날이 백작의 목에 닿는 순간, 백작의 운명은 끝이 날 것이다.

반 헬싱 교수님과 나는 오늘 하커 부인 때문에 조금 놀랐다. 정오쯤 하커 부인은 우리가 좋아하지 않는 일종의 혼수상태에 빠져들었다. 비록 다른 사람들에게는 잠자코 있었지만 우리 둘 다 부인의 그러한 상태가 마음에 들지 않았다. 하커 부인이 아침 내내 안절부절 못하기에, 처음에는 부인이 잠을 잔다는 사실이 기뻤다. 하지만 하커가 아무렇지도 않게, 부인이 얼마나 푹 잠이 들었었는지 깨워도 일어나지 않더라고 하기에 직접 확인하러 부인의 방에 가보았다. 하커 부인은 자연스럽게 숨을 쉬고 있었고 아주 건강하고 평화로워 보여 그 무엇보다도 잠이 보약이라는 데 동의했다. 불쌍한 하커 부인, 잊고 싶은 게 너무나도 많으니 망각을 불러오는 잠이 그녀에게 보약이 되는 것도 당연하다.

나중 - 우리의 의견을 증명하듯, 몇 시간 동안 푹 잠을 잔 하커 부인이 일어났을 때는 지난 며칠간 그 어느 때보다 더 안색이 환하고 좋아 보였다. 일몰 때는 여느 때처럼 최면술에 걸려 보고를 했다. 백작이 흑해 어디에 있든 서둘러 목적지를 향해 오는 중이다. 자신의 멸망을 향해 오고 있다고, 나는 믿는다!

10월 26일 - 또 하루가 지났지만 차리나 예카테리나호의 소식은 없다. 지금쯤 이곳에 도착했어야 하는데. 그 배가 여전히 어딘가를 항해 중인 것만은 분명한 것이, 일출 당시 하커 부인의 최면술 보고가 여전히 똑같다. 어쩌면 안개 때문에 이따금씩 운행을 중지하고 있을 가능성도 있다. 어제 저녁에 항구에 들어온 증기선들 중 일부가 항구의 북쪽과 남쪽 모두에서 짙은 안개를 보았다고 보고했다. 이제 언제라도 그 배가 들어올 수 있으니 계속해서 감시해야 한다.

10월 27일, 정오 - 정말 이상하다. 우리가 기다리는 배 소식이 아직도 없다. 하커 부인은 어젯밤과 오늘 아침에도 평소와 같은 이야기를 했다. '철썩이는 파도 소리와 거센 바다 소리.' 하지만 이번에는 '파도 소리가 아주 희미하다'고 덧붙였다. 런던에서 온 전보들도 똑같다. '더 이상의 보고가 없음.' 반 헬싱 교수님은 아주 초조해하며 아무래도 백작이 우리를 피해 달아난 것 같다고 말했다. 그런 후 의미심장하게 덧붙였다.

"마담 미나가 혼수상태에 빠지는 것이 마음에 들지 않아. 영혼과 기억은 혼수상태에 빠져 있는 동안 기이한 일들을 할 수 있지." 내가 더 물어보려는 찰나 하커가 안으로 들어왔고, 교수님이 경고하듯 손을 들었다. 오늘 일몰 때에는 최면에 빠진 하커 부인에게 더 많은 것을 알아내려 노력해봐야겠다.

10월 28일 - 런던의 루퍼스 스미스가 고덜밍 경에게 보내는 전보. 바르나, 부영사 전교

"차리나 예카테리나호가 오늘 한 시에 갈라츠에 입항했다고 보고했습니다."

수어드 박사의 일기

10월 28일 - 배가 갈라츠에 도착했다는 사실을 알린 전보가 왔을 때 우리는 생각보다 충격을 받지 않았던 것 같다. 사실 어디서, 언제, 어떻게, 예기치 못한 일이 일어날지 알지 못했지만 기이한 일이 일어날 거라는 예상을 모두 하고 있었던 것이다. 선박이 바르나에 도착이 지연된다는 사실은 상황이 우리가 예상한 것처럼 이루어지지 않을 거라는 점을 확인시켜주었고, 우리는 다만 어디서 그러한 변화가 일어날지 알기를 기다렸을 뿐이다. 그래도 놀라운 소식이긴 했다. 아마도 사람은 언제나 희망을 품고 있어, 상황이 우리에게 유리하게 돌아갈 거라 은연중에 믿곤 하는 것 같다. 공상적 이상주의는 천사들의 지침이다. 비록 사람에게는 이룰 수 없는 환상 같은 것이지만 말이다. 우리는 이 기이한 상황에 저마다 다른 반응을 보였다. 반 헬싱 교수님은 마치 전지전능한 하느님께 항의하듯 잠시 한 손을 머

리 위로 들어올렸다. 하지만 한마디도 하지 않았고, 잠시 후 엄숙한 얼굴로 자리에서 일어섰다. 고덜밍 경은 점차 얼굴이 하얗게 질리더니 앉아서 숨을 몰아쉬었다. 나는 반쯤 정신이 나가 일행들의 얼굴을 멍하니 바라보았다. 퀸시 모리스는 재빠른 동작으로 벨트를 조였다. 내가 너무나도 많이 보았던 동작이었다. 옛날 함께 방랑하던 시절, 그건 '행동 개시'를 뜻했다. 하커 부인은 유령처럼 창백해져 이마의 흉터가 타오르는 것처럼 보일 정도였지만, 곧 조용히 양손을 포개고 하늘을 올려다보며 기도했다. 하커는 희망이라곤 없는 사람처럼 어둡고 씁쓸한 미소를 지었다. 하지만 동시에 나온 그의 행동은 달랐는데, 그의 두 손이 본능적으로 거대한 쿠크리 칼자루를 잡았다. "갈라츠행 다음 기차가 몇 시에 있지?" 반 헬싱 교수님이 우리에게 물었다.

"내일 아침 여섯 시 삼십 분이요!" 하커 부인에게서 나온 대답이기에 우리 모두 깜짝 놀랐다.

"도대체 그걸 어떻게 알고 있는 겁니까?" 아트가 물었다.

"잊고 계신 모양이네요. 어쩌면 모르실지도. 조너선과 반 헬싱 박사님은 잘 알고 있답니다. 제가 열차광이거든요. 엑시터에 있는 집에서는 남편에게 도움이 될까 싶어 항상 열차 시간표를 만들곤 했어요. 가끔 아주 유용할 때가 있어서 지금도 열차 시간표를 항상 연구해요. 저는 혹시라도 우리가 드라큘라 성에 가야 한다면 갈라츠를 통하거나, 혹은 부카레스트를 통과해야 한다는 걸 알고 있기 때문에 그곳으로 가는 열차 시간표를 아주 유심히 공부했죠. 불행히도 외울 게 많지 않더라구요. 내일 출발하는 기차는 말씀드린 그것 한 대뿐이니까요."

"놀라운 여성이야!" 교수님이 중얼거렸다.

"특급 열차를 탈 수는 없을까요?" 고딜밍 경이 물었다. 반 헬싱 교수님이 고개를 저었다. "아무래도 어려울 것 같군. 이곳은 자네 나라나 내 나라와는 아주 달라. 우리가 특별 열차를 탄다고 해도, 우리의 정기 열차만큼 빨리 도착하지 않을지도 모르지. 게다가 우리에겐 준비할 게 있네. 우리는 생각을 해야 해. 이제 정리해보세. 아서, 자네는 기차역으로 가 티켓을 사고 아침에 우리가 기차역에 갈 수 있도록 모든 준비를 해두게. 조너선, 자네는 그 배의 대리인을 찾아가 갈라츠의 대리인에게 줄 편지를 받아오게. 이곳에서처럼 배를 수색할 권한을 위임하는 편지를. 모리스 퀸시, 자네는 부영사를 만나 갈라츠에 있는 그의 친구에게 연락해 우리 길을 가능한 평탄하게 만들어주도록 조치를 다 취해달라고 부탁하게. 다뉴브를 지날 때 시간을 낭비하지 않도록 말이야. 존은 마담 미나와 나와 함께 이곳에 머물며 의논을 할 거라네. 일이 늦어져 오래 걸려 해가 지더라도 신경 쓸 것 없네. 내가 여기에 마담과 함께 있을 테니까."

"그리고 저는." 하커 부인이 지난 여러 날 중 그 어느 때보다 옛날의 모습과 가까운 모습으로 밝게 말했다. "여러모로 도움이 될 수 있도록 노력하고, 예전에 그랬던 것처럼 여러분을 위해 생각하고 글을 쓸게요. 제 안에서는 무언가가 이상한 방식으로 변화하고 있는지, 최근보다 더 자유로워진 기분이에요!" 젊은 청년들 셋은 그녀의 말에 담긴 의미를 깨달은 듯 일순간 더 행복한 표정을 지었다. 하지만 반 헬싱 교수님과 나는 서로를 바라보며 심각하고 고민에 찬 눈빛을 교환했다. 하지만 당시에는 아무런 말도 하지 않았다.

세 남자가 맡은 임무를 수행하러 나가자 반 헬싱 교수님은 하커 부인에게 일기장 사본 중에서 드라큘라 성에서 작성한 하커의 일기를 찾아달라고 부탁했다. 부인이 그것을 찾으러 나갔다. 방문이 닫히자 교수님이 내게 말했다.

"우린 생각이 같아! 말하게!"

"변화가 있습니다. 제가 두려운 건 희망이에요. 희망이 우리를 속일 수도 있으니까요."

"그렇지. 내가 왜 마담에게 사본을 갖다 달라 부탁했는지 그 이유를 아나?"

"아니요! 저와 단둘이 이야기를 나눌 기회를 만들려는 게 아닙니까?"

"일부는 자네 말이 맞네, 존. 하지만 아주 일부일 뿐이야. 자네에게 하고 싶은 말이 있네. 그리고, 아, 친애하는 존, 나는 커다란 - 끔찍한 - 위험을 감수하고 있다네. 하지만 그게 옳다고 믿어. 마담 미나가 우리 둘의 관심을 사로잡은 그 말을 입 밖에 내는 순간, 하나의 영감이 떠올랐다네. 사흘 전 혼수상태에 빠졌을 때 백작은 마담에게 자신의 영혼을 보내 마담의 머릿속을 읽었지. 혹은 마담을 데려가 바닷물을 거세게 헤치며 나아가는 배 안의 흙 상자에 누운 자신의 모습을 보여주었다고 하는 게 더 적절할 거야. 마담이 일출과 일몰에 그 사실을 말할 수 있도록. 그자는 그 후 우리가 이곳에 있다는 사실을 알았지. 관에 갇혀있는 그자와 달리 마담에게는 자유롭게 돌아다니며 볼 수 있는 눈이 있고 들을 수 있는 귀가 있으니까. 이제 그자는 우리를 피하기 위해 전력을 다하고 있네. 현재로서 그자는 마담을 원하지 않아.

그자는 그 위대한 지식을 이용해 마담이 자신의 부름에 달려오도록 해두었네. 하지만 그자가 마담을 끊어냈어 - 자신의 통제하에서 내보내 자신에게 오지 못하게 했네. 아! 그래도 나는 그토록 오랫동안 신의 은총을 받은 우리 인간의 두뇌가 수 세기 동안 무덤에 갇혀 있어 그저 이기적이고 자그마한 어린아이 같은 두뇌보다 더 뛰어나다는 데 희망을 품고 있네! 마담 미나가 오는군. 마담에게는 혼수상태에 관해 한마디도 하지 말게! 마담은 그 사실을 모르고 있고, 그 사실을 안다면 절망에 빠져버릴지도 몰라. 지금처럼 우리가 그녀의 희망과 그녀의 용기를 원하는 때에, 우리가 무엇보다도 남자의 두뇌처럼 훈련되었지만 상냥한 여성의 두뇌이자 백작이 준 특별한 힘을 가진 두뇌, 그자는 그렇게 생각하지 않겠지만 그자가 아예 빼앗아갈 수 없는 특별한 힘을 가진 두뇌를 활용하지 못하게 될지도 몰라. 쉿! 내가 얘기할 테니 자네는 잠자코 듣게. 아, 내 친구 존, 우리는 끔찍한 곤경에 빠졌네. 나는 전에 없이 두렵다네. 우리가 믿을 수 있는 것은 선량한 주님뿐이야. 조용히 하게! 마담이 오고 있어!"

나는 교수님이 루시가 죽었을 때처럼 무너져 히스테리 발작을 일으킬 것이라 생각했지만, 교수님은 어마어마한 노력을 기울여 스스로를 다잡았고 아주 침착하게 방 안으로 들어오는 하커 부인을 맞이했다. 하커 부인은 밝고 행복한 얼굴이었으며 일에 몰두하느라 자신이 처한 불행은 잊은 듯했다. 하커 부인은 안으로 들어오며 반 헬싱 교수님에게 타자 친 종이 꾸러미를 건넸다. 교수님은 진지하게 그 서류들을 훑어보았고, 그 서류를 읽으며 얼굴이 환해졌다. 그런 다음 집게와 엄지로 종이를 잡고 말씀하셨다.

"존, 자네는 이미 수많은 경험이 있고, 친애하는 마담 미나 역시 어느 정도 경험이 있으니 교훈을 하나 알려드리지요. 생각하는 것을 절대 두려워 말아요. 미숙한 생각들이 내 머릿속에서 종종 윙윙거리지만, 나는 그 생각에 날개를 달아 마음껏 활

개 치는 것을 두려워한답니다. 이제 좀 더 지식이 생겨, 미숙한 생각을 되돌아보니 사실 그것은 전혀 미숙한 생각이 아니더군 요. 그것은 그야말로 완전한 생각이었어요. 비록 어려서 아직 작은 날개를 휘저을 만큼 강하지 않지만요. 아뇨, 내 친구 한스 안데르센의 '미운 오리새끼'처럼 미운 오리새끼가 아니라 커다란 날개가 달려 언젠가 하늘 높이 날아오를 수 있는 백조였어 요. 조너선이 쓴 이 내용을 지금 막 읽었어요.

"그의 종족들은 후대에도 계속해서 이 거대한 강을 건너 터 키 땅으로 쳐들어갔소. 패배하고 돌아왔다가도 또 다시 가고, 또, 다시, 또 다시 갔지만 부하 병사들이 살육당한 핏빛 전쟁터 에서 홀로 돌아와야 했지. 궁극적인 승리를 이룰 수 있는 것은 그뿐이란 것을 알았으니까!"

이것이 우리에게 시사하는 바가 무엇일까요? 별 거 없다고 요? 아니요! 백작의 어린아이처럼 미숙한 뇌는 아무것도 보지 못하고, 따라서 그리 마음껏 말하는 겁니다. 성숙한 뇌 역시 아 무것도 보지 못하고, 나의 성숙한 뇌도 아무것도 보지 못했죠. 방금 전까지는 그랬어요. 아니요! 하지만 자신도 무슨 뜻인지 알지 못하면서 내뱉은 말에는 심오한 뜻이 담겨 있어요. 잠자 던 요소들이 있는데 자연의 흐름에 따라 계속해서 움직이다 무 언가를 건드리는 순간 – 펑! 하고 하늘에서 넓은 빛줄기가 쏟 아지며 어떤 자들의 눈을 멀게 하고 죽이고 파괴하는 것처럼요. 하지만 그 빛은 아래의 모든 땅을 비추죠. 그렇지 않나요? 음, 내가 설명을 해보죠. 먼저 범죄학을 공부한 적이 있나요? '네'와 '아니오'가 나왔군. 존 자네는 공부했지. 그건 정신병에 대한 연구니까. 마담 미나는 아니군요. 마담은 범죄와 아무런 관련이 없으니까요. 그래도 마담은 올바른 추론을, 보편타당한 추론을 하고 계세요. 범죄자들에게는 특이점이 하나 있어요. 어느 나라 사람이든, 어느 시대 사람이든 꾸준하게 나타나는 점이라 범죄학을 잘 알지 못하는 경찰도 경험으로 이를 알게 되죠. 이것이 경험주의라는 겁니다. 범죄자는 항상 한 가지 범죄를 저지른답니다. 마치 운명인 것처럼 다른 것에는 관심이 없고 단 한 가지 범죄에만 몰두해요. 이러한 범죄자에겐 완전한 성인의 뇌가 없답니다. 영리하고 교활하고 잔재주가 많지만, 두뇌에 있어서는 성인이 아니에요. 기껏해야 어린아이의 두뇌 수준일 뿐이죠. 이제 우리의 범죄자 또한 범죄를 저지를 운명이죠. 그자 또한 어린아이의 두뇌를 가지고 있고, 그자가 저지른 짓은 어린아이나 할 법한 짓입니다. 어린 새와 어린 물고기, 어린 동물은 이론이 아닌 경험으로 배우죠. 그러한 경험을 기반으로 더 많은 것을 배워나가기 시작해요. 아르키메데스는 '내가 서 있을 곳을 달라'고 했어요. '내게 지렛대를 주면 내가 세상을 움직이겠다!'고. 한 번 행동을 하는 것은 어린아이의 뇌가 성인의 뇌가 되는 지렛대죠. 그자는 목적이 생길 때까지 전에 했던 행동을 계속 반복합니다! 아, 마담 하커, 사랑스러운 마담의 두 눈이 번쩍 뜨여 온 세상을 비추는 번개 같은 불빛이 보이는군요." 하커 부인이 손뼉을 치고 눈빛을 반짝인 것이다. 교수님이 말을 이었다.

"이제 말씀해보세요. 우리 두 명의 건조한 과학자에게 마담의 밝은 두 눈으로 본 것을 말씀해주세요." 교수님은 하커 부인의 손을 잡고 부인이 이야기하는 동안 계속 잡고 있었다. 교수님의 검지와 엄지가 부인의 손목 맥박이 뛰는 곳 가까이에 위치해 있다는 것을 나는 본능적이고도 무의식적으로 알아챘다.

"백작은 범죄자이고 전형적인 범죄자 부류예요. 노르다우와 롬브로소라면 백작을 그리 분류할 테고, 범죄자로서 백작은 불완전해요. 따라서 습관적으로 해오던 행동에서 미래를 열 수단을 찾죠. 그의 과거에서 실마리를 찾을 수 있어요. 조너선의 일기장에 백작의 입으로 직접 말한 내용이 적혀 있어요. 전에 한 번 모리스 씨가 '곤경'이라고 부를 법한 상황에 처했을 때 침략하려던 땅에서 도망쳐 자신의 나라로 돌아갔고, 그 후로도 그 땅을 침략할 목적을 굳게 다지며 다시 침략 전쟁을 준비했다고요. 더 든든히 전쟁 준비를 해서 다시 그 땅을 침략해 결국엔 승리했죠. 따라서 백작이 런던으로 온 것은 새 땅을 침략하기 위해서였어요. 하지만 백작이 패배해 승전의 희망은 모두 사라지고 그의 생존 자체가 위험에 처하자, 바다를 건너 자신의 집으로 도망쳤어요. 전에 터키 땅에서 다뉴브 강을 건너 도망쳤던 것처럼요."

"좋아요, 좋아! 아, 이토록 영리한 숙녀분이라니!" 반 헬싱이 열성적으로 맞장구를 치며 허리를 숙여 부인의 손에 키스했다. 잠시 후 교수님은 마치 환자의 병실에서 이야기를 나누듯 내게 속닥거렸다.

"고작 72시간 지났을 뿐이야. 이렇게 흥미진진한 상황이라면 희망이 있어." 교수님은 다시 하커 부인을 돌아보며 열렬한 기대감에 차 말했다.

"계속해보세요. 계속해봐요! 마담이 원한다면 더 할 말이 있을 겁니다. 두려워 말아요. 존과 나는 알고 있어요. 마담의 말이 맞는다면 내가 언제든 그리 말해줄 테니까. 말씀하세요, 두려워 말고!"

"노력해볼게요. 하지만 제가 멋대로 이야기하더라도 용서해주셔야 해요."

"그럼요! 걱정하지 말고 마음껏 이야기하세요. 우리가 가장 중요하게 생각하는 건 마담이니까요."

"그렇다면 백작은 범죄자이고 이기적이에요. 백작의 지능은 적고 그자의 행동은 이기주의에 기반을 두고 있으니, 그자에 겐 오로지 한 가지 목적뿐이에요. 그 목적은 냉혹한 거죠. 백작은 처참하게 도륙당하는 부하들을 버리고 홀로 다뉴브 강을 넘어 도망쳤어요. 지금도 마찬가지에요. 백작은 자신의 안전만을 추구하고 다른 자들은 신경도 쓰지 않아요. 그래서 그자의 이기심 때문에 제 영혼은 그 끔찍하던 날 밤 저를 옭아맨 무시무시한 힘에서 다소 해방된 거예요. 전 그게 느껴져요! 아, 느껴져요! 하느님 감사합니다, 커다란 자비를 내려주셔서! 제 영혼은 그 끔찍한 순간 이후 그 어느 때보다 더 자유로워요. 다만 제가 걱정되는 것은 제가 혼수상태에 빠지거나 꿈을 꿀 때, 그자가 자신의 목적을 이루기 위해 제가 알고 있는 것들을 이용했을지도 모른다는 거예요." 교수님이 자리에서 일어섰다.

"백작이 마담의 머릿속을 읽었지요. 그 덕분에 우리가 바르나에 있는 동안 자신이 탄 배를 안개에 휩싸이게 만들어 갈라츠로 향하게 했고, 분명 그자는 그곳에서 우리의 손아귀에서 빠져나갈 준비를 해두었을 겁니다. 하지만 그자의 어린아이 같은 머리는 거기까지밖에 보지 못했죠. 신의 섭리가 그렇듯, 악행을 일삼는 자가 이기적인 마음으로 저지른 짓은 결국 스스로에게 가장 큰 해를 미치기 마련이에요. 위대한 다윗 왕이 말했듯이 사냥꾼은 자신의 올가미에 걸리는 법입니다. 지금으로서는 백작이 우리를 따돌렸다고, 우리를 무사히 피해 도망쳤다고 생각할 테죠. 그자의 이기적이고 어린아이 같은 뇌는 그자에게 잠을 자라고 속삭일 겁니다. 또한 백작은 마담과의 접속을 차단했으니 마담이 자신의 생각을 알 길이 없다고 생각할 겁니다. 그게 그자의 실수인 거예요! 백작이 마담에게 준 끔찍한 피의 세례 덕택에 마담은 영혼 상태에서 마음대로 백작에게 갈 수 있게 되었죠. 마담이 일출과 일몰 때 자유로운 시간에 했던 것처럼요. 그때에 마담은 그자의 의지가 아닌 자신의 의지로 그자에게 갑니다. 이러한 힘은 마담과 우리 모두에게 좋은 것이에요. 마담이 그자에게 받은 고통을 딛고 승리한 것이니까요. 이런 사실이 지금은 그 어느 때보다도 귀중하죠. 그자는 이러한 사실을 모르고 있고, 우리가 있는 장소도 알 수 없도록 스스로를 차단해버리기까지 했으니까요. 하지만 우리는 이기적이지도 않고, 하느님이 이 시련과 고통의 시기를 함께해주시리라 믿고 있어요. 우리는 주님을 따를 겁니다. 망설이지 않을 거예요. 우리가 위험에 빠져 주님과 같이 될지라도요. 내 친구 존, 아주 유익한 시간이었고, 우리의 앞길에 크게 도움이 되었네. 우리가 나눈 대화를 전부 적어 놓고 다른 일행이 돌아오면 알려주게나. 그러면 그 친구들도 모두 알게 될 거야."

그래서 나는 일행이 돌아오기를 기다리는 동안 기록을 적었고, 하커 부인은 이 기록을 타자기로 모두 쳐서 우리에게 가져다주었다.

제26장

수어드 박사의 일기

10월 29일 – 이 일기는 바르나에서 갈라츠로 가는 기차 안에서 적는 것이다. 어젯밤 우리는 일몰 직전에 한 자리에 모였다. 각자가 맡은 임무를 훌륭히 수행했고, 생각과 노력과 기회가 닿는 데까지 모든 여정을 준비했으며 갈라츠에 도착했을 때 수행해야 할 임무에 대한 준비도 마쳤다. 일몰 때가 다가오자 하커 부인은 최면에 걸릴 준비를 했고, 반 헬싱 교수님이 평소보다 더 길고 더 진지한 노력을 기울인 후에야 최면에 걸렸다. 대개 하커 부인은 대략적인 암시만 줄 뿐이었지만, 이번에 교수님은 확실한 무언가를 알아내기 위해 단호한 질문을 던졌다. 마침내 하커 부인이 대답했다.

"아무것도 보이지 않아요. 고요해요. 파도 소리는 전혀 들리지 않고, 동아줄을 스치며 부드럽게 흐르는 꾸준한 물줄기 소리만 들려요. 가까이서, 멀리서 고함을 지르는 남자들의 목소리와 노를 젓느라 삐걱거리는 소리가 들려요. 어딘가에서 총이 발사되는 소리가 들려요. 메아리가 울려 퍼지는 것으로 보아 멀리서 발사된 것 같아요. 위쪽에서 발자국 소리가 들리고 밧줄과 사슬을 잡아당기는 소리가 들려요. 이게 뭐죠? 빛줄기가 들어와요. 제 위쪽에서 바람이 불어오는 게 느껴져요."

여기서 하커 부인은 말을 멈추었다. 하커 부인이 누워 있던 소파에서 벌떡 일어나더니 무언가를 들어 올리듯 손바닥을 위로 하고 양손을 들어올렸다. 반 헬싱 교수님과 나는 알겠다는 듯 서로를 바라보았다. 퀸시는 눈썹을 살짝 치켜 올리며 유심히 부인을 쳐다보았고, 하커의 손은 자기도 모르게 쿠크리 칼자루로 향했다. 긴 침묵이 흘렀다. 다들 하커 부인이 말을 할 수 있는 시간이 지나가고 있다는 사실을 알았지만, 말을 해봐야 소용없다는 느낌이 들었다. 느닷없이 하커 부인이 일어나 앉더니 눈을 뜨고 상냥하게 말했다.

"차 드실 분? 다들 많이 피곤하시겠어요!" 우리는 하커 부인을 행복하게 만들고 싶어 차를 마시겠다고 했다. 하커 부인이 서둘러 차를 준비하러 나갔다. 부인이 나가자 반 헬싱 교수님이 말했다.

"이제 알겠지, 친구들. 그자는 육지 가까이에 있네. 흙 상자 안에서 나왔어. 하지만 아직 해안에 발을 디디진 못했네. 밤에 는 어딘가에 숨어 있을지도 모르지만, 흙 상자가 해안으로 날 라지지 않는 한, 배가 해안에 닿지 않는 한 그자는 육지에 닿을 수가 없네. 만약 그자가 육지에 닿을 수 있다면, 밤에 형체를 변 화해 뛰어내리거나 해안으로 날아갈 수 있겠지. 휘트비에서 그 랬던 것처럼. 하지만 그자가 해안에 내리기 전에 날이 밝는다 면, 흙 상자가 땅에 닿기 전에는 도망칠 수 없어. 흙 상자가 육 지에 닿는다면, 세관원들이 그 상자 안에 담긴 것을 발견할지 도 모르지. 따라서 그자가 오늘 밤이나 새벽 전에 해안으로 도 망치지 않는다면 그자는 하루 종일 공을 치게 될 거야. 그러면 우리가 제때 도착할지도 몰라. 그자가 밤에 도망치지 않는다면 우리가 낮에 그자를 덮쳐 그 상자를 우리 수중에 넣을 수 있을 테니까. 그자는 발각될 것이 두려워 본래의 모습으로 돌아오지 못할 거야."

그 이상은 할 말이 없어 우리는 잠자코 새벽이 오기를 기다 렸다. 새벽이 오면 하커 부인에게서 더 많은 정보를 얻을 수 있 을지도 모른다.

오늘아침 이른 새벽에 우리는 숨죽여 하커 부인이 최면에 걸 리기를 기다렸다. 이번에는 전보다도 오랜 시간이 걸렸고, 해 가 완전히 뜨기까지 시간이 얼마 남지 않자 우린 절망에 빠지기 시작했다. 반 헬싱 박사님은 온 영혼을 바쳐 노력을 기울이는 것 같았다. 마침내 박사님의 의지에 복종한 하커 부인이 입을 열었다.

"모든 게 캄캄해요. 내 옆에서 물이 철썩거리는 소리가 들리고, 나무와 나무가 부딪히는 듯 삐걱거리는 소리가 들려요." 하커 부인이 말을 멈추었고, 빨간 태양이 떠올랐다. 우리는 오늘 밤까지 또 기다려야 한다.

그래서 우리는 기대의 고통 속에서 갈라츠를 향해 여행했다. 오전 두 시에서 세 시 사이에 도착할 예정이었지만, 이미 부카레스트에서 기차가 세 시간이나 연착되어 해가 뜨고 한참 후에나 도착할 것 같았다. 따라서 우리는 하커 부인이 최면 상태에서 보내는 메시지를 두 개 더 들을 수 있을 것이다. 그 두 개의 메시지가 백작에게 어떤 일이 일어나고 있는지 좀 더 알려줄지도 모른다.

나중 – 해가 졌다. 다행히 일몰은 조용한 때에 찾아왔다. 우리가 역에 있을 때 일몰이 찾아왔다면, 조용하고 외딴 공간을 찾을 수 없었을 테니까. 하커 부인은 오늘 아침보다 더 힘겹게 최면에 빠졌다. 아무래도 백작의 감각을 읽는 부인의 힘이 우리가 가장 필요로 할 때 사라지는 건 아닌지 걱정스럽다. 내가 보기에는 부인이 상상력을 발휘하기 시작한 것 같다. 지금까지 부인이 최면에 걸린 동안에는 아주 간단한 사실들만을 나열했다. 만약 이러한 상태가 계속된다면 결국엔 우리를 잘못된 길로 이끌지도 모른다. 부인을 통제하고 부인의 지식을 알아내는 백작의 힘이 사라졌다면 그것은 행복한 일이지만, 그렇지 않은 것 같아 걱정스럽다. 최면에 걸린 부인의 말은 수수께끼 같았다······.

"무언가 나가고 있어요. 차가운 바람처럼 내 곁을 스쳐지나가는 그것이 느껴져요. 멀리서 시끌벅적한 소리가 나요. 꼭 사람들이 낯선 언어로 이야기하는 소리, 격렬하게 떨어지는 물소리, 늑대들의 울음소리 같은 것들이 뒤섞인 것처럼." 부인은 말을 멈추고 몸서리를 쳤는데, 몇 초 동안 점점 더 격렬해지더니 결국에는 중풍에 걸린 사람처럼 몸을 떨어댔다. 하커 부인은 더 이상 아무런 말을 하지 않았고, 교수님의 단호한 질문에도 대답하지 않았다. 최면 상태에서 깨어난 하커 부인의 몸은 차갑게 식어 무기력했다. 하지만 그녀의 머리만은 예리했다. 하커 부인은 아무것도 기억하지 못했지만 자신이 무슨 말을 했냐고 물었다. 대답해주자 부인은 오랫동안 아무 말 없이 곰곰이 생각에 잠겼다.

10월 30일, 아침 7시 - 이제 갈라츠에 거의 다 왔고, 나중에는 글을 쓸 시간이 없을지도 모른다. 오늘 아침 일출은 우리 모두가 간절하게 기대하고 있었다. 최면을 걸기가 점차 어려워지고 있다는 사실을 안 반 헬싱 교수님이 평소보다 일찍 최면술을 걸기 시작했다. 하지만 적당한 시간이 될 때까지는 아무런 효과가 없었고, 하커 부인은 고작 해가 뜨기 일 분 전에야 간신히 최면에 들었다. 교수님은 한시가 아까워 곧장 질문을 던졌다. 하커 부인의 대답 역시 빨리 나왔다.

"사방이 캄캄해요. 제 귀 바로 옆에서 물이 졸졸 흘러가는 소리가 들리고 나무와 나무가 부딪혀 삐걱거리는 소리가 들려요. 멀리서 소 우는 소리가 들려요. 다른 소리도 들려요. 이상한 소리에요. 마치⋯⋯." 하커 부인은 말을 멈추더니 안색이 점점 창백해졌다.

"계속해요. 계속해! 말해요. 내 명령에 따라요!" 반 헬싱 교수님이 고통스러운 목소리로 다그쳤다. 동시에 교수님의 눈에는 절망이 어렸다. 떠오르는 태양이 하커 부인의 창백한 얼굴을 붉게 물들였기 때문이다. 하커 부인이 눈을 떴고, 하커 부인이 더 없이 상냥하고 아무렇지 않은 듯 이렇게 말했을 때는 다들 깜짝 놀라고 말았다.

"아, 교수님, 왜 제가 대답할 수 없는 걸 물으시는 거예요? 전 아무것도 기억하지 못해요." 그런 다음 우리 얼굴에 떠오른 놀란 표정을 보고는 고민에 빠진 눈길로 우리를 하나하나 바라보았다.

"제가 무슨 말을 했나요? 제가 무슨 짓을 했나요? 전 아무것도 몰라요. 여기 누워 반쯤 잠들어 있는데 교수님이 계속해요! 말해요, 내 명령에 따라요! 하는 소리를 들었어요. 마치 제가 나쁜 짓을 한 아이처럼 명령하시는 소리를 들으니 얼마나 기분이 이상하던지!"

"오, 마담 미나." 교수님이 안타깝게 말했다. "그건 제가 마담을 얼마나 사랑하고 존경하는지를 나타내는 증거랍니다. 마담을 위해 그 어느 때보다도 진실하고 열렬하게 내뱉은 말이었죠. 다만 제가 언제나 기꺼이 복종하는 마담에게 명령을 내렸으니 그토록 이상한 기분이 든 겁니다!"

경적 소리가 울렸다. 갈라츠에 거의 당도했다. 다들 불안과 열망으로 불타오르고 있다.

미나 하커의 일기

10월 30일 - 모리스 씨가 전보로 예약해둔 호텔에 나를 데려다주었다. 모리스 씨가 그 역할을 맡은 이유는 그분이 외국어를 전혀 하지 못해 달리 할 일이 없었기 때문이다. 나머지 일행은 바르나에서 그랬던 것처럼 각자 맡은 일을 수행하러 갔고, 고덜밍 경은 그 높은 지위가 관공서에서 즉각적인 효과를 발휘할지도 모르는 터라 부영사를 만나러 갔다. 조너선과 두 박사님은 차리나 예카테리나호에 대한 내용을 파악하러 선박 회사 대리인에게 갔다.

나중 – 고덜밍 경이 돌아왔다. 영사는 외출 중이고 부영사는 병가를 냈단다. 따라서 업무는 서기가 담당하고 있었다. 서기가 매우 친절한 태도로 힘닿는 데까지 도움을 주겠다고 나섰다.

조너선 하커의 일기

10월 30일 – 9시에 반 헬싱 박사님과 수어드 박사님, 그리고 나는 런던 햅굿 선박 회사의 대리인인 맥킨지 앤드 슈타인코프 법률 회사를 방문했다. 그들은 고덜밍 경이 전보로 보낸 요청에 따라 런던 선박 회사에서 우리에게 힘이 닿는 데까지 도움을 베풀어주라는 전보를 받은 터였다. 그들은 더없이 친절하고 예의를 갖췄으며, 즉각 우리를 데리고 항구에 정박해 있는 차리나 예카테리나호로 안내했다. 그곳에서 우리는 그 배의 선장인 도넬슨이란 자를 만나 항해에 대한 이야기를 들었다. 선장은 평생 그토록 순조로운 항해는 처음이었다고 했다.

"세상에! 하지만 더럭 겁이 나더라굽쇼. 그토록 드문 행운이 찾아오니 언젠가 대가를 치르는 것 아닌가 싶더라구요. 순풍을 받아 런던에서 흑해까지 내달리다니, 꼭 악마가 자신의 목적을 위해 우리 배에 입김을 불어넣어주는 것 같은 게 아주 이상했어요. 게다가 항해하는 내내 암것도 못 봤어요. 배 한 척, 항구 하나, 혹은 곳 하나 보지 못했죠. 계속 안개가 우리를 따라다녔고 안개가 걷혀서야 앞이 보였구요. 우린 신호도 보내지 못하고 지브롤터 해협을 지났고, 다르다넬스에 도착해 통과 허가를 받느라 기다릴 때까진 아무런 연락도 할 수가 없었어요. 처음엔 항해를 늦춰 안개가 걷힐 때까지 기다릴까 했지만, 악마가 우리를 빨리 흑해로 데려갈 작정이라면 우리가 그리로 배를 몰든 아니든 어떻게든 해낼 거라는 생각이 들더라굽쇼. 우리가 빨리 항해를 하면 선주들도 좋아할 테고, 배에 해도 안 될 테고, 악마는 자신의 앞길을 막지 않은 우리에게 고마워할 테니까요." 소박함과 교활함, 미신, 상업적 이익이 뒤섞인 말에 반 헬싱 교수님이 흥미가 당겼는지 이렇게 대꾸했다.

"이보게, 친구. 악마는 사람들이 생각하는 것보다 더 영리하다오. 그리고 호적수를 만나면 알아보지!" 선장은 칭찬이 기분 나쁘지 않은 듯 말을 이었다.

"보스포러스 해협을 지날 때 선원들이 불평을 털어놓기 시작했어요. 선원 중 루마니아인들이 나한테 와서 우리가 런던에서 출발하기 직전 이상하게 생긴 노인이 실은 커다란 상자를 바다 속에 버려달라고 부탁하더라구요. 그 친구들이 그 노인네를 두려워하며 악마의 눈에게서 보호하듯 그 노인네를 두 손가락으로 가리키는 걸 봤죠. 맙소사! 하지만 외국인의 미신이란 터무니없기 짝이 없어요! 난 일이나 하라고 돌려보냈죠. 안개가 우리 배에 내려앉은 직후에 그놈들 말에도 조금 일리가 있다는 느낌이 들긴 했지만 그게 그 커다란 상자 때문이라고는 하지 않겠어요. 음, 어쨌든 우리는 계속 달렸고 안개가 닷새 동안 걷히질 않아 그냥 바람에 가는 대로 배를 맡겼더랬죠. 악마가 어딘가에 가고 싶어 하니까 - 악마가 우리를 그리로 데려다줄 거라 생각했죠. 뭐, 만약 그렇지 않았더라도 우리가 어쨌든 주의 깊게 망을 계속 봤으니까. 우린 내내 깊은 물을 순조롭게 달렸어요. 이틀 전에 아침 해가 안개를 뚫고 솟아올랐고 우리 맞은편으로 갈라츠가 보이더군요. 루마니아인들이 미쳐 날뛰면서 옳든 그르든 그 상자를 강에 던져버려야 한다고 아우성을 쳤어요. 결국 내가 몽둥이를 들고 화를 냈어요. 악마의 눈이 있든 없든 간에, 선주들의 재산과 믿음을 얻는 것이 다뉴브 강에 던져버리는 것보다 낫다고 했죠. 명심하세요, 그놈들이 그 상자를 갑판 위로 가지고 올라와 강으로 던질 태세였고 그 상자는 갈라츠에서 바르나 소인이 찍혀 있었기에, 나는 항구에 도착해 화물을 내려놓을 때까지 가만 두어야 한다고 생각했소이다. 그날은 날이 그리 맑지가 않아서 밤새 닻을 내려두어야 했어요. 하지만 아침 일찍, 해가 뜨기 한 시간 전에 한 남자가 영국에서 온 명령서를 가지고 배에 올라와서 드라큘라 백작 앞으로 온 상자를 받으러 왔어요. 그 사람에게 건네야 하는 게 분명했어요. 서류도 다 가져왔고 나도 그 빌어먹을 물건을 얼른 치워버릴 수 있다는 생각에 반가웠죠. 왠지 나도 그 상자가 꺼림칙하게 느껴지기 시작했거든요. 만약 악마가 정말로 그 배 위에 짐을 실었다면, 바로 그 상자였을 거요!"

"그 상자를 가져간 남자 이름이 뭐죠?" 반 헬싱 교수님이 다급한 마음을 억누르며 물었다.

"금방 알려주겠소이다!" 선장은 선실 아래로 내려가더니 '임마누엘 힐데스하임'이라는 서명이 적힌 영수증을 내밀었다. 주소는 부르겐 가 16번지였다. 우리는 선장이 아는 건 이것이 전부라는 사실을 알고 감사의 인사를 한 다음 배에서 내렸다.

힐데스하임은 사무실에 있었다. 아델피 극장 무대에 오를 법한 유대인으로, 코는 양처럼 뭉툭했고 터키모자를 쓰고 있었다. 그는 은근히 돈을 요구했고, 우리가 몇 푼 찔러주자 자신이 아는 것을 말해주었다. 이것은 간단하지만 중요한 것으로 판명되었다. 그는 런던의 드 빌 씨로부터 편지를 한 통 받았는데, 세관을 피하도록 가능하면 해뜨기 전에 갈라츠 항으로 나가 차리나 예카테리나호에 실린 상자 하나를 인수해달라는 내용이었다. 상자의 배달은 페트로프 스킨스키, 강에서 항구를 오가며 무역을 하는 슬로바키아인들과 거래하는 자에게 맡기도록 명시되어 있었다. 힐데스하임은 영국 지폐로 이 일에 대한 보수를 지불받았고, 곧장 다뉴브 국제 은행에서 이 지폐를 금화로 교환했다. 스킨스키가 도착하자 힐데스하임은 운임을 아끼기 위해 스킨스키를 데리고 배로 가 상자를 바로 넘겼다. 이것이 그가 아는 전부였다.

이번에는 스킨스키를 찾아보았지만 어디서도 찾을 수가 없었다. 스킨스키에게 호의라곤 전혀 없는 것으로 보이는 한 이웃은 스킨스키가 이틀 전 떠났으며 그 후로는 본 적이 없다고 했다. 이 증언은 스킨스키의 집주인이 심부름꾼을 통해 영국 화폐로 집세와 함께 집 열쇠를 받았다는 말로 확인해주었다. 이것이 어젯밤 열 시에서 열한 시 사이였다고 했다. 우리는 다시 막다른 골목에 맞닥뜨렸다.

우리가 이야기를 나누는 사이 한 명이 헐레벌떡 뛰어 들어와 스킨스키의 시신이 세인트피터 교회 묘지 안에서 발견되었으며, 야생동물에게 당한 듯 목이 찢겨져 있더라고 전했다. 우리와 이야기를 나누던 남자들은 그 무시무시한 광경을 보기 위해 뛰어나갔고, 여자들은 "슬로바키아인 짓이야!"라고 외쳤다. 우리는 어떤 식으로든 그 일에 휘말려서는 안 되기에 서둘러 그곳을 떠났고 기다렸다.

집으로 돌아오는 동안 확실한 결론은 하나도 내지 못했다. 우리 모두 그 상자가 수로를 통해 어딘가로 이동하는 중이라 확신했지만, 그곳이 어디인지는 다시 알아내야 할 것이다. 무거운 마음을 안고 미나가 기다리는 호텔에 도착했다.

모두가 모였을 때, 가장 먼저 의논한 부분은 다시 미나에게 모든 것을 다 털어놓을지 말지를 결정하는 일이었다. 상황이 점점 절망적으로 변하고 있고, 미나에게 모든 것을 털어놓는 건 위험한 것이긴 하지만 하나의 기회가 될지도 모른다. 예비 단계로서, 일단 내가 미나에게 한 약속을 어기기로 했다.

미나 하커의 일기

10월 30일, 저녁 - 다들 어찌나 지치고 기진맥진하고 낙담했던지 휴식을 좀 취하기 전까지는 아무것도 할 수가 없을 것 같은 상태였다. 그래서 나는 다들 삼십 분이라도 좀 누워서 쉬라고 부탁했고, 그동안 내가 지금 이 순간까지의 일을 적어두겠다고 했다. '여행용' 타자기를 발명한 사람에게, 그리고 날 위해 이 타자기를 가져와준 모리스 씨에게 얼마나 고마운 마음이 드는지 모르겠다. 당연히 고마워해야 한다. 펜으로 글을 적으려면 힘들고 지루하기 짝이 없을 테니……

모든 일이 끝났다. 불쌍한 내 남편 조너선, 그이가 겪어야 했던 일이며 그이가 지금 겪고 있을 고통을 생각하면. 조너선은 숨소리도 거의 내지 않고 소파에 누워 있으며 온 몸은 기절이라도 한 것처럼 축 늘어져 있다. 그이의 눈썹은 찌푸려져 있고,

얼굴은 고통으로 일그러져 있다. 불쌍한 내 남편, 그이는 어쩌면 생각을 하고 있는지도 모른다. 생각에 집중해 온통 일그러진 얼굴이다. 아! 내가 조금이라도 도움이 될 수 있다면……. 나는 내가 할 수 있는 일을 할 것이다.

반 헬싱 박사님에게 부탁했더니 내가 아직까지 보지 못한 서류들을 모두 갖다 주셨다……. 남자들이 쉬고 있는 동안 나는 이 모든 서류들을 주의 깊게 읽어서 어쩌면 어떤 결론에 도달할 수 있을지도 모른다. 교수님을 본받아 아무런 편견 없이 눈앞의 사실들을 생각해보려 노력해볼 것이다…….

하느님의 섭리 덕택에 무언가를 발견한 것 같다. 지도를 가져다 찾아봐야겠다…….

내 생각이 맞는 것 같다는 확신이 더욱 커졌다. 내 새로운 결론은 준비가 되었으니 모두가 모이면 그 내용을 읽어줄 것이다. 그들이 듣고 판단해줄 것이다. 정확히 적어두자. 일 분 일 초가 소중하다.

미나 하커의 메모
(미나 하커의 일기장에 적혀 있었음.)

조사 근거 – 드라큘라 백작은 고향 집으로 돌아가려 한다.

(a) 백작은 분명 누군가의 힘을 빌려 성으로 돌아갈 것이다. 이것은 분명하다. 백작에게는 사람이나 늑대, 박쥐, 혹은 다른 형태로 변신해 가고자 하는 곳으로 움직일 수 있는 힘이 있다. 하지만 백작은 분명 무기력한 상태에서 – 일출과 일몰 사이에 나무 상자에 들은 채로 – 발각되는 것을 두려워한다.

(b) 백작은 어떤 경로로 이동할까? – 이것은 제외법이 도움이 될지도 모른다. 육로로? 철도로? 수로로?

1. 육로 – 육로로 이동하는 데는 너무나도 많은 위험이 도사리고 있으며, 특히 도시를 떠나면 더욱 위험하다.

(x) 사람이 많다. 사람들은 호기심이 많고 알아내려 한다. 그 상자에 담겨 있는 것에 대한 암시, 추측, 의심이 백작을 파멸로 몰아갈 것이다.

(y) 세관원이나 입시세 징수소를 통과해야 할지도 모른다.

(z) 백작의 뒤를 쫓는 추적자들이 따라갈 수도 있다. 이것이 백작이 가장 두려워하는 점이다. 그리고 그자는 자신의 존재를 드러내는 것을 불쾌해하며, 그자의 희생자인 내게조차 모습을 감추려 한다!

2. 철로 – 그 상자를 맡아 책임질 사람이 아무도 없다. 열차가 지연될 가능성을 감수해야 하며, 백작의 뒤를 쫓는 적들이

있는 상황에서 그런 일은 치명적일 것이다. 물론, 백작은 밤에는 도망칠 수 있을지도 모른다. 하지만 도망갈 은신처 하나 없는 낯선 곳이라면 어떨까? 그것은 백작이 의도하는 바가 아니며, 그러한 위험을 감수하지는 않을 것이다.

3. 수로 – 이것은 한 면에서는 가장 안전한 길이지만, 또 다른 면에서는 가장 위험한 길이다. 물 위에서 백작은 밤 외에는 아무런 힘을 쓸 수 없다. 밤에조차 안개와 폭풍과 눈과 늑대를 부를 수 있을 뿐이다. 게다가 배가 침몰이라도 한다면 백작은 무기력하게 바닷물에 그대로 가라앉고 말 것이다. 백작에게 배를 육지로 몰아갈 수 있지만, 자유롭게 움직일 수 없는 낯선 땅에서라면 그자의 입장은 여전히 절망적일 것이다.

기록을 통해 백작이 강 위에 있었다는 사실을 알고 있다. 따라서 우리가 해야 할 점은 어떤 강인지를 확인하는 것이다.

첫 번째는 지금까지 그가 한 일을 정확히 파악하는 것이다. 그러면 그자가 앞으로 어떤 일을 할지 감을 잡을 수 있을지도 모른다.

첫째 – 우리는 그자가 커다란 계획의 일환으로서 런던에서 한 일과, 시간에 쫓겨 다급하게 한 일을 구분해야 한다.

둘째 – 우리는 우리가 아는 사실로부터, 그가 이곳에서 무엇을 했을지 추측해보아야 한다.

첫 번째에 관해, 백작은 갈라츠로 올 의도를 가지고 있었던 것이 분명하며 우리를 속이려 바르나로 송장을 보냈다. 당시 그자의 시급하고 유일한 목표는 도망치는 것이었다. 임마누엘 힐데스하임에게 보낸 편지가 그 증거로, 백작은 해가 뜨기 전에 상자를 운반하라고 지시했다. 또한 페트로프 스킨스키에게 내린 지시도 있다. 추측일 뿐이지만, 스킨스키가 힐데스하임을 찾아왔으니 또 다른 편지나 전언이 분명 있었을 것이다.

지금까지 백작의 계획이 성공했다는 점을 우리는 알고 있다. 차리나 예카테리나호는 놀라울 정도로 순조롭고 빠른 항해를 해서 도넬슨 선장이 의심을 품을 정도였다. 하지만 선장의 미신과 신중함이 결합하여 백작을 도왔고, 배는 안개 사이로 순풍을 타고 달려 갈라츠에 도착했다. 백작의 준비는 완벽했다는 사실이 드러났다. 힐데스하임이 그 상자를 배에서 인수해 스킨스키에게 건넸다. 스킨스키는 그 상자를 받았다 – 그리고 우리의 추적은 여기서 중단되었다. 우리가 아는 것은 그 상자가 수로로 움직이고 있다는 것뿐이다. 세관과 입시세 징수소가 있다면 전부 피해갈 것이다.

이제 백작이 이곳, 갈라츠 땅에 도착한 후 한 일에 대해 생각해보자.

그 상자는 해뜨기 전 스킨스키에게 넘겨졌다. 일출 때 백작은 자신의 본래 모습으로 나타날 수 있었다. 이쯤에서, 우리는 백작이 스킨스키를 선택한 이유를 생각해보아야 한다. 내 남편의 일기장에 스킨스키는 강에서 항구를 오가며 장사를 하는 슬로바키아 과 거래를 하는 사람으로 언급되어 있었고, 살인은 슬로바키아인 짓이라는 발언은 슬로바키아인에 대한 이곳 사람들의 일반적인 정서를 보여주었다. 백작은 다른 사람과 연결점이 없는 존재를 원했던 것이다.

내 추측은 이러하다. 런던에서 백작은 가장 안전하고 은밀한 길인 수로를 이용해 성에 돌아가기로 결심했다. 그자가 애초에 드라큘라 성에서 나올 때 시가니를 고용했고, 어쩌면 그들이 그 짐을 슬로바키아인들에게 전달해 그들이 상자를 바르나로 날랐고, 그곳에서 런던행 배에 올랐는지도 모른다. 따라서 백작은 이러한 서비스를 제공하는 사람들을 알고 있었던 것이다. 상자가 육지에 도착했을 때, 일출 전이나 일몰 후에, 그는 상자에서 나와 스킨스키를 만나 그에게 상자를 강으로 옮기도록 지시했다. 이 일이 끝나자 백작은 우리 일행이 기차에 탄 것을 알고 자신의 흔적을 지우기 위해 스킨스키를 살해한 것이다.

지도를 살펴본 결과 슬로바키아인이 이용하기에 가장 적절한 강은 프루트 강이나 세레트 강이다. 타자로 친 서류를 보면 내가 최면에 빠졌을 때 내 귀 옆에서 흐르는 물소리와 소의 울음소리, 나무가 삐걱거리는 소리를 들었다고 적혀 있다. 그렇다면 백작은 갑판 없는 작은 배에 실린 상자 속에서 강을 건너고 있는 것이며, 그 배는 노나 장대로 저어 가는 것이 분명하다. 제 방이 가까웠고 배는 물살을 거슬러 올라가고 있었으니까. 물살을 따라 내려가는 것이라면 그런 소리가 나지 않았을 것이다.

물론 세레트 강이나 프루트 강이 아닐 가능성도 있으며 더 깊이 조사를 해봐야 할지도 모른다. 이 둘 중에서는 프루트 강이 항해하기 더 쉽지만 세레트 강은 푼두에서 보르고 고개를 둘러 가는 비스트리차 강과 합류한다. 이 길이 수로를 통해 드라큘라 성에 가장 가까이 갈 수 있는 길이다.

미나 하커의 일기 - 계속

내가 적어둔 메모를 다 읽자 조너선이 나를 품에 끌어안고 내게 키스했다. 다른 일행들은 내 두 손을 꼭 잡고 흔들었고, 반 헬싱 박사님은 이렇게 말씀하셨다.

"우리 친애하는 마담 미나가 다시 한번 우리에게 커다란 가르침을 주셨군요. 마담께선 우리가 보지 못한 것을 보았어요. 이제 다시 한번 그자를 추적하게 되었고, 이번에는 우리가 성공할지도 모릅니다. 우리의 적은 가장 무기력한 상태예요. 우리가 그자를 낮에, 수로에서 잡는다면 우리의 임무는 끝날 겁니다. 그자가 먼저 출발했지만 서두를 힘은 없어요. 운반하는 자들이 의심할 것을 두려워해 상자에서 나오지 못할 테니까. 선원들이 의심을 한다면 당장에 그자를 강물에 던져버릴 테지. 백작은 이 사실을 잘 아니 그러지 않을 거야. 자, 친구들, 작전 회의를 하도록 하지. 지금 이 순간 우리는 계획을 짜 실행에 옮겨야 하니까."

"제가 작은 증기선을 한 척 구해 그자의 뒤를 쫓겠습니다." 고덜밍 경이 말했다.

"그리고 저는 그자가 육로로 갈 경우에 대비해 말로 강둑을 따라가겠습니다." 모리스 씨가 말했다.

"좋아!" 교수님이 말씀하셨다. "둘 다 좋아. 하지만 둘 다 혼자 가서는 안 되네. 필요할 경우 도와줄 병력이 있어야 해. 슬로바키아인은 강인하고 거친 자들이며, 조악한 무기들을 지니고 다니지." 남자들 모두가 빙그레 미소를 지었다. 다들 작은 무기고를 지니고 다니기 때문이다. 모리스 씨가 말했다.

"제가 윈체스터 소총을 몇 자루 챙겨왔습니다. 여러 명, 혹은 여러 마리의 늑대를 상대할 때 꽤 간편하죠. 기억하실지 모르겠지만 백작은 다른 조치들도 취해두었습니다. 그자는 하커 부인이 제대로 듣거나 이해하지 못하도록 다른 자들에게 지시를 내렸죠. 우리는 모든 경우에 대비해야 해요."

수어드 박사님이 말했다.

"저는 퀸시와 함께 가는 것이 나을 것 같습니다. 우리는 함께 사냥을 다니곤 했고, 우리 둘이 제대로 무장을 하면 어떤 일이 닥치더라도 잘 해내갈 수 있을 거예요. 자네 혼자 가서는 안 돼, 아트. 혹시라도 슬로바키아인과 싸워야 할 일이 발생할지도 모르고 그런 일이 벌어졌다가는 – 이 친구들이 총을 가지고 다니진 않겠지만 – 우리의 계획이 모두 수포로 돌아갈 거야. 이번에는 만약의 경우에 철저히 대비해야 해. 우리는 백작의 머리통과 몸통을 분리하고 그자가 환생하지 못한다는 점을 확인할 때까지는 쉬지 않을 거야." 수어드 박사님은 이 말을 하며 조너선을 바라보았고, 조너선은 나를 바라보았다. 가련한 내 남편의 가슴이 갈기갈기 찢어져 있는 게 보였다. 물론 그이는 내 곁에 머물고 싶어 했다. 하지만 배를 타야만 그…… 그…… 그…… 흡혈귀를 파괴할 가능성이 가장 높을 것이다. (내가 왜 그 단어를 적는 것을 망설였을까?) 조너선은 한동안 말이 없었고, 그가 침묵하는 사이 반 헬싱 박사님이 입을 열었다.

"친애하는 조너선, 이 임무를 자네에게 맡기는 데는 두 가지 이유가 있네. 첫째로, 자네는 젊고 용감하며 싸울 수 있고, 마지막까지 모든 에너지가 필요할지도 모르고, 또한 자네와 자네의 아내에게 그토록 심한 고난을 안겨준 자를 파괴할 권리가 자네에게 있기 때문이네. 마담 미나 걱정은 하지 말게. 괜찮다면 내가 돌보겠네. 난 늙었다네. 내 다리는 당장 달릴 수 있을 정도로 빠르지 않고, 오랫동안 달리거나 누구 뒤를 쫓을 정도로 말도 잘 타지 못하고, 무기를 들고 싸우는 법도 모른다네. 하지만 나는 다른 도움은 줄 수 있고, 다른 방식으로 싸울 수 있네. 필요하다면 나도 자네 젊은이들처럼 목숨을 바칠 수 있네. 내 생각은 이렇다네. 자네들 우리 고덜밍 경과 조너선이 신속하게 작은 증기선을 타고 강을 따라 올라가고, 그동안 존과 퀸시는 그자가 내릴 만한 가능성이 있는 곳에서 강둑을 지키고, 나는 마담 미나와 함께 적의 땅의 심장부로 가겠네. 그 늙은 여우가 상자 안에 갇혀 배를 타고 있어 육지로 도망칠 수가 없는 동안 - 그자는 슬로바키아 운반자들이 그를 강물에 버릴까 봐 두려워 감히 관 뚜껑을 열지 못할 걸세 - 우리는 조너선이 간 길을 따라갈 걸세. 비스트리츠에서 보르고 고개를 넘어 드라큘라 성으로 가는 길을 찾아낼 거라네. 마담 미나가 최면 상태에서 길을 알려줄 거야. 그 무시무시한 장소에 다다르면 첫 번째 일출 후에 - 온통 어둡고 알 수 없는 길을 - 그 길을 찾아낼 걸세. 할 일이 많고, 신성하게 해야 할 곳들이 많아. 그렇게 해서 이 독사들의 소굴을 흔적도 없이 없애버릴 거라네." 이 말에 조너선이 발끈했다.

"반 헬싱 박사님, 악마의 저주에 걸려 슬픔에 빠진 미나를, 그자가 놓은 죽음의 덫의 아가리로 데려가겠다는 말씀입니까? 결단코 안 됩니다! 하늘이 꺼지고 땅이 꺼지는 일이 있어도 절대 안 됩니다!" 조너선은 흥분한 나머지 잠시 말을 잇지 못하다 다시 입을 열었다.

"그곳이 어떤 곳인지 아십니까? 사악한 악마의 소굴을 보신 적 있습니까? 달빛이 섬뜩한 모양으로 살아 움직이고, 먼지 티끌 하나하나가 소용돌이치며 점점 괴물의 모습으로 변하는 곳을요? 흡혈귀의 입술에 목에 닿는 걸 느껴본 적이 있습니까?" 이 순간 조녀선은 날 돌아보았고, 두 눈이 내 이마에 닿은 순간 그이는 낙심하여 외쳤다. "아, 하느님. 저희가 무슨 잘못을 했기에 저희에게 이런 공포를 안겨주시는 겁니까!" 그이는 절망에 차 소파에 털썩 주저앉았다. 교수님의 목소리가, 공기 중에서 진동하는 듯한 맑고 상냥한 목소리가 우리 모두의 마음을 달래주었다.

"아, 친애하는 조녀선. 나는 마담 미나를 그 끔찍한 곳에서 구하기 위해 그곳에 가려는 거라네. 주님은 내가 마담을 그곳에 데려가는 것을 허락하지 않으시네. 그곳에서 해야 할 일이, 마담의 눈이 보지 못한 것이 있을지도 몰라. 조녀선을 제외하고 이곳에 있는 우리 남자들은 그곳을 정화하기 위해 어떤 일을 해야 하는지 두 눈으로 직접 보았지. 우리가 끔찍한 곤경에 처했다는 사실을 명심하게. 이번에 백작이 우리를 피해 달아난다면 – 백작은 강하고 교묘하고 교활한 자라네 – 그자는 한 세기 동안 잠을 잔 다음 일어나 우리가 사랑하는 사람을." 그 순간 박사님이 내 손을 잡았다. "데려가 자신의 동료로 삼아 조녀선 자네가 본 다른 흡혈귀들처럼 만들 거야. 자네는 백작이 꿈틀거리는 가방을 던져주었을 때 그 여자들이 그 가방을 움켜쥐며 만족스러운 미소를 띠는 것을 보았고 음란한 웃음을 터트리는 소리를 들었다고 했네. 그리고 몸서리를 쳤다고 했지. 그럴 만도 해. 내가 자네에게 그토록 커다란 고통을 안겨준 것을 용서하게. 하지만 꼭 필요한 일이야. 이보게, 조너선. 절실히 필요한 일이 아니라면 내가 내 목숨까지 바치려 하겠는가? 누군가 그 성에 들어가 머물러야 한다면, 그건 바로 날세. 내가 그놈들을 저승길 동반자로 삼을 걸세."

"원하시는 대로 하세요." 조너선이 온몸을 떨며 흐느꼈다. "우리는 하느님의 손 안에 있으니!"

나중 – 아, 이 용감한 남자들이 일하는 모습이 내게 큰 용기를 주었다. 그토록 열정적으로, 그토록 진실하고, 그토록 용감한 남자들을 여자들이 무슨 수로 도울 수 있을까! 나는 돈의 대단한 위력을 새삼 깨달았다! 돈이 적절하게 사용되면 어떤 일을 할 수 있는지. 비열하게 사용된다면 또 어떤 일을 할 수 있는지. 고덜밍 경이 부자이고, 모리스 씨 또한 돈이 많고, 두 분 다 그 돈을 기꺼이 쓰려고 하시니 얼마나 다행인지 모른다. 두 분이 아니었다면 우리의 작은 탐험대는 그토록 신속하고 그토록 든든하게 준비를 한 채 출발할 수 없었을 것이다. 우리가 각자 맡은 임무를 준비한 후로 세 시간이 채 지나지 않았고, 그동안 고덜밍 경과 조너선은 당장이라도 명령을 내리면 출발할 수 있는 근사한 증기선 한 척을 구했다. 수어드 박사님과 모리스 씨는 훌륭한 말 여섯 필을 대기시켜 놓았다. 우리는 지도며 가능한 모든 도구들을 다 갖추었다. 반 헬싱 교수님과 나는 오늘 밤 열한 시 사십 분 기차를 타고 베레스티로 가, 그곳에서 마차를 타고 보르고 고개를 넘을 참이다. 마차와 말을 사야 하니 여비도 두둑이 챙겼다. 함부로 사람을 신뢰할 수가 없으므로 마차는 우리가 직접 몰기로 했다. 교수님은 대단히 많은 언어를 알고 계시니 우리는 별문제 없이 해나갈 것이다. 다들 무장을 했고 나 또한 커다란 연발 권총 한 자루를 몸에 지녔다. 내가 다른 사람들처럼 무장하지 않으면 조너선이 불안해할 테니. 아아! 하지만 다른 사람들이 모두 지니고 있는 한 가지 무기는 몸에 지닐 수 없다. 내 이마의 흉터가 그것을 거부하니까. 상냥한 반 헬싱 박사님은 늑대들을 대비한 완전무장을 했다고 말씀하시며 나를 위로해주신다. 날씨가 매 시각 점점 더 추워지고, 경고처럼 눈발이 이따금씩 흩날린다.

나중 ― 남편에게 작별 인사를 할 때에는 있는 용기를 다 끌어모아야 했다. 우리는 다시는 만나지 못할지도 모른다. 용기를 내, 미나! 교수님이 널 유심히 쳐다보고 계시잖아. 교수님의 표정은 경고를 담고 있다. 지금은 눈물 한 방울 흘려서는 안 된다. 하느님께서 기쁨의 눈물을 흘리게 해주실 때까지는 참아야 한다.

조너선 하커의 일기

10월 30일, 밤 – 증기선 연소실 문에서 세나오는 빛에 의지해 이 글을 적는다. 증기선의 엔진 작동은 고덜밍 경이 도맡았다. 고덜밍 경은 탬즈 강을 운항하는 증기선 한 대와 노포크 호를 운항하는 또 다른 증기선을 소유하고 있어, 증기선 운전에 능숙하다. 우리의 계획에 관해서는 미나의 짐작이 옳았다는 결론을 내렸다. 백작이 성으로 도망치는 데 수로를 선택했다면 세레트 강을 따라 올라가다 비스트리차 강으로 들어서는 길을 택했을 것이다. 북위 47도쯤 어딘가에서 육지에 내려 카르파티아산맥 사이를 가로지를 것이다. 우리는 밤에도 망설이지 않고 강을 상당히 빠른 속도로 달린다. 수심이 깊은 데다 강의 너비가 넓어 캄캄한 밤에도 마음 놓고 운항할 수 있다. 고덜밍 경은 한 명만 불침번을 서도 충분하니 잠시 눈을 좀 붙이라고 한다. 하지만 나는 잠을 잘 수가 없다……. 내 사랑하는 아내에게 끔찍한 위험이 닥칠 거라는 사실을 알면서, 내 아내가 그 무시무시한 곳에 간다는 사실을 알면서 어떻게 잠을 잘 수 있을까…… 내 유일한 위안은 우리가 하느님의 손 안에 있다는 것뿐이다. 오로지 그 믿음 때문에 죽음을 택하고, 모든 고통을 끝낼 수 있을 것이다. 모리스 씨와 수어드 박사님은 우리가 출발하기 전 이미 긴 여정을 떠났고, 강줄기가 내려다보이되 강 바로 옆의 구불구불한 길을 따라가지 않도록 오른쪽 강둑의 꽤 높은 언덕을 따라가기로 했다. 그분은 네 필의 말을 끌고 갔으며, 쓸데없는 호기심을 불러일으키지 않도록 여분의 말을 끌 두 명을 고용했다. 곧 그 남자들을 돌려보내고, 말들을 직접 끌고 갈 것이다. 필요할 경우 우리 모두가 그 말에 올라탈 수 있도록 말이다. 말안장 중 하나는 크기를 조절할 수 있어, 필요한 경우 미나가 탈 수 있을 것이다.

우리는 위험한 모험을 하고 있다. 어둠을 뚫고 우리를 덮쳐 오는 강물의 냉기를 뚫고 달리고 있다. 밤의 온갖 불가사의한 소리들이 우리를 둘러싸고 가슴속 깊이 파고든다. 우리는 미지의 장소를 향해, 미지의 길을 표류하고 있는 것 같다. 어둡고 무시무시한 것들이 있는 세계로. 고덜밍이 연소실 문을 닫는다…….

10월 31일 - 여전히 빠른 속도로 항해하고 있다. 날이 밝았고 고덜밍 경은 잠들었다. 내가 불침번을 서는 중이다. 아침의 냉기는 뼈가 시릴 정도다. 묵직한 모피 외투를 걸치고 있는데도 화로의 열기가 고마울 정도다. 여태껏 작은 배 몇 척을 지나쳤지만, 그 배에는 우리가 찾는 것과 같은 크기의 상자나 꾸러미는 보이지 않았다. 우리가 전기 램프를 들이밀 때마다 지나가던 배의 선원들이 겁을 집어먹으며 무릎을 꿇고 기도했다.

11월 1일, 저녁 – 하루 종일 아무런 소식이 없다. 우리가 찾는 것은 발견하지 못했다. 이제 우리는 비스트리차 강으로 들어섰으며, 만약 우리의 추측이 틀렸다면 기회는 날아가 버릴 것이다. 우리는 마주치는 모든 배를, 크기에 상관없이 다 조사했다. 오늘 아침 일찍 만난 한 선원은 우리가 정부에서 나온 관리들인 줄 알고 정중하게 대했다. 덕분에 상황을 매끄럽게 빠져나갈 방법을 깨닫고 세레스 강이 비스트리차 강으로 이어지는 푼두에서 루마니아 국기를 하나 샀다. 이제 그 깃발을 높이 펄럭이며 다닌다. 그 후로 배를 조사할 때마다 이 술수가 먹혀들었다. 다들 고분고분한 태도로 우리에게 배 안을 보여주었고 우리가 어떤 질문을 하든 어떤 행동을 하든 반발 한 번 하지 않았다. 슬로바키아인 몇 명이 커다란 배 한 척이 지나가는 것을 보았는데 그 배에는 선원이 일반적인 경우보다 두 배나 더 되어 보통 속도보다 더 빠르게 달리더라고 했다. 그 배를 지나친 것이 푼두에 도착하기 전이었으므로, 그 배가 비스트리차 강으로 접어들었는지 아니면 계속해서 세레트 강을 달렸는지는 알지 못했다. 푼두에서는 그런 배에 대한 소식을 전혀 듣지 못했으니, 밤에 그곳을 지나간 것이 분명하다. 졸음이 쏟아진다. 아마도 추위 때문이겠지만 어찌되었든 사람은 잠을 자야 한다. 고덜밍 경이 자신이 먼저 불침번을 서겠다고 고집한다. 하느님께서 불쌍한 내 아내와 내게 베풀어준 고덜밍 경의 선량함에 축복을 내려주시기를.

11월 2일, 아침 - 날이 환하게 밝았다. 선량한 고덜밍 경이 날 깨우지 않은 것이다. 내가 모든 고민을 잊고 곤하게 잠들어 있기에 차마 깨울 수가 없었다고 했다. 밤새 잠을 자느라 고덜밍 경 혼자 불침번을 서게 하다니 이 얼마나 이기적인 짓인가. 하지만 고덜밍 경의 결정이 옳았다. 오늘 아침에는 새로 태어난 것처럼 가뿐하다. 이곳에 앉아 고덜밍 경이 자는 것을 지켜보며, 엔진 관리와 운전, 감시하는 것까지 너끈히 다 해낼 수가 있다. 기력이 다시 솟아난다. 지금쯤 미나와 반 헬싱 교수님은 어디 있을까. 수요일 정오쯤에는 베레스티에 도착했을 것이다. 마차와 말을 구하는 데 시간이 좀 걸렸을 테니, 마차를 타고 출발해 열심히 달렸다면 지금쯤 보르고 고개를 넘고 있을 것이다. 하느님께서 그 둘의 앞길을 인도해주시고 도와주시기를! 어떤 일이 일어날지 생각하기가 두렵다. 우리가 더 빨리 갈 수만 있다면! 하지만 그럴 수가 없다. 증기선의 엔진이 진동하며 최대한의 힘을 발휘하고 있다. 수어드 박사님과 모리스 씨는 어떻게 지내고 있는지 궁금하다. 산에서 이 강으로 흘러들어오는 개울이 끝없이 많은 것 같지만, 그중에 아주 커다란 개울은 전혀 없으니 - 적어도 현재로선 그렇지만, 겨울에 내린 눈이 녹으면 분명 어마어마할 것이다 - 말을 타고 건너기가 그리 어렵지 않을지도 모른다. 우리가 스트라스바에 도착하기 전에 그들을 만날 수 있었으면 좋겠다. 만약 그때까지 우리가 백작을 찾아내지 못한다면, 그다음에는 어떻게 해야 할지 함께 의논을 해봐야 할지도 모르니까.

수어드 박사의 일기

11월 2일 - 길 위에서 사흘을 보냈다. 아직 아무런 소식도 없고, 한시가 급하기에 글을 쓸 여유도 없었다. 말이 꼭 쉬어야 할때만 멈췄지만, 우리 둘 다 아주 잘 버텨내고 있다. 과거 우리가함께 모험을 다니던 시절의 경험이 꽤 도움이 된다. 우리는 계속 앞으로 나아가야 한다. 다시 한번 증기선이 시야에 들어올때까지는 마음이 편치 않을 테니까.

11월 3일 - 푼두에서 증기선이 비스트리차로 올라갔다는 소식을 들었다. 날이 많이 춥지 않아야 할 텐데. 눈이 올 조짐이 보이고, 만약 눈이 많이 쏟아진다면 말을 타고 가기가 어려울 것이다. 그런 경우가 발생한다면 러시아식으로 썰매를 타고 계속 가야 한다.

11월 4일 - 오늘 우리는 증기선이 급류를 억지로 올라가려다 사고를 당해 멈춰 섰었다는 소식을 들었다. 슬로바키아 배들은 밧줄과 숙련된 조종 덕에 무사히 급류를 타고 올라갔다고 한다. 몇몇 척은 고작 서너 시간 전에 올라갔다. 고덜밍은 아마추어 정비공이며, 분명 그가 직접 증기선을 손보았을 것이다. 마침내 그 증기선은 지역 주민들의 도움으로 급류를 무사히 올라갔고 추격을 재개했다. 아무래도 사고를 당한 탓에 배에 문제가 생긴 게 아닌가 걱정스럽다. 그 농부 말이 증기선이 다시 강을 따라 올라가는 동안 내내 이따금씩 멈추었다 가기를 반복했다는 것이다. 이제 우리는 전보다 더 열심히 달려야 한다. 곧 우리 도움이 필요할지도 모른다.

미나 하커의 일기

10월 31일 - 정오에 베레스티에 도착했다. 교수님이 오늘 아침에 말씀하시길, 새벽에 내게 최면을 걸기가 매우 어려웠으며 내가 한 말이라곤 "어둡고 조용하다"는 것뿐이었다고 하셨다.

그리고 마차와 말을 사러 나가셨다. 가는 도중에 말을 교환할 수 있도록, 여분의 말 몇 필을 더 사보겠다고 하셨다. 우리가 가야 할 길이 110킬로미터가 넘는다. 이곳은 아름답고 아주 흥미로운 곳이다. 우리가 처한 상황이 달랐다면, 여행이 얼마나 즐거웠을까. 조너선과 내가 단둘이 마차를 타고 이 지역을 달린다면 얼마나 즐거울까. 이따금씩 마차를 세우고 사람들을 구경하고 그네의 생활 방식을 배우고 이 거칠고 아름다운 땅과 색다른 사람들이 선사하는 갖가지 색과 아름다운 모습들로 우리의 머리와 기억을 채울 수 있을 텐데! 하지만 아아!

같은 날, 나중 – 반 헬싱 박사님이 돌아오셨다. 마차와 말을 구해오셨다. 우리는 저녁식사를 한 다음 한 시간 후에 출발할 것이다. 여관 주인이 우리에게 커다란 바구니에 담긴 음식을 가져다주었는데, 한 대대의 군인도 먹여 살릴 정도로 양이 많아 보인다. 교수님은 여주인에게 고맙다고 인사를 하시곤, 내게 앞으로 일주일 동안은 제대로 된 음식을 구경도 못할지 모른다고 속삭이셨다. 교수님 또한 장을 보셨는지 근사한 모피 코트와 모피 숄, 온갖 종류의 방한 용품을 가져오셨다. 앞으로 우리가 추위에 떨 일은 절대 없을 것이다.

우리는 곧 출발한다. 앞으로 어떤 일이 우리를 기다리고 있을지 생각하기조차 두렵다. 우리의 운명은 전적으로 하느님의 손에 달려 있다. 하느님만이 앞으로의 일을 아시니, 나는 슬프고 소박한 영혼을 다해 내 사랑하는 남편을 지켜주십사 기도드리는 수밖에 없다. 조너선이 내가 말로 할 수 있는 것보다 더 그를 사랑하고 존경한다는 것을, 내 마음이 언제나 그와 함께 한다는 점을 알아주었으면 좋겠다.

제27장

미나 하커의 일기

11월 1일 - 우리는 하루 종일 꽤 빠른 속도로 달렸다. 말들은 우리가 다정하게 대해주는 걸 아는지, 내내 전력을 다해 달려주고 있다. 지금까지 여러 번 말을 교체했는데도 교체할 때마다 말들이 꾸준히 달려주어 이번 여정이 순조로울 거라는 희망이 솟았다. 반 헬싱 박사님은 필요한 말만 하신다. 농부들에게 서둘러 비스트리츠로 가는 길이라고만 말하고 돈을 두둑이 지불하고 말을 교환하신다. 우리는 뜨거운 수프나 커피, 또는 차를 마시고 다시 떠난다. 아름다운 곳이다. 상상할 수 있는 모든 종류의 아름다움으로 가득하고, 사람들은 용감하고 강하고 소박하며 장점들이 많은 것 같다. 이곳 사람들은 미신을 아주, 아주 전적으로 믿는다. 우리가 들른 첫 번째 집에서, 우리를 맞이하던 여자가 내 이마의 흉터를 보고 성호를 그으며 악마의 눈을 물리치기 위해 날 손가락 두 개로 가리켰다. 분명 그 여자는 우리 음식에 마늘을 더 넣는 수고를 했을 것이다. 나는 마늘이라면 질색인데. 그 후로 나는 이곳 사람들의 의심을 사지 않기 위해 되도록 모자나 베일을 벗지 않는다. 빠르게 달리고 있고, 말을 전할 마부가 없으니 소문이 퍼지는 것을 피할 수 있다. 하지만 악마의 눈에 대한 두려움이 내내 우리 뒤를 쫓아올 것 같다. 교수님은 지치는 법이 없다. 하루 종일 한 번도 쉬지 않으셨고, 내게 한참 동안 잠을 자게 하셨다. 일몰 때가 되자 교수님은 내게 최면을 걸었고, 내가 평소처럼 "어둠, 철썩거리는 물소리, 삐걱거리는 나무"라는 대답을 했다고 말해주셨다. 따라서 우리의 적은 아직 강 위에 있는 것이다. 조너선을 생각하기가 두렵지만, 어쩐지 이제는 조너선 걱정도 내 걱정도 되지 않는다. 어느 농가에서 말을 교체하기를 기다리는 동안 이 일기를 적는다. 박사님은 주무신다. 불쌍한 분. 아주 지치고 피곤하고 늙어 보이는 얼굴이지만, 그분의 입은 정복자의 것처럼 단호하게 다물어져 있다. 잠을 자는 동안에도 그 결의를 다지고 계신 것이다. 말이 준비되면 내가 마차를 몰고 교수님을 쉬게 해야겠다. 아직 며칠을 더 가야 하니, 가장 필요할 때 교수님이 쓰러져서는 안 된다고 말해야지……. 다 준비가 되었다. 우린 곧 출발할 것이다.

11월 2일, 아침 - 교수님이 내 설득에 넘어갔고, 우리는 밤새 교대로 마차를 몰았다. 이제 날이 밝았고, 춥지만 맑다. 공기 중에는 기이하게 무거운 것이 감돌고 있다. 그보다 더 적절한 표현이 생각나지 않는다. 그러니까, 우리 둘을 내리누르는 무언가가 있다. 날이 매우 춥고 우리가 의지할 것은 따뜻한 모피 코트뿐이다. 일몰 때 반 헬싱 박사님이 내게 최면을 걸었다. 이번에는 내가 "어둠, 삐걱거리는 나무, 포효하는 물소리"라고 대답했다고 하니, 강줄기가 바뀐 것이다. 내 남편이 필요 이상의 위험을 감수하지 않았으면 좋겠다. 하지만 우리의 운명은 하느님의 두 손에 달려 있다.

11월 2일, 밤 - 하루 종일 마차를 타고 달렸다. 갈수록 길이 더 험해지고 베레스티에 있을 때는 너무 멀고 지평선에 아주 낮게 걸려 있는 것 같던 카르파티아산맥이 이제는 우리 주위를 높이 둘러싸고 있다. 우리 둘 다 기운이 좋은 상태인 것 같다. 서로를 격려하려 노력하다 보니 스스로도 기운이 솟은 모양이다. 반 헬싱 박사님 말이 오늘 아침에 보르고 고개에 도달할 거란다. 이곳에는 민가가 거의 없고, 교수님은 앞으로 말을 교환할 수 없을지도 모르니 마지막으로 교환한 말을 타고 끝까지 가야 할 거라고 하셨다. 교수님은 말 두 마리를 교환하고 추가로 말 두 마리를 더 사, 이제 우리 마차는 말 네 필이 끌고 있다. 사랑스러운 말들은 끈기 있고 착하며, 아무런 말썽도 피우지 않는다. 다른 여행객들과 마주칠 일이 없어, 나도 마음 놓고 마차를 몬다. 우리는 환할 때 그 고개에 도착할 것이다. 그 전에 도착하고 싶지 않아, 속력을 줄이고 교대로 푹 쉬었다. 아, 내일은 우리에게 어떤 일이 일어날까? 우리는 내 남편이 그토록 심한 고통을 겪은 곳을 향해 간다. 하느님께서 우리를 올바른 길로 인도해주시고, 위험에 처한 내 남편과 우리에게 소중한 사람들을 굽어보시기를. 나는 주님의 눈길을 받을 자격도 없다. 아아! 나는 주님의 눈에 불결한 여자이며, 언젠가 주님께서 자비를 베풀어 그분의 어린 양으로 나를 눈앞에 세워주시는 그날까지 계속 그 상태일 것이다.

아브라함 반 헬싱의 메모

11월 4일 - 이 글은 내 오랜 친구이자 진정한 친구인 런던 퍼플리트의 존 수어드 박사에게 남긴다. 혹시 그 친구를 다시 만나지 못한다면 이 글이 우리의 상황을 설명해주겠지. 지금은 아침이며 밤새 불을 지펴둔 모닥불 옆에서 이 글을 쓴다. 마담 미나가 날 도왔다. 춥다. 춥다. 너무 추워 묵직한 잿빛 하늘이 눈으로 가득하다. 이 눈이 내리면 온 땅이 꽁꽁 얼어붙어버릴 것이다. 마담 미나는 이 날씨가 견디기 힘든지, 하루 종일 머리가 아프다며 평소와는 전혀 다른 모습이었다. 마담은 자고, 자고, 또 자기만 한다! 평소에는 그토록 예리하던 사람이 하루 종일 말 그대로 아무것도 하지 않았다. 식욕도 없는 모양이다. 마차가 멈출 때마다 열성적으로 일기를 쓰던 사람이 오늘은 일기조차 쓰지 않는다. 불길한 느낌이 든다. 하지만 오늘 밤 마담 미나는 좀 더 생기가 돈다. 하루 종일 긴 잠을 잔 덕에 기력을 회복했는지, 지금 그녀는 그 어느 때처럼 상냥하고 활기차다. 일몰에 최면술을 시도해보았으나 아아! 아무런 효과가 없었다. 그 힘은 매일 점점 감소하고 있으며, 오늘 밤에는 아예 실패로 돌아가고 말았다. 어떤 일이 일어나도, 우리가 어디로 향하더라도 그건 다 하느님의 뜻일 것이다!

마담 미나가 속기 일기를 쓰지 않으니, 내가 과거의 성가신 방식으로 매일 일어나는 일을 기록하는 수밖에.

우리는 어제 아침 해가 뜬 직후에 보르고 고개에 도착했다. 해가 뜰 것 같아서 나는 최면술을 걸 준비를 했다. 마차를 멈추고 방해하는 사람이 없는 조용한 곳으로 갔다. 모피 코트를 바닥에 깔고 그 위에 마담 미나를 눕혔다. 마담은 평소처럼 최면술에 걸렸지만 최면에 걸리는 시간은 더 오래 걸렸고 최면에 걸린 시간은 더 짧았다. 대답은 전과 같이 "어둠과 소용돌이치는 물소리"였다. 그런 다음 마담은 깨어났고, 환한 햇살을 받으며 우리는 길을 계속 가서 곧 그 고개에 도착했다. 그곳에 도착한 순간, 마담의 열성적인 태도가 되살아났다. 새로운 예지력이 생겨난 듯 마담은 길 하나를 가리키며 말했다.

"이 길이에요."

"그걸 어떻게 알죠?"

"물론 알죠." 마담은 잠시 멈추었다가 덧붙였다. "제 남편 조너선이 이 길을 여행하고 일기에 적었잖아요?"

처음에는 조금 이상한 생각이 들었으나, 이내 그러한 샛길은 하나뿐이라는 사실을 깨달았다. 통행자라고는 통 없는 길이었고, 더 넓고 단단하며 통행량이 많은 부코비나에서 비스트리츠로 이어지는 마찻길과는 전혀 달랐다.

그래서 우리는 이 길을 따라갔다. 가는 도중 다른 갈래길이 나오면 ― 워낙 방치된 데다 가벼운 눈이 쌓여 있었기에 그게 길이 맞는 건지 헷갈릴 때도 있었다 ― 말들이 알아서 길을 찾아갔다. 나는 말들에게 주도권을 내주었고, 말들은 아주 끈기 있게 앞으로 나아갔다. 차츰 우리는 조너선이 근사한 일기에 적어놓은 모든 것들을 발견했다. 우리는 아주, 아주 오랜 시간 동안 계속 앞으로 나아갔다. 처음에 나는 마담 미나에게 잠을 자라고 했다. 마담은 노력해보다가 잠이 들었다. 마담은 내내 잠만 잔다. 마침내 슬슬 불안한 마음이 들어 깨울 때까지. 하지만 마담은 계속 잠만 잘 뿐이며, 내가 깨워도 일어나지 못할지도 모른다. 혹시라도 마담에게 해가 될까 봐 심하게 깨울 수가 없었다. 이미 마담은 많은 고통을 겪었으며 잠을 자는 것이 그녀에게 득일지도 모르니. 깜빡 잠이 들었었나 보다. 갑자기 대단한 잘못이라도 한 듯 죄책감이 밀려왔다. 깜짝 놀라 정신을 차려보니 내 손에는 고삐가 들려 있고 훌륭한 말들은 전처럼 계속해서 터벅터벅 길을 가고 있다. 이제 일몰이 멀지 않았고, 눈 위로 햇살이 거대한 노란 홍수처럼 쏟아져 내리고 있었다. 가파르게 솟은 산허리에 우리의 그림자가 길게 드리워졌다. 우리가 계속해서 위로, 위로 올라가고 있기 때문이다. 아! 모든 것이 너무나도 황량하고 바위투성이다. 마치 세상의 끝에 온 것처럼.

　나는 마담 미나를 깨웠다. 이번에는 큰 어려움 없이 잠에서 깼으며, 그런 상태에서 나는 최면술을 시도했다. 마담 미나는 마치 내가 잠들지 않은 것처럼, 도통 최면에 빠져들지 않았다. 그래도 노력에 노력을 거듭했고, 그러다 보니 어느새 어둠이 내려앉아 있었다. 주위를 돌아보니 태양은 이미 지고 없었다. 마담 미나가 웃음을 터트리기에 나는 고개를 돌려 그녀를 바라보았다. 마담은 이제 완전히 깨어 있었으며, 우리가 처음 백작의 집에 들어가던 날 밤 이후로 한 번도 보지 못한 아주 건강한 모습이었다. 나는 놀라고 불안한 마음이 들었으나, 마담이 워낙 쾌활하고 다정하게 나를 배려해주어 모든 걱정을 다 잊었다. 가져온 장작으로 모닥불을 피웠고, 마담이 식사를 준비하는 동안 말을 풀고 은신처로 데려가 먹이를 주었다. 모닥불 곁으로 돌아와 보니 마담이 내 저녁식사를 차리고 있었다. 내가 도우려 하자 마담은 미소를 지으며 자신은 이미 먹었다고 했다. 너무 배가 고파 기다릴 수가 없었다고 말이다. 나는 그 말이 마음에 들지 않았고 영 꺼림칙했지만 마담에게 괜한 겁을 줄까 두려워 아무 말 하지 않았다. 마담이 식사 시중을 들어주었고 나는 홀로 식사를 했다. 그런 다음 모피를 두르고 모닥불 옆에 누웠으며, 마담에게 내가 망을 볼 테니 눈을 좀 붙이라고 했다. 하지만 현재 나는 망을 보는 일 따위는 까맣게 잊고 있다. 이따금씩 마담은 조용히 누워 있지만, 잠에서 깨어 아주 말똥말똥한 눈으로 나를 바라본다. 한두 번 더 같은 일이 일어났고, 나는 아침이 올 때까지 푹 잤다. 일어났을 때 마담에게 최면을 걸려 했지만, 아아! 마담이 두 눈을 순종적으로 감긴 했으나 최면에 빠지지는 않았다. 태양이 점점 더 높이 떠올랐고, 그제야 뒤늦게 마담에게 잠이 찾아왔으며 얼마나 잠에 취했던지 도통 일어날 생각을 하지 않았다. 그래서 말을 마차에 매고 출발할 준비를 마친 후에, 마담을 안아 올려 마차 안에 실어야 했다. 마담은 여전히 자고 있고, 자고 있는 그녀의 얼굴은 전보다 더 건강하고 혈색이 도는 것 같다. 나는 그 점이 마음에 들지 않는다. 두렵고, 두렵고, 또 두렵다! 모든 것이 두렵고, 생각하기조차 두렵지만 계속해서 앞으로 가야 한다. 우리가 하는 모험은 생사를 건 모험, 아니 그 이상이며 뒤로 물러나서는 안 된다.

11월 5일, 아침 – 모든 것을 정확하게 적어보겠다. 모두 함께 이상한 일들을 겪긴 했지만, 어쩌면 이 글을 읽고 나 반 헬싱이 오랜 공포와 오랜 긴장으로 마침내 머리가 이상해지고 미쳤다고 생각할지도 모르겠다.

어제 내내 마차를 타고 달렸고 점점 더 산맥 안으로 들어가며 더더욱 황량하고 외진 땅 안으로 들어섰다. 거대하고 위압적인 절벽들이 즐비하고 폭포가 많다. 마치 자연이 언젠가 열릴 축제를 위해 남겨둔 곳 같다. 마담 미나는 여전히 자고 또 잔다. 허기가 져서 요기를 했지만 마담을 깨우지는 않았다. 슬슬 마담이 이 장소의 치명적인 마법에 걸려, 흡혈귀의 세례를 받았을 때처럼 감염된 것이 아닌가 두려워진다. 나는 혼잣말을 했다. "음, 마담이 내내 잠만 잔다면 나는 밤에도 잠을 자지 못하겠구먼." 우리가 오래된 옛길로 보이는 거친 길을 따라 달리는 동안, 나는 고개를 숙이고 잠을 잤다. 다시 한번 죄책감과 함께 잠에서 깨었는데 마담 미나는 여전히 잠을 자고 있었고 태양은 낮게 걸려 있었다. 하지만 모든 것이 변해 있었다. 위압적인 산들은 더 멀게 느껴졌고, 우리는 가파른 산꼭대기에 올라와 있었으며 그 정상에는 조녀선의 일기에 적힌 성이 있었다. 그 순간 나는 기쁜 동시에 두려웠다. 이제 좋은 결말이든 나쁜 결말이든 결말이 가까이에 다가왔기 때문이다.

나는 마담 미나를 깨워 다시 한번 최면술을 시도했다. 하지만 아아! 이번에도 실패로 돌아갔다. 이내 거대한 어둠이 우리를 덮치자 – 해가 진 후에도 햇살은 눈 위에 반사되었고, 한동안은 거대한 황혼이 깔려 있었다 – 나는 말을 데려가 은신처 안에서 여물을 먹였다. 그런 다음 모닥불을 피웠고, 그 옆에 이제 잠에서 깨어 전보다 더 매력적인 마담 미나를 양탄자 위 안락한 자리에 앉혔다. 식사를 준비했지만, 마담은 배가 고프지 않다며 먹지 않으려 했다. 마담이 내켜하지 않는 것을 알기에 억지로 권하지는 않았다. 하지만 지금은 모두를 위해 강해져야 하므로 나는 혼자 식사를 했다. 그런 다음 무슨 일이 일어날지도 모른다는 걱정에 마담 미나가 앉아 있는 곳 주위에 크게 원을 그리고, 그 원 위에 제병을 잘게 부수어 꼼꼼히 올려두었다. 마담 미나는 내내 가만히 – 마치 죽은 사람처럼 가만히 앉아 있었다. 마담의 얼굴은 점차 점차 창백해져 종국에는 눈보다도 더 창백해 보일 정도였으며, 한마디도 하지 않았다. 하지만 내가 가까이 다가가자 마담은 내게 매달렸고, 그 가련한 영혼이 고통으로 머리끝부터 발끝까지 온몸을 떨고 있다는 사실을 알아차렸다. 마담이 좀 진정되자 나는 말을 건넸다.

"모닥불 곁으로 가지 않겠어요?" 마담이 어떤 반응을 보일지 시험해보고 싶었다. 마담은 고분고분 자리에서 일어섰지만, 한 발자국을 딛는 순간 마비된 사람처럼 우뚝 멈춰 섰다.

"왜 가지 않죠?" 나는 물었다. 마담은 고개를 저으며 다시 제자리로 돌아가 앉았다. 그런 다음 막 잠에서 깬 사람 같은 눈으로 날 쳐다보며 대답했다.

"갈 수 없어요!" 그러고는 침묵했다. 나는 기뻤다. 마담이 뭘 할 수 없는지 알았기 때문이다. 마담의 육체에는 위험한 일이 발생할지도 모르지만, 아직 마담의 영혼은 안전했다!

갑자기 말들이 비명을 지르며 버둥거리기에, 가서 말들을 진정시켰다. 내 손길이 닿는 순간 말들은 기쁨에 낮게 히힝거리며 내 손을 핥더니 한동안 조용했다. 그렇게 밤새도록 모든 세상이 잠드는 추운 시간이 될 때까지 몇 번이고 나는 말들을 보러 가야 했고, 내가 가야 말들이 조용해졌다. 추운 시간이 되자 불길이 사그라지기 시작했고, 내가 장작을 채워 넣으려 앞으로 다가서려 하자 이번에는 싸늘한 안개가 내려앉으며 눈발이 흩날리기 시작했다. 캄캄한 가운데도 눈 너머로 어떤 불빛 하나가 보였다. 마치 눈발과 안개 소용돌이가 긴 드레스 자락을 끄는 여자들의 형태를 하고 있는 것 같았다. 주위는 죽은 듯 고요했고 들리는 것이라고는 극도의 공포에 휩싸인 듯 움츠러든 말의 울음소리뿐이었다. 나는 두려움 - 끔찍한 두려움에 휩싸이기 시작했다. 하지만 그러다 내가 서 있는 원 안에 있으면 안전하다는 생각이 문득 떠올랐다. 어쩌면 내가 밤이라, 그동안 겪은 불안과 극도의 긴장감 때문에 괜한 상상을 하는 건지도 모른다는 생각도 들기 시작했다. 어쩌면 조녀선이 겪었던 무시무시한 경험에 내 뇌리에 남아 나를 속이고 있는 건지도 모른다. 눈송이와 안개들이 원을 흐리며 소용돌이치는 것을 보고 조녀선에게 키스했던 그 여자들의 형체를 그려보았는지도 모른다. 그 와중에 말들의 울음소리가 점점 더 낮아지더니 급기야는 고통에 휩싸인 사람처럼 공포로 신음했다. 공포의 광기조차 그 말들에게는 찾아오지 않았다. 나는 이 기이한 형상들이 점차 가까이 다가오며 소용돌이치는 순간 마담 미나가 걱정되었다. 마담 쪽을 쳐다보았지만 마담은 차분하게 앉아 날 보며 미소 지었다. 장작을 더 넣으려 모닥불 쪽으로 다가가려 하자 마담이 날 붙잡으며 꿈속에서나 들을 법한 아주 낮은 목소리로 속삭였다.

"안 돼요! 안 돼요! 밖에 나가지 마세요. 이 안에 있어야 안전해요!" 나는 마담의 눈을 바라보며 물었다.

"하지만 마담은요? 제가 걱정하는 건 마담이에요!" 이 말에 마담은 웃음을 터트렸다. 낮고 비현실적인 웃음이었다.

"절 걱정하신다구요! 왜 절 걱정하세요? 세상에 제가 있는 이곳만큼 저들로부터 안전한 장소는 없는걸요." 마담이 한 말의 뜻이 무엇일까 궁금해 하는 사이, 한 줄기 바람이 불어와 모닥불의 불길이 확 솟아올랐고, 마담의 이마에 난 붉은 흉터가 보였다. 그 순간, 아아! 나는 알았다. 그 순간 알지 못했더라도 곧 알아차렸을 것이다. 그 소용돌이치는 안개와 눈의 형체들이 더 가까이 다가오지만 성스러운 원형 안으로는 들어오지 못하고 있었다. 그 소용돌이는 점차 형체를 띠기 시작하더니 - 만약 하느님이 내 이성을 빼앗아가지 않았다면, 내 두 눈으로 그것을 분명히 보았다 - 조녀선이 방 안에서 보았다는 그 세 여자, 조녀선의 목에 키스한 그 여자들로 변했다. 하늘거리는 형태, 밝고 냉혹한 눈, 하얀 이, 붉은색의 관능적인 입술을 보고 알 수 있었다. 그 여자들은 가련한 마담 미나를 보며 한층 더 요염한 미소를 지었다. 밤의 적막을 뚫고 웃음을 터트리며 팔짱을 끼고 마담 미나에게 손가락질하면서, 조녀선이 손가락으로 유리잔을 연주하는 것처럼 참을 수 없이 달콤했던 그 간질거리는 목소리로 말했다.

"이리 와요, 자매. 우리에게 와. 어서! 어서!" 두려움에 휩싸인 나는 가련한 마담 미나를 돌아보았고, 순간 내 심장은 기쁨으로 불길처럼 타올랐다. 아! 마담의 상냥한 두 눈에 어린 공포, 혐오감은 아직 희망이 가득하다는 사실을 알려주었으니까. 마담이 아직 그들과 같지 않아 하느님께 감사를 드렸다. 나는 옆에 있던 장작 몇 개를 잡고 제병 몇 개를 내밀며 모닥불 쪽으로, 그들 앞으로 나아갔다. 여자들은 뒤로 물러나며 낮고 끔찍한 소리로 웃었다. 나는 모닥불에 장작을 넣었고 그들이 두렵지 않았다. 원 안에 있으면 안전하다는 사실을 알기 때문이었다. 내가 무장을 하고 있는 한 그들은 나에게 접근할 수 없으며, 마담 미나 역시 원 안에 있는 한 그녀에게 접근할 수 없는 데다, 그들이 원 안으로 들어갈 수 없듯 마담 미나는 원 밖으로 나갈 수가 없었다. 말들이 신음소리를 멈추고 조용히 바닥에 누웠다. 그 위로 눈이 부드럽게 내려앉았고 말들은 점점 하얗게 변했다. 그 가련한 짐승들이 더 이상 공포에 떨지 않게 된 것이다.

그렇게 우리는 눈발 사이로 붉은 여명이 터올 때까지 그렇게 있었다. 나는 쓸쓸하고 두려웠으며, 내 마음은 고통과 공포로 가득했다. 하지만 아름다운 태양이 지평선 위로 솟아오르기 시작하자 다시 내겐 활기가 솟아났다. 새벽을 알리는 첫 번째 조짐에 그 무시무시한 여자들은 소용돌이치는 안개와 눈발로 녹아버렸다. 투명한 소용돌이는 성 쪽으로 움직이더니 사라졌다.

새벽이 다가오자 나는 본능적으로 최면을 걸어야 한다는 생각에 마담 미나를 돌아보았다. 하지만 그녀가 갑작스럽고 깊은 잠에 빠져 있어 깨울 수가 없었다. 나는 자는 동안 최면을 걸어보려 했지만, 마담은 아무런 반응도 하지 않았다. 그리고 날이 밝았다. 아직은 움직이는 게 두렵다. 장작에 불을 붙여 말을 보러 갔는데 다 죽어 있었다. 오늘은 이곳에서 해야 할 일이 많고,

태양이 높이 떠오를 때까지 계속 기다리는 중이다. 내가 반드시 가야 하는 장소들이 있을지도 모르며 비록 눈과 안개로 흐릿하긴 하나 해가 떠있는 동안에는 내 안전이 보장될 테니 말이다.

아침식사를 해 기운을 낸 다음 끔찍한 일을 하러 가야겠다. 마담 미나는 여전히 잠들어 있다. 하느님 감사합니다! 마담은 편안하게 잠을 자고 있으니…….

조너선 하커의 일기

11월 4일, 저녁 – 증기선 사고가 나는 바람에 우리는 커다란 곤경에 처했다. 그 일만 아니었다면 진즉에 그 배를 따라잡았을 테고, 지금쯤 내 사랑하는 미나는 자유의 몸이 되었을 텐데. 그 무시무시한 성 근처에 있을 미나를 생각하기만 해도 두렵다. 우리는 말을 구해 그곳으로 향하고 있다. 고덜밍 경이 준비를 하는 동안 이 글을 적는다. 우리에겐 무기가 있다. 시가니가 우리에게 덤빈다면 큰코다칠 것이다. 아, 모리스와 수어드가 우리와 함께 있다면 얼마나 좋을까. 그저 희망을 가지는 수밖에 없다! 내가 더 이상 글을 적지 못한다면, 안녕, 미나! 하느님께서 당신을 축복하고 지켜주시기를.

수어드 박사의 일기

11월 5일 - 새벽에 우리는 시가니 무리가 수레를 끌고 강 쪽에서 멀리 달려 나가는 모습을 보았다. 그들은 온통 그 수레를 둘러싸고 쫓기듯 서둘렀다. 가벼운 눈발이 흩날리고 있고, 공기 중에는 기이한 흥분감이 감돈다. 어쩌면 우리의 기분 때문에 그렇게 느껴지는지도 모른다. 우울증이란 참 희한하기도 하지. 멀리서 늑대 울음소리가 들린다. 그 소리는 눈을 타고 산에서 아래로 떨어지며, 우리 주변은 온통 위험으로 가득하다. 말들은 거의 준비가 되었고 우리는 곧 출발할 것이다. 우리는 누군가의 죽음을 향해 달려간다. 그것이 누구의 죽음이며, 언제, 어떻게…… 될지는 하느님만이 아신다.

반 헬싱 박사의 메모

11월 5일, 오후 - 존, 나는 이제 제정신을 찾았네. 끔찍했지만 어쨌든 그런 자비를 베풀어주신 하느님께 감사드리네. 성스러운 원형 안에서 잠자는 마담 미나를 두고, 나는 성으로 향했네. 베레스티에서 마차 안에 챙겨 놓은 대장장이 망치가 유용했지. 문들은 전부 열려 있었지만 사악한 의도로 그 문이 닫혀 내가 나가지 못하는 경우가 발생하지 않도록, 녹슨 경첩들을 전부 떼어냈어. 조녀선의 쓰라린 경험이 내게 도움이 되었네. 그의 일기를 읽은 덕분에 오래된 예배당으로 가는 길을 찾아냈어. 그곳에 내가 할 일이 있다는 걸 알았기 때문이지. 공기는 답답했네. 마치 화약 연기가 감도는 것 같아 가끔 머리가 어지러웠지. 내 귀가 이상한 게 아니라면 멀리서 늑대들이 울부짖는 소리가 들렸어. 그 순간 사랑하는 마담 미나가 퍼뜩 떠올랐고 나는 끔찍한 곤경에 처했네. 딜레마에 빠진 거지.

마담을 감히 이곳에 데려오지는 못했지만, 그 성스러운 원 안에 두었으니 흡혈귀로부터는 안전했어. 하지만 늑대는! 나는 이곳에서 내 임무를 수행하기로 결심했고, 늑대에 관해서는 하느님의 뜻에 맡기기로 했네. 어쨌든 그 너머에 있는 것은 죽음과 자유일 뿐이니. 그래서 나는 마담을 위해 선택했다네. 내게 그 선택은 쉬웠어. 늑대의 발톱이 흡혈귀의 무덤보다 나을 테니까! 그래서 나는 내 일을 계속하기로 마음먹었네.

나는 적어도 세 개의 무덤을 찾아야 한다는 사실을 알고 있었다네. 그 성에 있는 무덤들을. 그래서 나는 찾고, 또 찾고, 마침내 그중 하나를 찾아냈네. 그녀는 흡혈귀의 잠에 빠져 있었는데, 어찌나 생명력과 관능적인 아름다움으로 가득하던지 내가 살인이라도 저지르러 온 것처럼 등줄기가 서늘해졌다네. 아, 분명 과거 이러한 사건들이 발생해 나처럼 임무를 수행하러 온 수많은 남자들이 결국에는 이 미모에 넋을 잃고 망설였겠지.

그래서 망설이고, 망설이고, 또 망설이다가 이 음탕한 불사귀의 미모와 매력이 사로잡혀 해가 질 때까지, 흡혈귀가 잠에서 깨어날 때까지 이곳에 머물렀을 거야. 이 여자가 아름다운 눈을 뜨고 사랑스러운 눈길로 쳐다보며 관능적인 입술을 갖다 대면, 그 남자는 유혹에 굴복하고 말았겠지. 그렇게 흡혈귀 일족에는 한 명의 희생자가 추가되어, 무섭고 섬뜩한 불사귀의 수가 늘어나게 되었겠지!

분명 어느 정도 마음이 홀리긴 했네. 세월에 낡고 수 세기 동안의 먼지가 두껍게 쌓인 무덤 안에 누워 있는 데다 백작의 은신처와 마찬가지로 끔찍한 냄새가 진동을 하는데도 나도 모르게 그 매력적인 모습에 홀렸지. 그래, 내가 홀렸다네. 나, 반 헬싱의 마음이. 강한 목적을 가지고 있으며 흡혈귀를 증오하는 내가 감각기관이 마비되고 영혼이 얼어붙은 듯 모든 것을 그만두고 싶은 열망에 휩싸였다네. 어쩌면 밀려오는 졸음 때문이었는지도 모르고, 나를 내리누르는 기이하게 묵직한 공기 탓인지도 모르지. 내가 잠에, 눈 뜬 채 달콤한 환상에 빠져드는 찰나 눈으로 고요한 공기 중에 길고 낮은 울음소리가 퍼졌네. 고통과 연민이 가득한 슬픈 울음소리에 나는 기상 나팔소리라도 들은 양 정신이 번쩍 들었다네. 그건 내가 사랑하는 마담 미나의 목소리였으니까.

나는 다시 마음을 다잡고 무시무시한 임무에 착수했으며, 계속해서 관 뚜껑을 열어 또 다른 검은 머리 여자를 찾아냈어. 또다시 홀릴까 봐 감히 쳐다보지도 않았지. 하지만 수색을 계속해 마침내 조너선과 내가 본 안개 속에서 형체를 드러낸 금발 여자, 가장 사랑받았는지 높고 거대한 관 속에 누워 있는 세 번째 여자를 발견했네. 그녀는 너무나도 아름답고, 너무나도 눈부시게 아름답고, 너무나도 관능적이라, 내 안의 남성적인 본능이 깨어나 그녀를 지켜주고 싶다는 새로운 감정이 소용돌이쳤다네. 하지만 다행스럽게도 사랑스러운 마담 미나의 영혼의 울부짖음 소리가 내 귀에서 떨어지지 않았고, 더 깊은 주술에 걸리기 전에 나는 용기를 내어 임무를 수행했지. 이때쯤 나는 예배당에서 내가 발견한 무덤들을 모조리 다 수색한 터였고, 밤에 우리를 둘러쌌던 유령은 셋뿐이었기에 그 이상의 불사귀는 없는 것으로 결론을 내렸네. 그리고 나머지 무덤보다 더 위풍당당한 거대한 무덤 하나를 보았네. 어마어마하게 크고 압도적인 모습이었지.

그 위에는 단 하나의 단어만이 적혀 있었네.

드라큘라

그렇다면 이것이 흡혈귀왕의 집인 것이야. 빈 관은 내가 아는 사실을 확인해주었네. 나는 끔찍한 작업을 통해 이 여자들을 되돌리기 전, 드라큘라의 관에 제병을 놓아 그가 영원히 그 관에 들어가지 못하도록 해두었다네.

그런 다음 내 무시무시한 임무를 시작했고, 나는 두려움에 떨었네. 하나였다면 상대적으로 쉬웠을 게야. 하지만 셋이라니! 무시무시한 행위를 한 후에 두 번이나 더 해야 하다니. 사랑스러운 루시 양을 처리할 때도 끔찍했는데, 수 세기를 살아온 이 낯선 여자들, 시간의 흐름과 함께 점점 그 힘이 강해져 그 사악한 삶을 유지하기 위해 나에게 맞설 수도 있는 여자들을 처리할 때는 기분이 어땠겠는가……

아, 친애하는 존. 그것은 백정이나 할 법한 일이었네. 다른 죽은 자와 공포에 시달리고 있는 산 자를 생각하지 않았더라면 그 일을 계속할 수 없었을 거야. 아직까지도 온몸이 부들부들 떨리네만, 하느님 덕분에 모든 일이 끝날 때까지 무너지지 않고 버텨냈어. 내가 처음에 처리한 여인에게서 안식의 평화를 보지 않았더라면, 마지막 죽음이 찾아온 순간 영혼이 승리했다는 사실을 깨달은 듯 그 얼굴 위로 스쳐지나가는 기쁨의 표정을 보지 않았더라면 그런 짓을 계속 할 수 없었을 게야. 말뚝을 박는 순간의 무시무시한 비명, 온통 뒤틀어대는 몸, 피거품이 끓는 입을 견디지 못했을 거라네. 임무를 마치지 못하고 공포에 질려 도망쳤을 게야. 하지만 다 끝났네! 그 불쌍한 영혼들, 나는 이제 그들을 불쌍히 여기며 흐느껴 울 수 있어. 다들 평화롭게 죽음의 깊은 잠에 빠져 있을 테니까. 친애하는 존, 나는 차마 그들의 머리를 제대로 자르지도 못했네. 그러기도 전에 온몸이 서서히 부스러지며 먼지가 되었으니까. 마치 수 세기 전에 왔어야 할 죽음이 마침내 찾아와 '내가 왔다!'고 큰 소리로 외치는 것 같았지.

나는 성을 떠나기 전 백작이 불사귀의 모습으로 그곳에 들어가지 못하도록 현관문에 장치를 해두었네.

내가 마담 미나가 잠든 원 안으로 들어가자 마담이 깨어 날 보고는 내가 너무 끔찍한 일을 겪었다며 고통스럽게 부르짖었지.

"어서 떠나요! 이 끔찍한 곳에서 어서 떠나요! 가서 우리에게 오고 있을 제 남편을 만나요." 마담은 여위고 창백하고 기운이 없어 보였지만, 두 눈은 순수하고 열정으로 불탔네. 나는 마담의 창백하고 병색이 짙은 얼굴을 보고 기뻤지. 내 머릿속은 혈색 좋은 흡혈귀의 잠에 대한 공포로 가득했으니까.

그래서 우리는 믿음과 희망, 하지만 공포로 가득한 마음을 안고 마담 미나가 우리를 만나러 오는 중이라고 확신하는 우리의 친구들 - 그리고 조너선 - 을 만나기 위해 동쪽으로 향했네.

미나 하커의 일기

11월 6일 – 조녀선이 오고 있는 것을 알고 교수님과 내가 동쪽으로 향한 때는 오후 늦은 시각이었다. 길은 가파른 내리막길이었지만 무거운 카펫을 들고 숄을 두르고 있어 빨리 걸을 수가 없었다. 춥고 눈이 쌓인 곳에서 감히 온기를 포기할 수는 없었다. 완벽하게 고립된 지역인 데다 눈발 사이로 사람이 사는 흔적이라곤 전혀 보이지 않았기에 식량도 조금 챙겨야 했다. 무거운 짐을 들고 1.5킬로미터쯤 걷고 나서 지쳐 주저앉아 쉬었다. 앉아서 뒤를 돌아보니 하늘을 배경으로 드라큘라 성의 선명한 윤곽이 보였다. 우리는 카르파티아산맥 아래쪽의 언덕 깊숙한 곳에 있었기 때문이다. 그 성의 장엄함, 깎아지른 듯한 절벽 정상, 인근의 산봉우리와 상당히 떨어진 거리에 홀로 우뚝 서 있는 모습이 훤히 보였다. 그곳에는 황량하고 신비로운 분위기가 감돌았다. 멀리서 늑대의 울음소리가 들렸다. 비록 그 울음소리는 멀리에서 울렸고, 눈송이에 가려 웅웅거리는 정도였지만 무시무시하기 짝이 없었다. 반 헬싱 박사님이 공격에 대비해 몸을 숨길만한 곳을 찾는 것을 보았다. 거친 도로는 여전히 아래로 이어져 있었고, 우리는 흩날리는 눈발 사이로 그 길을 찾았다.

잠시 후 교수님이 내게 신호를 보내기에 나는 자리에서 일어나 곁으로 다가갔다. 교수님은 커다란 바위 사이에 입구가 있고 그 안에 자연적으로 생긴 공간, 즉 훌륭한 은신처를 발견한 것이다. 교수님은 내 손을 잡고 안으로 이끌었다. "봐요! 마담은 여기에 몸을 숨기면 돼요. 만약 늑대들이 온다면 내가 하나씩 상대할 수 있죠." 교수님은 모피 코트를 가져와 그 안에 나를 위해 안락한 보금자리를 만든 다음 내게 억지로 먹을 것을 권했다. 하지만 나는 먹을 수가 없었다. 냄새만 맡아도 헛구역질이나, 교수님의 마음을 기쁘게 해드리고 싶은데도 불구하고 차마 먹을 수가 없었다. 교수님은 매우 슬픈 표정이었지만 나를 나무라지는 않으셨다. 교수님은 가방에서 쌍안경을 꺼내 바위 꼭대기에 올라서더니 지평선을 살펴보기 시작하셨다. 느닷없이 교수님이 외쳤다.

"봐요! 마담 미나, 저길 봐요! 얼른요!" 나는 벌떡 일어나 바위 위로 올라갔다. 교수님이 내게 쌍안경을 건네며 한 지점을 손가락으로 가리켰다. 이제 눈발이 더욱 거세게 내리고 있었고, 거센 바람이 불기 시작해 마구 소용돌이치고 있었다. 하지만 잠시 바람이 잦아들었을 때 먼 풍경이 눈에 들어왔다. 우리가 있는 높은 곳에서는 아주 멀리까지 내다보였다. 저기 멀리 하얗게 쌓인 눈 너머로 검은 기본처럼 구불구불 흘러가는 강이 보였다. 우리 바로 앞, 그리 멀지 않은 곳 – 사실 아주 가까워 왜 진작 눈치 채지 못했는지 의아할 정도였다 – 에서 말을 탄 남자들이 서둘러 달려오고 있었다. 그들 가운데는 수레 하나가 있었는데 기다란 수레는 덜컹거릴 때마다 개가 꼬리를 흔드는 것처럼 양쪽으로 흔들거렸다. 눈을 배경으로 드러난 그들의 윤곽과 옷가지를 보아 하니 농부나 집시 같았다.

수레 위에는 커다란 사각형 상자가 하나 실려 있었다. 그것을 본 순간 내 심장이 마구 뛰었다. 끝이 다가오고 있다는 느낌이 들었으니까. 이제 저녁이 가까워져 있었고, 일몰이면 아직 그곳에 갇혀 있는 그것이 새로운 자유를 얻고 수많은 형태로 변해 달아날 수 있다는 사실을 잘 알고 있었다. 나는 두려움에 교수님을 돌아보았다. 하지만 당황스럽게도 교수님은 그곳에 없었다. 잠시 후 내 아래쪽에 계신 교수님을 발견했다. 교수님은 어젯밤 은신처에서 그랬듯 바위 주변에 원을 그리고 계셨다. 그 작업을 마치자 교수님은 다시 내 옆에 올라서 이렇게 말씀하셨다.

"적어도 마담은 여기 있으면 그자로부터 안전할 거예요!" 교수님은 내게서 쌍안경을 받아들었고, 또 다시 눈보라가 멈추면서 아래가 훤히 내다보였다. "봐요. 서둘러 오고 있어요. 말을 채찍질하면서 최대한 빨리 달리고 있어요." 교수님은 말을 멈추고 공허한 목소리로 말을 이었다.

"일몰과 경주를 하고 있군요. 너무 늦었는지도 몰라요. 하느님의 뜻대로 이루어지기를!" 아래쪽으로 다시 한번 거센 눈보라가 휘몰아치며 아무것도 보이지 않았다. 하지만 그 눈보라는 곧 지나갔고, 다시 한번 교수님은 쌍안경을 내다보았다. 그러더니 갑자기 외쳤다.

"봐요! 봐요! 봐요! 저기 말을 탄 남자 두 명이 남쪽에서 빠르게 그 뒤를 쫓아오고 있어요. 퀸시와 존이 분명해. 쌍안경을 받아요. 눈보라가 몰아치기 전에 얼른 봐요!" 나는 쌍안경을 받아들고 보았다. 두 남자는 수어드 박사와 모리스 씨일지도 모른다. 어쨌든 두 남자 다 조녀선은 아니었다. 동시에 조녀선이 멀지 않은 곳에 있다는 사실을 깨달았다. 쌍안경으로 그 주위를 둘러보다가 북쪽에서 정신없이 빠른 속도로 말을 타고 달려오는 또 다른 남자 두 명을 발견했다. 그중 한 명은 조녀선이 분명했고, 다른 한 명은 물론 고덜밍 경일 것이다. 둘 역시 수레를 든 무리를 쫓고 있었다. 내가 교수님에게 그가 신난 어린아이처럼 소리를 질렀다고 알려주자, 교수님은 내리는 눈발 사이로 그 광경을 유심히 내다보더니 우리 은신처 입구의 바위 위에 윈체스터 소총을 올려놓고 발사할 준비를 하셨다. "다들 한곳으로 모이고 있어요. 때가 오면 온 사방이 집시 떼로 둘러싸일 거예요." 나는 내 연발 권총을 꺼내 들었다. 우리가 이야기를 나누는 사이 늑대의 울음소리가 더 커지고 더 가까워졌기 때문이다. 일순간 눈보라가 멈추었을 때 우리는 다시 바깥을 내다보았다. 그토록 묵직한 눈송이가 떨어지고 있는데, 그 너머로 멀리 산 정상을 향해 내려앉는 태양이 더더욱 환하게 빛나는 광경이 참 신기했다. 쌍안경으로 우리 주위를 둘러보던 나는 여기저기에 한 마리, 또는 두 마리, 세 마리, 더 큰 숫자의 검은 점들이 움직이는 것을 보았다. 늑대들이 먹이를 구하기 위해 모여들고 있었다.

기다리는 동안 매 순간이 십 년처럼 길게 느껴졌다. 이제 바람은 격렬한 돌풍이 되어 몰아쳤고, 눈송이는 소용돌이가 되어 우리를 덮쳤다. 가끔씩은 바로 눈앞조차 보이지가 않았다. 그러나 바람이 우리를 휩쓸고 지나가면 주변의 공기가 맑아져 멀리까지 내다보였다. 최근 들어 우리는 일출과 일몰시기를 예의 주시하는 습관이 생겼기 때문에 꽤 정확하게 그 시기를 맞출 수 있었고, 머지않아 태양이 지리라는 사실을 알았다. 바위 은신처 안에 숨어 다양한 무리들이 우리 앞으로 다가오는 모습을 지켜본 지 고작 한 시간도 채 지나지 않았다는 사실이 믿기 힘들었다. 이제 바람은 더 격렬하고 더 날카로워졌으며, 북쪽에서 더 꾸준히 불어왔다. 그 바람이 눈구름을 몰아갔는지 눈은 이따금씩 흩날릴 뿐이었다. 이제 각 무리를, 쫓기는 자와 쫓는 자들을 분명히 알아볼 수 있었다. 기이하게도 쫓기는 자들은 그 사실을 알지 못하거나, 알더라도 신경 쓰지 않는 듯했다. 그러나 태양이 산 정상으로 점점 낮게 떨어지자 속도를 두 배로 높여 서두르는 것 같았다.

그들은 점점 더 가까워져 왔다. 교수님과 나는 바위 뒤에 납작 엎드려 무기를 손에 쥐었다. 교수님은 그들을 지나가지 못하게 하겠다는 결의에 가득 차 있었다. 다들 우리의 존재를 전혀 눈치채지 못하고 있었다.

한 순간 두 개의 목소리가 튀어나왔다. "멈춰!" 그것은 열정으로 높아진 내 남편 조너선의 목소리였다. 다른 하나는 조용히 명령하는 강하고 단호한 모리스 씨의 목소리였다. 집시들은 영어를 알지 못할지도 모르지만, 그 어떤 언어로 하든 그 안에 담긴 어조는 분명히 알아들었으리라. 본능적으로 집시 무리는 고삐를 당겼다. 그 즉시 고딜밍 경과 조너선이 한쪽에서 달려 올라왔고, 수어드 박사와 모리스 씨가 다른 한쪽에서 달려왔다. 무리 중앙의 말에 앉은 잘생긴 집시 대장이 손을 흔들며, 큰 목소리로 동료들에게 계속 앞으로 가라고 명령했다. 집시들이 말을 채찍질하며 앞으로 달려 나가려 했지만, 네 남자가 윈체스터 소총을 들어 올려 아주 확실하게 그들에게 멈추라는 신호를 주었다. 그와 동시에 반 헬싱 박사님과 내가 바위 뒤에서 일어나 집시 무리에게 무기를 겨누었다. 자신들이 포위되었다는 사실을 알자 집시들은 고삐를 꽉 잡고 뒤로 물러났다. 집시 대장이 동료들에게 한마디 내뱉자 집시 무리 모두가 가지고 있던 무기 칼이나 권총을 꺼내 공격할 준비를 했다. 명령은 즉각 떨어졌다.

대장이 재빠른 동작으로 고삐를 잡아당겨 맨 앞으로 나서더니 먼저 태양 – 이제 언덕 꼭대기에 가까이 내려앉은 태양 – 그 다음에는 성을 가리키더니 내가 알아듣지 못하는 말을 했다. 그 대답으로 우리 일행의 남자 네 명이 말에서 내려 수레로 달려들었다. 조너선이 그토록 위험한 상황에 빠진 것을 두려워해야 마땅했으나, 남자들과 마찬가지로 나도 전투의 분위기에 도취되었던 것이 분명하다. 어떤 두려움도 느껴지지 않았고, 그저 무언가 하고 싶다는 거친 욕망만이 솟아올랐다. 우리 일행의 재빠른 움직임을 본 집시 대장이 명령을 내렸다. 그 즉시 집시 무리가 어설프게 수레 주위를 둘러싸며 명령을 수행하기 위해 열성적으로 서로 어깨를 맞대고 버텼다.

이 와중에 이 원형으로 둘러싼 남자들의 한쪽에서는 조너선이, 다른 한쪽에서는 퀸시가 수레로 가려진 앞으로 밀고 나갔다. 그들은 해가 지기 전에 임무를 마치기 위해 전력을 다하고 있었다. 그 어떤 것도 그들을 막거나 방해하지 못할 것 같았다. 둘 다 앞의 집시들이 겨눈 권총이나 번쩍거리는 칼, 뒤에서 들리는 늑대의 울음소리조차 신경 쓰지 않는 것 같았다. 오로지 한 가지 목표만 가지고 앞으로 저돌적으로 달려드는 조너선의 모습에 겁이 났는지 집시들이 저도 모르게 옆으로 비켜서며 조너선이 지나가게 해주었다. 그 순간 조너선은 수레 위로 뛰어올랐고 어마어마한 힘으로 거대한 상자를 들어 올려 땅바닥으로 집어던졌다. 그 사이 모리스 씨는 시가니 무리를 통과하기 위해 몸싸움을 벌였다. 나는 내내 숨도 쉬지 못하고 조너선을 지켜보았고, 한편으로는 모리스 씨가 절박하게 앞으로 밀고 나아가는 것을 보았으며, 그가 마침내 그 사이를 뚫고 지나가는 순간 집시들의 칼날이 번뜩거리며 그를 내리치는 것을 보았다. 모리스 씨가 커다란 보위 칼로 그 칼날을 막아내어 처음엔 그가 무사히 빠져나왔다고 생각했다. 하지만 이제 막 수레에서 뛰어내린 조너선 옆으로 뛰어온 모리스 씨는 왼손으로 옆구리를 움켜쥐고 있었으며 그 손가락 사이로 피가 뿜어져 나왔다. 하지만 그분은 이에 굴하지 않았다. 조너선이 격렬하게 상자 한쪽을 칼날로 내리치며 뚜껑을 열려고 애쓰는 동안, 모리스 씨는 보위 칼로 다른 집시들을 미친 듯이 공격했다. 두 남자의 노력 덕분에 뚜껑이 열리기 시작했다. 못이 끼익 하는 소리를 내며 빠졌고 상자 뚜껑이 벌컥 열렸다.

이때쯤 집시들은 자신들이 윈체스터 소총에 포위된 것을 보고 고덜밍 경과 수어드 박사의 자비에 굴복하여 아무런 저항을 하지 않았다. 태양은 거의 산 정상으로 내려앉았고, 모든 남자들의 그림자가 눈 위로 길게 떨어졌다. 수레에서 떨어지면서 흩어진 흙에 뒤덮인 채 누운 백작의 모습이 보였다. 그자는 밀랍처럼 창백했고, 붉은 두 눈은 내가 너무나도 잘 아는 끔찍하고 앙심을 품은 표정으로 이글거렸다.

그 두 눈은 가라앉는 해를 보았고, 그 안에 담겨 있던 증오의 표정은 승리의 표정으로 바뀌었다.

하지만 그 순간 조너선의 커다란 칼이 번쩍 하며 휘둘렸다. 나는 그 칼날이 백작의 목을 가르는 순간 비명을 질렀다. 그와 동시에 모리스 씨의 보위 칼이 백작의 심장을 관통했다.

기적 같았다. 숨 한 번 쉬는 사이에 우리 눈앞에서 백작의 몸은 먼지가 되어 사라졌다.

나는 마지막 소멸의 순간에 백작의 얼굴에 내가 상상조차 하지 못했던 평화로운 표정이 떠올랐다는 사실을 죽는 순간까지 기쁘게 여길 것이다.

이제 드라큘라 성은 붉은 하늘을 배경으로 우뚝 솟아 있으며, 부서져 울퉁불퉁한 흉벽이 지는 해의 빛을 받아 도드라졌다.

집시들은 우리가 죽은 남자를 사라지게 만든 것을 보고 말 한마디 없이 뒤돌아 미친 듯이 도망쳤다. 말을 타지 않은 자들은 수레에 올라타 말을 탄 남자들에게 자신들을 버리고 가지 말라고 외쳤다. 멀찌감치 물러나 있던 늑대들은 우리를 두고 집시들의 뒤를 쫓아갔다.

바닥에 주저앉은 모리스 씨는 팔꿈치로 땅을 짚고 손으로 옆구리를 누르고 있었다. 여전히 손가락 사이로 피가 뿜어져 나왔다. 나는 모리스 씨에게 달려갔다. 이제 성스러운 원이 나를 더 이상 잡아두지 않았기 때문이다. 두 의사 역시 모리스 씨에게 달려갔다. 조너선은 모리스 씨 뒤에 무릎을 꿇고 앉아 그의 머리를 자신의 어깨에 기대게 했다. 모리스 씨는 희미하게 한숨을 쉬며 피가 묻지 않은 손으로 내 손을 잡았다. 모리스 씨는 내 얼굴에 드러난 가슴 속의 슬픔과 분노를 보았는지 내게 미소를 지으며 말했다.

"도움이 될 수 있어 기쁠 뿐입니다! 아, 하느님!" 모리스 씨가 느닷없이 외치며 어렵사리 일어나 앉으며 나를 가리켰다. "죽음을 무릅쓸 가치가 있었어요! 봐요! 보세요!"

이제 태양은 막 산 정상 아래로 내려가고 있었고, 붉은 햇살이 내 얼굴이 닿으며 내 얼굴을 장밋빛으로 물들였다. 일제히 남자들이 무릎을 꿇더니 깊고 진실한 목소리로 다 함께 "아멘"을 외치며 모리스 씨의 손가락이 가리킨 곳을 바라보았다. 모리스 씨가 죽어가며 말했다.

"이 모든 일을 헛되지 않게 해주신 하느님께 감사드립니다! 봐요! 부인의 이마가 눈처럼 하얗고 깨끗해요! 저주가 풀린 거예요!"

비통하고 슬프게도, 용감한 신사인 모리스 씨는 조용히 미소를 띤 채 숨을 거두었다.

후기

7년 전 우리 모두는 불길 속을 통과했다. 그 후로 얻은 행복은 고통을 견딜 만한 가치가 있는 것이었다. 게다가 미나와 나 사이에 태어난 우리 아들의 생일이 퀸시 모리스가 죽은 날과 같은 날이라는 것도 또 다른 기쁨을 안겨주었다. 미나는 우리 용감한 친구의 영혼이 우리 아들에게 깃들었다고 믿고 있다. 우리 아들의 길디긴 이름에는 우리 작은 무리의 이름이 줄줄이 달려 있지만, 우리는 그 아이를 퀸시라고 부른다.

올해 여름에 우리는 트란실바니아로 여행을 가서 우리에게 너무나도 생생하고 끔찍한 기억을 남겨준 오랜 성터를 둘러보았다. 우리가 두 눈으로 보고 두 귀로 들은 것들이 진실이었다는 게 믿기 어려울 정도였다. 그에 관한 흔적은 전혀 남아 있지 않았다. 그 성은 전처럼 황량한 산 위에 우뚝 서 있었다.

집으로 돌아왔을 때 우리는 옛 시절을 이야기했다. 고덜밍과 수어드 모두 행복한 결혼생활을 하고 있으므로 아무런 회한 없이 과거를 돌아볼 수 있다. 나는 오래전 우리가 모험에서 돌아온 후로 금고에 보관해두었던 문서를 꺼냈다. 우리는 이 기록이 담겨 있는 서류 뭉치가, 미나와 수어드와 내가 적은 후기의 일기와 반 헬싱 박사님의 메모를 제외하고는 그저 아무것도 아닌 서류 뭉치에 불과하다는 사실에 충격을 받았다. 이토록 파란만장한 이야기가 사실임을 믿어달라는 부탁조차 할 수가 없다. 반 헬싱 박사님이 우리 아들을 무릎에 앉히고는 이렇게 정리하셨다.

"우리에겐 증거가 필요하지 않네. 우리를 믿어달라는 부탁은 하지 않겠어! 이 아이는 언젠가 이토록 상냥하고 자상한 자기 어머니가 얼마나 용맹한 여자였는지 알게 되겠지. 나중에는 이 아이도 어머니를 아주 사랑한 남자들이 어머니를 위해 어떠한 위험을 감수했는지 알게 될 게야."

조너선 하커.

공포와 매력의 양면성을 가진 존재, 드라큘라

　브램 스토커의 《드라큘라》는 흡혈귀 소설의 고전으로 현재까지도 수많은 변형을 거듭하며 소설과 영화, 만화로 재탄생되고 있다. 흡혈귀 하면 누구나 가장 먼저 떠올리는 것이 드라큘라 백작이지만 흡혈귀는 브램 스토커가 새로 만들어낸 존재는 아니다. 흡혈귀 전설은 고대부터 세계 각지 대부분의 문화권에 전해지던 것으로, 땅에 묻힌 시체가 되살아나 초자연적 힘을 발휘하는 이야기는 고대로부터 중세까지 입에서 입으로 전해져 내려왔다. 이렇게 구전으로만 떠돌던 전설이 처음 문학에 등장한 것은 18세기였으며, 스토커가 1897년《드라큘라》를 출간하기에 앞서 존 윌리엄 폴리도리의《뱀파이어(The Vampire)》와 존 셰리던 르 파누의《카밀라(Carmilla)》등의 흡혈귀 소설이 등장한다. 이러한 공포 소설 속의 흡혈귀와 온갖 전설 속 흡혈귀의 모습을 집대성해 오늘날 흡혈귀의 원형이 되는 존재인 드라큘라 백작을 만들어낸 것이 바로 작가 브램 스토커다.

브램 스토커는 어린 시절 매우 병약한 아이여서 일곱 살까지는 침대에 누워서 지내야 했고, 당시 스토커의 어머니는 누워 있는 아들이 심심할까 봐 아일랜드의 온갖 전설과 귀신 이야기를 해주었는데 이것이 훗날 스토커가 《드라큘라》를 쓰는 자양분이 되었다. 스토커는 대학에서 수학을 전공하고 공무원으로 근무하면서, 그 후 헨리 어빙의 극장 책임자로 근무하면서 틈틈이 소설을 썼다. 그러던 중 헝가리인 작가이자 여행가인 아르미니우스 뱀버리를 만나 카르파티아산맥의 무시무시한 전설 이야기를 듣고 드라큘라에 대한 착상을 얻었다. 그리고 그 후 7년간 1885년 에밀리 제라드가 쓴 에세이 《트란실바니아의 미신들(Transylvania Superstitions)》을 포함해 유럽의 온갖 전설과 흡혈귀 이야기를 조사했다. 기존의 공포 소설과 달리 스토커는 서간체 소설 형식을 이용해 등장인물의 일기와 메모로 각자의 관점에서 이야기를 전달했다. 여기에 신문 기사와 편지, 전보를 첨부하여 객관성과 사실성을 부여하려 했다. 애초에 이 책의 제목은 "불사귀(Undead)"였으나, 자료를 조사하던 중 왈라키아의 군주 블라드 드라쿨 이야기를 접하고 깊은 인상을 받아 "드라큘라"라는 제목을 짓는다. 드라큘라의 모델이 블라드 드라쿨이라는 이야기가 정설처럼 전해지고 있으나, 브램 스토커의 가계도를 조사한 아일랜드의 역사학자 피오나 피츠사이먼스는 아일랜드의 통치자이자 브램 스토커의 직계 조상인 마누스 오도넬을 모델로 삼은 것이라는 주장을 펼치기도 한다.

소설 《드라큘라》는 고딕 소설의 문법을 충실하게 따르고 있다. 고딕 소설이란 18세기 후반에서 19세기 초반에 성행했던 소설의 한 장르로, 중세 고딕풍의 폐허가 된 고성을 배경으로 음산한 분위기를 자아내며 초자연적인 존재가 등장해 기괴한 이야기가 펼쳐지는 공포 소설을 일컫는 말이다. 18세기 영국 빅토리아 시대에 이러한 고딕 소설이 성행하게 된 데에는 시대적인 배경이 있다. 당시 영국 빅토리아 시대는 산업혁명이 절정에 달해, 런던 도처에는 공장 굴뚝이 즐비하고 소설 속 반 헬싱 박사가 말하듯 '매연'이 심각했다. 전 세계에서 가장 먼저 산업혁명을 일으킨 영국은 유례없이 번영하며 산업구조와 경제구조가 급격하게 바뀌고, 과학 기술이 눈부시게 발전해 전통적인 종교 사상을 뒤흔들고, 상인 계층이 대두해 기존의 사회 질서가 바뀌는 격동기에 있었다. 그때는 '이성의 시대'라 불릴 만큼 합리적이고 과학적이며 이성을 신봉하던 시대였다. 그 이면에 놓인 비합리적인 욕망과 사악한 충동을 표현하기 위해 초자연적이고 비합리적인 소재를 이용한 것이 바로 고딕 소설이다.

《드라큘라》 역시 초반은 트란실바니아에 위치한 음산한 고성을 배경으로 고딕 소설 특유의 공포심을 한껏 자아내지만 배경은 곧 현대 런던으로 바뀌며 미신이 우글거리는 트란실바니아와 과학적인 합리성이 중요시되는 런던이 대비된다. 이 소설의 커다란 골자를 이루는 틀은 드라큘라 백작으로 대변되는 과거, 미신, 이교도, 초자연적인 존재를 현대이자 과학, 기독교, 이성으로 대변되는 아브라함 반 헬싱 박사 무리가 물리친다는 내용이다. 결국 과학이 급진적으로 발전했지만 여전히 과학으로 설명되지 않는 존재에 대한 두려움, 그리고 외세의 역침략에 대한 빅토리아 시대의 불안감을 반영한 것이자 서구의 기독교관과 과학이 우월하다는 당대인의 믿음이 반영된 것이라 볼 수 있다.

또 하나 이 소설에서 눈여겨 볼 점은 빅토리아 시대의 여성관과 성(性)이다. 빅토리아 시대에 이상적으로 생각하던 여성상은 소설 속에서 묘사되듯 '순수하고 사랑스러운 처녀' 루시와 '순종적인 아내이자 자애로운 어머니' 미나이며 여성의 성적인 욕망은 드러내서는 안 되는 것이었다. 드라큘라 백작의 '흡혈귀의 세례'를 받은 순수하고 사랑스러운 루시가 '관능적이고 유혹적인' 모습을 드러내자 주위 남자들이 극심한 혐오감에 떠는 모습에서 그 사실을 알 수 있다. 흡혈귀에 담긴 성적인 뉘앙스는 이뿐만이 아니다. 처음 조너선 하커가 드라큘라 성에 머물 당시, 세 여자 흡혈귀 역시 관능적인 미모로 조너선을 유혹하고 피를 빠는 행위를 '키스한다'고 표현하는데 조너선은 저도 모르게 이들의 '키스'를 바란다. 흡혈귀를 혐오하고 흡혈귀를 지상에서 없애겠다는 숭고한 목적의식이 투철한 아브라함 반 헬싱 박사마저 세 여자 흡혈귀를 없애려는 순간 저도 모르게 매혹되기도 한다. 이 책에서 드라큘라 백작, 흡혈귀가 의미하는 또 하나는 빅토리아 시대 영국인의 억압되고 금지된 성적 욕망과 충동인 것이다.

브램 스토커의 《드라큘라》가 오늘날까지 수없이 변주되며 고전의 반열에 오른 것은 단순한 공포 소설이 아닌 19세기 말 영국의 시대상을 고스란히 보여주는 흥미로운 자료일 뿐 아니라 드라큘라 백작이 우리 인간의 내면에 숨어 있는 보편적인 공포와 욕망이 투영된 존재이기 때문일 것이다. 소설 속 드라큘라 백작은 비록 반 헬싱 박사의 일행에 의해 영원한 죽음을 맞이하지만, 그 매력적인 캐릭터만큼은 앞으로도 계속 살아남아 사람들을 매료시키는 불멸의 존재로 남을 것이다.

원은주

브램 스토커 Bram Stoker(1847~1912)

1847년 11월 8일 아일랜드 더블린에서 공무원인 아버지 에이브러햄 스토커와 복지사이자 작가인 어머니 샬럿 머틸다 블레이크 손리 사이에서 태어났다. 병약한 아이라 일곱 살이 될 때까지 걷지 못하고 침대에 누워 생활했다.

1864년 더블린 트리니티 칼리지에 입학했다. 수학 전공. 학업 성적이 우수했으며 운동에도 뛰어난 실력을 발휘했다. 칼리지 역사 협회 감사이자 철학 협회 회장으로 활약하며 첫 논문으로 〈소설과 사회의 선정주의〉를 썼다.

1867년 수학 우등 학사 학위를 받고 대학을 졸업하는 동시에 더블린 시공무원으로 근무했다. 학창 시절 친구를 통해 연극에 관심을 가지게 되어 고딕 소설 작가 조셉 셰리든 르 파뉴가 공동 소유했던 〈더블린 이브닝 메일〉에 짬짬이 연극 비평 기사를 기고하며 프리랜서 기자로도 활동했다.

1874년 평소 미술에 관심이 많아 더블린 스케칭 클럽(Dublin Sketching Club)을 창설했다.

1876년 당대의 유명 연극배우 헨리 어빙이 출연한 〈햄릿〉을 관람한 뒤 비평문을 기고한 것을 계기로 헨리 어빙을 만나 평생 이어지게 될 친분을 쌓았다. 그로부터 얼마 지나지 않아 미모의 신인 여배우 플로렌스 달컴과 사랑에 빠졌다.

1878년 헨리 어빙이 극단을 설립하면서 라이시엄 극장 책임자이자 개인 비서로 임명하자 가족의 반대에도 무릅쓰고 런던으로 이주했다. 어빙이 사망하는 1905년까지 라이시엄 극장 책임자로 근무했다. 런던의 사교계에 입성해 같은 아일랜드 출신인 오스카 와일드, 윌리엄 버틀러 예이츠뿐 아니라 코난 도일과 같은 런던 문인들과 교류했다. 같은 해 12월에 플로렌스 달컴과 결혼했다.

1879년 외동아들 어빙 노엘 손리 스토커가 태어났다.

1890년 첫 장편소설《뱀 길(The Snake's Pass)》을 출간하지만 성공을 거두지 못했다.

1897년 《드라큘라(Dracula)》를 출간하지만 즉각적인 성공을 거두지는 못했다. 꾸준히 작품 활동을 계속하며 〈데일리 텔레그래프〉의 프리랜서 기자로 활동했다.

1899년 《드라큘라(Dracula)》 미국판 초판본이 뉴욕에서 출간되었다.

1902년 《바다의 미스터리(The Mystery of the Sea)》를 출간했다.

1904년 《일곱 별의 보석(The Jewel of Seven Stars)》을 출간했다.

1905년 1910년까지 〈데일리 텔레그래프〉의 문학부 기자로 근무하며 연극 비평문을 기고했다.

1906년 《헨리 어빙 회고록(Personal Reminiscences of Henry Irving)》이라는 전기를 출간했다.

1909년 《수의를 입은 여인(The Lady of the Shroud)》을 출간했다.

1911년 《흰 벌레의 소굴(The Lair of the White Worm)》을 출간했다.

1912년 4월 20일 향년 64세를 일기로 사망했다. 조카인 대니얼 파슨이 1976년에 출간한 전기에 따르면 사망 증명서에 적힌 사망 원인은 '운동실조증'으로, 이는 당시 매독의 완곡한 표현이라 사인에 대한 의견이 아직까지 분분하다. 사망 이전에 여러 번의 뇌졸중을 겪었다. 스토커의 유해는 런던 골더스 그린 화장장에 안치되었다.

1922년 독일의 프리드리히 빌헬름 무르나우 감독이 〈드라큘라〉를 각색한 영화 〈노스페라투〉를 제작했다. 스토커의 부인 플로렌스가 저작권 침해로 소송을 걸면서 《드라큘라》는 일약 유명세를 타게 되고, 그 후로 수없이 영화화되면서 고전의 반열에 오른다.

옮긴이 **원은주**

충북대학교에서 고고미술사학을 전공하고 현재 번역가로 활동중이다. 옮긴 책으로는 《야수의 정원》, 《붉은 엄지손가락 지문》, 《윈스턴 처칠의 뜨거운 승리》, 《권력의 탄생》, 《우라늄》, 《죽음의 전주곡》, 《노예 12년》, 《어머니 이야기》, 《필로미나의 기적》(공역), 애거사 크리스티 전집 등이 있다.

초판본 드라큘라
1899년 오리지널 초판본 표지디자인

초판 1쇄 펴낸 날 2019년 10월 30일
초판 2쇄 펴낸 날 2021년 3월 20일

지 은 이   브램 스토커
옮 긴 이   원은주
펴 낸 이   장영재
펴 낸 곳   (주)미르북컴퍼니
자 회 사   더스토리
전   화   02)3141-4421
팩   스   02)3141-4428
등   록   2012년 3월 16일(제313-2012-81호)
주   소   서울시 마포구 성미산로32길 12, 2층 (우 03983)
E - mail   sanhonjinju@naver.com
카   페   cafe.naver.com/mirbookcompany

* (주)미르북컴퍼니는 독자 여러분의 의견에 항상 귀 기울이고 있습니다.
* 파본은 책을 구입하신 서점에서 교환해 드립니다.
* 책값은 뒤표지에 있습니다.